뿌리

뿌리
Roots

알렉스 헤일리 장편소설 안정효 옮김

ROOTS
by ALEX HALEY

Copyright (C) 1976 by Alex Haley
All rights reserved.
Korean Translation Copyright (C) 2004 by The Open Books Co.
Korean edition was published by arrangement with John Hawkins & Associates, Inc.
through Eric Yang Agency, Seoul.

이 책은 실로 꿰매는 정통적인 사철 방식으로 만들어졌습니다.
사철 방식으로 만든 책은 오랫동안 보관해도 손상되지 않습니다.

『뿌리』를 위한 조사와 집필 기간이
결국 12년이나 걸렸던 것은
전혀 의도적인 일이 아니었다.
그래서 나는 『뿌리』의 대부분이 실제로 일어났던
나의 조국에 이 이야기를 바친다.

『뿌리』의 완성에 부치는 작가의 말　　　　　　　9

뿌리 상　　　　　　　11

『뿌리』의 완성에 부치는 작가의 말

나는 『뿌리』를 집필하면서 어찌나 많은 사람들로부터 고마운 도움을 받았는지, 그들의 이름을 나열하기만 하려 해도 여러 쪽의 지면이 필요하겠다. 그들 중에서도 특히 다음 사람들의 도움이 두드러졌다.

테네시 주 헤닝에서 보낸 소년 시절부터 평생 친구로 지내 온 조지 심스는 책임 조사원으로서, 나와 함께 많은 여행을 하며 육체적 및 정신적 모험을 같이 나누었다. 수백 권의 저서와 (특히 미 국회 도서관과 국립 자료원에 소장된) 수천 건의 문서를 샅샅이 조사한 그의 헌신적인 작업은 내가 이 책에 등장하는 사람들의 삶 주변에 엮어 넣은 역사적 및 문화적 자료의 많은 부분을 제공했다.

헤어나지 못할 미궁처럼 여겨지던 엄청난 양의 조사 자료로부터 이 책을 엮어 내도록 정밀한 전문 지식을 제공해 달라는 나의 부탁에 흔쾌히 응했던 사람은 『플레이보이』에서 여러 해 동안 내 원고를 편집해 온 머리 피셔였다. 『뿌리』의 구성을 장(章)으로 분류하고, 그런 다음 기둥 줄거리를 엮는 과정에서 그는 처음부터 끝까지 길잡이 노릇을 했다. 마지막으로, 압축하고 완성하는 단계에서, 그는 『뿌리』의 몇 장면을 위한 초고(草稿)를 작성하기도 했으며, 그의 눈부신 편집 능력은 방대한 책의 분량을 끊임없이 조여들었다.

이 책에서 아프리카 부분이 세부적인 면까지 완성도를 성취하게 되었던 까닭은, 미국의 모든 흑인의 뿌리인 아프리카 시절까지 돌아가 나의 외가 쪽의 소중한 구전 역사를 파헤쳐 보고 싶어 하던 결정적인 순간에 나의 강렬한 욕망에 공감하고 지지해 주었던 『리더스 다이제스트』의 편집진과 드위트 월리스 부인의 덕택이었다.

또한 3개 대륙의 57개에 달하는 정보 저장 기관에서 일하는 헌신적인 사서와 기록 담당자 수십 명의 도움이 없었다면 이 책은 지금처럼 충실한 내용을 갖추지 못했을 터이다. 작가 자신의 연구열에 공감하는 경우 한 사람의 사서나 조사원은 작가의 요구를 실현하는 탐정으로 변신하기도 한다는 사실을 나는 깨달았다.

『뿌리』를 완성하기 위해 여러 해에 걸쳐서 일하는 동안 좌절할 때마다 나를 위로해 주고 끈기 있게 아픔을 함께 나누었으며, 고맙게도 나를 의뢰인으로 관리해 준 작가 대리인 폴 R. 레이놀즈 그리고 더블데이 출판사의 편집자 리사 드루와 켄 매코믹에게도 나는 큰 빚을 졌다.

마지막으로, 나는 아프리카의 그리오[1]들에게 크나큰 도움을 받았다는 사실을 밝히고 싶은데, 당연한 사실이지만 오늘날에는 한 사람의 그리오가 세상을 떠나면 도서관 한 채가 불타서 사라지는 셈이라고 사람들은 말한다. 모든 인간의 조상이 문자가 존재하지 않았던 어느 시대, 어느 곳으로 거슬러 올라간다는 사실을 그리오는 상징한다. 그렇다면, 옛날 마을 어른[村老]들의 입과 기억은 초기 인류 역사를 전승시킨 유일한 방법이었고 — 그래서 우리들은 오늘날 우리들 자신의 정체를 알게 된다.

알렉스 헤일리

---

[1] *griot*. 서아프리카의 구비 전승 시인. 역사 구송자(口誦者).

1

 1750년 이른 봄. 서아프리카 감비아 해안에서 나흘 정도 강을 거슬러 올라가면 나타나는 주푸레 마을에서, 오모로와 빈타 킨테 사이에 사내아이가 태어났다. 빈타의 건강한 몸에서 태어난 아이는, 엄마를 닮아 피부가 검고, 산모의 피로 얼룩져 미끄러웠고, 우렁차게 울었다. 산파 노릇을 한 주름진 두 늙은이 뇨 보토와 아기의 할머니 야이사는 아들임을 알고는 기뻐서 웃었다. 조상들의 말에 따르면, 첫아들은 부모들뿐 아니라 부모의 집안에도 알라신의 특별한 축복을 가져온다고 했으며, 그래서 킨테라는 이름이 유명해지고 영원히 남으리라는 자랑스러운 사실을 그들은 알게 되었다.

 때는 첫닭이 울기 직전이었으며, 뇨 보토와 야이사 할머니가 떠들어 대던 얘기와 더불어 아기가 처음 들은 소리는, 마을의 다른 여자들이 세 개의 돌멩이 사이에 지핀 불 위에 얹은 질그릇에다 전통 음식인 아침 죽을 끓이려고 절구에다 쿠스쿠스 곡식을 나뭇공이로 빻는 둔탁하고 규칙적인 쿵-덕-쿵-덕 소리였다.

 향기롭고 상쾌하게, 엷고 푸른 연기가 둥근 토담집들이 들어선 작고 먼지 나는 마을 위로 피어오르는 사이에, 마을의 알리마모[2] 카잘리 뎀바는 까마득한 옛날부터 알라신에게 매일 바쳐 온 다섯 기도의 첫 번째 기도를 드리라고 콧소리로 외쳐 남자들을 불렀다. 대나무 줄기와 질긴 가죽으로 엮은 침대에서 서둘러 일어나 거친 면직 헐렁옷을 걸치고 마을 남자들은 부지런히 줄지어 알리마모가 기도를 이끄는 곳으로 갔다. 「알라후 아흐바르! 아샤두 안 라일라하일랄라(신은

---

2 무슬림 승려.

위대하도다! 나는 신이 하나뿐임을 이르노라)」 그런 다음에 남자들이 아침을 먹으러 집으로 돌아가려니까, 오모로가 그들에게로 달려와서 흥분에 들떠서 미소를 지으며 그가 첫아들을 얻었다고 알렸다. 그에게 축하를 하면서 그들은 모두 행운의 기도를 외쳤다.

오두막으로 돌아간 남자들은 저마다 아내에게서 죽을 한 바가지씩 받았다. 집 뒤편 부엌으로 들어가서 아내들은 이번에는 아이들에게 아침을 주고, 그들 자신은 마지막으로 식사를 했다. 아침을 끝내자 남자들은 손잡이가 휘고 짤막하며, 마을 대장장이가 나무 날에다 금속을 끼운 괭이를 집어 들고는 하루의 일을 시작하려고 나섰는데, 이 덥고 숲이 울창한 감비아의 사바나 지역에서는 여자들이 쌀농사를 맡았고, 중요한 농작물인 땅콩과 쿠스쿠스와 목화를 심으려고 땅을 가꾸는 일이 남자들의 몫이었다.

오랜 관습에 따라 이제부터 이레 동안에 오모로가 열심히 해야 할 일은 첫아들에게 이름을 골라 주는 것뿐이었다. 그의 부족 만딩카 사람들은 누구의 이름 또는 어떤 사물의 이름을 따서 지어 주느냐에 따라 일곱 가지 성격을 얻게 된다고 믿었기 때문에, 아기의 이름은 역사와 장래성이 좋아야만 했다.

빈타와 자기 자신을 위해서 한 주일에 걸쳐 생각을 하는 동안 오모로는 주푸레의 집집마다 찾아다녔으며, 관습대로 태어난 지 여드레째 되는 날에 새 아이의 명명식에는 마을의 모든 가족들을 초청했다. 그의 아버지가 그랬듯이, 그리고 아버지의 아버지가 그랬듯이, 그날 새 아들은 부족의 한 사람이 되었다.

여드레째 날이 되자 마을 사람들은 아침 일찍 오모로와 빈타의 오두막 앞에 모였다. 두 집안의 여자들은 예식에 쓸 신 우유와 꿀과 쌀가루로 빚은 달콤한 문코 떡을 담은 함지박을 머리에 이고 왔다. 마을의 잘리바인 카라모 실라는 탄탕 북을 가지고 왔으며, 알리마모와 나중에 아이의 스승이 될 아라팡 브리마 세사이와 그들의 조카가 태어났음을 알리는 북소리의 얘기를 전해 듣고 예식에 참석하기 위해서 멀리서부터 찾아온 오모로의 두 형제 잔네와 살룸도 도착했다.

빈타가 자랑스럽게 품에 안은 갓난아기는, 이날이면 항상 그러하듯이 처음 난 머리카락을 칼로 밀어 버렸고, 여자들은 모두 아기가 정말 잘생겼다고 감탄했다. 그리고 잘리바가 북을 두드리기 시작하자 그들은 잠잠해졌다. 알리마모는 신 우유와 문코 떡을 담은 함지박에 축복을 내렸고, 그가 기도를 드리는 동안 손님들은 저마다 음식을 공경한다는 뜻으로 함지박 언저리를 오른손으로 건드렸다. 다음에 알리마모는 아기를 위해 기도를 드려서, 그에게 장수를 베풀고, 그의 가족과 마을과 부족이 번창하도록 많은 자식을 낳고, 신망과 자부심을 쌓고, 마지막으로 그가 곧 받게 될 이름을 영광되게 할 힘과 얼을 달라고 알라신에게 간구했다.

그러자 오모로는 그곳에 모인 모든 마을 사람들 앞으로 나섰다. 아내의 곁으로 가서 그는 아기를 치켜들고 모두들 지켜보는 가운데 아들의 귀에다 그가 선택한 이름을 세 번 속삭여 주었다. 오모로의 부족 사람들은 자기의 이름을 누구보다도 먼저 알아야 한다고 생각했으며, 그래서 이 아이의 이름이 입 밖에 나오기는 이때가 처음이었다.

탄탕 북이 다시 울리자 오모로는 아기의 이름을 빈타의 귀에다 속삭여 주었으며, 빈타는 기쁘고 자랑스럽게 미소를 지었다. 다음에 오모로는 마을 사람들 앞에 버티고 선 아라팡에게 그 이름을 속삭였다.

「오모로와 빈타 킨테의 첫아이는 이름이 쿤타요!」 브리마 세사이가 소리쳤다.

모두들 잘 알듯이 그것은 아기의 돌아가신 할아버지 카이라바 쿤타 킨테의 가운데 이름이었는데, 할아버지는 고향인 마우레타니아에서 감비아로 와서는 주푸레 사람들을 기근에서 구해 주었고, 야이사 할머니와 결혼했으며, 마을의 성자로서 죽는 그날까지 영광스럽게 주푸레를 위해 봉사했다.

아라팡은 아기의 할아버지인 카이라바 킨테 노인이 자주 얘기하던 마우레타니아의 조상들 이름을 하나씩 하나씩 읊기 시작했다. 숫자도 많고 위대했던 그 이름들은 2백 번의 장마철 전까지 거슬러 올라갔다. 그러자 잘리바는 탄탕 북을 두드렸고, 모든 사람은 그토록 훌륭한 족보에 대해서 감탄과 존경을 나타냈다.

여드레째 날 밤에 아들과 둘이서 달과 별들이 빛나는 밖으로 나간 오모로는 명명식 의식을 마무리 지었다. 작은 쿤타를 힘센 팔에 안고 그는 마을의 끝으로 가서 아기를 하늘로 치켜들고 우러러보면서 나지막하게 말했다. 「펜드 킬링 도롱 레 와라타 카 이테 티(보십시오, 그대보다 위대한 유일한 존재를).」

2

머지않아 첫 비가 내리고, 씨를 뿌릴 철이 오려는 참이었다. 주푸레 남자들은 모든 농토에 건초 더미를 높다랗게 쌓아 올리고는 불을 질러 가벼운 바람이 재를 흩뿌려 토지를 비옥하게 만들도록 했다. 그리고 논에서는 여자들이 벌써 모를 심었다.

해산 후에 몸조리를 하는 동안 빈타의 논은 야이사 할머니가 돌보았지만, 이제는 빈타가 그녀의 의무를 다시 맡아 할 준비가 되었다. 쿤타를 처네로 등에 업고 그녀는, 자신들의 아기를 업고 머리에 보따리를 인 그녀의 친구 잔카이 투라이를 비롯한 다른 여자들과 함께, 캄비 볼롱고라고 알려진 감비아 강에서 구불구불 내륙 지방으로 들어오는 수많은 하구의 수로 가운데 하나인 마을의 볼롱 강둑에 묶어 놓은 통나무배로 갔다. 통나무배 하나에 대여섯 명씩 타고서 여자들은 널따란 노를 힘껏 저어 볼롱을 따라 내려갔다. 노를 물에 담가서 저으려고 허리를 앞으로 숙일 때마다 빈타는 그녀의 등에 눌리는 쿤타의 몸에서 따스한 부드러움을 느꼈다.

홍수림의 짙은 사향 냄새와 볼롱 양쪽에서 무성하게 자라는 갖가지 풀과 나무 향기가 하늘에 가득했다. 지나가는 통나무배들 때문에 놀란 비비 원숭이의 대가족들은 잠에서 깨어나 소리를 지르며 이리 뛰고 저리 뛰면서 야자수 잎들을 흔들어 댔다. 멧돼지들은 으르렁거리고 콧바람을 불면서 잡초와 숲 속으로 숨으려고 달아났다. 질퍽한 강둑을 뒤덮은 수천 마리의 사다새와 학, 해오라기와 왜가리, 황새와 갈매기, 제비갈매기와 넓적부리들은 새끼에게 아침을 먹이다 말고 미끄러져 지나가는 통나무배들을 초조하게 쳐다보았다. 산비둘기와 저어새와 흰눈썹뜸부기와 뱁새와 물총새처럼 작은 새들은 하늘로 날아올라서 침입자들이 멀리 지나갈 때까지 날카로운 소리를 지르며 맴돌았다.

어수선하게 찰랑이는 물 위로 통나무배들이 쏜살같이 달리는 동안에, 피라미들이 떼 지어 뛰어올라 은빛 춤을 추고는 다시 물로 떨어졌다. 때로는 피라미를 너무 욕심내어 쫓던 사납고 큰 물고기들이 달려가는 통나무배로 떨어지면, 여자들이 노로 때려잡아 맛 좋은 저녁거리로 따로 간수하기도 했다. 그러나 오늘 아침에는 피라미들이 그들 주위에서 한가하게 헤엄만 쳤다.
 구불구불한 볼롱을 따라 노를 저어 가던 여자들은 더 넓은 강의 하구로 접어들었고, 그들이 나타나자 날개를 치는 요란한 소리가 하늘에 가득했으며, 무지개처럼 온갖 빛깔의 바닷새 수십만 마리가 살아 움직이는 광활한 양탄자처럼 떠올라 하늘을 뒤덮었다. 엄청난 새 떼가 날개를 치는 바람에 어두워지고 물결이 이는 물 표면은 여자들이 계속해서 노를 저어 가는 사이에 떨어져 흩어진 깃털로 얼룩졌다.
 몇 세대에 걸쳐서 주푸레 여인들이 쌀농사를 지어 온 늪지대가 가까워지자 통나무배들은 구름처럼 몰려드는 모기떼를 지나서 잡초가 잔뜩 엉겨 붙은 길에 뱃머리를 댔다. 잡초를 묶어 여자들 저마다 논의 경계선을 표시한 경작지에는 에메랄드빛 벼가 물 위로 한 팔 정도 솟았다.
 여자들이 차지하는 논의 크기는 쌀을 먹여야 할 식구 수에 따라 주푸레 마을 어른들의 모임에서 해마다 결정했기 때문에 빈타의 논은 아직 작은 편이었다. 아기를 데리고 조심스럽게 몸의 균형을 잡으면서 통나무배에서 내린 빈타는 몇 발자국 걷다가 대나무 기둥 위에 풀잎으로 지붕을 씌운 작은 오두막을 보고는 기쁘고 놀라서 갑자기 걸음을 멈추었다. 그녀가 해산하는 동안 오모로는 이곳에 와서 그들의 아들이 지낼 집을 지어 놓았다. 남자들이란 다 그렇기 마련이듯이, 오모로는 이런 얘기를 한마디 비치지도 않았다.
 아기에게 젖을 먹인 후 오두막 안에 눕히고, 빈타는 머리에 이고 온 보퉁이에서 작업복을 꺼내 갈아입고는 일을 하기 위해 물로 들어갔다. 그녀는 엎어질 듯이 몸을 숙여 그대로 두면 너무 자라서 벼를 뒤덮어 죽이게 될 잡초들을 뿌리째 뽑았다. 그러고는 쿤타가 울 때마다 빈타는 물을 줄줄 흘리며 밖으로 나와 오두막의 그늘에서 아기에게 젖을 먹였다.
 이렇게 어린 쿤타는 날마다 어머니의 다정함을 흠뻑 맛보았다. 집으로 돌아가면 저녁마다 밥을 짓고 오모로에게 저녁을 마련해 준 다음에 빈타는 쉬아나무 버터로 머리부터 발끝까지 기름칠을 하여 아기의 피부를 부드럽게 해주었고, 틈만 나면 자랑스럽게 아기를 데리고 마을을 지나 야이사 할머니의 오두막으로 갔고, 그러면 할머니도 아기를 어르고 입을 맞추며 귀여워해 주었다. 그리고 그들은 함께 어린 쿤타가 기분이 나빠서 킹킹거리건 말건 제대로 모양을 갖추게 하려고 작은 머리와 코와 귀와 입술을 눌러 주었다.

(남편은 항상 아내와 떨어져서 따로 살았기 때문에) 가끔 오모로는 여자들로부터 담요에 싼 아기를 받아 그의 오두막으로 데리고 가서, 악귀들을 쫓으려고 오모로의 잠자리 머리맡에 둔 사피에 부적 같은 멋진 물건들을 아기가 눈과 손으로 살펴보게 했다. 알록달록한 물건들에 대해서 어린 쿤타는 호기심을 느꼈는데 — 마을 사람들을 위해 식량으로 그가 잡아 온 동물의 숫자를 나타내는 별보배고등 조가비로 거의 뒤덮이다시피 한 아버지의 사냥용 가죽 가방을 특히 좋아했다. 그리고 쿤타는 기다랗게 휜 활과 근처에 걸린 화살통을 보면 홍얼거리는 소리를 냈다. 너무나 많이 사용해서 자루가 반들반들해진 가느다란 창을 움켜쥐는 아기의 자그마한 손을 보면 오모로는 미소를 지었다. 그는 기도를 드릴 때 쓰는 신성한 물건인 모피를 제외하고는 쿤타가 무엇이나 다 만져 보도록 내버려 두었다. 그리고 그의 오두막에서 단둘이서만 지낼 때면 오모로는 그의 아들이 자라서 해야 할 훌륭하고 용감한 일들을 쿤타에게 들려주었다.

그러다가 그는 다시 젖을 먹이기 위해 쿤타를 빈타의 오두막으로 돌려보내고는 했다. 어디를 가도 쿤타는 거의 언제나 즐거웠고, 빈타가 무릎에 놓고 흔들어 주거나 잠자리에 눕히고 굽어보면서 이런 자장가를 나지막이 불러 주면 쿤타는 포근히 잠들었다.

> 훌륭한 조상의 이름을 딴
> 미소 짓는 내 아가야.
> 언젠가 네가
> 위대한 사냥꾼이나 용사가 되면
> 아빠는 자랑스러워한단다.
> 난 항상 널 그 모습으로 기억할게.

비록 아기와 남편을 빈타가 지극히 사랑하기는 했지만, 첫 아내가 아기에게 젖을 먹여 키우는 기간 동안 무슬림인 남편은 옛 풍습에 따라 두 번째 아내를 골라 결혼하기가 보통이어서, 그녀는 무척 걱정이 되기도 했다. 그렇지만 오모로는 다른 아내를 맞지 않았으며, 빈타는 남편이 그런 유혹을 받기를 바라지 않았으므로, 쿤타가 어서 걸음마를 배워 젖을 먹이지 않을 날이 왔으면 했다.

그래서 달이 열세 번 지나간 다음에 쿤타가 처음으로 비틀비틀 걷게 되자마자 그녀는 당장 쿤타를 열심히 도와주었다. 그리고 얼마 안 가서 아이는 손을 잡아 주지 않아도 뒤뚱뒤뚱 걷게 되었다. 오모로가 자랑스러워하는 만큼이나 빈타는 안심이 되었고, 쿤타가 다시 배고프다고 울자 빈타는, 아이에게 젖을 물리는 대신에 볼기짝을 흠씬 때려 주고는, 우유를 한 바가지 주었다.

3

비가 세 차례 왔고, 지난번 거두어들인 곡식과 다른 말린 양식이 마을의 창고에서 거의 바닥나서, 궁핍한 철이 되었다. 남자들이 사냥을 나갔지만, 주푸레 사람들이 다음 걸이를 위해서 씨를 뿌리느라고 힘을 다 써야 할 무렵인데 사바나의 웅덩이들이 말라 버려 크고 훌륭한 사냥감 짐승들이 모두 깊은 숲으로 옮겨 갔기 때문에, 그들은 작은 영양 몇 마리나 멍청한 숲새 몇 마리만 가지고 돌아왔다. 벌써부터 아낙네들은 그들의 주식인 쿠스쿠스와 쌀밥 대신에, 맛이 없거나 나쁜 대나무 줄기와 말린 바오밥 잎사귀를 밥상에 차려 놓았다. 굶주림의 시기가 어찌나 일찍 왔던지, 모든 사람의 기도가 힘을 써서 마을을 굶주림으로부터 구원해 달라는 소망을 알라신이 들어주게끔 (지난번보다 훨씬 많이) 염소 다섯 마리와 불깐 소 두 마리를 제물로 내놓기도 했다.

드디어 뜨거운 하늘에 구름이 끼고, 산들바람이 거세어지고, 언제나 그렇듯이 갑작스럽게, 조금씩 비가 내리기 시작해서 따스하고 부드럽게 흙을 적시자, 농부들은 괭이로 길고 곧은 밭이랑을 일구어 씨뿌릴 준비를 했다. 그들은 큰비가 내리기 전에 모내기를 끝내야 한다는 사실을 알았다.

다음 며칠 동안, 아침에 식사를 끝내고 나서, 농부의 아내들은 통나무배를 타고 그들의 논으로 가는 대신, 커다랗고 신선한 잎으로 엮은 전통적인 풍요함을 상징하는 초록빛 의상을 걸치고, 남자들이 일군

밭이랑으로 나갔다. 커졌다 작아졌다 하면서 그들의 목소리가 먼저 들려오다가, 모습을 나타낸 여자들은 머리에 인 질그릇에 담긴 쿠스쿠스나 땅콩이나 다른 씨앗들이 힘차게 뿌리를 뻗어 자라나라고, 대대로 전해 내려온 기도를 읊어 대었다.

맨발로 발걸음을 맞추면서, 여인들이 줄지어 농부들의 밭을 하나씩 돌아가며 노래를 세 차례씩 불렀다. 다음에 그들은 흩어져서, 저마다 한 남자의 뒤에 서서, 이랑을 하나씩 따라 나아가며, 엄지발가락으로 몇 자씩 간격을 두고 흙에다 구멍을 뚫어 놓았다. 여인들은 구멍마다 씨앗을 하나씩 넣고, 엄지발가락으로 흙을 덮으며, 앞으로 나아갔다. 여자들은 남자들보다도 더 열심히 일해야 했으니, 그들은 남편을 도와야 할 뿐 아니라, 논도 돌보고 또한 부엌 주변에 일군 텃밭도 매야 했다.

빈타가 양파와, 마와, 박과, 카사바와, 쓴 토마토를 심는 동안, 어린 쿤타는 나이가 다섯 장마철 이하인 아이들로 이루어진 첫 카포에 속하는 주푸레의 모든 아이들을 돌보는 늙은 할머니 몇 사람이 지켜보는 동안, 제멋대로 뛰어놀며 나날을 보냈다. 겨우 몇 마디 말을 하기 시작한 몇 명을 포함해서 사내아이와 계집아이들은 어린 동물처럼 다 같이 발가벗고 뛰어다녔다. 쿤타와 마찬가지로 그들은 모두 빨리 자랐으며, 웃고 소리를 지르면서 그들은 마을의 거대한 바오밥 주변에서 서로 쫓아다니고, 숨바꼭질을 하고, 털과 깃털을 날리며 도망치는 개와 닭들을 따라다니며 흩어 놓았다.

그러나 모든 아이들은, 심지어 쿤타처럼 작은 아이들까지도, 늙은 할머니 한 사람이 얘기를 해준다고 하면, 재빨리 모여들어 얌전히 앉아서 입을 다물고 기다렸다. 못 알아듣는 말이 많기는 해도, 쿤타는 눈을 동그랗게 뜨고, 마치 지금 그런 일이 정말로 벌어지기라도 하는 듯한 시늉을 해가면서 소리를 내는 할머니들의 얘기에 귀를 기울였다.

비록 어리기는 해도 쿤타는 야이사 할머니의 오두막을 찾아갔을 때 할머니가 그에게만 들려주었던 얘기들이 벌써부터 귀에 익었다. 그의 첫 카포 동무들과 마찬가지로 그는 가장 얘기를 잘하는 사람은 친근하고, 신비스럽고, 괴팍한 뇨 보토 할머니라고 생각했다. 머리가 벗겨지고, 주름살이 깊이 패고, 솥의 밑바닥처럼 새까맣고, (콜라 열매를 수없이 씹어서 짙은 오렌지빛이 되어 버린) 몇 개 안 남은 이빨 사이로 곤충의 더듬이처럼 기다란 레몬풀 뿌리를 빼물고 씹어 대던 늙은 뇨 보토는 나지막한 둥근 의자에 끙끙대며 앉아 자리를 잡고는 했다. 비록 심술궂게 행동하기는 했지만, 그녀가 스스로 모두 친자식이나 마찬가지라고 했던 아이들을 진심으로 사랑한다는 사실을 아이들은 알았다.

그들에게 둘러싸여서 그녀는 거친 목소리로 말하고는 했다.「애기를 하나 해주마…….」

「그래요!」기대에 넘쳐서 꼼지락거리며 아이들이 다 같이 말했다.

그러면 그녀는 모든 만딩카 이야기꾼과 똑같은 방법으로 애기를 시작했다.「옛날 어느 마을에, 어떤 아이가 살았단다.」그 아이는 그들만큼 장마철을 지낸 작은 사내아이였으며, 어느 날 강둑으로 가서 그물에 걸린 악어를 보았다고 그녀는 말했다.

「날 살려 다오!」악어가 소리쳤다.

「그러면 날 잡아먹으려고요!」아이가 외쳤다.

「아냐! 이리 가까이 오너라!」악어가 말했다.

그래서 소년은 악어에게로 다가갔고, 당장에 기다란 악어 주둥이의 이빨에 물리게 되었다.

「나는 착한 일을 했는데 나한테 왜 이렇게 나쁜 짓으로 갚나요?」소년이 소리쳤다.

〈물론이지〉라고 악어가 악문 입으로 말했다.「세상 이치가 그러니까.」

소년이 그런 말을 못 믿겠다고 했더니 악어는 지나가는 세 증인의 의견을 들어 보기 전에는 그를 삼키지 않겠다고 동의했다. 맨 처음에 늙은 노새가 나타났다.

소년이 그의 의견을 묻자 노새가 말했다.「내가 이젠 늙어서 더 이상 일을 못하게 되었다고, 우리 주인은 표범들에게나 잡아먹히라고 날 쫓아냈단다!」

「알겠지?」악어가 말했다. 다음에 지나던 늙은 말도 같은 애기를 했다.

「알겠지?」악어가 말했다. 다음에는 통통한 토끼가 오더니 말했다. 「글쎄, 난 어쩌다가 이런 일이 벌어지게 되었는지 처음부터 내 눈으로 보지 않고는 타당한 의견을 제시하기가 어렵겠어.」

투덜거리면서 악어는 그에게 얘기를 하려고 입을 벌렸고, 소년은 깡충 뛰어서 안전하게 강둑으로 도망쳤다.

「너 악어고기 좋아하니?」 토끼가 물었다. 소년은 그렇다고 했다. 「그럼 너희 부모님들도 마찬가지이겠구나?」 소년은 다시 그렇다고 했다. 「그렇다면, 솥에 들어갈 악어가 여기 있잖니.」

소년은 달려가서 마을 남자들과 함께 돌아왔고, 그들은 소년을 도와서 악어를 잡았다. 그러나 그들이 데리고 온 우올로 개가 토끼를 쫓아가서 그것도 물어 죽였다.

「그러니까 악어의 말이 옳았지.」 뇨 보토가 말했다. 「세상의 이치란 그런 것이어서, 선을 악으로 갚는단다. 내가 해준 얘기의 뜻이 그것이야.」

「축복을 받으시고, 복 많이 받아서 건강히 잘 사세요!」 아이들이 고마워서 말했다.

그러면 다른 할머니들은 갓 구운 딱정벌레와 메뚜기를 담은 그릇들을 아이들에게 돌렸다. 이것은 다른 계절이었다면 맛있는 군것질에 불과했겠지만, 큰비가 오기 직전인 지금은 이미 배고픈 철이 시작된 때여서, 대부분의 집 헛간에는 쿠스쿠스와 쌀이 조금씩밖에 남지 않았기 때문에, 구운 벌레로 그들은 점심을 때워야 했다.

4

이제는 거의 매일 아침마다 시원하고 짤막한 소나기가 내렸고, 비가 걷히는 틈틈이 쿤타와 그의 동무들은 밖으로 나가 신이 나서 뛰어다녔다. 「내 무지개다! 내 무지개!」 전혀 멀리 떨어지지 않은 듯싶은 예쁜 무지개가 동그라미를 그리고 땅으로 내려오면 아이들이 소리를 질렀다. 그러나 소나기는 날아다니는 곤충 떼를 몰고 오기도 해서, 악착같이 물고 쏘는 벌레들 때문에 아이들은 곧 집 안으로 들어가야 했다.

그러더니 어느 날 한밤중에 갑자기 큰비가 내리기 시작했고, 추운 오두막 안에서 사람들은 웅숭그리며, 이엉을 두드리는 빗소리에 귀를 기울였고, 밤새도록 우르릉거리는 무서운 천둥소리를 들으며, 번쩍거리는 벼락을 지켜보면서, 아이들을 달래 주었다. 폭우가 쏟아지는 사이사이에 그들은 자칼이 울부짖고, 하이에나가 울어 대고, 개구리들이 개굴거리는 소리를 들었다.

이튿날 밤에, 그리고 그다음 날, 그리고 또 그다음에도, 비는 밤에만 쏟아졌고, 강 부근의 낮은 지역에 홍수가 나서 밭은 물바다가 되었고, 마을은 개펄처럼 바뀌었다. 그래도 아침이면 밥을 먹기 전에, 모든 농부는 흙탕물을 헤치고 주푸레의 작은 모스크로 가서, 아직도 비를 더 내려 달라고 알라신에게 기원했는데, 그것은 뜨거운 태양이 돌아와서, 살아나기에 충분한 물을 뿌리로 미처 찾아내지 못한 곡식들을 말려 죽이기 전에, 많은 물이 쏟아져 흙을 속속들이 적셔 놓지 않으면 그들의 목숨 또한 살아남지 못하겠기 때문이었다.

눅눅한 아이들의 오두막에서, 흙바닥의 얕은 아궁이에다 마른 나뭇가지와 쇠똥 덩어리로 불을 지펴 별로 따뜻하지도 못하고 불빛도 침침한 속에서, 늙은 뇨 보토는 쿤타와 다른 아이들에게 큰비가 충분히 내리지 않아서 고생했던 시절에 대한 얘기를 들려주었다. 아무리 험한 일이 닥치더라도 뇨 보토는 항상 더 어려웠던 시절의 얘기를 기억해 내었다. 큰비가 이틀 동안 내리고 난 다음에 타오르는 태양이 찾아왔다고 그녀는 그들에게 얘기했다. 사람들이 알라신에게 무척 열심히 기도하고, 전통적인 비의 춤을 추고, 염소 두 마리와 불깐 소 한 마리를 날마다 제물로 바쳤어도, 결국 땅에서 자라는 모든 식물이 말라 죽기 시작했다. 숲 속의 샘들조차 말라 버렸고, 그러자 처음에는 야생 금수들이, 그리고 나중에는 숲의 짐승들이 목말라 병이 들어서 마을 우물가에 나타나기 시작했노라고 뇨 보토는 얘기했다. 수정처럼 맑은 하늘에서는 밤마다 수천 개의 밝은 별들이 빛났고, 찬바람이 불어왔으며, 점점 더 많은 사람들이 병들었다. 악귀들이 주푸레에 나타났음이 분명했다.

기운이 남은 사람들이 기도와 춤을 계속했고, 결국 마지막 날은 염소와 불깐 소도 제물로 바쳤다. 마치 알라신이 주푸레 마을에 등을 돌린 듯싶었다. (늙고, 약하고, 병든) 사람들이 죽기 시작했다. 다른 사람들은 마을을 떠나 다른 마을로 찾아가서는, 식량을 소유한 사람들에게 배 속에 집어넣을 음식만 주면 좋겠다면서 그들을 노예로 받아 달라고 애원했으며, 뒤에 남은 사람들은 기진맥진하여 오두막 안에 누워 죽을 날만 기다렸다. 바로 그때에 알라신이 이슬람교의 도사인 카이라바 쿤타 킨테의 발길을 굶주림의 마을 주푸레로 인도했다고 뇨 보토는 말했다. 사람들에게 닥친 재앙을 보고 그는 꿇어앉아서 (거의 잠도 자지 않고 물만 몇 모금씩 마시면서) 닷새 동안 알라신에게 기도를 드렸다. 그리고 다섯 번째 날 저녁에 홍수처럼 큰비가 쏟아져서 주푸레 마을은 구원을 받았다.

그녀의 애기가 끝나자 다른 아이들은, 쿤타의 할머니 야이사의 남편이었던 훌륭한 할아버지의 이름을 지닌 쿤타를 새삼스럽게 존경스러운 눈으로 쳐다보았다. 전에도 쿤타는 다른 아이들의 부모가 야이사의 앞에서 어떻게 행동하는지를 보아 왔고, 늙은 뇨 보토가 확실히 그렇듯이 할머니 또한 얼마나 훌륭한 여자인지를 그는 깨달았다.

큰비는 계속해서 밤마다 내렸고, 어른들이 발목까지 그리고 심지어 무릎까지 흙탕물에 잠기면서 걸어다니고, 그러고는 마을 여기저기 다니려면 통나무배를 타고 노를 저어야 하는 광경을 쿤타와 다른 아이들은 보게 되었다. 쿤타는 강물이 불어서 논에 홍수가 났다고 빈타가 오모로에게 하는 애기를 들었다. 춥고 배가 고파진 아이들의 아버지들은 소중한 염소와 불깐 소를 거의 날마다 알라신에게 제물로 바쳤고, 비가 새는 지붕을 땜질해 고쳤으며, 가라앉은 오두막을 둑으로 끌어올리고는, 없어져 가는 쌀과 쿠스쿠스로 수확기까지 겨우 지탱하게 되기를 기도했다.

그러나 쿤타와 다른 아이들은, 아직도 아이들이었던지라, 쓰라린 배고픔에는 별로 관심도 없이 진흙탕 속에서 놀며, 서로 씨름을 하고, 발가벗은 궁둥이로 미끄럼을 타며 놀았다. 그러나 다시 태양을 보고 싶은 마음에서 그들은 (부모들이 그러는 것을 보았듯이) 시커먼 하늘을 향해 손을 저으면서 소리쳤다.「빛나라, 태양이여. 그러면 내가 염소를 죽여 바치겠노라!」

생명을 주는 비가 모든 자라나는 것들을 신선하고 풍요롭게 했다. 어디서나 새들이 노래를 불렀다. 나무와 풀들은 향기로운 꽃망울을 터뜨렸다. 검붉고 끈적끈적한 발밑의 진흙은 아침마다 새로 한 겹씩 깔렸고, 환한 빛깔의 꽃잎과 푸른 나뭇잎들은 어젯밤 비로 떨어져 흩어졌다. 그러나 자연의 모든 푸름에도 불구하고, 풍성하게 자라는 곡식은 아직 하나도 먹을 만큼 영글지가 않아서, 주푸레 사람들 사이에는 병이 자꾸만 번졌다. 어른이나 아이들은 다 같이 나무에 묵직하게 매달린 통통한 수천 개의 망고와 원숭이사과를 굶주린 눈으로 물끄러미 쳐다보았지만, 초록빛 과일들은 돌멩이처럼 딱딱했으며, 그것을 먹은 사람들은 병이 나거나 구역질을 했다.

「뼈하고 가죽만 남았구나!」 쿤타를 볼 때마다 야이사 할머니는 요란하게 혀를 차며 한탄했다. 그러나 사실은 할머니도 쿤타와 마찬가지로 야위었으며, 주푸레의 모든 헛간은 이제 완전히 텅 비었다. 잡아먹거나 제물로 바치지 않은, 몇 마리 남지 않은 마을의 소와 염소와 닭은 다음 해에 태어날 새끼 염소나 송아지나 병아리들을 얻기 위해서 (먹이까지 주며) 살려 두어야 했다. 그래서 사람들은 해가 뜰 때부터 질 때까지 계속해서 마을 안이나 주변에서 찾아낸 쥐와 풀뿌리와 잎사귀들을 먹기 시작했다.

다른 해 이맘때에 흔히 그랬듯이 남자들이 야생 동물을 사냥하러 숲으로 나간다고 해도, 그들에게는 잡은 짐승을 마을로 가지고 돌아올 기운이 남지 않았다. 부족의 금기 사항이었기 때문에 만딩카 사람들은 사방에 흔한 원숭이와 비비를 잡아먹지 않았을 뿐 아니라, 그들은 사방에 흩어진 달걀이나 독을 품었다고 만딩카 사람들이 생각했던 황소개구리에는 손도 대려고 하지 않았다. 그리고 신앙심이 깊은 무슬림인 그들은 마을로 떼 지어 자주 내려오는 멧돼지를 잡아먹기보다는 차라리 굶어 죽기를 택했다.

오래전부터 두루미들이 마을의 비단솜나무 꼭대기 가지에 둥지를 틀었고, 새끼들이 부화하면 어미 두루미들은 새끼에게 먹이려고 볼롱에서 막 잡은 물고기를 물고 왔다. 적절한 때를 노려서 할머니들과 아이들은 나무 밑으로 달려가서, 고함을 지르며 돌멩이와 막대기를 둥지로 던졌다. 그러면 가끔, 시끄러운 소리에 놀란 어린 두루미가 입을 벌려 물고기를 놓치고, 둥지에서 흘린 물고기는 높다란 나무의 무성한 잎사귀들 사이로 미끄러져 땅바닥에 털썩 떨어졌다. 아이들은 그것을 차지하기 위해 싸움을 벌이고, 누군가의 가족은 저녁을 잘 먹게 되었다. 어쩌다가 아이들이 던진 돌멩이가 앙상하고 깃털이 가느다란 어린 두루미에 맞으면, 새끼는 물고기와 함께 떨어져서 땅에 부딪혀 죽거나 다치고, 그러면 그날 밤에는 몇 식구들이 두루미 국을 먹게 되었다. 그러나 그런 음식은 흔하지 않았다.

저녁 늦은 시간에 모든 식구들은 저마다 찾아낸 먹을거리를 가지고 오두막으로 돌아와서 다시 만나고, (어쩌다가 재수가 좋아서 커다란 딱정벌레의 유충 한 움큼이나 두더지 한 마리라도 구하게 되면) 그날 저녁에 먹을 국에 넣고는 후추와 양념을 잔뜩 쳐서 맛을 돋우었다. 그러나 그런 식으로 배를 채워 봤자 영양분은 별로 섭취하지를 못했다. 그래서 주푸레 사람들은 죽어 가기 시작했다.

5

이제는 점점 더 자주 여자의 통곡 소리가 마을 여기저기서 들려왔다. 통곡 소리가 무엇을 의미하는지 아직 이해를 못하는 아기들과 어린애들은 차라리 다행인 셈이어서, 쿤타만큼만 나이를 먹었어도 그 울음소리가 사랑하는 어떤 사람이 방금 죽었음을 뜻한다는 사실을 알았다. 오후가 되면 가끔, 밭에서 김을 매던 병든 농부가 뻣뻣하게 굳은 채로 황소 가죽 들것에 실려 꼼짝없이 마을로 돌아왔다.

그리고 어떤 어른들은 병으로 다리가 부어올랐다. 그리고 또 어떤 사람들은 열이 나서 땀을 잔뜩 흘리거나 춥다고 몸을 덜덜 떨었다. 그리고 거의 모든 아이들은 팔이나 다리의 어떤 부분이 조금 부풀어 올라서는, 빠른 속도로 커져서 고통스럽게 쓰라리기 시작했고, 그러다가는 부어오른 곳이 찢어지면서 분홍빛 액체가 흘러나오다가는, 곧 누런 고름으로 변했고, 심한 악취가 나서 파리들이 윙윙대며 꾀어들었다.

쿤타는 커다랗게 찢어진 다리의 상처에서 오는 통증 때문에 어느 날 뛰어가다가 고꾸라지고 말았다. 심하게 넘어진 그를 보고 놀라서 소리를 지르며 친구들이 잡아 일으켰는데, 그의 이마에서는 피가 났다. 빈타와 오모로가 농사일을 하러 멀리 나갔기 때문에 그들은 벌써 며칠째 탁아소 오두막에 나타나지 않던 야이사 할머니의 오두막으로 그를 서둘러 데리고 갔다.

그녀는 검은 얼굴이 앙상하게 야위어서 무척 기운이 없어 보였으며, 대나무 자리에 누워서 쇠가죽을 덮고 땀을 흘렸다. 그러나 그녀는 쿤타를 보자 자리에서 벌떡 일어나 피가 흐르는 그의 이마를 닦아 주었다. 그를 꼭 껴안고 그녀는 다른 아이들더러 어서 달려가 겔렐랄루 개미를 좀 잡아 오라고 일렀다. 아이들이 개미를 잡아 가지고 돌아오자, 야이사 할머니는 찢어진 상처의 언저리 살갗을 꼭 누르고는, 상처 위에 바동거리는 군대 개미들을 한 마리씩 놓았다. 찢어진 상처의 양쪽 살점을 화가 난 개미들이 저마다 힘센 집게로 꽉 깨물면, 재빨리 개미의 몸을 잡아채서 머리만 떨어지게 했고, 그렇게 해서 그녀는 상처를 꿰매었다.

다른 아이들을 보내고서 그녀는 쿤타더러 그녀의 곁에 누워서 쉬라고 했다. 그는 자리에 누워서, 할머니가 아무 말도 없이 힘겹게 몰아쉬는 숨소리를 들었다. 그러더니 야이사 할머니는 침대 옆 선반의 책 더미를 손으로 가리켰다. 할머니는 그것이 할아버지의 책이라면서, 나지막한 목소리로 천천히 할아버지에 대한 얘기를 더 들려주었다.

고향의 나라 마우레타니아에서, 카이라바 쿤타 킨테의 나이가 서른다섯 장마철이었을 때 으뜸가는 무슬림 도사이던 그의 스승이 그에게 축복을 내려 성자로 만들어 주었다고 야이사 할머니가 말했다. 쿤타의 할아버지는 옛 말리 시절까지 수백 장마철을 거슬러 올라가는 성자들의 전통을 그대로 따랐다. 네 번째 카포 나이가 된 그는 늙은 도사에게 자기를 제자로 받아들여 달라고 부탁했으며, 그로부터 열다섯 장마철 동안 그는 알라신과 그의 백성들에게 봉사하기 위해서, 여러 아내와 노예와 제자와 소와 염소들과 함께 무리를 지어 이 마을 저 마을로 순례 여행을 했다. 먼지가 심한 오솔길이나 흙탕물이 흐르는 개천, 뜨거운 태양이나 차가운 비, 푸른 계곡이나 바람이 부는 황무지를 가리지 않고, 그들은 마우레타니아에서 남쪽으로 먼 길을 갔다고 할머니가 말했다.

성자로 서품된 뒤 카이라바 쿤타 킨테는 여러 달 동안 혼자 방랑하면서, 케일라와 드제엘라와 캉가바와 팀북투 같은 옛 말리의 여러 곳을 찾아가, 아주 위대하고 나이가 많은 성자들을 만나고 그들 앞에 엎드려 그가 성공하도록 축복을 내려 달라고 탄원했으며, 그들은 모두 선뜻 그의 소망을 들어주었다. 그런 다음에 알라신은 젊은 성자의 발길을 남쪽으로 인도해서, 결국 그는 감비아에 이르렀으며, 파칼리 은

딩 마을에 가장 먼저 머물렀다.
 얼마 안 가서 마을 사람들은 이 젊은 성자가 드리는 기도의 효험을 보고는 알라신이 그에게 특별한 호의를 베풀어 주었음을 깨달았다. 얘기하는 북들이 소식을 널리 전했으며, 곧 다른 마을 사람들은 그를 유혹해 끌어가려고 심부름꾼들을 보내 아내로 맞을 성숙한 처녀와 노예와 소와 염소들을 그에게 바쳤다. 그리고 얼마 후에 그는 자리를 옮겼고, 이번에는 지파롱 마을로 갔는데, 지파롱 사람들은 그의 기도에 감사하는 뜻으로 바칠 만한 선물이 거의 없었지만, 그는 알라신의 부름을 받았기 때문에 그곳을 찾았다. 그곳에서 그는 큰비가 내리지 않아 사람들이 병들고 죽어 간다는 주푸레 마을 얘기를 듣게 되었다. 그래서 그는 드디어 주푸레를 찾았고, 닷새 동안 쉬지 않고 기도를 드렸으며, 결국 알라신은 큰비를 보내 주어 마을을 구했다고 야이사 할머니가 말했다.
 쿤타의 할아버지가 행한 위대한 업적을 알게 되자, 감비아에서 이 지역을 다스리던 바라의 왕은 손수 젊은 성자의 첫 아내가 될 만한 처녀를 골라 보냈는데, 그녀의 이름은 시렝이었다. 시렝에게서 카이라바 쿤타 킨테는 두 아들을 얻어서, 그들을 잔네와 살룸이라고 이름 지었다.
 여기까지 얘기를 하고 나자 야이사 할머니는 대나무 자리 위에 일어나 앉았다. 「이 무렵에 그는 세오루바를 추던 야이사를 보게 되었단다!」 눈을 반짝이며 그녀가 말했다. 「내 나이는 열다섯 장마철이었지!」 그녀는 이빨이 빠진 잇몸을 드러내며 활짝 미소를 지었다. 「그분은 다음 아내를 고르는 데 왕의 도움이 필요 없었어!」 그녀는 쿤타를 쳐다보았다. 「그분은 내 배 속에서 네 아버지 오모로를 얻었단다!」
 그날 밤 어머니의 오두막으로 돌아간 쿤타는 늦게까지 잠을 이루지 못하면서 야이사 할머니가 그에게 들려준 얘기들을 곰곰이 생각해 보았다. 여러 번이나 쿤타는 기도를 드려서 마을을 구했고 나중에 알라신이 다시 데려갔다는 성자 할아버지에 대한 얘기를 들었었다. 그러나 그 사람은 그의 아버지의 아버지였고, 자기가 오모로를 알듯이 오모로가 그를 알았고, 빈타가 자기의 어머니이듯이 야이사 할머니가 오모로의 어머니라는 사실들을 쿤타는 지금까지 제대로 이해했던 적이 없었다. 언젠가는 자기도 또한 아들을 낳아 줄 빈타 같은 여자를 찾아내리라. 그러면 그의 아들은 다시……

 몸을 뒤척이다가 눈을 감고 쿤타는 이런 깊은 생각에서 잠으로 빠져 들어갔다.

                                6

 다음 며칠 동안, 해가 지기 바로 전에, 빈타는 논에서 돌아오면, 쿤타를 시켜 마을의 우물에서 신선한 물을 한 바가지 길어 오게 해서는, 어디선가 겨우 찾아낸 쓰레기 같은 먹을거리로 국을 끓였다. 그러고는 죽을 좀 퍼가지고 그녀와 쿤타는 마을을 건너 아이사 할머니에게로 갔다. 보통 때보다 빈타의 걸음걸이가 무척 느리다고 쿤타는 생각했으며, 어머니의 배가 무척 크고 무거워졌음을 알아차렸다.
 곧 다시 건강해질 테니까 걱정 말라고 아이사 할머니가 힘없이 잔소리를 하는 사이에 빈타는 오두막 안을 치우고 물건들을 정리했다. 그리고 그들은 궁핍할 때나 먹으려고 야생 해나무의 검은 열매를 말려서 노란 가루를 씌워 빈타가 만든 빵을 조금 가지고 국 한 그릇을 먹도록 아이사 할머니를 침대에 버티어 앉혀 주고는 그곳을 떠났다.
 그러던 어느 날 밤 쿤타는 아버지가 마구 흔드는 바람에 잠이 깨었다. 빈타는 그녀의 침대에서 나지막한 신음 소리를 냈고, 오두막 안에서는 뇨 보토와 빈타의 친구 잔카이 투라이도 바삐 돌아다녔다. 오모로는 쿤타를 데리고 서둘러 마을을 가로질러 갔고, 쿤타는 아버지의 침대에 누워 도대체 무슨 일인가 궁금해하다 다시 잠이 들었다.
 아침에 오모로는 다시 쿤타를 깨우고 말했다. 「너한테 사내 동생이 생겼단다.」 졸려서 억지로 일어나 꿇어앉아서 눈을 비비며 쿤타는 평상시에는 엄격하던 아버지가 저렇게 즐거워하는 모습을 보니 무척 특별한 일이 생겼나 보다고 생각했다. 오후에 쿤타가 자기 카포 또래의 친구들과 함께 먹을거리를 찾아다니는데, 뇨 보토가 그를 부르더니 빈타에게로 데리고 갔다. 무척 피곤한 얼굴로 그녀는 침대 가장자리에 앉아 아기를 무릎 위에 놓고 조심스럽게 어루만졌다. 쿤타는 조그맣고 쪼글쪼글하고 까만 아기를 한참 동안 살펴보았고, 그러고는 아기에게 미소를 짓는 두 여자를 보았으며, 그리고 그는 빈타의 커다란 배가 어느 틈엔가 사라졌음을 깨달았다. 아무 말도 없이 다시 밖으로 나간 쿤타는 한참 가만히 서 있다가, 친구들과 다시 어울리는 대신, 그는 아버지의 오두막 뒤로 가서 홀로 앉아 자기가 무엇을 보았는지를 생각했다.

그로부터 이레 동안 쿤타는 계속해서 오모로의 오두막에서 잠을 잤지만, 새로 태어난 아이에게 관심이 쏠린 가족은 어느 누구도 쿤타를 의식하거나 걱정해 주지 않았다. 그는 그의 어머니가 (그리고 아버지도 또한) 이제는 자기를 원하지 않는다는 생각이 들기 시작했는데, 아이가 태어난 지 여드레째 되던 날 저녁 오모로는 주푸레에서 거동을 할 수 있는 모든 사람과 함께 그를 어머니의 오두막 앞에다 불러 모으고는, 새로 태어난 아기를 위해 고른 라민이라는 이름을 알려 주었다.

그날 밤 쿤타는 (제 침대로 되돌아와서 어머니와 새로 태어난 동생 곁에서) 평화롭게 잠을 잘 잤다. 그러나 빈타는 며칠 후 기운을 되찾자마자, 아침을 지어 오모로와 쿤타에게 차려 준 다음, 아기를 데리고 야이사 할머니의 오두막으로 가서는, 그곳에서 날마다 하루를 거의 다 보내고는 했다. 빈타와 오모로의 얼굴에서 걱정스러운 표정을 보고 쿤타는 야이사 할머니가 무척 병이 심하다는 사실을 알았다.

며칠이 지난 다음, 어느 날 오후 늦게, 그의 카포 또래 동무들과 함께 그는 드디어 영근 망고를 따러 나갔다. 근처의 바위에다 노란 오렌지빛 단단한 껍질을 부딪쳐 깨트린 다음 그들은 통통한 쪽을 물어뜯어, 연하고 달콤한 살을 짜내어 빨아먹었다. 그들이 원숭이사과와 야생 캐슈 열매를 몇 바구니 주워 모았을 때, 쿤타는 할머니의 오두막 쪽에서 갑자기 들려오는 귀에 익은 통곡 소리를 들었다. 그것은 최근 몇 주일 동안에 무척 자주 들었던 죽음의 통곡 소리와 똑같은 어머니의 목소리였기 때문에 그는 등골이 오싹했다. 다른 여자들이 곧 울부짖는 울음소리를 따라 했고, 그 소리는 곧 마을 전체로 퍼져 나갔다. 쿤타는 할머니의 오두막을 향해서 정신없이 달려갔다.

우왕좌왕 사람들이 밀리는 혼란 속에서 쿤타는 고통스러워하는 오모로와 뼈저리게 흐느끼는 늙은 뇨 보토를 보았다. 잠시 후 토발로 북을 두드리는 소리가 울렸고, 잘리바는 주푸레에서 오랜 세월을 살았던 야이사 할머니의 행적을 큰 소리로 읊었다. 놀라서 정신이 빠진 쿤타는, 사람이 죽었을 때의 관습에 따라, 풀로 엮은 널따란 부채로 땅을 쳐서 먼지를 일구는 마을 처녀들을 멍하니 서서 구경했다. 쿤타에게 신경을 쓰는 사람은 아무도 없는 듯싶었다.

빈타와 뇨 보토와 곡을 하는 다른 두 여자가 오두막으로 들어서자, 밖에 모인 사람들은 무릎을 꿇고 앉아서 머리를 조아렸다. 쿤타는 슬퍼서라기보다는 겁이 나서 갑자기 울음을 터뜨렸다. 잠시 후에 새로 쪼갠 커다란 통나무를 가지고 남자들이 오더니 오두막 앞에다 내려놓았다. 쿤타는 하얀 천으로 목에서부터 발까지 둘둘 감은 할머니의 시체를 들고 나와서 통나무의 편편한 쪽 표면 위에다 내려놓는 여자들을 보았다.

아이사 둘레를 일곱 겹으로 동그랗게 에워싸고 돌며, 기도를 드리고 읊조리는 문상들을 쿤타는 눈물 젖은 눈으로 지켜보았고, 알리마모는 그녀가 알라신과 그녀의 조상들과 함께 영원한 삶을 살기 위해 여행을 떠났다고 통곡했다. 그 먼 길을 여행할 힘을 그녀에게 주려고 젊은 총각들은 깨끗한 잿가루를 채운 쇠뿔을 그녀 주변에 조심스럽게 잔뜩 늘어놓았다.

대부분의 문상객이 줄지어 가버린 다음에, 뇨 보토와 다른 늙은 여자들은 근처에 자리를 잡고 쭈그리고 앉아서 흐느끼며, 손으로 그들의 머리를 쥐어짰다. 그러자 젊은 여자들은 밤샘을 하는 동안 늙은 여자들의 머리가 비에 젖지 말라고 가장 커다란 시보아 잎사귀들을 구해서 가져왔다. 그리고 늙은 여자들이 앉아 밤샘을 하는 사이에, 마을의 북들은 밤이 무척 깊도록 아이사 할머니에 대한 얘기를 했다.

안개가 자욱한 아침이 오자, 선조들의 풍습에 따라, (걸을 힘이 있는) 주푸레의 남자들만 모여 행렬을 이루어, 마을에서 별로 멀지 않은 무덤으로 갔는데, 조상들의 영혼에 대한 두려움과 존경심 때문에 만딩카 사람들은 다른 때라면 묘지에는 절대로 가지 않았다. 통나무 위에 누운 아이사 할머니를 들어 나르는 남자들 뒤에서는, 너무 겁이 나서 울지도 못하는 쿤타의 한 손을 잡은 오모로가 아기 라민을 안고 따라갔다. 그리고 그들 뒤에는 마을 남자들이 따라갔다. 하얗게 감싼 빳빳한 시체는 새로 판 구덩이로 내려 보내고, 그녀의 시신 위에는 등나무로 두툼하게 엮은 자리를 덮었다. 다음에는 시체를 파먹으려는 하이에나를 막으려고 가시 돋친 나뭇가지들을 넣었으며, 나머지 구덩이는 돌과 신선한 흙을 채워서 봉분을 만들었다.

그 후로 여러 날 동안 쿤타는 거의 먹지도 않고 잠을 자지도 않았으며, 카포 또래 친구들과 같이 어울려 돌아다니지도 않았다. 그가 어찌나 슬퍼했던지 어느 날 밤 오모로는 그를 자기 오두막으로 데리고 가서, 그의 침대 옆에서 여태껏 들어 본 적이 없을 정도로 부드럽고 차분한 목소리로 아들에게 슬픔을 잊게 해줄 만한 얘기를 들려주었다.

그는 어느 마을에나 세 종류의 사람들이 산다고 말했다. 첫 번째 종류의 사람들은 네가 주변에서 보는 사람들 — 걸어다니고, 먹고, 잠자고, 일하는 사람들이다. 두 번째는 이제 야이사가 만나러 간 조상들이었다.

「그럼 세 번째 사람들은 — 그 사람들은 누구예요?」 쿤타가 물었다.

「세 번째 사람들은 장차 태어나기를 기다리는 사람들이지.」 오모로가 말했다.

7

비가 그쳤고, 맑은 푸른 하늘과 축축한 땅 사이의 대기는 짙푸른 야생 화초와 과일 향기로 가득했다. 이른 아침부터 기장과 쿠스쿠스와 땅콩을 여자들이 절구에 찧는 소리가 들려왔는데, 이번에 거두어들인 곡식이 아니라 지난해 추수 때 땅에 떨어져 살아남은 씨앗들에서 일찍 자란 소출이었다. 남자들은 사냥을 나가서 훌륭하게 살찐 영양을 잡아 가지고 돌아와서는, 고기를 나눠 준 다음에 가죽을 벗겨 질겨지도록 길을 들였다. 그리고 여자들은 나무 밑에다 천을 펴놓고 붉게 영근 망카노딸기를 흔들어 털어서 부지런히 모아다가, 햇볕에 말린 다음에, 맛 좋은 푸토 가루에서 씨를 가려내려고 곱게 빻았다. 그들은 무엇 하나 버릴 줄을 몰랐다. 그 씨들은 수숫가루에 담가 끓이면 아침마다 먹게 되는 쿠스쿠스 죽과는 달리 계절의 입맛을 돋우는 별식으로, 쿤타와 다른 모든 사람들이 좋아하는 달콤한 아침 죽이 된다.

날이 갈수록 먹을거리가 점점 많아지자, 주푸레에 흘러드는 새 생명이 눈에 보이고 귀에도 들려왔다. 남자들은 더욱 활기찬 발걸음으로 밭에 나가서는 곧 거둬들일 풍성한 곡식을 자랑스럽게 둘러보았다. 불었던 강물이 빠른 속도로 가라앉자 여자들은 날마다 노를 저어 논으로 나가서 줄지어 크고 푸르게 자란 벼들 사이에서 마지막 잡초를 뽑아냈다.

그리고 마을은 오랜 굶주림의 철이 지나고 나서 다시 놀러 나온 아이들이 웃고 떠드는 소리로 시끄러웠다. 이제는 기름진 음식으로 배를 채웠고 상처에 앉았던 딱지가 말라서 떨어지자, 그들은 귀신에게 홀리기라도 한 듯이 정신없이 뛰고 까불었다. 어떤 날에는 아이들이 큼직한 신성투구풍뎅이 몇 마리를 잡아서, 경주를 시키려고 한 줄로 늘어놓고, 막대기로 땅에다 그린 동그라미 안에서 가장 먼저 밖으로 나오는 놈에게 환호성을 올렸다. 또 어떤 날에는 그의 각별한 친구이며 빈타의 오두막 옆에 사는 시타파 실라는 쿤타와 함께 높다란 흙 언덕을 파헤쳐, 안에서 사는 날개가 안 달린 눈먼 흰개미 수천 마리가 쏟아져 나와 미친 듯 달아나려고 우왕좌왕하는 광경을 구경했다.

때때로 사내아이들은 어린 얼룩무늬 다람쥐를 쫓아서 숲으로 몰고 들어갔다. 그리고 그들이 무엇보다도 더 재미있어했던 장난은, 작고 갈색이며 꼬리가 긴 원숭이가 떼를 지어 지나갈 때 돌멩이를 던지고 소리를 지르는 놀이였는데, 그러면 어떤 놈들은 나무 꼭대기 가지에서 빽빽거리는 형제들과 함께 모이려고 뛰어 올라가기 전에 돌멩이를 집어던지기도 했다. 그리고 날마다 소년들은 서로 움켜잡고 널브러지고 낑낑대고 버티면서 씨름을 했는데, 저마다 언젠가는 주푸레의 씨름 선수가 되어 추수 잔치 때 다른 마을의 씨름꾼들과 굉장한 대결을 벌일 선수로 뽑히기를 꿈꾸면서, 넘어졌다가도 벌떡 일어나 다시 처음부터 시작했다.

어디에서라도 아이들 곁을 지나가는 어른들은 시타파와 쿤타와 그들 카포 또래의 다른 아이들이 사자처럼 으르렁거리고 포효하며, 코끼리처럼 코나팔을 불고, 멧돼지들처럼 꾸르륵꾸르륵거리거나 (밥을 짓고, 인형을 돌보아 주고, 쿠스쿠스를 두들기며) 자기들끼리 엄마니 여보니 하고 노는 계집아이들이 눈에 보이지도 않고 그들의 소리가 들리지도 않는 듯이 근엄하게 행동했다. 그러나 아무리 놀이에 정신이 팔렸더라도 아이들은, 어머니로부터 가르침을 받은 그대로, 어른에게는 항상 존경심을 보였고, 인사를 잊는 법이 없었다. 어른들의 눈을 똑바로 겸손하게 쳐다보면서 아이들이 묻는다. 〈케라베(평안하십니까)?〉 그리고 어른들은 대답한다. 〈케라 도롱(평안하고말고).〉 그리고 만일 어른이 손을 내밀면 아이들은 차례로 그 손을 두 손으로 잡은 다음에, 어른이 지나갈 때까지 두 손바닥을 가슴에 포개어 얹고는 서서 기다린다.

쿤타의 가정교육은 어찌나 엄격했던지, 그가 조금만 움직여도 화가 난 빈타의 손가락질을 받는 듯싶었으며, 걸핏하면 붙잡혀서 흠씬 회초리로 맞기도 했다. 식사를 하는 중에 자기 것이 아닌 음식에 손을 댔다가 빈타의 눈에 띄면 그는 머리를 철썩 한 방 맞는다. 그리고 하루 종일 열심히 놀고 나서 때를 말끔히 씻어 버리지 않고 집으로 들어섰다가는, 마른 화초 줄기로 만든 깔깔한 걸레와 그녀가 집에서 만든 비누를 잽싸게 꺼내서 가죽이라도 벗기려나 보다 하는 생각이 들 지경으로 그녀는 쿤타의 때를 밀었다.

어머니나 아버지나 다른 어느 어른이라도 그가 노려보았다가는, 어른들의 얘기에 말참견을 할 때와 마찬가지로, 당장 뺨을 맞았다. 그리고 조금이라도 사실이 아닌 얘기를 한다는 짓은 상상도 못할 일이었다. 그는 거짓말을 해야 할 이유가 없는 듯싶었기 때문에, 어떤 경우에도 결코 거짓말을 하지 않았다.

빈타는 그렇게 생각하지 않는 눈치였지만, 쿤타는 착한 아이가 되려고 최선을 다했으며, 그가 받은 가정교육을 다른 아이들 앞에서 실천에 옮기기 시작했다. 자주 그런 일이 일어났지만, (때로는 험한 말과 삿대질까지도 오갈 정도로) 다른 아이들과 의견 충돌이 생기면, 체면과 자제력이 만딩카 부족의 가장 자랑스러운 특성이라던 어머니의 가르침에 따라, 쿤타는 언제나 돌아서서 자리를 뜨고는 했다.

그러나 거의 매일 밤 쿤타는 (험상궂게 으르렁거리거나 또는 비비처럼 엎드려서 눈알을 굴리고 주먹을 앞발처럼 땅에다 치면서 겁을 주는 일이 많아서) 동생에게 나쁜 짓을 했다고 볼기를 맞았다. 「내가 투봅을 데려오겠어!」 참을 만큼 참았다가 화가 치밀어서 빈타가 쿤타에게 소리를 질렀는데, 그러면 쿤타는 털이 많이 나고 얼굴이 빨갛고 이상하게 생긴 하얀 사람들이 커다란 통나무배를 타고 와서 집에 있는 사람들을 잡아간다고 늙은 할머니들이 하던 얘기를 자주 들었던 터라, 굉장히 겁에 질리고는 했다.

8

날마다 해가 질 때쯤이면 쿤타와 그의 동무들은 너무 놀아서 배가 고파 지치기 마련이지만, 그래도 그들은 서로 다투어 작은 나무로 기어 올라가서 가라앉는 진홍빛 공 같은 해를 가리켰다. 〈내일은 더 멋질 거야!〉 하고 그들은 소리치고는 했다. 그리고 주푸레의 어른들까지도 서둘러 저녁을 먹고 밖으로 나와서는, 짙어지는 어둠 속에 모여, 알라신을 상징하는 초승달이 떠오르면 소리를 지르고, 박수를 치고, 북을 두드려 댔다.

그러나 그날 밤처럼 구름이 새 달을 가리면 사람들은 놀라서 뿔뿔이 흩어졌고, 구름이 새 달을 감추면 하늘의 영혼들이 주푸레 사람들 때문에 화가 났음을 뜻했으므로, 남자들은 모스크로 들어가 용서를 비는 기도를 드렸다. 기도를 끝낸 다음에 남자들은 가족을 이끌고 바오밥으로 갔으며, 나무 밑에는 작은 화톳불을 지펴 놓고 잘리바가 아까부터 쪼그리고 앉아서, 말하는 북의 머리를 불에 쬐어 염소가죽을 한껏 팽팽하게 죄던 참이었다.

불에서 피어오르는 연기 때문에 쓰라린 눈을 비비면서, 쿤타는 여러 다른 마을에서 울려오던 말하는 북소리에 잠을 설쳤던 때가 생각났다. 잠이 깨어 그대로 잠자리에 누운 채로 그는 열심히 귀를 기울였는데, 음향과 박자가 워낙 사람의 말소리와 비슷해서, 기근이나 질병을 얘기하거나, 어느 마을이 약탈을 당했고 불에 탔으며, 사람들이 죽었거나 붙잡혀 갔다는 내용을 그는 마침내 이해하게 되었다.

잘리바 옆 바오밥 나뭇가지에는, 아라팡이 아랍 어로 써놓은, 말하는 표시가 적힌 염소가죽을 걸어 놓았다. 깜박이는 불빛 속에서, 구부러진 막대기의 옹이진 마디로 북의 여러 곳을 민첩하게 아주 빨리 두드리기 시작하는 잘리바를 쿤타가 지켜보았다. 그것은 가장 가까운 곳에 사는 마법사더러 주푸레로 와서 악귀들을 쫓아 달라는 긴박한 전갈이었다.

겁이 나서 달을 올려다보지도 못하며 사람들은 서둘러 집으로 돌아갔고, 걱정스러운 마음으로 잠자리에 들었다. 그러나 밤새도록 가끔씩 다른 마을에서도 마술사가 필요하다면서 주푸레의 애원을 되풀이하는 북들의 얘기가 들려왔다. 쇠가죽을 덮고 부들부들 떨면서, 쿤타는 그 마을에도 달이 구름에 덮인 모양이라고 생각했다.

다음 날, 나이가 오모로와 비슷한 남자들은 마을의 젊은 남자들을 도와서, 거의 다 익은 밭의 곡식들을 이맘때면 계절병처럼 찾아와서 절단 내는 굶주린 비비와 새들을 쫓았다. 두 번째 카포 아이들은 그들이 꼴을 먹이는 염소를 특히 조심해서 지키라는 말을 들었으며, 어머니와 할머니들은 아장아장 걷는 아이나 아기들을 보통 때보다는 훨씬 가까이에서 감시했다. 쿤타나 시타파만큼이나 자란 첫 카포의 가장 큰 아이들은, 별로 멀리 떨어지지 않은 나그네나무[3]로 혹시 어떤 낯선 사람이 다가오지나 않는지 잘 살펴보기 위해, 마을의 높다란 담장을 지나 조금 바깥쪽에서 놀라는 지시를 받았다. 그들은 시키는 대로 했지만 그날은 아무도 오지 않았다.

낯선 사람은 둘째 날 아침에 한 사람 나타났는데, 그는 벗겨진 머리에 커다란 보통이를 이고 나무 지팡이에 의지해서 걷는 무척 늙은 남자였다. 그를 보고 아이들은 소리를 지르며 마을 대문으로 도망쳐 들어갔다. 벌떡 일어난 뇨 보토는 비척비척 걸어와서 커다란 토발로 북을 치기 시작했으며, 남자들은 밭에서 서둘러 돌아와 마법사가 대문에 이르러 주푸레로 들어서기 직전에 마을로 들어갔다.

마을 사람들이 그를 둘러싸자 마법사는 바오밥으로 가서 보통이를 조심스럽게 땅바닥에 놓았다. 갑자기 쪼그리고 앉아서 그는 (작은 뱀, 하이에나의 턱뼈, 원숭이 이빨, 사다새의 날개뼈, 여러 가지 새들의 발, 그리고 이상한 나무뿌리 따위의) 말린 물건을 한 뭉치 쪼글쪼글한 염소가죽 자루에서 흔들어 쏟아 냈으며, 숨을 죽이고 모여 선 사람들을 힐끔힐끔 둘러보면서 그는 자리를 좀 더 비켜 달라고 신경질적으로 손짓하고는, 사람들이 물러서자 그는 (틀림없이 주푸레의 악귀들에게 공격을 받아서였겠지만) 온몸을 떨기 시작했다.

마법사가 몸부림을 쳤고, 얼굴은 뒤틀렸고, 눈알은 미친 듯 돌아갔으며, 떨리는 손으로 그가 지팡이로 신비한 물건 더미를 건드리려고 기를 썼지만, 지팡이는 제멋대로 날뛰면서 말을 들으려고 하지 않다. 지팡이의 끄트머리가 지극한 정성 덕택에 드디어 닿게 되자 그는

---

[3] 마다가스카르 원산의 종려나무 비슷한 파초과의 큰 나무로서, 잎 꼭지 밑동에 고인 물을 목마른 나그네들이 마신다고 해서 그런 이름이 붙었음.

벼락을 맞기라도 한 듯 벌렁 뒤로 자빠졌다. 사람들은 입이 딱 벌어져서 숨을 죽였다. 그러더니 그는 천천히 되살아나기 시작했다. 악귀들은 그렇게 쫓겨났다. 그가 힘없이 비틀거리며 일어나 무릎을 꿇고 앉자, (지치기는 했어도 안심한) 주푸레의 어른들은 저마다 그들의 오두막으로 달려가서는, 마법사에게 줄 선물을 가지고 곧 돌아왔다. 마법사는 다른 마을에서 먼저 받은 선물로 묵직하게 부푼 보퉁이에다 그것들을 마저 넣고는 곧 다음 부름을 따라 갈 길을 서둘렀다. 알라신이 자비심을 베풀어서 주푸레를 다시 한 번 구해 준 것이다.

9

열두 달이 지나갔고, 큰비가 다시 한 번 끝났고, 감비아 나그네들을 위한 계절이 시작되었다. (그냥 지나가거나 주푸레에 잠시 들르는) 많은 손님이 마을과 마을을 잇는 길을 따라 찾아왔기 때문에 쿤타와 그의 동무들은 거의 날마다 망을 보러 나가야 했다. 낯선 사람이 나타나면 마을에 경고를 해준 다음에, 아이들은 다시 밖으로 달려 나가 나그네나무로 가까이 오는 손님을 맞이하고는 했다. 당돌하게도 나그네를 졸졸 따라가면서 아이들은 궁금한 마음과 날카로운 눈으로 그의 목적이나 직업을 짐작할 만한 낌새를 찾으려고 애쓰며 갖가지 질문을 던졌다. 만일 무엇인가 알아내게 되면, 그들은 당장 방문객을 남겨 두고 먼저 앞장을 서서 그날 손님을 맞아야 할 오두막으로 달려가 어른들에게 얘기했다. 오랜 관습에 따라 모든 마을에서는 집집이 돌아가면서 그날 찾아온 손님에게 그가 다시 여행을 계속하려고 떠날 때까지 언제까지라도 음식과 숙소를 제공할 집을 정해 두었다.

마을의 파수꾼으로 봉사할 의무를 떠맡은 쿤타와 시타파와 그들 카포 또래의 다른 동무들은 그들이 보낸 장마철 수보다 훨씬 더 나이가 든 기분을 느꼈고, 그렇게 행동했다. 이제는 날마다 아침을 먹고 난 다음, 그들은 아라팡의 학교 마당으로 모여들어서, 조용히 무릎을 꿇고 앉아서 (쿤타보다 조금 나이가 많아 다섯에서 열 장마철이 지난) 손위 아이들에게 『꾸란』의 구절들을 어떻게 읽어야 하는지를, 그리고 솥 밑바닥의 검댕을 등자나무 열매의 즙과 섞어 만든 먹을 풀줄기로 만든 펜에 찍어서 어떻게 글을 쓰는지를 배웠다.

학교에서 아이들이 공부를 끝내고 마을에서 키우는 염소들을 끌고 하루 종일 꼴을 먹이러 풀밭으로 나가려고 (꽁무니에 둔디코 자락을 펄럭이며) 뛰어나가 버리면, 쿤타와 그의 친구들은 아무렇지도 않다는 듯이 행동하려고 시치미를 떼었지만, 사실은 나이 많은 아이들의 기다란 옷자락이나 그들이 맡은 중요한 일감을 부러워했다. 비록 아무런 불평을 하지는 않았어도, 자기가 어린애 취급을 받고 발가벗은 몸으로 돌아다니기에는 이제 너무 컸다고 느낀 아이는 쿤타 혼자뿐이 아니었다. 그들은 라민처럼 젖을 빠는 아이들은 병에 걸린 사람이기라도 한 듯 피했고, 걸음마를 하는 아이들이란 어른들이 아무도 없을 때 두들겨 패기 위해서가 아니고서는 거들떠볼 필요도 없다고 생각했다. 아주 어렸을 때부터 그들을 돌보아 주던 늙은 할머니들의 눈까지도 피해 가면서, 쿤타와 시타파와 다른 아이들은 혹시 눈에 띄면 심부름이라도 시켜 주지 않을까 하고 바라는 마음으로, 부모와 나이가 비슷한 어른들을 졸졸 따라다녔다.

추수가 시작되기 바로 전의 어느 날 밤 저녁을 먹고 나서, 오모로는 아주 무심결에 하는 말처럼, 쿤타더러 내일 아침에는 일찍 일어나 곡식 지키는 일을 도와야 한다고 그랬다. 쿤타는 너무 흥분해서 잠을 제대로 잘 수가 없었다. 아침이 되어 밥을 허겁지겁 삼켜 버린 다음 밭으로 나갈 때, 오모로가 그에게 괭이를 주며 들고 가라고 하자, 그는 기뻐서 가슴이 터져 나가는 듯싶었다. 쿤타와 그의 동무들은 영근 곡식이 줄지어 선 이랑을 날다시피 오르락내리락 뛰어다녔고, 땅콩을 훔쳐 가거나 뿌리를 뽑아 먹으려고 수풀에서 식식거리며 나오는 멧돼지와 비비들에게 몽둥이를 휘두르며 소리를 질렀다. 굶주린 새들이 어떤 짐승보다도 더 빨리 밭을 망쳐 버린다는 사실을 할머니에게서 옛날얘기로 들어서 익히 알았던 터라 아이들은 쿠스쿠스 위로 나지막이 맴돌며 삑삑거리는 검은지빠귀 떼에게 흙덩이를 던지고 고함쳐서 쫓아 버렸다. 잘 영글었는지 보려고 아버지가 뽑아 놓았거나 잘라 낸 땅콩과 쿠스쿠스 덩어리들을 주워 모으고, 어른들이 마실 물을 바가지에 떠서 가져다주며, 그들은 재빠른 솜씨로 하루 종일 일을 하고 나면 마음이 뿌듯하기가 한이 없었다.

엿새 후 알라신은 추수를 시작해야 한다고 선포했다. 새벽의 수바 기도가 끝난 다음 (몇 사람을 특별히 선발하여 작은 탄탕과 수라바북을 들게 하고) 농부들과 아이들은 들판으로 나가서, 목을 뽑고 귀를 기울이며 기다렸다. 드디어 마을의 커다란 토발로 북이 우렁차게 울렸고, 농부들은 활기차게 추수를 시작했다. 그들의 동작에 박자를 맞춰 북을 두드리며 잘리바와 다른 고수(鼓手)들이 그들 사이로 돌아다니자, 모든 사람이 노래를 부르기 시작했다. 너무나 흥이 나서 가끔 어떤 농부는 북소리에 맞춰 괭이를 하늘로 집어던졌다가는 다음 북소리에 맞춰 다시 받기도 했다.

쿤타의 카포 아이들은 땅콩 포기에서 흙을 털어 내며 아버지들과 나란히 땀을 흘렸다. 아침 반나절이 지나자 첫 휴식이 찾아왔고, 곧이어 한낮에 여자와 계집아이들이 새참을 가지고 도착하자, 기쁜 안심의 함성이 터져 나왔다. 한 줄로 늘어서서 걸으며, 그들 또한 추수의 노래를 부르면서, 머리에 인 항아리들을 내려놓고, 안에 든 음식을 표주박에다 국자로 떠놓았으며, 그것을 나누어 받은 고수들과 추수 일꾼들은 식사를 끝낸 다음, 다시 한 번 토발로가 울릴 때까지 낮잠을 잤다.

첫날의 하루 일이 끝날 무렵이 되자, 거둔 곡식 더미들이 밭에 여기저기 쌓였다. 땀과 흙으로 뒤범벅된 농부들은 지친 몸을 끌고 가장 가까운 개울로 가서, 옷을 벗고는 물로 뛰어 들어가, 웃고 첨벙대면서 몸을 식히고 닦았다. 그러고 나서 그들은 반짝이는 그들의 몸에 달라붙으려고 윙윙거리는 따끔이 파리들을 때려잡으면서 집으로 향했다. 여자들의 부엌에서부터 그들에게로 바람에 연기가 실려 오면 추수가 끝날 때까지는 언제까지라도 날마다 세 차례씩 먹게 될 구운 고기 냄새에 더욱 침이 고였다.

그날 밤 배불리 먹고 난 쿤타는 (벌써 며칠 째 밤마다 그랬듯이) 빈타가 무엇인지 만드느라고 바느질을 하는 모습을 보았다. 그녀는 그것이 무엇인지 아무 얘기도 하지 않았고, 쿤타도 묻지 않았다. 그러나 다음 날 아침 그가 괭이를 들고 문을 나서려는데, 그녀는 그를 보고 퉁명스럽게 말했다. 「넌 왜 옷을 안 입니?」

쿤타는 놀라서 휙 돌아섰다. 나무못에 걸린 새 둔디코가 그의 눈에 띄었다. 흥분을 감추려고 애를 쓰며 그는 태연하게 옷을 입고는, 천천히 느긋하게 문을 나섰으며, 그러고는 냅다 달리기 시작했다. 그와 같은 카포인 다른 동무들도 벌써 모두들 일을 하러 나왔는데, 그들은 모두 쿤타와 마찬가지로 난생처음 옷을 입었고, 드디어 알몸을 가리게 되었기 때문에 너도나도 펄쩍펄쩍 뛰고 소리를 지르며 웃어 댔다. 그들은 이제 정식으로 둘째 카포가 되었다. 그들은 어른이 되어 가고 있었다.

10

그날 밤 쿤타가 어머니의 오두막으로 유유히 돌아왔을 즈음에는 그는 주푸레의 모든 사람들이 둔디코 옷을 입은 그의 모습을 보았으리라고 확신했다. 비록 하루 종일 쉬지 않고 일을 계속했지만 그는 조금도 피곤하지 않았고, 제시간에 도저히 잠이 오지 않으리라는 사실을 그는 알았다. 이제는 어른이 되었으니까 그가 늦게 잠자리에 들더라도 어머니가 가만히 내버려 둘지도 모르겠다고 그는 생각했다. 그러나 라민이 잠들고 나서 어머니는 곧, 여느 때와 마찬가지로, (둔디코를 걸어 두라고 이르면서) 그를 잠자리에 들게 했다.

야단만 겨우 안 맞을 정도로 일부러 심술을 부리며 그가 자러 가려고 돌아서자 빈타가 그를 다시 불러 세웠고, 그래서 혹시 심술을 부렸다고 꾸짖으려고 그러나, 아니면 그를 가엾게 여기고 마음을 고쳐먹기라도 했나 하고 쿤타는 생각했다. 「아빠가 널 아침에 보자고 하더라.」 그녀는 무관심하게 말했다. 쿤타는 왜 그러느냐고 물었다가는 야단을 맞으리라고 생각해서, 〈알겠어요, 어머니〉라고만 말하고는, 안녕히 주무시라고 인사를 드렸다. 아무래도 잠이야 설친 판이라 피곤하지 않다고 해도 그에게는 상관이 없었으며, 쇠가죽 이불을 덮고 누운 그는, 무척 자주 잘못을 하기는 했지만, 지금은 무슨 잘못을 저질렀기에 이러나 하고 궁금해했다. 그러나 아무리 머릿속을 뒤져 봐도 그는 잘못한 일이 한 가지도 생각나지 않았고, 더구나 상당히 심한 일이 아니면 어느 집에서도 아버지가 직접 나서는 적이 없는데, 오늘처럼 빈타가 그를 때리지 않고 아버지에게 맡길 만큼 심한 잘못이라고는 기억이 나지를 않았다. 결국 그는 걱정을 집어치우고 어느덧 잠이 들었다.

다음 날 아침에 밥을 먹으면서 쿤타는 어찌나 우울했던지, 발가벗은 꼬마 라민이 슬그머니 옷을 만실 때까지는 둔디코의 기쁨조차 거의 잊고 있었다. 쿤타는 그를 밀어 버리려고 재빨리 손을 쳐들었지만, 빈타의 번득이는 눈빛에 그만두었다. 식사가 끝나자 쿤타는 빈타가 무엇인가 조금 더 설명해 주기를 바라면서 머뭇거렸지만, 그녀가 마치 아들한테 아무 얘기도 하지 않았다는 듯이 행동하자 그는 마지못해 오두막을 나와 천천히 오모로의 오두막으로 가서, 두 손을 포개고 집 밖에 서서 기다렸다.

오모로가 밖으로 나와서 말없이 아들에게 새로 만든 작은 팔매질 끈을 내주자 쿤타는 숨이 막히는 듯했다. 그는 멍하니 서서 그것을 내려다보았고, 그러고는 아버지를 올려다보았지만, 무슨 얘기를 해야 할지를 몰랐다. 「이젠 너도 둘째 카포 나이가 되었으니 이것은 네가 가져라. 하지만 목표물을 잘 골라서 쏴야 하고, 쏘게 되면 반드시 맞혀야 한다.」

쿤타는 그저 〈예, 아버지〉라고만 말했고, 더 이상은 말문이 막혀 입이 떨어지지를 않았다.

「그리고 이제 넌 둘째 카포가 되었으니 염소를 돌보고 학교에도 다녀야 한다.」 오모로가 말을 계속했다. 「넌 오늘 투마니 투라이와 함께 염소몰이를 나가야 한다. 그 애하고 다른 아이들이 너한테 어떻게 해야 되는지 가르쳐 줄 거야. 그 애들을 잘 지켜보아라. 그리고 내일 아침이 되면 넌 학교로 가야지.」 오모로는 그의 오두막으로 다시 들어갔고, 쿤타는 염소우리로 달려갔으며, 그곳에서는 그의 동무 시타파 그리고 같은 카포인 다른 아이들이 저마다 새 둔디코를 입고 (아버지가 죽은 소년들에게는 아저씨나 형들이 만들어 준) 새 돌팔매질 끈을 들고 기다렸다.

나이 많은 소년들이 우리의 문을 열자 배고픈 염소들이 풀을 뜯으려고 음매거리며 뛰어나왔다. 오모로와 빈타의 가장 친한 부부의 첫 아들 투마니를 보고 쿤타는 그에게 가까이 가려고 했지만, 투마니와 그의 친구들은 어린 소년들을 들이받으라고 염소들을 마구 내몰아댔고, 쿤타는 달려오는 염소를 피하려고 곤두박질을 쳤다. 그러자 곧 나이 많은 소년들이 웃어 대면서 우울로 개들과 함께 염소 떼를 먼지가 풀썩이는 길로 몰고 나아갔으며, 쿤타의 카포 아이들은 돌팔매질 끈을 움켜쥐고 둔디코에 묻은 흙 자국을 털어 내면서 어정쩡하게 그들의 뒤를 따라 달려갔다.

염소라면 상당히 익숙했던 쿤타였지만, 염소들이 얼마나 빨리 뛰는지를 그는 여태껏 제대로 몰랐었다. 그는 염소들이 이끄는 대로 따라갔으며, 한쪽으로는 숲이 둘러서고 다른 쪽에는 마을 농부들의 밭이 펼쳐진 곳까지 이르렀는데, 나지막한 풀밭과 덤불로 이루어진 이곳 넓은 목초지까지 마을에서 멀리 나와 보기는, 아버지와 몇 번 산책을 나갔던 때 말고는, 이번이 처음이었다. 나이 많은 소년들은 느긋하게 그들의 염소 떼를 제각기 다른 풀밭으로 끌고 가서 풀을 뜯게 했고, 그동안 우올로 개들은 염소들 주위에서 돌아다니거나 엎드려 감시를 했다.

투마니는 결국 자기 꽁무니만 쫓아다니는 쿤타에게 말이라도 걸어야 되겠다는 생각이 들기는 했지만, 그는 어린 쿤타가 마치 무슨 벌레라도 되는 듯이 행동했다. 〈너 염소 한 마리가 얼마나 값이 나가는지 아니?〉 하고 묻더니, 그는 쿤타가 잘 모르겠다고 인정을 하기도 전에, 〈그래, 만일 네가 한 마리라도 잃어버리면 너희 아버지가 톡톡히 혼을 내면서 가르쳐 줄 거야〉라고 말했다. 그리고 투마니는 염소몰이에 대한 훈시를 늘어놓기 시작했다. 가장 중요한 얘기는, 만일 어떤 소년이 한눈을 팔거나 주의를 게을리 해서 염소가 한 마리라도 길을 잃으면, 무서운 일들이 끝없이 계속되리라는 사실이었다. 숲을 가리키면서 한 가지 얘기를 하겠다며 투마니는 저쪽에 가면 키가 큰 풀밭 속에서 사자와 표범들이 배를 깔고 기어다니다가 단숨에 뛰어나와 염소를 갈기갈기 찢어 놓는다고 그랬다. 〈하지만 만일 어린아이가 가까이 있다면, 염소보다야 사람고기 맛을 더 좋아한다 이거야〉 하고 투마니가 말했다.

쿤타의 눈이 휘둥그레지는 꼴을 보고 의기양양해진 투마니는 얘기를 계속했는데, 흑인 슬라테 부하들을 이끌고 우거진 수풀 속에서 기어다니다가 사람들을 붙잡아서 먼 곳으로 끌고 가 잡아먹는다는 투봅이 사자나 표범보다 더 위험하다고 했다. 그가 염소몰이를 하는 다섯 장마철 동안 주푸레에서 아홉 명의 소년이 잡혀갔고, 이웃 여러 마을에서는 더 많은 아이들이 잡혀갔다고 그는 말했다. 쿤타는 주푸레에서 행방불명된 아이를 하나도 알지 못했지만, 언젠가 이런 얘기를 처음 듣고는 너무나 겁이 나서 며칠 동안 어머니의 오두막에서 돌을 던지면 닿을 거리 이상은 감히 나가지를 못했던 생각이 났다.

「하지만 네가 마을의 대문을 벗어나지 않는다고 해도 안전하지는 않아.」 그의 머릿속을 훤히 들여다보기라도 하듯이 투마니가 말했다. 그가 알던 주푸레 마을의 어떤 남자는 사자 떼에게 염소가 몽땅 죽음을 당해서 가진 재산을 모두 잃었는데, 어느 날 밤 그들의 집에서 셋째 카포 소년 두 명이 사라진 지 얼마 안 되어서, 이 남자가 투붑 돈을 가지고 다니다가 발각되었다고 그는 쿤타에게 얘기했다. 그는 숲에서 돈을 주웠다고 주장했지만, 마을 어른들의 재판이 열리기 전날 그는 행방을 감추고 말았다. 「넌 그때 나이가 너무 어렸기 때문에 이런 일을 잘 모르겠지.」 투마니가 말했다. 「하지만 그런 일은 지금도 일어난다고. 그러니까 네가 믿을 만한 사람 곁에서 잠시라도 벗어나면 안 돼. 그리고 염소를 끌고 이런 곳으로 나오면, 깊은 숲까지 쫓아가야 할 만큼 염소들이 멀리 가게 내버려 두지를 말아야지, 그러지 않았다가는 너희 식구들이 널 다시는 못 볼 거야.」

쿤타가 겁이 나서 벌벌 떨며 서 있으려니까 투마니는, 비록 커다란 표범이나 투붑이 그를 잡아가지 않더라도, 만일 염소 한 마리가 무리에서 혼자 떨어져 나가면, 일단 부근에 사는 어떤 사람의 쿠스쿠스나 땅콩밭으로 들어가 숨어서 도망다니는 염소를 절대로 붙잡을 수가 없는 노릇이라, 매우 심각한 문제에 얽혀 들지 모른다는 말을 덧붙였다. 그리고 소년과 그의 개가 함께 도망친 염소를 찾아 나서게 되면, 나머지 염소 떼가 도망친 놈을 쫓아가려고 달아나기 시작할지도 모르고, 배고픈 염소들은 비비나 영양이나 멧돼지들보다도 더 빨리 농부의 밭을 망치기도 한다고 했다.

점심때가 되자 그와 쿤타를 위해서 어머니가 싸준 점심을 투마니가 나눠 먹자고 준 다음에, 새로운 둘째 카포는 모두 여태까지 그들과 함께 살아왔던 염소들을 훨씬 소중히 여기게 되었다. 식사가 끝나자 투마니의 카포 몇 명은 근처의 작은 나무들 밑에서 빈둥거렸고, 나머지 아이들은 아직 써본 적이 없었던 제자들의 팔매질 끈으로 새들을 쏘면서 돌아다녔다. 쿤타와 그의 동무들이 염소를 돌보려고 쩔쩔매는 동안, 나이 많은 소년들은 조심하라고 소리를 지르고 욕을 하며, 어느 염소가 주위를 둘러보려고 머리를 들기만 해도 미친 듯이 소리

지르고 법석을 떠는 어린아이들을 보고는 허리를 잡고 웃어 댔다. 염소를 쫓아서 뛰어다니지 않는 동안이면 쿤타는 그를 잡아먹으려고 혹시 무엇인가 어슬렁거리지나 않는지 걱정이 되어서 숲 속으로 불안한 눈길을 던졌다.

한낮이 되어서, 염소들이 거의 배가 부르도록 풀을 뜯어 먹게 한 다음, 투마니는 쿤타를 오라고 부르고는 엄격하게 말했다. 「넌 내가 너를 위해서 땔감을 주워 오게 할 생각이냐?」 그제야 쿤타는 염소몰이들이 저녁마다 마을로 돌아올 때 제각기 마을에서 밤 모닥불을 지피도록 가느다란 나무를 머리에 한 짐씩 이고 돌아오는 모습을 자주 보았던 생각이 났다. 염소와 숲에서 눈을 떼지 않으면서, 그것도 모자라서 쿤타와 그의 친구들은 잘 탈 만큼 바짝 마른 삭정이들과 땅에 떨어진 작은 나무토막들을 주워 모으려고 모두들 정신없이 뛰어다녀야만 했다. 쿤타는 더 많았다가는 머리에 이고 가지 못하리라고 생각될 만큼 커다란 무더기를 이룰 정도로 땔감을 쌓아 놓았지만, 투마니는 코웃음을 치며 거기에다 나뭇가지를 몇 개 더 얹었다. 그러자 쿤타는 땔감을 가느다랗고 초록빛인 리아나 칡덩굴로 묶으면서, 마을까지 그렇게 먼 거리를 어떻게 가느냐 하는 문제는 제쳐 두더라도, 도대체 이것을 머리에 얹을 수가 있겠는지부터 걱정이 되었다.

나이 많은 소년들이 지켜보는 동안 그와 그의 친구들은 겨우겨우 짐을 머리 위에 올려 이고는, 신참 염소몰이들보다 집으로 가는 길을 훨씬 잘 아는 우올로 개와 염소들의 뒤를 죽어라고 따라가기 시작했다. 나이 많은 아이들이 비웃어 대는 가운데, 쿤타와 다른 아이들은 짐이 머리 위에서 떨어지지 않도록 자꾸만 손으로 움켜잡아야만 했다. 이제는 뼛속까지 지쳐 버린 쿤타에게는 앞에 나타난 마을의 모습이 그토록 아름답게 여겨졌던 적이 없었지만, 그들이 마을 입구를 들어서자마자 나이 많은 아이들은 그들이 맡은 일을 제대로 해냈고, 멍청한 어린 소년들을 훈련시켜야 하는 하루가 그들에게는 굉장한 고역이었음을 모든 어른들이 보고 듣게끔 이리 뛰고 저리 뛰면서, 고함쳐 경고와 지시를 계속하고 난장판을 벌였다. 쿤타가 머리에 이고 온 짐은 내일 아침이면 쿤타와 그의 새 카포들에게 교육을 시작할 아라팡 브리마 세사이의 마당까지 겨우 안전하게 도착했다.

다음 날 아침을 먹고 나서, 신참 염소몰이들은 저마다 자랑스럽게 비단솜나무 필기판과, 깃펜과, 물을 섞어 먹으로 쓸 검댕을 담은 대나무통 토막을 가지고, 무리를 지어 부지런히 학교로 모여들었다. 아이들이 몰고 다니는 염소보다도 더 바보 같다는 듯이 그들을 대하면서, 아라팡은 소년들에게 앉으라고 명령했다. 그 말이 떨어지자마자 그는 자기가 바라는 만큼 학생들이 빨리 오지 않았으니까 첫 번째 지시를 어겼다고 하면서 낭창낭창한 회초리를 휘둘러 대었고, 아이들은 이리저리 몸을 피하느라고 정신이 없었다. 얼굴을 찌푸리면서 그는, 자기에게서 공부를 하는 동안에는, 대답하라고 시키기 전에 어떤 소리라도 내기만 했다가는 (회초리를 무시무시하게 휘둘러 보이면서) 매질을 더 당할 것이며, 집으로 쫓아 버리겠다고 다시 경고했다. 그리고 아침 식사 직후와 염소를 데리고 돌아온 다음에 다시 시작될 공부 시간에 또다시 지각하는 날에는, 어느 소년이라도 똑같은 벌을 받으리라고 말했다.

「너희들은 이제 어린애가 아니다. 그러니까 이제는 너희들도 책임감을 가져야지.」아라팡이 말했다.「그리고 그 책임은 꼭 완수해야 한다.」이렇게 단련을 시키고 나서 그는 『꾸란』의 어떤 구절을 그날 저녁 공부 시간에 읽어 줄 테니까, 학생들은 다음 공부를 하기 전에 그것을 우선 모두 외워서 암송해야 한다고 지시했다. 그러더니 그는 염소몰이 노릇을 졸업한 나이 많은 학생들이 도착하기 시작하자 그들을 보내 주었다. 나중에 온 학생들은 쿤타의 카포 아이들보다 훨씬 더 초조해 보였는데, 그들에게는 오늘이 『꾸란』 암송과 아랍 어 쓰기의 시험 날이었으며, 시험 결과는 그들이 셋째 카포로 정식 인정을 받는 데 큰 비중을 차지하기 때문이었다.

생전 처음으로 혼자 알아서 일을 해내야 했던 그날, 쿤타의 카포는 염소를 겨우 우리에서 그럭저럭 몰아내고는, 목초지로 뻗어 나간 구불구불한 길을 따라 엉성하게 줄을 지어 터벅거리며 갔다. 염소들이 다른 곳에서 풀을 뜯으려고 몇 발자국만이라도 자리를 옮기려고 할 때마다 쿤타와 그의 친구들이 소리를 지르며 쫓아다녔기 때문에, 염소들은 앞으로 오랫동안 다른 때보다 먹을거리가 부족하게 될 처지였다. 하지만 쿤타는 그가 몰고 다니는 염소 떼보다도 자기가 더 쫓기는 신세가 아닐까 하는 생각이 들었다. 이런 변화들이 그의 인생에서 지니는 의미를 따져 보려고 자리를 잡아 앉을 때마다 그에게는 무언가 다른 할 일이 생겼고, 가봐야 할 다른 곳이 생각났다. 하루 종일 염소들과 씨름을 하고, 아침 식사 후와 염소몰이가 끝난 다음에 아라팡에게 가서 공부하고, 그런 다음 어둡기 전에 돌팔매질 끈을 연습하려고 모처럼 짬을 내야 하는 바쁜 나날이고 보니, 그에게는 조금이라도 심각한 생각을 해볼 만한 여유가 전혀 없는 듯싶었다.

11

땅콩과 쿠스쿠스의 추수가 끝났고 여자들이 쌀을 거둘 차례였다. 쌀은 여자들만의 일이어서 아내를 돕는 남자가 아무도 없었고, 시타파나 쿤타 같은 소년들까지도 어머니를 돕지 않았다. 동이 터오자 빈타는 잔카이 투라이와 다른 여자들과 함께 그들의 논으로 가서, 허리를 구부리고 길게 자란 황금빛 벼를 베어서, 며칠 동안 말리려고 길바닥에 널어 두었다가 나중에 통나무배에다 실어 마을로 가져가면, 여자들은 딸들과 함께 볏단을 차곡차곡 집의 창고에 쌓았다. 그러나 추수가 끝나더라도 여자들은 쉴 틈이 없어서, 그들은 바느질을 하기에 훨씬 좋은 실을 뽑기 위해 뜨거운 햇볕에 오랫동안 말리려고 마지막 순간까지 남겨 둔 목화를 따는 남자들의 일을 도와야 하기 때문이었다.

모두들 주푸레에서 해마다 열리는 7일 동안의 추수 축제를 손꼽아 기다리는 사이에, 여자들은 이제 식구들에게 새 옷을 장만해 주기 위해 서둘렀다. 드러내 놓고 화를 냈다가는 혼이 나리라는 사실을 빤히 알 만큼 머리가 큰 쿤타는, 며칠 밤에 걸쳐서 빈타가 실을 잣는 동안, 말 많고 귀찮은 어린 동생 라민을 억지로 돌봐 주어야 했다. 그러나 쿤타는 옷감 짜는 마을 여자 뎀보 딥바에게 어머니가 그를 데리고 가자 다시 즐거워졌고, 거기서 발과 손으로 작동하는 베틀에서 실타래가 삐걱거리며 천으로 짜여 나오는 광경을 신기해하며 구경했다. 집으로 돌아오자 빈타는 독한 잿물을 만들려고 나무를 태운 재에다 쿤타가 물을 뿌리게 해주었고, 거기에다 그녀는 천에 짙은 푸른 물감을 들이려고 인디고 잎사귀를 곱게 빻아 섞었다. 주푸레의 모든 여자들이 똑같은 방법으로 일했으며, 그들은 옷감을 말리려고 곧 나지막한 나무들에 펼쳐 널었고, 그래서 마을은 온통 파랑뿐 아니라 빨강, 노랑, 초록 같은 멋진 빛깔로 꽃줄처럼 장식되었다.

여자들이 실을 잣고 바느질을 하는 사이에, 남자들은 추수 축제가 오기 전에, 그리고 더운 철이 되어 힘든 일을 하기가 불가능해지기 전에, 그들에게 주어진 작업을 마치려고 여자들 못지않게 열심히 일했다. 마을의 높다란 대나무 울타리는 염소나 황소들이 등을 문질러 늘어지거나 부서진 곳을 수리했다. 장마에 피해를 입은 토담집들도 손을 보았고, 낡거나 오래된 지붕의 이엉은 새것으로 바꾸었다. 곧 결혼할 남녀들은 새 집이 필요했으며, 새 오두막의 벽을 쌓아 올리려고 어른들이 사용할 질퍽하고 미끄러운 진흙을 개느라고 쿤타는 아이들과 구덩이에서 물에 적신 흙을 밟아 대며 첨벙거리고 놀 기회를 얻었다.

우물에서 끌어올린 두레박에 흙탕물이 담겨 올라오기 시작하자 어떤 남자 어른이 밑으로 내려가 보았더니, 벌레들을 잡아먹으라고 우물 속에 넣어서 기르던 작은 물고기들이 탁해진 물 때문에 숨이 막혀 죽어서 수면 위로 떠올랐다. 그래서 새 우물을 파야 되겠다는 결정이 났다. 쿤타는 새 웅덩이에서 어깨까지 잠겨 크기가 달걀만 하고 푸르뎅뎅한 찰흙 덩어리 몇 개를 위로 올려 보내는 어른들을 지켜보았다. 찰흙 덩어리는 배가 커지고 마구 먹어 대는 마을 여자들에게 곧바로 전해졌다. 저 찰흙은 아기의 뼈를 튼튼하게 만든다고 빈타가 그에게 말했다.

그들끼리만 남은 쿤타와 시타파와 그들의 친구들은 새 팔매질 끈을 가지고 사냥 놀이를 하고 마을을 뛰어 돌아다니며 대부분의 한가한 시간을 보냈다. (다행히 하나도 맞지를 않았지만) 닥치는 대로 아무 대상이나 쏘아 대며 어찌나 소년들이 시끄럽게 떠들고 돌아다녔는지, 숲의 모든 짐승들은 겁이 나서 도망쳐야 할 지경이었다. 아직 시집을 안 간 마을 처녀들이 추수 축제 때 머리에 꽂을 장식품을 만들어 대느라고 요즈음에는 걸핏하면 밤늦게까지 일해야 하는 늙은 할머니들처럼 바쁜 사람들은 또 없을 정도여서, 거의 아무도 보살펴 주는 사람이 없어지자 라민의 카포 또래 어린애들도 제멋대로 장난을 치며 뛰놀았다. 물을 흠뻑 먹인 바오밥 나무껍질이나 썩은 사이잘삼 잎사귀에서 정성껏 뽑아낸 기다란 섬유로 할머니들은 타래머리와 땋은 머리와 가발을 짰다. 훨씬 부드럽고 매끄러운 바오밥 섬유로 짠 머리는 거친 사이잘삼으로 짠 장식물보다 무척 비싸고 만드는 데 시간도 오래 걸리기 때문에, 통째로 가발을 마련하려면 염소 세 마리를 주어야 할 지경이었다. 그러나 물건을 하나 팔기 전에 한 시간쯤 혀를 차며 신나게 흥정을 하느라고 재미를 보고 나면 할머니들이 값을 덜 받는다는 사실을 알기 때문에 손님들은 오랫동안 큰 소리로 에누리를 했다.

특별히 뛰어난 솜씨로 가발을 만들 뿐 아니라 늙은 뇨 보토는, 여자란 항상 남자들에게 최대한의 존경심을 보여 줘야 한다고 주장하는 옛날 관습을 시끄럽게 옹호함으로써 마을의 모든 여자들에게 즐거움을 주었다. 아침마다 자기의 오두막 앞에 편안하게 쪼그리고 앉아서, 상반신을 벗어젖히고 그녀의 늙고 질긴 살갗을 뜨거운 태양에 쬐며 부지런히 머리 장식을 짜느라고 바쁜 그녀는, 아무리 바쁘더라도 지나가는 남자가 눈에 띄기만 하면 그냥 얌전히 보내 주지를 않았다. 「하!」 그녀가 소리쳐서 불렀다. 「저 꼴을 봐! 저러고도 남자라며 잘난 체를 하다니! 이봐, 내 한창 시절엔 남자들이 정말 남자다웠어!」 그러면 지나가던 남자들은 (무슨 일이 벌어질지를 빤히 알았기 때문에) 그녀의 혀를 피하려고 모두들 뺑소니를 쳤고, 그러다 결국 뇨 보토는 오후가 되면 일감을 무릎에 내려놓고, 그녀가 돌보는 아이들이 재미있어하며 깔깔거리고 웃어 대는 줄도 모르고 요란하게 코를 골며 잠들었다.

그런가 하면 둘째 카포 소녀들은 어머니와 언니들을 도와서 대바구니로 하나 가득 잘 영근 약초 뿌리와 양념거리를 따가지고 와서는 햇볕에 말리려고 널어놓았다. 곡식을 빻는 동안에는 소녀들이 깍지와 겨를 쓸어 냈다. 그들은 또한 집 안 빨래도 도와서, 어머니들이 잿물과 야자기름으로 집에서 만든 거칠고 붉은 비누를 가지고 거품을 일으켜 가며 더러운 옷을 돌멩이에 놓고 두드렸다.

감비아의 모든 마을에서 추수 축제가 시작되는 새 달이 오기 겨우 며칠 전에 남자들은 중요한 모든 일을 겨우 끝내고, 주푸레의 여기저기서 악기 소리가 들려오기 시작했다. (길이가 저마다 다른 나무토막들 밑에 호리병박을 묶어서 만들어 방망이로 두드리면 아름다운 곡조가 울려 나오는 훌륭한 악기인) 발라폰과 북과 스물네 줄짜리 코라를 가지고 마을의 악사들이 연습을 하노라면, 사람들이 주변에 모여

귀를 기울이고 박수를 쳤다. 그들이 연주하는 동안 염소몰이에서 돌아오던 쿤타와 시타파와 동무들은 대나무 피리를 불고, 종을 울리고, 바가지를 딸가닥거리면서 몰려들었다.

이제 한가해진 대부분의 남자들은 편히 쉬면서, 바오밥 그늘에 쭈그리고 앉아 얘기를 나눴다. 오모로와 나이가 비슷하거나 그보다 젊은 사람들은, 여러 가지 중요한 마을일에 대해서 해마다 축제 이전에 결정을 내려야 하는 마을 어른들에게 감히 가까이 가지를 않았다. 가끔 젊은이 두어 사람이 일어서서 기지개를 켜고, 아프리카 남자들의 옛날 야요 풍습대로 서로 새끼손가락을 엉성하게 걸고는 마을 이곳저곳을 산책했다.

그러나 몇몇 남자는 크기와 모양이 서로 다른 나무토막에 조각을 하느라고, 끈기를 보이며 몇 시간씩 혼자 보냈다. 축제에서 춤을 출 사람들이 곧 쓰게 될 가면의 무시무시하고도 신비한 얼굴 표정을 조각하는 사람을 가만히 서서 구경하느라고 쿤타와 그의 친구들은 때때로 돌팔매질 끈을 던져두기도 했다. 다른 사람들은 발이 넓적하고, 머리가 꼿꼿하며, 팔과 다리가 몸에 바짝 붙은 사람이나 짐승의 형상을 조각했다.

빈타와 다른 여자들은 마을의 새 우물로 가서 날마다 시원한 물을 마시며 몇 분 동안 소문을 주고받아서 잠시 활기를 되찾고는 했다. 그러나 축제가 가까워졌으니 그들에게는 아직도 할 일이 많기만 했다. 옷도 다 지어야 하고, 집 안을 치워야 하고, 말린 음식은 물에 담가 불려야 하고, 염소를 잡아서는 구워야 했다. 그러나 무엇보다도 여자들은 축제를 위해서 잔뜩 모양을 내야 했다.

쿤타는 나무를 기어오르는 꼴을 자주 보여 주고는 하던 개구쟁이 계집애들이 나이가 찼다고 애교를 부리며 꼬리를 치는 꼴이 이제는 바보 같아 보인다고 생각했다. 그들은 걸음걸이조차 아직 제대로 틀이 잡히지를 않았다. 그리고 그는 아무리 애를 써도 활이나 화살을 제대로 다루지 못하는 그런 멍텅구리들을 쳐다보려고 남자들이 왜 머리를 돌리는지 이해가 가지 않았다.

어떤 계집아이들은 입술 안쪽을 가시로 찔러 구멍을 내고는 검댕을 시커멓게 비벼 넣어서 입이 주먹만큼이나 부어올랐음을 그는 알아챘다. 열두 장마철 이상으로 나이를 먹은 마을의 다른 모든 여자들

47

처럼 심지어는 빈타까지도 밤이면 새로 빻은 푸다노 잎사귀를 끓였다가 식혀서 하얀 손바닥과 발을 담가 먹처럼 새까맣게 물들였다. 왜 그러느냐고 쿤타가 어머니한테 물었더니 그녀는 저리 가라고 그에게 말했다. 그래서 아버지에게 물었더니 이렇게 말해 주었다. 「여자란 검으면 검을수록 그만큼 미인이 된단다.」

「왜요?」 쿤타가 물었다.

「언젠가 너도 이해할 날이 오겠지.」 오모로가 말했다.

12

새벽에 토발로가 울리자 쿤타는 벌떡 일어났다. 그리고 그와 시타파와 그의 친구들은 어른들 틈에 끼여 비단솜나무로 뛰어갔는데, 그곳에서는 벌써부터 마을의 고수들이 마치 살아 숨쉬는 동물이기라도 한 듯 북을 보고 짖어 대고 소리를 지르며, 팽팽한 가죽 위에서 손이 보이지 않을 정도로 빨리 북을 두드렸다. 옷을 잘 차려입고 모여들어서 무리를 짓던 마을 사람들은, 하나씩 하나씩, 곧 팔과 다리와 몸으로 천천히 율동하며 응답을 시작했고, 그러더니 점점 더 동작이 빨라져서, 나중에는 거의 모든 사람이 함께 어울려 춤을 추었다.

쿤타는 사냥을 나가는 남자들을 위해서, 결혼이나 태어남과 죽음을 위해서, 혹은 씨뿌리기와 추수철에 그런 예식을 자주 보아 왔지만, 지금처럼 (이해할 수도 없고 버틸 수도 없이) 춤에 이토록 이끌렸던 적은 없었다. 마을의 모든 어른은 그들의 마음속에 홀로 간직한 얘기를 몸으로 나타내는 듯싶었다. 어떤 사람들은 가면을 쓰고 너도나도 빙글빙글 돌며 공중으로 뛰어오르고 꿈틀거리는 속에서, 끈질기고 늙은 뇨 보토가 갑자기 미친 듯이 소리를 지르며, 두 손을 얼굴 앞으로 내밀고 몸을 움찔거리면서, 눈에 보이지 않는 어떤 무서운 광경에 쫓기는 듯 비틀거리는 모습을 보았을 때, 쿤타는 그의 눈을 믿을 수가 없을 지경이었다. 남들의 눈에는 보이지 않는 무슨 짐을 번쩍 들더니 그녀는 허공을 걷어차고 두들겨 패다가 결국 쓰러졌다.

춤추는 사람들 가운데 아는 이들을 찾아 쿤타는 이리저리 두리번거렸다. 쿤타는 나무 밑동을 감고 올라가는 무슨 구렁이처럼 몸을 비비 꼬는 알리마모의 얼굴을 어느 무시무시한 가면 속에서 찾아냈다. 그는 뇨 보토보다도 더 나이가 많다는 얘기를 들었던 어떤 사람들이 그들의 오두막을 나와서, 비쩍 마른 다리로 비틀거리고, 쪼글쪼글 주름진 팔을 휘저으며, 환한 햇빛 때문에 질퍽한 눈을 찌푸리고는, 몇 발자국 비틀대며 춤을 추려고 애쓰는 모습을 보았다. 그리고 아버지의 모습을 발견하자 쿤타는 눈이 휘둥그레졌다. 오모로는 발을 굴러 먼지를 일으키며 무릎을 높이 휘저었다. 찢어지는 듯한 소리를 외치면서, 그는 근육에 경련을 일으키며, 몸을 뒤로 젖혔다가는 가슴을 두드리면서 다시 앞으로 내밀고, 공중으로 떠올라 몸을 틀고는 깊은 신음 소리를 내며 땅으로 떨어졌다.

북이 둥당대는 맥박은 쿤타의 귀뿐 아니라 팔다리에서도 뛰노는 듯싶었다. 거의 의식도 못하는 사이에, 마치 꿈속에서처럼, 그는 몸이 경련을 일으키고 팔이 흔들리는 기분을 느끼기 시작했으며, 곧 그는 더 이상 남을 의식하지 않으면서, 다른 사람들과 함께 소리를 지르고, 공중으로 뛰어올랐다. 결국 그는 기운이 빠져서 비틀거리며 쓰러졌다.

쿤타는 기운을 차려 몸을 일으키고 (지금까지 느껴 본 적이 없는 이상한 기분을 깊이 느끼며) 무릎이 휘청거리는 다리로, 옆으로 나갔다. 정신이 멍해지고, 겁이 나고, 흥분한 그는 시타파뿐 아니라 그의 카포 또래 모두가 어른들 틈에서 춤추는 광경을 보았고, 그래서 쿤타는 다시 춤을 추었다. 아주 어린 아이로부터 늙은 사람에 이르기까지, 마을 사람들은 모두 하루 종일 춤을 추었으며, 그들과 고수들은 잠시도 무엇을 먹거나 마시기 위해 쉬지를 않았고, 숨을 돌릴 때만 멈추었다. 그리고 그날 밤 쿤타가 기절해서 잠이 든 다음에도 북은 계속해서 울렸다.

축제의 둘째 날은, 한낮이 조금 지난 다음, 지체 높은 사람들의 행진으로 시작되었다. 행렬의 맨 앞에는 아라팡과 알리마모, 나이 많은 어른들과 사냥꾼들, 씨름꾼들과 지난해 추수 축제 이후로 주푸레에서 훌륭한 일을 했다고 마을 어른들이 손꼽아 둔 사람들이 섰다. 다른 사람들은 모두 그들의 뒤를 쫓아다니며, 악사들을 따라 마을 밖으로 뱀처럼 구불구불 줄지어 나가서, 노래를 부르고 손뼉을 쳤다. 그리고 그들이 나그네나무를 한 바퀴 돌자, 쿤타와 그의 카포는 앞으로 달려

나가서, 그들끼리 행렬을 이루더니, 행진하는 어른들의 앞뒤로 왔다 갔다 하면서, 절을 주고받았으며 미소를 지었고, 피리와 종과 딸랑이 소리에 발을 맞추었다. 행렬의 소년들은 돌아가며 앞장을 섰는데, 쿤타의 차례가 되자 그는 무릎을 높이 치켜들면서 씩씩하게 나아갔고, 무척 자랑스러운 기분이 들었다. 어른들과 엇갈려 지나가면서 그는 오모로와 빈타의 눈을 보았는데, 그들은 분명히 아들을 자랑스럽게 여기는 표정이었다.

모든 마을 여자의 부엌은 아무나 지나가는 사람을 불러서, 음식을 한 그릇 먹고 잠깐 즐겁게 쉬고 가기를 바랐다. 쿤타와 그의 카포는 여러 부엌에서 맛 좋은 찌개와 쌀밥을 몇 바가지나 배불리 먹어 치웠다. 염소나 숲에서 사냥해 온 짐승의 구운 고기도 푸짐했고, 대바구니마다 온갖 과일로 가득 채우는 일은 어린 계집아이들의 특별한 임무였다.

배를 채우느라고 바쁘지 않을 때면 소년들은 마을로 찾아오는 낯선 사람들을 맞으러 나그네나무로 달려갔다. 어떤 사람들은 하룻밤 묵어가기도 했지만, 대부분은 몇 시간쯤 지체하다가 다음 마을 축제를 찾아갔다. 마을로 찾아온 세네갈 사람은 무늬진 옷감을 여러 필 휘황하게 늘어놓기도 했다. 다른 사람들은 급과 크기에 따라 가격이 결정되는 최고급 나이지리아 콜라 열매를 담은 무거운 자루를 가지고 도착했다. 장사꾼들은 인디고, 가죽, 밀랍, 꿀과 바꿀 소금 덩어리를 배에 잔뜩 싣고 볼롱을 따라 올라왔다. 지금은 뇨 보토 역시, 계속해서 정기적으로 이를 문지르면 입 안이 시원하고 입 냄새가 달콤해지는 레몬풀 뿌리를 깨끗하게 다듬어 묶은 작은 꾸러미들을 (별보배고둥 조가비 하나씩을 받으면서) 파느라고 바빴다.

무슬림인 만딩카 사람들은 술이나 담배를 전혀 입에 대지 않았기 때문에, 잎담배와 코담배와 벌꿀술 따위의 물건은 이교도들만이 사주었고, 그래서 이교도 장사꾼들은 주푸레에 들리지도 않고 그냥 지나 그들의 갈 길을 서둘렀다. 추수철을 맞아 젊은 남자 몇 사람이 주푸레를 떠났듯이, 더 커다란 마을을 찾아 나서는 다른 마을의 역마살이 낀 수많은 젊은이들도 이곳에 들르는 일이 거의 없었다. 마을 저쪽 길을 따라 지나가는 그런 사람들이 눈에 띄면, 쿤타와 그의 친구들은 얼마 동안 그들을 쫓아가면서, 그들이 머리에 인 작은 대나무 바구니에 무엇이 들었는지 보려고 애썼다. 바구니 안에는 흔히, 다시 씨를 뿌릴 철이 되어 고향으로 돌아가기 전에 그들이 방랑을 하는 동안 만나게 될 새로운 친구들에게 줄 작은 선물과 나그네가 입을 옷이 담겼다.

마을은 잠들었다가 아침마다 북소리에 깨어났다. 그리고 (『꾸란』과 발라폰과 북에 이력이 난) 떠돌이 악사들은 날마다 그 얼굴이 바뀌었다. 그리고 만일 그들이 받은 선물과 더불어 사람들의 춤과 환호와 박수가 흐뭇할 정도가 되면, 그들은 다음 마을로 가기 전에 얼마쯤 눌어붙어서 연주를 계속하기도 했다.

옛날얘기를 해주는 그리오가 오면 마을 사람들은 곧 잠잠해져서 바오밥 주위에 둘러앉아 옛날의 왕과 친족, 무사, 위대한 전투, 그리고 과거의 전설에 귀를 기울였다. 아니면 종교적인 그리오가 전지전능하신 알라신을 기쁘게 해드려야 한다면서 큰 소리로 예언과 경구를 외치고는, 자그마한 선물에 대한 보답으로 (지금쯤은 쿤타에게도 낯이 익은) 중요한 예식을 거행해 주마고 나섰다. 노래하는 그리오는 낭랑한 목소리로 옛 말리와 가나와 송하이 왕국의 찬란한 과거에 대한 시구를 끝없이 노래하고, 그의 노래가 끝나면 어떤 마을 사람들은 남몰래 그에게 돈을 주고 그들의 오두막으로 데리고 가서는 나이 든 부모님을 칭송하는 노래를 불러 달라고 부탁하기도 했다. 그리고 노인들이 문간으로 나와서 눈부신 햇살에 두 눈을 껌뻑이며 이빨 빠진 미소를 벌쭉 지으면, 사람들이 박수를 쳤다. 이렇게 착한 일을 마친 다음, 노래하는 그리오는 (적당한 보답을 해주겠다고) 말하는 북소리가 전갈을 보내오기만 하면 언제라도 주푸레로 찾아와서 장례식이나 결혼식, 그리고 다른 특별한 행사에서 어떤 사람이라도 찬양하는 노래를 불러 주겠다고 모든 사람들에게 다짐했다. 그리고 그는 서둘러 다음 마을로 떠났다.

추수 축제의 여섯 번째 오후가 되었는데, 갑자기 이상한 북소리가 주푸레로 들려왔다. 북이 얘기하는 모욕적인 말을 듣고서 쿤타는 밖으로 나가서, 바오밥 옆으로 모여든 화가 난 다른 마을 사람들과 어울렸다. 분명히 무척 가까운 곳에서 들려오던 그 북은, 아주 힘센 씨름꾼이 나타났으니 주푸레에서 자칭 씨름꾼들이라고 까부는 자들은 어서 모두 몸을 숨겨야 하리라고 경고했다. 몇 분이 지난 다음에 주푸레의 말하는 북소리가, 멋도 모르고 잘난 체하는 그런 무모한 낯선 자들이라면, 이 마을에 와서는 재수가 좋아야 병신밖에 더 되겠느냐고 날카롭게 대답하자, 마을 사람들은 일제히 함성을 질렀다.

그래서 마을 사람들은 씨름 터로 우르르 달려갔다. 손으로 잡도록 헝겊을 돌돌 말아 양쪽 옆구리와 엉덩이에 꼬리를 단 짤막한 달라를 걸친 주푸레 씨름꾼들이, 바오밥 잎사귀를 빻은 가루와 나무를 태운 재를 섞어 만든 미끄러운 반죽을 몸에 바르자, 도전자들이 도착했음을 알리는 함성이 들려왔다. 몸집이 단단한 낯선 사람들은 야유하는 주푸레 마을 사람들을 거들떠보지도 않았다. 미리 달라만 몸에 걸친 그들은 고수를 앞세우고 터벅거리며 곧장 씨름 터로 가서, 그들이 가져온 미끄러운 풀을 서로 발라 주기 시작했다. 마을 고수를 앞세우고 주푸레 씨름꾼들이 나타나자, 사람들이 어찌나 떠들고 밀치면서 난장판을 벌이는지, 양쪽 고수들은 다 같이 그들에게 진정하라고 부탁해야 했다.

그러자 양쪽 북이 함께 말했다. 「준비!」 맞선 두 편이 서로 짝을 지어서, 씨름꾼들은 저마다 두 사람씩 몸을 도사리고 노려보고 마주 늘어섰다. 「잡아라! 붙잡아라!」 북이 명령을 내렸고, 저마다 쌍을 지은 씨름꾼들은 고양이처럼 기회를 노리며 빙빙 돌았다. 양쪽 고수들은 서로 노리는 남자들 사이를 이리저리 뛰어다니면서, 지금 그들의 혼령이 이곳을 굽어보고 있을 옛날 마을 씨름 선수들의 이름을 북으로 두드렸다.

번개같이 몸을 놀려서, 그들은 한 쌍씩 짝을 지어 서로 엉겨 붙어, 싸우기 시작했다. 잠시 후에는 양쪽 편이 다 같이, 발에 채어 구름처럼 일어나는 먼지 속에서 싸움을 계속했으며, 시야에서 그들이 거의 사라져 버리다시피 했는데도, 구경꾼들은 미친 듯 소리를 질러 대었다. 같이 넘어지거나 발이 미끄러지는 경우라면 승부하고는 아무 상관도 없었고, 한 씨름꾼이 상대편의 균형을 잃게 해서, 몸을 위로 번쩍 들었다가 땅으로 내던져야만 승리자가 되었다. (처음에는 작년에 우승한 주푸레 사람이 한 명, 다음에는 도전자가 한 명) 이렇게 한 사람이 땅바닥으로 떨어질 때마다 구경꾼들은 펄쩍펄쩍 뛰고, 고함을 지르고, 고수는 이긴 마을의 이름을 북소리로 알렸다. 흥분한 군중의 바로 뒤에서는 물론 쿤타와 그의 동무들이 자기들끼리 씨름판을 벌였다.
 결국은 끝이 났고, 주푸레 편이 겨우 한 사람 차이로 이겼다. 그들은 갓 잡은 황소의 뿔과 발굽을 상으로 받았다. 커다란 고기 살점들이 불 위에서 지글거렸고, 용감한 도전자들은 함께 잔치를 벌이자는 따뜻한 초청을 받았다. 마을 사람들은 방문객들의 힘을 칭찬해 주었고, 결혼을 하지 않은 아가씨들이 모든 씨름꾼의 발목과 팔뚝에 작은 종을 달아 주었다. 그리고 이어서 잔치가 벌어지는 동안, 주푸레의 셋째 카포 소년들은 세오루바 춤을 위한 준비를 갖추려고 씨름 터의 불그스름한 흙을 쓸고 밀어서 매끄럽게 했다.
 모두 정성껏 옷을 차려입고 사람들이 다시 씨름 터 둘레에 모여들었을 때는 뜨거운 태양이 막 지려던 참이었다. 뒤에서 은은하게 북소리가 울리는 사이에, 양쪽 씨름꾼들은 씨름 터 안으로 뛰어 들어가서, 몸을 쪼그리고 앉았다가 뛰어오르기를 반복하는 춤을 시작했고, 그들의 근육이 불끈거리고 작은 종들이 울리자, 구경꾼들은 그들의 힘과 우아함에 대해서 감탄을 쏟아 놓았다. 북소리가 갑자기 요란해졌고, 이제는 처녀들이 씨름 터로 달려 들어가서, 사람들이 손뼉을 치는 소리에 맞춰, 교태를 부리며, 씨름꾼들 사이를 누비고 다녔다. 그러자 고수들은 가장 힘들고 가장 빠른 박자를 두드리기 시작했고, 처녀들은 그 소리에 발을 맞춰 뛰놀았다.
 하나씩 하나씩 여자들은 결국 지쳐서 땀을 흘리며, 알록달록 물들인 티코 머리 보자기를 먼지 속에 집어던지고는, 씨름 터에서 고꾸라질 듯이 비틀거리며 나왔다. 모든 사람의 눈은 혹시 결혼 상대자가 될 만한 어느 남자가 티코를 집어 들어서 그 아가씨의 춤이 특별히 마음에 들었음을 나타내지 않을까 잔뜩 긴장해서 지켜보았는데, 남자가 티코를 집어 들면 곧 그는 여자의 아버지를 만나 신부의 값이 염소와 암소 몇 마리가 되는지를 물어봐야 했다. 이런 일들을 이해하기에는 너무나 어렸던 쿤타와 그의 친구들은 신나는 일이 다 끝났다고 생각해서 돌팔매질 끈을 가지고 놀기 위해 다른 곳으로 뛰어갔다. 그러나 그것은 겨우 시작에 지나지 않았으니, 잠시 후에 손님으로 찾아온 씨름꾼이 티코를 하나 집어 들자 모두들 숨을 죽였다. 이것은 아주 즐겁고도 중대한 일이었지만, 결혼을 통해서 다른 마을에 빼앗긴 여자는 이 재수 좋은 아가씨가 처음은 아니었다.

13

 축제의 마지막 날 아침 쿤타는 비명 소리를 듣고 잠에서 깨어났다. 둔디코를 끌어당겨 입고 그는, 겁이 나서 속이 뒤틀리는 듯한 기분을 느끼며, 밖으로 달려 나갔다. 근처의 몇몇 오두막 앞에서는, 무시무시한 가면을 쓰고, 높다란 쓰개 그리고 잎사귀와 나무껍질로 만든 의상을 걸친 대여섯 명의 남자들이 펄쩍펄쩍 뛰면서, 소리를 지르고, 창을 휘둘렀다. 함성을 지르며 그들이 저마다 한 오두막씩 따로 뛰어 들어가서는, 벌벌 떠는 셋째 카포 소년의 팔을 마구 잡아끌고 나오는 광경을 쿤타는 겁에 질린 채로 지켜보았다.
 자기와 마찬가지로 똑같이 겁에 질린 둘째 카포 친구들 한패거리와 함께 쿤타는 휘둥그레진 눈으로 오두막의 귀퉁이를 넘겨다보았다. 묵직하고 하얀 면직 두건을 셋째 카포 소년들에게 하나씩 씌워 놓았다. 가면을 쓴 남자 한 사람이 쿤타와 시타파와 그들과 함께 있던 어린 사내아이들에게 곁눈질을 하더니, 창을 휘두르고 무서운 고함을 지르며 그들을 향해 달려왔다. 그가 잠깐 쫓아오다가 곧 걸음을 멈추고는 두건을 씌운 아이들에게로 돌아섰는데도, 소년들은 무서워서 악을 쓰며 뿔뿔이 흩어졌다. 그리고 마을의 셋째 카포 소년을 모두 모아 놓은 다음에, 그들은 노예들에게 인계되었고, 노예들은 한 아이씩 손을 잡아 마을 밖으로 이끌고 나갔다.
 쿤타는 나이 많은 아이들이 성인(成人) 훈련을 받기 위해서 주푸레로부터 다른 곳으로 끌려간다는 얘기를 듣기는 했지만, 이런 식으로 그것이 이루어지리라고는 전혀 생각하지 않았다. 성인 훈련을 시키는 어른들과 함께 셋째 카포 소년들이 떠나자, 마을 전체에 슬픔의 그림자가 드리워졌다. 그 후 얼마 동안, 쿤타와 그의 친구들은 그들이 보았던 무서운 광경과, 그들이 주위들은 성인 훈련에 대한 더욱 무서운 소문에 대해서만 얘기했다. 아침마다 아라팡은 그들이 『꾸란』 구절을 외우는 데 흥미가 없어 보인다며 그들의 머리를 때렸다. 그리고 학교가 끝나면 염소들을 따라 풀밭으로 떼 지어 나가면서, 쿤타와 그의 친구들은 그들이 머리에서 떨쳐 버리기가 어려운 장면에 대해서, 그러니까 다음 차례에 어른들이 두건을 씌워서 잡아끌고, 발길로 차며 마을 대문을 나서게 될 소년들 가운데 그들이 포함되리라는 사실에 대해서 생각하지 않으려고 애썼다.

그들은 셋째 카포 소년들이 (마침내 어른이 되어서) 마을로 돌아오려면 꼬박 열두 달이 지나야 한다는 얘기를 들었다. 쿤타는 성인 훈련에 나간 소년들이 날마다 매를 맞는다는 얘기를 누구에겐가 들었다고 했다. 카라모라는 소년은 식량으로 쓸 야생 짐승을 그들이 스스로 사냥해 와야 한다고 말했으며, 또한 시타파는 그들이 밤에 홀로 깊은 숲으로 끌려갔다가 혼자서 집을 찾아 돌아와야 한다고 말했다. 그들 중 어느 누구도 감히 얘기를 꺼내지 않았고, 그 얘기만 들으면 쿤타가 너무 불안해서 오줌을 싸고는 했던 가장 심한 일은, 성인 훈련 동안 그의 포토를 조금 잘라 낸다는 사실이었다. 시간이 좀 더 지나자, 그들은 얘기를 나누면 나눌수록 성인 훈련이 어떤지를 생각하면 점점 더 무서워져서, 소년들은 그런 얘기를 중단했고, 자기가 용감하지 못하다는 사실을 남들이 알지 못하도록 그런 두려움을 혼자 속으로만 간직했다.

쿤타와 그의 친구들은 처음 풀밭으로 나가서 초조해했던 시절보다는 염소몰이가 훨씬 손에 익었다. 그러나 그들이 배워야 할 일은 아직도 많았다. 그들은 아침 시간에 일이 가장 힘들다는 사실을 깨닫기 시작했는데, 그것은 쏘는 파리들이 떼 지어 몰려들어서 염소들이 살갗에서 경련을 일으키고 몽땅한 꼬리를 흔들어 대며 이리 뛰고 저리 뛰는 바람에, 소년들과 개들이 염소 떼를 다시 한곳으로 모으려고 정신없이 뛰어다녀야 하기 때문이었다. 그리고 점심 전에, 태양이 너무 뜨거워지면 파리들까지도 보다 시원한 곳을 찾아 몸을 피하고, 피곤해진 염소들은 자리를 잡고 열심히 풀을 뜯었으며, 그러면 드디어 소년들은 쉴 시간을 맞았다.

그들은 이미 팔매질 끈을 다루는 솜씨가 대단했으며, 둘째 카포가 되었다고 그들에게 아버지가 준 새 활이나 화살을 다루는 솜씨도 마찬가지여서, 그들은 토끼와 다람쥐와 숲쥐와 도마뱀 그리고 어느 날 상처라도 입은 듯이 날개를 질질 끌며 둥우리에서 쿤타를 다른 곳으로 유인해 가려고 애쓰던 꾀 많은 반시(半翅) 따위의, 눈에 띄는 작은 짐승들은 닥치는 대로 쏘아 죽이며 한 시간쯤 보냈다. 이른 오후에 소년들은 그날 잡은 짐승의 껍질을 벗기고 닦아서는, 항상 가지고 다니는 소금으로 내장을 씻고 나서, 불을 지펴 구워서 자기들끼리 잔치를 벌였다.
 숲에 나가서 보내는 하루하루는 날이 갈수록 점점 더 더워지는 듯싶었다. 벌레들은 염소를 물다가 점점 더 빨리 그만두고 그늘을 찾았으며, 염소들은 메말라 버린 커다란 풀 밑에 남은 짧고 푸른 풀을 찾아 먹으려면 무릎을 꿇어야 했다. 그러나 쿤타와 그의 친구들은 더위를 거의 의식하지 않았다. 땀이 흐르는 몸을 반짝이면서 그들은 날마다 마치 그날이 평생에서 가장 신나는 날이라는 듯이 놀았다. 오후에 식사를 하고 나서 배가 불룩해지면 그들은 씨름을 하거나, 달음박질을 치거나, 아니면 가끔 서로 소리를 지르거나, 장난삼아 얼굴을 찡그려 이상한 표정을 지었으며, 풀을 뜯는 염소들은 차례를 정해서 돌아가며 열심히 감시했다. 전쟁놀이를 할 때면 소년들은, 평화의 뜻으로 누군가 풀을 한 줌 집어 들어 보일 때까지, 뿌리가 두툼한 잡초로 서로 때리고 찔렀다. 다음에 그들은 죽인 토끼의 밥통 속에 담긴 썩은 오물로 발을 문질러서 그들의 용맹한 정신을 가라앉혔는데, 진짜 용사들은 양의 밥통을 사용했다고 그들은 할머니들로부터 얘기를 들었었다.
 때때로 쿤타와 그의 친구들은, 아프리카 전체에서 사냥 솜씨나 가축 지키기에서는 가장 훌륭한 종자들 가운데 하나라고 알려진 개이며, 만딩카 사람들이 몇백 년 동안 길러 온, 충직한 우올로 개들을 데리고 뛰어놀았다. 우올로 개들이 짖어 댔기 때문에 어두운 밤 살기가 등등한 하이에나에게서 목숨을 건진 염소나 소의 숫자는 아무도 헤아리지 못할 정도였다. 그러나 사냥꾼 놀이를 할 때 쿤타와 그의 동무들이 쫓던 짐승은 하이에나가 아니었다. 키가 크고 햇볕에 메마른 대초원의 잡초들 속으로 기어다니면서 그들은 코뿔소나 코끼리나 표범이나 힘센 사자를 사냥한다고 상상했다.
 어떤 때는 풀과 그늘을 찾아다니는 염소 떼를 따라 돌아다니다가 동무들에게서 홀로 떨어지는 소년도 없지 않았다. 그런 일이 일어났던 처음 몇 번은 쿤타는 될 수 있는 대로 빨리 염소들을 한데 모으고는 시타파에게로 가까이 돌아가려고 애썼다. 그러나 얼마 안 가서 그는 어떤 커다란 짐승을 혼자서 쫓게 될 기회를 그에게 마련해 주는 이런 고적한 시간을 좋아하게 되었다. 그가 상상 속에서 찾아다닌 짐승은 평범한 영양이나 표범, 심지어는 사자도 아니었으며, 그것은 모든 야수들 가운데 가장 무섭고도 위험한 미친 들소였다.

그가 뒤를 쫓던 들소는 모든 시방에 어찌나 무섭다고 널리 소문이 퍼졌던지 수많은 사냥꾼들이 그 횡포한 동물을 죽이려고 파견되었어도 겨우 상처만 입힌 다음 하나같이 들소의 흉악한 뿔에 받혀 피투성이가 되었다. 고통스러운 상처를 입어 전보다도 더욱 포악해지고 피에 굶주린 들소는 그 이후에 마을 밖 밭에서 일하던 주푸레 농부 몇 사람에게 달려들어 죽여 버렸다. 유명한 사냥꾼 심본 쿤타는 깊은 숲 속에서 그의 정력을 키울 걸쭉한 꿀을 얻으려고 벌집에 연기를 쏘이다가, 그가 태어난 마을 사람들을 구해 달라고 그에게 애원하는 아득한 북소리의 얘기를 들었다. 그는 거절할 처지가 아니었다.

짐승들이 어느 쪽으로 갔는지를 훌륭한 심본들에게 알려 주는 육감을 동원하여 들소의 발자취를 소리 없이 뒤쫓던 그는, 발밑에서 부스러지는 풀잎 소리도 내지 않았다. 그리고 곧 그는 찾던 발자취를 발견했는데, 그것은 그가 여태껏 본 적이 없을 만큼 커다란 발자국이었다. 이제 그는 어떤 더러운 냄새를 열심히 맡으며 소리를 내지 않고 쫓아가서, 들소가 갓 싸놓은 큼직한 똥의 무더기를 찾아냈다. 그리고 이제는 몸으로 익힌 모든 요령과 솜씨를 발휘해서 유능한 심본 킨테는 드디어 (보통 사람들의 눈에는 띄지 않았겠지만) 울창하고 키가 큰 풀 속에 숨은 짐승의 커다란 몸뚱이를 찾아냈다.

활을 잔뜩 당겨서 킨테는 조심스럽게 겨누고, 마침내 화살을 정확히 날려 보낸다. 들소는 심한 상처를 입었지만 더욱 위협적으로 돌변한다. 갑자기 이쪽저쪽으로 몸을 날려 킨테는 놀란 짐승의 필사적인 공격을 피하고, 들소가 다시 공격하기 위해 한 바퀴 도는 사이에, 그는 자세를 가다듬는다. 그는 옆으로 몸을 던져야 할 마지막 순간까지 버티고 서서 두 번째 화살을 날리고, 거대한 들소는 죽어서 넘어진다.

킨테가 날카롭게 휘파람을 불자 그가 영광스럽게 성공한 자리에서 전에 실패했던 다른 사냥꾼들이 놀라서, 몸을 떨며 숨어 있던 곳에서 모두 나온다. 그는 그들에게 커다란 뿔과 가죽을 잘라 내라고 명령하고는, 사람을 더 불러 모아서 짐승의 사체를 주푸레까지 끌고 가도록 한다. 기뻐서 소리치는 사람들은 킨테가 발에 흙을 묻히지 않도록 마을 입구 안에다 가죽으로 길을 만들었다. 「심본 킨테!」 말하는 북들이 울렸다. 「심본 킨테!」 잎사귀가 달린 나뭇가지를 머리 위로 흔들면서 아이들이 소리쳤다. 모두들 밀고 당기면서 그의 위대한 힘에서 작은 부스러기나마 그들에게로 옮아오기를 바라면서, 너도나도 힘센 사냥꾼을 손으로 만지려고 야단이었다. 작은 소년들은 거칠게 함성을 지르며 기다란 막대기로 사냥 장면을 재현하고, 거대한 짐승의 사체 둘레에서 춤을 추었다.

그러더니 다음에는 주푸레에서 (그리고 사실은 감비아 전체에서) 가장 튼튼하고 가장 우아하고 가장 아름답게 검은 처녀가 그에게로 걸어 나와서는, 그의 앞에 꿇어앉아 시원한 물을 한 바가지 바쳤지만, 킨테는 목이 마르지 않아서 그녀에게 선심을 베푸느라고 손가락만 적셨다. 그러자 그녀는 기뻐 눈물을 흘리며 그 물을 마심으로써 모든 사람들에게 그녀의 사랑이 충일함을 보여 주었다.

모인 사람들이 시끄럽게 떠들면서 옆으로 비껴서자 늙고 주름지고 백발이 된 오모로와 빈타가 지팡이를 짚고 나타난다. 오모로가 한껏 자랑스러운 눈으로 그를 쳐다보는 동안, 심본은 그의 늙은 어머니로 하여금 자기를 껴안도록 허락한다. 그리고 주푸레 사람들은 〈킨테! 킨테!〉라고 외친다. 개들도 짖어 환영한다.

그런데 지금 짖어 대는 것은 그의 개인가?「킨테! 킨테!」미친 듯이 소리치던 아이는 시타파인가? 쿤타는 재빨리 몽상에서 정신을 차리고, 어떤 사람의 밭으로 뛰어가는 그의 염소들을 보았다. 낭처한 일이 벌어지기 전에 시타파와 그의 다른 친구들과 개들이 도와주어 염소들을 다시 모아들이기는 했지만, 쿤타는 어찌나 부끄럽게 여겼던지 그 이후로 한 달 동안은 그런 몽상에 정신을 빼앗기는 일이 다시 없었다.

14

태양이 벌써 그토록 뜨겁기는 했지만, 5개월간 계속되는 건기는 이제 겨우 시작이었다. 멀리서는 물건들이 더 크게 보이도록 만들면서 더위의 악마들이 반짝거렸고, 사람들이 오두막 안에서도 밭에서와 마찬가지로 땀을 흘렸다. 쿤타가 염소몰이를 하려고 아침마다 집을 나서기 전에 빈타는 붉은 야자기름을 발에 잘 발랐는지 꼭 확인했지만, 오후에 넓은 숲에서 돌아올 때마다 그의 입술은 말랐고, 발바닥도 뜨거워진 흙을 밟고 돌아다니는 바람에 마르고 갈라졌다. 어떤 아이들은 발에서 피를 흘리며 집으로 돌아왔지만, 그들은 (아버지처럼 불평도 하지 않고) 아침마다 다시 집을 나서, 마을에서보다도 더욱 건조한 목초지의 맹렬한 무더위 속으로 나갔다.

태양이 하늘 꼭대기에 이를 때면, 날마다 작은 동물을 사냥해서 구워 먹고 노는 장난을 하기에도 너무 힘이 들었고, 그래서 소년들과 개와 염소들은 작달막한 나무의 그늘에서 모두 널브러져 헐떡였다. 그들은 그냥 앉아서 즐겁게 얘기나 나누면서 대부분의 시간을 보냈지만, 어쩐지 이제 염소몰이라는 모험의 신바람은 어느 정도 사라진 기분이었다.

날마다 그들이 주워 모으는 나뭇가지가 몸을 따뜻하게 하기 위해서 밤에 필요하리라는 사실은 전혀 실감이 나지 않았지만, 그래도 일단 해가 지고 나면 대기는 뜨거웠던 만큼이나 심하게 추워졌다. 그리고 저녁 식사가 끝나면 주푸레 사람들은 탁탁 튀는 불 앞에 웅숭그리며 둘러앉았다. 오모로 나이 또래의 남자들이 한쪽 모닥불 주위에 앉아 얘기를 나누었고, 조금 떨어진 곳에는 마을 어른들을 위한 모닥불을 따로 지폈다. 그리고 또 다른 모닥불에는 여자들과 처녀들이 둘러앉았고, 늙은 할머니들은 넷째 모닥불에서 밤마다 첫째 카포 아이들에게 옛날얘기를 해주었다.

쿤타와 둘째 카포의 다른 아이들은 라민이나 그의 동무들처럼 발가벗은 첫째 카포들과 자리를 같이하기에는 너무 자부심이 강해서, 시끄럽게 킬킬거리기나 하는 패거리의 일부가 아니라고 여겨지기에 충분할 만큼 멀리 떨어져서, 그러나 여느 때 못지않게 아직도 그들의 귀를 솔깃하게 하는 늙은 할머니들의 얘기를 듣기에 충분할 만큼 가까운 자리에 쪼그리고 앉았다. 가끔 쿤타와 그의 친구들은 다른 모닥불에서 오가는 얘기를 엿들었지만, 대부분 더위에 관한 대화뿐이었다. 쿤타는 태양이 화초를 죽이고 곡식을 태우던 시절에 대해서, 우물의 물이 마르거나 썩고, 또는 더위에 사람들이 깍지처럼 마르던 시절에 대해서 노인들이 주고받는 얘기를 들었다. 이번 더위 철도 심하기는 하지만, 더 심했던 때가 많았다고 그들은 말했다. 늙은 사람들은 무엇이나 훨씬 더 심했던 때를 항상 안다고 쿤타는 생각했다.

59

그러더니, 갑자기 어느 날, 숨을 쉬면 불을 들이마시는 듯싶었고, 밤에는 뼛속까지 파고드는 추위에 사람들은 이불 밑에서 떨었다. 이튿날 아침에 다시, 그들은 얼굴의 땀을 닦으면서, 숨을 제대로 쉬기 힘들어했다. 그날 오후에 하르마탄[4] 바람이 시작되었다. 그것이 강풍이거나 돌풍이었다면 도움이 되었겠지만, 그렇지를 못했다. 대신에 그것은 계속해서 부드럽게 건조한 먼지를 일으키며 밤낮으로 거의 반달 동안이나 계속해서 불어 대었다. 이 바람이 불 때면 언제나 그랬듯이, 쉬지 않고 불어오는 하르마탄은 서서히 주푸레 사람들을 기진맥진하게 했다. 그리고 얼마 안 가서, 부모들은 공연히 아이들에게 소리를 지르고, 마땅한 이유도 없이 매질을 했다. 그리고 말다툼을 많이 하지 않는 만딩카 사람들이기는 했어도, 어떤 어른들, 특히 오모로와 빈타처럼 젊은 부부들 사이에는, 한 시간이 멀다 하고 큰 소리가 오갔다. 그러면 갑자기 근처의 문들은 구경하는 사람들이 잔뜩 몰려들고, 부부의 어머니들이 오두막 안으로 달려 들어갔다. 잠시 후에는 고함 소리가 점점 더 커지고, 바느질 소쿠리와 솥과 바가지와 의자와 옷이 마구 문밖으로 빗발치듯 쏟아져 나왔다. 그러고는 아내와 그녀의 어머니가 뛰쳐나와서, 세간을 집어 들고는 어머니의 오두막으로 화를 내며 가버렸다.

두 달쯤 지나자 하르마탄은 시작될 때도 그랬듯이 갑자기 끝났다. 하루 사이에 바람이 자고 하늘이 맑아졌다. 하룻밤 사이에 아내들은 줄지어서 몰래 남편들에게 돌아가고, 사돈들은 자그마한 선물을 주고받으며, 온 마을 여기저기에서 싸움은 화해를 맺었다. 그러나 다섯 달의 오랜 건기는 이제 절반밖에는 지나가지 않았다. 아직 창고에 식량이 많기는 했지만, 보통 때면 게걸스럽던 아이들까지도 별로 식욕이 없어지자, 어머니들은 음식을 조금만 마련했다. 모두들 강렬한 태양이 내리쬐는 더위에 기운이 빠졌고, 사람들은 얘기도 덜 하고, 꼭 해야 할 일만 하며 나다녔다.

앙상한 마을 소들의 가죽은, 쏘는 파리들이 쉬를 슬어 놓은 상처 자리가 부어올라 갈라졌다. 보통 때라면 꼬꼬댁거리면서 마을 안을 휘돌아다녔을 닭들은 수척해지고 조용해져서, 날개를 펼치고 주둥이를

---

4 12월에서 2월 사이에 아프리카의 내륙 지방에서 서해안으로 부는 건조한 열풍.

벌린 채로, 먼지 속에 모로 자빠졌다. 대부분이 더 시원한 그늘을 찾아서 숲 속으로 옮겨 갔기 때문에 원숭이들조차 잘 보이지 않았다. 그리고 염소들이 더위에 풀을 점점 덜 뜯고, 한결 야위고, 초조해졌음을 쿤타는 깨달았다.

 (더위 때문이거나 또는 그들이 나이를 먹게 되어서인지도 모르겠지만) 어떤 이유에서인지 쿤타와 거의 여섯 달 동안 숲에 나가서 날마다 같이 지냈던 그의 염소몰이 친구들은 이제 따로따로 그들의 작은 염소 떼를 데리고 흩어지기 시작했다. 그렇게 며칠이 지난 다음에야 쿤타는 여태껏 자기가 상당한 기간 동안 남들과 완전히 떨어져 지냈던 적이 없음을 의식하게 되었다. 그는 태양이 쨍쨍 내리쬐는 풀밭의 고요함 저편으로 멀리 흩어진 다른 소년들과 염소들을 쳐다보았다. 그 너머에서는 지난 추수 이후로 몇 달 동안 자란 잡초를 농부들이 밭에서 베어 냈다. 그들이 햇볕에 말리려고 갈퀴로 긁어모은 높다란 잡초 더미들은 열기 속에서 흔들리며 빛나는 듯 보였다.

 이마에서 땀을 씻어 내리면서 쿤타는 그의 부족이 불편하거나, 어렵거나, 또는 무섭거나, 목숨 자체를 위협하는 온갖 곤경을 계속해서 항상 이겨 내며 살아간다는 생각이 들었다. 그는 찌는 듯이 더운 낮과 그 뒤에 따라오는 추운 밤에 대해서 생각했다. 그리고 그는 마을을 온통 진흙 구덩이로 바꾸어 놓고, 결국은 그들이 걸어다니던 길들이 물에 잠겨 사람들이 통나무배로 여기저기 돌아다닐 정도로 쏟아질 장마에 대해서 생각했다. 그들은 태양을 필요로 하듯이 비가 필요했지만, 항상 지나치거나 모자라기만 했다는 기분이 들었다. 염소들은 살이 찌고 나뭇가지들은 열매와 꽃으로 무거워질 때까지도, 그런 무렵에도 집의 창고에서는 지난번 추수에서 거둔 곡식이 바닥나고, 그러면 그가 소중하게 기억하는 야이사 할머니처럼 사람들이 굶주리고 죽기까지 하는 배고픈 계절이 온다는 사실을 그는 알았다.

 추수철도 즐겁고, 뒤따라오는 추수 축제도 즐거웠지만, 그런 기쁨은 곧 지나가 버리고, 길고도 더운 건기가 다시 찾아와서, 심한 하르마탄 동안에 빈타는 걸핏하면 그에게 소리를 지르고, 귀찮기만 하던 어린 동생조차 가엾다는 생각이 들 정도로 그녀는 라민을 때렸다. 마을로 염소를 몰고 돌아오던 쿤타는, 자기가 라민처럼 어렸을 때, 조상들이 굉장한 공포와 위험을 어떻게 항상 이겨 나갔는지에 대해서 그토록 여러 번 들었던 얘기가 생각났다. 아주 아주 오랜 옛날부터, 사람들의 삶은 그렇게 항상 고생스러웠나 보다고 쿤타는 생각했다. 아마 앞으로도 영원히 그럴지도 모를 일이었다.

이제는 마을에서 저녁마다 알라신에게 비를 내려 달라는 기도를 알리마모가 이끌었다. 그러던 어느 날 부드러운 바람이 먼지를 일으키자, (그런 바람은 곧 비가 오리라는 징조였기 때문에) 주푸레는 흥분으로 가득했다. 그리고 다음 날 아침에 마을 사람들은 밖으로 나가 밭에 모여서, 그들이 갈퀴로 긁어모았던 높다란 잡초 더미들에 불을 질렀고, 짙은 연기가 밭 위로 피어올랐다. 그 열기는 참기 힘들 지경이었지만, 사람들은 땀을 흘리며 춤추고 환호성을 올렸고, 첫째 카포 아이들은 깃털처럼 날아다니는 잿덩이가 행운을 가져온다면서, 저마다 잡으려고 뛰어다니며 소동을 벌였다.

다음 날 불어온 가벼운 바람은 떠돌아다니는 재를 밭에다 골고루 흩뿌려서, 또다시 곡식을 재배할 흙을 비옥하게 만들었다. 농부들은 이제 바삐 괭이질을 시작했고, 한없이 순환되는 계절 가운데 쿤타가 일곱 번째로 맞은 씨 뿌리는 철에, 그들은 씨앗을 심기 위한 밭이랑을 일구어 나갔다.

15

장마철이 두 차례 지나갔고, 다시 빈타의 배가 불렀으며, 그녀의 성미는 전보다도 더 급해졌다. 그녀가 어찌나 두 아이들에게 손찌검을 서슴지 않았던지, 쿤타는 아침마다 몇 시간 동안이나 그녀를 피할 여유를 주는 염소몰이가 고맙게 여겨졌고, 오후에 돌아오면, 못된 장난을 치다가 매를 맞는 데 충분할 만큼의 나이는 먹었어도, 혼자 마음대로 집에서 나가도 될 만큼은 아직 나이를 먹지 못한 어린 라민이 불쌍하다는 생각이 들었다. 그래서 어느 날, 집으로 돌아와서 울어 대는 어린 동생을 보고, 그는 (걱정이 좀 되기는 하면서도) 어머니에게 혹시 라민을 데리고 심부름을 가도 되겠느냐고 말했으며, 그녀는 당장 〈그래!〉라고 잘라 말했다. 이렇게 놀랄 만큼 친절한 행위에 발가벗은 어린 라민은 몹시 기뻐했지만, 쿤타는 자신의 충동적인 행동에 어찌나 속이 상했던지, 빈타에게 들키지 않을 만큼 멀리 떨어진 곳에 이르자마자, 동생에게 발길질과 주먹질을 했다. 라민은 소리를 질러 대기는 했지만, 강아지처럼 열심히 형을 따라갔다.

 그 이후로 오후마다 쿤타는, 형이 다시 자기를 데리고 나가 주기를 바라면서 초조하게 기다리는 라민을 문간에서 발견했다. 쿤타는 거의 날마다 그를 데리고 나갔지만, 사실 속마음으로는 영 내키지가 않았다. 빈타는 그들이 둘 다 밖으로 나가 버리면 무척 마음이 편하다는 뜻을 노골적으로 드러내서, 어느 새 쿤타는 만일 라민을 데리고 나가지 않으면 이제는 매를 맞게 될까 봐 두려워졌다. 마치 볼롱의 어떤 거대한 거머리처럼 쿤타의 등에 벌거벗은 어린 동생을 붙여 놓는 나쁜 꿈을 꾸는 듯싶었다. 그러나 쿤타는 같은 카포 친구들 가운데 몇 명이 역시 어린 동생을 데리고 다니는 모습을 곧 보게 되었다. 동생들은 한쪽에 따로 모여서 놀거나, 근처에서 뛰어다니면서도, 자기들을 무시하기만 하는 형들을 열심히 지켜보았다. 가끔 큰 소년들은 갑자기 달음박질을 해서 도망치고는, 그들을 따라오려고 허우적거리는 어린 동생들을 보고 놀려 대기도 했다. 쿤타와 그의 친구들이 나무에 오르면, 어린 동생들은 흉내를 내려다가 땅으로 다시 굴러 떨어지기가 일쑤였고, 그러면 나이 많은 소년들은 멍청한 그들을 보고 실컷 웃어 주었다. 동생을 데리고 다니는 일이 그래서 재미나기 시작했다.

 어쩌다 가끔 라민과 단둘이 남으면, 쿤타는 동생에게 관심을 더 보일 여유가 생겼다. 손가락으로 작은 씨앗을 집어 보이며, 그는 주푸레의 거대한 비단솜나무가 이렇게 작은 물건에서 자란다고 설명했다. 꿀벌을 잡으면, 쿤타는 그것을 조심스럽게 쥐고, 라민에게 침을 보여 주고 난 다음, 벌을 돌려서 잡고는, 벌들이 어떻게 꽃에서 단물을 빨고, 높다란 나무 꼭대기에 지은 그들의 집에서 어떻게 그것으로 꿀을 만드는지를 설명했다. 그리고 라민은 쿤타에게 질문을 많이 하기 시작했는데, 그는 대부분의 질문에 참을성을 보이며 일일이 대답해 주었다. 쿤타가 무엇이나 다 안다고 라민이 생각하니까 쿤타는 기분이 좋기도 했다. 쿤타는 여덟 장마철이었지만, 그보다 더 나이가 들었다고 느꼈다. 어느새 그는 어린 동생이 이제는 귀찮은 존재가 아니라고 여기게 되었다.

 쿤타는 물론 그런 내색을 하지 않으려고 무척 애썼지만, 이제는 오후마다 염소를 데리고 집으로 돌아가면 동생 라민이 반갑게 맞아 주기를 정말로 은근히 기다렸다. 쿤타는 언젠가 라민을 데리고 그가 오두막을 나설 때, 빈타가 미소를 짓는 듯한 인상을 받기도 했다. 실제로 빈타는 가끔 어린 동생에게 이렇게 야단을 치기까지 했다. 「형을 보고 좀 배워라!」 다음 순간에는 어떤 일로 빈타는 쿤타를 후려치기도 했지만, 그전처럼 자주 그러지는 않았다. 또한 못된 짓을 하면 쿤타를 따라가지 못하게 하겠다고 라민에게 야단을 치기도 했으며, 그러면 라민은 하루 종일 말을 잘 들었다.

쿤타와 라민은 언제나 손을 잡고 아주 얌전하게 오두막을 나서지만, 일단 밖으로 나가면 쿤타는 소리를 지르며 달음박질을 치고, 라민은 그의 뒤에서 쫓아가서, 다른 둘째와 첫째 카포 소년들과 어울렸다. 어느 날 오후 장난을 치다가, 쿤타의 염소몰이 친구 하나가 우연히 라민과 부딪쳐서 그를 자빠뜨렸는데, 쿤타는 당장 나서서 그 소년을 왈칵 옆으로 밀어젖히고 흥분해서 소리쳤다. 「얜 내 동생이야!」 다른 소년이 마주 대들었고, 둘이서 주먹다짐을 벌이려고 하자 다른 아이들이 그들의 팔을 잡았다. 쿤타는 울어 대는 라민의 손을 잡아 노려보는 친구들에게서 낚아챘다. 쿤타는 자기 또래의 카포 친구들에게 (더구나 코흘리개 동생 따위의 시시한 일로) 그런 행동을 했다는 사실에 무척 당황했고, 놀라기도 했다. 그러나 그날 이후로 라민은 쿤타가 하는 대로, 어떤 때는 심지어 오모로와 빈타가 쳐다보고 있는 동안에도, 그대로 노골적으로 흉내를 내기 시작했다. 비록 그것이 마음에 안 드는 척했어도, 쿤타는 약간은 자랑스러운 기분을 막을 길이 없었다.

어느 날 오후에 라민이 나지막한 나무를 기어오르려다 떨어졌을 때, 쿤타는 어떻게 해야 제대로 되는지를 보여 주었다. 틈틈이 그는 어린 동생에게 (같은 카포 동무들 앞에서 그를 모욕한 소년에게 본때를 보여 주도록) 씨름하는 방법을 가르쳐 주었고, (라민이 아무리 잘 해 봐야 쿤타를 따라오려면 아직도 멀었지만) 손가락 사이로 휘파람을 부는 방법과, 어머니가 즐겨 차를 끓이는 딸기 잎사귀가 어떤 종류인지도 가르쳐 주었다. 그리고 그는 오두막 안에서 항상 기어다니는 커다랗고 반짝이는 쇠똥구리를 해치면 재수가 아주 나쁘니까, 조심해서 바깥으로 살려 내보내야 한다고 라민에게 타일렀다. 수탉의 며느리발톱을 건드리면 재수가 더 나쁘다고 그는 말했다. 그러나 아무리 가르치려고 애를 썼어도 쿤타는 라민에게 태양의 위치를 보고 지금이 몇 시인지를 알아내는 방법은 이해시키지를 못했다. 「넌 아직 너무 어려서 그렇겠지만, 언젠가는 알게 되겠지.」 쿤타는 간단한 어떤 무엇을 이해하는 데 너무 더디면 지금도 가끔 그에게 소리를 질렀고, 너무 귀찮게 굴면 뺨을 때리기도 했다. 그러나 그런 일이 생기면 항상 기분이 무척 언짢아서, 때로는 발가벗은 라민에게 자기의 둔디코를 잠깐 동안 입도록 해주기도 했다.

동생과 점점 더 사이가 가까워지자, 쿤타는 전에 자주 그를 괴롭혔던 거리감, 그러니까 여덟 장마철이라는 자신의 나이와 주푸레의 어른들이나 나이 많은 소년들과의 사이에 벌어진 나이 차가 마음에 덜 걸리게 되었다. 아직도 어머니의 오두막에서 잠을 자야 하는 둘째 카포에 속함을 그에게 일깨우게 하는 사건이 한 번도 일어나지 않고 지나간 날은 정말로 거의 없었다. 지금은 성인 훈련을 받으러 멀리 가버린 나이 먹은 소년들은 쿤타 또래의 아이들을 보면 비웃고 때리기만 했다. 그리고 오모로나 다른 아버지들처럼 어른이 된 남자들은 둘째 카포 소년이라면 무슨 일이나 다 참기만 해야 하는 존재라고 생각했다. 그리고 어머니들로 말하자면, 그렇다. 그가 어른이 되는 날에는, 빈타로 하여금 여자가 지켜야 할 자리를 꼭 지키게 하겠다고 쿤타는 풀밭에 나가기만 하면 화가 나서 혼자 생각했는데 ─ 그래도 어쨌든 그녀는 어머니였기 때문에, 그녀에게 마땅히 친절과 용서를 베풀기는 해야 되겠다는 생각도 했다.

하지만 쿤타와 그의 동무들이 가장 짜증스럽게 생각했던 사실은 그들과 함께 자라 온 둘째 카포 계집아이들이 벌써부터 서둘러 남의 아내가 되려는 생각을 염두에 두었음을 남자 아이들에게 걸핏하면 귀띔하려고 덤비는 태도였다. 계집아이들은 열네 번이나, 그보다 적은 장마철을 지내기만 해도 시집을 가는데, 남자들은 서른 번 이상 장마철을 살아야 결혼을 하게 된다니, 쿤타로서는 속이 상할 지경이었다. 풀밭에서 그들끼리 오후를 즐겁게 보낸다거나, 또는 쿤타의 경우처럼, 동생과의 새로운 관계를 즐기는 시간 말고는, 일반적으로 둘째 카포라는 나이는 쿤타와 그의 친구들에게 항상 불편하기만 했다.

동생과 함께 단둘이서 어디를 걸어갈 때면, 쿤타는 어른들이 아들을 데리고 가끔 그러하듯이 라민을 데리고 어디론가 여행을 간다고 상상했다. 라민이 자기를 배움의 샘으로 우러러보는 처지여서, 쿤타는 나이 먹은 사람답게 행동해야 하는 특별한 책임감을 느꼈다. 나란히 걸으면서 라민은 끈질기게 계속해서 쿤타에게 캐물었다.

「세상은 전체가 어떻게 생겼어?」

「글쎄.」 쿤타가 말했다. 「사람이나 통나무배가 그렇게 멀리 여행을 한 적은 없어. 그리고 알아야 할 것을 모두 다 아는 사람은 하나도 없는 법이야.」

「아라팡에게선 뭘 배워?」

쿤타는 『꾸란』의 처음 몇 구절을 아랍 말로 암송하고 나서 말했다. 「어디 너도 해봐.」 하지만 라민이 외워 보려고 했을 때, (쿤타는 그럴 줄 벌써 알았지만) 뒤죽박죽 엉망이었다. 그래서 쿤타가 참을성을 보이며 말했다. 「다 시간이 걸리는 법이야.」

「왜 부엉이를 해치는 사람은 없지?」

「돌아가신 조상들의 영혼이 모두 다 부엉이 속에 들어가서 살기 때문이지.」 그리고 나서 그는 라민에게 돌아가신 야이사 할머니에 대한 얘기를 해주었다. 「넌 그때 아기였으니까 생각나지 않겠지만 말이야.」

「나무에 앉은 저 새는 뭐야?」

「매란다.」

「무얼 먹고 사는데?」

「생쥐하고 다른 새들하고 뭐 그런 거.」

「응.」

쿤타는 자기가 그렇게 많은 사실을 안다고는 깨닫지 못했지만 — 그래도 가끔 라민은 쿤타가 대답을 전혀 모르는 질문을 하기도 했다. 〈해에 불이 났어?〉 또는, 〈왜 아버지는 잠을 우리들하고 같이 자지 않는 거야?〉

그럴 때면 (쿤타가 너무 꼬치꼬치 물었을 때 짜증이 난 오모로가 그러하듯이) 쿤타는 가끔 못마땅하다는 듯 신음 소리를 내고는 입을 다물었다. 그러면 라민은 얘기하기 싫어하는 사람에게는 절대로 얘기를 걸지 말라는 만딩카 가정교육을 받았기 때문에 더 이상 말을 걸지 않았다. 가끔 쿤타는 혼자만의 깊은 생각에 빠진 듯이 행동할 때가 있었다. 라민은 옆에 말없이 앉아서 기다리다가, 쿤타가 일어서면 따라 일어섰다. 그리고 가끔 어떤 질문에 대한 대답을 모르는 경우, 쿤타는 애기의 말머리를 돌리기 위해 재빨리 조치를 취했다.

다음에 기회가 나면 쿤타는, 항상 라민이 오두막에서 나가기를 기다렸다가, 라민에게 해주어야 할 대답을 얻기 위해 빈타와 오모로에게 질문을 했다. 그는 그들에게 자기가 왜 그렇게 여러 가지 질문을 하는지 설명하지 않았지만, 그들은 빤히 아는 듯싶었다. 사실 그들은 쿤타가 어린 동생에 대해서 더욱 많은 책임을 떠맡게 되었기 때문에, 그를 훨씬 어른답게 대해 주었다. 얼마 안 가서 쿤타는, 빈타가 있는 자리에서도, 잘못을 저지를 때면 라민을 심하게 꾸짖기도 했다. 「넌 말을 또박또박 해야 돼!」그는 손가락으로 딱 소리를 내며 말했다. 또는 어머니가 명령한 일을 하려고 재빨리 움직이지 않으면 라민을 후려치기도 했다. 빈타는 그러면 보지도 듣지도 못한 척 행동했다.

그러다 보니 이제 라민은 어머니와 형의 날카로운 눈을 피해서 할 만한 행동이 거의 없어졌다. 그리고 이제는 라민이 했던 질문을 쿤타가 빈타나 오모로에게 묻기만 하면, 그들은 당장 그에게 대답을 해주었다.

「황소 가죽으로 만든 아버지 요는 왜 그렇게 빨갛지? 황소는 빨갛지가 않은데.」

「수수를 빻아 잿물하고 섞어서 쇠가죽에 내가 물을 들였기 때문이란다.」빈타가 대답했다.

「알라신은 어디에 살지?」

「알라신은 태양이 오는 곳에서 산단다.」오모로가 말했다.

16

「노예가 뭐야?」라민이 어느 날 오후 쿤타에게 물었다. 쿤타는 앓는 소리를 하고 입을 다물어 버렸다. 깊은 생각에 잠긴 듯 말없이 걸어가면서, 그는 라민이 무슨 애기를 들었기에 그런 질문을 했을까 하고 생각했다. 쿤타는 투뵵들에게 잡혀간 사람들은 노예가 된다는 사실을 알았으며, 주푸레 사람들이 거느린 노예에 대해서 어른들이 하는 얘기도 우연히 들었었다. 그러나 사실 노예가 정말로 무엇인지를 그는 알지 못했다. 여러 차례 그런 일을 당했듯이, 라민의 질문에 당황한 그는 더 많은 사실을 알아내기로 작정했다.

다음 날 오모로가 빈타에게 새 식량 창고를 지어 주려고 야자나무를 구하러 나갈 준비를 하자, 쿤타는 아버지와 같이 가게 해달라고 부탁했는데, 그는 어디든 오모로와 같이 가기를 좋아했다. 그러나 그날은 어둑어둑하고 서늘한 야자 숲에 거의 이르렀을 때까지 두 사람 다 입을 열지 않았다.

그러다가 갑작스럽게 쿤타가 물었다. 「아버지, 노예가 뭐예요?」

오모로는 처음에 아무 말도 하지 않고 신음만 하고는, 몇 분 동안 숲에서 돌아다니며 여러 야자나무의 밑동을 살펴보았다.

「노예와 노예가 아닌 사람을 구별하기는 항상 쉬운 일은 아니란다.」 드디어 그가 말했다. 그가 고른 야자나무를 벌목도로 치면서 그는 쿤타에게 노예들의 오두막은 낟탕 종고로 지붕을 씌우고, 자유로운 사람들의 오두막은 낟탕 포로로 지붕을 씌웠다고 말했다. 그것들이 이엉으로 엮기에는 가장 훌륭한 풀이라는 사실은 쿤타도 잘 알았다.

「하지만 노예들이 있는 자리에서는 노예 얘기를 하면 못쓰는 법이란다.」 아주 근엄한 표정으로 오모로가 말했다. 쿤타는 왜 그런지 이해를 하지 못했지만, 알아들었다는 듯 머리를 끄덕였다.

야자나무가 쓰러지자 오모로는 두텁고 질긴 잎을 쳐내기 시작했다. 자신이 가지고 갈 열매 몇 개를 따면서 쿤타는 오늘 아버지가 얘기를 하고 싶어 하는 기분임을 깨달았다. 그는 라민에게 노예에 대해서 해줄 얘기를 알아내게 되어서 기뻤다.

「왜 어떤 사람들은 노예이고 다른 사람들은 아니죠?」 그가 물었다.

오모로는 사람들이 여러 가지 방법으로 노예가 된다고 말했다. 어떤 사람들은 노예인 어머니에게서 태어나기 때문에 그렇게 된다면서, 그는 쿤타가 잘 아는 주푸레 사람 몇 명을 예로 들었다. 그들 가운데 몇 사람은 그의 카포 친구들의 부모였다. 다른 어떤 사람들은 고향 마을의 배고픈 철에, 한때 굶주림을 겪다가, 주푸레로 와서 그들을 먹여 주고 보살펴 줄 사람이 있다면 그들의 노예가 되겠다고 간청했다. (그가 이름을 알려 준) 나이가 퍽 많은 또 다른 어떤 사람들은 한때 적이었다가 포로로 잡혔다. 「그들은 포로가 되느니보다 죽겠다는 용기가 모자라서 노예가 되었지.」오모로가 말했다.

그는 힘센 사람이 메고 갈 만한 크기로 야자나무 밑동을 자르기 시작했다. 그가 이름을 댄 사람들은 모두 노예이기는 했지만, 쿤타도 잘 알 듯, 존경을 받아 마땅한 사람이라고 그는 말했다. 〈그들의 권리는 우리 선조들의 법에 따라 보장이 된단다〉라고 말하고 오모로는 모든 주인은 노예에게 음식과 옷, 집과 반타작할 농토, 그리고 아내나 남편을 마련해 줘야 한다고 설명했다.

「스스로 멸시를 받을 만한 잘못을 저지른 사람들만이 멸시를 받게 되지.」살인자나 도둑, 또는 다른 범죄자라고 죄가 밝혀져서 노예가 된 사람들이 바로 그런 자들이라고 그는 쿤타에게 말했다. 이런 노예들은 주인이 적절하게 매질을 하거나 다른 벌을 줘도 상관이 없었다.

「노예는 죽을 때까지 노예인가요?」쿤타가 물었다.

「아니, 많은 노예들은 주인과 반타작 농사를 지어 벌어서 모은 돈으로 자유를 사게 된단다.」오모로는 주푸레에서 이런 일을 실천한 사람 몇 명의 이름을 댔다. 오모로는 그들을 소유한 집안사람들과 결혼해서 자유를 얻은 다른 사람들의 이름도 알려 주었다.

무거운 야자나무 토막을 운반하는 데 쓰기 위해서 초록빛 덩굴로 팽팽한 끈을 만들어 일을 계속하면서, 오모로는 어떤 노예들은 사실 주인보다 더 부자로 살기도 한다는 얘기를 했다. 어떤 사람들은 그들이 쓸 노예들을 얻기도 했고, 어떤 사람들은 아주 유명해지기도 했다.

「순디아타가 바로 그런 사람이죠!」쿤타가 소리쳤다. 자신의 군대를 이끌고 수많은 적을 정복했던 위대한 장군, 노예 조상이던 장군에 대해서 할머니들과 그리오들이 하는 얘기를 그는 여러 번 들었다.

오모로는 그가 쿤타의 나이였을 때 순디아타에 대해서 많은 내용을 배웠기 때문에, 쿤타가 이런 얘기를 안다는 사실이 분명히 기뻤고, 그래서 신음 소리를 내며 머리를 끄덕였다. 아들을 떠보기 위해서 오모로가 물었다.「그럼 순디아타의 어머니는 누구였지?」

「들소 여인, 소골론요!」쿤타가 의기양양하게 말했다.

오모로는 미소를 지으며, 덩굴 끈으로 묶은 무거운 야자나무 밑동 두 개를 그의 튼튼한 어깨로 끌어올리고는, 걷기 시작했다. 야자열매를 먹으면서 쿤타가 뒤를 따랐고, 마을에 거의 다다를 때까지 오모로는 그에게, 늪지대나 다른 은신처에서 찾아낸 도망친 노예들로 처음

이루어진 군대를 이끌었던, 불구이지만 총명했던 노예 장군이 위대한 만딩카 제국을 정복한 얘기를 들려주었다.

〈넌 성인 훈련에 나가면 그분에 대해서 더욱 많이 알게 될 거야〉라고 오모로가 말했는데, 그때를 생각하기만 해도 쿤타는 겁이 잔뜩 났지만, 흥분과 기대감을 느끼기도 했다.

오모로는 주인을 싫어하는 대부분의 노예처럼, 순디아타도 그가 미워하던 주인으로부터 도망쳤다고 말했다. 죄가 밝혀진 범죄자가 아니면 새 주인은 노예가 스스로 수락하지 않는 한 어느 노예도 팔지 못한다고 그는 말했다.

〈뇨 보토 할머니도 역시 노예란다〉라고 오모로가 말하자, 쿤타는 야자열매를 한 입 꿀꺽 삼킬 뻔했다. 그는 무슨 말인지 이해가 가지 않았다. 그녀의 오두막 문 앞에 쪼그리고 앉아서, 가발을 몇 바구니씩 엮는 동안에, 마을의 열두어 명이나 되는 발가벗은 아기들을 보살피고, 마음만 내키면 마을 어른들을 포함한 모든 지나가는 어른들에게 심한 얘기를 마음대로 퍼붓던 사랑스러운 뇨 보토 할머니의 모습이 그의 머릿속을 스쳤다. 「그런 할머니가 노예였을 리가 없지.」그는 생각했다.

다음 날 오후에 염소들을 우리 안에 몰아넣은 다음, 쿤타는 친한 동무들을 피해서 다른 길을 따라 라민을 집으로 데리고 갔으며, 곧 그들은 뇨 보토의 오두막 앞에 조용히 쪼그리고 앉아서 기다렸다. 손님이 찾아왔음을 눈치 챈 할머니가 잠시 후 문간에 나타났다. 그리고 그녀가 아주 좋아하는 아이들 가운데 한 명인 쿤타를 흘깃 쳐다보기만 해도 그의 머릿속에 어떤 특별한 생각이 오가는지를 그녀는 쉽게 알아내었다. 그녀는 쿤타와 라민을 오두막 안으로 맞아들이고 나서, 그들에게 줄 뜨거운 풀잎차를 조금 끓일 준비를 했다.

「엄마하고 아빠는 안녕하시니?」그녀가 물었다.

「예, 염려해 주셔서 고마워요.」쿤타가 공손하게 말했다. 「할머니도 안녕하신가요?」

「그럼, 나야 아주 잘 지내지.」그녀가 대답했다.

그의 앞에 차가 나올 때까지 쿤타는 다음 말을 입 밖에 꺼내지 않았다. 그러더니 그는 불쑥 물었다. 「할머니는 어째서 노예인가요?」

뇨 보토는 날카로운 눈으로 쿤타와 라민을 쳐다보았다. 이번에는 그녀가 잠깐 동안 입을 열지 않았다.「내가 얘기해 주마.」결국 그녀는 말문을 열었다.

「여기서 무척 먼 내 고향 마을에서, 여러 장마철 전의 어느 날 밤, 내가 젊었고, 결혼해서 아내가 된 다음의 일이었지.」이웃 사람들이 비명을 지르는 가운데, 초가지붕들이 불타며 무너져 내리자, 그녀는 겁에 질려 잠에서 깨어났다고 뇨 보토가 말했다. 부족들의 전쟁에서 얼마 전에 남편을 잃은 그녀는, 어린 딸과 아들을 안아 들고, 다른 사람들과 함께 밖으로 달려 나갔는데, 흑인 슬라테 부하들을 거느린 백인 노예사냥꾼들이 무장을 하고서 그들을 기다렸다. 무시무시한 싸움을 치르고 나서, 도망치지 못한 사람들은 모두 아무렇게나 한곳에 몰아 놓고는, 너무 심하게 다쳤거나 너무 늙었거나 너무 어려서 여행할 기운이 없는 모든 사람은 남들이 보는 앞에서 무참하게 살해했다. 뇨 보토는 흐느끼기 시작했다.「우리 늙은 어머니하고 내 어린 두 아이도……」

가죽 끈으로 줄줄이 목이 엮인 채, 겁에 질린 포로들이 여러 날 동안 심한 매를 맞으며, 뜨겁고 험한 내륙 지방을 지나 끌려가던 얘기를 할머니는 그들에게 해주었고, 라민과 쿤타는 서로 손을 움켜쥐었다. 그리고 날마다 더 빨리 걸으라고 그들의 등을 후려치던 채찍에 점점 많은 포로들이 쓰러졌다. 며칠이 지난 다음에는, 굶주림과 피로로 더 많은 사람들이 쓰러지기 시작했다. 그래도 몇 사람은 억지로 걸었지만, 그럴 힘도 없던 사람들은 짐승의 밥이 되라고 버림을 받았다. 길게 줄을 지어서 포로들은, 한때 여러 가족이 저마다 들어가 살았던 초가집과 토담집의 불탄 껍데기들 사이로, 사람과 짐승의 해골과 뼈가 흩어지고 불타 폐허가 된 다른 마을들을 지나갔다. 여행을 시작했던 사람들 가운데 절반도 못 되는 인원만이 주푸레 마을에 이르렀는데, 이곳에서 나흘쯤 걸어가면 캄비 볼롱고 강가에서 노예를 사고파는 가장 가까운 장소가 나왔다.

〈여기서 한 젊은 포로가 옥수수 한 자루에 팔렸지〉하고 할머니가 말했다.「그것이 나였어. 그래서 내 이름이 뇨 보토가 되었단다.」그 이름이 〈옥수수 한 자루〉를 뜻한다는 사실을 쿤타는 벌써부터 알았다. 〈나를 노예로 쓰려고 샀던 남자는 얼마 안 가서 죽었고, 난 그 후 여기서 살게 되었지〉라고 그녀는 말했다.

라민은 얘기를 듣고 흥분해서 가만히 앉아 기다리지를 못했고, 쿤타는 지금 두 소년 앞에 앉아서 부드러운 미소를 지어 주고, 쿤타와 라민에게 그랬듯이, 그들의 어머니와 아버지를 오래전에 그녀의 무릎에 올려놓고 달래 주었을 늙은 뇨 보토에 대해서, 어느 때보다도 더 큰 사랑과 고마움을 느꼈다.

「너희들의 아버지 오모로는 내가 주푸레로 왔을 때 첫째 카포였지.」 쿤타를 빤히 쳐다보면서 뇨 보토가 말했다. 「너희들의 할머니였고 오모로의 어머니였던 야이사는 나하고 아주 친한 친구였어. 할머니 생각나지?」 쿤타는 생각난다고 하면서, 꼬마 동생에게 할머니 얘기를 다 해주었다고 자랑스럽게 덧붙여 설명했다.

「잘했구나!」 뇨 보토가 말했다. 「그럼 난 다시 일을 해야지. 이젠 어서 가거라.」

차를 주어서 고맙다고 말한 뒤에, 쿤타와 라민은 밖으로 나와 천천히 빈타의 오두막으로 향하면서, 저마다 혼자 생각에 잠겼다.

다음 날 오후 염소몰이에서 돌아온 쿤타는, 뇨 보토의 얘기에 대해서 라민이 궁금증으로 가득하다는 사실을 알게 되었다. 주푸레에서도 혹시 그런 불이 일어났었는지, 그는 알고 싶어 했다. 글쎄, 그런 얘기는 하나도 듣지 못했고, 마을에는 그런 흔적이 전혀 없지 않느냐고 쿤타가 말했다. 쿤타는 혹시 백인을 본 적이 있느냐고도 물었다. 「물론 본 적이 없지!」 그가 소리쳤다. 그러나 아버지는 그의 형제들과 함께 강가 어디선가 투봅과 그들의 배들을 보았다는 얘기를 했었다고 그는 말했다.

쿤타는 투봅에 대해서라면 아는 바가 거의 없었기 때문에, 그들에 대해서 혼자 생각을 해보고 싶어서, 그는 재빨리 화제를 바꾸었다. 그는 (여태껏 들었던 모든 얘기로 미루어 보아, 그들에게 너무 가까이 가지 않았던 사람들이 변을 훨씬 덜 당했음이 분명하므로, 물론 안전하게 멀찍이 떨어져서) 백인을 하나라도 실제로 보게 되기를 바랐다.

최근에만 해도 나물을 뜯으러 나갔던 소녀가 (그리고 그 이전에는 사냥을 나갔던 두 어른도) 행방불명이 되었는데, 모두들 투봅이 그들을 잡아갔으리라고 믿었다. 그는 물론, 투봅이 누구를 잡아갔다거나, 근처 어디엔가 나타났다고 다른 여러 마을의 북들이 경고하면, 남자 어른들이 무장을 하고 경비를 두 배로 늘리고, 겁에 질린 여자들은 서둘러 아이들을 모두 불러 모아서는, 투놉이 사라졌다고 믿어질 때까지 (때로는 며칠씩이나) 마을에서 멀리 떨어진 숲 속에 숨어 지냈던 일을 기억했다.

쿤타는 언젠가 염소들을 데리고 조용한 풀밭으로 나가, 그가 좋아하던 나무 그늘 밑에 앉았던 때가 생각났다. 그때 그는 우연히 위를 올려다보았는데, 놀랍게도 그곳 높다란 나무 꼭대기에서는, 스물이나 서른 마리쯤 되는 원숭이들이, 기다란 꼬리를 밑으로 내려뜨리고, 나뭇잎이 무성한 가지들 사이에 옹기종기 모여, 꼼짝도 하지 않았다. 쿤타는, 원숭이란 항상 시끄럽게 정신없이 몰려다닌다고만 생각했었는데, 그들이 아무 소리도 내지 않고, 쿤타의 모든 동작을 얼마나 지켜보았는지를, 그는 지금도 잊지 않았다. 그는 지금 자기가 그렇게 높다란 나무 위에 올라앉아서, 땅 위에 있는 어느 투놉을 구경하게 되면 좋겠다고 바랐다.

라민이 투놉에 대해서 그에게 물었던 다음 날 오후에, 염소 떼를 집으로 몰고 가다가 쿤타는 투놉 얘기를 염소몰이 친구들 앞에서 꺼냈는데, 그들은 당장 그들이 들었던 얘기를 너도나도 앞 다투어 털어놓았다. 뎀바 콘테라는 한 소년은, 아주 용감한 그의 아저씨가 언젠가 어느 투놉의 냄새를 코로 맡을 만큼 가까이 다가갔었는데, 이상하고 고약한 악취를 풍겼다고 말했다. 투놉이 사람을 끌고 가서 잡아먹는다던 얘기는 모든 소년이 들었다. 그러나 어떤 아이들은 투놉이 잡아 간 사람들을 잡아먹지는 않고, 굉장히 커다란 농장에서 일을 시킬 뿐이라는 얘기를 들었다고 했다. 그 말을 듣고 시타파 실라는 할아버지가 하던 대답을 쏘아붙였다.「그건 백인들의 거짓말이야!」

다음에 기회가 나자 쿤타는 오모로에게 물었다.「아버지, 아버지하고 삼촌들이 강에서 보았다는 투놉 얘기를 해주시겠어요?」그는 재빨리 말을 덧붙였다.「그 점에 대해서 라민에게 정확한 얘기를 해줘야 하기 때문에 그래요.」쿤타는 아버지가 미소를 지으려 했다는 인상을 얼핏 받았지만, 오모로는 지금 당장은 얘기하고 싶은 기분이 아니라는 듯 신음 소리만 냈다. 그러나 며칠 후 오모로는, 쿤타와 라민더러 필요한 어떤 뿌리들을 캐야 하니까, 마을 바깥으로 함께 가자고 지나가는 말처럼 얘기했다. 발가벗은 라민에게는 그것이 아버지와의 첫 산책이어서 뛸 듯이 기뻤다. 쿤타의 힘으로 이런 일이 이루어졌음을 알고 라민은 형의 둔디코 꽁무니에 바짝 따라붙었다.

오모로는 두 아들에게 그의 두 형인 잔네와 살룸이 성인 훈련을 마치고 주푸레를 떠났으며, 한참 세월이 흐르고 났더니 그들이 유명한 여행가가 되었다는 소식이 낯설고 머나먼 여러 곳으로부터 들려왔다고 말했다. 그들은 오모로의 첫아들이 태어났다는 북의 얘기가 멀리 주푸레에서부터 전해지자, 처음 고향으로 돌아왔다. 그들은 명명식에 때맞춰 참석하기 위해서, 밤낮없이 잠을 안 자며 길을 서둘렀다. 그리고 그토록 오랫동안 고향을 떠나 살았던 그들은 기쁨에 넘쳐, 소년 시절의 카포 친구들과 포옹했다. 그리고 그들은 불에 타버린 여러 마을들에서 사라졌거나 실종된 다른 사람들과, 무서운 불막대기에 죽음을 당한 사람들과, 납치된 사람들과, 농사일이나 사냥이나 여행을 하다가 사라진 사람들, 투봅 때문에 그렇게 사라진 모든 사람에 대한 슬픈 얘기를 했다.

그리고 나서 형들은 오모로에게, 자기들과 함께 여행을 떠나서 투봅이 저지르는 온갖 못된 짓을 보고, 대책을 강구해야 한다고 화를 내며 말했다. 그래서 세 형제는 사흘 동안, 숲 속에 조심스럽게 몸을 숨기고, 캄비 볼롱고 강둑을 따라 나아가다가, 그들이 찾던 것을 보았다. 그곳에는 거대한 투봅 배가 스무 척가량 강가에 정박했는데, 모든 배가 저마다 주푸레 사람들을 모두 실을 만큼 속이 넓었고, 저마다 어마어마하게 커다랗고 하얀 천을 달았고, 열 사람의 키만큼 커다란 나무로 만든 말뚝에 모두 밧줄로 묶어 두었다. 근처의 섬에는 요새까지 만들어 놓았다.

요새에서, 그리고 작은 통나무배를 타고, 많은 투봅이 흑인 부하들과 함께 돌아다녔다. 작은 통나무배들은 말린 인디고와, 솜과, 밀랍과, 가죽 따위의 물건을 큰 배로 옮겼다. 그러나 말로 표현하기가 불가능할 만큼 무서웠던 일은, 투봅이 끌고 가기 위해 붙잡아 온 사람들에게 자행한 매질과 잔인성이었다고 오모로는 말했다.

잠시 동안 오모로는 침묵을 지켰고, 쿤타는 아버지가 하고 싶은 다른 얘기에 대해서 깊은 생각에 잠겼음을 깨달았다. 결국 그는 다시 입을 열었다. 「지금은 옛날처럼 그렇게 많은 사람들이 잡혀가지는 않는단다.」 쿤타가 아기였을 때, 감비아의 이 지역을 다스리던 바라의 왕은, 마을을 불태우고 이곳 사람들을 모조리 잡아가거나 죽이는 일은 없어져야 한다는 명령을 내렸다고 그는 말했다. 그리고 얼마 후, 분노한 몇몇 왕의 용사들이 강으로 가서, 그곳에 정박한 커다란 배들을 불태우고, 배에 탄 모든 투봅을 죽인 다음, 그런 일은 정말로 끝이 났다.

「지금은 말이다.」 오모로가 말했다. 「캄비 볼롱고로 들어오는 투봅의 배는 모두, 바라의 왕에게 인사를 하느라고, 대포를 열아홉 번 쏴야 해.」 이제는 흔히 범죄자나 빚진 사람, 또는 (기껏해야 귓속말을 주고받았을 뿐이더라도) 왕에 반대하는 계략을 꾸몄다고 죄가 밝혀진 자들처럼, 투봅들이 끌고 가도 괜찮은 사람들을 대부분 왕의 비밀 첩자들이 조달한다고 그는 말했다. 노예를 사려고 투봅 배들이 캄비 볼롱고로 올 때마다, 갑자기 더 많은 사람들의 범죄가 밝혀지는 듯싶다고도 오모로는 말했다.

「하지만 왕이라고 해도 마을에서 사람들을 훔쳐 가는 짓을 모두 막아내지는 못한단다.」 오모로는 얘기를 계속했다. 「너희들은 우리 마을에서 사라진 몇 사람을 아마 알겠지만, 지난 몇 달 사이에만도 세 사람이나 없어졌고, 다른 여러 마을의 북이 하는 얘기도 들었을 거야.」 그는 두 아들을 뚫어져라 쳐다보고는, 천천히 말했다. 「지금부터 내가 하려는 얘기를 너희들은 그냥 귀로만 듣고 나서 흘려버리면 안 되는데— 그건 내가 시키는 대로 하지 않았다가는 너희들이 붙잡혀 가서 영원히 못 돌아올지도 모르기 때문이란다!」 쿤타와 라민은 점점 더 겁에 질려 귀를 기울였다. 「가능하면 혼자 떨어져 돌아다니지 마라.」 오모로가 말했다. 「가능하면 밤에는 밖으로 나가지도 말아야 한다. 그리고 밤이건 낮이건, 키가 큰 수풀이나 잡초 덤불에 가까이 가지 말고 피하도록 해라.」

죽는 그날까지, 〈어른이 된 다음에라도〉 투봅을 경계해야만 한다고 아버지가 말했다. 「투봅은 멀리서도 소리가 들리는 불막대기를 걸핏하면 쏜단다. 그리고 마을이 없는 곳에서 연기가 많이 보이면, 그것은 요리를 하려고 그들이 불을 지폈기 때문이지. 너희들은 투봅이 어느 쪽으로 갔는지 알아내기 위해, 그가 남긴 자취를 자세히 살펴보는 방법을 배워야 한다. 투봅은 우리들보다 훨씬 발이 무거우니까, 부러진 나뭇가지나 풀 같은 알아보기 쉬운 흔적을 남기지. 그리고 그들이 거쳐 간 자리에는, 그들의 몸 냄새가 남는단다. 그것은 비 맞은 닭 같은 냄새야. 그리고 투봅은 불안감을 내뿜는다고 얘기하는 사람도 많은

데, 우린 그런 불안감을 느낄 수가 있대. 만일 그런 느낌이 오면, 투봅은 멀리서도 느껴지니까, 소리를 내지 말도록 해라.」

그러나 투봅만 알아서는 충분하지 못하다고 오모로가 말했다. 「우리들과 똑같은 사람들이면서도 투봅과 한패가 되어 일하는 자들도 많거든. 슬라테라는 배반자들 말이야. 하지만 겉으로만 봐서는 그들을 가려낼 방법이 없어. 그러니까 숲에서는 낯선 사람은 아무도 믿으면 안 돼.」

쿤타와 라민은 무서움으로 얼어붙어 앉아서, 꼼짝도 못했다. 「이런 얘기는 아무리 열심히 해도 실감이 나지 않는단다.」 아버지가 말했다. 「붙잡혀 간 사람들이 어떤 꼴을 당하는지, 나하고 너희들 큰아버지들이 본 장면을 너희들도 알아 둬야 해. 투봅이 부리려고 붙잡아 가는 노예들은 우리들하고 같이 사는 노예와 다르니까.」 그는 강가를 따라 튼튼하고 기다란 대나무로 줄지어 지어 놓은 우리 안에서, 붙잡혀 간 사람들이 쇠사슬에 묶인 채로 삼엄한 감시를 받는 장면을 보았다고 말했다. 거들먹거리는 투봅이 큰 배에서 내려 작은 통나무배를 타고 오자, 붙잡혀 간 사람들은 우리에서 모래밭으로 끌려 나왔다.

「그들은 머리를 빡빡 깎였고, 온몸이 반짝댈 정도로 기름칠을 잔뜩 했어. 우선 그들을 쪼그려 앉히더니, 토끼뜀을 뛰라고 시키더구나.」 오모로가 말했다. 「투봅은 그런 꼴을 실컷 구경하고 나더니, 붙잡혀 간 사람들의 입을 강제로 벌리게 하고는, 이빨과 목구멍을 들여다보더구나.」

재빨리 오모로는 손으로 쿤타의 사타구니를 건드렸고, 쿤타가 펄쩍 뛰자, 오모로가 말했다. 「다음에는 남자들의 포토를 잡아서 끌어내고는 살펴보았어. 여자들의 비밀스러운 곳까지 전부 검사를 했고.」 그러더니 투봅은 사람들을 다시 쪼그려 앉게 하고는, 그들의 등과 어깨를 뜨거운 인두로 지졌다. 그러고는 비명을 지르고 버둥거리는 사람들을 큰 배로 데려가기 위해, 투봅은 작은 통나무배들이 기다리는 물가로 끌고 갔다.

「마치 마지막으로 그들의 고향을 만져 보고 씹어 보려는 듯, 많은 사람들이 털썩 엎어져서 모래를 움켜쥐고 집어 먹는 광경을 형들하고 나는 똑똑히 보았어.」 오모로가 말했다. 「하지만 그들은 매를 맞으면서 질질 끌려갔지.」 작은 통나무배에 실려서 강으로 나간 다음에까지도. 어떤 사람들은 채찍과 몽둥이에 맞서 싸우다가 결국은, 등이 잿빛이고 배는 하얗고 날카로운 이빨이 잔뜩 났으며 주둥이가 구부러진 무시무시하고 기다란 물고기들이 우글거리는 물로 뛰어들어서, 곧 강이 피로 붉게 물들었다고 오모로는 쿤타와 라민에게 얘기해 주었다.

쿤타와 라민은 서로 손을 꼭 움켜쥐고 바싹 달라붙었다. 「어느 날 나와 너희들 엄마가 너희들 때문에 흰 수탉을 잡게 되느니보다는, 너희들이 이런 사실들을 미리 알아 두는 편이 좋을 거야.」 오모로는 두 아들을 쳐다보았다. 「그게 무슨 얘긴지 알겠니?」

쿤타는 머리를 끄덕이며 겨우 말했다. 「누가 행방불명이 되면 흰 수탉을 잡는다는 얘기죠, 아버지?」 그는 칼로 목이 잘린 채로 피를 흘리며 펄떡거리는 하얀 수탉 주위에 둘러앉아서, 미친 듯이 알라신에게 기도를 드리는 가족을 벌써 여럿이나 보았다.

「그래.」 오모로가 말했다. 「흰 닭이 엎어져 죽으면, 희망이 남아 있지. 하지만 흰 닭이 벌렁 누워서 죽으면, 희망은 없어지고, 그래서 마을 전체가 그 가족과 더불어 알라신을 소리쳐 부르지.」

「아버지!」 겁에 질려 볼멘 라민의 목소리에 쿤타는 깜짝 놀랐다. 「커다란 배는 훔친 사람들을 어디로 데려가나요?」

「종 상 두로 간다고 마을 어른들이 그러더라.」 오모로가 말했다. 「우리들을 잡아먹는 거인 식인종 투바보 쿠미들에게 노예들을 파는 곳이지. 그 이상은 아무도 몰라.」

17

노예사냥과 하얀 식인종에 대한 아버지의 얘기를 듣고 어찌나 무서웠던지, 라민은 그날 밤 나쁜 꿈을 꾸다가 쿤타를 여러 번 깨웠다. 그리고 쿤타는 다음 날 염소몰이에서 돌아오면, 유명한 큰아버지들에 대한 얘기를 해서 동생의 관심을 (그리고 자신의 관심을) 다른 곳으로 돌려야 되겠다고 작정했다.

「우리 아버지의 형들도 카이라바 쿤타 킨테의 아이들이었고, 내 이름도 그분한테서 따왔어.」 쿤타가 자랑스럽게 말했다. 「하지만 우리들의 큰아버지 잔네와 살롬은 시렝에게서 태어났지.」라민이 어리둥절한 표정을 지었고, 쿤타는 설명을 계속했다.「시렝은 우리 할아버지의 첫 부인이었는데, 할아버지가 야이사 할머니와 결혼하기 전에 죽었어.」쿤타는 킨테 집안의 여러 다른 사람을 나타내는 나뭇가지들을 땅바닥에 늘어놓았다. 그러나 그는 라민이 아직도 이해를 못 했다고 깨달았다. 쿤타는 한숨을 짓고 나서, 자기가 아버지에게서 들었을 때 그토록 자주 신이 났던, 큰아버지들의 모험담을 얘기하기 시작했다.

「우리 큰아버지들은 너무나 여행을 좋아해서 아내를 얻은 적이 없단다.」쿤타가 말했다.「한 번 길을 떠났다 하면, 여러 달에 걸쳐서, 그들은 태양 아래 여행하고, 별 밑에서 잠을 잤지. 아버지가 그러시는데, 그들은 비가 한 방울도 내리지 않고, 끝없는 모래 위에서 태양이 타오르는 땅에도 갔었다더라.」 큰아버지들이 찾아갔던 또 어느 곳에서는, 나무들이 어찌나 울창한지, 숲 속이 낮에도 밤처럼 어두웠다고 쿤타는 말했다. 그곳 사람들은 키가 라민보다 조금도 크지 않았고, (어른이 된 다음에도) 라민처럼 발가벗고 돌아다녔다. 그리고 그들은 독을 바른 조그만 작살로 커다란 코끼리를 죽였다. 그리고 또 다른 곳은 거인들의 나라였는데, 잔네와 살롬은 그곳에서, 가장 힘센 만딩카 사람보다 두 배나 멀리 창을 던질 만큼 기운이 센 무사들과, 주푸레에서 가장 키가 큰 사람보다 여섯 뼘이나 더 큰 그들의 머리 꼭대기보다도 더 높이 뛰어오르며 춤추는 사람들을 보았다.

잠자리에 들기 전에 라민이 휘둥그레진 눈으로 지켜보는 동안 쿤타는, 그가 가장 좋아하는 얘기를 연극으로 보여 주느라고, 큰아버지들이 코끼리 이빨과 보석과 황금을 잔뜩 싣고 위대한 검은 도시 짐바브웨로 가기 위해, 여러 달 동안 다른 사람들과 함께 여행하면서, 날마다 싸워 쫓아야 했던 도둑 떼 가운데 한 사람이 라민이기라도 한 듯이, 보이지 않는 칼을 아래위로 내려치면서, 갑자기 펄쩍펄쩍 뛰었다.

라민이 얘기를 더 해달라고 졸랐지만, 쿤타는 가서 자라고 그에게 말했다. 아버지가 그런 얘기를 해준 다음에 쿤타더러 가서 자라고 쫓았을 때마다, 어린 동생이 지금 그렇듯이, 그는 자리에 누워 큰아버지들의 얘기를 머릿속에서 그림으로 그려 보았다. 그리고 어떤 때는 그런 모든 낯선 곳을 그가 큰아버지들과 함께 여행하고, 만딩카 사람들과는 모습과 생활과 행동이 그토록 다른 사람들과 얘기를 나누는 꿈을 꾸기도 했다. 그는 큰아버지들의 이름만 들어도 가슴이 뛰었다.

 며칠 후에, 쿤타가 정신을 차리지도 못할 만큼 신나는 그런 방법으로, 그들의 이름이 주푸레에 전해졌다. 뜨겁고 조용한 오후였으며, 거의 모든 마을 사람이 그들의 오두막 밖이나 바오밥 그늘에 앉아서 쉬는데, 갑자기 이웃 마을에서 북의 얘기가 요란하게 울려 왔다. 어른들과 마찬가지로 쿤타와 라민은 북이 하는 얘기를 들으려고 열심히 귀를 기울였다. 아버지의 이름을 듣자 라민은 입이 딱 벌어졌다. 동생은 나이가 어려서 나머지 얘기를 알아들을 수가 없었기 때문에, 쿤타는 전해 오는 소식을 그에게 귓속말로 설명해 주었는데, 태양이 떠오르는 방향으로 닷새를 걸어가면 다다르는 곳에 잔네와 살룸 킨테가 새 마을을 만들어 일으키는 중이었다. 그리고 그들의 동생인 오모로는, 이제부터 두 번째로 새 달이 떠오르면, 마을을 축복하는 예식에 참석하도록 초대를 받았다.

 북이 얘기를 끝내자 라민은 알고 싶은 일이 한두 가지가 아니었다. 「우리 큰아버지들 얘기잖아? 거기가 어디야? 아버지가 그곳으로 갈까?」 쿤타는 대답을 하지 않았다. 사실은 잘리바의 오두막을 향해 마을을 가로질러 뛰어가느라고 쿤타는 동생의 물음을 제대로 듣지도 못했다. 다른 사람들은 벌써부터 그곳에 모여들던 참이었고, 그리고는 배가 큼직하게 부른 빈타를 이끌고 오모로도 왔다. 모든 사람은 짤막한 얘기를 나누는 오모로와 잘리바를 지켜보았고, 오모로는 그에게 선물을 하나 주었다. 조그만 화톳불 옆에 놓인 말하는 북은 열을 받아 염소가죽 덮개가 굉장히 팽팽해졌다. 모여든 사람들이 지켜보는 가운데, 잘리바의 두 손이 오모로의 대답을 북으로 두드렸는데, 알라신의 뜻에 따라, 그는 두 번째 새 달이 찾아오기 전에 형들의 새 마을로 찾아가겠다고 했다. 그 후 며칠 동안, 오모로가 어디를 가더라도, 킨테 집안이 세웠다고 역사에 기록될 새 마을을 위해서 축복과 축하를 하려는 사람들이 그를 쫓아다녔다.

 오모로가 떠나기로 한 날을 며칠 안 남겨 놓았을 무렵, 생각만 하기에도 너무나 벅찬 어떤 계획이 쿤타의 마음을 사로잡았다. 아버지가 그를 데리고 여행을 떠난다는 일이 과연 조금이라도 가능할까? 쿤타의 머릿속에는 그 생각뿐이었다. 이상할 정도로 조용해진 쿤타를 보고, 시타파를 비롯한 염소몰이 친구들은 그를 가까이 하려고 하지를 않았다. 그리고 그를 따르는 어린 동생에게도 어찌나 신경질을 부렸는지, 라민까지도 기분이 상하고 당황해서 그를 멀리했다. 쿤타는 자신의 행동을 의식하고 기분이 언짢아졌지만, 어쩔 도리가 없었다.

어쩌다 가끔 어떤 재수 좋은 소년은, 아버지나 삼촌이나 혹은 어른이 된 형을 따라 여행하도록 허락을 받기도 한다는 사실을 그는 알았다. 그러나 조상들의 법에 따라 특별한 혜택을 받게 된 아버지가 없는 아이들 말고는, 자기처럼 여덟 장마철밖에 안 지낸 어린 소년은 그런 행운을 누린 적이 없다는 사실 또한 그는 알았다. 특별한 혜택을 받는 그런 고아 소년들은 어떤 남자라도 가까이 따라다녀도 괜찮았으며, 소년이 정확히 두 걸음 뒤에 떨어져서 따라다니고, 시키는 일을 다 하며 불평을 절대로 안 하고, 시키지 않는 말을 절대로 하지만 않는다면, (여러 달 계속되는 여행에서일지라도) 어른은 그가 소유한 모든 물건을 그에게 나눠 주지 않겠다고 거부할 수가 없었다.

쿤타는 자기가 무엇을 꿈꾸는지를 어느 누구도, 특히 그의 어머니가, 전혀 눈치 채지 못하도록 조심해야 했다. 그는 빈타가 승낙을 안 하는 데서 그치지 않고, 다시는 그런 얘기를 입 밖에 꺼내지도 못하게 하리라는 사실을 분명히 알았고, 그렇게 되면 오모로는 쿤타가 얼마나 애타게 가고 싶어 하는지를 전혀 알지도 못하게 될 터였다. 그래서 쿤타는, 혹시 아버지와 단둘이 얘기할 기회를 잡으면, 그에게 직접 부탁하는 길이 유일한 희망이리라고 생각했다.

오모로가 떠날 날이 겨우 사흘밖에 남지 않았을 무렵, 거의 절망에 빠져 기회만 엿보던 쿤타는, 아침을 먹고 나서 염소를 몰고 나가다가, 빈타의 오두막에서 나오는 아버지를 보았다. 곧 그는 염소들을 이리저리 몰아대며, 제자리에서 우물쭈물하다가, 빈타의 눈에 띄지 않을 만한 방향으로 오모로가 한참 멀리 가기를 기다렸다. 그러고는, 모험을 해야 했기 때문에 염소들을 그냥 내버려 두고, 쿤타는 토끼처럼 달려가 숨을 헐떡이며 걸음을 멈추고, 애원하는 표정으로 아버지의 놀란 얼굴을 올려다보았다. 침을 삼키기까지 했지만 쿤타는 하려고 생각했던 말이 한마디도 생각나지가 않았다.

오모로는 한참 동안 아들을 내려다보더니 입을 열었다. 〈조금 아까 엄마한테 얘기를 했어〉라고 말하더니, 그는 걸음을 계속했다.

아버지가 한 얘기를 이해하는 데는 시간이 좀 걸렸다. 「아이에에에!」 자기가 소리를 지르는 줄도 의식하지 못하면서, 쿤타가 외쳤다. 쿤타는 털썩 땅바닥에 배를 깔고 엎드렸다가, 개구리처럼 공중으로 뛰어올랐고, 염소들에게로 되돌아 달려가서는, 숲을 향해 염소 떼를 마구 몰아대었다.

그가 정신을 가다듬은 다음에, 염소몰이 친구들에게 무슨 일이 벌어졌었는지를 얘기하자, 그들은 너무 샘이 나서 쿤타를 혼자 남겨 놓고 자기들끼리만 가버렸다. 그러나 정오가 되었을 무렵에, 그들은 그런 멋진 행운의 흥분감을 그와 나눌 기회를 더 이상 마다할 수가 없었다. 하지만 그때쯤에는, 이미 북소리 전갈이 온 이후로 아버지가 줄곧 아들 생각만 했다는 사실을 깨닫고, 쿤타는 잠잠해진 다음이었다.

그날 오후 늦게, 쿤타가 기뻐서 마을로 달려가 빈타의 오두막으로 들어가자, 빈타가 아무 얘기도 없이 다짜고짜 그를 움켜잡더니 어찌나 심하게 때리던지, 그는 자기가 무슨 잘못을 했느냐고 감히 묻지도 못하고 도망쳤다. 그리고 오모로에 대한 그녀의 태도가 갑자기 달라져서 쿤타는 무척 놀랐다. 여자가 남자에게 불손한 언사를 쓰는 일이 절대로 없어야 한다는 점은 라민까지도 훤히 알았지만, 오모로가 그녀의 얘기를 빤히 들을 만한 곳에서도 빈타는, 다른 마을에서 다시 사람들이 없어졌다는 보고를 북소리가 자주 하는 판에, 아버지와 쿤타가 숲으로 여행을 하다니 너무나 못마땅하다고 큰 소리로 투덜거렸다. 아침 쿠스쿠스를 마련하면서 그녀가 어찌나 화를 내며 절구를 요란하게 찧어 대는지, 북소리처럼 들렸다.

(또 매를 맞을까 봐 피하려고) 이튿날 아침 서둘러서 쿤타가 오두막을 나오려니까, 빈타는 라민에게 따라가지 말라고 하고는, 그가 아기일 때 이후로는 처음으로, 그를 껴안고 쓰다듬고 입을 맞추었다. 라민은 놀라움을 눈으로 쿤타에게 전했지만, 그들은 둘 다 어쩔 도리가 없었다.

쿤타가 어머니의 오두막에서 멀리 나오자, 그를 본 마을 사람들은 거의 모두, 주푸레에서 가장 어린 나이에 어른과 먼 여행을 같이하게 된 영광이 주어진 소년에게 축하의 말을 아끼지 않았다. 가정교육을 제대로 받은 쿤타는 겸손하게 〈고맙습니다〉 하고 말했지만, 어른들이 보지 않는 숲으로 일단 나가고 나자, 그는 동무들에게 보여 주려고 일부러 가져온 굉장히 큰 머릿짐을 어떻게 떨어뜨리지 않고 그가 잘 이고 다니는지를 보여 주고 — 그리고 그것이 내일 아침, 아버지를 따라서 나그네나무를 지나 길을 떠날 때 씩씩하게 이고 갈 머릿짐이라는 사실을 뽐내었다. 하지만 그는 세 걸음도 걷기 전에 그것을 세 번이나 떨어뜨렸다.

여행을 떠나기 전에 마을에서 하고 싶은 일이 워낙 많았던 쿤타는, 집으로 가는 길에 무엇보다도 우선 늙은 뇨 보토부터 찾아가고 싶은 이상한 충동을 느꼈다. 염소들을 우리에 넣은 다음, 그는 재빨리 빈타의 오두막에서 빠져나가, 뇨 보토의 오두막으로 가서 쪼그리고 앉았다. 곧 그녀가 문가에 나타났다. 「네가 찾아올 줄 알았지.」 그를 안으로 불러들이면서 그녀가 말했다. 쿤타가 그녀를 혼자 찾아갈 때마다 그러하듯이, 두 사람은 얼마 동안 조용히 앉아 침묵을 지켰다. 그는 이런 기분이 좋아서, 항상 이런 시간을 기다리고는 했었다. 비록 그가 무척 어리고 그녀는 무척 늙었어도, 그들은 저마다 다른 생각에 젖어서 침침한 오두막 안에 가만히 앉아 있으면, 서로 무척 가깝다는 기분을 느꼈다.

「너한테 뭘 하나 주고 싶어.」 마침내 뇨 보토가 입을 열었다. 그녀는 침대 옆에 걸린, 시꺼멓고 질긴 쇠가죽 주머니로 가서, 사람들이 팔뚝에 두르는 검은 사피에 부적을 꺼냈다. 「너희 아버지가 성인 훈련을 떠날 때 네 할머니가 이 부적에 축복을 내렸단다.」 뇨 보토가 말했다. 「오모로의 첫아들인 네 성인 훈련을 위해 내린 축복이었지. 네 할머니 야이사는 네가 성인 훈련을 시작할 때까지 나더러 이것을 맡아 두라고 그러셨어. 그리고 아버지와 네가 떠나는 이 여행이 바로 그 시작인 셈이야.」 쿤타는 사랑이 어린 눈으로 착하고 늙은 할머니를 쳐다보았지만, 아무리 멀리 떠나도 그녀가 그와 함께할 터이니 사피에 부적이 무슨 상관이겠느냐는 얘기를 어떻게 적절히 표현해야 할지 얼른 생각나지 않았다.

다음 날 아침, 모스크에서 기도를 드리고 돌아온 오모로는, 빈타가 쿤타의 머릿짐을 꼼꼼히 꾸리는 동안, 초조하게 서서 기다렸다. 쿤타는 너무 벅찬 흥분에 잠을 이루지 못하고 뜬눈으로 누워 밤을 꼬박 새우다가, 어머니가 훌쩍이는 소리를 들었다. 그러더니 갑자기 그녀가 쿤타를 어찌나 꼭 껴안았는지, 그는 빈타가 떨고 있음을 느꼈고,

어머니가 어느 때보다 더욱 자기를 정말로 사랑한다는 사실을 알게 되었다.

친구 시타파를 상대로 해서 쿤타는, 지금 그가 아버지와 같이하는 일들을 조심스럽게 연습해 두었는데, 먼저 오모로가, 그리고 쿤타가, 그 아버지 오두막에서 문 바깥으로 두 걸음을 나섰다. 그러고는 걸음을 멈추고 돌아서서 몸을 숙여, 그들이 첫발자국을 남긴 흙을 긁어 사냥 가방에 담아서, 그들의 발자국이 이곳으로 틀림없이 되돌아오도록 기원했다.

오모로와 쿤타가 멀어지자, 빈타는 흐느끼면서 라민을 그녀의 커다란 배에 껴안았고, 그녀의 오두막 문간에서 그들의 뒷모습을 지켜보았다. 쿤타는 마지막으로 한 번 뒤돌아보려고 했지만, 아버지가 그러지 않는 것을 알고는, 남자가 감정을 겉으로 드러내는 일은 옳지 않다고 생각하며, 앞만 쳐다보면서 걸음을 재촉했다. 마을을 가로질러 가는 동안에 만난 사람들은 그들에게 얘기를 걸고 미소를 지었으며, 쿤타는 그를 전송하려고 염소몰이를 뒤로 미룬 그의 카포 친구들에게 손을 흔들어 주었다. 이제는 얘기를 주고받는 행위가 그들에게는 터부여서, 그들에게 구태여 말로 인사를 하지 않더라도 동무들이 이해해 주리라고 그는 생각했다. 나그네나무에 이르자 그들은 걸음을 멈추었고, 오모로는 아래쪽 나뭇가지에 매달린 수백 개의 낡은 끈 밑에다 가느다란 헝겊 끈 두 개를 새로 묶어 놓았는데, 비바람을 맞은 그 끈들은 여행이 안전하고 축복받기를 기원하느라고 다른 나그네들이 매어 놓은 것이었다.

쿤타는 이런 일이 정말로 지금 그에게 일어난다고 믿어지지가 않았다. 그는 어머니의 오두막으로부터 멀리 떨어진 곳에서 밤을 지내고, 염소들이 길을 잃어 쫓아갔을 때보다도 더 멀리 주푸레를 벗어나고, 그리고 수많은 다른 일을 지금 처음으로 겪게 되었다. 이렇게 쿤타가 혼자 생각에 골몰하는 사이에 오모로는 돌아서서 아무 얘기도 않고, 뒤돌아보지도 않으며, 숲으로 뻗어 나간 길을 따라 걸어가기 시작했다. 머릿짐을 떨어뜨릴 뻔했지만, 쿤타는 그를 따라잡으려고 뛰다시피 쫓아갔다.

18

쿤타는 오모로의 뒤에 정확히 두 발자국 붙어서 따라가려고 거의 뛰어가다시피 했다. 아버지가 시원스러운 발걸음으로 성큼성큼 걸을 때마다, 쿤타는 재빨리 짤막하게 두 걸음씩 걸어야 했다. 그리고 이렇게 한 시간이 지난 다음에, 쿤타의 흥분은 그의 발걸음이나 마찬가지로 가라앉았다. 그는 머릿짐이 점점 더 무겁게 느껴졌고, 너무 피곤해서 따라갈 힘이 없어지면 어쩌나 하는 무서운 생각도 들었다. 그런 일이 벌어지기 전에 뒤처지지 않도록 서둘러야 되겠다고 그는 마음을 단단히 먹었다.

그들이 지나가자 여기저기서 멧돼지들이 콧소리를 내며 덤불로 뛰어 들었고, 자고들이 솟아올랐고, 토끼들은 숨으려고 달아났다. 그러나 쿤타는 아버지의 걸음을 따라가느라고 바빠서, 코끼리가 나타났더라도 신경을 쓰지 않았으리라. 쿤타의 종아리 근육이 조금 쑤시기 시작했다. 얼굴과 머리에 땀이 났으며, 조금씩 이쪽저쪽으로 머릿짐이 미끄러져 내리기 시작하자, 그는 두 손으로 짐을 가누어야 했다.

얼마쯤 지나서 쿤타는 앞에 나타난 어느 작은 마을의 나그네나무를 보았다. 그는 이곳이 어느 마을인가 궁금했고, 아버지가 이름만 얘기하면 알 듯싶었지만, 오모로는 주푸레를 떠난 이후 뒤를 돌아다보거나 얘기를 하는 일이 없었다. 몇 분이 지난 다음에, 쿤타는 (자기가 한때 그랬듯이) 그들을 맞으려고 달려 나오는 첫째 카포의 발가벗은 아이들을 몇 명 보았다.

「어디로 가니?」 쿤타의 양쪽에서 달음박질치면서 그들이 떠들었다. 「저 사람 너희 아버지냐?」 「너 만딩카 사람이냐?」 「너희 마을은 어디냐?」 고단하기는 했어도 쿤타는 어른스럽고 의젓한 기분이 들어서, 아버지가 그러하듯이 그들을 무시했다.

어디를 가나 나그네나무가 나오면, 근처에서 길이 갈라져서, 하나는 마을로 들어가는 길이었고, 다른 하나는 볼일이 없는 사람이라면 불손하다는 소리를 듣지 않고도 그냥 마을을 지나쳐 가도록 옆으로 뻗어 나갔다. 오모로와 쿤타가 마을을 지나치는 길로 접어들자, 어린 아이들은 낙심해서 소리를 질렀지만, 마을 바오밥 밑에 둘러앉은 어른들은 위대한 만딩카 사람들에 대해서 큰 소리로 열변을 토하는 그리오에게 모두 정신이 팔려서, 나그네들에게는 힐끗 눈길만 던지고 말았으며, 그리오의 힘찬 목소리는 쿤타에게도 들려왔다. 큰아버지들의 새 마을에는 수많은 그리오와 찬양 가수들과 악사들이 축복하러 오리라고 쿤타는 생각했다.

쿤타의 얼굴에서는 땀이 흐르기 시작했고, 그는 쓰라림을 막으려고 눈을 깜박여 댔다. 그들이 길을 나선 다음 태양이 하늘을 반쯤밖에 지나가지 않았지만, 쿤타는 벌써부터 다리가 아프고 머릿짐이 너무 무겁게 느껴져서, 끝까지 갈 자신이 없어졌다. 그가 심한 불안감에 사로잡히려고 할 즈음에, 오모로가 갑자기 걸음을 멈추고는, 길가의 맑은 웅덩이 옆 땅바닥에 머릿짐을 내려놓았다. 쿤타는 비틀거리는 걸음걸이를 바로잡으려고 잠깐 동안 서서 버티었다. 그는 머릿짐을 내려놓으려고 손으로 붙잡았지만, 그것은 미끄러져서 털썩 소리를 내며 땅으로 떨어졌다. 아버지가 그 소리를 들었으리라는 생각에 쿤타는 창피했지만, 오모로는 아들이 곁에 있는 줄도 모르겠다는 듯 내색조차 하지 않고, 무릎을 꿇고는 엎드려 샘물을 마셨다.

쿤타는 얼마나 목이 마른지조차 잊었다. 물가로 비척거리며 걸어가서, 그는 물을 마시려고 무릎을 꿇었지만, 다리가 제대로 자리를 잡지 못했다. 다시 한 번 헛되이 애를 쓰다가, 그는 결국 털썩 엎드려서, 팔꿈치로 몸을 괴고는 겨우 물에 입을 댔다.

「조금만 마셔라.」 그것은 주푸레를 떠난 다음 아버지가 한 첫 마디 말이었고, 쿤타는 깜짝 놀랐다. 「우선 조금 마시고, 잠시 쉬었다가, 또 조금만 마셔야 한다.」 그는 웬일인지 아버지에 대해서 화가 났다. 〈알았어요, 아버지〉라고 말할 생각이었지만, 그는 소리가 입에서 나오지를 않았다. 그는 시원한 물을 천천히, 조금만 마셨다. 억지로 참으려니까 엎어질 것만 같은 기분이었다. 천천히 조금 더 마시고 나서, 그는 물가에 일어나 앉아서 잠시 쉬었다. 성인 훈련이 이런 식이리라고 그는 불현듯 생각했다. 그러고는, 꼿꼿이 앉은 채로, 그는 잠에 빠져 들었다.

(얼마나 시간이 흘렀을까?) 놀라서 잠이 깬 그는 오모로가 없어졌음을 알았다. 벌떡 일어난 쿤타는 근처의 나무 밑에 놓아둔 커다란 머릿짐을 보고 아버지가 멀리 가지는 않았으리라고 생각했다. 주위를 둘러보면서 그는 온몸이 무척 쑤신다고 느꼈다. 그는 몸을 흔들고, 기

지개를 켰다. 근육들이 아팠지만, 기분이 한결 좋아졌다. 샘물을 몇 모금 더 마시려고 꿇어앉은 쿤타는 웅덩이의 고요한 수면에 비친 자기의 모습을 — 길고 검은 얼굴, 그리고 커다란 눈과 입을 보았다. 쿤타는 혼자 미소를 지었고, 그러고는 이를 모두 드러내며 히죽 웃었다. 그는 저절로 웃음이 나왔고, 얼굴을 들어 보니, 아버지가 옆에 서 있었다. 쿤타는 당황해서 벌떡 일어섰지만, 아버지는 다른 일에 정신이 팔린 듯싶었다.

원숭이들이 시끄럽게 떠들고, 앵무새들이 머리 위에서 빽빽거리는 동안, 그들은 아무 말도 꺼내지 않았고, 나무 몇 그루의 그늘에 앉아서, 머릿짐 속에 들었던 빵과 함께, 오모로가 활을 쏘아 잡아서 쿤타가 잠든 사이에 구워 놓은 통통한 산비둘기 네 마리를 먹었다. 식사를 하면서 쿤타는, 기회만 생기면 당장, 숲에 나갔을 때 그와 그의 카포 친구들이 그랬듯이, 자기가 얼마나 사냥과 요리를 잘하는지 아버지에게 보여 줘야 되겠다고 혼자 다짐했다.

식사가 끝났을 때는 해가 하늘을 4분의 3쯤 지나갔고, 그래서 그리 덥지 않았기 때문에, 머릿짐을 꾸려 머리에 이고 그들은 다시 길을 나섰다.

「여기서 하루를 걸어갈 만한 곳까지 투뵵이 통나무배를 끌고 오지.」 한참을 가고 나서 오모로가 말했다. 「지금은 낮이라서 투뵵이 우리 눈에 띄지만, 그래도 매복하는 자들이 숨을 만한 키 큰 풀밭이나 수풀은 피해야 해.」 오모로는 손가락으로 그의 칼집과 활과 화살을 확인했다. 「오늘 밤은 마을에서 자야겠어.」

아버지와 함께라면 그는 무서워할 필요가 없었지만, 사라진다느니 잡혀간다느니 하며 사람들이나 북들이 하는 얘기를 워낙 자주 들어 왔던 터라, 쿤타는 갑자기 겁이 났다. (이제는 조금 빠른 걸음으로) 계속해서 걸어가다가 그들은, 힘센 턱뼈로 수많은 뼈를 쪼개어 먹기 때문에 빛깔이 백합처럼 하얀 하이에나의 똥을 길에서 보았다. 그리고 그들이 다가가자 길옆에서는 영양 한 떼가 먹기를 중단하고 동상처럼 꼼짝 않고 지켜보며 서서, 인간들이 지나가기를 기다렸다.

「코끼리들이구나!」 조금 더 가다가 오모로가 말했고, 쿤타는 주변에서 짓밟힌 수풀과, 껍질이나 잔가지가 벗겨져 나간 어린 초목들과, 기다란 코가 닿지 않는 나무 꼭대기의 연한 잎들을 끌어내리느라고 코끼리들이 기대고 밀어서 반쯤 뿌리가 뽑힌 나무들을 보았다. 코끼리는 마을이나 사람들 근처에서는 풀을 뜯는 일이 절대로 없어서, 쿤타는 여태껏 겨우 몇 마리만, 그것도 상당히 멀리 떨어진 곳에서 보았을 뿐이었다. 그가 본 코끼리들은, 쿤타가 아주 어렸을 때, 언젠가 덤불 지대를 휩쓸어 버리던 큰불과 무시무시하게 치솟던 시커먼 연기구름에 쫓겨, 천둥소리를 내며 함께 도망치던 숲의 수천 마리 동물들 속에 섞여 달아나던 놈들이었는데, 그 불은 주푸레나 근처의 어느 다른 마을에도 피해를 주기 전에 다행히도 알라신이 비를 내려 꺼주었다.

끝이 없어 보이는 듯한 길을 따라 터벅거리며 가는 사이에, 사람들이 걸어가면 발자국이 길을 내듯이, 거미들도 여행을 하면서 길고 가느다란 실을 뽑아 길을 낸다는 생각이 쿤타의 머리에 얼핏 떠올랐다. 쿤타는 혹시 사람들에게 일어나는 것과 똑같은 일들이 곤충과 짐승들에게도 일어나게 함이 알라신의 뜻일까 궁금해졌는데, 그는 여태껏 자기가 그런 생각을 전혀 해보지 않았다는 사실을 깨닫고 놀랐다. 그는 지금 당장 오모로에게 그 얘기를 물어보고 싶었다. 그는 곤충보다도 더 작은 일들에 대해서도 묻던 라민조차 그것을 형에게 물어보지 않았음을 알고 더욱 놀랐다. 그렇지, 그는 주푸레로 돌아가면 어린 동생에게 해줄 얘기가 무척 많을 터이고, 염소몰이 동무들에게도 숲으로 나가서 몇 달 동안 날마다 해줄 만큼 얘기가 많아지리라.

쿤타는 그가, 오모로와 함께, 그들이 살았던 나라와는 다른 어떤 나라로 들어가는 기분이었다. 기우는 해가 여태껏 본 적이 없을 만큼 빽빽한 풀밭 위에서 빛났고, 낯익은 나무들 사이에서는 종려나무와 선인장들이 커다란 숲을 이루었다. 따갑게 쏘아 대는 파리들 말고는, 이곳에서 그의 눈에 띄는 날짐승은 주푸레 주변에서 빽빽대고 노래 부르는 새들이나 예쁜 앵무가 아니라, 먹이를 사냥하느라고 공중에서 맴도는 매와 이미 죽은 음식을 찾는 독수리들뿐이었다.

오렌지빛 덩어리 같은 태양이 땅으로 가까워졌을 때, 오모로와 쿤타는 앞쪽 마을에서 피어오르는 짙은 연기를 발견했다. 나그네나무로 가까이 가면서 쿤타까지도 뭔가 수상하다는 기분을 느꼈다. 나뭇가지에는 기도 끈이 몇 개밖에 안 달렸는데, 그렇다면 이곳에 사는 사람들은 마을을 떠나는 일이 거의 없으며, 다른 마을에서 오는 대부분의 나그네는 마을을 그냥 지나치는 길로 갔음을 뜻했다. 아, 그들을 맞으러 뛰어나오는 아이들은 한 명도 없었다.

마을의 바오밥을 지나면서, 쿤타는 나무가 반쯤 타버렸음을 알았다. 그가 둘러본 토담집들은 반 이상이 비었고, 마당에는 쓰레기가 쌓였으며, 토끼들이 여기저기 뛰어다녔고, 새들은 흙먼지로 목욕을 했다. (대부분이 그들의 오두막 앞에서 눕거나 문간에 몸을 기댄) 마을 사람들은 거의 모두가 늙거나 병들었고, 아이들이라고는 울어 대는 아기 몇 명뿐이었다. 쿤타는 자기 또래의 아이들이나, 그리고 오모로처럼 젊은 사람을 한 명도 보지 못했다.

힘도 없고 쪼글쪼글한 노인 몇 사람이 나그네들을 맞았다. 그들 가운데 가장 나이가 많은 사람이 지팡이를 두드리면서, 이빨이 없는 늙은 여자더러 나그네들에게 물과 쿠스쿠스를 가져다주라고 명령했는데, 그 여자는 노예일지도 모른다고 쿤타는 생각했다. 그러더니 늙은 남자들은 서로 말을 가로채 가면서, 마을에서 무슨 일이 일어났는지를 서둘러 설명했다. 어느 날 밤 노예사냥꾼들이 〈당신 장마철 나이에서 이 아이 장마철 나이에 이르는 젊은 사람들을 모조리 죽이거나 붙잡아 갔다〉라고 말하면서, 어느 노인이 오모로를, 그러고는 쿤타를 가리켰다. 「우리 늙은이들은 살려 주더군요. 우린 숲으로 도망쳤어요.」

그들이 돌아올 용기를 차마 내지 못하고 지체하는 사이에, 버림받은 마을이 폐허가 되기 시작했다. 그들은 아직 곡식을 거두지 못했고, 식량이나 힘도 별로 없었다. 「젊은이들이 없으니까 우린 결국은 죽을 운명이라오.」 어느 노인이 말했다. 오모로는 그들이 하는 얘기를 듣고 나서, 천천히 입을 열었다. 「여기서 나흘 거리인 내 형들의 마을은 할아버지들을 기꺼이 환영할 것입니다.」

그러나 그들은 모두 머리를 저었고, 가장 나이 많은 사람이 말했다. 「여긴 우리 마을이오. 다른 우물에서는 여기처럼 달콤한 물이 안 납니다. 다른 나무 그늘은 여기처럼 상쾌하지가 않아요. 다른 부엌에서는 우리 여자들이 요리하는 냄새가 나지 않고요.」

노인들은 그들이 제공할 손님 오두막이 없어서 미안하다고 사과했다. 오모로는 자신과 아들이 별 밑에서 자기를 즐긴다고 그들을 안심시켰다. 그리고 그날 밤, 머릿짐에 넣어 가지고 온 빵을 마을 사람들과 나눠 먹으며 간단히 식사를 끝내고 나서, 쿤타는 휘청대는 나뭇가지로 엮은 잠자리에 누워, 그가 오늘 들은 얘기를 모두 돌이켜 생각해 보았다. 만일 주푸레에서 그런 일이 일어나, 오모로와 빈타와 라민과 자기 자신까지도, 그리고 그가 아는 모든 사람들이 죽거나 붙잡혀 가고, 바오밥이 타버리고, 마당에는 쓰레기가 수북하다면 어떻게 될까? 쿤타는 억지로 다른 생각을 했다.

그러자 갑자기 어둠 속에서 그는 어떤 흉악한 짐승에게 붙잡힌 숲의 동물이 지르는 비명 소리를 들었고, 그는 사람들이 다른 사람들을 사냥하는 장면을 생각했다. 그리고 그는 멀리서 울부짖는 하이에나 소리도 들었지만 ─ 어디선가 울부짖는 하이에나 소리라면 그는, 우기나 건기이거나, 배고픈 계절이거나 추수철이거나, 밤이면 밤마다 들었다. 오늘 밤 그는 귀에 익은 이 울부짖음 소리에 마음이 놓여 결국 잠이 들었다.

19

첫 동이 틀 무렵, 쿤타는 잠에서 깨어나, 벌떡 일어났다. 그가 잠을 자고 난 자리 옆에 서서, 이상한 늙은 여자가 높고 째지는 목소리로, 두 달 전에 가져다 달라고 부탁한 식량이 어떻게 되었느냐고 물었다. 쿤타의 뒤에서 오모로가 나지막한 목소리로 말했다. 「그건 우리도 모르겠군요, 할머니.」

세수를 하고 식사를 끝낸 다음, 마을을 벗어나 두 사람이 발길을 서두르는 동안, 쿤타는 주푸레 마을에서 타박거리며 돌아다니다가 만나는 사람마다 얼굴을 빤히 들여다보면서, 〈내 딸이 내일 도착한다오!〉라고 즐겁게 얘기하던 어떤 늙은 여자를 생각했다. 그녀의 딸이 여러 장마철 전에 행방불명되었고, 흰 닭이 자빠져서 죽었음을 모두들 알았지만, 그래도 그녀가 잡아 세운 모든 사람은 〈그래요, 할머니, 내일 온다는군요〉라고 맞장구를 쳤었다.

해가 아직 별로 높이 뜨지 않았을 때, 그들은 앞에서 길을 따라 그들을 향해서 홀로 걸어오는 어떤 사람을 보았다. 그들은 어제 나그네 두세 사람을 만났지만 미소와 인사를 주고받고는 그냥 지나쳤는데,

이 늙은 남자는 가까이 오자 꼭 무슨 얘기를 하고 싶어 하는 눈치가 역력했다. 자신이 온 방향을 가리키면서 그가 말했다. 「저리 가면 당신들은 투봅을 만날지도 모릅니다.」 오모로 뒤에서 따라가던 쿤타는 숨이 막히다시피 했다. 「머릿짐을 나르는 사람을 많이 거느렸더군요.」 늙은 남자는 투봅이 그를 보고 멈춰 세우더니, 어디서 강이 시작되는지만 물어보았다고 말했다. 「난 강이 실제로 끝나는 곳에서 아주 멀리 떨어진 곳에서 시작된다고 말했죠.」

「당신을 해칠 기미는 보이지 않던가요?」 오모로가 물었다.

「아주 친절하게 나를 대하더군요.」 노인이 말했다. 「하지만 고양이는 데리고 놀던 쥐를 잡아먹는답니다.」

「정말 그래요!」 오모로가 말했다.

쿤타는 사람들이 아니라 강을 찾으러 온 이상한 투봅에 대해서 아버지에게 물어보고 싶었지만, 오모로는 노인에게 작별을 고하고는, 쿤타가 뒤를 따라오는지를 살피거나 돌아보지도 않으면서 그냥 길을 따라 내려갔다. 아버지를 놓치지 않고 어서 따라가려고 애를 쓰며 머릿짐을 두 손으로 잡은 창피한 꼴을 오모로가 보지 않아서, 이번에는 차라리 다행이라고 쿤타는 생각했다. 쿤타의 발에서는 피가 나기 시작했지만, 그런 얘기를 아버지에게 하는 것은 물론이요, 피나는 발에 신경만 쓰더라도 사내답지 못한 짓임을 그는 알았다.

마찬가지 이유로 쿤타는 그날, 나중에 길에서 아주 가까운 풀밭에서 한가하게 쉬던 (커다란 수놈과 아름다운 암놈과 반쯤 자란 새끼도 두 마리였던) 사자 가족이 눈에 띄었을 때도, 무서운 마음을 그냥 꾹 참았다. 사자란 풀을 뜯다가 너무 멀리 혼자 떨어져 나가도록 소년이 내버려 둔 염소를 갈기갈기 찢어 죽이는 음흉하고도 무서운 짐승이라고 쿤타는 생각했다.

오모로는 걸음을 늦추고, 사자들에게서 눈을 떼지 않으면서, 아들의 두려움을 눈치 챘다는 듯이 조용히 말했다. 「사자는 이맘때쯤이면, 배가 고프기 전에는 사냥을 하거나 무얼 잡아먹지 않는단다. 저놈들은 배가 불룩하잖니.」 그러면서도 그는 한 손으로 활을 잡고, 다른 손으로는 화살통을 꼭 쥐고 지나갔다. 쿤타는 숨을 죽이고 계속해서 걸었으며, 그와 사자들은 안 보이게 될 때까지 서로 지켜보았다.

그는 사자와, 그리고 역시 이 근처에 어디엔가 있다고 하던 투봅 생각을 계속하려고 했지만, 아픈 다리에 자꾸만 신경이 쓰여서 그러지를 못했다. 날이 저물었을 무렵에 그는, 오모로가 밤을 지내자고 정한 곳으로부터 아주 가까운 장소에서 사자 스무 마리가 무엇인가를 잡아먹었다 해도 신경조차 쓰지 못할 지경이었다. 쿤타는 푹신한 나뭇가지로 만든 잠자리에 눕자마자 깊은 잠이 들었고, 몇 분 지나지도 않은 듯싶은데, 이른 아침이 되어 아버지가 그를 흔들어 깨웠다. 전혀 잠을 자지 못한 기분이었지만, 쿤타는 오모로가 밤에 놓은 올무로 잡은 토끼 두 마리를 빠른 솜씨로 껍질을 벗기고, 씻어 내고, 구워서 아침 식사를 마련하는 모습을 지켜보면서, 겉으로 드러내 놓고 감탄했다. 쪼그리고 앉아 맛있게 식사를 하면서, 쿤타는 사냥하고 요리를 하느라고 그와 염소몰이 친구들이 몇 시간씩이나 보내던 생각을 하고는, 아버지나 다른 남자들은 언제 시간이 나서 모든 일을 저렇게 많이 배웠는지 궁금한 생각이 들었다.

　길에서 보낸 사흘째 날에는, 물집이 생긴 발과 다리, 등과 목이 모두 다시 아프기 시작해서, 온몸이 얼얼하게 쑤시는 하나의 덩어리가 된 듯싶기도 했지만, 그에게는 성인 훈련이 이미 시작된 셈이니까, 그의 카포 가운데 어느 누구보다도 아픔을 겉으로 드러내지 않고 오래 참아 내겠다고 쿤타는 다짐했다. 정오가 되기 조금 전에, 날카로운 가시를 밟아 발이 찔렸을 때도, 쿤타는 용감하게 울음을 참으려고 입술을 깨물었지만, 쿤타가 다리를 절기 시작했고 너무나 뒤로 처졌기 때문에, 오모로는 점심을 먹는 동안 길가에서 그가 잠깐 동안 쉬게 내버려 두기로 작정했다. 아버지가 상처에 발라 준 부드러운 끈끈이로 통증은 많이 나아졌지만, 다시 걷기 시작하자 상처가 무척 쑤셨고, 피가 본격적으로 흐르기 시작했다. 그러나 얼마쯤 시간이 지나니까, 상처는 흙으로 메워져서, 피가 멈추었으며, 계속 걸었더니 아픈 감각도 무디어져서, 아버지를 따라가기가 수월해졌다. 쿤타로서는 확실히 판단하기가 어려웠지만, 오모로가 발걸음을 아주 조금쯤은 늦춘 듯싶기도 했다. 그날 밤 여행을 끝냈을 때는 상처 주위가 흉측하게 부풀어 올랐지만, 아버지가 찜질 약으로 치료를 했고, 아침이 되자 별로 고통을 느끼지 않고도 짐을 나를 만큼 좋아진 기분이었다.

　다음 날 다시 길을 떠난 쿤타는, 그들이 여태까지 지나온 가시덤불과 선인장의 땅을 벗어나, 주푸레와 훨씬 비슷한 숲 지대로 들어가게 되었음을 깨닫고 마음이 놓였으며, 이곳에는 꽃이 만발한 화초와 나무들이 고향 마을보다도 더 많았고, 시끄러운 원숭이들과 알록달록한 땅새들은 여태껏 본 적이 없을 만큼 많았다. 향기로운 공기를 들이마시자 쿤타는 게를 잡으려고 어린 동생을 데리고 볼롱의 강독으로 나갔다가, 논에서 일을 마치고 집으로 배를 저어 오는 어머니와 다른 여자들에게 손을 흔들어 주었던 때를 회상했다.

오모로는 나그네나무가 나타날 때마다 비켜 지나가는 옆길을 따라갔지만, 어느 마을에서나 첫째 카포 아이들이 그들을 맞으러 뛰어나와서는 그 고장의 흥미 있는 소식을 낯선 사람들에게 전해 주었다. 어느 마을에서는 소식을 전하는 꼬마들이 〈뭄보 줌보![5] 뭄보 줌보!〉라고 소리 지르며 달려 나왔다가, 그들이 맡은 일을 다 했다고 생각했는지, 마을 입구로 되돌아 도망쳤다. 샛길은 마을 가까이로 지나갔기 때문에, 오모로와 쿤타는 여자 몇 사람에게 붙잡혀 꼼짝 못하며 비명을 지르는 여자를 보았는데, 가면을 쓰고 이상한 옷을 입은 사람이 그녀의 벌거벗은 등을 회초리로 휘두르는 장면을 마을 사람들이 둘러서서 구경했다. 회초리를 내려칠 때마다 구경하던 여자들이 모두 비명을 질렀다. 염소몰이 친구들과 주고받은 얘기에서 쿤타는 언젠가 뭄보 줌보에 대해서 들었는데, 말썽을 피우거나 잔소리를 많이 하는 아내에게 싫증난 남편은 말없이 다른 마을로 가서 뭄보 줌보를 하나 사고, 그러면 뭄보 줌보가 마을로 와서는 몸을 숨기고 무시무시하게 가끔 소리를 지르다가, 나중에는 모습을 드러내고, 남들이 보는 앞에서 아내를 혼내 주는데, 그러면 마을의 모든 여자들이 얼마 동안 처신을 잘한다고 했다.

어떤 마을에서는 킨테 부자를 맞으러 나오는 아이들이 없었다. 사실 그 조용한 마을에서는 눈에 띄는 사람도 없었고, 들리는 소리라고는 새와 원숭이들 소리뿐이었다. 쿤타는 노예사냥꾼들이 이 마을에도 왔었는지 궁금했다. 그는 이 궁금한 일에 대해서 오모로가 설명해 주기를 기다렸지만 소용이 없었고, 이웃 마을의 시끄러운 아이들이 대신 설명을 해주었다. 쿤타 부자가 온 길을 되짚어 가리키면서, 마을 추장은 사람들이 싫어하는 일만 골라서 자꾸 했는데, 얼마 전 어느 날

5 *Mumbo Jumbo*. 서아프리카 혹인이 숭배하는 귀신.

밤, 그가 잠든 사이에, 모든 마을 사람이 재산을 모두 꾸려 가지고 다른 곳에 사는 친구들이나 친척들의 집으로 소리도 없이 사라졌고, 뒤에는 〈쭉정이 추장〉만 남아서, 사람들이 돌아오기만 한다면 앞으로는 행동을 조심하겠다고 약속했다는 얘기를 아이들이 해주었다.

밤이 가까웠기 때문에 오모로는 그 마을로 들어가기를 작정했고, 바오밥 밑에 모인 사람들은 그 재미있는 얘기를 해주느라고 떠들썩했다. 대부분의 사람들은 며칠 더 추장의 버릇을 고쳐 준 다음에, 그들의 새 이웃들이 집으로 돌아가리라고 믿었다. 구운 땅콩과 쌀밥으로 쿤타가 배를 채우는 사이에, 오모로는 마을의 잘리바를 찾아가서, 그의 형들에게 보낼 북소리 전갈을 의논했다. 그는 형들에게 내일 해질 녘이면 도착할 예정이며, 첫아들과 함께 가리라고 전했다.

쿤타는 언젠가 먼 곳까지 그의 이름이 북소리로 울려 퍼지는 소리를 듣게 될 날을 가끔 꿈꾸었는데, 그것이 지금 이루어졌다. 그 소리는 그의 귓전에서 떠나려고 하지를 않았다. 나중에, 손님 오두막의 대나무 침대에서, 뼛속까지 지쳐 눕기는 했어도, 쿤타는 잔네와 살룸의 마을까지 뻗어 나간 길의 모든 마을에서, 북 앞에 앉아 그의 이름을 두드리는 다른 잘리바들을 생각했다.

북이 얘기를 한 다음이어서, 모든 나그네나무에는 발가벗은 아이들뿐 아니라, 마을 어른들과 악사들도 나왔다. 그리고 오모로는 잠깐만이라도 들르는 영광을 베풀어 달라는 촌장의 청을 거절할 길이 없었다. 킨테 부자가 마을마다 들러 손님 오두막에서 몸을 풀고 난 다음, 바오밥과 비단솜나무 밑에서 음식과 술을 나누려고 자리를 잡으면, 어른들은 오모로에게 열심히 이것저것 물어 댔고, 첫째와 둘째 그리고 셋째 카포 아이들은 쿤타 둘레에 몰려들었다.

첫째 카포가 감탄하면서 말없이 그를 물끄러미 쳐다보는 사이에, 쿤타의 장마철이나 그 이상인 아이들은 샘이 나서 속이 상했으면서도, 그의 고향 마을이나 목적지에 대해 존경스러운 눈으로 질문을 퍼부었다. 쿤타는 그의 아버지가 동네 아이들의 아버지들에게 대하듯이 위엄을 지키며, 엄숙하게 질문에 대답했다. 그들이 떠날 때쯤에, 그는 자기가 아버지와 함께 오래전부터 감비아의 먼 길을 여행하며 살아온 젊은이라는 인상을 마을 사람들에게 남겨 주었다고 확신했다.

20

그들은 마지막 마을에서 너무 지체했기 때문에, 오모로가 형들에게 약속했듯이 해 질 녘까지 목적지에 닿기 위해서는, 더욱 빨리 열심히 걸어야만 했다. 비록 땀이 나고 고통스럽기는 했어도 쿤타는 머릿짐을 이고 가기가 전보다 쉬워졌음을 깨달았고, 그리고 그는 대부분 들어 보지도 못했던 카란타바, 쿠타쿤다, 피사니아, 또는 존카콘다와 같은 먼 마을의 대표로 그리오나 잘리바나 촌장, 그리고 다른 중요한 사람들이 새 마을에 도착했음을 알리는 북소리 전갈이 하늘에 울릴 때마다, 새로운 기운이 샘솟는 기분을 느꼈다. 위올리 왕국의 그리오도 왔고, 심지어는 바라의 왕이 보낸 왕자도 도착했다고 북들이 얘기했다. 갈라진 발로 뜨겁고 먼지 나는 길을 따라 서둘러 가면서, 쿤타는 그의 큰아버지들이 얼마나 유명하고 인기가 대단한지를 깨닫고 놀랐다. 얼마 후에 그는, 아주 걸음이 빨라진 오모로를 따라가기 위해서뿐만 아니라, 마지막 몇 시간이 영원히 흐르지 않는 듯하게 느껴져서, 마구 뛰다시피 했다.

서쪽 지평선에서 태양이 진홍빛으로 바뀔 때가 되어서야 드디어, 쿤타는 별로 멀리 떨어지지 않은 마을에서 솟아오르는 연기를 보았다. 연기가 넓고 둥글게 퍼지는 모양을 보고 쿤타는 모기를 쫓으려고 마른 바오밥 통나무를 태우고 있음을 알았다. 그것은 마을에서 귀한 손님들을 대접한다는 뜻이었다. 그는 만세라도 부르고 싶은 기분이었다. 그들이 목적지에 도착했기 때문이었다! 곧 그는 새로 도착한 사람이 마을 대문으로 들어설 때마다 두드리는 듯싶은, 커다랗고 예식적인 토발로 북들이 천둥 치듯 울리는 소리를 듣게 되었다. 거기에 뒤섞여서 작은 탄탕 북의 규칙적인 소리와 춤추는 사람들의 고함 소리가 들려왔다. 그러고는 길이 꺾이더니, 솟아오르는 연기 밑으로 마을이 나타났다. 그리고 아들을 데리고 곧 도착할 어른을 마중하라고 수풀 옆에 세워 둔 듯한 남자가 그들을 보자마자 손가락질을 하고 손을 흔들어 대는 모습이 보였다. 오모로는 그에게 마주 손을 흔들었고, 남자는 당장 그의 북 앞에 쪼그리고 앉더니 이렇게 알렸다.「오모로 킨테와 첫아들이……」

쿤타의 발걸음은 나는 듯싶었다. 곧 시야에 들어온 나그네나무는 짤막한 끈들로 꽃줄처럼 장식되었고, 본디 외길이던 통로는 마을이 벌써부터 많은 사람이 찾아 번잡한 곳이 되었음을 증명하듯, 빈번한 발길에 이미 반들반들 넓혀졌다. 탄탕 북을 두드리는 소리가 점점 더 커졌고, 갑자기 잎사귀와 나무껍질로 엮은 옷을 입고 춤추는 사람들이 나타나, 신음을 하며, 귀한 손님들을 만나러 다 함께 몰려오는 모든 사람들의 앞장을 서서, 껑충껑충 뛰고 빙글빙글 돌고 발을 구르며, 마을 어귀를 나섰다. 군중을 헤치고 두 사람이 달려 나오자, 마을의 우렁찬 토발로 소리가 울리기 시작했다. 쿤타의 앞에서 오모로의 머릿짐이 갑자기 땅으로 떨어졌고, 오모로는 어느새 그들을 향해서 뛰어갔다. 자기도 모르는 사이에 쿤타의 머릿짐도 떨어졌고, 그도 역시 뛰어갔다.

두 남자와 쿤타의 아버지는 서로 껴안고 두드렸다. 그리고 〈이 애가 우리 조카인가?〉 하며 두 사람은 쿤타를 밀쳐 비틀거리게 하고, 기뻐서 함성을 지르며 그를 껴안았다. 그들이 바람을 일으키고 마을로 들어가는 사이에, 잔뜩 모인 사람들이 사방에서 그들에게 인사를 했지만, 쿤타는 큰아버지들 말고는 아무도 보이거나 들리지 않았다. 그들은 확실히 오모로와 닮았지만, 그는 두 사람 다 아버지보다 키가 작고, 뚱뚱하고, 근육이 훨씬 단단함을 알게 되었다. 나이가 더 많은 큰아버지 잔네의 눈은 먼 곳을 보는 듯한 사시(斜視)였고, 두 사람 다 동물처럼 행동이 빨랐다. 주푸레와 빈타에 대해서 퍼붓는 질문을 들어 보니 그들은 말도 아버지보다 빨랐다.

나중에 살룸은 쿤타의 머리를 주먹으로 쳤다. 「이 녀석이 이름을 받은 이후로 우린 만나지 못했구나. 그런데 이젠 저렇게 자랐어! 장마철을 몇 번이나 지냈니, 쿤타야?」

「여덟 번요.」 그는 얌전하게 대답했다.

「어른 훈련을 받을 때가 다 되었구나!」 큰아버지가 소리쳤다.

마을의 높다란 대나무 울타리에는 빙 둘러 가며 온통 마른 가시나무를 쌓아 올렸고, 침입하는 짐승이나 사람을 불구자로 만들 날카롭고 뾰족한 꼬챙이들을 그 안에 숨겨 놓았다. 그러나 쿤타는 그런 것들을 눈치 채지 못했고, 그곳에 모인 몇 명 안 되는 자기 또래의 아이들도 곁눈으로만 보았다. 그는 큰아버지들을 따라 아름다운 새 마을을 둘러보면서, 머리 위에서 소란을 떠는 앵무새와 원숭이들 그리고 발

밑에서 짖어 대는 우올로 개의 소리도 거의 귀에 들어오지 않았다. 오두막마다 마당이 따로 마련되었고, 말린 식량을 두는 창고를 밥 짓는 불 바로 위에 지어서, 연기 때문에 쌀이나 쿠스쿠스나 수수에 벌레가 끼지 않는다고 살룸이 말했다.

쿤타는 여기저기 신나는 광경과, 냄새와, 소리를 둘러보느라고 머리가 어지러울 지경이었다. 어쩌다가 한두 마디 이외에는 그가 알아듣지 못하는 만딩카 사투리로 사람들이 하는 얘기를 들으니, 신기하기도 했고 얼떨떨하기도 했다. (아라팡만큼 박식한 사람을 제외한) 다른 만딩카 사람들처럼, 쿤타는 가까운 곳에 사는 다른 부족들의 언어를 거의 알지 못했다. 그러나 그는 여러 다른 부족을 분간할 눈썰미를 익힐 만큼은 나그네나무 주변에서 많은 시간을 보냈었다. 풀라 사람들은 얼굴이 갸름하고, 머리가 길고, 입술이 얇고, 용모가 날카롭고, 관자놀이에 수직으로 흉터가 있다. 월로프 사람들은 아주 시커멓고, 말수가 무척 적었으며, 세라훌리는 피부 빛깔이 덜 검었고, 몸집이 작았다. 그리고 졸라 사람들은 온몸에 상처를 내고, 표정이 항상 험악해서, 남들과 혼동할 염려가 전혀 없었다.

쿤타는 새 마을에 찾아온 사람들 가운데서 그 부족들을 모두 알아보았지만, 그가 모르는 사람들도 많았다. 어떤 사람들은 손님을 불러 대는 장사꾼들과 큰 소리로 흥정이 붙었다. 나이 많은 여자들은 무두질한 가죽을 놓고 시끄럽게 법석을 떨었으며, 젊은 여자들은 사이잘 삼이나 바오밥으로 만든 가발값을 에누리하느라고 열을 올렸다. 〈콜라요! 멋진 보랏빛 콜라요!〉라고 외치는 소리에, 그나마 몇 개 안 남은 이빨도 열매를 씹느라고 벌써 오렌지빛으로 물든 사람들이 떼 지어 몰려들었다.

다정하게 밀고 당기는 와중에서, 오모로는 끝없이 줄지어 오는 마을 사람들과 신기한 곳에서 찾아온 유명한 사람들과 인사를 나누었다. 쿤타는 그들의 이상한 언어를 유창하게 말하는 큰아버지의 솜씨에 감탄했다. 언제라도 아버지와 큰아버지들을 쉽게 찾으리라고 안심한 쿤타는, 몰려다니는 사람들 틈에서 돌아다니며, 춤추고 싶은 모든 사람을 위해서 연주하는 악사들과 어느 틈엔가 어울렸다. 다음에 그는 바오밥 그늘에 내놓은 탁자 위에다 마을 여자들이 누구나 마음 놓고 먹게끔 푸짐하게 차려 놓은 구운 영양과 쇠고기와 땅콩을 맛보았다. 음식으로서는 그런대로 먹을 만했지만, 주푸레의 어머니들이 추수 축제에 마련한 멋진 요리들만큼은 맛이 없다고 쿤타는 생각했다.

우물가에서 무언가 흥분해서 얘기를 나누는 여자들을 보고 쿤타는, 눈이 휘둥그레지고 귀를 잔뜩 기울이며 그들에게로 슬그머니 다가가서, 돌아가신 성자인 카이라바 쿤타 킨테의 두 아들이 세운 새 마을을 빛내 주기 위해서, 아주 위대한 이슬람교의 수도사가 일행을 이끌고 한나절쯤 떨어진 곳에서 길을 오는 중이라고 얘기하는 소리를 들었다. 쿤타는 그의 할아버지에 대해서 그렇게 존경스럽게 하는 얘기를 듣고 다시금 신이 났다. 쿤타가 누구인지를 아무도 알아보지 못한 여자들은 그의 큰아버지들에 대해서 계속 수다를 떨었다. 이제는 여행을 그만 하고 정착해서 아내를 얻어 아들을 낳을 때도 되지 않았겠느냐고 한 여자가 말했다. 「한 가지 걱정이라면, 아내가 되고 싶어하는 처녀들이 너무 많아서 탈이라 이거지.」 다른 여자가 말했다.

무척 거북하게 느끼면서, 쿤타가 드디어 자기 또래의 몇몇 아이들에게 다가갔을 때는, 거의 날이 저물었다. 그러나 그들은 그가 여태까지 어른들과 어울려 다녔다고 해서 기분 나빠하는 눈치가 아니었다. 그들은 대부분 쿤타에게 그들의 새 마을이 어떻게 생겨났는지를 얘기해 주려고 열을 올렸다. 「우리들 이곳의 모든 가족은 너희 큰아버지들이 여행을 하다가 사귀게 된 사람들이야.」 한 소년이 말했다. 그들은 모두 그들이 먼저 살던 곳에서 여러 가지 이유로 생활에 불만을 느꼈었다. 「우리 할아버지에게는, 할아버지의 가족과 자식들의 가족이 그와 가까운 곳에서 같이 살 만큼 넓은 장소가 없었단다.」 어느 소년이 말했다. 「우리 볼롱에서는 벼가 잘 자라지를 않았어.」 다른 소년이 말했다.

큰아버지들은 새로운 마을을 세울 만한 이상적인 장소를 안다고 친구들에게 얘기하기 시작했다고 그들은 말했다. 그리고 잔네와 살룸의 친구 가족들은 곧 염소와 닭과 애완동물과 기도하는 융단과 다른 소유물을 가지고 길을 나섰다.

곧 날이 어두워졌고 쿤타는 그의 새로운 동무들이 아까 모아 온 막대기와 나뭇가지로 지핀 새로운 마을의 모닥불을 구경했다. 잔치를 벌일 때여서, 남자들과 여자들과 아이들이 따로따로 모닥불 옆에 앉아야 하는 보통 때의 관습과는 달리, 모든 마을 사람들과 손님들은 몇 개의 불 둘레에 다 같이 앉게 된다고 그들이 쿤타에게 말했다. 모인 사람들에게 알리마모가 축복을 내리고 나면, 잔네와 살룸이 한가운데로 걸어 나와서 그들의 여행과 모험에 대한 얘기를 하리라고 그들은 말했다. 멀리 강의 상류에 위치한 풀라두 마을의 촌장이 가장 나이 많은 손님이었기 때문에, 큰아버지들과 함께 그를 한가운데에 모시기로 했다. 그 노인은 백 장마철도 더 살았고, 들을 귀가 달린 모든 사람에게 그의 지혜를 나누어 주리라는 귓속말이 오갔다.

쿤타는 때를 맞춰 알리마모의 기도를 듣기 위해, 불가의 아버지와 자리를 같이하려고 달려갔다. 기도가 끝나자 얼마 동안 아무도 입을 열지 않았다. 귀뚜라미들이 요란하게 울었고, 연기를 피우는 불빛이 넓게 빙 둘러앉은 사람들의 얼굴에 춤추는 그림자를 던졌다. 드디어 강인하게 생긴 늙은 촌장이 입을 열었다. 「내가 기억하는 옛날보다도 수백 장마철 전에, 아프리카의 황금산에 대한 얘기가 큰물을 건너 전해졌지. 그래서 처음으로 투봅이 아프리카로 오게 되었어!」 황금산이라고는 따로 없었지만, 말로 표현하기가 어려울 만큼의 많은 황금이 강에서 발견되었고, 처음에는 북부 기니에서, 그러고는 가나의 숲에서도 깊은 갱구를 파고 들어가 황금을 캐내게 되었다고 그는 말했다. 「투봅에게는 금이 어디서 나는지 전혀 얘기하지 않았어.」 노인이 말했다. 「한 투봅에게 얘기하면 곧 모두 알게 될까 봐 그랬지.」

다음에는 잔네가 얘기했다. 여러 곳에서는 소금이 황금 못지않게 소중했다고 그는 말했다. 그와 살룸은 소금과 황금이 똑같은 무게로 교환되는 장면을 직접 보았다. 어떤 먼 모래밭 밑에서는 소금이 두꺼운 조각으로 발견되었고, 다른 곳의 어떤 물은 마르면 소금죽이 되는데, 그것을 햇빛 아래 그대로 두면 소금 토막이 되었다.

「옛날에는 소금 도시도 생겨났었어.」 노인이 말했다. 「타그하자라는 도시에서 사람들은 소금 토막으로 집과 모스크를 지었지.」

「이젠 당신이 보았다던, 이상한 곱사등 짐승 얘기를 해요.」 무척 늙어 보이는 어떤 여자가 감히 노인의 얘기를 막고 나서면서 요구했다. 쿤타는 그녀를 보자 뇨 보토 할머니가 생각났다.

사람들이 깜박이는 불빛 속에서 몸을 앞으로 수그리고 기다리는 동안 어디선가 어둠 속에서 하이에나 한 마리가 울부짖었다. 이제는 살룸이 얘기할 차례였다. 「낙타라고 하는 그 짐승은 끝없이 펼쳐진 모래밭에서 살아요. 그곳에서는 태양과 별과 바람으로 길을 찾아요. 잔네와 나는 물 때문에 몇 번 멈추었을 뿐, 석 달 동안이나 이 짐승을 탔답니다.」

「도둑 떼와 싸우느라고도 여러 번 멈추었지!」 잔네가 말했다.

「한번은 우린 만 2천 마리의 낙타로 이루어진 대상과 함께 여행했습니다.」 살룸이 얘기를 계속했다. 「사실 그것은 도둑 떼로부터 우리들을 보호하기 위해 작은 대상들이 여럿 모여서 이루어진 것이었죠.」

살룸이 얘기를 하는 동안 쿤타가 보니, 잔네는 커다란 가죽 조각을 펼쳐 놓았다. 두 젊은 남자에게 촌장이 짜증스럽게 손짓을 했더니, 그들은 벌떡 일어나서 마른 나뭇가지를 불에다 던져 넣었다. 불꽃이 화르륵 타오르자, 이상하게 보이는 그림을 가로지르는 잔네의 손가락을 쿤타와 다른 사람들이 잘 볼 수가 있게 되었다. 「이것이 아프리카입니다.」 그가 말했다. 손가락은 그가 〈큰물〉이라고 얘기한 곳에서 서쪽으로 옮겨 갔고, 다음에는 그림 아래편 왼쪽에서 찾아낸, 감비아 전체보다 몇 배나 더 큰 곳인 〈거대한 모래사막〉을 가리켰다.

「투붑 배들은 아프리카의 북쪽 해안으로 도자기와, 향료와, 옷감과, 말, 그리고 인간이 만든 수많은 물건을 가지고 옵니다.」 살룸이 말했다. 그러면 낙타와 노새들이 그런 물건을 시질마사, 가다메스, 마라케시 같은 내륙 지방으로 운반한다. 잔네의 손가락이 그런 도시들의 위치를 차례로 가리켰다. 「그리고 우리들이 오늘 밤 여기에 앉아 있는 동안에도 상아와, 가죽과, 올리브와, 대추야자와, 콜라 열매와, 솜과, 구리와, 보석 같은 아프리카 물건들을 투붑의 배로 가져가느라고, 무거운 머릿짐을 이고 깊은 숲을 건너는 사람들이 많습니다.」 살룸이 말했다.

쿤타의 머릿속은 그가 들은 얘기들로 어지러웠고, 언젠가는 자기도 그런 신나는 곳들을 찾아 모험을 떠나리라고, 그는 마음속으로 맹세했다.

「이슬람교의 수도사입니다!」 길의 저 먼 곳까지 나가서 망을 보던 고수가 북을 두드려 알렸다. 곧 정식으로 환영단이 조직되었는데 — 마을의 설립자인 잔네와 살룸 및 촌장 회의의 대표자들과, 알리마모와, 아라팡, 그러고는 오모로를 비롯한 다른 마을의 명예로운 대표자들이 나섰고, 쿤타는 마을의 젊은이들 가운데 키가 같은 사람들과 자리를 함께했다. 악사들이 그들을 모두 나그네나무가 있는 곳으로 이끌고 나가서, 도착한 성자를 때맞춰 마중했다. 쿤타는 기다란 행렬을 이룬 지친 일행의 앞장을 선 노인을, 수염이 하얗고 살결이 무척 검은 노인을 응시했다. 남자들과, 여자들과, 아이들은 모두 커다랗고 무거운 머릿짐을 이고 왔으며, 몇몇 남자는 가축을 몰았는데, 쿤타가 판단하기에 염소만 해도 백 마리가 넘는 듯싶었다.

재빠른 손짓으로 성자는 환영 나온 사람들에게 축복을 내리고, 꿇어 앉은 그들더러 일어나라고 했다. 그런 다음에 잔네와 살롬은 특별한 축복을 받았고, 오모로는 잔네가 소개했으며, 살롬이 손짓해 부르자 쿤타가 그들 곁으로 쪼르르 달려 나갔다. 「이 애는 제 첫아들입니다」 오모로가 말했다. 「성스러운 할아버지의 이름을 이어받았죠.」

쿤타는 (할아버지의 이름 말고는 그가 하나도 알아들을 수 없는) 아랍 어로 그에게 얘기하는 수도사의 말을 들었고, 나비의 날개처럼 가볍게 그의 머리를 건드리는 성자의 손가락을 느꼈으며, 그리고 성자가 환영 나온 다른 사람들을 만나 보통 사람들처럼 얘기를 나누는 사이에, 쿤타는 자기 또래 아이들에게로 얼른 돌아갔다. 쿤타와 동행인 다른 아이들은 행렬의 뒤에서 길게 줄지어 오는 아내들과, 아이들과, 제자들과, 노예들을 구경했다.

수도사의 아내들과 아이들은 곧 손님 오두막 안으로 모습을 감추었다. 땅바닥에 자리를 잡고 앉아 머릿짐을 풀어헤친 제자들은, 그들의 스승인 성자의 소유물인 책과 문헌들을 꺼내서, 그들을 하나씩 둘러싸고 모인 사람들에게 큰 소리로 읽어 주기 시작했다. 노예들은 다른 사람들과 같이 마을로 들어오지 않았음을 쿤타는 알았다. 노예들은 울타리 밖에 남아서, 소들의 고삐를 매고 염소들을 몰아넣은 울타리 근처에 쪼그리고 앉았다. 다른 사람들과 어울리지 않고 따로 지내는 노예들을 쿤타는 이때 처음 보았다.

주위에 꿇어 엎드린 사람들 때문에 성자는 움직이지도 못할 지경이었다. 마을 사람들과 지체 높은 손님들은 다 같이, 땅에다 이마를 대고, 그들의 간청을 들어 달라고 애걸했으며, 아주 가까이 다가간 사람들은 그의 옷을 만졌다. 어떤 사람들은 그들의 마을로 찾아와서 오랫동안 게을리 했던 예배를 열어 달라고 그에게 부탁했다. 이슬람에서는 법과 종교가 하나였기 때문에, 어떤 사람들은 그에게서 법적인 판결을 요구했다. 아버지들은 새로 태어난 아기에게 뜻 깊은 이름을 지어 달라고 부탁했다. 아라광이 없는 마을 사람들은 그들의 아이들이 성자의 제자들 가운데 한 사람에게서 공부를 하면 안 되겠느냐고 물었다.

제자들은 조그만 네모꼴 모양으로 다듬은 염소가죽을 파느라고 바빴는데, 많은 사람들이 그것을 사서 성자에게 내밀고는 서명해 달라고 했다. 성자가 서명해서 거룩해진 염소가죽 조각을 쿤타가 팔뚝에 두른 사피에서럼 귀중한 부적에 꿰매어 가지고 다니는 사람은 항상 알라신과 가깝게 지내는 셈이었다. 쿤타는 주푸레에서 가져온 별보배고둥 조가비 두 개를 내고 염소가죽 한 조각을 사서, 수도사에게 졸라 대며 법석거리는 사람들 속으로 끼어들었다.

언젠가 주푸레를 구했던 그의 할아버지 카이라바 쿤타 킨테가, 굶주리는 마을을 구하기 위해 알라신을 통해서 비를 내리게 하는 이 성자와 비슷했으리라는 생각이 쿤타의 머릿속을 불현듯 스쳤다. 그가 사랑했던 야이사와 뇨 보토 할머니는 그가 알아들을 만한 나이에 이르자 그런 얘기를 그에게 했었다. 그러나 이제 와서야 처음으로 그는 할아버지의 위대함, 그리고 이슬람의 참된 위대함을 깨달았다. 그가 왜 소중한 별보배고둥 조가비 두 개를 쓰기로 작정했고, 지금 염소가죽을 들고 서서 성자의 서명을 받으려고 차례를 기다리는지를, 꼭 한 사람에게만 얘기하겠다고 쿤타는 생각했다. 그는 축복받은 염소가죽을 집으로 가지고 돌아가서, 그것을 뇨 보토에게 주고, 때가 오면 자기의 첫아들의 팔뚝에 두를 소중한 사피에 부적에 꿰매도록 보관해 달라고 그녀에게 부탁할 생각이었다.

21

그의 여행이 부러워서 약이 올랐고, 잔뜩 우쭐해져서 그가 주푸레로 돌아오리라고 상상했던 쿤타의 카포는, (사실 꼭 말로 그렇게 얘기는 하지 않았어도) 그가 돌아오면 여행에 대해서 어떠한 관심도 보이지 않기로 결심했었다. 그래서 그들은 그대로 행동했으며, 쿤타가 집으로 돌아왔더니 늘 가깝게 지냈던 친구들이, 그가 여행을 떠난 적이 없었다는 듯 행동할 뿐 아니라, 그가 가까이 가면 하던 얘기까지 중단했으며, 쿤타가 마음 아파하는 일쯤은 전혀 생각해 주지도 않았고, 특히 가장 소중한 친구인 시타파가 누구보다도 더 냉정했다. 쿤타는 너무나 상심해서, 그가 오모로와 함께 떠나 여행하던 사이에 태어난, 새로운 동생 수와두에 대해서는 거의 신경도 쓰지 못했다.

어느 날 점심때 염소들이 풀을 뜯는 동안, 쿤타는 드디어 친구들의 냉정함을 무시하고 사태를 수습하기로 결심했다. 따로 떨어져 앉아서 점심을 먹는 다른 소년들에게 걸어가서, 그는 그들 사이에 앉아 무턱 대고 얘기를 시작했다. 「너희들도 나하고 같이 갔었더라면 좋았을 텐데.」 그는 조용히 말을 꺼낸 뒤, 그들의 반응은 기다리지도 않고, 여행 얘기를 시작했다.

그는 며칠씩 걷기가 정말 힘이 들었으며, 근육이 얼마나 아팠는지 모른다면서, 사자들 옆을 지나가느라고 굉장히 무서웠다는 따위의 얘기를 했다. 그리고 그는 그가 지나친 여러 마을과 그곳에 사는 사람들에 대해서 자세하게 말해 주었다. 그가 얘기를 하는 사이에 염소들을 다시 모으려고 한 소년이 벌떡 일어섰는데, 다시 돌아온 그는 (자기도 모르게) 쿤타에게 더 가까이 앉았다. 곧 쿤타의 얘기를 듣고 다른 아이들은 신음과 감탄을 연발했고, 그의 얘기가 큰아버지들의 새 마을에 다다르고 보니, 어느덧 염소를 집으로 몰고 갈 시간이 되었다.

다음 날 아침 학교 마당에서, 모든 소년은 어서 공부가 끝나기를 기다리는 조바심을 아라팡이 눈치 채지 못하도록 조심해야 했다. 드디어 염소들과 함께 다시 밖으로 나간 그들은 쿤타의 주변에 몰려들었다. 그는 큰아버지들의 마을에서 마구 뒤섞였던 여러 부족과 그들의 언어에 대한 얘기를 시작했다. (소년들이 황홀경에 빠져 말 한 마디 놓치지 않고 듣는 동안) 잔네와 살룸이 모닥불 둘레에서 했던 머나먼 곳들에 대한 어떤 얘기를 그가 중간쯤 했을 때, 우올로 개의 무시무시한 울부짖음과 날카롭고 겁에 질린 염소의 비명이 들판의 고요함을 깨뜨렸다.

벌떡 일어선 그들은 높다란 풀밭의 언저리에서, 입에 물었던 염소를 내려놓고 우올로 개 두 마리에게 달려드는 커다란 황갈색 표범을 보았다. 너무나 놀랍고 무서워서 움직이지도 못하던 소년들이 꼼짝 않고 그대로 서서 구경만 하려니까, 표범이 휘두르는 앞발에 채어 개 한 마리가 옆으로 나둥그러졌고, 다른 개가 마구 이리 뛰고 저리 뛰자 표범은, 사방으로 온통 흩어져 달아나던 다른 염소들의 비명과 다른 개들의 미친 듯한 울부짖음이 무색하도록 무시무시하게 으르렁거리며, 공중으로 뛰어오르려고 몸을 도사렸다.

그러자 소년들은 염소들을 몰기 위해 소리를 지르며 뛰어 흩어져 나갔다. 그러나 쿤타는 쓰러진 아버지의 염소를 향해 정신없이 마구 뛰어갔다. 「그만둬, 쿤타! 안 돼!」 개들과 표범 사이로 뛰어들지 못하게 막으려고 하면서, 시타파가 비명을 질렀다. 그는 쿤타를 붙잡을 수 없었지만, 소리 지르며 달려오는 두 소년을 본 표범은 몇 발자국 뒤로 물러서더니 몸을 돌려서는, 화가 난 개들을 꽁무니에 달고 숲을 향해 도망쳤다.

표범 냄새와 찢긴 암염소의 모습에 쿤타는 속이 뒤집혔는데, 염소의 비틀어진 목에서는 피가 시커멓게 흘러내리고, 혀는 늘어지고, 눈은 하얗게 흰자위가 드러났으며, (가장 끔찍한 장면이었지만) 찢어진 배 속의 새끼는 아직도 살아서 맥박이 천천히 뛰었다. 근처에서는 첫 번째 우올로 개가 찢어진 옆구리 때문에 아파서 신음하며 쿤타에게로 기어 오려고 애썼다. 그 자리에 서서 토하고 나서 창백해진 쿤타는, 돌아서서 시타파의 고통스러운 얼굴을 보았다.

눈물이 글썽해진 눈길로 쿤타는 자신의 주변에서 다친 개와 죽은 염소를 응시하는 다른 소년들을 둘러보았다. 잠시 후 그들은 모두 천천히 뒷걸음질을 쳤고, 시타파만 남아서 쿤타를 안아 주었다. 아무도 입을 열지 않았지만, 아버지에게 어떻게 얘기를 해야 할지에 대한 걱정이 그의 마음을 사로잡았다. 쿤타가 겨우 입을 열었다. 「내 염소들을 좀 돌봐 주겠니?」 그는 시타파에게 물었다. 「난 이 가죽을 아버지한테 가지고 가야 해.」

시타파는 다른 아이들에게 가서 무슨 말인가 했고, 두 소년이 재빨리 킹킹대는 개를 집어 들고 가버렸다. 그러자 쿤타는 시타파더러 다른 아이들과 함께 가라고 손짓했다. 칼을 들고 죽은 암염소 옆에 꿇어앉아서 쿤타는, 아버지가 했던 행동을 그가 보았던 그대로, 베고 잡아당기고 다시 베어서, 피에 젖은 가죽을 손에 들고 일어섰다. 잡초를 뽑아서, 암염소의 시체와 새끼를 덮어 주고, 그는 마을로 향했다. 전에 한 번 염소를 몰다가 한 마리를 잃었을 때, 그는 그런 일이 다시는 없으리라고 다짐했었다. 그러나 또 그런 일이 벌어졌고, 이번에는 암염소가 죽음을 당했다.

절망적으로 그는 이것이 나쁜 꿈이며, 이제는 꿈에서 깨어나기를 바랐지만, 그의 손에는 축축한 가죽이 그대로 들려 있었다. 그는 죽고 싶었지만, 자신의 잘못을 조상들에게 알려야 함을 알았다. 잘난 체했기 때문에 알라신이 그를 벌했으리라고 쿤타는 부끄럽게 생각했다. 그는 걸음을 멈추고, 해가 뜨는 쪽을 향해 무릎을 꿇고 앉아 용서를 빌었다.

몸을 일으킨 그는, 염소들을 모두 다시 모아들인 그의 카포가, 땔감을 머리에 이고, 목초지를 떠날 채비를 하는 모습을 보았다. 한 소년이 다친 개를 안고 갔으며, 다른 개 두 마리는 심하게 다리를 절었다. 그들을 쳐다보는 쿤타를 보고 시타파는 머릿짐을 내려놓고 그에게로 오려고 했지만, 쿤타는 다른 아이들과 같이 가라고 얼른 손짓했다.

염소가 다니는 험한 길을 따라 한 발자국 옮길 때마다 그는 종말을 향해서, 모든 일의 종말을 향해서 그만큼 다가가는 듯한 기분이 들었다. 죄의식과 무서움과 멍한 느낌이 그에게 마구 밀어닥쳤다. 그는 마을에서 멀리 쫓겨나리라. 그는 빈타와 라민과 그리고 늙은 뇨 보토가 그리워지리라. 그는 아라팡의 공부 시간도 그리워지리라. 그는 돌아가신 야이사 할머니와, 그가 물려받았지만 이제는 더럽혀 버린 성스러운 할아버지의 이름과, 마을을 세운 유명한 큰아버지들을 생각해 보았다. 그는 이고 갈 땔감을 하나도 마련하지 못했다는 생각이 났다. 그는 항상 잘 까불고 혼자 도망다니고는 하던, 지금도 눈에 선한 암염소를 생각해 보았다. 또한 아직 태어나지 않은 새끼 염소를 생각했다. 그리고 이런 갖가지 생각을 하면서, 그는 그가 가장 두려워하는 아버지 생각을 떨쳐 버릴 수가 없었다.

그는 마음이 심하게 흔들렸고, 걸음을 멈추고, 꼼짝도 하지 않고 서서, 숨을 멈추고, 앞으로 뻗어 나간 길을 내려다보았다. 그를 향해서 뛰어오는 오모로가 보였다. 공연히 일러바칠 소년은 없었을 텐데, 아버지가 어떻게 알았을까?

「너 아무 일 없냐?」 아버지가 물었다.

쿤타의 혀는 입천장에 달라붙은 듯했다. 「예, 아버지.」 그는 겨우 말했다. 그리고 오모로는 쿤타의 배를 손으로 만져 보고, 그의 둔디코를 적신 피가 쿤타에게서 나는 것이 아님을 알았다.

허리를 펴고 오모로는 가죽을 받아 풀밭에 펴놓았다. 「앉아라!」 그가 명령했고, 쿤타는 오모로가 그를 마주 보고 앉자 몸을 떨었다.

「네가 알아 둬야 할 일이 있어.」 오모로가 말했다. 「모든 사람은 실수를 하는 법이야. 난 네 나이에 사자에게 염소를 잃었어.」

옷자락을 끌어올리더니 오모로는 그의 왼쪽 엉덩이를 내보였다. 하얗고 깊은 상처를 보고 쿤타가 놀랐다. 「그래서 나는 무엇인가 깨달았고, 너도 이제 깨달아야 해. 위험한 짐승한테는 달려들면 안 돼!」 그는 쿤타의 표정을 살폈다. 「내 말 들었지?」

「예, 아버지.」

아버지는 일어서서, 염소가죽을 집어 수풀로 멀리 던져 버렸다. 「그렇다면 더 할 얘기는 없다.」

오모로를 따라 마을로 가던 쿤타는 머리가 어지러웠다. 이 순간에는 죄의식이나 안도감보다도, 아버지에 대해서 그가 느끼는 사랑이 훨씬 더 컸다.

22

쿤타는 열 번째 장마철을 맞았고, 그의 나이 또래 둘째 카포 소년들은 다섯 번째 장마철 이후 하루에 두 번씩 받던 교육을 끝마쳤다. 졸업하는 날이 되자 쿤타와 친구들의 부모는 자랑스럽게 미소를 지으며, 마을 어른들보다도 앞자리에, 아라팡의 학교 마당에 줄지어 앉았다. 쿤타와 다른 아이들이 아라팡 앞에 꿇어앉자, 마을의 알리마모가 기도를 드렸다. 다음에는 아라팡이 일어서서, 질문을 받으려고 손을 흔드는 학생들을 둘러보았다. 쿤타가 가장 먼저 뽑혔다.

「네 조상들의 직업은 무엇이었느냐, 쿤타 킨테야?」 그가 물었다.

「수백 장마철 전에 말리 땅에서 킨테 남자들은 대장장이였고, 여자들은 항아리를 굽고 옷감을 짰습니다.」 쿤타는 자신만만하게 대답했다. 학생들이 맞는 답을 말할 때마다, 모인 사람들이 모두 즐거워서 큰 소리로 떠들었다.

그러자 아라팡은 산수 문제를 물었다. 「만일 어떤 비비에게 암컷이 일곱이고, 한 암컷에게서마다 새끼를 일곱 마리 얻었는데, 새끼 한 마리가 저마다 7일 동안 날마다 땅콩을 일곱 개씩 먹었다면, 어떤 사람의 밭에서 그 비비는 땅콩을 몇 개나 훔친 셈이지?」 풀잎 펜으로 미루나무 판에다 정신없이 한참 셈을 하고 나서, 시타파 실라가 첫 번째로 옳은 답을 큰 소리로 말했고, 다른 아이들의 신음 소리는 모인 사람들의 칭찬 소리 때문에 들리지가 않았다.

그리고 나서 소년들은 그들이 배운 대로 아랍 어로 자기 이름을 적었다. 그리고 하나씩 하나씩 아라팡은, 교육이 이룩한 결과를 그들이 직접 확인하도록, 모든 부모와 다른 구경꾼들에게 판때기들을 들어 보였다. 쿤타는 다른 소년들이나 마찬가지로, 말을 적어 놓는 표시들이 쓰기보다 읽기가 더 어려움을 깨달았다. 아라팡이 학생들의 손가락 마디를 때리던 수많은 아침과 저녁이면, 마치 눈에 보이지 않는 사람이 옆에서 몸을 숨기고, 글자들을 한 마디씩 불러 주기라도 하는 듯, 라민 또래의 아이들까지도 쉽게 이해하는 북소리의 말처럼, 글쓰기가 쉬웠으면 하고 그들은 누구나 바랐었다.

이제는 아라팡이 졸업생들을 한 사람씩 불러 세웠다. 드디어 쿤타의 차례가 되었다. 「쿤타 킨테!」 모든 사람들의 시선을 받으면서 쿤타는 앞줄에 앉은 그의 가족과, 심지어는 마을 뒤편 묘지에 묻힌 모든 조상들, 특히 사랑하는 야이사 할머니가 무척 자랑스러워하리라는 기분을 느꼈다. 일어서서 그는 『꾸란』의 마지막 부분에 적힌 구절을 큰 소리로 읽었으며, 그것이 끝나자 『꾸란』을 이마에 대고 말했다. 「아멘!」 읽기가 끝나자 선생은 소년들과 일일이 악수를 하고, 이 소년들은 이제 교육을 완료했으니까 셋째 카포가 되었다고 큰 소리로 알렸으며, 모두들 요란하게 환호성을 올렸다. 빈타와 다른 어머니들은 그들이 가져온 그릇과 함지박의 씌우개를 재빨리 벗기고는 맛 좋은 음식들을 잔뜩 쌓아 놓았으며, 졸업식은 잔치와 함께 끝났다.

이튿날 아침 풀을 뜯게 하려고 쿤타가 염소들을 꺼내러 갔더니, 오모로가 그를 기다렸다. 멋지고 어린 수놈과 암놈을 가리키면서 오모로가 말했다. 「이 두 마리는 네 졸업 선물이다.」 쿤타가 어물어물하느라고 미처 고맙다는 말을 끝내기도 전에, 오모로는 (마치 날마다 염소 한 쌍씩을 주기라도 했다는 듯이) 더 이상 말을 하지 않고 아무렇지도 않게 가벼렸으며, 쿤타는 흥분을 감추기 위해 무척 애를 썼다. 그러나 아버지의 모습이 사라지자마자 쿤타가 어찌나 큰 소리로 함성을 질렀던지, 그의 새 염소들이 펄쩍 뛰어 달아나기 시작했고, 다른 놈들은 모두 그 뒤를 정신없이 쫓아갔다. 염소들을 들판으로 몰고 나갈 때쯤에는 그의 친구들도 저마다 그들의 새 염소를 자랑하면서 모두 나와 있었다. 겁에 질린 동물들을 다루듯이 소년들은 그들의 염소를 풀이 가장 연한 곳으로만 이끌고 가며, 그것들이 곧 낳을 튼튼하고 어린 새끼 염소와, 그들이 저마다 아버지처럼 귀중한 염소 떼를 많이 갖게 될 때까지 새끼들이 다시 낳을 새끼들을 벌써부터 상상했다.

다음번 새 달이 떠오르기 전에, 아들의 교육에 대한 고마움의 뜻으로, 오모로와 빈타는 다른 부모들과 함께 세 번째 염소를 아라팡에게 주었다. 만일 집안이 좀 더 풍족했더라면 암소라도 주었겠지만, 보잘것없는 마을인 주푸레의 모든 사람이나 마찬가지로 그들에게 그럴 만한 능력이 없음을 아라팡이 이해하리라고 그들은 생각했다. 사실 (모은 재산이 하나도 없는 새 노예였던) 어떤 부모들은 제공할 것이라고는 그들의 등뿐이어서, 아라팡은 한 달 동안 밭에서 일을 해주는 그들의 봉사를 기꺼이 받아들였다.

여러 날이 흘러가서 계절을 이루어, 곧 장마철이 또 한 번 지나갔고, 쿤타의 카포는 라민의 카포에게 염소몰이 하는 방법을 가르쳐 주었다. 오랫동안 기다렸던 때가 이제 자꾸만 다가왔다. (나이가 열에서 열다섯 장마철 사이인 소년들로 이루어진) 셋째 카포를 넉 달 동안 주푸레로부터 멀리 데려가서 어른을 만들어 돌려보내는 행사로 끝날 다음번 추수 축제가 다가오자, 쿤타와 그의 친구들은 하루도 빼놓지 않고 불안과 기쁨을 함께 느꼈다.

쿤타와 다른 아이들은 그런 일로 특별히 걱정하는 사람은 하나도 없다는 듯이 행동하려고 애썼다. 그러나 그들은 밤낮으로 거의 그 생각만 했으며, 성인 훈련과 조금이라도 관련된 말이나 행동을 어른들이 할까 봐 신경을 곤두세웠다. 그리고 건기가 시작될 무렵에, 그들의 아버지 몇 사람이 소리 없이 주푸레를 떠났다가 이틀쯤 후에 다시 소리 없이 돌아오고 나서, 특히 지난번 훈련이 끝난 다음 거의 다섯 장마철 동안 사용하지 않아 동물과 비바람에 망가진 성인 훈련 마을 주주오를 수리했다는 큰아버지의 얘기를 칼릴루 콘테가 엿듣고 난 다음, 소년들은 긴장해서 자기들끼리 귓속말을 주고받았다. 촌장 회의에서 어느 마을 어른이 성인 훈련의 책임자인 킨탕고로 뽑힐지도 모른다는 아버지들의 얘기를 듣고 나서, 그들의 귓속말은 더욱 흥분으로 가득 찼다. 쿤타와 모든 친구들은, 여러 장마철 전에 자기들의 성인 훈련을 돌보아 준 킨탕고들에 대해서 존경스러운 말투로 아버지와 큰아버지와 형들이 나누는 얘기를 들었었다.

추수철을 얼마 남겨 놓지 않았을 무렵, 셋째 카포 소년들은 어머니가 바느질 끈으로 그들의 머리 둘레와 얼굴 길이를 아무 말도 않으면서 재었다면서, 너도나도 흥분에 들떠 얘기했다. 쿤타는 갓 염소몰이가 된 다섯 장마철 전 어느 날 아침, 무시무시한 가면을 쓰고 고함을 지르고 창을 들고 춤추던 칸쿠랑들에게 발길에 채고 놀림을 당하며, 마을에서 하얀 두건을 쓰고 끌려 나가며 비명을 지르는 소년들을 보고, 정신이 나갈 만큼 그와 친구들이 겁을 냈었던, 눈에 생생한 기억을 지우려고 무척 애를 썼다.

새 추수를 알리는 토발로가 곧 울렸고, 쿤타는 마을 사람들과 밭에서 어울렸다. 그는 오랫동안 고된 일을 해야 하는 날들이, 앞으로 일어날 일에 신경을 쓸 겨를이 없을 만큼 너무 바쁘고 고달파서 오히려 반가웠다. 그러나 추수가 끝나고 축제가 시작되자 그는, 전에는 언제나 자기도 그랬듯이 다른 사람들처럼 음악과 춤과 잔치를 즐길 여유가 없어졌다. 사실은 웃고 떠드는 소리가 요란하면 요란할수록, 그는 점점 더 기분이 나빠졌으며, 그러다가 축제의 마지막 이틀 동안을 그는 볼롱 강둑에 홀로 앉아 물에다 돌을 튕기며 보냈다.

축제를 하루만 남겨 놓은 날 밤에, 쿤타가 빈타의 오두막에서 말없이 땅콩죽과 밥을 거의 다 먹어 치웠을 때, 오모로가 그의 뒤쪽으로 다가섰다. 곁눈으로 쿤타는 아버지가 무엇인가 하얀 물건을 들어 올리는 낌새를 챘지만, 몸을 돌릴 기회도 없이 오모로는 두건을 그의 머리에 깊숙이 덮어 씌웠다. 쿤타는 공포에 사로잡혀 온몸이 굳어 버리는 기분이었다. 쿤타는 팔뚝을 움켜잡고 일으켜 세우더니, 뒤로 밀어서 그를 의자에 눌러 앉히는 아버지의 손길을 의식했다. 다리가 흐물흐물하고 머리가 둥둥 뜬 기분이어서, 그는 자리에 앉혀 준 아버지가 오히려 고마웠다. 그는 몸을 움직이려고 했다가는 의자에서 떨어지리라고 생각하며, 가쁜 숨을 몰아쉬었다. 어둠에 익숙해지려고 애쓰면서, 그는 그렇게 꼼짝 않고 앉아서 기다렸다. 너무나 겁이 났기 때문에 그는 곱절이나 깜깜해졌다는 기분이 들었다. 두건 속에서 입김이 서려 윗입술을 따스하게 축축이 적시는 감촉을 의식하면서, 아버지에게도 언젠가 이런 두건을 누가 뒤집어 씌웠었겠지 하는 생각이 쿤타의 머리를 스쳤다. 오모로도 이토록 겁이 났을까? 쿤타는 그랬으리라고는 상상이 가지 않았고, 이렇게 그가 킨테 집안에 수치를 끼치는 행동을 한다면 부끄러운 일이라고 생각했다.

오두막 안은 무척 조용했다. 뱃속에 응어리진 두려움과 씨름하며, 쿤타는 눈을 감고, 무엇이라도, 어떤 소리라도 들으려고 모든 신경을 집중시켰다. 그는 빈타가 오락가락하는 소리를 들은 듯싶었지만, 확실히 알 수가 없었다. 그는 라민이, 그리고 틀림없이 시끄러운 소리를 낼 수와두가 어디로 갔을까 궁금했다. 그의 머리에서 두건을 벗겨 주기는 고사하고, 빈타나 어느 누구도 그에게 얘기를 하지 않으리라는 사실 하나만은 분명했다. 그리고 쿤타는 만일 그의 두건이 벗겨진다면, 그가 정말로 얼마나 겁이 났는지를, 따라서 그의 카포 친구들과 성인 훈련에 참석할 만한 소년이 못 된다는 사실을, 모든 사람이 알게 될 터이니 무척 난처하리라고 생각했다.

(쿤타가 얘기를 해주었던) 라민뿐 아니라 그만 한 아이들이라면 누구나 다, 열두 달 안에 사내아이들을 사냥꾼으로, 그리고 무사로, 그리고 어른으로 만들어 놓는 훈련을 참지 못할 만큼 겁쟁이거나 약한 사람에게는 무슨 일이 일어나는지를 잘 알았다. 만일 그가 실패한다면 어떻게 되는가? 성인 훈련에 실패한 사람은, 아무리 겉모습이 어른 같아 보여도, 평생 어린애 취급을 받는다는 얘기를 떠올리고 그는 자꾸만 입 안이 타올랐다. 사람들이 그를 꺼려하고, 자기와 똑같은 아들을 낳을까 봐 결혼도 못하게 하리라. 이런 처량한 인물은 얼마 안 가서 남몰래 마을에서 빠져나가 다시는 돌아오지 않고, 그들의 아버지나 어머니나 형제나 누이들조차 그에 관한 얘기를 절대로 꺼내지 않으리라고 사람들은 말했다. 쿤타는 무슨 지저분한 하이에나처럼 모든 사람들의 비웃음을 받고 주푸레에서 몰래 도망치는 자신의 모습을 상상했는데, 그것은 생각만 해도 무서운 일이었다.

한참 기다린 다음 쿤타는 멀리서 소리치며 춤추는 사람들과 아득하게 들려오는 북소리를 의식했다. 시간이 더 흘렀다. 몇 시나 되었을까 그는 궁금했다. 그는 해 질 녘과 동틀 녘의 중간인 수토바 시간이 가까웠으리라고 생각했지만, 잠시 후에 그는 자정보다 두 시간 전인 사포에 행하는 마을 기도에 나가라고 높은 소리로 외치는 알리마모의 소리를 들었다. 음악이 멈추었고, 쿤타는 마을 사람들이 축하연을 끝냈으며, 남자들이 모스크로 가는 발걸음을 서두르고 있음을 알았다.

쿤타는 기도가 끝났을 만한 시간까지 앉아서 기다렸지만, 음악은 다시 시작되지 않았다. 그가 아무리 열심히 귀를 기울여도 침묵만이 감돌뿐이었다. 결국 그는 꾸벅꾸벅 졸다가, 잠시 후에 깜짝 놀라서 깨어 보니, 아직도 사방은 고요했고, 두건 속은 달 없는 밤처럼 어두웠다. 드디어 그는 일찍부터 나와서 돌아다니는 하이에나가 캥캥거리는 소리를 희미하게 들었다. 하이에나들은 언제나 처음에는 얼마 동안 캥캥거리다가, 아주 멀리까지 음산하게 들리는 울부짖음을 줄기차게 동틀 녘까지 계속한다는 사실을 그는 알았다.

추수 축제가 계속되는 한 주일 동안에는, 동이 터오기 시작하면, 토발로가 요란히 울린다는 사실도 쿤타는 알았다. 그는 무슨 일이 — 아무 일이라도 일어나기를 기다렸다. 그는 당장이라도 토발로가 울리기를 기다리면서 점점 화가 나기 시작했지만, 아무 일도 없었다. 그는 이를 갈며 좀 더 기다렸다. 그러다가, 잠깐씩 몇 차례나 선삼이 들었다가 깨어나고는 하다가, 드디어 그는 불안스러운 잠에 빠졌다. 마침내 토발로가 울렸을 때, 그는 혼이 나가 버리는 듯했다. 두건을 쓴 채로 잠에 빠졌었다는 창피함으로 그는 뺨이 화끈거렸다.

두건의 어두움에 익숙해진 쿤타는 닭의 울음소리와, 우울로 개들이 짖는 소리와, 알리마모의 외침과, 아침 쿠스쿠스를 여자들이 빻는 절굿공이 따위 귀에 들려오는 소리를 듣고서, 새로운 아침의 움직임을 눈으로 보는 듯했다. 오늘 아침에는 곧 시작되려는 성인 훈련의 성공을 빌기 위해 알라신에게 드리는 기도가 거행되리라는 사실도 그는 알았다. 오두막 안의 움직이는 소리를 듣고 그는 어머니임을 깨달았다. 쿤타는 시타파와 다른 친구들에 대해서 궁금해졌다. 그는 지금까지 밤새도록 그들에 대한 생각을 전혀 해보지 않았음을 깨닫고 깜짝 놀랐다. 그는 그들이 자기 못지않게 힘든 밤을 보냈으리라고 혼자 생각했다.

코라와 발라폰들이 오두막 밖에서 음악을 연주하기 시작하고 나서, 쿤타는 점점 더 큰 소리로 얘기하며 걸어다니는 사람들의 소리를 들었다. 그러더니 날카롭고 찢어지는 듯한 북소리가 소음과 어울렸다. 잠시 후에 그는 누군가 오두막 안으로 뛰어드는 갑작스러운 움직임을 의식하고 심장이 멎는 듯했다. 정신을 가다듬기도 전에 누군가 그의 손목을 움켜잡고 거칠게 의자에서 일으켜 세우더니, 오두막 문밖으로 잡아채어 끌어내서, 아우성치는 사람들과 숨 가쁜 북소리로 귀가 먹먹한 소음 속으로 이끌고 나갔다.

　그를 향해 주먹질과 발길질이 날아왔다. 쿤타는 어떻게 도망칠까 하는 필사적인 생각도 해보았지만, 바로 그 순간에 억세고도 부드러운 손이 그의 한쪽 손을 꼭 잡았다. 두건 속에서 숨을 헉헉거리며 쿤타는, 때리거나 발로 차는 사람들이 이제는 없고, 아우성치는 사람들도 갑자기 멀어졌음을 깨달았다. 그들은 다른 소년의 오두막으로 가버린 모양이었고, 그를 이끄는 손은 모든 아버지들이 그렇듯이 두건을 씌운 아들을 주주오로 끌고 가라고 오모로가 고용한 노예의 손이 틀림없었다.

　또 다른 소년을 오두막에서 하나씩 끌어낼 때마다 사람들이 떠드는 소리는 미친 듯한 함성으로 바뀌었고, 쿤타는 창을 휘두르며 공중으로 높이 뛰어올라 오싹한 고함을 치며 춤추는 칸쿠랑을 보지 않아도 되어서 오히려 다행이라고 생각했다. 마을의 모든 큰북과 작은북들이 울리는 동안, 양쪽에 늘어서서 〈넉 달이다!〉라거나, 〈저 애들도 어른이 된다!〉라고 소리치는 사람들 사이로, 노예가 쿤타를 점점 더 빨리 이끌고 나갔다. 쿤타는 울음을 터뜨리고 싶은 심정이었다. 넉 달이라는 오랜 기간이 지난 다음에야 겨우 식구들을 다시 만날 생각을 하니 너무나 참을 수가 없었고, 그들을 어느 때보다도 지금 더욱 사랑한다는 느낌이 들어서, 그는 손을 뻗어 오모로와 빈타와 라민을, 심지어는 코흘리개 수와두까지도 만져 보고 싶은 욕망이 끓어올랐다. 쿤타가 소리를 들어 보니, 그와 그의 안내자는 북의 빠른 박자에 모두 발을 맞춰서 줄지어 행진해 나가는 다른 사람들과 어울렸다. (사람들의 소음이 멀어지기 시작해서 짐작이 가능했듯이) 마을 어귀를 나서면서 그의 눈에서 뜨거운 눈물이 솟아 뺨으로 흘러내렸다. 그는 자신에게도 눈물을 숨기고 싶은 듯 눈을 꼭 감았다.

오두막 안에서 빈타를 느꼈듯이, 지금 그는 앞뒤에 늘어선 카포 친구들이 느낌 직한 공포감을 마치 그것이 냄새이기라도 한 듯 생생하게 느꼈고, 그들도 자기 못지않게 두려워한다는 사실도 알았다. 그래선지 그는 덜 부끄러웠다. 두건의 하얀 어둠 속에 갇혀서 터벅거리며, 그는 뒤에 남기고 가는 것이 아버지와 어머니와 동생들과 그가 태어난 마을뿐이 아님을 알았다. 그래서 그는 두려움 못지않게 슬픔도 느꼈다. 그러나 그는 이것이 그보다 앞서 아버지가, 그리고 언젠가는 그의 아들도 치러야 하는 일이기에, 꼭 해내야만 된다고 생각했다. 그는 어른이 되기 전에는 돌아오지 않으리라.

23

최근에 자른 대나무 숲이 돌을 던지면 닿을 만큼 그들 가까이에 있음을 쿤타는 깨달았다. 두건을 통해서 그는 최근에 벤 대나무의 짙은 향기를 맡았다. 그들이 더 가까이 가자 냄새는 더욱더 강해졌고, 그들은 울타리에 다다르고, 그곳을 통과했지만, 그래도 그들은 아직도 집 안으로 들어가지는 못했다. 그들이 통과한 울타리는 물론 대나무로 만들었다. 갑자기 북소리가 멎었고 걷던 사람들도 걸음을 멈추었다. 몇 분 동안 쿤타와 다른 아이들이 꼼짝 않고 서서 조용히 침묵을 지켰다. 그들이 멈춘 시간과 장소를 알려 줄 만한 소리를 조금이라도 들으려고 그는 귀를 기울였지만, 앵무새가 빽빽대는 소리와 머리 위에서 야단을 치는 원숭이 소리뿐이었다.

그러더니 갑자기 쿤타의 두건이 벗겨졌다. 그는 밝은 햇빛에 눈을 적응시키느라고 눈을 깜박였다. 그들의 바로 앞에 버티고 선 사람이 엄격하고 주름이 진 마을의 웃어른 실라 바 딥바였기 때문에, 그는 카포 친구들을 보려고 얼굴을 돌리기조차 두려웠다. 다른 아이들과 마찬가지로 쿤타는 그와 그의 가족과 잘 아는 사이였다. 그러나 실라 바 딥바는 마치 전에 그들을 한 번도 본 적이 없다는 듯이, 그리고 마치 지금은 보기도 싫다는 듯이 행동했으며, 그의 눈은 기어가는 구더기라도 쳐다보는 듯 그들의 얼굴을 훑어보았다. 쿤타는 이 사람이 분명히 그들의 킨탕고이리라고 생각했다. 그의 양쪽에는 좀 젊은 사람 두 명이 버티고 섰다. 쿤타는 알리 시세와 소루 투라 둘 다 역시 잘 아는 사람이었고, 소루는 오모로의 각별한 친구였다. 그는 그들 가운데 오모로가 없어서, 겁에 질린 아들의 꼴을 보지 않아 다행이라고 쿤타는 생각했다.

가르침을 받은 대로 (모두 스물세 명인) 전체 카포는 손바닥으로 가슴에 십자를 긋고, 관습대로 어른들에게 인사를 했다. 「평안하십시오!」 「평안들 하라!」 늙은 킨탕고와 조수들이 대답했다. (눈에 띌 만큼 머리를 움직이지 않으려고 조심하면서) 잠깐 눈길을 돌린 쿤타는, 높다랗게 새로 올린 대나무 울타리로 둘러싸였으며, 진흙으로 벽을 바르고 이엉을 엮어 지붕을 덮은 몇 채의 작은 오두막이 여기저기 흩어진 마당에 그들이 도착했음을 알았다. 그는 주푸레에서 며칠 동안 사라졌던 아버지들이 저 오두막들을 틀림없이 수리했으리라고 추측했다. 그는 근육 하나 움직이지 않고 이런 풍경을 모두 둘러보았다. 그러나 다음 순간, 그는 혼이 빠질 만큼 놀랐다.

「주푸레 마을을 떠날 때는 아이들이었다.」 킨탕고가 갑자기 우렁찬 목소리로 말했다. 「만일 어른이 되어서 되돌아가고 싶다면 두려움을 씻어 버려야 할지니, 두려워하는 사람은 약한 자이고, 약한 자는 그의 가족과, 그의 마을과, 그의 부족에게 위험한 존재이기 때문이다.」 그는 이렇게 초라한 놈들은 본 적이 없다는 듯 그들에게 눈을 부라리더니, 몸을 돌렸다. 그가 비켜서자, 두 조수가 앞으로 얼른 뛰어나오더니, 하늘하늘한 막대기로 소년들을 마구 때리면서, 그들의 어깨와 등을 후벼 파듯 아프게 후려쳐서, 염소 떼를 몰듯이 그들을 몇 명씩 짝지워 작은 오두막 안으로 집어넣었다.

썰렁한 오두막 안에서 웅숭그리며, 쿤타와 네 친구는 너무 무서워서 매 맞은 쓰라림도 느끼지 못했고, 너무 창피해서 서로 쳐다보려고 얼굴을 들지도 못했다. 몇 분이 지난 다음, 이제 잠시 동안이나마 고초를 겪지 않아도 될 듯싶은 생각이 들자, 쿤타는 다른 아이들을 슬금슬금 힐끔거려 살펴보게 되었다. 그는 시타파와 같은 오두막에 들었다면 좋았으리라고 생각했다. 그는 물론 이 아이들과도 다 아는 사이였지만, 그의 야요 형제만큼은 가깝지가 않아서 마음이 언짢았다. 그러나 이것은 우연이 아닐지도 모른다고 그는 생각했다. 그들은 우리에게 그런 사소한 편안함조차 허락하기가 싫은지도 모른다. 배가 고파 꾸르륵 소리가 나자 그는, 아마도 그들은 우리들에게 밥조차 주지 않으려나 보다는 생각까지 들었다.

해가 지자마자 킨탕고의 조수들이 오두막 안으로 들이닥쳤다. 〈나가!〉 하는 소리와 함께 채찍이 그의 어깨를 예리하게 때렸고, 소년들은 고꾸라지면서, 이를 갈며, 밖으로 달려 나가, 어둠 속에서 다른 오두막의 아이들과 부딪치고, 후려치는 회초리를 맞으며, 무뚝뚝한 명령을 받으면서, 앞에 선 소년의 손을 잡고 삐뚤삐뚤 줄을 지었다. 모두들 제자리를 찾아 서고 나자 킨탕고는 음산하게 얼굴을 찌푸리고, 이제부터 근처 숲으로 야간 여행을 나가게 된다고 알려 주었다.

행군하라는 명령을 받고 소년들의 긴 행렬은 어정쩡하게 엉성한 줄을 이루며 길을 따라갔고, 회초리가 계속해서 그들을 때렸다. 「넌 걸음걸이가 들소 같구나!」 쿤타는 그의 귓가에서 울리는 소리를 들었다. 매를 맞고 한 아이가 울음을 터뜨리자, 두 조수가 동시에 어둠 속에서 큰 소리로 〈그게 누구야?〉라고 외치더니, 그들은 더욱 심한 매질을 했다. 그런 다음에는 소리를 내는 소년이 하나도 없었다.

쿤타는 곧 다리가 아파 왔지만, 잔네와 살룸의 마을로 여행하는 동안 아버지에게서 배운 헐렁한 걸음걸이 덕택에, 고통이 전처럼 빨리 오거나 심하지는 않았다. 다른 아이들은 보나 마나 걷는 방법을 제대로 모르기 때문에 자기보다 다리가 훨씬 아프리라고 생각하자, 그는 기분이 좋았다. 그러나 그가 배웠던 것들은 배고픔이나 갈증에는 하나도 도움이 되지 못했다. 그의 배 속은 이리저리 꼬인 듯싶었고, 작은 개울가에서 멈추라는 호령이 떨어졌을 때쯤에는 머리가 어찔어찔할 지경이었다. 소년들이 꿇어앉아서 손으로 물을 퍼 마시자, 수면에 비친 달은 주름이 졌다. 잠시 후에 킨탕고의 조수들은 한꺼번에 물을 너무 많이 마시지 말고 개울에서 비켜나라고 그들에게 명령하고, 머릿짐을 풀더니 말린 고기 조각을 나누어 주었다. 소년들은 하이에나처럼 고기 조각을 물어뜯었고, 쿤타는 겨우 얻어 낸 네 입만큼의 고기를 제대로 맛도 못 보면서 씹어 삼켜 버렸다.

모든 소년의 발에는 커다랗고 흉한 물집이 생겼고, 쿤타도 마찬가지였지만, 물과 음식이 배에 들어가니 기분이 너무 좋아서 그는 그것을 거의 의식하지도 못했다. 개울가에 앉아서 쉬는 동안, 그와 카포 친구들은 서로 쳐다보았고, 그러고는 달빛을 쳐다보았지만, 이번에는 무섭다기보다는 너무 피곤해서 얘기를 못했다. 쿤타와 시타파는 오랫동안 서로 눈길을 주고받았지만, 자신의 친구가 자기처럼 처량한 기분을 느끼는지를 희미한 달빛 속에서는 서로 알아보기가 힘들었다.

쿤타가 미처 개울물에다 화끈거리는 발을 식힐 틈도 없이, 킨탕고의 조수들은 그들에게 주주오로 돌아가는 먼 길을 위해 다시 대열을 지으라고 명령했다. 동트기 직전, 그들이 대나무 대문이 보이는 곳에 다다랐을 때, 그의 다리와 머리는 모두 감각이 없어졌다. 당장 죽을 듯한 기분을 느끼면서 그는 오두막으로 터벅거리고 가서, 벌써 안에 들어와 있던 다른 소년과 부딪치는 바람에 발이 휘청거려 흙바닥에 고꾸라졌고, 곧바로 그 자리에서 깊이 잠들어 버렸다.

그로부터 엿새 동안, 밤이면 밤마다 행군이 되풀이되었는데, 그럴 때마다 거리는 어제보다 점점 더 멀어졌다. 물집이 생긴 발의 고통은 굉장했지만, 나흘째 되던 밤에 쿤타는 더 이상 통증을 별로 개의치 않았고, 유쾌한 새로운 기분까지 느끼게 되었는데, 그것은 자부심이었다. 여섯 번째 행군에 이르자, 그와 다른 소년들은 밤이 아무리 어두워도, 이제는 직선으로 줄을 유지하기 위해 다음 소년의 손을 잡을 필요가 없어졌음을 알게 되었다.

일곱 번째 밤에는 킨탕고가 직접 가르치는 첫 공부가 시작되었는데, 그는 깊은 숲 속에서 절대로 길을 잃지 않도록 별을 길잡이로 삼는 방법을 가르쳐 주었다. 처음 반달 사이에 카포의 모든 소년은 별을 보고 행군을 나갔다가 주주오로 돌아오는 방법을 익혔다. 쿤타가 앞장을 섰던 어느 날 밤, 그는 하마터면 숲쥐를 밟을 뻔했는데, 숲쥐가 재빨리 그를 보고 얼른 도망쳐서 숨어 버렸다. 쿤타는 놀라기도 했지만, 오히려 자랑스럽게 느꼈는데, 그들이 동물들조차 소리를 듣지 못할 정도로 조용히 행군했기 때문이었다.

그러나 어느 만딩카 사람이라도 꼭 배워야 할 가장 중요한 기술 가운데 하나인 사냥술에서는, 동물들이 가장 훌륭한 스승이라고 킨탕고가 그들에게 말했다. 소년들이 행군 기술에 숙달되어서 만족한 킨탕고는 다음 반달 동안, 주주오에서 멀리 떨어진 깊은 숲으로 카포를 데리고 가서, 그곳에다 임시 움막을 짓고 살며, 위대한 심본 사냥꾼이 되기 위한 수많은 비결을 가르쳐 주었다. 무슨 훈련이 시작된다고 소리를 지르며 킨탕고의 조수들이 잠을 깨우기 전에 쿤타가 미처 눈을 뜨지 않았던 적은 한 번도 없었다.

킨탕고의 조수는 얼마 전에 사자가 웅크리고 앉아 숨었다가, 지나가는 영양에게 달려들어 죽였던 곳을 가르쳐 주었고, 다음에는 사자들이 식사를 끝내고 밤에 잠자러 간 장소를 알려 주었다. 영양 떼가 지나간 발자취를 거꾸로 짚어 거슬러 올라갔더니, 영양들이 사자를 만나기 전날에는 무엇을 했는지 소년들은 거침없이 그림을 그려 보일 만큼 환히 알게 되었다. 카포는 늑대와 하이에나들이 숨기 좋은, 바위가 갈라진 커다란 틈을 보았다. 그리고 그들은 꿈도 꾸지 못했던 수많은 사냥 기술을 배우게 되었다. 예를 들면, 숙달된 심본이 되는 첫 비결은 절대로 갑자기 움직이면 안 된다는 사실임을 그들은 전혀 몰랐었다. 늙은 킨탕고는 소년들에게 옛날얘기를 하나 해주었는데, 사냥할 짐승들이 우글거리는 곳에서 어리석은 사냥꾼이 어찌나 미련하게 굴었고, 이리 뛰고 저리 뛰면서 소리를 많이 냈던지, 부근에서 돌아다니던 온갖 동물은 모두 재빨리 그리고 소리 없이 빠져나가서, 사냥꾼은 근처에 그런 온갖 동물이 왔었다는 사실조차 깨닫지 못하고 결국은 굶어 죽었다는 내용이었다.

소년들은 동물과 새의 소리를 흉내 내는 공부를 하는 동안 그 미련한 사냥꾼이라도 된 듯한 기분이 들었다. 그들이 끙끙대거나 휘파람을 부는 소리가 허공에서 시끄럽게 울렸지만, 가까이 오는 새나 짐승은 하나도 없었다. 다음에 그들은, 킨탕고와 조수들이 짐승과 똑같은 소리를 내는 동안 아주 조용히 숨어서 기다리라는 지시를 받았고, 그랬더니 곧 새들과 짐승들이 가까이 나타나서 머리를 갸우뚱거리며, 그들을 부른 새나 짐승들을 찾아다녔다.

어느 날 오후 소년들이 새 부르는 소리를 연습하는데, 갑자기 몸집이 크고 주둥이가 묵직한 새가 요란하게 꺽꺽거리면서 근처 숲에 내려앉았다. 「저기 봐!」 한 소년이 큰 소리로 웃으면서 소리쳤고, 다른 아이들은 그 아이가 떠들어 대었기 때문에 모두 벌을 받으리라고 생각해서 가슴이 덜컥 내려앉았다. 생각도 해보기 전에 행동부터 하는 버릇을 그가 보여 준 적은 벌써 여러 번이었지만, 킨탕고의 지금 행동은 놀라웠다. 그는 소년에게로 걸어가서 무척 엄격하게 말했다. 「저 새를 나한테 가져와. 산 채로!」 쿤타와 친구들은 숨을 죽이고, 멍청하게 여기저기 두리번거리는 커다란 새와, 소년이 허리를 굽히고는 새를 잡으려고 덤불로 기어가는 모습을 지켜보았다. 그러나 소년이 펄쩍 뛰어 덤벼들자, 새는 소년의 손아귀에서 빠져나갔고, 뭉툭한 날개를 미친 듯 퍼덕거리며 커다란 몸으로 숲을 겨우 넘어갔고, 정신없이 새를 쫓아가던 소년은 곧 시야에서 사라졌다.

쿤타와 다른 아이들은 아찔해졌다. 킹탕고가 그들에게 어떤 명령을 내릴지는 알 길이 없었다. 그로부터 이틀 밤 사흘 낮 동안, 소년들은 훈련을 계속하면서, 서로 오랫동안 눈길을 주고받거나 근처의 숲들을 둘러보며, 행방불명된 친구가 어떻게 되었을까 걱정하고 궁금해했다. 그가 잘못을 저질러, 전에 그들 모두 매를 맞게 해서 짜증이 나기는 했었어도, 지금은 막상 없어지고 나니, 그들은 어느 때보다도 더 그에게 친밀감을 느꼈다.

넷째 날 아침 소년들이 막 잠자리에서 일어나려니까 누가 마을로 오고 있다는 신호를 주주오의 파수가 보냈다. 잠시 후에 북이 전갈을 보냈는데, 그가 돌아왔다고 했다. 마치 그들 형제가 마라케시에서 돌아오기라도 한 듯이 함성을 올리며 그들은 그를 맞으러 몰려나갔다. 그들이 달려가서 등을 두드려 주었더니, 야위고 더럽고 온통 상처투성이가 된 그는 조금 비틀거렸다. 그는 힘없는 미소를 겨우 지었는데, 그럴 만도 했던 노릇이, 날개와 다리와 주둥이를 기다란 덩굴로 묶은 새를 그는 겨드랑이에 끼고 왔다. 새는 소년보다도 더 꼴이 엉망이었지만, 그래도 아직 죽지는 않았다.

킹탕고가 밖으로 나와서 소년에게 말을 했지만, 사실 그는 그들 모두에게 얘기하려는 의도가 분명했다. 「이것은 너한테 두 가지 중요한 사실을 가르쳐 주게 되었는데, 지시를 받은 대로 행동해야 된다는 것 그리고 함부로 떠들면 안 된다는 것이다. 어른이 되려면 그런 면모를 갖춰야 해.」 그러자 쿤타와 그의 친구들은 그가 만족한 눈길을 누구에게인가 주기는 그 소년이 처음이라는 사실을 깨달았는데 ─ 그 새는 몸이 무겁기 때문에 제대로 날지를 못하고, 기껏해야 짧은 거리를 낮게 펄쩍펄쩍 뛰어 숲으로 도망치기만 할 따름이어서, 소년이 언젠가는 따라가 붙잡으리라고 늙은 킹탕고는 미리부터 분명히 알았던 눈치였다.

큰 새는 곧 불에 구워 모두들 아주 맛있게 먹었는데, 정작 잡아 온 소년은 너무 피곤해서 요리가 끝나기도 전에 잠이 들고 말았다. 그는 쿤타와 다른 아이들이 숲으로 나가 사냥 공부를 하는 동안 밤새도록, 그리고 낮에도 하루 종일, 잠을 자라는 허락을 받았다. 다음 날 첫 휴식 시간에, 소년은 숨을 죽이고 귀를 기울이던 친구들에게 그가 얼마나 고통스러운 추적을 했으며, 결국 하룻밤 이틀 낮 후에 어떻게 새를 함정에 빠뜨리는데 성공했는지를 얘기해 주었다. (물려고 덤비는 주둥이까지 포함해서) 새를 꽁꽁 동여맨 다음에, 그는 다시 하룻밤과 하루 낮 동안 억지로 잠을 쫓으면서, 그들이 배운 대로 별을 따라 주주오로 돌아오는 길을 찾아냈다고 했다. 그 후로 얼마 동안 다른 소년들은 그에게 할 말이 거의 없었다. 쿤타는 꼭 질투를 느꼈던 것은 아니지만, 그가 겪은 모험 때문에 (그리고 킨탕고에게서 받은 인정 때문에) 소년이 자기를 다른 카포 동무들보다 우월하다고 생각하는 듯한 인상을 받았다. 그리고 다음에 킨탕고의 조수들이 오후에는 씨름 연습을 하라고 명령하자, 쿤타는 기회를 보아 그 소년을 잡아 땅바닥에다 태질을 쳤다.

성인 훈련이 둘째 달로 접어들자, 쿤타의 카포는 마을에서 못지않게 숲에서도 당당히 생존할 만큼 기술을 익혔다. 그들은 이제 모든 동물의 자취를 가려내어 뒤쫓을 줄 알게 되었으며, 짐승들에게 자신의 모습을 드러내지 않는 무척 위대한 심본이 되기 위한 조상들의 비밀 의식과 기도를 배우게 되었다. 그들이 먹는 음식은 모두 소년들이 덫을 놓거나 팔매질 끈과 화살로 잡은 동물의 고기였다. 그들은 전보다 두 배나 빨리 짐승의 껍질을 벗길 줄 알았으며, 가볍고 마른 나뭇가지 밑에 놓인 마른 이끼에 부싯돌을 가까이 쳐서 불을 붙인 다음, 연기가 거의 안 나는 불에다 고기를 요리하는 법도 배웠다. (어떤 때에는 작은 숲쥐뿐이기도 했지만) 그들이 사냥해서 구운 음식에는 숯불에다 파삭파삭하게 구운 곤충들도 얹어 먹었다.

아주 중요한 어떤 공부는 우연히 이루어지기도 했다. 어느 날 휴식 시간에 한 소년이 활을 쏘다가, 화살이 하나 빗나가서 나무에 높이 매달린 쿠르부룽고 벌집을 건드렸고, 성이 난 벌 떼가 구름처럼 몰려 내려왔으며, 또 한 번 모든 소년은 한 사람의 실수 때문에 함께 고통을 받았다. 가장 발걸음이 빠른 아이도 벌의 고통스러운 침을 피하지 못했다.

「위대한 심본은 무엇을 맞힐지를 확실히 알기 전에는 절대로 활을 쏘면 안 돼.」나중에 킨탕고가 그들에게 말했다. 쉬아나무 기름으로 부어오르고 아픈 곳을 서로 문질러 주라고 소년들에게 명령하고 나서 그는 말했다.「오늘 밤엔 너희들이 벌들을 확실히 처리해야 한다.」 밤이 되자 소년들은 벌집이 매달린 나무 밑에다 마른 이끼를 쌓아 놓았다. 킨탕고의 조수 한 사람이 거기에 불을 지르자, 다른 한 사람은 어떤 특별한 나무의 잎사귀를 불에다 듬뿍 던져 넣었다. 숨 막히는 짙은 연기가 나무 위로 피어올랐고, 곧 죽은 벌 수천 마리가 아무런 해도 끼치지 않으면서 소년들 주위로 비처럼 쏟아졌다. 아침에 쿤타와 그의 카포는 (나머지 죽은 벌들을 떠내면서) 벌집을 녹여 안에 담긴 꿀을 걸러 한껏 먹는 방법을 배웠다. 깊은 숲에서 영양분을 급히 섭취해야 할 때 꿀이 위대한 사냥꾼들에게 가져다준다고 전해지는 힘, 넘쳐나는 힘을 쿤타는 온몸에서 느꼈다.

　그러나 그들이 어떤 곤경을 견뎌 나가고, 그들의 지식과 능력이 아무리 늘어나도, 늙은 킨탕고는 전혀 만족할 줄을 몰랐다. 그의 요구와 단련은 끝까지 아주 엄격해서, 소년들은 아무런 감각도 느끼지 못할 만큼 지쳤을 때가 아니면, 언제나 공포와 분노 사이에서 갈팡질팡했다. 어느 한 소년이라도 명령을 즉석에서 완전히 수행하지 못하면, 전체 카포가 매를 맞았다. 그리고 어쩌다 매를 맞지 않는 경우라도, 한 소년의 실책에 대한 벌로, 한밤중에 오랜 행군을 하느라고 항상 기운이 빠지고는 했다. 쿤타와 다른 아이들이 잘못한 소년을 그들 나름대로 때려 주지 않은 유일한 이유는, 싸움을 하면 또 매를 맞으리라는 인식 때문이었는데, (주주오로 오기 오래전에) 그들이 세상에 태어나서 가장 먼저 배운 몇 가지 사실들 가운데 하나는, 만딩카 사람들은 절대로 자기들끼리 싸우면 안 된다는 원칙이었다. 결국 소년들은 단체의 안녕은 각 개인에 따라 좌우되며, 마찬가지로 부족의 안녕은 언젠가는 그들 모두에게 의존하리라는 사실을 이해하게 되었다. 규칙 위반은 서서히 줄어들어 가끔 한 번씩만 일어났고, 그와 아울러 매질이 줄어들자, 그들이 킨탕고에 대해서 느꼈던 공포는, 그들이 전에 아버지에 대해서만 가졌던 감정과 같은 존경심으로 천천히 바뀌었다.

　그러나 아직도 쿤타와 그의 친구들이 다시금 그들은 역시 무식하고 못났다는 생각을 들게 하는 새로운 사건을 겪지 않고 하루가 무사히 지나가는 날은 거의 없었다. 가령 그들은 어떤 방법으로 헝겊을 접어서 한 남자가 오두막에 걸어 두면, 그가 언제쯤 돌아오리라는 사실을 다른 만딩카 사람들이 알게 된다거나, 또는 오두막 밖에다 신발을 어떻게 엇갈려 놓느냐에 따라서 다른 남자 어른들만이 여러 가지 의미를 서로 전달한다는 사실을 알고 놀랐다. 그러나 쿤타가 가장 훌륭하다고 생각한 비밀은, 만딩카 어휘들의 소리를 묘하게 바꿔서, 여자들이나 아이들이나 만딩카 사람이 아닌 자들은 아무도 알아듣지 못하도록 하는 남자들만의 언어인 시라 캉고였다. 쿤타는 자기가 이해하지도 못했고, 감히 설명해 달라고 물어보지도 못했었지만, 오모로가 아주 빠르게 다른 남자에게 무슨 얘기를 하던 때들이 생각났다. 이제는 쿤타도 그런 말을 배웠기 때문에, 그는 머지않아 친구들과 모든 얘기를 남자들의 비밀 말로 나누게 될 터였다.

달이 하나 지날 때마다, 모든 오두막에서 소년들은 주푸레를 떠나온 후 얼마나 되었는지를 표시하기 위해, 그릇에다 돌을 새로 하나씩 더 넣었다. 세 번째 돌을 그릇에 넣고 나서 며칠 지난 날 오후에, 소년들이 마당에서 씨름을 하는데, 주주오 대문에 갑자기 스물다섯이나 서른 명쯤 되는 남자들이 무리를 지어 나타났다. 소년들은 그들의 아버지와 아저씨와 형들을 알아보고 요란하게 소리를 질렀다. 석 달 만에 처음 오모로를 보고서 기쁨에 넘친 쿤타는 믿기지가 않으면서도 벌떡 자리에서 일어섰다. 그러나 아버지의 얼굴에는 아들을 알아보는 듯한 기색이 조금도 없음을 깨닫고, 그는 마치 보이지 않는 손이 덜미라도 잡고 뒤로 끌어당기는 듯, 기쁨의 외침이 질식을 당하기라도 한 듯싶은 기분이 들었다.

한 소년만이 아버지의 이름을 부르면서 앞으로 달려 나갔고, 그의 아버지는 아무 말도 없이 가까이에 서 있던 킨탕고의 조수에게서 막대기를 받아 들고는, 아들을 때리면서 아직도 어린애처럼 감정을 드러낸다고 호되게 큰 소리로 꾸짖었다. 그는 마지막 매질 몇 대를 더 때리면서, 아들은 아버지에게서 호의를 기대하면 안 된다고, 누구나 다 알기 때문에 다시 해야 할 필요도 없는 말을 덧붙였다. 그러자 킨탕고가 직접 소리를 질러서, 전체 카포가 한 줄로 배를 깔고 엎드리도록 명령했고, 찾아온 모든 남자들은 줄을 따라 지나가면서 그들의 등을 지팡이로 후려쳤다. 쿤타의 감정은 소용돌이쳤고, 매질은 성인 훈련의 혹독함에서 일부에 지나지 않았으므로 조금도 개의치 않았지만, 아버지를 껴안거나 목소리조차 들을 수가 없어서 가슴이 아팠으며, 그래도 그런 호사를 바라다니 사내답지 못하다고 스스로 부끄러워하기도 했다.

매질이 끝난 다음에, 킨탕고는 그들이 배운 대로 소년들에게 달리고, 뛰고, 춤추고, 씨름을 하고, 기도를 드리라고 명령했으며, 아버지와 아저씨와 형들은 조용히 그 과정을 모두 지켜보았으며, 그러고 나서 킨탕고와 조수들에게 따뜻한 감사의 말을 전했지만, 얼굴을 푹 숙인 소년들은 돌아보지도 않고 떠났다. 한 시간도 안 되어서 그들은, 저녁 식사를 준비하면서 침울한 표정을 지었다고 해서 다시 한 번 매를 맞았다. 킨탕고와 그의 조수들이 마치 방문객들은 찾아온 일조차 없었다는 듯이 행동해서 아이들은 더욱 고통스러웠다. 그러나 그날 밤 일찍, (이제는 별로 흥겹지도 않게) 소년들이 잠을 자러 가기 전에 씨름을 하는 동안, 킨탕고의 조수 한 사람이 쿤타의 옆을 지나가다가 무뚝뚝하게 말했다. 「너한테 동생이 또 하나 생겼는데, 이름이 마디라고 하더라.」

그날 밤늦게까지 잠을 이루지 못하면서 자리에 누워, 이제는 넷이 되었구나 하고 쿤타는 생각했다. 네 명의 형제, 어머니와 아버지를 위한 네 아들이다. 그는 수백 장마철이 지난 후에 그리오들이 킨테 집안의 역사를 어떤 식으로 얘기할까 궁금해졌다. 주푸레 마을로 돌아가게 되면 그는 오모로 다음으로는 자기가 집안에서 첫째 남자가 된다고 생각했다. 그는 어른이 되는 공부만 하는 데서 그치지를 않았고, 어릴 적에도 그토록 많은 것을 이미 가르쳐 주었듯이, 라민에게 가르쳐 줄 지식을 아주 많이 배우려고 노력했다. 적어도 그는 소년들이 알아도 좋을 만한 내용을 가르쳐 주겠고, 그러면 라민이 수와두를 가르치고, 그리고 수와두는 쿤타가 아직 보지도 못했지만 이름이 마디라는 새 아이에게 가르치리라. 그리고 언젠가는 그가 오모로처럼 나이가 많아지면 아들을 갖게 되고, 그러면 모두 다 새롭게 시작되리라고 생각하며 그는 잠들었다.

24

「너희들은 이제 아이라는 명칭을 벗는다. 너희들은 어른으로서의 새로운 탄생을 경험하게 된다.」 어느 날 아침 킨탕고는 카포를 모아 놓고 말했다. 어른이 되려면 아직 멀었다는 부정의 뜻에서가 아닌 〈어른〉이라는 말을 킨탕고가 그들에게 사용하기는 이번이 처음이었다. 같이 배우고, 같이 일하고, 같이 매를 맞으면서 몇 달을 지냈으니, 그들은 저마다 두 개의 자아를 지녔음을 발견하게 되었으리라고 그가 말했는데, 하나는 내면에 존재하는 혼자만의 자아이고, 다른 하나는 피와 삶을 함께 나눈 더 큰 자아였다. 그러한 교훈을 터득하기 전에는, 투사가 되기 위한, 다음 단계의 성인 훈련을 받을 준비가 되지 않은 셈이었다. 「만딩카 사람들은 상대방이 먼저 싸우려고 할 때만 싸운다는 사실을 너희들은 잘 안다.」 킨탕고가 말했다. 「그러나 일단 싸움을 해야 할 때면, 우리는 가장 우수한 투사가 된다.」

그로부터 반달 동안, 쿤타와 그의 친구들은 전쟁하는 법을 익혔다. 킨탕고와 그의 조수들은 갖가지 유명한 만딩카 전투 전략을 땅바닥에다 그림으로 그려서 보여 주었고, 그런 다음에 소년들은 이러한 전략들을 모의 전투에서 실천하라는 지시를 받았다. 「적을 완전히 포위하지는 마라.」 킨탕고가 충고했다. 「함정에 빠지면 더욱 결사적으로 싸울 테니까, 그들이 도망갈 길을 남겨 두어라.」 소년들은 또한, 패배를 의식한 적이 어둠 속에서 체면을 지키며 후퇴하도록, 전투를 오후 늦게 시작하라는 설명을 들었다. 그리고 그들은 분노한 무슬림 수도사는 알라신의 역겨움을 불러일으키고, 분노한 그리오는 그의 웅변술을 사용해서 적의 군대로 하여금 더욱 심한 야만성을 발휘하게 하며, 분노한 대장장이는 적을 위해서 무기를 만들거나 수리해 줄 터이므로, 어떤 전쟁에서도 여행하는 수도사나 그리오나 대장장이들을 해쳐서는 안 된다는 요령도 배웠다.

킨탕고의 조수들에게 지시를 받으며, 쿤타와 다른 소년들은 전투에서만 사용되는 미늘창과 미늘화살을 만들어, 점점 더 작은 목표물을 놓고 연습했다. 어느 소년이 스물다섯 발자국 떨어진 대나무 막대기를 맞추면, 환호와 칭찬이 터져 나왔다. 숲으로 들어가면, 소년들은 잎사귀를 따서 주주오로 돌아가 끓일 쿠나나무를 찾아냈다. 거기서 나온 걸쭉하고 검은 액체에다 헝겊을 담갔다가 화살의 미늘에 감으면, 화살 때문에 생겨난 어떤 상처에도 치명적인 독을 깊숙이 스며들게 한다는 요령도 그들은 배웠다.

그리고 전쟁 훈련이 끝나자 킨탕고는 그들에게, 가장 위대한 만딩카의 모든 전쟁과 무사에 대해서, 그들이 아직 들어 볼 수 없었을 만큼 신나게, 지금까지 알지 못했던 자세한 내용을 얘기해 주었는데, 사람의 살갗으로 옷을 만들어 입고 궁전의 벽을 적의 하얀 해골로 장식할 만큼 잔인했던 부레 나라 수마오로 왕의 군대를 들소 여인 소골론의 아들이며 노예였던 전설적인 장군 순디아타가 정복했다는 내용이었다.

양쪽의 군대가 수천 명의 사상자를 냈다는 얘기를 쿤타와 그의 친구들은 숨을 죽이고 들었다. 그러나 만딩카 궁수들은 거대한 덫처럼 수마오로의 군대를 죄어서, 양쪽으로부터 비 오듯 화살이 쏟아지고, 결국 수마오로의 군대가 뿔뿔이 흩어져 도망칠 때까지 계속해서 진격했다. 밤낮으로 며칠 동안, 승승장구하던 만딩카 군대가 적의 전리품을 잔뜩 얻고, 수천 명의 포로를 앞세우고 전진한다는 소식을 모든 마을의 말하는 북이 전했다고 킨탕고가 얘기했는데, 소년들은 그때 처음으로 *그가* 미소를 짓는 얼굴을 보았다. 모든 마을에서 환희하는 사람들은 빡빡 깎인 머리를 숙이고 손을 뒤로 묶인 포로들을 조롱하고 발로 찼으며, 드디어 순디아타 장군은 사람들을 잔뜩 모아 놓고, 그들 앞에 그가 포로로 잡은 모든 마을의 추장들을 끌고 나와서는, 그들에게 창과 추장의 계급을 되돌려 주었고, 그렇게 함으로써 그 후로 백 장마철 동안 계속될 평화의 유대를 추장들 사이에 이룩해 놓았다. 쿤타와 그의 친구들은 어느 때보다도 만딩카 사람이라는 사실을 더욱 자랑스럽게 느끼며, 흐뭇한 기분으로 꿈꾸듯 잠자리에 들었다.

다음 달의 훈련이 시작되자, 앞으로 이틀 후 다시 새 손님들이 찾아오리라는 소식을 전하는 북소리가 주주오에 이르렀다. 아버지와 형들이 그들을 만나러 온 지가 하도 오래전이어서, 아무라도 찾아온다는 소식에 그들이 느꼈던 흥분은, 전갈을 보낸 사람이 주푸레 씨름 선수단의 고수임이 밝혀지자 더욱 고조되었는데, 씨름 선수들은 훈련받는 사람들에게 특별한 공부를 시키러 찾아온다고 했다.

다음 날 오후 늦게, 그들이 예상했던 시간보다도 일찍 도착하리라고 북들이 전했다. 그러나 낯익은 얼굴들을 다시 보게 된 소년들의 기쁨은, 씨름꾼들이 아무 말도 없이 그들을 다짜고짜 움켜잡고는, 여태껏 그들이 당해 본 적이 없을 만큼 심하게 땅바닥으로 집어던지기 시작하자, 단숨에 사라지고 말았다. 그리고 모든 소년이 온통 멍이 들어 고통을 느끼게 되었을 때쯤에, 씨름꾼들이 그들을 여러 패로 갈라놓고는 서로 맞붙어 싸우게 했으며, 선수들은 그들을 감독했다. 쿤타는 씨름에서 잡는 방법이 그토록 많고, 정확하게 쓰기만 하면 그렇게 효과적일 줄은 상상도 못했었다. 그리고 선수들은, 평범한 씨름꾼과 선수의 차이는 힘이 아니라 지식과 숙달이라고, 계속해서 소년들의 귀에 대고 소리를 질러 대었다. 그렇지만, 그들이 제자들에게 잡는 방법의 시범을 보여 주는 동안, 소년들은 선수들의 울퉁불퉁한 근육에 대해서, 그리고 그들이 그것을 이용하는 기술에 대해서 경탄해 마지않았다. 그날 밤 모닥불 가에서 주푸레의 고수는, 백 장마철까지 거슬러 올라가며 위대한 만딩카 씨름 선수들의 이름과 업적을 읊었고, 소년들이 잠자리에 들 시간이 되자 씨름꾼들은 주주오를 떠나 주푸레로 돌아갔다.

이틀 후에 또 손님이 온다는 소식이 전해졌다. 이번 전갈은 주푸레의 달리기 선수가 보냈는데, 그는 쿤타와 그의 동무들이 잘 아는 네 번째 카포의 젊은 남자였지만, 자신도 성인이 된 지 얼마 안 되면서도 마치 셋째 카포 아이들은 전혀 본 적이 없는 듯 행동했다. 소년들은 거들떠보지도 않고 그는 곧장 킨탕고에게로 달려가서, 숨을 헐떡이며, 감비아 어디서나 잘 알려진 그리오 쿠잘리 은자이가 곧 주주오에 와서, 꼬박 하루를 지내리라고 알렸다.

자기 집안의 젊은 남자 몇 사람과 함께, 사흘 후에 쿠잘리 은자이가 도착했다. 그는 쿤타가 지금까지 본 어느 그리오보다도 훨씬 나이가 많아서, 킨탕고가 젊게 여겨질 정도로 늙은 사람이었다. 소년들더러 자기 둘레에 반원을 그리며 둘러앉으라고 손짓하더니, 노인은 그가 지금까지 어떻게 살아와서 현재의 위치에 오르게 되었는지를 얘기했다. 그는 모든 그리오가 젊은 시절부터 여러 해에 걸쳐 열심히 공부를 해서 조상들의 얘기를 마음에 깊이 새겨 간직하게 되었다고 소년들에게 말했다. 「그러지 않고서야 어떻게 우리보다 수백 장마철 전에 살았던 옛날 왕들과, 성자들과, 사냥꾼들과, 무사들의 위대한 업적에 대해서 알겠느냐? 너희들은 그런 옛날 사람들을 만난 적이 있느냐?」 노인이 물었다.「아니지! 현재 우리들의 역사는 여기에서 미래로 전해지는 거야.」그리고 그는 백발을 두드렸다.

모든 소년들이 궁금하게 생각했던 문제에 늙은 그리오가 대답을 해 주었는데, 그리오의 아들만이 그리오가 될 자격을 얻는다는 설명이었다. 성인 훈련을 끝내면, 이 소년들은 (지금 그의 곁에 앉은 그의 손자들처럼) 선발된 마을 어른들과 함께 공부와 여행을 시작해서, 전해 내려오는 역사적인 이름과 얘기들을 거듭거듭 들으리라. 그리고 적당한 때가 오면 그의 아버지가, 그리고 그의 아버지의 아버지가 그랬듯이, 그들 젊은이들은 저마다 조상들의 역사에서 특별한 어느 부분을 아주 자세하고 소상하게 알게 되리라. 그리고 소년은 어른이 되어, 아들을 낳아 그 얘기를 전할 날이 오겠으며, 그러면 먼 옛날의 사건들은 영원히 살게 되리라.

감동한 소년들은 저녁 식사를 게걸스럽게 마구 먹어 치우고는 늙은 그리오에게로 다시 달려가서 둘러앉았고, 그리오는 수백 장마철 전에 아프리카를 다스렸던 위대한 흑인 제국들에 대해서 그의 아버지로부터 전해들은 얘기를 하며 밤늦도록 그들을 흥분시켰다.

「투봅이 아프리카에 발을 들여놓기 오래전이었지.」늙은 그리오가 말했다. 베닌 제국을 다스리던 전능한 왕 오바의 명령은 누구나 당장 복종했다. 그러나 실제로 베닌을 통치하도록 오바가 책임을 맡겼던 대신들은 무서운 악령들을 달래기 위해 필요한 제물을 마련하고 백 명이 넘는 후궁들을 제대로 관리하는 데만도 시간이 모자랄 지경이었다. 그러나 베닌 이전에도 훨씬 더 부유한 왕국 송하이가 존재했었다고 그리오는 말했다. 송하이의 수도 가오는 물건을 사려고 황금을 많이 가져오던 떠돌이 장사꾼들을 후하게 대접해 주던 부자 상인들과 흑인 왕자들을 위한 멋진 집들로 가득 찬 도시였다.

「그리고 송하이 왕국이 가장 부유했냐 하면, 그것도 아니었단다.」노인이 말했다. 그리고 그는 왕의 궁전 하나가 전체 도시를 이루었던 옛 가나에 대해서도 소년들에게 얘기해 주었다. 그리고 카니싸아이 왕에게는 제각기 세 명의 하인이 붙고, 저마다 구리로 만든 요강을 소유했던 말 천 필이 있었다. 쿤타는 자신의 귀를 믿지 못할 지경이었다.「그리고 아침마다 카니싸아이 왕이 나타나면 천 개의 불을 밝혀 하늘과 땅이 환했지.」 그리오가 말했다. 「그리고 위대한 왕의 하인들은 아침마다 모여드는 만 명의 사람을 대접하기에 충분한 음식을 내왔어.」

여기서 그는 잠깐 얘기를 멈추었고, 그리오가 얘기하는 동안에 아무 소리도 내어서는 안 된다는 규칙을 잘 아는 소년들이었어도, 이쯤 되면 감탄을 억제하기가 힘들었고, 그리오와 심지어는 킨탕고 자신까지도 아이들의 무례함을 의식하지 못하는 체했다. 콜라 열매 반쪽을 자기 입에 넣고, 기꺼이 그것을 받는 킨탕고에게 나머지 반쪽을 내준 다음, 그리오는 이른 밤의 싸늘함 때문에 옷자락을 다리에 꼭 여미고는 얘기를 계속했다. 「하지만 가나도 가장 부유한 흑인의 왕국은 못 되었지!」 그가 소리쳤다. 「가장 부유하고 가장 역사가 깊은 왕국은 고대 말리였으니까!」 다른 제국들처럼 말리에는 도시가 많았고, 농부와, 장인과, 대장장이와, 무두장이와, 염색을 하거나 천을 짜는 사람들이 살았다고 그리오가 말했다. 그러나 말리의 굉장한 부유함은 소금과 황금과 구리의 거대한 교역로에 바탕을 두었다. 「말리를 끝에서 끝까지 여행하려면 옆으로는 넉 달이오, 아래로도 넉 달이 걸렸지.」 그리오가 말했다. 「그리고 가장 위대했던 도시는 전설적인 팀북투였어!」 아프리카 전체에서 학문의 위대한 중심지인 그곳에는 수천 명의 학자들이 살았고, 그 숫자는 지식을 넓히려는 뜻을 품고 찾아오는 수많은 현인들의 줄기찬 행렬로 더욱 늘어났으며, 최고의 거상은 양피지와 책만 파는 사람들이었다. 「아무리 작은 마을에서 활동하는 수도사들이나 선생들이더라도, 팀북투에서 그들의 지식을 일부나마 습득하지 않는 사람은 없었지.」 그리오가 말했다.

나중에 킨탕고가 일어나서 그리오에게, 그가 지닌 마음의 보물을 아이들에게 나누어 준 너그러움에 대해서 감사를 드리자, 쿤타와 다른 아이들은 (주주오에 온 이후 처음으로) 잠자리에 들 시간이 되었다는 불만을 감히 겉으로 드러냈다. 킨탕고는, 적어도 그때만은, 이 무례함을 무시하기로 작정하고 그들더러 오두막으로 돌아가라고 엄하게 명령을 내렸지만, 그들이 그리오에게 다시 찾아와 달라고 부탁할 기회만은 허락했다.

엿새 후에, 유명한 모로가 곧 이곳을 찾아오리라는 말이 전해졌을 때까지도, 그들은 아직 그리오가 그들에게 들려준 신기한 얘기들을 생각하고 얘기하던 참이었다. 모로는 감비아에서 가장 지위가 높은 스승이었고, 그들은 정말로 몇 사람 안 되었으며, (여러 장마철에 걸쳐 공부를 해서) 어찌나 현명했던지, 그들이 맡은 일이란 학생들이 아니라 주푸레의 아라팡 같은 선생들을 가르치는 것이었다.

킨탕고까지도 이 방문객에 대해서 각별히 신경을 써서, 주주오 전체를 말끔하게 청소하라고 명령했으며, 모로가 도착하면 그의 발자국이 새로 나도록, 흙을 갈퀴로 긁고 잎사귀가 많이 달린 나뭇가지로 편편하게 다듬도록 했다. 그러고는 킨탕고가 소년들을 마당에 모아 놓고 말했다. 「우리들과 자리를 같이할 이분의 충고와 축복은, 평범한 사람들뿐 아니라, 마을의 추장들과 심지어는 왕들까지도 원한단다.」

다음 날 아침에 도착한 모로는, 고대 팀북투에서나 찾아볼 만한 아랍 책들과 양피지 문헌들이 담겼으리라고 쿤타가 생각한 머릿짐을 저마다 인 다섯 명의 제자를 데리고 왔다. 노인이 대문을 통과하자, 쿤타와 그의 친구들은 킨탕고와 그의 조수들과 더불어, 무릎을 꿇고 이마를 땅바닥에 대었다. 모로가 그들과 주주오에 축복을 내리고 나서, 그들이 몸을 일으켜 그의 둘레에 얌전하게 앉자, 그는 책들을 펼치더니 처음에는 『꾸란』을, 그러고는 〈기독교인〉들에게는 〈모세 5경〉[6]이나 「시편」이나 「이사야」라고 알려졌다는 진귀한 책들인 『타우레타 라 무사』와 『자보라 다위디』와 『링게엘리 라 이사』를 읽어 주기 시작했다. 모로가 책을 열거나 닫고, 문헌을 펼치거나 말 때마다, 그는 그것을 이마에 대고 〈아멘!〉이라고 중얼거렸다.

읽기를 끝낸 그는 책들을 옆으로 밀어 놓고, 『성서』라고 알려진 기독교의 『꾸란』에 나오는 유명한 사건과 사람들에 대해서 그들에게 얘기했다. 그는 아담과 이브, 요셉과 그의 백성, 모세, 다윗, 솔로몬, 아벨의 죽음에 대해서 얘기했다. 그리고 그는 소년들에게, 투놉에게는 알렉산더 대왕이라고 알려진 인물이요, 위대한 황금과 은의 왕이며, 그 태양이 세계의 절반을 비추었다는 드줄루 카라 나이니 같은, 보다 최근의 역사에 등장하는 위대한 사람들에 대한 얘기를 했다.

그날 밤 마침내 자리를 뜨려고 일어서기 전에, 모로는 그들이 이미

---

[6] 『구약 성서』 맨 앞의 다섯 권.

알고 있는 알라신에 대한 다섯 가지 기도를 복습시키고, 그들이 어른이 되어 집으로 돌아가면 처음으로 들어가게 될 마을의 성스러운 모스크 안에서의 행동에 대해서 철저하게 지도했다. 그러더니 그의 제자들은 바쁜 일정 때문에 다음에 들를 곳으로 어서 가기 위해 채비를 서둘렀고, (킨탕고가 그들에게 알려 주었듯이) 소년들은 그에게 경의를 표하는 뜻으로, 그들이 잘리 케아에게서 배웠던 어른들의 노래 가운데 하나를 불렀다. 「한 세대가 흘러가고…… 다른 세대가 왔다 가지만…… 알라신은 영원히 임할지니라.」

그날 밤 모로가 떠난 다음에 자신의 오두막에서, 쿤타는 뜬눈으로 잠을 이루지 못하면서, 그토록 많은 내용이 (그들이 배운 거의 모든 내용이) 어떻게 모두 다 함께 연결이 되는지를 생각했다. 과거는 현재와 함께, 현재는 미래와 함께, 죽은 자는 살아 있는 자나 태어난 자와 함께, 그는 그의 가족과 친구들과 마을과 부족과 아프리카와 함께, 그들은 모두 알라신과 함께 살았다. 쿤타는 아주 왜소하면서도 거대한 자신을 인식했다. 쿤타는 아마도 이것이 어른이 됨을 뜻하나 보다고 생각했다.

25

생각만 해도 쿤타와 다른 모든 소년들을 벌벌 떨게 만드는 일이 — 소년으로 하여금 깨끗해지고 많은 아들의 아버지가 되게끔 만드는 카사스 보요 수술을 받아야 할 때가 왔다. 언젠가는 오리라고 그들이 알기는 했었지만, 그것은 예고도 없이 들이닥쳤다. 어느 날 태양이 정오의 위치에 이르렀을 때, 킨탕고의 조수 한 사람이 여느 때처럼 카포 더러 줄을 지어 마당에 늘어서라고 했으며, 소년들은 늘 그렇듯이 재빨리 정렬했다. 그러나 쿤타는, 대낮에 그러는 일이 거의 없던 킨탕고가 스스로, 오두막에서 나와 그들 앞으로 걸어오자, 갑작스러운 두려움을 느꼈다.

「포토를 꺼내 들어.」 그가 명령했다. 그들에게 하는 말을 믿지도 않았고, 믿고 싶지도 않아서 그들은 머뭇거렸다. 「어서!」 그가 소리쳤다. 천천히, 그리고 부끄러워하면서, 그들은 명령을 따랐고, 허리옷 속으로 손을 넣으면서 모두들 눈을 내리깔았다.

줄의 양쪽 끝에서부터 킨탕고의 두 조수는, 소년들의 포토 대가리에다, 잎사귀를 찧어 만든 초록빛 반죽을 발라 놓은 짤막한 천 조각을 감았다. 「조금 기다리면 너희들 포토에는 감각이 없어질 거야.」 킨탕고가 말하고는 그들더러 오두막으로 돌아가라고 명령했다.

다음에 벌어질 일 때문에 두렵기도 하고 부끄럽기도 해서, 안으로 들어가 쭈그리고 앉은 소년들은, 오후가 거의 절반쯤 갔을 때까지 말없이 기다리다가 다시 밖으로 나오라는 명령을 받았고, 그래서 그들이 서서 기다리려니까, 많은 주푸레 사람들(전에도 왔었던 아버지나 큰아버지, 형들과 다른 사람들)이 대문 안으로 줄을 지어 들어섰다. 그들 가운데는 오모로도 있었지만, 이번에는 쿤타가 아버지를 못 본 척했다. 남자들은 줄지어 늘어서서 아이들을 마주 보고 다 같이 읊조렸다. 「지금 겪어야 할 일은…… 우리들 전에 조상들이 그랬듯이…… 우리들도 겪었고…… 마찬가지로 너희들도 이렇게 해서…… 다 같은 어른이 될지니라.」 그러더니 킨탕고는 소년들더러 다시 오두막으로 들어가라고 명령했다.

날이 저물어 갈 때, 그들은 주주오 바로 밖에서 갑자기 두드리는 수많은 북의 소리를 들었다. 명령에 따라 오두막에서 나온 그들은, 10여 명의 칸쿠랑이 대문으로 달려 들어와서는, 펄쩍펄쩍 뛰면서 소리를 지르고, 춤추는 광경을 보았다. 잎사귀가 많이 달린 나뭇가지 의상과 나무껍질 가면을 걸치고, 겁에 질린 소년들에게 창을 휘두르며 뛰어다니다가, 그들은 나타날 때와 마찬가지로 갑자기 사라졌다. 두려움 때문에 얼이 빠져 소년들은 주주오의 대나무 울타리를 등지고, 서로 바싹 붙어 나란히 앉으라는 킨탕고의 명령을 듣고, 멍한 상태에서 시키는 대로 따랐다.

아버지와 아저씨와 형들은 가까이 와서 멈춰 서더니 다시 읊조렸다. 「너희들은 이제 곧 밭으로…… 집으로 돌아갈 터이고…… 때가 되면 결혼해서…… 너희들의 사타구니에서는 영원히 계속될 생명이 태어날지니라.」 킨탕고의 조수 한 사람이 어느 소년의 이름을 불렀다. 그가 일어서자, 조수는 대나무로 엮은 기다란 칸막이 뒤로 가라고 소년에게 손짓했다. 그 이후에 무슨 일이 일어났는지 쿤타는 보거나 들을 수는 없었지만, 잠시 후에 다시 나타난 소년의 가랑이는 피로 얼룩졌다. 약간 비틀거리면서, 그는 다른 조수에게 안기다시피 해서, 대나무 울타리 앞 자기 자리로 되돌아갔다. 다른 소년의 이름이 호명되었고, 또 다른 소년이, 그러고는 드디어,

「쿤타 킨테!」

쿤타는 굳어 버렸다. 그러나 억지로 일어나서 칸막이 뒤로 갔다. 안에는 네 사람이 기다렸는데, 그들 가운데 하나가 그에게 누우라고 명령했다. 그는 시키는 대로 했는데, 하기야 다리가 너무 떨려서 더 이상 서서 버티지도 못할 노릇이었다. 그러자 어른들은 몸을 숙이고, 그를 꽉 움켜잡더니, 그의 가랑이를 위로 들어 올렸다. 눈을 감기 직전에, 쿤타는 손에 무언가 들고서 그에게로 몸을 숙이는 킨탕고를 보았다. 그리고 그는 찢어지는 듯한 통증을 느꼈다. 신경을 둔하게 하는 반죽이 아니었더라면 더욱 그랬겠지만, 고통은 생각했던 것보다 훨씬 더 심했다. 곧 그에게 단단히 붕대를 감아 주고 나서, 조수는 그를 밖으로 데리고 나갔는데, 그는 아까 칸막이 뒤에 들어갔다 나온 다른 아이들 옆에 나란히, 맥이 빠지고 멍한 기분으로 앉았다. 그들은 감히 서로 쳐다보려고조차 하지 않았다. 그러나 그들이 무엇보다도 더 두려워했던 일은 지나갔다.

카포 또래 모두의 포토가 아물어 가자, 정신적으로만이 아니라 신체적으로도 아이에 지나지 않았기 때문에 느꼈던 짜증스러움이 영원히 사라졌으므로, 기쁨의 분위기가 주주오 전체에 고조되었다. 이제 그들은 거의 어른이나 다를 바가 없었고, 그들은 킨탕고에 대해서 고마움과 존경심을 한없이 느꼈다. 그리고 킨탕고도 마찬가지로 쿤타의 카포를 새로운 눈으로 보게 되었다. 그들이 어느 틈엔가 자기도 모르는 사이에 사랑하게 된 늙고, 주름지고, 백발인 마을 어른은 이제 미소 짓는 모습까지 보였다. 그리고 카포에게 얘기를 할 때는, 아주 당연한 듯이, 그와 조수들은 〈여러분 어른들〉이라고 불렀으며, 쿤타와 친구들에게는 그것이 듣기에 아름답기도 했고, 믿어지지 않기도 했다.

얼마 안 가서 네 번째 새 달이 되었으며, 킨탕고의 명령을 직접 받고, 밤마다 쿤타의 카포는 두세 사람씩 무리를 지어, 차례로 주주오를 떠나 잠든 주푸레 마을까지 줄곧 뛰어가서는, 그림자처럼 그들 어머니의 창고 오두막으로 몰래 들어가서, 가지고 올 수 있을 만큼 잔뜩

쿠스쿠스와, 말린 고기와, 수수를 훔치고는, 그것을 들고 주주오까지 다시 먼 길을 달려와서, 킨탕고가 그들에게 말했듯이 〈어머니를 포함한 모든 여자보다 너희들이 더 똑똑하다는 사실〉을 증명하고는, 이튿날 그것으로 유쾌하게 요리를 해먹었다. 그러나 다음 날이 되면 물론, 소년들의 어머니는 그녀의 친구들에게, 어젯밤에 그녀는 잠이 들지 않았었으며, 아들이 나타나서 살금살금 돌아다니는 소리를 모두 들으면서 흐뭇해했노라고 자랑하기 마련이었다.

주주오에서는 저녁이면 새로운 감정이 감돌았다. 거의 언제나 쿤타의 카포는 킨탕고 둘레에 반원을 만들며 쪼그리고 둘러앉았다. 대부분의 경우에 킨탕고의 태도는 전이나 마찬가지로 딱딱했지만, 이제는 그들을 우물쭈물하는 어린 소년이 아니라, 자기 마을의 젊은 남자들로 대우하며 얘기했다. 가끔 그는 그들에게 성인의 자질에 대해서 얘기했는데, 두려움을 모른다는 덕목 다음으로는 모든 일에 대한 솔직함이 그에 버금간다고 말했다. 그리고 가끔 그는 그들에게 조상들에 대해서도 얘기했다. 알라신과 함께 다른 세상에서 지내는 사람들에게 적절히 경의를 표하는 일이 살아 있는 자의 의무라고 그는 말했다. 그는 소년들에게 그들이 가장 잘 기억하는 선조의 이름을 대라고 한 사람씩 지목했으며, 쿤타는 야이사 할머니를 들었고, (조상이란 모두가 항상 그렇지만) 소년들이 이름을 댄 선조는 저마다 살아 있는 사람들에게 좋은 일이 일어나게끔 알라신에게 열심히 정성을 들인다고 킨탕고는 말했다.

또 어느 날 저녁에 킨탕고는 그들에게, 어느 마을에서나 그곳에 사는 모든 사람은 새로 태어난 아기에서부터 늙은 어른에 이르기까지 그 마을에서 똑같이 중요한 존재라고 말했다. 따라서, 새로 어른이 된 그들은, 모든 사람을 똑같이 대할 줄을 알아야 하고, (성인으로서의 그들이 지니는 가장 중요한 임무이기 때문에) 주푸레의 모든 남자와, 여자와, 아이의 안녕을, 마치 그들이 그의 식구이기라도 한 듯, 보호해야 한다고 했다.

「집으로 돌아가면 너희들은 주푸레의 눈과 귀가 되어 봉사해야 한다.」 킨탕고가 말했다. 「너희들은 마을을 지켜야 할 몸이니, 대문 밖에서 투봅이나 다른 야만인들이 오지 않나 망을 보아야 하고, 들판에서는 곡식을 도둑질하는 짐승들로부터 지키는 파수가 되어야 한다.

너희들은 또한 어머니를 포함한 모든 여자의 솥을 검사할 책임을 지게 되니, 솥이 깨끗한지 검사를 하고, 속에서 흙이나 벌레들이 발견되면 그들을 심하게 꾸짖어야만 한다.」 소년들은 어서 그 의무를 시작하고 싶었다.

넷째 카포에 이르면 맡게 될 여러 가지 책임을 꿈꾸기에는, 가장 나이가 많은 몇 명을 제외하고는, 거의 모두가 아직 너무 어린 나이이기는 했지만, 그들은 언젠가는 열다섯에서 열아홉 장마철 사이의 남자가 되어서, (모로가 찾아온다는 말을 전해 준 젊은 남자처럼) 주푸레에서 다른 여러 마을로 전갈을 전해 주는 중요한 일을 맡을 날이 반드시 오리라고 생각했다. 그런가 하면, 쿤타의 카포로서는 상상조차 하기가 어려운 일이었지만, 심부름을 할 만큼 나이가 많은 아이들은 오히려 심부름을 이제 그만 하고 싶어 했으며, 스무 장마철을 지나 다섯째 카포가 되면 그들은 정말 중요한 일을 맡아서, 다른 마을들과의 모든 접촉에서 대표자나 타협자로 나서서 마을 어른들을 돕는다. (서른이 넘어) 오모로의 나이만큼 된 남자들은, 장마철이 지날 때마다 지위와 책임이 점점 높아졌고, 결국은 마을 어른이라는 영광스러운 위치에 이른다. 쿤타는 촌장 회의에서 가장자리에 앉았던 오모로를 여러 번 자랑스럽게 지켜보았고, 킨탕고 같은 존경스러운 지도자들이 알라신의 부름을 받아 세상을 떠나면, 그들에게서 직책을 나타내는 옷을 물려받고, 아버지가 안쪽 자리로 진출할 날을 손꼽아 기다렸다.

쿤타와 다른 소년들은 이제는 더 이상 킨탕고가 하는 모든 얘기에 주의를 기울이기가 쉽지 않았다. 지난 넉 달 사이에 그토록 많은 일들이 벌어졌었고, 그들이 그렇게 짧은 기간 사이에 정말로 〈어른〉이 된다는 사실이 그들에게는 불가능하게 여겨졌다. 지난 마지막 며칠은 그 앞의 몇 달보다 더 오래가는 듯 느껴졌지만, 드디어 (넷째 번 달이 중천에 높이 둥글게 뜨자) 킨탕고의 조수들은 저녁 식사를 끝내고, 곧 카포더러 줄지어 서라고 명령했다.

그들이 기다려 온 순간은 지금이었던가? 쿤타는 식에 참석하려고 틀림없이 이곳으로 왔을 카포 친구들의 아버지와 형을 찾으려고 두리번거렸다. 그들은 어디에도 보이지 않았다. 그리고 킨탕고는 어디로 갔는가? 그의 눈이 마당을 훑어 찾아보니, 그는 주주오의 대문에 서서 기다리다가, 문을 활짝 열어젖히고는, 그들에게로 돌아서며 소리쳤다. 「주푸레의 사나이들아, 마을로 돌아가라!」

잠깐 동안 그들은 뿌리라도 박힌 듯 서서 꼼짝도 하지 않았고, 그러더니 함성을 지르며 앞으로 달려 나가서는, 그런 버릇없는 소동에 짐짓 기분이 상한 척하는 킨탕고와 조수들을 붙들고 끌어안았다. 넉 달 전, 바로 이 마당에서 머리의 두건을 벗었을 때, 그가 이곳을 떠나기가 섭섭하게 생각된다거나, 또는 그날 그들의 앞에 버티고 섰던 엄격한 노인을 사랑하게 되리라고는 쿤타로서는 믿기가 어려웠지만, 지금 그는 그런 두 가지 감정을 다 느꼈다. 그러더니 그의 생각은 집으로 향했고, 그는 다른 소년들과 함께 소리를 지르며 대문으로 달려 나가서, 주푸레로 가는 길을 향해 내려갔다. 그들은 얼마 가지 않아서, 마치 무슨 말 없는 신호에 의해서이기라도 한 듯이, 목소리를 죽이고 걸음을 늦추면서, 그들이 뒤에 남기고 가는 것을, 그리고 그들의 앞에서 기다리는 것에 대해서, 저마다 똑같은 생각을 나누었다. 지금 그들이 집으로 가는 길을 찾는 데는 별들이 필요 없었다.

26

「아이에에! 아이에에!」 여자들의 즐거운 비명이 터지고, 사람들이 오두막에서 쏟아져 나와, 웃고 춤추며 손뼉을 치는 가운데, 쿤타의 카포 그리고 (주주오에서 훈련을 받는 동안 열다섯 살이 된) 넷째 카포 아이들은 동틀 녘에 마을 대문으로 씩씩하게 들어갔다. 새로 어른이 된 남자들은, 그들 딴에는 위엄을 부리며 천천히 걸었고, 처음에는 말도 하지 않고, 웃지도 않았다. 그에게로 달려오는 어머니를 보자, 쿤타는 마주 뛰어가고 싶었으며, 자기도 모르는 사이에 얼굴에서 표정이 밝아졌지만, 그래도 그는 자제를 해서, 남들과 같은 보조로 걸음을 계속 옮겼다. 그러자 빈타가 그에게로 달려들어 얼싸안으며 목을 팔로 껴안았고, 손으로 뺨을 비벼 주며, 눈에는 눈물이 가득 고인 채로 쿤타의 이름을 되뇌었다. 쿤타는 잠깐 어머니를 그대로 내버려 둔 다음에, 이제는 어른이었기 때문에 슬그머니 몸을 뺐지만, 그래도 어머니의 기분을 생각해서 그는 그녀의 등에 편안하게 매달려 낑낑대는 아기를 더 자세히 보려고 그러는 척했다. 처네 속으로 손을 넣어서 쿤타는 두 손으로 아기를 꺼내었다.

「그러니까 이 애가 내 동생 마디로군요!」 공중으로 높이 아기를 쳐들면서, 그는 즐거워서 소리쳤다.

그가 아기를 안고 장난스러운 표정을 지었다가 어르고 통통한 뺨을 꼬집으며 그녀의 오두막을 향해 걸어가는 동안, 빈타는 그의 옆에서 미소를 지었다. 그러나 쿤타는 입만큼이나 눈을 크게 뜨고 바로 뒤에서 그들을 따라오는 발가벗은 아이들 패거리를 눈치 채지 못할 정도로 어린 동생에게 정신이 팔리지는 않았다. 두세 명이 그의 무릎에 매달렸고, 다른 아이들은 쿤타가 매우 튼튼하고 건강해 보인다느니, 정말 사내다워졌다느니 감탄하는 여자들과 빈타 사이에서 이리저리 뛰어다녔다. 그는 못 들은 척했지만, 그것은 음악처럼 듣기 좋은 소리였다.

그는 오모로가 어디로 갔는지, 그리고 라민은 또 어디로 갔는지 궁금해졌지만 — 어린 동생이 염소에게 풀을 먹이러 나가야 할 때가 되었음을 갑자기 기억해 냈다. 그는 빈타의 오두막으로 들어가 자리에 앉고 나서야, 안으로 따라 들어와서 빈타의 치마를 잡고 자기를 노려보는 조금 키가 큰 첫째 카포 아이 하나를 의식했다. 「안녕, 쿤타.」 어린 소년이 말했다. 그는 수와두였다! 쿤타는 믿어지지가 않았다. 그기 성인 훈련을 받으러 떠날 때, 수와두는 자꾸 징징 울어서 쿤타의 짜증만 돋울 때 이외에는, 너무 작아서 눈에도 띄지 않던 코흘리개에 지나지 않았었다. 그런데 겨우 넉 달밖에 안 지난 지금, 그는 키도 크게 자란 듯싶었고, 말도 하기 시작했으며, 제대로 사람 꼴을 갖추었다. 빈타에게 아기를 돌려주고 그는 수와두를 집어 들어서, 어린 동생이 즐거워 소리를 지를 때까지 빈타의 오두막 지붕으로 높이 휘둘러 올렸다.

새로 어른이 된 다른 남자들을 보려고 수와두가 밖으로 달려 나가고 나자, 오두막 안이 조용해졌다. 자랑스러움과 기쁨이 마음을 가득 채워서, 빈타는 얘기할 필요성을 느끼지 않았다. 쿤타는 달랐다. 그는 얼마나 어머니가 보고 싶었으며, 집으로 돌아오니 얼마나 기쁜지 모르겠다는 얘기를 그녀에게 하고 싶었다. 그러나 그는 적당한 말을 찾지 못했다. 그리고 그는 그런 얘기는 남자라면 어떤 여자에게도, 심지어는 어머니에게도, 할 것이 못 된다고 생각했다.

「아버지는 어디 가셨어요?」 드디어 그가 물었다.

「네 오두막을 지으려고 이엉을 엮는 풀을 베고 계시단다.」 빈타가 말했다. 흥분한 나머지 쿤타는 자기가 어른 남자가 되었으니까 이제는 따로 오두막을 가지게 되었음을 깜빡 잊고 말았다. 그는 밖으로 나가서 지붕을 엮는 풀을 베기에 가장 적합한 곳이라고 아버지가 항상 얘기하던 장소로 발걸음을 서둘렀다.

오모로는 그를 찾아 걸어오는 아들을 보았고, 쿤타의 가슴은 그를 맞으러 오는 아버지를 보자 방망이질을 했다. 그들은 남자들답게 악수를 나누었고, 서로 눈을 깊숙이 들여다보며, 처음으로 남자 대 남자로 상대방을 보았다. 쿤타는 가슴이 벅차 감정을 억제하지 못할 듯싶었고, 그들은 얼마 동안 침묵을 지켰다. 그러자 오모로는 날씨 얘기라도 하듯 무관심하게, 마침 결혼해서 새 오두막을 짓고 나간 사람이 생겨서, 쿤타를 위한 이 오두막을 그에게서 얻었노라고 설명했다. 지금 오두막을 둘러보고 싶나? 쿤타는 그렇다고 나지막이 대답했고, 그들은 나란히 걸으면서, 쿤타가 아직도 말문을 열지 못했기 때문에, 주로 오모로가 얘기를 했다.

오두막의 진흙 벽은 지붕만큼이나 손쓸 곳이 많았다. 그러나 그에게 혼자서 독차지하고 살게 될 오두막이 생겼으니, 어머니의 오두막에서 마을을 다 건너야 도착하는 위치였어도 쿤타는 조금도 개의치 않았다. 물론 그는 자신의 만족한 기분을 말로 표현하기는커녕, 표정으로도 드러내지 않았다. 대신에 그는 오모로에게, 수리는 자기 손으로 직접 하겠다는 얘기만 했다. 벽은 쿤타가 고쳐도 좋지만, 이미 시작한 지붕 수리만큼은 아버지가 끝냈으면 한다고 오모로가 말했다. 더 이상 아무 말도 없이, 오모로는 몸을 돌려 지붕 엮는 풀을 베러 들판으로 향했고, 뒤에 남은 쿤타는 남자들로서의 새로운 관계를 그와 시작한 아버지의 모든 태도를 고맙게 생각했다.

쿤타는 오후 시간을 거의 다 보내면서 주푸레의 구석구석을 돌아다니고, 소중하게 기억했던 모든 얼굴과, 낯익은 오두막들, 그리고 그가 자주 다녔던 마을 우물과, 학교 마당과, 바오밥과 비단솜나무를 실컷 구경했다. 그는 지나가는 모든 사람들로부터 수없이 인사를 받으면서, 얼마나 그가 집을 그리워했었는지를 깨닫게 되었다. 그는 라민이 염소 떼를 데리고 돌아올 시간이 되기를 바랐고, 비록 여자이기는 했지만 특별히 보고 싶은 사람이 또 하나 있었다. (남자로서 해도 괜찮은 행동인지 어쩐지는 따지기를 집어치우고) 결국 그는 늙은 뇨 보토가 사는 작고 낡아 빠진 오두막으로 갔다.

「할머니!」 그가 문간에서 불렀다.

「누구냐?」 높고 째지는 신경질적인 대답이 들려왔다.

〈누굴까요, 할머니!〉 하고 말하면서, 쿤타는 안으로 들어갔다.

침침한 빛 속에서 그녀를 잘 보려니까, 시간이 좀 걸렸다. 물통 옆에 앉아, 물에 적신 바오밥 껍질 토막에서 기다란 섬유를 뽑으면서, 그녀는 날카로운 눈으로 잠깐 그를 넘겨다보더니 말했다. 「쿤타로구나!」

「정말 반가워요, 할머니!」 그가 소리쳤다.

뇨 보토는 다시 섬유를 뽑기 시작했다. 「어머니는 안녕하시냐?」 그녀가 물었고, 쿤타는 빈타가 잘 지낸다고 안심시켰다.

그녀의 태도가, 마치 그는 어디에도 갔다 오지를 않았다고 생각하며, 그가 어른이 되었음을 그녀는 조금도 눈치 채지 못한 듯싶어서, 그는 조금 놀라고 위축되었다.

「떠나 있는 동안 전 할머니 생각을 많이 했어요. 제 팔뚝에 달아 주신 사피에 부적을 만질 때마다요.」

그녀는 뭐라고 입 안에서 웅얼거리기만 할 뿐, 일감에서 눈을 들지도 않았다.

그는 무척 기분이 상하고 당황해서, 일에 방해가 되어 미안하다고 사과하고는, 얼른 나와 버렸다. 그렇게 무정한 태도를 취해야 한다는 일이 쿤타보다도 뇨 보토 자신에게 더욱 가슴이 아팠음을 그는 훨씬 더 많은 시간이 지난 다음에야 깨달을 터였으니, 그녀는 더 이상 할머니의 치맛자락에서 편안함을 찾으려고 하면 안 되는 사람에 대해서 여자가 마땅히 취해야 할 행동을 보여 주었을 뿐이었다.

아직도 혼란을 느끼며 천천히 그의 새 오두막으로 걸어가던 쿤타는, 염소들이 울고, 개들이 짖어 대고, 소년들이 외치는 소리를 — 귀에 익은 시끄러운 소음을 들었다. 숲에서 오후의 일을 마치고 돌아오는 둘째 카포였다. 라민이 그들과 함께 오리라. 소년들이 가까이 오자 쿤타는 그들의 얼굴을 초조하게 훑어보았다. 그러자 라민이 그를 보고, 소리쳐 이름을 부르고는, 활짝 웃으면서 뛰어왔다. 그러나 형의 차분한 표정을 보더니 몇 발자국 떨어진 곳에 우뚝 멈추었고, 그들은 그렇게 서서 서로 쳐다보기만 했다. 결국은 쿤타가 먼저 입을 열었다.

「잘 있었니.」

「안녕, 쿤타.」

그러더니 그들은 잠시 더 마주 쳐다보기만 했다. 라민의 눈은 자랑스러운 마음으로 반짝였지만, 쿤타는 또한 뇨 보토의 오두막에서 그가 조금 전에 느꼈던 그런 심정, 그와 똑같은 마음의 상처를 동생의 눈에서 읽어 냈고, 형에 대해서 어떻게 행동해야 할지를 몰라서 불안해하는 라민의 두려움도 눈치 챘다. 쿤타는 지금 그들이 취하는 행동을 좋아하지는 않았지만, 아무리 동생이라고 해도 어른에게는 어느 정도의 존경심을 표시해야 한다고 생각했다.

라민이 먼저 다시 입을 열었다. 「형의 염소는 두 마리 다 새끼를 배어서 커다랗게 되었지.」 그것은 곧 그가 네 마리의 염소, 또는 엄마 염소 한 마리가 쌍둥이를 밴 경우라면, 다섯 마리의 염소를 가지게 됨을 뜻했으므로, 쿤타는 기뻤다. 그러나 그는 미소를 짓거나 놀란 빛을 보이지는 않았다. 「기쁜 소식이로구나.」 겉으로 나타내고 싶은 만큼도 열을 올리지 않으면서 그는 말했다. 무슨 얘기를 또 해야 할지 알 길이 없어서였는지, 라민은 더 이상 아무 말도 하지 않고 그냥 달려가서는, 뿔뿔이 흩어지기 시작한 염소들을 다시 모으라고 우울로 개들에게 고함을 질렀다.

쿤타가 자기 오두막으로 이사를 나가는 일을 도와주면서 빈타는 계속해서 딱딱하게 굳은 표정만 지었다. 키가 자랐기 때문에 헌 옷은 모두 작아서 안 맞는다고 말하면서 그녀는 아들에게, 중요한 일이 많아 바쁘겠지만, 틈틈이 언제라도 마음이 내킨다면 그녀에게 와서 몸을 재고, 그러면 새 옷을 몇 벌 지어 주겠다고, 그를 존중해 주는 공손한 말투로 일러두었다. 그가 가진 재산이라고는 활과 화살과 팔매질 끈이 고작이어서 빈타는, 〈이것도 너한테 필요하겠지〉라거나 〈저것도 필요하겠구나〉 하고 걱정스러워하면서, 결국은 침대와 밥그릇과 의자, 그리고 그가 훈련을 떠난 동안 그녀가 짜두었던 기도하는 융단 따위의 필요한 가재도구를 그에게 떠맡기다시피 넘겨주었다. 새로운 물건을 그녀가 가져올 때마다 쿤타는, 그것을 집에 들여놓는 데 반대할 마땅한 말이 생각나지 않아서라는 듯이, 아버지가 자주 그러하듯,

신음 소리만 조금 내고 말았다. 머리를 긁는 그를 보고, 진드기가 붙었는지 잡아 주겠다고 그녀가 말했을 때, 그는 〈싫어요!〉라고 무뚝뚝하게 말하고는, 나중에 그녀의 투덜거리는 소리를 무시해 버렸다.

오락가락하는 생각이 많아서, 쿤타는 자정이 되어서야 겨우 잠이 들었다. 그리고 겨우 눈을 붙였나 보다 하는 생각이 들자마자, 그는 수탉이 울어 대는 소리에 잠에서 깨어났고, 그러고는 주푸레의 어른 남자들과 함께 그와 그의 친구들이 처음으로 함께 예배를 보게 될 아침 기도에 참석하러 오라고, 모스크의 알리마모가 노래 부르는 소리가 들려왔다. 얼른 옷을 입고서 쿤타는 새 기도 융단을 들고, 머리를 숙이고 융단을 말아 겨드랑이에 끼고 나타난 그의 카포들과 함께, (평생 그래 왔다는 듯 태연하게) 마을의 다른 어른 남자들의 뒤를 따라 성스러운 모스크로 들어갔다. 안으로 들어간 쿤타와 다른 아이들은, 기도를 너무 작지도 크지도 않은 목소리로 암송하면서, 나이 많은 남자들의 모든 행동과 말을 열심히 지켜보고 흉내 냈다.

기도가 끝나고 나서, 빈타는 새로 어른이 된 아들의 오두막으로 아침 식사를 가져다주었다. (얼굴에는 아무 표정도 드러내지 않으면서 또다시 투덜거리기만 하는) 쿤타의 앞에다 김이 무럭무럭 나는 쿠스쿠스를 차려 놓고, 빈타는 얼른 밖으로 나갔다. 쿤타는 그녀가 속으로 웃음을 참고 있다는 의심이 갔고, 기분이 상해서 그는 아무 즐거움도 없이 식사를 했다.

아침을 먹고 나서 쿤타는 그의 친구들과 함께, 어른들의 눈에는 마찬가지로 우스워 보이는 수선을 피워 가며, 마을의 눈과 귀로서 수행해야 할 책임들을 실행했다. 여자들은 어디를 가나 벌레가 들어갔는지 솥을 검사하겠다고 요구하는 새 어른 남자들에게 붙잡혔다. 그리고 사람들의 오두막과 마을의 울타리를 온통 뒤지고 돌아다니면서, 그들은 보수 상태가 그들의 깐깐한 기준에 이르지 못하는 곳을 수백 군데 찾아냈다. 그들 가운데 무려 10여 명이 우물로 들이닥쳐, 물을 몇 두레박씩 퍼서, 소금기나 진흙 맛이나 다른 비위생적인 요소를 찾아내려고 바가지로 조심스럽게 맛을 보았다. 그들은 모두 지적 사항을 찾아내는 데 실패했지만, 그래도 벌레를 잡아먹으라고 우물에서 기르는 물고기와 거북을 새로 바꿔 넣었다.

간단히 얘기하자면, 어디를 가나 온통 새로 어른이 된 남자들이 야단법석이었다.「벼룩처럼 끈질기구먼!」돌멩이 위에다 놓고 빨래를 두드리던 늙은 뇨 보토는 쿤타가 개울로 다가오자 코웃음을 쳤고, 그는 당장 다른 쪽으로 뺑소니를 쳤다. 그는 또한 빈타가 비록 그의 어머니라고 해도 특별히 호의를 베풀 수는 없으며, 필요하다면 그녀를 엄하게 대해야 되겠다고 생각했기 때문에, 그녀가 있을 만한 곳들은 일부러 피하려고 각별히 신경을 썼다. 누가 뭐라고 해도 어머니는 여자였다.

27

주푸레가 워낙 작은 마을이고, 부지런한 새 어른 남자들의 카포는 워낙 많아서, 얼마 안 가서 쿤타는 미처 자기가 가보기도 전에, 마을의 거의 모든 지붕과, 벽과, 함지박과, 솥은 이미 검사를 받아, 씻고, 수리를 하거나 새것으로 바뀌었음을 깨달았다. 그러나 그는, 그랬던 덕택에 오히려, 촌장 회의에서 그에게 사용하라고 갈라 준 조그만 땅에서 농사를 지을 시간이 더 많아져서, 실망스럽기보다는 마음이 즐거웠다. 모든 새 남자들은 저마다 쿠스쿠스나 땅콩을 가꾸어서, 조금은 먹고살 식량으로 쓰고, 나머지는 (식구들을 먹이기에는 농사를 너무 조금 지은 사람들과) 물물교환을 해서, 식량보다 그들이 더 필요로 하는 물건과 바꾸기로 했다. 곡식을 잘 가꾸고, 교환도 잘하면서, 염소도 현명하게 쳐서 기르면, 다시 송아지를 낳게 될 암송아지를 염소 10여 마리와 바꾸게 되고, 그렇게 살림을 잘 이끌어 나가는 젊은 남자는 출세를 하는 셈이었으며, 그래서 나이가 스물이나 스물다섯 장마철에 이를 때면, 상당한 재산을 모아, 아내를 얻고, 자기 자식을 키울 생각을 하게 되었다.

집으로 돌아온 지 몇 달도 안 되어서, 쿤타는 먹고도 많이 남을 만큼 농사를 지었고, 그의 오두막을 장식할 가재도구를 이것저것 마련하는 데도 훌륭한 장사 솜씨를 보여서, 빈타는 그가 듣는 자리에서도 드러내놓고 불평을 늘어놓게 되었다. 그에게 의자와, 버들 돗자리와, 밥그릇과, 바가지와, 온갖 잡동사니들이 너무 많아서, 오두막 안에는 정작 쿤타가 들어갈 자리가 거의 없을 지경이라고 그녀는 투덜거렸다. 그러나 그는 어머니가 그를 위해 반달이나 걸려 만들어 준, 탄탄한 대나무 깔개 위에 갈대로 엮은 멋진 침대에서 편히 잠을 자게 되었기 때문에, 그녀의 건방진 행동을 자비롭게 무시해 주기로 작정했다.

그의 오두막 안에는, 밭에서 거둔 곡식을 주고 바꾼 사피에 몇 개와 함께, 정신적인 보호를 해주는 다른 수많은 물건과, 다른 모든 만딩카 남자처럼 밤마다 잠을 자러 가기 전에 쿤타가 이마와 팔뚝과 허벅지에 바르는, 어떤 화초와 나무껍질에서 뽑아낸 향수도 마련되었다. 이런 마술적인 물건들은 잠을 자는 동안 악귀들에게 홀리지 않도록 보호해 준다고 사람들은 믿었다. 그것은 또한 좋은 냄새를 풍겨 주었는데, 쿤타는 이제 용모뿐 아니라 체취에도 신경을 써야 했다.

그와 그의 카포는, 벌써 여러 달 동안 그들의 사나이다운 자존심을 상하게 했던 어떤 일 때문에 점점 더 격분하게 되었다. 그들이 성인 훈련을 위해 떠날 때 뒤에 남겨 두고 갔던 바보 같은 꼬마 계집아이들은 하나같이 비쩍 마르고, 킬킬거리기나 하고, 사내아이들만큼이나 심하게 장난치기를 좋아했었다. 그런데 겨우 넉 달이 지나 그들이 (새 어른이 되어) 돌아와서 보니, 그들과 함께 자랐던 바로 그 계집아이들은, 어디를 가나 망고만 한 젖가슴을 앞으로 내밀고, 머리를 젖히고 팔을 휘저으며 돌아다니고, 짤랑거리는 새 귀걸이와 구슬과 팔찌를 자랑하느라고 흔들어 대었다. 쿤타와 그의 친구들이 화가 났던 까닭은, 소녀들이 그렇게 멋대로 굴어서라기보다는, 자기들보다 적어도 열 장마철 이상이나 나이가 많은 남자들만을 위해서 그런 행동을 하는 듯싶었기 때문이었다. (열넷이나 열다섯 살이 되어) 결혼할 나이가 된 처녀들은, 쿤타 같은 새 어른들이라면, 코웃음 치거나 비웃는 경우를 제외하고는, 거들떠보지도 않았다. 쿤타와 동무들은 너무 역겨운 기분이 들어서, 아양을 떨어 대는 소녀들과 그들의 비위를 맞추려고 몸이 달아 점잔 빼는 나이 많은 남자들에게는, 신경을 쓰지 않기로 결심했다.

그러나 어떤 때는, 아침에 잠이 깨면, 쿤타의 포토가 그의 엄지손가락만큼이나 뻣뻣해졌다. 물론 그가 라민의 나이였을 때도 그것은 여러 번 뻣뻣해지기는 했었지만, 이제는 그 느낌이 무척 달라서, 아주 깊고 강렬했다. 그리고 쿤타는 이불 밑으로 손을 넣어 그것을 꼭 쥐어 주지 않고는 배길 수가 없었다. 그리고 그는 또한, 그와 그의 친구들이 우연히 들은 얘기이지만, 포토를 여자의 몸에 집어넣는다는 얘기가 자꾸만 머리에 떠올랐다.

(어린 소년이었을 때부터 쿤타는 꿈을 많이 꾸어서, 깨어 있을 때도 꿀 정도라고 빈타가 말했었는데) 어느 날 밤 꿈에서, 그가 추수 축제 세오루바를 구경하려니까, 가장 아름답고 목이 아주 길며, 숯처럼 새까만 처녀가 그를 선택해서, 머리 끈을 집으라고 집어던졌다. 그가 끈을 집자, 그녀는 〈쿤타가 나를 좋아해요!〉라고 소리치며 집으로 달려갔고, 곰곰이 생각해 본 그녀의 부모는 그들의 결혼을 허락했다. 오모로와 빈타도 역시 동의했고, 양쪽 아버지들은 신붓값을 흥정했다. 〈따님이 아름답기는 하지만, 내 아들의 아내로서 참된 가치가 나가는지 난 걱정이군요.〉 오모로가 말했다. 〈따님이 힘이 세고, 열심히 일을 하나요? 집에서는 싹싹한 성격인가요? 따님이 요리를 잘하고, 아이들을 잘 돌보나요? 그리고 무엇보다도, 따님은 처녀가 확실한가요?〉 대답은 하나같이 그렇다는 말이었고, 그래서 값이 정해지고, 결혼 날짜가 결정되었다.

쿤타는 멋진 흙집을 새로 지었고, 양가의 어머니들은 손님들에게 가장 훌륭한 인상을 주려고 푸짐하게 요리를 장만했다. 그리고 결혼식 날에는, 어른들과, 아이들과, 염소와, 닭과, 개와, 앵무새와, 원숭이들은 모두, 그들이 데려온 악사들의 음악을 한껏 즐겼다. 신부 측의 일행이 도착하자, 찬양 가수는 결합이 될 훌륭한 집안들을 큰 소리로 칭송했다. 신부의 가장 친한 여자 친구들이 그녀를 쿤타의 새 집으로 밀어 넣자, 함성이 더욱 커졌다. 모든 사람들에게 미소를 짓고 손을 흔들어 주면서, 쿤타는 그녀를 따라 들어가서 문에 휘장을 쳤다. 그녀가 침대에 앉고 나서, 그는 그녀에게 유명한 옛날 사랑의 노래를 불러 주었다. 〈만둠베여, 그대의 기다란 목은 무척 아름다우니……〉 그리고 그들은 매끄럽고 팽팽한 가죽 위에 누웠고, 그녀는 부드럽게 그에게 입을 맞추었으며, 그들은 서로 꼭 얼싸안았다. 그리고 쿤타가 얘기를 자주 들어서 눈에 선했던, 바로 그 일이 벌어졌다. 그것은 얘기로 들었을 때보다 더 훌륭했고, 느낌은 점점 더 고조되어서…… 드디어 그것이 쏟아졌다.

갑자기 잠에서 깨어난 쿤타는, 오랫동안 가만히 누워서, 무슨 일이 벌어졌는지를 생각해 보았다. 그리고 가랑이 사이로 손을 넣어 보니,

그의 몸과 침대에서, 따뜻하고 축축한 액이 만져졌다. 놀라고 겁이 난 그는 벌떡 일어나서, 헝겊을 더듬어 찾아, 그의 몸과 침대를 닦았다. 그러고는 어둠 속에서, 꼼짝 않고 일어나 앉았으려니까, 두려움은 천천히 어색함으로, 어색함은 부끄러움으로, 부끄러움은 쾌감으로, 그리고 쾌감은 결국 어떤 자부심으로 바뀌었다. 그의 친구들 중 어느 누구에게라도 이런 일이 일어난 적이 있었을까 하고 그는 궁금해했다. 그랬기를 바랐으면서도, 남들에게는 그런 일이 일어나지 않았기를 바라기도 했으니, 정말로 어른이 되면 이렇게 되나 보다 하는 생각이 들었고, 이왕이면 그는 첫 번째가 되고 싶었기 때문이었다. 그러나 이런 경험이나 이런 생각은 남들하고는 함부로 결코 나눌 수가 없는 종류의 것이라서, 그는 정말로 그가 첫 번째였는지는 절대로 알아내지 못하리라고 믿었다. 결국은 황홀감과 피곤함을 느끼면서, 그는 다시 자리에 누워, 꿈을 꾸지 않으면서, 즐겁게 잠들었다.

28

어느 날 오후, 그가 재배하는 땅콩밭 옆에 앉아 점심을 먹으며, 쿤타는 그의 새 임무를 수행하느라고 거의 날마다 거의 모든 마을 사람을 만나고 함께 얘기를 나누었기 때문에, 자기가 주푸레의 모든 남자와, 여자와, 아이와, 개와, 염소를 안다고 생각했다. 그런데 왜 그는 그토록 외롭게 느꼈을까? 그는 고아였던가? 그에게는 그를 남자로 대해 주는 아버지가 있지 않은가? 어머니는 그의 뒷바라지를 충실히 해주지 않던가? 그를 우러러보는 동생들도 그에게는 있지 않은가? 새 어른이 된 그는 그들의 우상이 아니었던가? 어렸을 때는 진흙에서 같이 놀았고, 소년 시절에는 같이 염소를 몰았으며, 어른이 되어 같이 주푸레로 돌아온 친구들의 우정이 그에게는 있지 않았던가? 그의 밭을 가꾸어, 염소 일곱 마리와 닭 세 마리를, 멋지게 장식한 오두막을 열여섯 번째 생일이 오기도 전에 마련했다고 해서, 그는 카포 친구들의 부러움과 어른들의 존경심을 얻지 않았던가? 그는 이런 사실들을 부인할 수가 없었다.

그래도 그는 외로웠다. 오모로는 너무 바빠서, 그에게 아들이 하나

뿐이었고 마을에서의 책임이 작았을 때처럼, 쿤타와 많은 시간을 같이 지낼 여유가 없었다. 빈타 역시 쿤타의 동생들을 돌보느라고 바빴는데, 하기야 그는 어머니와 나눌 만한 얘기가 거의 없었다. 그는 라민과도 이제는 가깝지 않았고, 그가 주오오에 가서 훈련을 받던 사이에 라민이 한때 쿤타에 대해서 그랬듯이, 수와두는 라민을 숭배하며 그림자처럼 따라다녔으며, 어린 동생에 대한 라민의 태도가 짜증에서 관용으로, 그리고 다시 애정으로 바뀌는 과정을 쿤타는 복잡한 감정으로 지켜보았다. 곧 그들은 떼어 놓기 어려운 사이가 되었고, 그래서 쿤타는 그들과 어울리기에는 너무 어렸지만 끼워 주지 않는다고 징징거릴 만큼은 머리가 큰 마디나 마찬가지로, 파고 들어갈 여지가 없었다. 두 형이 어머니의 오두막에서 재빨리 빠져나가지 못하는 날이면, 빈타는 물론 그녀의 발길에 거치적거리지 않도록 쫓아 버리기 위해, 마디를 데리고 함께 나가라고 그들에게 명령했으며, 마을을 돌아다니는 세 동생의 모습을 보면 쿤타는, 태어난 순서대로 줄을 지어, 앞의 두 명은 음울하게 앞만 노려보고, 꼬마 동생은 즐거워서 미소를 지으며 혼자 뒤떨어지지 않으려고 거의 뛰다시피 꽁무니를 쫓아가는 그들의 모습을 보면, 자기도 모르게 미소를 지었다.

쿤타의 뒤를 따라오는 사람은 요즈음 아무도 없었으며, 나란히 서서 같이 걸으려는 사람도 많지 않았고, 그의 카포 친구들은 그들의 새로운 의무와 (아마도 쿤타와 마찬가지로) 성인이 되어 얻게 된 애매한 보상에 대해서, 여러 가지로 궁리하느라고 거의 모든 시간을 보냈다. 그들은 농사를 지을 땅뙈기를 얻었고, 염소라든가 다른 재산을 모으기는 했다. 그러나 땅은 작았고, 일은 힘들었으며, 그들의 재산은 나이 많은 남자들과 비교해 볼 때 창피할 만큼 적었다. 그들은 또한 마을의 눈과 귀 노릇도 맡아서 했지만, 그들이 검사를 하지 않더라도 솥은 깨끗했고, 가끔 비비 떼나 새들 말고는, 밭으로 침범하는 새와 짐승도 별로 없었다. 곧 분명해졌듯이, 정말로 중요한 일들은 마을 어른들이 다 맡았으며, 그것도 모자라서인지, 새 어른들에게는 그들이 피상적인 책임만을 넘겨주었듯이, 존경심도 피상적으로만 나타냈다. 새 어른 가운데 누군가 지극히 힘든 일을 실수 하나 없이 해내는 경우, 그들이 어쩌다가 젊은 어른들에게 조금이라도 관심을 보인다고 하더라도, 마을 어른들은 젊은 처녀들이나 마찬가지로 웃음을 참느라고 무척 애를 쓰는 듯싶기만 했다. 어쨌든 자기도 언젠가는 그들처럼 나이 많은 남자가 될 터이고, 그러면 그는 성인의 옷을 더욱 위엄을 보이며 입을 뿐더러, 지금 그와 친구들이 받는 대우와는 달리, 젊은 남자들을 훨씬 깊은 애정과 이해로 대하리라고 쿤타는 속으로 다짐했다.

초조한 기분으로, (그리고 자신에 대해서 조금쯤은 가엾다고 느끼면서) 그날 밤 쿤타는 혼자 산책을 하려고 오두막을 나섰다. 비록 마음속으로 정한 목적지는 없었지만, 그는 발이 이끄는 대로, 늙은 할머니들이 밤마다 마을의 첫째 카포에게 얘기를 해주는 모닥불 언저리에 둘러앉은, 아이들의 황홀한 얼굴에서 반짝이는 눈빛에 이끌려 갔다. 얘기가 들릴 만큼 가까운 (그러나 듣고 있다는 눈치를 채이지는 않을 만한) 자리에서 멈춘 쿤타는, 쪼그리고 앉아 발밑의 돌을 살펴보는 척하면서, 어느 쪼글쪼글한 늙은 여자가 가냘픈 손을 휘저어 가며, 손짓발짓 시늉을 섞어 가며, 실감이 나라고 공터에 모여 앉은 아이들 앞에서 깡충깡충 뛰어다니기도 하며 들려주던 얘기를 귀동냥 했는데, 5백 개의 상아 나팔과 5백 개의 거대한 전쟁 북을 천둥처럼 우렁차게 울리면서 싸움터로 나아갔던 카소온 왕의 용감한 4천 무사에 관한 내용이었다. 그것은 어렸을 적에 그가 모닥불 가에서 여러 번 들었던 얘기였으며, 앞줄에 앉은 마디와 뒷줄에 앉은 수와두의 눈이 휘둥그레진 얼굴을 보고, 그는 어쩐지 그 얘기를 다시 듣기가 서글퍼졌다.

한숨을 지으며 그는 자리에서 일어나, 올 때처럼 남의 눈에 띄지 않게 느린 걸음으로 그 자리를 떠났다. 라민이 자기 나이 또래의 다른 아이들과 나란히 앉아 『꾸란』 구절을 읊는 자리에서도, 그리고 빈타가 다른 어머니들과 나란히 앉아 남편과, 집안일과, 아이들과, 요리와, 바느질과, 화장과, 머리 꾸밈새에 대한 잡담을 하는 모닥불에서도, 그는 환영을 받지 못했다. 그들을 그냥 지나쳐서 그는 결국, 주푸레의 남자들이 바오밥의 늘어진 나뭇가지 밑에 둘러앉아, 마을일이나 다른 중대한 사건을 의논하는 네 번째 모닥불에 어느덧 이르렀다. 첫 번째 모닥불 가에서는 너무 나이가 많다고 느꼈듯이, 그는 여기서는 너무 나이가 어려서 끼어들 자격이 없다는 생각이 들었다. 그러나 따로 갈 곳도 없고 해서, 마을 어른들과 함께 킨탕고 나이의 사람들이 가장 가까이 둘러앉은 불가에서, 오모로와 나이가 비슷한 사람들이 앉은 자리보다 뒤에서, 가장 바깥쪽 사람들 사이에 자리를 잡았다. 그리고 그는 어떤 사람이 하는 얘기를 들었다.

「요새 우리 사람들이 얼마나 많이 붙잡혀 가는지 알기나 하나요?」

그들은 백 장마철 이상이나 남자들의 모닥불 가에서 주로 오가는 얘기를 했는데, 그것은 투봅이 사람들을 훔쳐서 쇠사슬로 묶어 바다 건너 백인 식인종들의 왕국으로 데려간다는 노예사냥 얘기였다.

잠깐 동안 침묵이 흐르고 난 다음, 알리마모가 말했다. 「옛날보다 숫자가 적어졌다는 사실만이라도 알라신에게 감사를 드려야겠죠.」

「지금은 훔쳐 갈 사람의 숫자가 얼마 안 남았으니까 그렇죠!」 화가 난 어느 마을 어른이 말했다.

「난 북소리를 듣고는 없어진 사람들의 숫자를 헤아립니다.」 킨탕고가 말했다. 「내 생각에는 볼롱에서 우리가 사는 쪽에서만도 한 달에 쉰에서 예순 명이 없어졌어요.」 그 말에 아무도 대답을 하지 않았고, 그는 말을 덧붙였다. 「숲 쪽으로 더 들어간 곳이나 강 위쪽에서 없어지는 사람의 숫자는 물론 알 길이 없죠.」

「어째서 투봅에게 잡혀간 사람들의 숫자만 따지나요?」 아라팡이 물었다. 「우린 옛날에 마을이 자리를 잡았던 곳에서 불에 타버린 바오밥도 헤아려야죠. 붙잡혀 가기만 한 것이 아니라, 불에 타거나 싸우다 죽은 사람들도 많아요!」

어른 남자들이 오랫동안 모닥불을 노려보았고, 그러자 다른 노인이 침묵을 깨뜨렸다. 「우리 편 사람들이 도와주지 않는다면, 투봅은 절대로 이런 짓을 할 수가 없습니다. 만딩카, 풀라, 월로프, 졸라— 감비아의 부족들 중에는 모두 슬라테 반역자들이 끼여 살아요. 어렸을 때 난 이 슬라테들이, 그들과 똑같은 사람들을, 투봅을 위해서 빨리 걸으라고 때리는 광경을 보았어요!」

「투봅의 돈을 위해서 우리들 스스로 배반을 하죠.」 주푸레의 나이 많은 어른이 말했다. 「탐욕과 반역— 그들이 훔쳐 간 사람들에 대한 대가로 투봅이 우리들에게 그것을 주었습니다.」

다시 얼마 동안 아무도 말을 하지 않았고, 조용히 불꽃이 튀었다. 그러자 킨탕고가 다시 말했다. 「투봅의 돈보다도 더 나쁜 건, 투봅이 밥 먹듯이 거짓말을 하고, 계획적으로 속인다는 사실이죠. 그래서 그들은 유리한 입장에서, 우리들을 마음대로 하게 됩니다.」

시간이 좀 흘렀고, 쿤타의 위 카포인 어느 젊은 남자가 물었다.「투 봅은 절대로 달라지지 않을까요?」

「달라지겠지.」 마을 어른 한 사람이 말했다.「강물이 거꾸로 흐르게 될 때쯤이라면 말이야.」

곧 불은 연기를 뿜어내는 잿더미만 남았고, 남자들은 자리에서 일어나, 기지개를 켜고, 서로 인사를 하고는, 그들의 오두막으로 돌아가기 시작했다. 그러나 모든 모닥불의 따뜻한 재를 흙으로 덮을 한 사람과, 쿤타를 포함한 나머지 셋째 카포의 젊은 남자 다섯은, 주푸레의 높다란 대나무 울타리 너머에 세워 놓은 마을의 망루로 야간 교대 근무를 하러 나가려고 남았다. 불가에서의 그런 놀라운 얘기를 듣고 난 다음이어서, 쿤타는 졸음이 올까 봐 고생할 필요는 분명히 없었지만, 그래도 그는 이런 날 안전한 마을을 벗어난 곳에서 밤을 지새울 마음은 내키지 않았다.

태연한 체하면서, 어슬렁거리며 주푸레 마을을 가로질러 가서 대문을 나선 쿤타는, 동료 보초들에게 손을 흔들어 주었고, 속에 뾰족한 막대기들을 감추고 날카로운 가시나무를 두텁게 쌓아 올린 울타리 바깥쪽을 따라서, 나뭇잎으로 가린 매복 장소로 갔는데, 그곳에서는 이렇게 달이 밝은 밤이면 주변의 은빛 경치가 한눈에 보였다. 그는 한껏 편안한 자세로, 창을 무릎에 가로질러 놓고, 무릎을 끌어당겨 따뜻하게 팔로 감싸 안고는, 밤을 보낼 준비를 했다. 무엇이 움직이는 기척이 조금이라도 보이지 않나 하고 긴장된 눈으로 둘러보면서, 그는 귀뚜라미의 목청 돋운 울음소리와 밤새들의 으스스한 지저귐, 멀리서 울부짖는 하이에나와 갑자기 습격을 받은 조심성 없는 동물들의 비명을 들었고, 불가에서 남자들이 하던 얘기를 생각했다. 아무 사고도 없이 새벽이 되자, 그는 노예 약탈자들에게 습격을 받지 않았다는 사실 못지않게, 한 달 만에 처음으로 그의 개인적인 문제를 걱정하면서 시간을 보내지 않았음을 깨닫고 놀랐다.

29

거의 날마다 쿤타는, 빈타가 공연한 온갖 핑계로 그의 신경을 자꾸만 건드리는 듯한 생각이 들었다. 그녀가 하는 행동이나 말 때문이 아니라, (대단치 않은 표정이나 어떤 목소리의 억양 따위의) 다른 방법으로 교묘하게 그에 대해서 그녀가 불만을 나타냄을 쿤타는 의식했다. 빈타가 자기 손으로 그에게 마련해 주지 않은 어떤 새로운 물건을 그가 장만할 때 그런 행동이 가장 심했다. 어느 날 아침 그에게 식사를 가져온 빈타는, 자기 손으로 짓지 않은 둔디코를 그가 처음으로 입은 모습을 보고는, 김이 나는 쿠스쿠스를 쿤타에게 쏟을 뻔했다. 길들인 하이에나 가죽을 주고 그것을 구해 가진 데 대해 죄의식을 느끼면서, 어머니의 마음이 무척 상했음을 알면서도, 쿤타는 화가 나서 아무런 설명도 하지 않았다.

그날 아침 이후로, 빈타는 식사를 가지고 올 때마다, (의자나 돗자리나 바구니나 접시나 냄비 따위의) 그녀와는 아무런 관계가 없는 어떤 물건이 혹시 없나 찾아보려고, 오두막 안의 모든 도구를 확인했다. 만일 못 보던 물건이 나타나면, 빈타의 날카로운 눈은 그것을 놓치는 법이 없었다. 남편과 말다툼이라도 벌이고 나면 모든 만딩카 여자들이 하는 짓이라고는 그것뿐이었듯이, 어서 마을의 우물가로 달려가서 여자 친구들을 만나 커다란 소리로 한탄을 하고 싶어 하는 듯한 그런 못마땅한 표정을, 관심도 없고 상관도 않겠다는 듯 오모로 앞에서 수없이 여러 번 그녀가 지었던 그런 표정을 어머니가 짓고 버티는 동안, 그녀의 속마음을 오모로만큼이나 훤히 잘 알았던 쿤타는 화가 나서 가만히 앉아 있기만 했다.

어느 날, 어머니가 아침 식사를 가지고 오기 전에, 쿤타는 주푸레의 과부 몇 명 가운데 한 사람인 진나 음바키가 그에게 선물로 준 예쁘게 짠 바구니를, 어머니가 틀림없이 발에 걸려 넘어지도록 오두막의 문 안쪽에 놓아두었다. 그 과부가 빈타보다 나이가 조금 아래라는 사실을 그는 잊지 않았다. 쿤타가 아직도 둘째 카포 염소몰이였을 때, 그녀의 남편은 멀리 사냥을 나갔다가, 다시는 돌아오지 않았다. 그녀는 쿤타가 상당히 자주 찾아가던 뇨 보토와 꽤 가까운 곳에 살았고, 그래서 그는 과부를 만나게 되었고, 쿤타가 나이를 먹자 서로 얘기도 건네고는 했다. 과부의 선물을 보고, 쿤타의 친구 몇 사람이 소중한 대나무 바구니를 그에게 준 뜻이 무엇이겠느냐고 그를 놀려 대자, 쿤타는 짜증이 났다. 빈타가 그의 오두막으로 와서, 그것을 보고 과부가 짠 솜씨임을 알아보자, 그녀는 마치 바구니가 전갈이라도 되는 듯 흠칫 하더니, 시간이 좀 걸려서야 겨우 정신을 가다듬었다.

물론 그녀는 아무 소리도 하지 않았지만, 쿤타는 자신의 목적을 달성했음을 알았다. 그는 이제 어린아이가 아니었으니, 그녀도 어머니 노릇을 이제는 그만 해도 되었다. 그는 어머니의 그런 버릇을 바로잡는 일이 자기의 책임이라고 생각했다. 쿤타는 빈타가 남편에게 하듯이 그대로 아들을 존경하게끔 만들려면 어떻게 해야 되겠느냐고, 오모로에게 의견을 묻는 우스꽝스러운 입장을 택할 수는 없는 노릇이었고, 오모로에게 얘기를 할 만한 일도 아니었다. 쿤타는 이 문제를 뇨 보토와 상의할까 했지만, 성인 훈련에서 돌아왔을 때 그에게 보여 주었던 그녀의 묘한 태도가 기억나서, 생각을 고쳐먹었다.

그래서 쿤타는 스스로 해결하기로 작정했고, 얼마 후에는 그가 여태까지 거의 모든 세월을 보냈던 빈타의 오두막을 다시는 찾아가지 않기로 마음먹었다. 그리고 빈타가 식사를 가져와서, 그의 앞에 펼쳐 놓은 돗자리 위에 차려 놓고, 그를 쳐다보거나 말도 걸지 않고 나가 버릴 때까지, 그는 조용히 뻣뻣하게 앉아 침묵을 시키며 버틸 참이었다. 쿤타는 결국 다른 방법으로 식사를 해결할 방법을 따져 보기 시작했다. 대부분의 다른 새 어른들은 아직도 어머니가 지은 밥을 먹었지만, 누이나 이모가 지어 주기도 했다. 만일 빈타가 조금이라도 더 고약하게 굴면, 그는 자기에게 바구니를 엮어 준 과부나, 아니면 그녀와 같은 여자에게 부탁해야 되겠다고 혼자 다짐했다. 그는 그녀가 기꺼이 요리를 해주리라고 믿었지만, 자기가 그런 생각임을 그녀가 눈치채게 하고 싶지는 않았다. 그러는 사이에 그는 식사 때마다 어머니를 만났지만, 그들은 서로 계속해서 못 본 체했다.

그러던 어느 날 아침 일찍, 땅콩밭에서 보초 근무를 마치고 돌아온 쿤타는, 그와 나이가 비슷해 보이고 다른 곳에서 온 나그네임이 틀림없는 세 젊은 남자가 저만큼 앞에서 길을 서두르는 뒷모습을 보았다. 그는 그들이 뒤돌아볼 때까지 소리를 지르고는, 달려가서 그 사람들을 만나 인사를 나누었다. 그들은 주푸레에서 밤낮으로 걸어 하루가 걸리는 거리인 바라 마을에서 왔으며, 황금을 찾으러 가는 길이라고 말했다. 그들은 만딩카의 한 부족인 펠루프 사람들이었지만, 서로 말을 알아듣기가 어려웠다. 쿤타는 삼촌들의 새 마을을 찾아갔을 때, 수푸레에서 이틀이나 사흘거리에 사는 사람들이었어도 말을 알아듣기 힘들었던 어떤 사람들이 생각났다.

쿤타는 젊은이들의 여행에 호기심을 느꼈다. 그는 친구들도 흥미를 느낄지 모른다는 생각에서, 그들에게 마을에서 하루를 묵었다 가라고 친절을 베풀었다. 그러나 그들은 사흘의 여행 후에 냄비질을 해서 금을 얻게 될 곳으로 어서 가야 한다면서 점잖게 초청을 뿌리쳤다. 「그런데 당신은 우리들하고 같이 갈 생각은 없소?」 한 젊은 남자가 쿤타에게 물었다.

그런 일은 꿈도 못 꾸었던 쿤타는 너무 놀라서 싫다고 하고는, 제안이 고맙기는 하지만, 밭일이나 다른 임무가 많아서 안 되겠다고 말했다. 그러자 세 젊은 남자는 섭섭한 표정을 지었다. 「생각이 달라지면 우리들한테로 찾아와요.」 한 사람이 말했다. 그리고 그들은 꿇어앉아서, 주푸레에서부터 이틀 밤낮 멀리 있는 황금이 나오는 곳을 땅바닥에다 그려 쿤타에게 길을 가르쳐 주었다. 그들 가운데 한 청년의 아버지인 떠돌이 악사가 그곳을 그들에게 알려 주었다고 했다.

쿤타는 새로 알게 된 친구들과 얘기를 나누며, 나그네의 길이 갈라진 곳까지 그들과 동행했다. 세 남자가 주푸레를 지나치는 갈림길에 이르러, 돌아서서 손을 흔들고 가버린 다음, 쿤타는 천천히 집으로 걸어갔다. 그는 집으로 들어가, 뜬눈으로 누워서 생각에 잠겼고, 밤새도록 잠이 올 듯싶지가 않았다. 그의 밭을 돌봐 줄 사람만 구한다면 그는 황금을 찾아 나서야 할지도 모른다. 그리고 그는 (자기도 부탁을 받으면 기꺼이 그러겠지만) 자기가 부탁만 하면, 보초 근무를 대신해 줄 사람이 나오리라고 믿었다.

쿤타는 갑자기 무슨 생각이 머리에 떠올라서 벌떡 일어났는데, 자기도 이제 어른이니까, 전에 아버지가 그를 데리고 갔듯이, 라민을 데리고 여행을 떠나도 되리라고 믿었다. 그러고는 한 시간 동안, 쿤타는 오두막 안에서 서성이며, 흥분이 되는 이런 생각과 씨름했다. 우선, 아직 어린아이였으므로 아버지의 승낙을 받아야 할 라민에게, 오모로가 그런 여행을 허락할까? 어른이 되었는데도 허락을 받아야 할 일이 남았다니, 쿤타는 화가 났지만, 오모로가 안 된다면 어떡하나? 그리고 어린 동생을 데리고 나타나면, 아까 만났던 세 명의 젊은 남자들은 뭐라고 할까?

 가만히 따져 보니, 라민 하나 때문에 이렇게 서성거리면서, 혹시 난처한 일이 닥칠까 봐 쿤타가 공연히 걱정을 해야 할 이유는 무엇이란 말인가? 성인 훈련에서 돌아온 다음부터는, 라민과 그는 그렇게 가까운 사이도 아니었다. 그러나 그들이 원해서 그렇게 되지는 않았음을 쿤타는 알았다. 쿤타가 떠나기 전에는 그들은 정말 사이좋게 지냈었다. 그러나 라민이 존경하고 자랑으로 삼으며 쿤타의 뒤를 졸졸 따라다녔듯이, 항상 형을 쫓아다니는 수와두에게 라민은 시간을 다 빼앗겼다. 그리고 쿤타는 라민이 지금도 변함없이 자기를 그런 식으로 생각해 준다고 믿었다. 라민은 형을 어느 때보다도 더욱 존경한다고 그는 느꼈다. 자기가 어른이 되었기 때문에 어떤 거리감이 생겼을 뿐이었다. 어른들은 아이들과 같이 지내는 시간이 별로 많지 않았고, 그와 쿤타가 그런 서먹서먹한 관계를 원하지 않았더라도, 그들로서는 어떻게 해볼 방법이 없었는데 — 이제 갑자기 쿤타는 황금을 찾으러 가는 여행에 라민을 데리고 갈 생각이 머리에 떠올랐던 것이다.

 「라민은 착한 애예요. 가정 훈련도 잘 되었죠. 그리고 제 염소들도 잘 돌봐 줍니다.」 남자들이란 하고 싶은 얘기부터 불쑥 꺼내지 않는 법이어서, 쿤타는 오모로한테 이렇게 얘기를 시작했다. 물론 오모로도 그것을 알았다. 「그래, 네 말이 맞아.」 그러자 쿤타는 한껏 차분한 태도로, 아버지에게 새 친구 세 사람을 만났더니 황금을 찾으러 같이 가자고 했다는 얘기를 꺼냈다. 깊은 한숨을 쉬고 나서, 쿤타가 결국 말했다. 「라민을 데리고 갈까 하는 생각이 들었어요.」

 잠깐 어떤 감정이 오모로의 얼굴을 얼핏 스쳤다. 시간이 한참 흐르고 나서야 그가 말했다. 〈여행은 소년에게는 좋은 일이야〉라고 그는 말했는데, 그래서 쿤타는 아버지가 딱 잘라 거절하지는 않으리라고 믿게 되었다. 어떤 면에서는 아버지가 자기를 믿는다고 생각했지만, 필요 이상으로는 아버지가 겉으로 드러내지 않았던 걱정스러운 마음도 쿤타는 눈치를 챘다. 「여러 장마철 동안 난 그 지역을 여행해 보지 않았어. 난 그쪽 길이 잘 생각나지 않는구나.」 날씨 얘기를 하듯, 태연하게 오모로가 말했다. 무엇이나 잊어버리는 일이 없었던 아버지가 황금이 나온다는 곳을 찾아가는 길을 기억해 내려고 애쓴다는 사실을 쿤타는 알았다.

땅바닥에 무릎을 꿇고 앉아서 쿤타는, 마치 여러 해 동안 잘 알던 곳이라는 듯, 막대기로 그 길을 그렸다. 그는 멀리 뻗어 나간 길을 그려 놓고, 길에서 멀거나 가까운 마을들을 동그라미로 나타냈다. 오모로도 무릎을 꿇고 앉았으며, 쿤타가 그림을 다 그리자 아버지가 말했다. 「나 같으면 마을이 가까운 길을 따라가겠어. 시간은 더 걸리겠지만, 그러는 편이 훨씬 안전할 테니까.」

쿤타는 갑자기 자신감을 느꼈지만, 훨씬 더 자신만만해 보이기를 바라며, 머리를 끄덕였다. 그가 만났던 세 청년은 (어쩌다가 실수를 저지르더라도) 서로 도우면서 여행하면 되겠지만, 책임을 져야 할 어린 동생과 여행해야 할 그는 사고가 생겨도 도움을 줄 만한 사람이 아무도 없다는 생각이 불현듯 떠올랐기 때문이었다.

잠시 후, 마지막에서 세 번째 길에다 오모로가 손가락으로 동그라미를 그리는 것을 쿤타는 보았다. 「이 지방에는 만딩카 말을 아는 사람이 거의 없어.」 오모로가 말했다. 쿤타는 성인 훈련에서 공부한 내용들이 생각나서 아버지를 빤히 쳐다보았다. 「해와 별이 길을 가르쳐 줍니다.」 쿤타가 말했다.

한참 침묵이 흐른 다음, 오모로가 다시 입을 열었다. 「난 너희 어머니한테 가봐야 되겠어.」 쿤타의 심장이 방망이질을 했다. 그것은 아버지가 허락을 했고, 빈타에게는 아버지가 직접 얘기하는 편이 나으리라는 뜻임을 그는 알았다.

오모로는 빈타의 오두막에서 오래 머물지를 않았다. 그가 자기의 오두막으로 돌아가려고 발길을 돌리자마자, 설레설레 흔들던 머리를 두 손으로 움켜잡고, 어머니가 문으로 벌컥 뛰쳐나왔다. 〈마디야! 수와두야!〉라고 그녀는 소리를 질렀고, 다른 아이들과 어울려 놀던 그들은 그녀에게로 달려갔다.

빈타가 두 아들을 끌고 소리를 지르면서 우물가로 가자, 다른 어머니들과 처녀들이 모두 오두막에서 나와 그녀를 따라갔다. 우물가에 다다르자, 모든 여자들이 그녀를 둘러쌌고, 빈타는 투봅에게 틀림없이 두 아들을 잃게 생겼으니, 이제는 아들이 둘만 남게 되었다고 흐느끼며 신음했다.

쿤타와 라민이 여행을 떠난다는 소식을 혼자만 알고 넘어가기가 아깝다고 생각한 어느 둘째 카포 계집아이는, 그녀의 카포 소년들이 염소 떼에게 풀을 뜯기는 곳으로 달려갔다. 잠시 후에 마을에서는, 조상들의 잠을 모두 깨울 정도로 미친 듯이 좋아서 소리를 지르며 마을로 뛰어 들어오는 소년에게 머리를 돌리며, 사람들은 미소를 지었다. 오두막 문간에서 어머니를 만난 라민은 (비록 아직도 그녀보다 한 뼘은 작았지만) 빈타를 와락 껴안고, 그녀의 이마에 요란하게 입을 맞추고는, 어머니를 번쩍 들어서 한 바퀴 돌렸으며, 그녀는 내려놓으라고 소리를 질렀다. 땅에 발이 닿자마자, 그녀는 뛰어가서 가장 먼저 눈에 띄는 나무토막을 집어 가지고 와서 라민을 때렸다. 어머니가 다시 때리려고 했지만, 그는 (아픈 줄도 모르고) 재빨리 쿤타의 오두막 쪽으로 도망쳤다. 그는 문을 두드리지도 않고 안으로 뛰어 들어갔다. 어른 남자의 집에 그렇게 들이닥치다니 상상도 못 할 일이었지만, 동생의 얼굴을 힐끗 본 쿤타는 그냥 넘겨 버려야 되겠다고 판단했다. 라민은 그대로 서서 형의 얼굴을 우러러보기만 했다. 그의 입은 무엇인가 말을 하려고 움찔거렸으며, 온몸이 떨렸고, 쿤타는 그 순간 그들 사이에 넘쳐흐르는 사랑이 너무나 벅차서, 라민을 끌어당겨 껴안고 싶은 충동을 억지로 참아야만 했다.

쿤타는 무뚝뚝할 정도의 목소리로 말했다. 「벌써 애기를 들은 모양이구나. 내일 아침에 첫 기도가 끝난 다음에 떠날 거야.」

그의 밭과 보초 근무를 대신 맡아 달라는 부탁을 하기 위해서 친구 몇 사람을 바쁘게 만나러 돌아다니며, 쿤타는 절대로 어디서나 빈타에게 가까이 가지 않으려고 조심했다. 빈타가 마디와 수와두의 손을 잡고 마을 안을 돌아다니며 징징대었기 때문에, 소리만 들어도 쿤타는 그녀가 지금 어디 있는지를 쉽게 알았다. 「이제 나에게는 이 두 아이만 남았답니다!」 그녀는 바락바락 소리쳤다. 그러나 그녀가 어떤 기분을 느끼고 무슨 말이나 행동을 하더라도 오모로의 애기는 이미 끝났음을, 주푸레의 다른 모든 사람들과 마찬가지로, 그녀 역시 알았다.

30

 나그네나무 앞에서 쿤타는 안전한 여행을 위해 기도를 드렸다. 그리고 좋은 결과도 얻게 되기를 비느라고 그는 가지고 온 닭의 한쪽 다리를 나지막한 나뭇가지에 매달고는, 비명을 지르며 퍼덕이는 닭을 남겨 두고 길을 떠났다. 뒤를 돌아다보지 않았어도 쿤타는 라민이 그의 걸음을 따라오며 머릿짐을 떨어뜨리지 않으려고, 그리고 쿤타가 그것을 눈치 채지 못하게 하느라고 애쓰고 있음을 알았다.

 한 시간 후에 그들은 열매가 주렁주렁 매달렸으며, 나지막하고, 가지가 많은 나무에 다다랐다. 그런 나무 근처에는 만딩카 족의 일부이며 이교도인 카피르들이 산다고 쿤타는 라민에게 설명을 해주고 싶었는데, 카피르는 흙으로 빚은 대통이 달린 나무 담뱃대로 잎담배를 피우거나 냄새를 맡고, 벌꿀로 빚은 술을 마시는 사람들이었다. 그러나 라민에게는 그런 설명보다도 말없이 걷는 훈련이 훨씬 더 중요했다. 점심때가 되자 쿤타는 라민의 발과 다리뿐 아니라, 무거운 머릿짐을 인 목도 무척 아프리라고 생각했다. 그러나 힘겨운 고통을 이겨 내야만 소년의 몸과 마음은 튼튼해진다. 그러면서도 쿤타는 기진맥진해서 라민이 주저앉아 자존심이 상하기 전에, 잠깐 쉬도록 해야 되겠다고 생각했다.

 첫 마을을 그냥 지나치려고 옆길로 들어선 그들은, 자기들을 살펴보려고 달려 나온 발가벗은 첫째 카포 아이들을 곧 떨쳐 버렸다. 쿤타는 아직도 뒤를 돌아다보지 않았지만, 아이들 앞에서 라민은 자존심을 지키기 위해 걸음을 서두르고, 허리를 꼿꼿이 폈으리라고 생각했다. 그러나 마을과 아이들이 멀어지자, 쿤타의 생각은 라민에게서 다른 일들로 옮겨 갔다. 가면이나 사람의 형상을 새기는 사람들이 처음에는 머릿속에서 그림을 먼저 그려 보듯이, 그는 자기가 만들어 갖고 싶은 북을 머릿속에서 생각해 보았다. 북의 위쪽을 씌우려고 그는 이미 어린 염소의 껍질을 벗겨 다듬어 오두막에 두었고, 북의 튼튼한 틀을 만들기에 적당한 단단한 나무를 구할 수 있는 곳도, 여자들의 논을 지나 조금만 가면 다다르게 되는 곳을 잘 봐두었다. 쿤타의 귀에는 그가 만들 북의 소리가 들려오는 듯했다.

 길이 근처의 나무숲으로 접어들자, 쿤타는 배운 그대로, 그가 가지고 다니는 창을 꽉 움켜쥐었다. 그는 조심스럽게 걸어가다가 걸음을 멈추고는, 아주 조용히 귀를 기울였다. 라민은 무서워서 숨도 못 쉬며, 눈이 휘둥그레져서, 그의 뒤에 서서 기다렸다. 그러나 잠시 후, 쿤타는 그것이 남자들이 일하면서 부르는 노랫소리임을 알아내고, (마음이 놓여서) 긴장을 풀고 다시 걷기 시작했다. 그와 라민은 곧 개활지로 나서서, 통나무를 깎아 만든 배를 밧줄로 끌고 가는 남자 열두 명을 보았다. 그들은 나무를 베어서 불에 태우고 파낸 다음, 이제는 그것을 멀리 강까지 끌고 갈 셈이었다. 그들은 밧줄을 한 번 당길 때마다, 〈어영차!〉라는 말로 항상 끝나는 노래의 다음 구절을 불렀고, 다시 힘껏 당겨서, 통나무배를 한 팔씩 끌고 나아갔다. 그 남자들에게 손을 흔들어 주자, 남자들이 마주 손을 흔들었고, 쿤타는 그들을 지나치며, 나중에 라민에게 이 사람들이 누구이며, 왜 강둑에서 가까운 숲에서가 아니라 이곳의 숲에서 자라는 나무로 통나무배를 만들었는지 그 까닭을 얘기해 줘야겠다고 마음속으로 다짐했는데 ― 그들은 가장 훌륭한 만딩카 통나무배를 만드는 케레완 마을 사람들이었으며, 그래서 숲의 나무만이 물에 잘 뜬다는 사실을 알았다.

쿤타는 그들이 만나러 가는 바라의 세 젊은 남자에 대해서 따스한 느낌이 몰려오는 기분이 들었다. 전에는 만난 적이 없었지만 이상하게도 그들이 형제들처럼 여겨졌다. 그들도 역시 만딩카 사람들이었기 때문인지도 모른다. 그들은 말이 다르기는 해도, 마음속은 다르지가 않았다. 그들처럼 그는 (다음 장마철 전에 고향으로 돌아가리라 작정하고) 재산을 얻고, 약간의 흥분을 맛보려고 마을을 떠나기로 결심했었다.

한낮의 알란사로 기도를 할 시간이 가까워 오자, 쿤타는 길을 벗어나서 나무들 사이를 흐르는 조그만 강으로 내려갔다. 그는 라민에게 눈길을 주지 않으면서, 머릿짐을 내려놓고, 팔다리 운동을 하고, 얼굴을 적시기 위해 손으로 물을 폈다. 그는 물을 조금만 마셨고, 기도를 한참 드리다가, 라민의 머릿짐이 털썩 떨어지는 소리를 들었다. 기도를 끝내고 그를 꾸짖을 생각으로 벌떡 일어난 그는, 무척 고통스럽게 물로 기어가는 동생을 보았다. 쿤타는 무뚝뚝한 목소리로 말했다. 「한 번에 조금씩만 마셔야 해!」 라민이 물을 마시는 동안, 쿤타는 여기서 한 시간만 쉬어 가면 충분하리라고 생각했다. 음식을 몇 입 먹고 나서 라민은 해 질 녘의 피티로 기도 시간까지 걸을 기운을 차려야 하고, 날이 저물면 두 사람 다 더 푸짐한 식사와 밤의 휴식을 즐기리라고 그는 생각했다.

그러나 라민은 너무 지쳐서 식사조차 할 힘이 없었다. 그는 물을 마시던 강가에서, 손바닥을 위로 벌리고 팔을 뻗은 채로, 엎어져서 일어날 생각을 하지 않았다. 쿤타는 그의 발바닥을 살펴보려고 조용히 다가갔는데, 아직 피는 나지 않았다. 그리고 쿤타도 고양이 잠을 잤는데, 잠이 깨자 그는 머릿짐에서 둘이 먹기에 충분할 만큼의 고기를 꺼냈다. 그는 라민을 흔들어 깨워 고기를 주고, 자기도 먹었다. 그들은 다시 길을 나섰고, 곧 바라의 젊은 남자들이 쿤타에게 그려 주었던 구부러진 길과 표시들이 모두 나타났다. 어느 마을 근처의 개울에서 그들은, 재빠른 손놀림으로 물 속의 게를 잡느라고 바쁜 두 늙은 할머니와, 두 젊은 여자와, 첫째 카포 아이 몇 사람을 보았다.

저녁이 가까워지고 라민이 머릿짐으로 점점 더 손을 자주 가져가게 되었을 때쯤에, 쿤타는 저만치 앞에 내려앉으려고 맴도는 커다란 숲새 한 떼를 보았다. 그가 갑자기 걸음을 멈추고 몸을 감추자, 라민은 근처의 덤불 뒤에 주저앉았다. 쿤타는 입술을 내밀어 암놈을 부르는 수놈의 소리를 내었는데, 곧 통통하고 멋진 암놈 몇 마리가 퍼덕이고 뒤뚱거리며 왔다. 새들이 머리를 갸우뚱대고 두리번거리는 사이에 쿤타의 화살이 한 놈을 꿰뚫었다. 그는 머리를 잡아 뽑아 피를 다 쏟아 내고, 새가 구워지는 동안 엉성한 덤불 집을 짓고는, 기도를 드렸다. 그는 또한 머릿짐을 내려놓자마자 다시 잠들어 버린 라민이 잠에서 깨기 전에, 오던 길에서 그가 딴 야생 옥수수도 몇 개 구웠다. 라민은 음식을 게걸스럽게 삼키고 나자마자, 잎이 많이 달린 나뭇가지를 비스듬히 세워 만든 지붕 밑의 포근한 이끼 위에 털썩 누워서, 말 한마디 없이 다시 잠에 빠졌다.

쿤타는 고요한 밤공기 속에서 무릎을 끌어안고 앉았다. 별로 멀지 않은 곳에서 하이에나들이 캥캥거렸다. 얼마 동안 그는 숲의 다른 소리들이 무엇인지를 알아맞히면서 시간을 보냈다. 그러자 그는 은은하게 세 번 울리는 음악적인 뿔나팔 소리를 들었다. 그는 그것이 다음 마을의 알리마모가 속이 빈 상아로 마지막 기도를 알리는 소리임을 알았다. 그는 사람의 목소리와 사뭇 비슷한 그 음산한 소리를 라민이 잠을 자지 않고 들었다면 좋았으리라고 생각했지만, 동생은 무슨 소리에도 흥미를 느끼지 않는다는 생각이 나서 미소를 지었다. 그러다가 기도를 드리며 쿤타도 잠이 들었다.

해가 떠오른 다음 얼마 안 되어서, 그들은 그 마을을 지나가면서, 아침 죽을 끓이려고 여자들이 쿠스쿠스를 빻는 절굿공이의 북 치는 듯한 소리를 들었다. 쿤타는 군침이 돌았지만, 걸음을 멈추지는 않았다. 길을 따라 내려가니, 얼마 안 가서 또 마을이 하나 나왔고, 그들이 지나가며 살펴보니까 남자들은 모스크로 가고, 여자들은 요리하는 불가에서 수선을 피웠다. 또 얼마를 더 가서, 쿤타는 길가에 앉아 있던 늙은 남자를 만났다. 그는 고꾸라질 듯 몸을 숙이고는, 별보배고둥 조가비를 대나무로 엮어 만든 돗자리 위에다 늘어놓고 뒤적이고 또 뒤적이며 혼자 투덜거렸다. 방해가 되지 않으려고 쿤타가 그냥 지나치려니까, 노인이 머리를 들고 이리 오라면서 그들을 소리쳐 불렀다.

「나는 심바니 숲 너머로 태양이 떠오르는 워올리 왕국의 코아타 쿤다 마을에서 왔단다.」 그는 높고 날카로운 목소리로 말했다. 「그런데 도대체 너희들은 어디서 오는 길이냐?」 쿤타는 주푸레 마을이라고 했으며, 노인은 머리를 끄덕였다. 「그곳 얘기는 들었어.」 그는 〈죽기 전에 꼭 가보고 싶은〉 팀북투로 가려는 그의 여행에 대해서 조가비로 점을 치는 중이었는데, 나그네들이 혹시 그를 도와주지 않겠느냐고 물었다. 「우린 가난하지만, 가진 것이라면 무엇이든 나눠 드리겠어요, 할아버지.」 머릿짐을 내려놓으면서 그렇게 대답한 쿤타는, 손을 집어넣어서 말린 고기를 조금 꺼내 노인에게 주었고, 노인은 고맙다고 하고는 음식을 무릎 위에다 놓았다.

그들을 넘겨다보고 그는 물었다. 「형제끼리 여행을 하는 거냐?」

「그래요, 할아버지.」 쿤타가 대답했다.

〈장한 일이다!〉라고 말하고는, 노인이 조가비를 두 개 집어 들었다. 「이것도 사냥 가방에 넣어 가지고 가면 나중에 돈이 될 거야.」 조가비 하나를 내주면서 그는 쿤타에게 말했다. 「그리고 너, 어린것아.」 다른 한 개를 라민에게 주면서 그가 말했다. 「네 가방을 장만할 만큼 자랐을 때를 위해 이걸 가지고 다녀라.」 두 사람은 그에게 고맙다고 했으며, 그는 그들에게 알라신의 축복을 빌어 주었다.

상당히 오랫동안 더 걸어간 다음에 쿤타는 이만하면 라민과의 침묵을 깨뜨릴 때가 되었다고 생각했다. 걸음을 멈추거나 돌아서지도 않고, 그는 얘기를 시작했다. 「아까 그 노인이 가고 싶어 하는 곳의 이름을 방랑하는 만딩카 사람들이 지었다는 전설이 전해 내려온단다. 그들은 그곳에서 전에는 한 번도 본 적이 없는 어떤 벌레를 발견했고, 그래서 〈새 벌레〉라는 뜻으로 그곳의 이름을 〈툼보 쿠투〉라고 붙였어.」 동생에게서 응답이 없어 뒤를 돌아다보았더니, 라민은 저만큼 뒤에서, 땅에 떨어져 풀어진 머릿짐을 다시 매려고 쩔쩔매는 참이었다. 뒤돌아서 터벅터벅 걸어가던 쿤타는, 라민이 머릿짐을 자꾸 움켜쥐는 바람에 결국 매듭이 풀어졌고, 쿤타더러 걸음을 멈추라고 외쳐 불러서 침묵의 규칙을 깨지 않으려고, 소리를 전혀 내지 않으면서 짐을 내려놓았음을 깨달았다. 머릿짐을 다시 묶어 주던 쿤타는 라민의 발에서 나는 피를 보았지만, 그것은 당연한 일이라서, 그는 아무 소리도 하지 않았다. 짐을 다시 머리에 올려놓자 라민의 눈은 눈물로 반짝였지만, 그들은 계속해서 걸었다. 쿤타는 라민이 뒤처져서 하마터면 남겨 놓고 왔을지도 모를 자신의 잘못을 스스로 꾸짖었다.

그들이 얼마 더 안 갔을 때 라민이 숨 막히는 비명을 질렀다. 가시를 밟았구나 생각하면서 돌아선 쿤타는, 다음 순간에 그들이 밑으로 지나가게 되었을 나뭇가지 위에 납작 엎드린 커다란 표범을 노려보는 동생을 보았다. 표범은 〈스스스스〉 소리를 내면서, 마치 게으름이라도 피우는 듯 미끄러져 나뭇가지들 사이로 사라졌다. 흥분한 쿤타는 다시 걷기 시작했지만, 놀라고, 화가 나고, 당황했다. 왜 그는 표범을 보지 못했을까? 큰 살쾡이들은 배가 몹시 고프기 전에는, 사냥감을 대낮에 공격하는 일이란 거의 없고, 궁지에 몰리거나 약이 올랐거나 다치지 않았을 때라면 사람에게는 거의 덤비는 적이 없었으므로, 표범은 눈에 띄지 않게 숨어서 그들이 그냥 지나가기만 바랐을지도 모르고, 그래서 그들은 어쨌든 무사했을 가능성이 컸다. 그렇기는 해도, 그가 염소몰이를 하던 시절에 표범이 갈기갈기 찢어 놓았던 암염소의 기억이 쿤타의 머리에 퍼뜩 떠올랐다. 그는 킨탕고의 엄격한 경고가 귀에 들려오는 듯했다. 「사냥꾼의 감각은 뛰어나야 한다. 다른 사람들이 듣지 못하는 소리를 듣고, 맡지 못하는 냄새를 맡아야 해. 어둠 속에서도 볼 줄을 알아야지.」 그러나 다른 생각에 팔려 그가 멍하니 걸어가는 동안 표범을 찾아낸 사람은 라민이었다. 그에게 일어났던 모든 말썽은, 어떻게 해서라도 꼭 고쳐야 할 그 버릇에서, 한눈을 파는 나쁜 버릇에서 대부분 생겨났다고 그는 생각했다. 걸음을 멈추지 않고 재빨리 몸을 숙여서, 쿤타는 작은 돌멩이 하나를 집어 그 위에다 침을 세 번 뱉고는, 길가 저 아래로 멀리 던져서, 그 돌이 불행의 귀신들을 데리고 가버리게 했다.

쨍쨍 쬐는 햇볕을 받으며 그들이 계속해서 걸어가니, 푸른 수풀은 조금씩 종려나무와 졸졸 흐르는 흙탕물 개울로 풍경이 바뀌었고, 그들이 지나간 뜨겁고 먼지가 심한 마을들은 (주푸레와 마찬가지로) 첫째 카포 아이들이 떼를 지어 몰려다니며 소리를 질러 대고, 남자들은 바오밥 밑에서 빈둥거리고, 여자들은 우물가에서 수다를 떨었다. 그러나 쿤타는 이곳 마을 사람들이, 어째서 주푸레에서처럼 염소들을 데리고 나가 풀을 먹이거나, 우리에 가두지 않고, 개나 닭처럼 멋대로 돌아다니게 내버려 두는지 이상하게 생각했다. 종류가 다르고 묘한 사람들인 모양이라고 그는 생각했다.

그들은 괴상하게 생긴 바오밥에서 쏟아진 열매가 말라서 잔뜩 여기저기 흩어지고, 풀이 자라지 않는 모래땅을 건넜다. 기도를 드릴 시간이 되자, 그들은 휴식을 취하고, 가볍게 식사를 했으며, 쿤타는 이제 별로 심하게 피가 나지 않는 라민의 발과 머릿짐을 살펴보았다. 그리고 길림길들이 그림처럼 자꾸만 펼쳐지더니, 바라의 젊은 남자들이 얘기한 대로, 커다랗고 껍질만 남은 바오밥 고목이 드디어 나타났다. 저렇게 죽게 되기까지는 수백 장마철이 걸렸으리라고 쿤타는 생각했고, 그는 라민에게 젊은 남자들 가운데 한 사람이 말한 대로, 〈저 안에는 어느 그리오가 잠들었단다〉라고 말해 주고는, 그리오들은 다른 사람들과 마찬가지 방법으로 묻히지를 않고, 그리오의 머릿속에 담긴 역사와 나무가 다 같이 시간을 넘어가기 때문에, 언제나 오래된 바오밥 고목의 껍질 속에 묻힌다며, 자기가 아는 대로 얘기를 덧붙였다. 〈이제는 거의 다 왔어〉라고 말한 쿤타는, 자기가 만들려고 생각했던 북이 지금 있었더라면, 친구들에게 미리 신호를 보낼 텐데 하고 아쉬워했다. 해가 가라앉고 나서 드디어, 그들은 진흙 채취장에 이르렀고, 세 젊은 남자를 그곳에서 만났다.

「당신이 찾아오리라는 생각이 들더군요!」 그를 보고 반가워서 그들이 말했다. 그들 자신의 둘째 카포 동생이라는 듯이 그들은 라민을 무시해 버렸다. 흥이 나서 얘기를 늘어놓던 세 젊은 남자는 그들이 지금까지 모은 금싸라기를 자랑스럽게 보여 주었다. 다음 날 아침 동이 트기가 무섭게, 쿤타와 라민은 청년들과 어울려, 끈끈한 진흙을 덩어리로 잘라서 커다란 함지박에 담긴 물에 넣었다. 함지박을 휘젓고 나서, 천천히 진흙물을 거의 다 쏟아 버리고는, 그들은 바닥에 가라앉은 금싸라기들이 없나 보려고 조심스럽게 만져 보았다. 어쩌다 가끔 수수 씨앗만큼 작거나 그보다 조금 큰 금싸라기가 나왔다.

그들은 어찌나 열심히 일을 했던지 얘기를 나눌 시간도 없었다. 라민은 금을 찾느라고 근육이 쑤시는 줄도 모르는 듯했다. 그리고 귀중한 알맹이는, 산비둘기의 날개에서 가장 큰 깃대를 뽑아서 만든 빈 대롱에 조심스럽게 넣고는, 솜으로 뚜껑을 만들어 막았다. 세 젊은 남자가 그만하면 자기들은 모을 만큼 모았다고 했을 때, 쿤타와 라민은 깃대 여섯 개를 가득 채웠다. 그들은 이제는 길을 따라 더 올라가서, 코끼리의 이빨을 찾으러 내륙으로 더 깊숙이 들어가겠다고 했다. 그들은 늙은 코끼리들이 먹이를 구하려고 무성한 잡목이나 작은 나무를 뿌리째 뽑다가 가끔 부러트리는 이빨이 여기저기 널린 곳에 대한 얘기를 들었다고 했다. 그리고 또한 그들은, 만일 누가 코끼리들의 비밀 무덤만 찾아낸다면, 엄청난 재산이 될 이빨을 차지하게 된다는 얘기도 들었다. 쿤타는 그들과 같이 갈 생각이 없는가? 그는 이것이 황금을 찾는 일보다도 더 신이 날 듯싶어서, 무척 입맛이 당겼다. 그러나 그는 라민 때문에 함께 갈 만한 처지가 못 되었다. 그는 초청을 해줘서 고맙지만, 동생을 데리고 집으로 돌아가야만 한다고 구슬프게 말했다. 그래서 그들은 따뜻한 작별 인사를 나누었고, 쿤타는 젊은이들에게서, 바라로 돌아가는 길에 주푸레에 들러 꼭 묵고 가겠다는 약속을 받아 냈다.

쿤타에게는 돌아오는 길이 갈 때보다 훨씬 짧게 느껴졌다. 라민의 발은 피가 더 심하게 났지만, 〈이걸 보면 어머니가 좋아할 거야〉라면서 쿤타가 깃대들을 들고 가라며 넘겨주자, 라민은 더 빨리 걸었다. 그를 위해서 아버지가 그랬듯이, (그리고 언젠가는 라민이 수와두를 데리고 가겠으며, 그리고 수와두는 마디를 데리고 가게 되겠지만) 동생을 데리고 여행을 했기 때문에 쿤타가 느끼는 기쁨은 라민의 기쁨에 못지않았다. 그들이 주푸레의 나그네나무에 가까워 오자, 쿤타는 라민의 머릿짐이 다시 떨어지는 소리를 들었다. 화가 나서 몸을 휙 돌린 쿤타는 동생의 애원하는 표정을 보았다. 「좋아, 짐은 나중에 가지고 가!」 쿤타가 사납게 말했다. 한마디 대답도 없이, 쑤시는 근육이나 피가 나는 발끔은 까맣게 잊어버리고, 라민은 쿤타를 제쳐 두고 마을로 뛰어 들어갔는데, 가느다란 다리를 동생이 그토록 빨리 놀리는 광경을 쿤타는 처음 보았다.

쿤타가 마을 입구를 들어서니, 안도감과 즐거움에 넘쳐서 황금의 깃대 여섯 개를 머리에 꽂고 뽐내는 빈타 주변으로 흥분한 여자들과 아이들이 몰려들었다. 잠시 후 빈타와 쿤타의 얼굴에서는, 어머니와 여행에서 돌아온 다 자란 아들 사이에 주고받는 흔한 인사말보다, 훨씬 부드럽고 따스한 눈길이 오갔다. 여자들이 혀를 차는 소리에 주푸레의 모든 사람들은 곧 킨테의 두 아들이 무엇을 가지고 돌아왔는지를 알게 되었다. 「빈타의 머리에는 암소가 올라앉았어!」 (깃대 속에는 암소를 사기에 충분할 만큼 금이 담겼기 때문에) 어느 늙은 할머니가 그렇게 소리치자, 다른 여자들도 덩달아 그렇게 소리쳤다.

「장하다.」 쿤타를 만났을 때, 오모로는 그 말만 했다. 그러나 더 얘기를 하지 않아도 그들이 나눈 감정은 빈타와 나눈 감정보다 훨씬 더 컸다. 그 이후로 며칠 동안, 마을에서 쿤타를 만나는 마을 어른들은 그에게 얘기를 걸고, 삭별한 의미가 담긴 미소를 지었으며, 쿤타는 그들에게 점잖은 태도로 경의를 표시했다. 수와두의 둘째 카포 꼬마 동무들까지도 쿤타에게 어른을 대하듯 〈평안하십니까!〉라고 인사를 하고는, 그가 지나갈 때까지 손바닥을 가슴에 대고 기다렸다. 쿤타는 어느 날 〈내가 밥을 지어 주는 두 남자〉라면서 수다를 떨던 빈타의 얘기를 우연히 듣고, 어머니가 드디어 그를 어른으로 인식하게 되었다는 데 대해서 자부심을 느꼈다.

이제는 빈타가 지어 주는 밥뿐 아니라, 그럴 기회가 주어지지 않아서 속이 상했던 빈타가 그의 머리에서 이를 잡아 주는 그런 일들까지도, 쿤타는 아무렇지도 않게 생각했다. 그리고 이제는 가끔 한 번씩 그녀의 오두막을 찾아가도 상관이 없다고 쿤타는 생각했다. 한편 빈타는 온통 히죽거리고, 수선을 피웠으며, 요리를 하면서 콧노래를 부르기까지 했다. 무관심한 태도로 쿤타는 혹시 도와줄 일이라도 없느냐고 그녀에게 묻기도 했고, 그녀는 당장 도와 달라고 했으며, 그러면 그는 무슨 일이나 지체 없이 열심히 해주었다. 그리고 라민이나 수와두가 너무 시끄럽게 장난을 친다고 그가 눈길만 한 번 던지더라도, 그들은 당장 꼼짝없이 잠잠해졌다. 그리고 쿤타는 마디를 공중으로 던졌다가 다시 받기를 좋아했는데, 사실 그것은 마디가 더 좋아했다. 라민은 그의 어른스러운 형이 알라신 다음간다고 분명히 생각하는 모양이었다. 그는 (지금 숫자가 한창 불어나는) 쿤타의 일곱 염소를 황금으로 된 염소이기라도 한 듯이 돌보아 주었고, 쿤타가 쿠스쿠스와 땅콩을 가꾸는 작은 밭의 일도 열심히 도왔다.

오두막에서 빈타가 무슨 일을 혼자 하고 싶을 때마다, 쿤타는 세 아이를 모두 그녀에게서 떠맡아 데리고 갔으며, 그녀는 문간에 서서 미소를 짓고는, 마디를 쿤타가 목말 태우고, (수탉처럼 활개를 치는) 라민이 그의 뒤를 따르고, 수와두가 샘을 내며 꽁무니를 따라가는 모습을 지켜보았다. 쿤타는 기분이 좋고, 어찌나 기분이 좋았던지 언젠가는 자기도 이런 가족을 가지고 싶다는 생각을 했다. 그러나 다 때가 되어야 한다고 그는 생각했는데, 그것은 아직도 먼 얘기였다.

31

그들의 임무 수행에 방해만 되지 않는다면 언제라도 새 어른 남자들은 그래도 좋다고 허락을 받은 터여서, 쿤타와 그의 카포 친구들은 새 달이 될 때마다, 주푸레의 늙은 바오밥 밑에서 열리는 촌장 회의의 정식 회합에서, 가장 바깥쪽 언저리에 자리를 잡고 참석했다. 바오밥 밑에서 서로 아주 가깝게 바싹 붙어 앉은 마을 어른 여섯 사람은 나무만큼이나 늙어 보였고, 그래서 그 나무로 깎아 만든 사람들 같다고 쿤타는 생각했지만, 살빛이 흑단나무처럼 검었으므로 그들이 몸에 걸친 기다란 옷과 동그란 모자의 하얀 빛깔과 대조를 이루었다. 해결할 문젯거리가 생겼거나 말썽을 일으킨 사람들이 그들을 마주 보고 앉았다. 탄원을 한 사람들의 뒤에는 나이에 따라 줄을 지어서 오모로처럼 나이가 적은 어른들이, 그리고 그 뒤에는 쿤타의 카포 새 어른들이 앉았다. 그리고 또 그 뒤에는 마을 여자들이 앉아도 되었지만, 그들은 식구가 관련된 문제가 의논되는 경우가 아니면 참석하는 일이 거의 없었다. 아주 오랜만에 한 번씩 무슨 솔깃한 소문거리가 확실히 나올 만하다고 생각되면 여자들이 모두 참석하기도 했다.

주푸레와 다른 마을과의 관계처럼, 순전히 행정적인 문제를 토의하려고 모이는 촌장 회의라면, 여자는 한 명도 참석하지 않았다. 그러나 주민들에 대한 문제를 따지는 날이면 모이는 사람은 숫자도 많고 시끄러웠는데 — 얘기할 첫 번째 사람의 이름을 호명하려고, 가장 나이 많은 마을 어른이 밝은 빛깔의 구슬로 엮은 지팡이를 쳐들어, 그의 앞에 놓인 말하는 북을 치려고 하면, 모두들 곧 잠잠해졌다. 가장 나이 많은 사람의 요구를 제일 먼저 들어주기 위해서, 얘기는 나이 순서대로 들었다. 문젯거리를 당하거나 일으킨 사람은 누구나 일어서서 얘기하고, 원로 마을 어른들이 모두 땅바닥을 응시하며 끝까지 얘기를 듣고 난 다음에 다시 앉았다. 그러면 마을 어른들은 그에게 질문을 하기도 했다.

어떤 분쟁이 얽힌 문제일 때는, 두 번째 사람이 자기 입장을 설명하고, 질문이 또 뒤를 따랐으며, 마을 어른들은 등을 돌리고 옹기종기 모여 앉아 의논을 하는데, 이런 일은 시간이 오래 걸리기도 했다. 한두 사람 돌아서서 더 질문을 하기도 했다. 그러나 결국은 모두들 앞을 향해서 돌아앉고, 한 사람이 문제를 제시한 사람이나 다른 사람들더러 다시 일어서라고 하며, 그러면 촌장이 그들의 결정을 알려 주고 나서, 북소리가 다음 이름을 불렀다.

쿤타 같은 새 어른들에게는 이런 심문이 대부분 귀에 익은 일이었다. 최근에 아이를 낳은 사람들은 남편을 위한 더 큰 밭을, 그리고 아내에게 논을 더 달라고 요구하며, 이런 요청은 쿤타나 그의 친구들처럼 결혼을 안 한 남자들의 농토에 대한 첫 신청이나 마찬가지로, 거의 언제나 당장 들어주었다. 성인 훈련 동안 킨탕고는, 촌장 회의에서 내리는 갖가지 결정을 직접 보면, 그런 과정 역시 마을 어른이 될 때까지 그가 보내는 장마철이나 마찬가지로 사람의 지식을 늘려 주니까, 어쩔 도리가 없는 경우 이외에는 절대로 모임에 빠지지 말라고 그들에게 지시를 했었다. 처음으로 참석한 쿤타는 그의 앞에 앉아 있는 오모로를 쳐다보면서, 비록 아직 원로 마을 어른이 되지는 못했더라도, 아버지의 머릿속에는 그런 결정이 몇백 가지나 들었을까 궁금하게 생각했다.

첫 번째 심문에서 쿤타는 땅 문제에 얽힌 분쟁을 보게 되었다. 첫째 남자의 식구 수가 줄었기 때문에 지금은 둘째 남자가 농사를 지을 권리를 소유한 땅에서, 첫째 남자가 심었던 몇 그루 나무에 달린 과일에 대해 두 남자가 다 소유권을 주장했다. 촌장 회의는 〈이 사람이 나무를 심지 않았다면 과일은 달리지 않았으리라〉고 말하면서, 과일을 첫째 남자에게 주었다.

나중의 심문에서, 쿤타는 자기가 빌려 준 물건은 아주 값비싼 신품이라고 주장하며 화를 내는 주인의 소유물을 부수거나 잃어버렸다는 이유로 심판을 받는 사람들을 자주 보았다. 빌려 간 사람이 그 말을 반박할 증인을 내놓기 전에는, 그는 물건을 새 것으로 물어 놓거나, 그에 맞먹는 값을 내라는 명령을 듣기가 보통이었다. 쿤타는 또한 나쁜 마술을 써서 그들에게 악운을 불러왔다고 다른 사람들을 비난하며 마구 화를 내는 사람들도 보았다. 어떤 남자는 다른 남자가 닭의 며느리발톱으로 자기를 건드려 심한 병을 앓게 했다고 증언했다. 어떤 젊은 아내는 시어머니가 그녀의 부엌에다 부레인 나무 잔가지를 숨겨 두어서 요리를 할 때마다 모두 심하게 탔다고 주장했다. 그리고 어떤 과부는, 이웃의 늙은 남자가 수작을 부리기에 콧방귀를 뀌었더니, 남자가 달걀 껍데기를 빻아 그 가루를 그녀가 자주 다니는 길에 뿌렸기 때문에, 그녀는 끝없는 고난의 연속을 겪게 되었다면서, 어떤 고난들을 겪었는지를 일일이 열거했다. 나쁜 마술의 동기와 그에 따른 결과에 대해서 상당히 믿을 만한 증거가 자세하게 제시되는 경우, 촌장 회의는 나쁜 짓을 한 사람에게 경비를 물리기도 하고, 말하는 북으로 전갈을 보내서 가장 가까운 곳에 머무르는 나그네 마술사를 주푸레로 불러 당장 그 마술을 풀게 하라고 명령했다.

쿤타는 가진 재산을 다 팔거나, 만일 팔 재산이 없다면 빚진 액수에 해당하는 만큼 채권자의 노예로 일함으로써 빚을 갚으라는 명령을 받는 채무자들을 보았다. 그는 주인의 잔인성에 대해서, 또는 형편없는 음식이나 집을 제공한 주인, 그리고 자신의 노동으로 생산한 곡식을 절반 이상 가져간 주인을 비난하는 노예들을 보았다. 그런가 하면 주인들은, 거둔 채소를 조금씩 숨겨서 속인다거나, 일을 덜 한다거나, 일부러 농기구를 부순다고 노예들을 비난했다. 촌장 회의에서는 이런 심판을 통해, 관련된 사람들의 과거 기록과 더불어 제시된 여러 증거를 자세히 검토하는데, 노예들의 평판이 주인보다 훌륭한 경우가 드문 일이 아님을 쿤타는 알게 되었다.

그러나 어떤 때는 주인과 노예 사이에 불화가 없었다. 노예가 주인의 가족과 결혼하게 허락해 달라고 같이 회의에 나오는 경우도 쿤타는 보았다. 결혼을 하려면 남녀 누구나 촌장 회의에서 허락을 받아야 했다. 혈연관계가 너무 가깝다고 촌장 회의에서 판단한 남녀는 결혼이 허락되지 않았지만, 그런 이유로 자격을 인정받지 못한 사람들을 위해서는 신청과 회답 사이에 한 달 동안 기다릴 기간을 주어서, 그러는 사이에 마을 사람들은 문제의 남녀에 대한 좋거나 나쁜 개인적인 정보를 알려 주려고 조용히 원로 마을 어른들을 찾아갔다. 어릴 적부터 그들은 항상 좋은 가정교육의 본보기를 보였나? 그들은 혹시 가족을 포함한 어떤 사람에게라도 공연히 폐를 끼친 적은 없었는가? 그들은 속인다든가 완전한 진실이 아닌 얘기를 하는 따위의 못마땅한 행실을 범한 적은 없었던가? 여자가 화를 잘 내거나, 말이 많다는 소문이 나지는 않았는가? 남자는 무자비하게 염소들을 때린다는 평판은 나지 않았는가? 그런 나쁜 얘기가 사실이라면, 이런 기질을 아이가 이어받을지 모를 일이라서, 결혼은 허락되지 않았다. 그러나 관련된 양쪽 부모가 이미 이런 문제들을 잘 알아보아서, 만족하다고 생각된 다음에야 그들 나름대로 허락했던 터이기 때문에, 대부분의 남녀는 결혼을 승인받게 된다고 쿤타는 촌장 회의에 참석하기 전부터 이미 알았었다.

그러나 촌장 회의에서 쿤타는, 사람들이 원로 마을 어른들에게 알려 주는 어떤 내용을 부모가 모를 때도 있음을 가끔 보게 되었다. 쿤타는 어떤 증인이 나서서, 결혼할 계획인 남자가 어려서 염소몰이를 할 때 아무도 보는 사람이 없는 줄 알고 그의 바구니를 하나 훔쳐 갔다고 증언했기 때문에, 결혼 승낙이 즉석에서 거절당하는 경우도 보았다. 그가 저질렀던 죄는 본인이 아직 어린아이였을 때는 불쌍하다고 동정심에서 보고 되지 않았었는데, 만일 누가 보고를 했더라면 그의 오른팔은 잘렸을 것이다. 드디어 진실이 폭로된 젊은 도둑이 울음을 터뜨리며 그의 죄를 갑자기 털어놓자, 그의 부모는 경악했고, 그가 결혼하고 싶어 하던 여자는 비명을 지르기 시작했다. 얼마 후에 그는 주푸레에서 사라져 다시는 나타나지도 않았고, 소식도 들려오지 않앉았다.

여러 달 동안 촌장 회의에 참석하고 난 쿤타는, 마을 어른들이 다루는 대부분의 문제는 결혼한 사람들, 특히 아내가 둘, 셋, 넷인 남자들과 관계가 많다고 짐작했다. 그런 남자들이 가장 빈번히 들고 나오는 죄목은 간통이었고, 만일 남편의 고발을 믿을 만한 외부의 증언이나 다른 강력한 증거가 뒷받침하는 경우에는, 죄를 범한 남자에게 좋지 않은 일이 일어났다. 피해를 당한 남편은 가난하고, 반면에 죄인이 부자라면, 간통을 저지른 사람에게 초라한 오두막 하나만 남을 때까지, 그럴 가능성이 없기는 하지만 남편이 〈그만하면 됐소〉라고 말할 때까지, 죄인은 그의 재산을 하나씩 하나씩 남편에게 가져다주라는 명령을 촌장 회의에서 내리기도 했다. 그러나 대부분의 경우가 그렇듯이, 두 남자가 다 가난하면, 남의 아내를 그릇되게 사용했던 만큼의 가치에 해당하는 기간 동안 남편의 노예로 일해야 한다고 촌장 회의는 죄인에게 명령을 내리기도 했다. 그리고 어느 죄인이 자꾸만 같은 죄를 저지르자, 최근에 피해를 입은 남편에게, 〈마흔에서 하나만 제하라〉는 옛날 무슬림 규칙에 따라, 등을 벗기고 서른아홉 번 채찍으로 사람들 앞에서 치라고 마을 어른들이 날짜와 시간을 결정해 주었을 때, 쿤타는 몸서리를 쳤다.

촌장 회의에서 피해를 받은 아내들과 남편들의 격분한 증언을 잔뜩 보고 들은 다음에, 결혼을 하겠다던 쿤타의 생각은 조금씩 식어 버렸다. 남편들은 아내가 존경심을 제대로 보이지 않고, 지나칠 정도로 게으르고, 때가 되었는데도 잠자리를 같이하려고 하지 않는다거나, 또는 그저 같이 살기가 불가능하다고 비난했다. 고발을 당한 아내가 강력한 반론을 제시하고 그녀를 두둔할 증인을 데려오지 못하는 경우라면, 마을 어른들은 흔히 남편에게 그날로 아내의 오두막 밖에다 그녀의 소유물 세 가지를 내놓고, 증인들이 참석한 자리에서 그 물건들에 대고 세 차례, 〈난 당신하고 이혼한다!〉라고 소리치도록 지시한다.

(그런 소리가 나오리라고 미리 소문이 나면 마을의 모든 여자들이 틀림없이 구경을 나오는) 아내의 가장 심각한 고발은 남편이 남자가 아니라는, 그러니까 그녀를 잠자리에서 만족시키지 못한다는 내용이었다. 촌장 회의는 절망적인 아내의 식구들 가운데 한 사람, 남편의

집안에서 한 사람, 그리고 마을 어른들 가운데 한 사람, 이렇게 세 명을 지명한다. 같이 침대에 든 남편과 아내를 관찰할 날짜와 시간이 정해진다. 만일 세 사람 가운데 두 사람이 아내의 말이 맞다고 하면, 그녀는 이혼을 하고 지참금 염소도 그녀의 가족이 차지하지만, 남편이 잘 해냈다고 두 사람이 판단하면, 그는 염소들을 다시 가져갈 뿐 아니라 아내를 때려 주고, 바란다면 그녀를 쫓아낼 권리도 생긴다.

쿤타가 성인 훈련에서 돌아온 이후에 흘러간 여러 장마철 동안 촌장 회의에서 다루었던 문제들 가운데, 그와 그의 친구들이 가장 큰 관심을 보였던 사건은, 그들 카포의 나이 많은 두 소년과 주푸레에서 가장 탐나는 두 과부에 대한 소문과 귓속말로 시작되었다. 드디어 그 문제가 촌장회의에서 심판을 받게 된 날에는 마을의 거의 모든 사람이 좋은 자리를 차지하려고 일찍부터 모여들었다. 우선 나이 많은 사람들과 관련된 평범한 여러 문제들이 다루어지고 나서, 한 장마철 이전에 이혼 승인을 받았지만 지금은 활짝 웃으면서 손을 맞잡고 다시 결혼 허락을 요청하려고 촌장 회의에 출석한 뎀보 다보와 카디 탐바가 나왔다. 「당신들은 이혼을 고집했었으니까, 다른 아내와 다른 남편을 먼저 구하지 않고서는 재혼할 수가 없소.」 촌장 어른이 엄격하게 얘기하자 그들은 웃음을 거두었다.

뒤쪽에서 들려오던 놀란 한숨 소리는 다음에 나올 사람들의 이름을 북소리가 호명하자 잠잠해졌다. 「투다 탐바와 칼릴루 콘테! 판타 베댕과 세포 켈라!」 쿤타의 카포 두 사람과 두 과부가 일어섰다. 키가 큰 과부 판타 베댕이 대표로 나서서, 할 말을 조심스럽게 연습해 두었던 듯한 말투로 얘기했는데, 그래도 그녀는 불안에 사로잡힌 표정이었다. 〈서른두 장마철을 보낸 투다 탐바와 서른세 장마철인 저는 다시 남편을 잡을 기회가 거의 없습니다〉라고 말하더니 그녀는 자기와 투다 탐바로 하여금 제각기 세포 켈라와 칼릴루 콘테와 같이 자고 요리를 해주도록 테리야 우정을 승인해 달라고 촌장 회의에 요청했다.

마을 어른들은 저마다 네 사람에게 모두 몇 가지씩 질문을 했는데, 과부들은 자신만만하게 대답했지만, 쿤타의 친구들은 보통 때의 대담한 태도와는 아주 다르게 우물쭈물했다. 그리고 나서 마을 어른들은 돌아앉아 자기들끼리 나지막한 목소리로 의논했다. 드디어 마을 어른들이 돌아앉았을 때, 구경꾼들은 어찌나 긴장하고 조용했던지,

땅콩 한 알이 떨어지는 소리도 들릴 지경이었다. 촌장 어른이 말했다. 「알라신께서는 승낙을 하시리라! 당신들 미망인들은 쓸 만한 남자를 얻게 되었고, 당신들 새 남자들은 나중에 결혼할 때를 위해서 귀중한 경험을 하게 될 것이오.」

촌장 어른은 말하는 북의 가장자리를 그의 지팡이로 두 번 두드리고는, 뒤에서 수군거리는 여자들에게 눈을 부라렸다. 그들이 다시 잠잠해진 다음에야 다음 이름이 호명되었다. 「잔케 잘론!」 겨우 열다섯 장마철만 보낸 어린 나이였기 때문에 그녀의 얘기는 제일 끝에 듣게 되었다. 그녀를 납치했던 투봅에게서 도망쳐 겨우겨우 그녀가 집으로 돌아왔을 때는, 주푸레의 모든 사람이 춤을 추고 잔치를 벌였었다. 그러나 몇 달이 지난 다음, 결혼을 하지 않았어도 그녀는 아기가 생겨 배가 불렀고, 많은 소문이 나돌았다. 어느 늙은 남자의 셋째나 넷째 아내로 들어가도 괜찮을 만큼 그녀는 아직 젊고 튼튼했다. 그러나 사내아이가 태어났을 때 보니, 아기는 다듬은 가죽처럼 빛깔이 이상하고, 창백하고, 황갈색이었으며, 머리카락도 아주 묘했기 때문에, 잔케 잘론이 어디에 나타나든지 사람들은 눈을 깔고 서둘러 피했다. 눈물을 글썽이며 일어선 그녀는 마을 어른들에게 물었다. 그녀는 어떻게 해야 좋겠는가? 마을 어른들은 의논을 하려고 돌아앉지 않았고, 촌장 어른은 (가장 심각하고 어려운) 이 문제를 다음 달 촌장 회의 때까지 검토해 봐야 되겠다고 말했다. 그러고는 촌장과 다른 마을 어른 다섯 명이 일어나서 자리를 떴다.

모임의 끝맺음에 대해서 조금은 불만을 느끼고 머리가 복잡해진 쿤타는, 그의 친구들 대부분과 나머지 구경꾼들이 (자기들끼리 떠들어 대면서) 자리에서 일어나 그들의 오두막으로 향한 다음, 얼마 동안 그대로 앉아 있었다. 빈타가 저녁 식사를 가지고 왔을 때도 그의 머릿속은 아직도 여러 가지 생각으로 가득했으며, 식사를 하는 동안 그들은 얘기를 한마디도 하지 않았다. 나중에 창과, 활과, 화살을 집어 들고, (오늘 밤은 마을 밖에서 보초를 서야 했기 때문에) 우올로 개를 데리고 근무 장소로 뛰어가면서도, 쿤타는 그때까지도 머리카락이 이상한 황갈색인 아기에 대해서, 그리고 보나 마나 더 이상한 모습이었을 아기의 아버지에 대해서, 그리고 만일 잔케 잘론이 도망치지 못했다면 투봅이 그녀를 잡아먹었을까 하고 생각했다.

32

 달빛에 비친 벌판, 땅콩이 익어 가는 넓은 들판에서, 쿤타는 발을 디딜 홈을 파놓은 말뚝을 타고 기어 올라가서, 땅 위에서 높이 솟아 튼튼하게 만든 망루에 책상다리를 하고 앉았다. (드디어 내일 아침에 그의 북틀을 만들 나무를 자를 계획으로 가져온 도끼와 함께) 그의 무기들을 옆에 내려놓고, 그는 밑의 들판에서 킁킁거리며 이리저리 돌아다니는 우올로 개를 지켜보았다. 쿤타는 여러 장마철 전에 보초 근무를 시작한 다음 처음 몇 달 동안, 풀숲에서 쥐가 바스락거리기만 해도 창을 움켜잡았던 생각이 났다. 그의 귀와 눈이 임무에 익숙해질 때까지는, 그림자란 그림자는 하나같이 원숭이 같았고, 원숭이는 모두 표범 같았으며, 표범은 모두가 투범 같았다. 시간이 흐르자 그는 사자의 포효와 표범의 울부짖음을 구별할 줄 알게 되었다. 그러나 이렇게 기나긴 밤이 샐 때까지 경계를 게을리 하지 않도록 길이 들기에는 더 많은 시간이 필요했다. 항상 그렇듯이 그의 생각이 골똘해지면, 그는 자주 지금 여기가 어디이며, 무슨 일을 해야 하는지를 잊어버렸다. 그러나 마침내 그는, 마음의 한쪽으로는 신경을 돋우어 경계를 하고, 다른 한쪽으로는 혼자만의 생각에 젖을 여유가 생겼다.

 오늘 밤 그는 촌장 회의에서 그의 두 친구에게 승인해 준 테리야 관계에 대해서 생각했다. 몇 달 동안 그들은 쿤타와 그의 친구들에게 그들의 문제를 촌장 회의에 회부할 생각이라고 말했었지만, 아무도 그들을 믿으려고 하지 않았다. 아마도 바로 지금 이 순간에 그들은 침대에서 그들의 두 과부와 테리야 행위를 하는지도 모르겠다고 그는 생각했다. 쿤타는 그 행위가 어떤 모습인지를 상상하려고 하면서 갑자기 꼿꼿하게 일어나 앉았다.

 여자들의 옷 속에 대해서 그나마 그가 조금 알았던 지식은 주로 카포의 수군거리는 얘기에서 얻은 내용이었다. 결혼 타협에서 여자의 아버지는 최고의 신붓값을 받기 위해서 딸이 처녀임을 보증해야 한다는 사실을 그는 알았다. 그리고 여자들은 피 흘림과 관계가 깊다는 사실도 그는 알았다. 달마다 그들은 피가 나왔고, 아이들을 낳을 때도, 그리고 결혼식을 올린 날 밤에도 마찬가지였다. 다음 날 아침이면, 결혼한 부부의 두 어머니는 오두막으로 가서, 얽어 짠 바구니에다 부부가 깔고 잔 하얀 천을 넣어 가지고 알리마모에게 가서, 거기에 묻은 피를 여자의 처녀성에 대한 증거로 내놓는다. 그러면 알리마모가 그들의 결혼에 내리는 알라신의 축복을 북소리로 알리며 마을을 돌아다닌다는 관습은 누구나 다 알았다. 만일 하얀 헝겊에 피가 묻어나지 않으면, 새 남편은 화가 나서 두 어머니를 증인으로 데리고 오두막을 나와, 〈난 당신하고 이혼한다!〉라고 모든 사람이 듣게끔 큰 소리로 세 번 외치게 된다.

그러나 테리야 관계는 그런 과정하고는 아무런 상관이 없어서, 새 남자들은 기꺼이 청을 들어주는 과부와 같이 자고, 그녀가 지어 준 밥을 먹는다. 쿤타는 어제 촌장 회의가 끝난 다음에 법석을 피우는 사람들 한가운데서, 그녀의 마음을 노골적으로 드러내며 그를 쳐다보던 진나 음바키에 대해서 잠깐 동안 생각했다. 거의 무의식적으로, 그는 뻣뻣해진 자기의 포토를 꽉 쥐었지만, 생각만 해도 난처한 과부의 욕망에 자기가 굴복하는 기분이 들어서, 그것을 주무르고 싶은 강렬한 욕망을 억제했다. 그는 그녀와의 미끈거리는 접촉을 정말로 바라지 않는다고 혼자 다짐했지만, 이제는 자기도 당당한 남자였으므로, 마음만 내킨다면 테리야에 대한 생각 정도는 얼마든지 해도 괜찮으리라고 믿었으며, 그것은 남자로서 전혀 부끄러워할 행동이 아니라고 마을 어른들이 직접 증명해 주기까지 했다는 생각이 났다.

쿤타는 황금을 찾으러 갔다가 돌아오는 여행길에 라민과 함께 들렀던 어느 마을의 여자들이 머리에 떠올랐다. 모두가 아름답게 검은 피부였고, 몸에 꼭 끼는 옷에, 알록달록한 구슬과 팔찌로 장식하고, 젖가슴은 높이 솟아오르고, 머리카락을 땋아 올린 여자들이 열 명쯤은 되었으리라고 그는 생각했다. 그가 옆을 지나쳤을 때 그들의 행동이 너무나 수상했는데, 그가 쳐다볼 때마다 시선을 돌리던 그들의 눈짓은, 그들이 그에게 관심이 없다는 뜻이 아니라, 그가 먼저 그들에게 관심을 보이기를 기다린다는 의미임을 쿤타가 깨닫기까지는 시간이 좀 걸렸다.

여자들이란 알다가도 모를 일이라고 그는 생각했다. 자기 또래의 주푸레 여자들은 차라리 시선을 돌릴 만큼이나마도 그에게 관심을 보인 적이 없었다. 그것은 그가 정말로 어떤 사람인지를 그들이 알기 때문이었을까? 아니면 그것은 그가 겉보기보다 훨씬 어렸고 — 그들이 관심을 보이기에는 너무 어리다고 생각했기 때문이었을까? 아마도 그 마을의 여자들은, 동생을 데리고 여행하는 나그네라면 열일곱 장마철 정도일 리는 없겠고, 스물이나 스물다섯 장마철은 지났으리라고 생각했는지도 모른다. 진실을 알았더라면 그들은 코웃음을 쳤으리라. 그렇지만 그가 얼마나 어린지를 잘 알면서도 그를 탐내는 과부가 나타났다. 그는 자기의 나이가 더 많지 않아서 다행인지도 모르겠다고 생각했다. 나이가 더 많았다면 주푸레의 여자들도 그 마을의 여자들처럼 그의 앞에서 행동했을 터이고, 그들은 누구나 결혼을 염두에 두었으리라고 그는 믿었다. 적어도 진나 음바키는 테리야 관계 이상은 아무것도 바라지 못할 만큼 나이가 많았다. 결혼하지 않고도 같이 자고, 밥을 지어 줄 여자가 생겼는데, 남자가 무엇 하러 결혼을 원한다는 말인가? 틀림없이 무슨 이유가 따로 있으리라. 아마도 결혼을 해야만 아들을 얻기 때문인지도 모른다. 그것은 좋은 일이다. 하지만 아버지로부터, 그리고 아라팡에게서, 그리고 킨탕고에게서만이 아니라, 그의 큰아버지들이 그랬듯이 스스로 탐구를 해서, 세상에 대해 무엇인가를 배울 때까지 오래 살아 보기 전에 아들에게 그가 무엇을 가르쳐 줄 능력을 얻겠는가?

큰아버지들은 아버지보다도 나이가 많았고, 그들과 나이가 같은 남자들은 벌써 지금쯤 두 번째 아내를 얻었어도, 아직까지 결혼을 하지 않았다. 오모로도 두 번째 아내를 얻으려는 생각을 할까? 쿤타는 이 생각이 들자 흠칫해서 똑바로 일어나 앉았다. 그리고 어머니는 그런 계획에 대해서 어떻게 생각할까? 글쎄, 손위 아내로서 빈타는 적어도 둘째 아내에게 해야 할 일들을 지시하고, 실컷 부려 먹고, 오모로와 같이 자는 차례를 마음대로 짜놓을지도 모른다. 두 여자들 사이에서 문제가 생길까? 아니다. 그는 빈타가 킨탕고의 첫 아내처럼, 손아래 부인들을 들들 볶아대고, 항상 소란을 떨어서, 남편이 마음 편할 날이 별로 없게 하지는 않으리라고 믿었다.

쿤타는 근육에 쥐가 나지 않도록 다리의 위치를 바꿔서, 얼마 동안 작은 망루의 가장자리에 걸터앉았다. 그의 우올로 개는 매끄러운 갈색 털을 달빛에 반짝이며 저 아래 땅바닥에서 똬리를 틀었지만, 얼핏 보기에는 잠을 자는 듯하면서도 코와 귀는 계속 긴장해서 쫑긋거리며, 어둠 속에서 수상한 냄새나 소리가 나기라도 하면, 요즈음에는 거의 밤마다 땅콩밭을 침범하는 비비들을 쫓아가며 짖어 대리라는 사실을 쿤타는 알았다. 기나긴 보초 근무를 설 때마다, 숲에서 비비를 커다란 살쾡이가 덮쳐서 갑작스러운 비명이 멀리서 들려오고, 특히 비비의 으르렁거리는 소리가 비명으로 바뀌었다가 갑자기 잠잠해져서 도망치지 못했음이 분명해질 때처럼, 하룻밤에도 10여 차례나 잡념에 빠졌다가 번쩍 정신이 들고는 하면, 쿤타는 그토록 기분이 즐거운 때가 또 없다는 생각이 들기도 했다.

그러나 지금 쿤타가 망루의 언저리에 앉아 들판을 내려다보니까, 온통 조용하기만 했다. 사실 생명의 흔적이라고는, 암소들에게서 너무 가까운 곳을 어슬렁거리는 하이에나 같은 짐승에게 겁을 주려고, 키가 큰 풀밭 저 멀리서 소몰이가 풀잎 횃불을 흔들어 대느라고 깜박이는 노란 불빛뿐이었다. 풀라니 부족은 소 떼를 돌보는 솜씨가 워낙 좋아서, 사람들은 그들이 짐승과 말이 통한다고 우기기도 했다. 그리고 오모로는 쿤타에게 풀라니 사람들은 소몰이에 대한 대가의 일부로, 날마다 암소의 목덜미에서 피를 조금 뽑아 우유에 섞어 마신다고 말했다. 정말 이상한 사람들이라고 쿤타는 생각했다. 그러나 그들은 만딩카 사람이 아니었고, 그와 같이 감비아 출신이었다. 이 나라 경계선 너머 저편에 사는 사람들은, 그리고 그들의 풍습은, 얼마나 더 이상할까?

라민과 함께 황금을 찾으러 갔다가 돌아온 지 한 달도 안 되어서 쿤타는, 이번에는 진짜 여행을 하기 위해 다시 한 번 길을 나서고 싶은 마음을 걷잡을 수가 없어졌다. 땅콩과 쿠스쿠스의 추수가 끝나면 그의 카포 젊은 남자들은 어디론가 여행을 떠나려고 모두들 계획한다고 그는 알았지만, 먼 곳까지 모험을 나갈 사람은 아무도 없었다. 그렇지만 쿤타는, 오모로와 큰아버지들의 말에 따르면 3백이나 4백 장마철쯤 전에 킨테 집안이 시작된 곳을 — 말리라고 불리는 곳을 눈으로 보고 발로 밟아 보겠다고 작정했다. 킨테 조상들은 불을 정복해서, 전쟁에 이기기 위해 쇠로 무기를 만들었고, 농사짓기에 힘이 덜 드는 쇠 연장을 만든 대장장이들로서 명성을 얻었음을 그는 기억했다. 그리고 거기서 킨테 집안이 연유했고, 모든 자손과 그들을 위해 일한 모든 사람들은 킨테라는 성을 얻었다. 그리고 그 가문의 어떤 사람들은 쿤타의 성자 할아버지가 태어난 마우레타니아로 이동했다.

어느 누구도, 심지어는 오모로까지도, 그가 스스로 알려 줄 때까지는 그의 계획을 모르게 하기 위해서, 쿤타는 완전히 비밀을 지키면서 아라팡에게 말리로 가는 가장 좋은 길을 물어보았다. 땅바닥에다 대충 지도를 그리고 손가락으로 짚어 가면서, 그는 쿤타더러 알라신에게 기도를 드리는 방향으로 캄비 볼롱고의 강둑을 따라 엿새쯤 가면, 사모 섬에 다다르게 되리라고 말했다. 섬 너머에서는 강이 좁아지다가 왼쪽으로 잔뜩 꺾여서, 뱀처럼 구불거리고 뒤틀리며 얼기설기 여러 볼롱이 강만큼이나 넓게 뻗어 나가고, 어떤 곳에서는 사람의 키보다 열 배나 큰 울창한 우림 때문에 늪이 많은 강둑이 전혀 보이지 않으며, 강둑이 보이는 곳에는 원숭이와 하마, 커다란 악어들과 5백 마리를 헤아리는 비비 떼가 우글거린다고 선생은 말했다.

  그러나 그렇게 힘든 여행을 이틀이나 사흘쯤 더 계속하면, 쿤타는 나지막하고 진흙투성이인 강둑이 솟아올라, 잡목이나 작은 나무들로 뒤엉킨 작은 절벽으로 바뀌는 두 번째 커다란 섬에 도착하게 된다. 강을 따라 굽이치는 길은 반상, 카란타바, 디아부구 같은 마을을 거쳐 뻗어 나간다. 그래도 좀 더 길을 가면 그는 감비아의 동쪽 변경을 지나, 풀라두 왕국으로 들어서고, 거기서 또 한나절을 걸어가면 파토토 마을에 이른다. 쿤타는 가방을 열고, 아라팡이 그에게 준 잘 다듬은 가죽 조각을 꺼냈다. 거기에는 세네갈이라고 불리는 땅을 건너, 열이틀이나 열나흘가량 더 여행해야 할 길의 방향을 쿤타에게 가르쳐 주리라고 아라팡이 말한 파토토의 어느 친구 이름이 적혔다. 그 너머가 말리였고, 그 땅의 중심지이며 쿤타의 목적지인 카바가 그곳 어디쯤이라고 아라팡이 말했다. 그곳으로 갔다가 돌아오는 데 걸리는 기간은, 쿤타가 말리에서 보내고 싶어 하는 기간을 제외하고도, 한 달쯤은 되리라고 아라팡이 말했다.

  그의 오두막 안 땅바닥에다 그토록 여러 번 쿤타는 지도를 그리고 (빈타가 식사를 가지고 오기 전에 지워 버리면서) 연구했으므로, 그는 땅콩밭 망루에 앉아서도 그 길이 눈에 선했다. 그 길에서 (그리고 말리에서) 그를 기다리는 모험들을 생각하면서, 그는 떠나고 싶은 욕망을 억누르기가 힘들었다. 그는 그의 비밀을 함께 나누고 싶어서 뿐 아니라, 동생을 데리고 가기로 결심했기 때문에, 계획을 라민에게 털어놓고 싶은 욕망도 역시 심하게 느꼈다. 그는 형과 함께 다녀온 지난

번 여행에 대해서 라민이 얼마나 뽐내었는지를 알았다. 그 후 라민도 역시 성인 훈련을 거쳤고, 여행을 같이하기에 부족함이 없을 만큼 경험도 더 많아졌고 믿음직한 남자가 되었다. 그러나 그를 데리고 가기로 결정한 가장 큰 이유는 단순히 동반자가 필요하기 때문이라는 사실을 그는 인정했다.

잠깐 동안 쿤타는, 비밀을 알려 주었을 때 라민이 지을 표정을 생각하며, 어둠 속에 앉아서 혼자 웃었다. 물론 쿤타는 갑자기 그런 생각이 떠오르기라도 한 듯이, 지극히 무관심한 태도로 계획을 얘기해 주리라고 마음먹었다. 그러나 그러기 전에, 이제는 쓸데없이 걱정하지는 않을 오모로에게 그는 먼저 얘기를 해야만 한다. 사실 그는 오모로가 상당히 즐거워할 것이며, 빈타까지도 걱정은 좀 하겠지만 전보다는 덜 수선을 떨리라고 믿었다. 쿤타는 황금을 채운 깃대보다 빈타가 더 소중하게 생각할 만한 선물로 무엇을 말리에서 가져올까 궁리했다. 모양이 멋진 항아리나, 아름다운 옷감 한 필을 가져오게 될지도 모르겠는데, 오모로와 큰아버지들의 얘기로는, 옛날 말리의 킨테 여인들은 그들이 만든 항아리와 그들이 짠 찬란한 무늬의 옷감으로 이름을 날렸다는데, 지금도 킨테 여인들이 그런 것들을 만들지도 모를 일이었다.

말리에서 돌아오고 나면, 다음 장마철에 또 여행을 떠날 계획을 세워야 할지도 모른다는 생각이 쿤타의 머리에 떠올랐다. 그는 등에 달린 두 혹에 물을 넣고 다닌다는 이상한 짐승들을 끌고, 대상의 긴 행렬이 건너다닌다고 큰아버지들이 얘기했던 끝없는 모래밭 너머의 머나먼 곳까지 여행할지도 모른다. 칼릴루 콘테와 세포 켈라는 나이 많고 못생긴 테리야 아내들을 얻었지만, 쿤타 킨테 그는 메카로 순례를 가리라. 마침 그 성스러운 도시 쪽을 응시하던 쿤타는, 들판 건너 저 멀리, 자꾸만 계속해서 움직이는 하나의 작은 불빛을 의식하게 되었다. 거기에서 살아가는 풀라니 소몰이들이 지금쯤 아침을 지으리라고 그는 생각했다. 쿤타는 동쪽에서 첫 동이 터오는 엷은 광채조차 깨닫지 못했다.

그는 집으로 돌아가기 위해 무기들을 집어 들려고 손을 뻗다가, 도끼를 보고는 북의 틀을 만들 나무가 생각났다. 그러나 그는 피곤하니까 나무는 내일 잘라도 되겠다고 생각했다. 하지만 그는 숲으로 가는 길의 반쯤은 벌써 나온 셈이었고, 지금 하지 않는다면 그는 아마도 열이틀 후에 돌아올 다음 보초 근무 때까지 연기하게 될지도 모른다는 생각이 들었다. 더구나 피곤함에 굴복한다면, 사내답지 못한 짓이었다. 쥐가 나지 않나 하고 다리를 펴보더니 그는, 즐거워서 가볍게 짖으며 꼬리를 흔드는 그의 우울로 개가 기다리는 땅으로, 홈이 파인 말뚝을 타고 내려갔다. 무릎을 꿇고 수바 기도를 드린 다음, 쿤타는 일어서서 기지개를 켜며 시원한 아침 공기를 깊이 들이마시고는, 볼롱을 향해서 껑충껑충 뛰어갔다.

33

아침 첫 햇살에 이슬을 반짝이는 풀밭에서 다리를 적시며 뛰어가던 쿤타의 코에는 야생 화초 향기가 그윽했다. 매들은 먹이를 찾으려고 머리 위에서 맴돌았고, 밭 옆의 고랑에서는 개구리 울음소리가 요란했다. 그는 반짝이는 검은 잎사귀들처럼 나뭇가지에 다닥다닥 붙은 검은 새들이 놀라지 않도록 나무를 피해 돌아갔다. 하지만 헛수고여서, 그가 지나가자마자 성나고 목이 쉰 듯한 깍깍 소리가 들려서 뒤를 돌아보니까, 까마귀 수백 마리가 검은 새들을 잠자리에서 마구 쫓아내느라고 바빴다.

아직은 숨이 차지 않았지만, 깊은 숨을 몰아쉬면서, 볼롱의 둑에서부터 멀리까지 뻗어 나간 나지막하고 무성한 덤불로 가까이 가자, 그는 홍수림(紅樹林)의 짙은 향취를 맡게 되었다. 그의 모습이 나타나자 멧돼지들은 갑자기 너도나도 한꺼번에 콧바람을 뿜었고, 그 소리에 비비들은 으르렁거리고 짖어 대었으며, 커다란 수놈들은 암놈과 새끼들을 재빨리 등 뒤로 숨겼다. 지금보다 어렸을 때였다면 그는 걸음을 멈추고 그들의 흉내를 내어 끙끙대고 껑충껑충 뛰었을 터이고, 그러면 비비들은 틀림없이 화가 나서 주먹을 휘두르고, 심지어는 돌멩이를 던지기도 했으리라. 그러나 이제 그는 아이가 아니었고, 자신이 대우받기를 바라듯이 알라신의 모든 피조물을 대하라는 가르침을 받은 몸이었다.

뒤엉킨 홍수림을 지나서, 길을 찾아 그가 볼롱으로 내려가려니까,

해오라기와 두루미와 황새와 사다새들이 밤을 지낸 장소에서 하얀 물결처럼 퍼덕이며 솟아올랐다. 진흙 비탈에서 잔물결 하나 남기지 않고 물로 미끄러져 들어가는 커다랗고 갈색인 거북과 물뱀들을 쫓아서 쿤타의 우올로 개가 이리저리 뛰어다녔다.

밤의 보초 근무를 끝내고 마음이 내켜 이곳으로 찾아오면 항상 그렇듯이, 쿤타는 볼롱의 언저리에 얼마 동안 가만히 서서, 잿빛 왜가리가 엷은 초록빛 물에서 창(槍)의 높이만큼 떠서, 날개를 칠 때마다 수면에 파문을 일으키며, 길고 가느다란 다리를 뒤로 늘어뜨리고 날아가는 모습을 구경했다. 왜가리는 지금 작은 먹이를 찾아다니는 모양이었지만, 크고 힘센 물고기 쿠잘로를 잡기에는 볼롱 언저리에서 여기가 최고임을 쿤타는 알았고, 그가 가끔 쿠잘로를 잡아다 주면 빈타는 양파와, 쌀과, 썬 토마토와 함께 지져서 그에게 먹으라고 주었다. 아침을 못 먹어 벌써부터 배 속이 꾸르륵거리던 터라, 그런 생각을 하니 쿤타는 배가 고파졌다.

물가를 따라 조금 더 내려가서 쿤타는, 너무나 여러 번 찾아와서 그에게 낯익을 뿐 아니라 숲에게도 그의 모습이 분명히 낯이 익었으리라고 생각되는 곳에서, 물가를 벗어나 어느 늙은 나무까지 그가 스스로 만들어 놓은 길을 따라 방향을 바꾸었다. 가장 나지막한 나뭇가지를 잡고 몸을 끌어올린 쿤타는, 거의 꼭대기가 가까운 곳에, 그가 올라앉기를 가장 좋아하는 자리까지 기어 올라갔다. 날씨가 맑은 아침이면, 따뜻한 햇살을 등에 받으며 그는 여기에서, 볼롱의 물길이 꺾어지는 다음 구비와, 그곳을 뒤덮고 아직까지 잠을 자는 수많은 물새, 그리고 그 너머로 펼쳐진 여자들의 논과 여기저기 흩어진 젖먹이 아기들을 위한 대나무 움막들까지 한눈에 다 볼 수가 있었다. 그가 어렸을 때 어머니는 어느 움막에 그를 눕혀 두었었을까 하고 그는 궁금하게 생각했다. 그가 아는 어느 장소보다도 이곳은, 이른 아침이면, 쿤타의 마음을 신비와 고요함으로 더욱더 가득 채웠다. 마을 모스크보다도 이곳에서 그는 더욱, 모든 사람과 사물이 완전히 알라신의 손 안에 들었다는 기분을 느꼈으며, *그가 올라앉은 이 나무의 꼭대기에서 그가 보고, 듣고, 냄새를 맡는 모든 사물이 사람들의 기억보다도 훨씬 오래전부터 존재했고, 그와 그의 아들들과 또 그 아들들이 조상을 만나는 날 이후에도 그대로 계속해서 존재하리라고 느끼고는 했다.*

쿤타는 그의 북 몸통에 알맞을 크기의 나무토막을 골라낼 만한 숲을 찾아내려고, 볼롱에서 태양을 향해 얼마쯤 뛰어간 다음에, 키만큼이나 높다란 잡초들이 둘러싼 숲에 이르렀다. 만일 잘라 낸 푸른 나무가 오늘부터 말라 질겨지기 시작한다면, 그와 라민이 말리로 여행을 갔다가 돌아올 시기인 한 달 반쯤 후에는, 속을 긁어내고 일을 시작할 만큼 준비가 되어 있으리라고 그는 생각했다. 숲으로 들어서던 쿤타는, 어떤 갑작스러운 움직임을 곁눈질로 얼핏 눈치 챘다. 그것은 토끼였고, 키가 큰 잡초 속으로 몸을 숨기려는 토끼를 우올로 개가 눈 깜짝할 사이에 뒤쫓았다. 우올로 개는 정말로 배가 고프면 짖지 않는 성질이었으므로, 개가 요란하게 마구 짖어 대는 꼴을 보니, 잡아먹으려는 욕심이 아니라 장난을 치느라고 쫓아가는 모양이라고 쿤타는 생각했다. 토끼와 개는 소리를 쳐도 들리지 않을 만큼 곧 멀어졌지만, 쿤타는 뒤쫓기에 싫증이 나면 개가 돌아오겠거니 해서 걱정도 하지 않았다.

쿤타는 빽빽한 나무들 가운데에서 그가 원하는 만큼 크고 부드러우며 둥근 나무를 찾기 위해서 숲의 한가운데로 들어갔다. 어두운 숲으로 더 깊이 걸어 들어가니, 이끼가 덮여 푹신한 땅이 발바닥에 닿는 감촉이 좋았지만, 하늘을 가린 두터운 수목을 꿰뚫을 만큼 아직 해가 높이 뜨거나 뜨겁지가 않아서 이곳 공기는 눅눅하고 차가웠다. 뒤틀린 나무에 그의 무기와 도끼를 기대어 놓은 다음, 쿤타는 여기저기 돌아다니면서, 가끔 허리를 굽히고, (말리는 동안 얼마쯤 오그라들기도 하리라는 계산까지 해가면서) 그가 만들려는 북보다 아주 조금만 더 큰, 적당한 나무를 눈과 손가락으로 찾아다녔다.

그럴듯한 물건이 눈에 띄기에 몸을 구부린 그는, 나무의 잔가지가 부러지는 날카로운 소리가 나고, 곧 뒤이어 머리 위에서 앵무새가 꽥꽥거리는 소리를 들었다. 개가 돌아오나 보다 하고 그는 막연히 생각했다. 그러나 다 자란 개는 나뭇가지를 부러뜨리지 않는다는 생각이 머리에 퍼뜩 떠오르자, 그는 순간적으로 몸을 돌렸다. 갑자기 그에게로 덮치는 하얀 얼굴과 치켜든 몽둥이를 그는 보았고, 그의 뒤에서는 여러 사람의 무거운 발소리가 났다. 투봅이다! 그는 발을 날려 남자의 배를 걷어찼고, (배는 물컹했고 신음 소리가 났으며) 그러자 무엇인가 딱딱하고 무거운 물건이 쿤타의 뒤통수를 스치더니, 나무 기둥처럼 그의 어깨를 내리쳤다. 통증을 느끼고 휘청거리며, 쿤타는 몸을 휙 돌려, 그의 발치에 고꾸라진 남자에게 등을 보이며, 커다란 자루를 들고 그에게 덤벼드는 흑인 두 사람을 주먹으로 후려갈겼고, 또 다른 투봅이 짧고 굵은 몽둥이를 휘두르자 재빨리 몸을 옆으로 날려서 겨우 피했다.

무기가 될 만한 아무 물건이라도 손에 들었더라면 얼마나 좋겠느냐고 쿤타는 혼자 마구 화를 내며 그들에게 달려들어서는 잡아채고, 들이받고, 무릎으로 차고, 후벼 파느라고 정신이 없어서, 그의 등을 짓이기는 몽둥이쯤은 거의 느끼지도 못했다. 세 남자가 그와 함께 한데 엉킨 채로 넘어졌고, 누가 쿤타의 등 아래쪽을 무릎으로 으깨자 그는 고통이 심해서 숨이 막힐 지경이었다. 벌린 그의 입에 누군가의 살이 닿자 그는 이로 물어뜯고, 찢고, 잘라 냈다. 얼얼한 손가락에 누군가의 얼굴이 닿자 그는 눈알을 후벼 팠고, 비명 소리와 함께 묵직한 몽둥이가 다시 쿤타의 머리를 쳤다.

정신이 멍해진 그는, 개의 으르렁거리는 소리와, 투봅의 비명과, 갑작스럽고 처참하게 지르는 깨갱 소리를 들었다. 그는 억지로 일어서면서, 몽둥이질을 피하느라고 몸을 마구 뒤틀었고, 머리를 이리저리 돌렸으며, 깨어진 머리에서 피가 줄줄 흘러내렸고, 얼핏 보니 흑인 한 사람은 한쪽 눈을 손으로 감싸고, 투봅 한 명은 피가 흐르는 팔을 잡고 서서 죽은 개를 굽어보았고, 나머지 두 사람은 몽둥이를 치켜들고 그의 주위를 빙빙 돌았다. 분노의 고함을 지르며 쿤타는 두 번째 투봅에게 달려들었고, 그를 내려치는 몽둥이의 힘을 그의 두 주먹으로 막았다. 투봅의 몸에서 나는 역겨운 악취에 숨이 막혔지만, 그는 필사적으로 몽둥이를 잡아 비틀어 빼앗으려고 했다. 왜 그는 몰래 접근하던 그들을 소리도 듣지 못하고, 눈치도 채지 못하고, 냄새도 못 맡았을까?

바로 그때, 흑인의 몽둥이가 쿤타를 다시 한 번 후려쳐서, 그는 비틀거리며 꿇어앉았고, 투봅은 재빨리 몸을 뽑아 피했다. 쿤타는 머리가 터져 나가는 듯싶었고, 다리가 후들거렸고, 자신의 나약함에 그는 분노했고, 쿤타는 다시 몸을 일으켜 고함을 치고, 미친 듯이 허공에다 주먹을 휘둘렀고, 모든 것이 눈물과 피와 땀에 범벅이 되어 희미해졌다. 그는 지금 자신의 생명만을 위해서 싸우지는 않았다. 오모로! 빈타! 라민! 수와두! 마디! 투봅의 묵직한 몽둥이가 그의 관자놀이를 쳤다. 그러고는 모두가 깜깜해졌다.

34

쿤타는 자기가 미치지나 않았나 생각했다. 발가벗은 채로, 쇠사슬에 묶이고, 발이 채워져서, 그는 찌는 듯한 더위와 구역질 나는 악취, 그리고 비명을 지르고, 흐느껴 울고, 기도를 드리고, 구토를 하는 악몽 같은 광란으로 가득 찼으며, 칠흑 같은 어둠 속에서, 다른 두 남자 사이에서 누운 채로 정신이 들었다. 그는 가슴과 배에서 자신의 토사물 냄새를 맡고는 손으로 만져 보았다. 그는 붙잡히고 난 다음 나흘 동안 매를 맞아서, 온몸이 고통으로 경련을 일으켰다. 그러나 가장 아픈 곳은 양쪽 어깨 사이의 한가운데 인두로 지진 자리였다.

통통하고 털이 난 쥐의 몸뚱이가 그의 뺨을 스쳤고, 수염이 돋아난 코를 그의 입에 대고 쥐가 냄새를 맡았다. 쿤타는 속이 뒤집혀서, 부들부들 떨면서, 결사적으로 물어 잡으려고 이를 갑자기 맞부딪쳤고, 쥐는 도망을 쳤다. 분노한 쿤타는 그의 손목과 발목들을 묶은 족쇄를 잡아당기고 발길질을 했다. 같이 묶인 사람들이 당장 화가 나서 소리를 지르며 마주 끌어당겼다. 화만 난 것이 아니라, 놀라기도 하고 아픔을 느낀 쿤타는, 벌떡 일어나려다가 머리를 (숲에서 투봅에게 몽둥이로 얻어맞은 바로 그 자리를) 나무에 세게 부딪쳤다. 쿤타와 그의 옆에 묶인 보이지 않는 남자는, 숨을 몰아쉬고 고함을 지르면서, 쇠고랑으로 서로 후려쳤고, 결국 두 사람 다 지쳐서 널브러졌다. 쿤타는 다시 구역질이 나려고 해서 참아 보려고 애썼지만, 어쩔 도리가 없었다. 벌써부터 속이 비어 버린 그의 배 속에서부터 묽고 시큼한 액체가 그의 입가로 흘러나오자, 그는 죽어 버렸으면 좋겠다는 생각만 했다.

그는 미치지 않고 기운과 정신을 차리려면 자제력을 잃어서는 안 된다고 스스로 타일렀다. 얼마 동안 기다렸다가, 다시 몸을 움직일 기운이 돌아왔다는 생각이 들자, 그는 아주 천천히, 그리고 조심스럽게, 쇠고랑이 채워진 오른쪽 손목과 발목을 왼쪽 손으로 만져 보았다. 피가 흘렀다. 그는 쇠사슬을 가만히 잡아당겨 보았는데, 그가 싸웠던 사람의 왼쪽 발목과 팔목에 연결이 되어 있는 듯싶었다. 쿤타의 왼쪽에서는 두 발목이 그에게 쇠사슬로 묶인 또 다른 어떤 사람이 계속해서 신음했고, 그들은 누가 조금만 움직여도 어깨와 팔, 그리고 다리가 서로 닿을 만큼 바싹 붙어 있었다.

머리를 부딪혔던 나무를 기억하면서 쿤타는, 살그머니 머리가 닿을 정도로 천천히 몸을 일으켰는데, 일어나 앉을 만한 여유도 없었다. 그리고 그의 머리 뒤는 나무 벽이었다. 함정에 빠진 표범 꼴이 되었구나 하고 그는 생각했다. 그러자 그는, 여러 장마철 전에, 눈을 가린 채로 주주오의 성인 훈련 오두막에서 어둠 속에 앉아 기다렸던 생각이 났고, 목구멍에서 울음이 터져 나오려고 했지만, 억지로 참았다. 쿤타는 사방에서 들려오는 신음과 비명 소리에 대해서 생각해 보았다. 여기 이 어둠 속에는, 방인지 뭔지는 몰라도 커다란 하나의 방처럼 여겨지는 어두운 공간 속에는, 어떤 사람들은 가까이에, 그리고 어떤 사람들은 멀리에, 어떤 사람들은 그의 옆에, 그리고 어떤 사람들은 그의 앞에, 틀림없이 많은 사람들이 한곳에 모여 있었다. 귀에 온 신경을 집중한 그는 또 다른 비명들도 들었는데, 숨 막힐 듯한 그 소리는 그가 누워 있는 바닥, 이어 붙인 널빤지 밑에서 들려왔다.

더 자세히 귀를 기울여 들어 본 그는 주변에 갇힌 사람들의 여러 가지 언어를 분간해 내었다. 어느 풀라니는 아랍 말로 거듭거듭 소리쳤다. 「하늘에 계신 알라신이여, 살려 주옵소서!」 그리고 세레레 부족의 한 남자는 목쉰 소리로 그의 식구들 이름인 듯한 말을 읊었다. 그러나 쿤타가 들은 대부분의 소리는 만딩카 사람의 말이었고, 가장 큰 소리로 떠들던 사람들은 어른 남자들의 비밀 언어인 시라 캉고로, 모든 투봅을 무참하게 죽이겠다고 맹세하며 미친 듯이 떠들었다. 다른 사람들의 외침은 흔히 흐느낌으로 온통 뒤범벅이 되어서, 쿤타는 몇 가지 이상한 언어는 감비아 외부의 말이라고는 짐작했어도, 그 말의 뜻이나 언어의 종류는 가려내지 못했다.

누워서 귀를 기울이던 쿤타는, 며칠째 자꾸만 그를 괴롭히면서 배 속에서 밀려 나오려는 배설 충동을 스스로 머릿속에서 몰아내고자 그가 애를 쓰고 있음을 서서히 깨닫게 되었다. 그러나 그는 이제 더 이상 참을 힘이 없었고, 결국은 볼기짝 사이에서 변이 돌돌 말리면서 삐져나왔다. 자기 자신이 역겨워지고, 자기가 보탠 악취를 맡으면서,

쿤타는 흐느끼기 시작했고, 배 속이 다시 뒤집혔지만, 이번에는 침만 조금 나왔으며, 그래도 헛구역질은 계속되었다. 무슨 죄를 지었기에 그는 이런 방법으로 벌을 받는가? 그는 대답을 해달라고 알라신에게 호소했다. 북을 만들려고 나무를 자르러 숲으로 갔던 날 아침 이후로 단 한 번도 기도를 하지 않았다면, 그것만으로도 충분히 죄가 되었다. 비록 일어나 앉아 무릎을 꿇을 수도 없었고, 어디가 동쪽인지조차 알지 못했어도, 그는 누운 자리에서 그대로 눈을 감고 기도를 드리며, 알라신의 용서를 빌었다.

그런 다음에 쿤타는 둔감하게 그의 고통을 참아 가면서 오랫동안 누워 버티었고. 배 속에서 꿈틀대는 고통의 한 가지가 배고픔임을 서서히 의식하게 되었다. 그는 잡히기 전날 저녁 이후로 아무것도 먹지 못했다는 생각이 머리에 떠올랐다. 그토록 오랜 시간 동안 그가 조금이나마 진짜로 잠을 잤을까 하고 생각하다가, 갑자기 숲을 걸어가는 자신의 모습이 눈앞에 보였고, 그의 앞에는 흑인 두 사람이, 그리고 그보다 더 앞에서는 머리 빛깔이 이상하고 옷도 이상한 투봅들이 걸어갔다. 쿤타는 얼른 눈을 뜨며 머리를 흔들었고, 그는 땀에 함빡 젖어서는 가슴이 마구 뛰었다. 그는 자기도 모르는 사이에 잠이 들었던 모양이었다. 그것은 악몽이었는데, 아니, 악취로 가득한 이곳의 깜깜함이 악몽인가? 아니다. 이것은 그가 꿈에서 본 숲 속의 장면처럼 생생하다. 원하지 않았어도 그것은 모두 그의 머릿속에서 되살아났다.

나무숲에서 흑인 슬라테들과 투봅과 그토록 결사적으로 싸우고 나서, 그는 참기 어려운 고통을 느끼며 깨어나, 재갈이 물리고 눈을 가린 채, 손목이 뒤로 묶이고 발목도 밧줄로 꽁꽁 묶인 자신을 의식했던 생각이 났다. 그가 끈을 풀려고 몸부림을 치자, 날카로운 막대기가 마구 찔러 대어 다리에서 피가 흘렀다. 떠밀려 일어나 막대기에 쿡쿡 찔리면서, 그는 묶인 다리로나마 빨리 걸으려고 덤비다가 곤두박질을 쳤다.

(귀에 들리는 소리와 발밑 땅바닥의 부드러운 감촉으로 쿤타는 짐작이 가능했지만) 볼롱의 둑 어디에선가 그는 떠밀려 통나무배로 올라갔다. 아직도 눈을 가린 채로 그는 슬라테들이 빨리 노를 젓느라고 끙끙대는 소리를 들었고, 그가 반항할 때마다 투봅이 매질을 했다. 땅으로 올라가서 그들은 다시 걸었고, 그날 밤 어디엔가 도착하자, 그들

은 쿤타를 땅에 엎드리게 하고, 대나무 울타리에 등을 대게 하여 묶은 후, 예고도 없이 눈가리개를 벗겼다. 어두웠지만 그는 위에서 내려다보는 투봅의 하얀 얼굴과 근처의 땅바닥에 꿇어앉은, 자기와 같은 다른 사람들의 모습을 보았다. 투봅은 입으로 한 점 뜯어 먹으라고 고깃덩어리를 내밀었다. 그는 얼굴을 옆으로 돌리고 이를 악물었다. 화가 나서 씩씩거리면서 투봅은 그의 목을 움켜잡고, 강제로 그의 입을 벌리려고 했다. 쿤타가 입을 꽉 다물고 버티자, 투봅은 주먹을 겨누어서, 그의 얼굴을 세차게 후려갈겼다.

그리고 나서 그들은 쿤타를 밤새도록 그대로 내버려 두었다. 날이 밝아 오자 그는, 대나무에 묶인 채로, 무장한 슬라테와 투봅들에게 삼엄한 감시를 받는 남자 여섯, 여자 셋, 어린아이 둘, 모두 열한 명의 붙잡힌 다른 사람들의 윤곽을 서서히 알아보게 되었다. 여자들은 알몸이었는데, 전에는 발가벗은 여자를 본 적이 없던 쿤타는 눈을 돌리지 않을 수가 없었다. 역시 알몸이었던 남자들은, 채찍 상처에 피가 말라붙은 채로, 무시무시한 증오로 일그러진 표정을 짓고 앉아, 음산하게 침묵을 지켰다. 그러나 젊은 처녀들은 사랑하는 사람들이 불탄 마을에서 죽었다고 울부짖었으며, 어떤 다른 젊은 여자는, 뼈아프게 흐느끼면서, 아기를 품에 안았다고 상상하면서, 귀엽다고 어르며 흔들어 주었고, 또 어떤 여자는 알라신에게로 가겠다고 가끔 절규했다.

미친 듯 격노한 쿤타는 그를 묶은 끈을 풀려고 앞뒤로 몸을 흔들었다. 하지만 묵직한 몽둥이에 얻어맞고 그는 다시 의식을 잃어버렸다. 정신을 차려 보니, 그도 역시 발가벗겨졌고, 그들은 모두 머리가 빡빡 깎였으며, 몸에는 빨간 야자기름을 발라 놓았다. 정오쯤 되어서 새로 두 투봅이 숲으로 들어왔다. 모두들 싱글벙글 웃으면서 슬라테들은 재빨리 포로들을 대나무에서 풀어 주고는, 한 줄로 서라고 소리쳤다. 쿤타의 근육은 분노와 공포로 불끈거렸다. 새로 나타난 투봅 가운데 하나는 키가 작고 단단했으며, 머리카락은 백발이었다. 키와 덩치가 크고 얼굴에 칼자국이 난 다른 한 사람이 험악한 얼굴로 그를 굽어보았지만, 슬라테와 다른 투봅이 미소를 짓고 절을 한 것은 머리가 센 사람에게였다.

백발인 사람은 그들을 모두 훑어보더니 쿤타더러 앞으로 나서라고 손짓했으며, 공포에 떨면서 뒤로 물러서자 채찍이 그의 등을 내려쳤고, 쿤타는 비명을 질렀다. 어느 슬라테가 뒤에서 그를 넘어뜨리고는, 머리를 뒤로 젖히며 꿇어앉혔다. 백발 투봅은 쿤타의 떨리는 입술을 침착하게 벌리고는 이빨을 살펴보았다. 쿤타는 벌떡 일어서려고 했지만, 채찍을 한 번 더 맞고는, 명령대로 서서 투봅이 손가락으로 그의 눈과 가슴, 배를 훑어보는 동안 온몸을 부들부들 떨었다. 그의 포토를 손가락이 움켜쥐자, 그는 볼멘 비명을 지르며 옆으로 몸을 잡아챘다. 두 슬라테와 채찍질 때문에 쿤타는 억지로 고꾸라질 만큼 몸을 앞으로 숙였고, 무서움 속에서도 그는 엉덩이를 누가 잔뜩 벌리는 것을 느꼈다. 그러자 백발 투봅은 거칠게 쿤타를 옆으로 밀어 버리고, 똑같은 방법으로 하나씩 하나씩 울부짖는 소녀들의 은밀한 부분을 검사했다. 그런 다음에 채찍과 명령하는 고함 소리에 쫓겨, 포로들은 모두 울타리 안으로 떠밀려 들어가서, 토끼뜀을 뛰었다.

그들을 둘러본 다음 백발 투봅과 칼자국이 난 덩치 큰 사람은, 조금 떨어진 곳에 모여 나지막한 목소리로 잠깐 얘기를 나누었다. 뒤로 물러선 백발 남자는 다른 투봅을 손짓해 불러서, 쿤타를 포함한 네 남자와 두 여자를 손가락으로 가리켰다. 투봅은 놀란 표정으로 애걸하듯 다른 사람들을 가리켰다. 그러나 백발은 단호하게 머리를 저었다. 투봅이 열을 올려 따지는 동안, 쿤타는 분노로 머리가 터질 듯한 상태로, 몸이 꽁꽁 묶인 채로, 긴장해서 기다렸다. 잠시 후 백발은 불쾌한 태도로 종이에다 무엇인가 써서 화가 난 다른 투봅에게 넘겨주었다.

슬라테들이 다시 그를 움켜잡고 등을 굽혀 앉히는 동안, 쿤타는 몸부림을 치고, 격분해서 고함을 질렀다. 그는 겁에 질려 눈을 크게 뜨고는, 백발이 가지고 온 길고 가느다란 쇠를 불에서 꺼내는 투봅을 지켜보았다. 쇳조각이 그의 두 어깨 사이를 지지면서 심한 통증을 느끼게 되자, 쿤타는 비명을 지르고 몸을 뒤틀었다. 대나무 숲은 하나씩 다른 사람들의 비명을 차례로 되울렸다. 그런 다음 사람들의 등에 찍힌 독특한 LL 자국의 낙인에 슬라테들이 빨간 야자기름을 발랐다.

채 한 시간도 안 되어서, 그들은 쇠사슬을 쩔렁거리며, 슬라테들의 거침없는 채찍이 넘어지거나 걸음을 멈추는 사람들을 후려치는 동안, 줄을 지어 비틀거리며 걸었다. 강둑의 울창하고 축 늘어진 홍수림 밑에 감춰 놓은 두 척의 통나무배에 그날 밤 늦게 그들이 도착했을 때는, 쿤타의 등과 어깨 상처는 피투성이였다. 두 패로 갈린 그들은 슬라테들이 젓는 배에 나눠 타고 어둠 속을 지나갔으며, 조금이라도 반항할 낌새만 보이면 투봅이 채찍을 휘둘렀다.

앞쪽 어둠 속에서 거대하게, 검게 드러나는 어떤 윤곽을 보고, 쿤타는 이것이 그의 마지막 기회임을 깨달았다. 그는 벌떡 일어나 밀치면서, 물로 뛰어들려고 했지만, 사방에서 싸우는 고함과 비명이 들려오는 가운데, 통나무배는 뒤집힐 뻔했어도, 다른 사람들과 함께 묶였던 터라, 배를 벗어날 수가 없었다. 옆구리와, 등과, 배와, 머리에 채찍과 몽둥이를 얻어맞으면서, 그가 정신을 차리지 못하는 사이에, 통나무배는 거대하고 검은 무엇엔가 부딪혔다. 통증을 느끼면서 그는 얼굴에서 쏟아지는 피를 만져 보았고, 여러 명의 투봅이 위에서 외치는 소리를 들었다. 그러더니 밧줄이 그의 온몸을 칭칭 동여매어, 그는 저항할 수가 없었다. 반쯤 끌리고 반쯤 밀려서, 이상한 밧줄 사다리를 올라간 다음에도, 그는 다시 한 번 자유를 위해 도망치려고 난폭하게 몸을 뒤틀 기운이 남았었고, 다시 그는 채찍을 맞았으며, 숨 막히는 투봅 냄새와 여자들의 비명 소리와 투봅의 시끄러운 욕설 속에서, 여러 사람의 손이 그를 움켜잡았다.

눈두덩이 부어오른 눈으로 쿤타는 그의 둘레에 몰려든 빽빽한 다리와 발들을 보았고, 피가 흐르는 얼굴을 팔로 닦으려고 하면서, 겨우 위를 올려다보니, 키가 작고 백발인 투봅은 침착하게 서서, 몽당연필로 작은 공책에 무엇인가를 적어 넣었다. 그러더니 그는 위로 끌려 올라갔고, 편편한 바닥으로 거칠게 밀려났다. 그는 툭툭하고 하얀 천으로 두껍게 감싼 높다란 기둥들을 얼핏 보았다. 그러더니 그는 어떤 좁다란 층계로 힘없이 끌려 내려가, 칠흑처럼 캄캄한 곳으로 들어갔으며, 그 순간 상상조차 할 수 없을 만큼 심한 악취가 코를 찔렀고, 고통스러운 신음 소리들이 들려왔다.

쿤타가 구역질을 하는 사이에 투봅은, (고리를 잡고 다니도록 만든 금속 그릇 안에서 타오르는) 침침하고 누런 불을 쳐들고서, 그의 발목과 팔목을 채우더니, 신음하는 다른 두 남자 사이로 그를 밀어 넣었다. 공포 속에서도 그는, 불빛이 출렁이는 다른 쪽에서, 그와 함께 끌려온 사람들에게 족쇄를 채우는 투봅을 보았다. 그러고는 머릿속이 희미해졌고, 이것이 꿈인가 하고 그는 생각했다. 그리고 다행히도 그는 잠이 들었다.

35

 갑판 문이 삐걱대며 열리는 소리만이 지금이 낮인지 밤인지를 쿤타에게 알려 주었다. 자물쇠 고리가 딸각거리는 소리를 듣고, (쇠사슬과 족쇄 때문에 몸의 다른 부분은 움직일 수가 없었던) 그가 머리를 쳐들어 보면, 채찍을 들고 두 사람이 지켜 주는 가운데, 흔들이 등불을 손에 든 다른 두 사람의 그림자가 내려오고, 이들 네 명의 투뇹은 그렇게 밥통을 밀면서 좁은 통로를 따라 지나갔다. 그들은 함께 묶인 두 사람 사이의 오물 사이로 깡통 그릇을 내밀어 놓았다. 지금까지도 음식이 나올 때마다, 쿤타는 입을 꽉 다물고, 공복(空腹)의 고통이 매를 맞는 아픔만큼이나 심해질 때까지 참으면서, 차라리 굶어 죽겠다고 말했다. 쿤타의 층에 갇힌 사람들이 모두 식사를 끝내고 나면, 나머지 음식을 가지고 투뇹들이 더 밑으로 내려가느라고 등불이 출렁이며 사라지고는 했다.

 바깥이 밤일 때면 가끔, 식사 시간보다는 횟수가 적게, 투뇹은 배의 아래쪽 짐칸으로 새 포로를 몇 명 더 끌고 내려와서, 겁에 질려 울고 비명을 지르는 그들을 채찍으로 때리고 밀치면서, 줄지어 늘어선 딱딱한 널빤지 선반의 빈자리로 끌고 가서 쇠사슬을 채웠다.

 어느 날, 식사 시간이 조금 지나서, 쿤타는 머리 위 천장을 통해 울리는 듯한 이상하고 둔탁한 소리를 들었다. 다른 남자들도 소리를 들었고, 그래서 그들의 신음이 갑자기 멎었다. 쿤타는 긴장해서 누운 채로 귀를 기울였는데, 많은 사람들이 위에서 분주하게 뛰어다니는 발소리 같았다. 그러더니, (그들에게 훨씬 가까운 어둠 속에서) 무척 무거운 물건을 삐걱대며 위로 끌어올리는 듯한 새로운 소리가 났다.

 쿤타가 벌거벗은 등을 대고 누운 딱딱하고 거친 널빤지에서 묘한 진동이 느껴졌다. 그는 가슴이 죄어들고, 다시 부풀어 오르는 기분을 느끼면서, 얼어붙은 듯이 꼼짝도 하지 않았다. 그는 주변에서 쇠사슬을 끌어당기면서 사람들이 억지로 몸을 일으키는 소리를 들었다. 피가 모두 머리로 몰려 지끈거리는 듯했다. 그러고는 이곳 전체가 움직였으며, 그들을 모두 어디론가 멀리 데려가려 한다는 사실을 깨닫자, 겁에 질려서 그의 급소가 오므라들었다. 그의 주변에서 사람들이 소리를 지르고, 알라신과 혼령들을 외쳐 부르고, 널빤지에 머리를 쾅쾅 부딪고, 족쇄를 쩔렁대면서, 미친 듯이 몸부림을 쳤다. 「알라신이여, 날마다 다섯 번 이상 꼭 기도를 드리겠나이다.」 쿤타는 그러한 혼란 속에서 소리를 질렀다. 「살려 주소서! 살려 주소서!」

고뇌에 찬 비명과, 흐느낌과, 기도가 계속되었고, 지쳐서 힘이 빠져야만 이 사람 저 사람 악취가 심한 어둠 속에서 잠깐 숨을 돌리느라고 잠잠해졌다. 쿤타는 이제 아프리카를 다시는 못 보게 되리라고 깨달았다. 널빤지 위에 반듯하게 누웠어도 그는 이제, 가끔 그의 어깨와 팔과 엉덩이가, 양쪽으로 쇠사슬에 묶인 다른 사람에게 닿을 정도로, 느리게 흔들리는 움직임을 분명히 느꼈다. 그는 너무 소리를 심하게 질러서 목소리가 더 나오지 않았기 때문에, 대신 마음속에서 이렇게 고함쳤다. 「투붑을 죽여라. 그리고 반역자 흑인 조수들도!」

그가 소리 없이 흐느껴 울더니까 갑판 문이 열리고, 네 명의 투붑이 쿵쿵거리며 밥통을 끌고 내려왔다. 또다시 그는 굶주림의 경련을 참으려고 이를 악물었지만, 그러나 이제 그는, 언젠가 킨탕고가 하던 어떤 말이, 무사와 사냥꾼은 다른 사람들보다도 힘이 세어지도록 잘 먹어야 하며, 굶으면 몸이 약해져서 투붑을 죽일 힘이 나지 않는다고 했던 말이 생각나서, 이번에는 그와 옆 사람 사이로 그릇이 들어오자, 쿤타도 얼른 손가락으로 걸쭉한 죽을 움켜쥐었다. 그것은 맛이 야자 기름을 넣어 끓인 옥수수가루 같았다. 한 모금씩 죽을 삼킬 때마다 전에 먹지 않으려고 목구멍에서 숨을 막았던 곳이 아팠지만, 그는 그릇이 빌 때까지 계속해서 먹었다. 그는 배 속으로 들어간 음식을 덩어리처럼 느꼈고, 그것은 다시 곧 목구멍으로 기어 올라왔다. 그는 구토를 막을 길이 없어서, 잠시 후에 죽을 널빤지 위에 토해 놓았다. 그는 스스로 헛구역질을 하면서도, 자기와 마찬가지로 토하는 다른 사람들의 소리를 들었다.

쿤타가 누운 기다란 널빤지 선반의 끝으로 흔들이 각등(角燈)의 불빛이 가까이 가자, 갑자기 쇠사슬이 쩔렁거리고, 머리가 쿵 부딪치더니, 어떤 남자가 만딩카 말에다 무슨 투붑 말처럼 들리는 어휘들을 섞어 가며, 발작적으로 뭐라고 지르는 소리가 들려왔다. 음식통을 운반하던 투붑들이 요란하게 웃음을 터뜨렸고, 채찍이 날아갔으며, 남자의 고함이 흐느끼고 주절거리는 소리로 바뀌었다. 도대체 어떻게 된 일인가? 투붑 말을 하는 아프리카 사람의 목소리가 분명하지 않았던가? 그렇다면 그들 가운데에는 슬라테가 끼어들었는가? 쿤타는 투봅이 걸핏하면 그들의 흑인 반역자 조수를 배반해서, 쇠사슬로 묶어 버린다는 얘기를 들었었다.

투봅들이 아래 칸으로 내려갔다가, 빈 그릇을 가지고 다시 나타나서, 밖으로 올라가 창구(艙口)를 닫아 버릴 때까지, 쿤타의 층에서는 거의 아무 소리도 나지 않았다. 그러더니 순식간에 분노한 목소리가 여러 언어로, 몰려드는 벌 떼처럼 울렸다. 그러더니, 쿤타가 묶인 선반 밑에서, 쩔렁대는 무거운 쇠사슬로 때리는 소리와 더불어, 발작적인 고통의 비명과, 똑같은 만딩카 말로 주고받는 심한 욕설이 들려왔다. 쿤타는 남자의 비명 소리를 들었다. 「당신은 내가 투봅인 줄 알아요?」 난폭하고 빠른 주먹질과 필사적인 비명이 계속해서 뒤따랐다. 그러더니 매질이 멈추고, 짐칸의 어둠 속에서 울부짖는 높은 목소리에 이어, 숨이 막히는 듯 목구멍 속에서 무섭게 꾸르륵대는 소리가 났다. 쇠사슬이 또 한 번 쩔렁거리고, 맨발로 널빤지를 걷어차느라고 뒤꿈치가 퉁탕거리는 소리, 그러고는 침묵이었다.

「슬라테! 슬라테는 모두 죽어라!」 그의 주변 사방에서 목소리들이 아우성을 치는 사이에, 쿤타는 머리가 지끈거렸고, 가슴이 울렁거렸다. 그러고는 쿤타 역시 그들과 함께 소리를 지르고, 쇠사슬을 미친듯이 흔들어 대었으며 ― 그러자 갑자기 찌걱거리며 창구가 열리고, 한낮의 빛줄기와 함께, 각등과 채찍을 든 투봅 한패거리가 들어왔다. 그들은 틀림없이 밑에서 벌어지는 소요의 시끄러운 소리를 들었고, 짐칸에는 이제 다시 거의 완전한 침묵이 흘렀지만, 투봅들은 통로를 오가면서 이쪽저쪽으로 채찍을 휘두르며 소리를 질렀다. 죽은 사람을 찾아내지 못하고 그들이 나간 다음, 짐칸은 오랫동안 조용했다. 그러자 반역자가 묶인 채로 죽은 선반의 끝에서 아주 조용하게 허탈한 웃음소리가 들려왔다.

다음번 식사는 긴장 속에서 계속되었다. 무언가 수상하다고 눈치를 챈 듯이 투봅들은 보통 때보다 훨씬 더 많이 채찍을 휘둘렀다. 다리를 찢는 듯한 갑작스러운 아픔을 느끼면서 쿤타는 몸을 움찔하고 비명을 질렀다. 그는 누구라도 매를 맞고 비명을 지르지 않으면, 비명이 나올 때까지 더 심한 매를 맞게 된다는 사실을 알았다. 그리고 그는 아무 맛도 없는 옥수수죽을 움켜 삼키면서, 선반을 따라 아래로 움직여 가는 등불을 지켜보았다.

 투봅 하나가 다른 사람들에게 뭐라고 소리를 쳤을 때는, 짐칸의 모든 사람이 숨을 죽이고 귀를 기울였다. 등불들이 우왕좌왕했고, 이어서 욕설과 큰 소리가 더 들려왔으며, 투봅 하나가 통로를 황급히 내려가 창구로 올라가더니, 곧 두 사람을 더 데리고 왔다. 쿤타는 쇠고랑과 쇠사슬을 푸는 소리를 들었다. 그러더니 두 투봅이 죽은 남자의 시체를, 통로를 따라 질질 끌다시피 해서는, 다른 사람들이 음식통을 계속해서 끌고 통로를 따라 내려가는 동안, 창구로 나갔다.

 음식을 나누어 주는 사람들이 아래층으로 내려간 다음, 투봅 네 사람이 창구로 내려와서는 곧장 슬라테가 묶였던 곳으로 갔다. 머리를 비틀어 돌려서야 쿤타는 높이 치켜든 각등이 보였다. 난폭하게 욕설을 퍼부으면서 두 명의 투봅이 날카로운 휘파람 소리를 내는 채찍으로 살덩이를 후려쳤다. 누구인지는 몰라도 매를 맞던 사람은 처음에는 비명을 지르지 않으려고 참았지만, 채찍질 소리만 들어도 쿤타는 거의 온몸이 마비가 되는 듯싶었고, 매를 맞는 사람은 고문의 아픔으로 인해서 쇠사슬을 휘둘러 대었으며, 비명을 지르지 않으려고 완강히 버텼다.

 그랬더니 투봅들은 발악에 가까운 욕설을 퍼부었고, 서로 교대를 해서 채찍질을 계속하느라고 그들이 주고받는 등불이 출렁였다. 결국 매를 맞던 남자는 비명을 지르기 시작해서, 처음에는 풀라 말로 저주를, 그러고는 똑같은 풀라 말이기는 했지만 알아듣기 힘든 소리를 질러 대었다. 매를 맞는 남자가 거의 흐느낄 기운만 남을 정도가 될 때까지 채찍질이 계속되는 동안, 만딩카 사람들의 가축을 돌보아 주던 조용하고 얌전한 풀라 부족에 대한 생각이 쿤타의 머리를 번개같이 스쳤다. 그러자 네 명의 투봅은 욕을 하고 숨을 몰아쉬더니, 악취에 헛구역질을 하면서 나갔다.

 풀라 사람의 신음 소리를 듣고 캄캄한 짐칸 안에서는 모두 부르르 떨었다. 잠시 후 또박또박한 만딩카 말로 어떤 사람이 소리쳤다. 「그의 고통을 함께 나눕시다! 우리는 한마을 사람으로서 그의 입장이 되어야 합니다!」 그것은 어느 촌장의 목소리였다. 그의 말이 옳다. 풀라의 고통은 쿤타 자신의 고통이나 마찬가지였다. 그는 분노로 속이 터질 듯했다. 그는 또한 어쩐지 여태껏 경험하지 못했을 만큼 심한 공포를 느꼈고, 그것은 뼛골로부터 스며 나오는 듯싶었다. 그는 마음 한편으로는 이런 모든 상황에서 벗어나기 위해 차라리 죽기를 바랐었지만, 아니다, 그는 무슨 수를 써서라도 살아남아서 복수를 해야 한다. 그는 전혀 꼼짝도 하지 않고 누워서 버티었다. 시간이 오래 걸리기는 했지만, 그는 결국 인두로 지진 어깨만 빼고는 온몸에서 긴장과 혼란, 그러고는 통증이 다 가시는 느낌이 들었다. 그는 그와 다른 사람들 앞에 놓인 유일한 선택에 대해서, 이제는 그의 마음을 훨씬 더 잘 집중시킬 힘이 생겨났음을 깨달았으니 — 그들은 모두 이 악몽의 장소에서 죽거나, 아니면 어떻게 해서든지 투봅을 이겨서, 그들을 죽여야만 한다.

36

몸에 꾄 이가 물어 대어서, 가려움이 점점 더 심해졌다. 오물 속에서 벼룩과 이가 수천 마리나 번식해서, 결국은 짐칸 안에 온통 득시글거렸다. 그것들은 몸에 털이 난 부분에서 가장 극성이었다. 쿤타의 겨드랑이와 포토는 불이라도 난 듯 화끈거렸으며, 쿤타는 고랑을 차지 않은 손이 닿는 곳은 어디나 계속해서 긁어 댔다.

그는 벌떡 일어나서 도망치고 싶다는 생각을 계속했지만, 곧 그의 눈에는 좌절감으로 눈물이 괴었고, 마음속에서는 분노가 일었으며, 다시 침착한 마음을 찾을 때까지 그런 감정을 모두 억눌렀다. 어디로든 몸을 움직여 갈 수가 없다는 사실이 그는 가장 참기가 힘들었고, 그래서 그는 쇠사슬을 깨물어 버리고 싶었다. 그는 마음과 손이 항상 무엇엔가 열중해야 되겠다고 생각했다. 그러지 않으면, 주변의 사람들이 외치는 소리로 미루어 보아 벌써 그들이 미쳐 버렸음을 알게 되었지만, 자기도 역시 미쳐 버릴 것만 같았다.

꼼짝 않고 가만히 누워서 양쪽에 묶인 사람들의 숨소리를 들음으로써 쿤타는 그들이 잠들었는지 깨었는지를 분간하는 능력을 벌써 오래전부터 귀에 익혔었다. 그는 이제 정신을 집중해서, 더 멀리 떨어진 사람들에게도 귀를 기울였다. 반복되는 소리를 주의 깊게 듣는 연습을 자꾸만 반복함으로써 그는 그들의 위치를 거의 정확하게 판단해 내는 능력을 키웠으며, 그러자 그는 귀가 눈의 역할을 대신하는 듯한 묘한 느낌이 들었다. 가끔 그는 어둠을 가득 채운 신음과 저주의 소리 속에서 널빤지에 머리가 부딪히는 쿵 소리를 들었다. 그러고는 묘하고도 단조로운 소리가 또 한 가지 들려왔다. 그것은 간격을 두고 멈추었다가는, 잠시 후에 다시 계속되었는데, 쇳조각 두 개를 열심히 서로 비벼 대는 소리 같았다. 좀 더 들어 본 쿤타는 누가 쇠사슬의 고리가 닳도록 비벼 끊으려고 한다는 생각이 들었다. 쿤타는 또한 상대방의 발목과 팔목으로부터 서로 족쇄를 잡아당기며 두 남자가 악착같이 싸우는 듯, 잠깐씩 쇠사슬이 짤랑대는 소리도 자주 들었다.

쿤타는 시간의 흐름을 망각했다. 그의 주변에서 악취를 풍기는 오줌과, 토사물과, 똥은 그가 묶인 기다란 선반의 널빤지를 미끈거리는 죽처럼 덮어 버렸다. 이제는 더 이상 못 참겠다는 생각이 들기 시작할 무렵에, 투봅 여덟 명이 큰 소리로 욕설을 퍼부으며, 창구를 열고 내려왔다. 항상 끌고 다니는 음식 그릇 대신 그들은, 기다란 손잡이가 달린 괭이처럼 보이는 물건과 커다란 통 네 개를 가지고 왔다. 그리고 쿤타는 그들이 옷을 하나도 걸치지 않았음을 알고 놀랐다.

알몸의 투봅들은 짐칸으로 들어오자마자 전에 내려왔던 어느 누구보다도 빨리 토하기 시작했다. 그들이 가져온 각등의 불빛 속에서, 그들은 둘씩 짝을 지어 통로로 흩어져서, 선반 위로 괭이를 내밀어 오물을 긁어 그릇에 담았다. 통이 가득 차면 투봅들은 그것을 통로로 다시 끌어내고, 퉁탕거리며 층계로 가서는, 뚜껑을 열고 나가 쏟아 버리고 다시 돌아왔다. 투봅들은 이제 심하게 헛구역질을 했고, 그들의 얼굴은 괴이하게 뒤틀렸으며, 털이 나고 빛깔이 없는 그들의 몸은 선반에서 긁어낸 오물의 얼룩으로 뒤덮였다. 그러나 그들이 일을 끝내고 나간 다음에도, 짐칸의 무겁고 역겹고 숨 막히는 악취는 변함이 없었다.

그리고 나서는 항상 들어오는 투봅 네 사람 이외에 더 많은 사람들이 내려왔는데, 쿤타는 창구에 연결된 층계를 터벅거리며 내려오는 그들이 스무 명은 되리라고 계산했다. 그는 꼼짝 않고 누워서 기다렸다. 이리저리 머리를 돌려 가면서 살펴보니, 투봅들이 작은 무리를 지어 짐칸의 여기저기에 자리를 잡았는데, 채찍과 총을 든 사람들이 보이는가 하면, 쇠사슬에 묶인 사람들이 누운 선반의 양쪽 끝에서 등잔을 치켜들고 남들을 지켜 주는 사람들도 보였다. 딸각거리는 이상한 소리와 무겁게 쩔그렁거리는 소리를 들은 쿤타는 겁이 나서 뱃속에 웅어리가 맺히는 기분이 들었다. 그러더니 족쇄를 찬 그의 오른쪽 발목을 누군가 냅다 끌어당겼고, 그는 투봅이 자기를 풀어 주려고 한다는 사실을 알았다. 왜 이럴까? 이제는 어떤 무서운 일이 벌어지려는가? 익숙해진 쇠사슬의 무게를 그의 오른쪽 발목에서 더 이상 느끼지 않게 되고, 짐칸 안에서 딸그락거리는 소리와 쇠사슬을 벗기느라고 짤랑대는 소리가 요란한 가운데, 그는 꼼짝 않고 누워서 기다렸다. 그러더니 투봅들은 소리를 지르며 채찍을 휘두르기 시작했다. 쿤타는 그것이 그들더러 선반 위에서 내려오라는 뜻임을 알았다. 사람들이 너도나도 몸을 일으키다가 천장의 목재에 머리가 부딪혔으므로, 갑자기 여러 언어로 비명이 터져 나왔고, 놀란 쿤타의 비명도 그 소란함 속에 뒤섞였다.

고통스러운 비명 속에서, 채찍을 여기저기서 내리치는 사이에, 짝을 지은 사람들이 하나씩 하나씩 털썩거리며 통로로 내려섰다. 쿤타와 그의 월로프 짝은 살을 베어 내는 채찍이 발작적으로 그들을 이리치고 저리 치자, 선반 위에서 서로 껴안았다. 그러자 누군가 그들의 발목을 아무렇게나 손으로 움켜쥐고 잡아당겼으며, 그들은 선반의 끈적대는 오물 위로 미끄러져 내려갔고, 투봅의 채찍을 맞고 모두들 아우성치는 통로에서 다른 사람들과 뒤엉켜 무더기를 이루었다. 고통스러운 채찍을 피하려고 헛되이 몸을 꼬고 비틀면서, 그는 열린 창구로 들어오는 빛을 향해 움직여 가는 모습들을 훑어보았다. 투봅은 한 쌍씩 남자들을 잡아 올려서 일으켜 세우고는, 어둠 속에서 곤두박질치는 그들을 창구 계단 쪽으로 밀어 던졌다. 팔목이 함께 묶이고, 발가벗고, 때가 잔뜩 낀 모습으로, 잡아먹히지 않기를 빌면서, 월로프 남자와 나란히 비틀거리며 걸어가려니까, 쿤타는 다리가 몸에서 분리된 듯한 기분이 들었다.

거의 보름 만에 처음으로 바깥에 나와서 대낮의 빛을 보려니까 쿤타는 두 눈 사이를 망치로 얻어맞는 기분이었다. 그는 묶이지 않은 손으로 눈을 가리면서, 터지는 듯한 고통에 비틀거렸다. 그가 맨발로 디디고 선 곳이 어디인지는 몰라도, 그것은 조금씩 기우뚱거리는 듯싶었다. 장님처럼 앞을 더듬거리며, 손으로 가리고 꽉 감았어도 눈꺼풀에서는 고통스러운 빛을 느끼고, 코딱지로 거의 막혀 버린 콧구멍으로 숨을 쉬려고 애쓰면서, 쿤타는 갈라진 입술을 벌려서, (평생 처음으로) 바닷바람을 깊이 들이마셨다. 한없이 깨끗한 공기를 접한 그의 폐는 경련을 일으켰고, 그는 같이 묶인 짝과 나란히 갑판에 쓰러져서 토하기 시작했다. 그의 주위에서는 온통 토하고 쇠사슬이 쩔렁거리는 소리가 요란했고, 채찍이 살을 파고들면 고통스러운 비명이 터져 나왔고, 투놉들은 고함치고 욕설을 퍼부었으며, 머리 위에서는 날개 치는 이상한 소리가 하늘에 가득했다.

채찍이 또 한 번 그의 등을 찢어 대자, 쿤타는 한쪽으로 몸을 움츠렸고, 채찍에 맞은 윌로프 짝이 숨을 몰아쉬는 소리를 들었다. 겨우 기운을 내서 비틀비틀 일어설 때까지, 채찍은 그들을 계속해서 갈겼다. 그는 매를 피할 길이 없나 보려고 눈을 가늘게 뜨고 살폈지만, 새로운 통증으로 머리가 쑤셨고, 투놉들이 그들을 계속해서 밀쳐 대었고, 그들을 차례로 발목의 족쇄에다 기다란 쇠사슬을 다시 채우는 투놉들의 흐릿한 모습이 저쪽에서 보였다. 짐칸의 어둠 속에는 그가 생각했던 것보다 훨씬 많은 사람들이 갇혔던 모양이었고, 투놉 또한 밑으로 내려왔던 숫자보다 훨씬 많았다. 눈부신 햇빛 속에서 그들은 더욱 창백하고 흉악해 보였으며, 얼굴은 병으로 움푹움푹 꺼졌고, 노랗거나 까맣거나 빨간 빛깔인 묘하고 기다란 머리카락이 났는데, 어떤 사람들은 입가와 턱에도 털이 자랐다. 앙상하게 마른 사람과 뚱뚱한 사람들도 보였고, 어떤 사람들은 흉측한 칼자국이 났으며, 손이나 눈이나 팔다리가 없는 사람도 눈에 띄었고, 등에 깊은 상처가 얼기설기 난 사람도 많았다. 몇 명의 투놉은 이빨이 몇 개밖에 남지 않았으며, 그래서 그의 이빨을 헤아리고 검사했던 사람에 대한 생각이 쿤타의 머릿속을 번개같이 스치고 지나갔다.

많은 사람들이 채찍이나 기다란 칼, 끝에 구멍이 난 무거운 쇠막대기를 들고, 난간을 따라 일정한 간격을 두고 늘어섰으며, 쿤타는 그들의 뒤에 펼쳐진 놀라운 광경을 — 믿어지지 않을 만큼 끝없이 굽이치는 푸른 물을 보았다. 펄럭거리는 소리를 듣고 머리를 들어 보니, 높다란 기둥에서 수많은 밧줄에 달린 하얀 천들이 흐느적거렸다. 그 천들은 바람으로 가득 채운 듯 보였다. 쿤타가 둘러보니, 커다란 배의 옆구리는 사람의 키보다도 높은 대나무 장애물로 완전히 막아 놓았다. 장애물의 한가운데는, 몸통이 길고 두꺼우며, 속이 빈 아가리를 무시무시하게 벌린 쇳덩이와, 난간의 투봅이 손에 든 쇠막대기와 똑같은 쇠토막의 끝들이 눈에 띄었다. 커다란 쇠뭉치와 막대기들은 그와 다른 발가벗은 남자들이 모여선 곳을 겨누었다.

발목의 족쇄가 새 쇠사슬에 연결되는 동안, 쿤타는 처음으로 그와 함께 묶인 월로프 남자를 자세히 살펴볼 기회를 얻었다. 자기와 마찬가지로 그는 머리부터 발끝까지 말라붙은 오물로 뒤덮였다. 그는 쿤타의 아버지 오모로와 비슷한 나이였고, 월로프 사람답게 자기 부족의 전통적인 용모를 지녔으며, 살갗이 무척 검었다. 월로프의 등에서는 채찍에 맞아 찢어진 자리에서 피가 났고, 인두로 지진 〈LL〉 표시에서는 고름이 질질 흘러내렸다. 서로 눈이 마주치자, 쿤타는 월로프 사람이 자기와 마찬가지로, 놀라서 물끄러미 그를 쳐다보고 있음을 알았다. 소란스러운 속에서, 그들은 대부분이 겁에 질려 마구 떠들어 대는, 다른 발가벗은 사람들을 훑어보았다. 서로 다른 용모와, 부족의 문신과, 종교 예식 표시를 보니 풀라, 졸라, 세레레 그리고 그의 짝과 같은 월로프 사람들도 좀 눈에 띄었지만, 대부분이 만딩카 사람이었으며, 정체를 알기 힘든 사람들도 여럿이었다. 틀림없이 슬라테를 죽였다고 여겨지는 사람을 보고 쿤타는 흥분했다. 그는 정말로 풀라 사람이었는데, 매를 맞아 흘린 피로 온몸에 딱지가 앉았다.

채찍을 맞고 떠밀리면서 그들은 곧 사슬에 묶인 다른 열 명에게로 갔으며, 그곳에서는 투봅이 뱃전에서 물통으로 퍼올린 바닷물을 그들에게 뿌려 대었다. 그러고는 기다란 자루가 달린 빗자루로 다른 투봅이 비명을 지르는 사람들을 문질렀다. 채찍에 맞아 피가 흐르는 상처와 등의 인두 자국이 화끈거릴 만큼 짠 소금물을 뒤집어쓰고, 쿤타 역시 쓰라려서 비명을 질렀다. 뻣뻣한 빗자루가 말라붙은 오물을 몸에서 긁어내면서, 딱지가 앉은 채찍 상처가 찢어지고, 그래서 그는 더욱 큰 소리로 비명을 질렀다. 그는 사람들의 발치에서 분홍빛으로 거품이 이는 물을 보았다. 다음에 그들은 갑판의 가운데로 떠밀려 가서, 옹기종기 주저앉았다. 쿤타는 원숭이들처럼 말뚝을 기어 올라가서, 커다랗고 하얀 천들 사이로 늘어진 수많은 밧줄을 당기는 투봅들을 올려다보았다. 비록 충격을 받기는 했어도, 태양의 열기 때문에 쿤타는 따뜻하고 쾌적한 기분을 느꼈으며, 살갗에서 오물이 좀 벗겨지자 믿어지지 않을 만큼 안도감이 들었다.

갑자기 여러 사람이 한꺼번에 지르는 소리를 듣고 사슬에 묶인 남자들이 얼른 몸을 일으켜 세웠다. 대부분이 10대이고, 어린 계집아이도 네 명을 포함해서, 스무 명쯤의 여자가, 채찍을 들고 히죽거리는 두 명의 투뇹에게 쫓겨, 쇠사슬도 없이 알몸으로 뛰어나왔다. 쿤타는 그와 함께 배로 끌려 올라왔던 여자들을 한눈에 알아보았고, 투뇹들이 모두 벌거벗은 여자들에게 곁눈질을 하고, 그들 가운데 몇 명은 포토를 쓰다듬는 모습을 보고 분노가 마구 치밀어 올랐다. 비록 그들이 무장을 했더라도, 그는 가장 가까이에서 어슬렁거리는 투뇹에게 달려들고 싶은 충동을 강하게 느꼈지만, 의지력으로 겨우 참았다. 주먹을 불끈 쥐고 그는, 겁에 질린 여자들에게서 멀리 눈을 돌리며, 심호흡을 했다.

그러자 난간 근처의 투뇹 한 명이, 바람 빠지는 소리를 내며 접혔다가 펴졌다가 하는 이상한 물건을 두 손으로 눌렀다 잡아당겼다 했다. 다른 사람이 아프리카에서 가져온 북을 두드렸고, 투뇹들은 벌거벗은 남자들과 여자들과 아이들이 노려보는 가운데, 꾸불꾸불한 줄을 이루었다. 줄을 선 투뇹들은 기다란 밧줄을 가지고 있었으며, 그 밧줄이 벌거벗은 남자들을 연결한 기다란 쇠사슬이기라도 한 듯이, 저마다 한쪽 발목을 그것으로 감았다. 이제는 미소까지 지으면서, 그들은 북소리와 바람 소리를 내는 물건의 박자에 맞춰서, 깡충거리며 뛰었다. 그러더니 그들과 무장한 다른 투뇹들이 쇠사슬에 묶인 남자들더러 똑같은 방법으로 뛰라는 시늉을 했다. 그러나 쇠사슬에 묶인 남자들이 정신이라도 나간 듯 가만히 서서 움직이지를 않자, 투뇹의 미소는 험악한 얼굴로 바뀌었고, 채찍질이 시작되었다.

「뛰어!」 가장 나이 많은 여자가 갑자기 만딩카 말로 소리쳤다. 그녀는 쿤타의 어머니 빈타와 나이가 비슷했다. 앞으로 나서서 그녀는 스스로 먼저 뛰기 시작했다. 「뛰어!」 그녀는 소녀들과 아이들에게 눈을 부라리며 날카롭게 다시 소리쳤고, 그들은 그녀처럼 뛰기 시작했다. 「투뇹을 죽이기 위해서 뛰라고!」 벌거벗은 남자들에게 번뜩이는 눈길을 던지고, 무사의 춤 동작처럼 팔과 손을 놀리면서, 그녀는 외쳤다. 그러자, 그녀의 말뜻을 알아듣고는, 짝을 지어 족쇄를 찬 남자들은 한 쌍씩 쇠사슬을 갑판에 절렁거리면서, 힘없이 비틀대며, 뛰었다. 머리를 숙인 쿤타는 구르는 발과 다리를 보았으며, 그의 다리는 고무처럼 흐느적거렸고, 숨이 헉헉 찼다. 그러자 계집아이들이 어른 여자들과 함께 노래를 불렀다. 그것은 즐거운 음악이기는 했지만, 그들이 부르는 노래를 가만히 들어 보니, 흉악한 투봅들이 모든 여자를 밤마다 배의 어두운 구석으로 끌고 가서 개처럼 다루었다는 내용이었다. 「투봅 화(투봅을 죽여라)!」 그들은 미소를 짓고 웃어 대면서 소리쳤다. 벌거벗고 뛰던 남자들도 같이 노래했다. 「투봅 화!」 이제는 투봅들도 덩달아 미소를 지었고, 몇 사람은 즐겁게 박수를 치기도 했다.

그러나 쿤타가 이곳으로 오기 전에 검사를 받고, 매를 맞고, 질식을 당하고, 낙인이 찍힌 곳을 찾아왔던, 키가 작고 땅딸한 백발의 투봅과 얼굴에 칼자국이 난 덩치가 크고 험상궂은 남자가 그에게로 다가오자, 그는 무릎이 후들거렸고, 목구멍이 답답해졌다. 다른 벌거벗은 남자들도 이들 두 사람을 보자 순식간에 갑자기 입을 다물었고, 나머지 투봅들도 그들이 나타나자 몸이 굳어 버렸기 때문에, 들려오는 소리라고는 공중에서 펄럭이는 돛뿐이었다.

뭐라고 거칠게 소리를 지르면서, 덩치가 큰 사람은 쇠사슬에 묶인 사람들에게서 다른 투봅들을 떼어 놓았다. 그의 허리띠에는 가늘고 반짝이는 커다란 고리가 매달렸는데, 쿤타는 언젠가 다른 사람들이 그런 고리로 쇠사슬을 푸는 장면을 보았다. 그러더니 백발 남자는 벌거벗은 사람들 사이를 돌아다니며 그들의 몸을 자세히 살펴보았다. 채찍 상처가 심하게 덧난 사람이나, 쥐에게 물린 자리와 인두로 지진 곳에서 나는 고름을 볼 때마다, 그는 덩치가 큰 사람이 그에게 넘겨준 깡통에 담긴 무슨 기름을 발라 주었다. 아니면 덩치가 큰 사람이 직접, 쇠고랑에 스쳐서 탈이 생기고 축축하게 잿빛이 된 손목이나 발목에다, 그릇에 담긴 노란 가루를 뿌렸다. 두 투봅이 그에게로 가까와 오자, 쿤타는 무섭고 겁이 나서 몸을 움츠렸지만, 그의 곪은 상처에 기름을 문지르는 백발 남자와 노란 가루를 그의 발목과 손목에 뿌리는 덩치가 큰 사람은 쿤타가 누구인지 알아보지 못하는 눈치였다.

그러자 갑자기 투봅들이 웅성거리는 속에서, 쿤타와 함께 잡혀 온 한 소녀가 당황한 경비원들 틈에서 미친 듯이 날뛰기 시작했다. 몇 명이 그녀를 움켜잡거나 다리를 잡고 넘어뜨리려 덤비던 북새통에, 그녀는 소리를 지르며 난간 너머로 뛰어내렸다. 시끄럽게 아우성을 치는 속에서, 백발 투봅과 덩치가 큰 남자는 심한 욕을 퍼부으며, 채찍을 집어 들더니, 그녀가 손아귀에서 빠져나가도록 엎드려서 길을 막아 준 사람들의 등을 후려쳤다.

그러자 꼭대기 천 사이에 매달린 투눕이 소리를 지르며 물을 가리켰다. 그쪽으로 돌아선 벌거벗은 사람들은, 파도 속에서 허우적거리는 소녀를, 그리고 별로 멀지 않은 곳에서 그녀를 향해 재빨리 달려오는 시커먼 지느러미 두 개를 보았다. 그러자 또다시 (피가 얼어붙을 정도로) 소름끼치는 비명 소리가 들리더니, 거품을 일으키고 몸부림을 치면서 그녀는 끌려가 시야에서 사라졌고, 물에는 붉은 흔적만 남았다. 공포로 속이 뒤집힌 사람들이, 사슬에 묶여 어두운 짐칸으로 끌려 내려가서, 제자리에 다시 쇠사슬로 채워지는 동안, 처음으로 채찍질이 중단되었다. 쿤타는 머리가 어찔어찔했다. 바다의 시원한 공기를 마시고 나서인지, 악취는 전보다 더 심하게 났고, 빛을 본 다음이어서 짐칸은 더욱 어두웠다. 조금 거리가 멀다고 느껴지는 곳에서 곧 소란스러운 움직임이 벌어졌을 때, 쿤타의 단련된 귀는 투눕들이 밑층에서 겁에 질린 사람들을 갑판으로 몰고 올라간다고 판단했다.

잠시 후에 그는 그의 오른쪽 귀 옆에서 나지막이 속삭이는 소리를 들었다. 「줄라?」 쿤타는 가슴이 마구 뛰었다. 그는 월로프 말은 아주 조금밖에 몰랐지만, 월로프나 다른 사람들은 보통 만딩카 나그네나 장사꾼을 〈줄라〉라고 말한다는 사실만큼은 잘 알았다. 월로프의 귀쪽으로 머리를 조금 돌리면서 쿤타가 속삭였다. 「줄라. 만딩카.」 긴장해서 얼마 동안 기다렸지만, 월로프 사람은 대답이 없었다. 만일 그가 아버지의 형들처럼 여러 가지 말을 할 줄 안다면 좋겠구나 하는 생각이 쿤타의 머리에 퍼뜩 떠올랐지만 — 그는 큰아버지들을 이런 곳으로 상상 속에서나마 끌고 왔다는 생각에 창피함을 느꼈다.

「월로프. 제부 망가.」 저쪽 남자가 결국 입을 열었고, 쿤타는 그것이 그의 이름임을 알았다.

「쿤타 킨테.」 그는 마주 속삭였다.

의사소통을 하고 싶은 필사적인 욕구에 따라 가끔 귓속말을 주고받으면서, 그들은 서로 상대방의 말을 한두 마디씩 이해하기에 이르렀다. 그것은 마치 첫째 카포 아이들이 처음으로 말을 배우는 과정이나 비슷했다. 침묵이 반복되는 동안 쿤타는, 밤에 땅콩밭으로 비비가 들어오지 못하게 망을 보러 나갔을 때, 멀리서 보이는 풀라니 소몰이의 불빛에 안도감을 느끼면서, 한 번도 본 적이 없는 풀라니와 어떻게 말을 주고받을 길이 없을까 궁리했던 생각이 났다. 비록 서로 족쇄가 채워져 몇 주일 동안이나 나란히 누워 지내면서도 얼굴을 보지 못했던 월로프 사람이 상대이기는 했지만, 이제 그 소망은 실현되었다.

쿤타는 지금까지 들어 봤던 모든 월로프의 말을 기억 속에서 끌어냈다. 그는 월로프 사람도 마찬가지로 만딩카 말을 기억해 내기 위해 애쓰리라고 믿었는데, 그는 쿤타가 아는 월로프 말보다 만딩카 말을 훨씬 많이 알았다. 다시 그들 사이에 침묵이 흐르는 동안, 쿤타는 고통스럽게 신음할 때 말고는 아무 소리도 내지 않고 그의 다른 쪽에 누워 있던 남자가 그들의 얘기에 열심히 귀를 기울인다는 사실을 눈치챘다. 환한 바깥에 나가 실제로 서로 상대방의 얼굴을 일단 보고 나서 의사를 소통하려고 지금 애를 쓰는 사람들이, 자기와 그의 짝뿐이 아님을 쿤타는 짐칸 속에서 점점 번져 나가는 나지막한 웅얼웅얼 소리를 듣고 깨달았다. 중얼거리는 소리가 자꾸만 퍼져 나갔다. 투봅이 밥통이나 선반에서 오물을 청소할 솔을 가지고 내려올 때만 짐칸은 조용해졌다. 그리고 그럴 때마다 찾아오는 침묵 속에는 새로운 의미가 담겼으니, 그들이 붙잡혀서 쇠사슬에 묶인 다음 처음으로, 누군가 같이 존재한다는 의식이 그들 사이에 이루어졌던 것이다.

37

다음번에 갑판으로 끌려 올라갔을 때, 쿤타는 밑에서 그의 왼쪽에 눕고, 지금은 그의 뒤에 줄을 선 남자의 얼굴을 꼭 봐둬야 되겠다고 마음먹었다. 그는 세레레 부족 사람으로서, 쿤타보다 훨씬 나이가 많았으며, 몸에는 앞뒤로 채찍 자국이 얼기설기 났는데, 어떤 상처는 어찌나 깊고 심하게 곪았던지, 쿤타는 자꾸만 고통스럽게 신음하던 그를 어둠 속에서 때려 주려고 했던 생각에 무척 가슴이 아팠다. 쿤타를 마주 노려보는 세레레의 검은 눈에는 분노와 좌절감이 가득했다. 그들이 걸음을 멈추고 서로 쳐다보기만 하니까, 어서 앞으로 가라고 이번에는 쿤타에게 채찍이 날아왔다. 매질의 강력한 힘에 그는 비틀거려 꿇어앉을 뻔했고, 분노가 폭발했다. 목이 찢어져라 동물적인 고함을 지르며, 쿤타가 투봅을 향해 균형을 잃고 달려들었지만, 투봅들이 재빨리 몸을 비키자 그는 같이 족쇄를 찬 남자와 함께 쓰러져 엎어졌다. 투봅이 증오로 가득 찬 눈을 가늘게 뜨고, 살을 베어 내는 칼날 같은 채찍을 쿤타와 월로프 사람에게 거듭거듭 후려치자, 그들의 둘레에 사람들이 우르르 몰려들었다. 몸을 굴려 달아나려고 하던 쿤타는 옆구리를 세차게 걷어채었다. 그러나 겨우겨우 그와 숨을 헐떡이는 월로프 사람은, 바닷물을 두레박으로 뒤집어쓰려고 비척거리며 걸어가는 사람들 틈에서, 비틀거리며 몸을 일으켰다.

조금 지나자 소금기가 쿤타의 상처를 화끈화끈 쑤셔 댔고, 쇠사슬에 묶인 사람들이 투봅을 위해 춤추고 뛸 시간이 되었음을 알리느라고, 북과 바람 소리를 내는 물건이 요란하게 울렸지만, 쿤타가 다른 사람들과 함께 질러 대는 비명 소리가 훨씬 드높았다. 쿤타와 월로프 사람은 다시금 매를 맞아서 너무 힘이 빠져 두 차례나 고꾸라졌지만, 채찍과 발길질 때문에 쇠사슬에 묶인 채로, 정신없이 뛰었다. 너무나 화가 난 쿤타는 여자들이 〈투봅 화!〉라고 노래를 부르는 소리조차 거의 의식하지 못했다. 그리고 나중에 어두운 짐칸에서 다시 그의 자리에 쇠사슬로 묶였을 때, 그의 심장은 투봅을 죽이려는 욕망으로 들끓었다.

며칠마다 한 번씩 여덟 명의 벌거벗은 투봅이 악취가 풍기는 어둠 속으로 내려와서, 남자들이 사슬로 묶인 선반에 쌓인 오물을 통으로 하나씩 긁어 담았다. 증오가 사무친 마음으로 꼼짝 않고 누워서, 쿤타가 깜박이는 오렌지빛 각등을 노려보는 사이에, 투봅들은 욕설을 퍼붓고 때로는 미끄러져서 발밑의 미끈거리는 오물 위로 넘어졌는데, 남자들의 설사가 점점 심해지자 오물은 선반 가장자리에서 통로로 미끄러져 이제는 온통 오물투성이였다.

지난번에 그들이 갑판으로 올라갔을 때, 쿤타는 한쪽 다리를 심하게 상해서 절름거리는 남자를 보았다. 투봅 두목이 상처에다 기름을 발랐지만 소용이 없었고, 남자는 짐칸의 어둠 속에서 무시무시하게 비명을 지르기 시작했다. 다음에 다시 갑판으로 올라갔을 때, 그는 부축을 받지 않으면 일어서지를 못했고, 쿤타는 납빛이었던 그의 다리가 썩어서 신선한 공기 속에서도 악취를 풍기기 시작했음을 알게 되었다. 나머지 사람들은 다시 밑으로 내려갔지만, 이번에는 그는 갑판 위에 남았다. 며칠 후에 여자들은 노래를 불러 다른 포로들에게, 그 남자의 다리가 잘렸고, 여자 한 사람이 그를 간호하라고 불려갔지만, 남자는 그날 밤에 죽어서 바다에 버려졌다고 알려 주었다. 그때부터 투뇹들은 선반을 치우려고 내려올 때면, 독한 식초를 담은 물통에 빨갛게 달군 쇳조각들을 집어넣고는 했다. 숨 막히는 수증기의 구름에 짐칸의 냄새가 나아지기는 했지만, 곧 답답한 악취가 다시 심해졌다. 이 냄새는 그의 폐와 피부에서 절대로 씻기지 않으리라고 쿤타는 생각했다.

투뇹이 없을 때마다 짐칸에서 계속되던, 끊임없이 중얼거리던 소리는, 사람들이 점점 더 말뜻이 잘 통하게 되자 자꾸만 목소리가 커지고 횟수도 늘어났다. 이해하기 힘든 말이 나오면, 여러 말을 아는 사람이 그 뜻을 전해 올 때까지, 선반을 따라 입에서 귀로 옆 사람에게 옮겨 갔다. 그러는 과정에서, 모든 선반의 사람들은 누구나 그들이 전에는 몰랐던 언어의 어휘들을 배우게 되었다. 가끔 남자들은, 투뇹이 모르는 사이에 그들이 서로 의사를 소통하게 되자, 흥분해서 벌떡 일어나다가 천장에 부딪히기도 했다. 자기들끼리 몇 시간씩이나 중얼거리며 얘기를 나누던 남자들은 우애와 음모라는 인식을 깊이 느끼게 되었다. 비록 그들은 부족과 언어가 다르기는 했지만, 다른 땅의 다른 사람들은 아니라는 공통된 기분이 자꾸만 짙어졌다.

다음에 그들을 갑판으로 몰고 올라가려고 투뇹이 왔을 때, 쇠사슬에 묶인 남자들은 행진이라도 하듯이 씩씩하게 걸었다. 그리고 다시 밑으로 내려온 다음에, 몇 가지 말을 할 줄 아는 사람들은 통역을 더욱 빨리 전달해 주기 위해서, 선반의 끝에 묶이려고 자리를 바꾸었다. 투뇹들은 사슬에 묶인 사람들을 누가 누구인지 분간할 수도 없었거니와, 그럴 생각도 없어서, 전혀 눈치를 채지 못했다.

갖가지 질문과 그에 대한 대답들이 짐칸 안에서 퍼져 나가기 시작했다. 「우리를 어디로 데리고 가는 건가요?」 가슴 아픈 대꾸가 뒤를 따랐다. 「누가 살아서 돌아와 우리들에게 그 얘기를 해준 적이 있었습니까?」 「잡아먹혔으니까 못 돌아왔죠!」 〈여기서 우리는 얼마 동안이나 지냈을까요?〉라는 질문에, 한 달쯤 되었으리라고 무턱대고 짐작하는 사람들이 여럿이었지만, 자기가 쇠사슬로 묶인 곳 근처의 작은 환기 구멍을 통해서 낮을 계속 헤아렸던 남자가 그 질문을 통역으로 듣고는, 큰 배가 항해를 시작한 후 열여드레가 지났다고 말했다.
 오물을 긁어내거나 식사를 나눠 주려고 내려온 투봅이 방해가 되어서, 때로는 단 한 마디의 말이나 질문에 대한 대답이 나오려면 하루가 꼬박 다 걸리기도 했다. 서로 아는 사람들을 찾으려고 초조한 질문들이 전해졌다. 「바란쿤다 마을에서 온 사람은 여기 혹시 없습니까?」 어느 날 누가 물었는데, 얼마쯤 시간이 지나자 기쁜 대답이 입에서 귀로 날개 돋친 듯 날아왔다. 「나 자본 살라가 여기 있소!」 어느 날 월로프 남자가 황급하게, 〈주푸레 마을에서 온 사람은 없습니까?〉라고 속삭였을 때, 쿤타는 흥분으로 심장이 터져 나갈 듯했다. 「예, 쿤타 킨테요!」 그는 숨 가쁘게 대답을 보냈다. 숨도 못 쉴 지경으로 가슴을 두근거리며 한 시간 동안이나 누워서 기다렸더니, 그제야 대답이 전해졌다. 「예, 그 이름이 맞아요. 난 슬픔에 젖은 그 마을의 북소리를 들었습니다.」 넋을 잃고 흐느껴 울기 시작한 쿤타의 머릿속에서는, 자빠져서 죽으며 퍼덕거리는 하얀 수탉을 둘러싸고 앉은 그의 가족과, 모든 사람에게 이런 슬픈 소식을 전해 주는 마을의 와다넬라와, 그에게서 얘기를 듣고는 쪼그리고 앉아서 흐느끼는 오모로, 빈타, 라민, 수와두, 아기 마디를 찾아가는 모든 이웃 사람들과, 이제는 영원히 어디론가 멀리 가버렸다고 생각되는 이 마을의 아들 쿤타 킨테의 소식을 멀리서라도 들으면 알려 달라고 울리는 마을의 북이, 그림처럼 줄지어 스쳐 지나갔다.
 〈이 배의 투봅을 공격해서 죽일 방법은 없는가?〉라는 질문에 대한 대답을 찾느라고 여러 날이나 얘기가 계속되었다. 무기로 사용될 만한 물건을 알거나 몸에 지닌 사람은 없는가? 아무도 없었다. 갑판 위로 올라간 다음, 혹시 기습 공격에 도움이 될 만한 투봅의 취약점이나 부주의한 면을 알아낸 사람은 없는가? 역시 아무도 없었다. 가장 쓸 만한 정보는 남자들이 쇠사슬에 묶여 춤을 추는 동안 노래를 부르던 여자들에게서 나왔는데, 이 큰 배를 그들과 같이 타고 가는 투봅의 숫자는 서른 명쯤 되었다. 훨씬 더 많은 듯싶었지만, 그들의 숫자를 헤아리기에는 여자들이 더 유리한 위치였다. 여자들은 또한, 항해가 시작되었을 때는 투봅이 더 많았지만, 그동안에 다섯 명이 죽었다고 말했다. 죽은 자들은 천에 싸서 꿰맨 뒤, 백발의 두목 투봅이 무슨 책을 읽는 동안 바다에 던져졌다. 투봅들은 서로 악착같이 싸우고 때리는 일이 많았는데, 흔히 다음번에는 누가 여자를 차지하느냐 하는 말다툼 끝에 그런 일이 벌어지고는 했다는 노래도 여자들이 불러 주었다.

그들의 노래 덕택에 갑판에서 쇠사슬에 묶여 춤추는 남자들이 모르고 지나가는 일이 별로 없었고, 나중에 그들은 짐칸으로 내려가 누워서 그런 얘기들을 나누었다. 그러고는 아래 칸에 갇힌 남자들과 접촉하기 위한 반가운 상황이 새롭게 이루어졌다. 쿤타가 갇힌 짐칸이 잠잠해지면, 창구 근처에서 질문하는 소리가 들려왔다. 「그 밑에는 몇 사람이나 있습니까?」 그리고 시간이 좀 지나면 쿤타의 층에서 대답이 한 바퀴 돌아갔다. 「아마 예순 명쯤 되는 모양입니다.」

어떤 출처에서라도 무슨 정보가 나오면 그것을 전달하는 일이 그들의 생존을 정당화하는 유일한 기능인 듯싶었다. 새로운 소식이 없을 때면 남자들은 그들의 가족과, 마을과, 직업과, 밭과, 사냥에 대해서 얘기했다. 그리고 어떻게 투봅을 죽여야 하며, 언제 시도를 감행해야 하는지에 대해서 점점 빈번하게 의견이 엇갈렸다. 어떤 남자들은 무슨 결과가 닥치더라도 다음에 그들이 갑판으로 올라가기만 하면 틀림없이 투봅을 공격해야 된다고 믿었다. 다른 사람들은 가장 알맞은 기회를 기다리며 형편을 살피는 편이 현명하다고 생각했다. 첨예한 반박들이 튀어나왔다. 어느 호장(戶長)이 큰 소리를 지르면 그런 말다툼이 갑자기 중단되기도 했다. 「내 얘기를 들으시오! 비록 언어와 부족이 다르더라도 우리는 다 같은 사람들임을 잊지 말아야 합니다! 우리는 이곳에서 다 같이 하나의 마을을 이루어야 합니다!」

옳다고 웅얼거리는 소리가 곧 짐칸 안에 빠른 속도로 퍼졌다. 그것은 전에도 들려왔던 목소리로서, 특별한 곤경이 닥칠 때면 늘 들려오고는 했었다. 그것은 지혜뿐이 아니라 경험과 권위를 지닌 목소리였다. 얘기를 한 사람은 그의 마을에서 알칼라였다는 정보가 곧 입에서 입으로 전해졌다. 시간이 조금 흐른 다음에 그가 다시 얘기를 했는데, 분명히 조직이 잘되었을 뿐더러 무장도 잘된 투봅을 이길 기회를 찾기 전에, 동의를 거쳐서 우선 지도자를 선출해야 하고, 공격 계획도 제안해서 동의를 받아야 된다고 했다.

다른 사람들과의 믿음직하고 새로운 긴밀성을 느낀 쿤타는 악취와 오물, 심지어는 이와 쥐까지도 덜 의식하게 되었다. 그러다가 또 다른 슬라테가 한 사람 아래 칸 어디엔가 섞여 있는 듯하다는 무서운 소식이 돌았다. 이 슬라테가 끌고 와서, 눈을 가리고, 쇠사슬을 채워 배에 태운 사람들과 일행이었다는 한 여자가 그 사실을 노래로 알렸다. 그녀의 눈가리개가 벗겨지던 날 밤, 투뇹들이 그 슬라테에게 술을 주었고, 그는 술에 취해 비틀거릴 때까지 마셨으며, 그러자 투뇹들은 요란히 웃어 대고는 그가 정신을 잃을 정도로 때려눕혀 짐칸으로 끌고 들어갔노라고 그녀는 노래했다. 슬라테의 얼굴을 정확히 알지는 못하지만, 그는 나머지 사람들처럼 쇠사슬에 묶여 밑에 갇혀서, 이미 죽어 버린 슬라테처럼 자기도 발각되어 죽을까 봐 겁을 낸다고 여자는 노래했다. 짐칸에서는 그 슬라테도 역시 투뇹 말을 좀 할 줄 알 테니까, 가련한 목숨을 건져 보자는 희망을 품고, 공격 계획을 알게 되면 투뇹들에게 경고를 할지도 모른다는 얘기가 사람들 사이에 오고 갔다.

통통한 쥐를 쫓아 버리려고 그의 족쇄를 흔들면서, 쿤타는 어째서 자기가 지금까지 슬라테에 대해서 거의 모르고 살아왔는지 그 이유가 머리에 떠올랐다. 그들의 존재가 조금이라도 의심을 받았다가는 당장 죽음을 당할까 봐, 감히 마을 사람들과 섞여 살지 않았기 때문이었다. 그는 주푸레에서 살던 시절, 밤에 불가에 모여 앉은 그의 아버지 오모로나 그보다 나이가 많은 다른 남자들이, 쿤타나 다른 젊은이들은 절대로 두려워할 필요가 없다고 생각했던 여러 위험에 대해서 어두운 걱정과 우울한 염려를 쓸데없을 정도로 많이 한다고 자주 느꼈던 일이 생각났다. 그러나 지금에야 그는 나이 많은 사람들이 어째서 마을의 안전을 그렇게까지 걱정했는지를 이해했으니, 그들은 감비아 사람들 가운데 얼마나 많은 슬라테들이 몰래 숨어들어 활동하는지를 쿤타보다 훨씬 잘 알았던 것이다. 투뇹 아버지에게서 태어나 멸시를 받았던 황갈색 피부의 사쏘 보로 아이들은 가려내기가 힘들지 않았지만, 모두가 그렇지는 않았다. 그는 투뇹에게 납치되었다가 도망쳐 돌아와서, 그가 잡혀 오기 직전에 촌장 회의에 나와서 그녀의 사쏘 보로 아기를 어떻게 해야 하는지 알고 싶어 하던 마을의 소녀를 생각했고, 촌장 회의에서 그녀에게 어떻게 하라고 결정했을지가 궁금했다.

어떤 슬라테들은 투뇹 배에 인디고나 황금, 코끼리의 이빨 같은 상품을 조달하는 일밖에 하지 않았음을 그는 짐칸의 얘기를 들어서 알게 되었다. 그러나 투봅을 도와서 마을에 불을 지르고 사람들을 붙잡아 가는 자들도 수백 명이나 되었다. 그들은 어린아이들을 사탕수수 토막을 주며 유인해서 머리에 자루를 덮어씌운다고 어떤 남자들은 말했다. 또 어떤 사람들은 그들이 붙잡힌 다음에 슬라테들이 걸음을 재촉하며 무자비하게 때렸다는 얘기도 했다. 한 남자의 아내는 배가 부른 몸으로 길에서 죽었다. 또 어떤 남자의 부상당한 아들은 채찍 상처에서 피를 흘리다가 죽으라고 버림을 받았다. 얘기를 들으면 들을수록 쿤타는 자신에 대해서나 마찬가지로 다른 사람들의 일에 자꾸만 격분했다.

이곳 어둠 속에 누워서 그는, 어디라도 혼자서 배회하지 말라고 자기와 라민한테 엄격하게 경고하는 아버지의 목소리가 귓전에 들려왔고, 쿤타는 아버지의 경고에 신경을 썼었더라면 좋았으리라고 절망적으로 생각했다. 그는 아버지의 얘기를 다시는 듣지 못하게 되었고, 얼마를 더 살지는 몰라도 앞으로는 스스로 자신을 보살펴야 한다는 생각에 가슴이 철렁 내려앉았다.

「모든 일은 알라신의 뜻이오!」 (알칼라가 처음 얘기한) 이 말은 입에서 입으로 전해졌고, 왼쪽 남자에게서 그 말이 전해지자, 쿤타는 월로프 사람에게 귓속말로 얘기를 전하려고 머리를 돌렸다. 얼마쯤 기다려도 월로프 사람이 옆으로 말을 전해 주지 않는다고 깨닫고는, 얘기가 분명하게 들리지가 않았다는 생각에 쿤타는 다시 전갈을 귓속말로 해주었다. 그러나 갑자기 월로프 사람은, 짐칸의 모든 사람에게 들릴 만큼 큰 소리로 말했다. 「만일 당신들의 알라신이 이런 일을 바란다면, 난 악마를 택하겠소!」 어둠 속의 여러 곳에서 월로프 사람의 말에 동의한다고 시끄러운 얘기들이 터져 나왔으며, 여기저기서 언쟁이 벌어졌다.

쿤타는 무척 흥분했다. 알라신에 대한 믿음이 생명처럼 소중했던 그는 이교도와 자리를 나란히 했다는 놀라운 발견에 머릿속이 착잡해졌다. 지금까지 그는 자기보다 나이가 많은 옆 사람의 우정과 현명한 판단을 존중했었다. 그러나 이제 쿤타는 그들 두 사람 사이에 더 이상 우정이 존재하지 않음을 깨달았다.

38

갑판 위에서 여자들은 어떻게 손을 써서, 칼 몇 자루와 무기가 될 만한 다른 물건들을 훔쳐 감추어 두었다고 노래했다. 짐칸으로 내려간 남자들은 전보다도 더 심하게 양쪽으로 의견이 엇갈렸다. 지체하지 말고 투붑을 공격해야 한다는 측의 지도자는 험상궂고 문신을 박은 월로프 사람이었다. 사람들은 갑판 위에서, 날카롭고 가지런한 이빨을 투붑들에게 드러내면서, 쇠사슬에 묶여 난폭하게 춤을 추는 그의 모습을 보았고, 그가 이죽거리며 웃는 줄로 잘못 알았던 투붑들은 그에게 박수를 쳐주었다. 주도면밀하게 좀 더 준비해야 한다는 지혜를 믿는 사람들을 이끈 사람은 슬라테를 목 졸라 죽였다고 매를 맞은 황갈색 피부의 풀라 사람이었다.

월로프 사람을 따르는 몇 명은 여러 투붑이 짐칸으로 내려와서, 쇠사슬에 묶인 사람들이 투붑보다 주위를 더 잘 보는 어둠 속에서, 기습할 기회가 가장 많을 때 그들을 공격해야 한다고 주장했지만, 이런 계획을 제안한 사람들더러 어리석은 소리라고 일축한 사람들은, 그렇게 공격을 가하는 동안 대부분의 투붑이 아직도 갑판 위에 남았을 테니, 그들이 다시 밑으로 내려와 쇠사슬에 묶인 사람들을 쥐새끼처럼 마구 죽이리라고 지적했다. 가끔 월로프 사람과 풀라 사람의 언쟁은 서로 고함을 지를 지경에 이르고, 그러면 알칼라는 그들의 얘기를 투붑이 엿들을지도 모르니까 조용히 하라고 명령하며 중재했다.

어느 쪽의 의견이 마지막에 받아들여지든지 간에, 쿤타는 죽을 때까지 싸울 각오가 섰다. 죽음이란 그에게는 더 이상 조금도 두렵지가 않았다. 가족과 고향을 다시는 못 보리라고 일단 판단을 내린 이상, 그는 죽은 몸이나 마찬가지였다. 이제 남은 두려움이라고는 자기 손으로 투붑을 하나도 죽이지 못한 채로 자신이 죽을지도 모른다는 가능성뿐이었다. 그러나 (그의 생각에는 대부분의 남자들이 그랬듯이) 쿤타가 가장 마음이 쏠린 지도자는 채찍 상처가 많고 용의주도한 풀라 사람이었다. 짐칸에 갇힌 대부분의 남자들이 만딩카 사람임을 쿤타는 이때쯤에는 알았으며, 모든 만딩카 사람은 풀라 사람들이란 그들에게 중대한 잘못을 범한 자에게 죽음의 복수를 하기 위해서 여러 해를, 필요하다면 평생이라도 바친다는 습성을 잘 알았다. 만일 누가 풀라를 하나 죽이고 도망친다면, 풀라의 자식들은 살인자를 찾아서 죽이는 그날까지 결코 쉬지 않는다.

「우리는 우리가 뽑은 지도자 밑에서 하나로 뭉쳐야 합니다.」 알칼라가 지시했다. 월로프 사람을 따르던 자들이 화가 나서 투덜거렸지만, 대부분의 남자들은 풀라의 편임이 분명해졌다. 그는 즉시 첫 번째 명령을 내렸다.「우리는 매처럼 날카로운 눈으로 투봅의 모든 움직임을 살펴야 합니다. 그러다가 기회를 잡으면, 우리들은 무사가 되어야 합니다.」 그는 그들이 갑판 위에서 쇠사슬에 묶여 뜀뛰기를 할 때 즐거운 표정을 지으라고 얘기했던 여자의 말을 따르라고 충고했다. 그러면 투봅들은 경계를 게을리 할 터이고, 그들을 갑자기 덮치기가 훨씬 쉬우리라. 그리고 풀라들 또한 모든 사람은 재빨리 집어서 무기로 사용할 만한 물건들을 미리 잘 봐두어야 한다고 말했다. 쿤타는 갑판 위에서 머무는 동안, 난간의 밑에 헐겁게 매달린 꼬챙이를 벌써 보아두었기 때문에 무척 기분이 좋았는데, 꼬챙이를 잡아채기만 하면 가장 가까운 투봅의 배를 찌를 창으로 당장 사용이 가능했다. 그는 그 꼬챙이를 생각할 때마다, 벌써 손에 잡기라도 한 듯이 손가락으로 손잡이를 꽉 움켜쥐었다.

투봅이 창구를 별안간 열고, 소리를 지르며 채찍을 휘두르고 그들에게로 내려올 때마다, 쿤타는 숲 속의 동물처럼 누워 꼼짝도 하지 않았다. 그는 알라신이 직접 동물들에게 가르쳐 준 그대로, 숲 동물이 몸을 숨기고는 그들을 죽이려고 찾아다니는 사냥꾼을 살펴보는 습성을 사람들도 배워야 한다고 성인 훈련에서 킨탕고가 하던 얘기를 기억했다. 쿤타는 몇 시간씩이나 누워서, 투봅들이 남에게 고통을 주는 짓을 얼마나 즐기는지를 생각했다. 그는 투봅들이 남자들을 (특히 온몸이 심한 상처로 뒤덮인 남자들을) 채찍으로 때리면서 웃어 대고는, 그들에게로 튄 진물을 더럽다는 듯이 씻어 버리던 장면을 역겨운 기분으로 생각해 보았다. 쿤타는 또한 밤이면 배의 어두운 구석에서 여자들을 겁탈하는 투봅들을 머릿속에서 상상하며 가슴 아파했고, 여자들의 비명이 들려오는 듯한 착각도 들었다. 투봅들에게는 그들의 소유인 여자들이 없다는 말인가? 그래서 그들은 개처럼 남의 여자를 쫓아다니는가? 투봅들은 아무것도 존중하지 않는 듯싶었고, 그들에게는 신이나 숭배할 귀신들조차 없는 모양이었다.

투봅에 대해서 (그리고 그들을 어떻게 죽여야 하는지에 대해서) 골몰하는 쿤타의 관심을 다른 곳으로 돌릴 만한 대상이라고는 날이 갈수록 점점 대담해지는 쥐들뿐이었다. 고름이 흘러내리거나 피가 나는 아픈 상처를 물어뜯으려고 기어오르는 쥐들의 수염이 스치면 쿤타는 사타구니가 가려웠다. 하지만 이는 얼굴을 더 즐겨 물었으며, 쿤타의 눈가에 질퍽거리는 눈곱이나, 콧구멍에서 줄줄 흘러내리는 콧물을 빨아먹고는 했다. 그는 몸을 꿈틀거려서 재빨리 손가락을 놀려, 손톱 사이에 잡힌 이를 눌러 터뜨려 죽였다. 하지만 이나 쥐들보다도 훨씬 더 그를 괴롭혔던 고통은, 그가 깔고 누운 거칠고 딱딱한 널빤지에 몇 주일씩이나 끊임없이 스치고 긁혀서, 이제는 불처럼 화끈거리는 어깨와, 팔꿈치와, 엉덩이의 아픔이었다. 그는 갑판으로 올라가면 다른 사람들에게서 허물이 벗겨진 부스럼을 보았고, 짐칸에 갇힌 동안에는 보통 때보다 큰 배가 훨씬 심하게 기우뚱거리기만 하면 그는 다른 사람들과 함께 비명을 질러 대고는 했다.

그리고 쿤타는 갑판으로 올라갔을 때, 유령처럼 행동하는 사람들을 보았는데, 그들의 얼굴에는 죽거나 살거나 상관이 없으니까 이제는 아무것도 무섭지 않다는 듯한 표정뿐이었다. 투봅들의 채찍이 후려쳐도, 그들은 서서히 반응했다. 오물을 몸에서 긁어낸 다음에, 어떤 사람들은 쇠사슬을 차고 뜀뛰기를 할 기운이 전혀 없었고, 그래서 백발의 투봅 두목은 걱정스러운 얼굴로 그들에게 앉도록 허락하라는 명령을 내렸고, 그러면 그들은 머리를 무릎 사이에 처박고 앉아, 헐벗은 등에서 엷고 불그레한 진물을 줄줄 흘렸다. 그러면 투봅 두목은 그들의 머리를 강제로 젖히고는, 벌어진 입에다 무슨 물건을 넣었으며, 그들은 캑캑거리면서 그것을 삼켰다. 그리고 어떤 사람들은 힘없이 옆으로 쓰러져 움직이지를 못했으며, 투봅들은 그들을 다시 짐칸으로 끌고 갔다. 그들은 대부분 죽었는데, 실제로 죽기 전부터 쿤타는 그들이 이미 죽기를 마음먹었었다는 생각이 들었다.

그러나 풀라 사람에 복종해서, 쿤타와 대부분의 남자들은 쇠사슬을 차고 춤추는 동안, 마음속으로는 암에 걸린 듯 괴롭더라도, 즐겁게 보이려고 애썼다. 그리고 그렇게 하면 투봅들은 마음을 놓아서 채찍질이 줄어들었고, 전보다 더 오랫동안 햇볕을 쬐며 갑판 위에 머물도록 해준다는 사실을 깨달았다. 두레박으로 부어 대는 바닷물과 손으로 문질러 대는 아픔을 참고 나서, 쿤타와 나머지 사람들은 갑판 바닥에 주저앉아 투봅들의 모든 행동을 관찰해서, 난간을 따라 보통 어느 정도의 간격으로 떨어져 감시 위치를 잡는지, 그리고 당장 집어 들기 위해 어디다 가까이 그들의 무기를 놓아두는지를 살펴보았다. 투봅이 잠깐 난간에 총을 기대어 놓을 때마다 쇠사슬에 묶인 남자들의 눈은 그런 틈을 놓치는 일이 없었다. 갑판에 앉아 투봅을 죽일 날이 오기를 기다리는 동안, 쿤타는 장애물 사이로 보이는 커다란 쇳덩이에 대해서 걱정했다. 그것이 무엇인지는 확실히 알 길이 없었지만, 파괴력이 무시무시할 터여서 투봅들이 그것을 그곳에 설치했음을 알았기 때문에, 쿤타는 아무리 많은 목숨의 대가를 치르더라도 저 무기부터 빼앗아야만 되겠다고 판단했다.

그는 또한 그들 앞에 놓인 둥그런 갈색의 쇠붙이 물건을 자세히 노려보면서, 커다란 배의 바퀴를 이쪽으로 조금, 저쪽으로 조금 끊임없이 돌려 대는 몇 명의 투봅이 마음에 걸렸다. 언젠가 짐칸에서 알칼라는 그가 생각하던 바를 얘기했다. 「만일 바퀴를 돌리는 투봅들을 죽이면 이 배를 누가 끌고 가나요?」 그러자 풀라 지도자는 바퀴 투봅들을 산 채로 잡아야 한다고 대답했다. 「그들의 목에다 창을 대면, 그들은 우리들을 우리의 땅으로 돌려보내 줘야 하고, 그러지 않으면 그들은 죽어야 합니다.」 그의 땅과 집, 그리고 가족을 다시 한 번 정말로 보게 될지도 모른다는 생각만 해도 쿤타는 등골이 찌르르했다. 그러나 그런 일이 일어난다고 해도, 투봅이 그들에게 한 짓을 조금이라도 잊으려면 그는 무척 오래 살아야 되리라고 생각했다.

그리고 또 다른 두려움이 쿤타의 마음속에서 머리를 들었는데 — 갑판으로 올라간 그와 다른 남자들의 춤에서 무엇이 달라졌는지 수상한 낌새를 투봅들이 눈치 챌지도 모를 일이었으니, 그들은 이제 진심에서 우러나 정말로 춤을 추었고, 그들이 마음속 깊이 느끼는 바를 행동에서 감출 길이 없었으므로, 족쇄와 쇠사슬을 재빨리 벗어던지고는, 몽둥이로 치고, 목을 조르며, 창으로 찌르고, 죽이는 시늉까지도 그들은 서슴지를 않았다. 춤을 추면서 쿤타와 다른 남자들은, 살육의 시간을 꿈꾸면서, 심지어는 목이 터지도록 함성을 올리기도 했다. 그러나 무척 다행스럽게도, 춤이 끝나고 그가 마음을 진정시킬 때가 되었어도, 투봅들은 조금도 의심을 하지 않고, 재미있다는 듯 즐거워서 히죽거리기만 했다. 그러다가 어느 날, 갑판 위에서 쇠사슬에 묶인 사람들은 (투봅들과 나란히 서서) 갑자기 얼어붙기라도 한 듯 동작을 멈추고 서서, 은빛 새들처럼 물 위를 뒤덮고 날아가는 수백 마리의 날치를 놀란 눈으로 구경했다. 쿤타가 얼이 빠져서 구경하려니까, 갑자기 비명 소리가 들렸다. 몸을 돌린 그는 사납고 문신이 박힌 월로프 사람이 어느 투봅에게서 쇠막대기를 빼앗으려고 덤벼드는 광경을 보았다. 월로프가 쇠막대기를 몽둥이처럼 휘두르자, 투봅의 두개골이 깨어져 갑판 위로 흩어져 쏟아졌고, 다른 투봅들이 놀라서 얼어붙었다가 다시 움직이려고 하자, 그는 또 한 사람을 갑판에다 때려눕혔다. 월로프 남자가 어찌나 재빨리 해치웠던지, 기다란 칼이 번쩍이고 그의 머리가 어깨에서 뎅겅 잘려 굴러 떨어졌을 때, 월로프는 분노의 함성을 지르면서 이미 다섯 번째 투봅을 후려치던 참이었다. 머리가 먼저 갑판에 떨어졌고, 다음에는 몸뚱이가 쓰러졌으며, 둘 다 잘린 곳에서 피를 콸콸 내뿜었다. 월로프의 얼굴은 눈을 그대로 뜬 채였는데, 무척 놀란 듯한 표정이었다.

공포의 아우성 속에서 점점 더 많은 투봅들이 여기저기 문을 열고 뛰어나왔으며, 바람에 흐느적거리는 하얀 돛들 사이에서도 원숭이들처럼 미끄러져 내려와 우르르 몰려들었다. 여자들이 비명을 지르는 사이에 족쇄를 찬 남자들은 둥그렇게 커다란 무리를 이루며 함께 엉겨 붙었다. 쇠막대기에서 불과 연기가 요란하게 쏟아져 나오더니, 다음에는 커다란 검은 쇠통이 천둥 같은 소리를 내면서 그들의 머리 바로 위로 열기와 연기를 구름처럼 쏟아 내며 폭발했고, 그들은 비명을 지르고 공포에 떨며 모두들 한꺼번에 무더기로 엎어졌다.

장애물 뒤에서 투봅 두목과 얼굴에 흉터가 있는 사람이 화가 나서 소리를 지르며 뛰어나왔다. 덩치가 큰 사람이 가장 가까이 있던 투봅을 후려쳐서 입에서 피가 뿜어 나왔고, 그러자 다른 모든 투봅이 떼를 지어, 비명을 지르며, 고함치면서, 채찍과 칼과 불막대기를 휘둘러 대면서, 족쇄를 찬 남자들을 열린 창구로 정신없이 몰아넣었다. 그를 때리는 채찍은 아랑곳하지도 않고, 쿤타는 밀려가면서도, 풀라의 공격 신호가 떨어지기를 기다렸다. 하지만 그가 미처 제대로 정신도 차리기 전에, 사람들은 밑으로 몰려 내려와서 제자리에 쇠사슬로 묶였고, 창구가 쾅 소리를 내며 닫혔다.

그러나 그들끼리만 내려오지는 않았다. 소란이 벌어지는 북새통에, 투붑 한 명이 그들과 함께 짐칸에 갇히고 말았다. 그는 어둠 속에서 이리저리 도망치면서, 고꾸라지고, 선반에 부딪히며, 겁에 질려 비명을 지르다가 엎어지고, 다시 벌떡 일어나 도망쳤다. 그의 울부짖음은 무슨 원시 시대의 야수가 지르는 소리 같았다. 누군가 〈투붑 화!〉라고 소리쳤고, 다른 목소리들이 합세했다. 「투붑 화! 투붑 화!」 점점 더 많은 사람들이 같이 합창해서, 그들은 점점 더 큰 소리로 고함을 질렀다. 투붑은 그것이 자기에 대한 소리임을 알았는지, 살려 달라고 애원하는 소리를 냈으며, 그러는 동안 쿤타는 말없이 누워서, 온몸이 굳어 버리기라도 한 듯 근육 하나도 움직이지 못했다. 쿤타는 머리가 지끈거렸고, 온몸에서는 땀이 쏟아졌으며, 숨이 막혔다. 갑자기 창구가 벌컥 열리더니, 투붑 10여 명이 쿵쾅거리면서 어두운 짐칸으로 층계를 내려왔다. 그들은 채찍으로 여러 차례 때린 다음에야 갇혀 버린 투붑이 자기들과 한패임을 알아챘다.

그러더니 무자비하게 채찍으로 후려치면서, 투붑들은 남자들의 쇠사슬을 다시 풀었고, 때리고 발로 차면서 다시 그들을 갑판으로 끌고 올라가서, 머리가 잘려 나간 월로프 사람의 몸뚱이를 네 명의 투붑이 너덜너덜해질 때까지 묵직한 채찍으로 때리고 찢는 광경을 구경시켰다. 쇠사슬에 묶인 남자들의 벌거벗은 몸뚱이는 베이거나 곪은 상처에서 흐르는 피와 땀으로 번들거렸지만, 그들은 거의 아무 소리도 내지 않았다. 지금도 모든 투붑이 잔뜩 무장했고, 그들을 둘러싸고 서서 눈을 부라리며 숨을 몰아쉬는 투붑들의 얼굴에는 살기가 등등했다. 그러더니 다시 채찍이 날고, 벌거벗은 남자들은 짐칸으로 다시 매를 맞으며 내려가서, 쇠사슬로 채워졌다.

한참 동안 감히 귓속말이나마 하려는 사람이 아무도 없었다. 겨우 무슨 생각이라도 해볼 만큼 공포심이 가라앉은 다음에, 쿤타를 괴롭힌 생각과 감정의 소용돌이 한 가지는, 무사가 마땅히 그래야 할 방법으로 죽은 월로프 사람의 용기에 감탄한 사람은 자기뿐이 아니라는 느낌이었다. 그는 당장이라도 공격 신호를 풀라 지도자가 내리기를 기다리는 동안 벅차게 밀려오던 기대감을 기억했지만, 그런 신호는 끝내 떨어지지 않았다. 무슨 결과가 닥쳤더라도 지금쯤은 모든 일이 끝났겠고, 지금 죽어서 안 될 까닭도 없었으므로, 쿤타는 가슴이 아팠다. 더 좋은 기회가 언제 온다는 말인가? 이토록 악취가 심한 어둠 속에서 목숨을 부지할 이유가 하나라도 남았는가? 그는 전처럼 그의 짝과 얘기를 나누었으면 좋겠다고 절망적으로 바랐지만, 그 월로프 사람은 이교도였다.

행동을 취하지 못한 풀라의 실패에 대해 격분한 투덜거림은 그의 극적인 발표 때문에 당장 잠잠해졌는데 — 다음번에 짐칸에서 그들의 층에 갇힌 남자들이 갑판으로 올라가 몸을 닦고 춤을 추게 되면, 투봅들이 가장 안심하는 순간에 공격이 시작되리라고 그는 선언했다. 「우리들 가운데 많은 사람이 죽을 것입니다.」풀라가 말했다. 「우리의 형제가 우리를 위해서 죽었듯이 말입니다. 그러나 밑에 갇힌 형제들이 우리의 복수를 해줄 것입니다.」

웅얼웅얼 그렇게 얘기가 전달되는 동안 못마땅한 가운데도 동의하는 목소리가 들렸다. 그리고 어둠 속에 누워서 쿤타는 훔친 줄칼로 쓱싹거리며 쇠사슬을 문질러 대는 소리를 들었다. 줄칼로 썰어 낸 자국은 투봅이 보지 못하도록 몇 주일째 오물로 조심스럽게 덮어 두었음을 그는 알았다. 그는 가만히 누워서, 목숨을 살려 둬야 할 유일한 사람들, 배의 커다란 바퀴를 돌리는 자들의 얼굴을 마음속에 새겨 두었다.

그러나 짐칸에서의 그 기나긴 밤 동안, 쿤타와 다른 남자들은 그들이 전에는 한 번도 들어 보지 못했던 묘한 소리를 듣게 되었다. 그것은 그들 머리 위 갑판에서 들려오는 듯했다. 짐칸 안은 갑자기 고요해졌고, 자세히 들어 본 쿤타는 바람이 더 세어져서, 커다랗고 하얀 돛이 보통 때보다 훨씬 요란하게 펄럭이나 보다고 생각했다. 곧 쌀이 갑판에 쏟아지는 듯한 또 다른 소리가 났는데, 그는 잠시 후에 그것이 휘몰아치며 쏟아지는 빗소리임에 틀림없다고 생각했다. 그러더니 그는 요란한 천둥이 둔탁하게 치고, 우르릉거리며 울리는 소리를 들었다.

머리 위 갑판에서 발들이 쿵쾅거리며 돌아다녔고, 큰 배는 기우뚱거리고 흔들리기 시작했다. 아래위로, 그리고 좌우로, 배가 움직일 때마다, 쇠사슬에 묶인 남자들의 (이미 곪아 터지고 피가 나는) 벌거벗은 어깨와 팔꿈치와 엉덩이가 그들 밑의 거친 널빤지에 쓸렸고, 쿤타는 벌써부터 다른 사람들과 함께 비명을 질렀다. 머리끝부터 발끝까지 화끈거리며, 창으로 찌르는 듯한 통증이 쑤셔 대자, 그는 마치 장님이 되는 듯한 기분이었으며, 아득하게 들려오는 듯싶은 소리, 물이 짐칸으로 퍼부어 내리는 소리와 공포의 소용돌이 속에서 지르는 비명을 그는 희미하게 의식했다.

물이 점점 더 빨리 짐칸 안으로 쏟아져 들어오더니, 쿤타는 무겁고 거친 커다란 돛 같은 무엇을 갑판에서 투봅들이 끌고 가는 소리를 들었다. 조금 기다렸더니 홍수처럼 쏟아지던 물이 방울져 떨어졌지만, 쿤타는 땀을 흘리며 구역질을 하기 시작했다. 물을 막으려고 투봅들이 위로 뚫린 구멍들을 덮어 버리는 바람에, 바깥에서 들어오는 환기구를 모두 차단시켜서 열기와 악취가 몽땅 짐칸 안에 갇히게 되었다. 그것은 참을 수가 없을 정도였고, 남자들은 숨이 막혀 토하면서 미친 듯이 족쇄를 흔들고, 공포에 휩싸여 소리를 질렀다. 쿤타의 코와 목구멍, 다음에는 그의 폐가 불붙은 솜으로 꽉 막힌 듯했다. 그는 비명을 지르기 위해 숨을 돌리려고 헐떡였다. 쇠사슬을 난폭하게 미친 듯이 잡아당기고, 숨 막히는 비명에 휩싸여서, 그는 앞뒤로 한꺼번에 배설이 되는 것조차 의식하지 못했다.

큰 망치를 휘두르듯 파도가 뱃전에서 부서졌고, 그들의 머리 뒤쪽 목재를 죄는 꺾쇠들이 삐걱댔다. 커다란 배가 밑으로 철렁 떨어지면 속이 울렁거렸고, 무지막지한 바닷물이 위로 덮쳐 쏟아져서 선체가 흔들릴 때마다 짐칸에 갇힌 남자들의 숨 막힌 비명은 더욱 높아졌다. 그러다가는 기적처럼, 우박처럼 두드려 대는 폭우 속에서 배가 다시 위로 솟구쳤다. 다음번의 산더미 같은 물이 뱃전에 쏟아져 다시 배가 내려가고, 다시 위로 올라가고, 기울어지고, 굽이치고, 흔들리면서 점점 더 많은 남자들이 기절을 하고 기운이 빠지자, 짐칸의 소음은 조금씩 줄어들기 시작했다.

쿤타가 정신을 차리고 둘러보니, 그는 갑판 위에 올라와 있었고, 아직도 살았음을 깨닫고는 놀랐다. 이리저리 돌아다니는 오렌지빛 등불을 보고 처음에 그는 아직도 그들이 밑에 있는 줄 알았다. 그는 심호흡을 하고는, 그것이 신선한 공기임을 알았다. 그는 등을 대고 누웠다가, 찢어지는 듯한 아픔이 어찌나 심했던지, 투봅 앞인 줄을 알면서도 비명을 지르지 않을 수가 없었다. 그는 아주 높이, 달빛 속에 떠다니는 유령들처럼, 높다랗고 굵은 기둥의 옆가지를 따라 기어가는 사람들을 보았는데, 그들은 커다랗고 하얀 돛을 펴려고 애쓰는 듯싶었다. 그러자 지끈대는 머리를 시끄러운 소음이 나는 쪽으로 돌린 쿤타는, 열린 창구에서 더 많은 투봅들이 비틀거리며, 족쇄를 차고 축 늘어진 벌거벗은 남자들을 배의 갑판 위로 끌어올려서, 통나무처럼 쌓인 쿤타와 다른 사람들 쪽으로 밀어 던지는 광경을 보았다.

쿤타의 짝은 마구 떨면서, 요란하게 신음하는 사이사이에 구역질을 거듭했다. 그리고 쿤타도 헛구역질을 멈추지 못하면서, 백발의 투봅 두목과 흉터가 있는 덩치 큰 사람을 넘겨다보았는데, 그들이 소리를 지르고 욕을 퍼부어 대는 동안 다른 투봅들은 밑에서 사람들을 계속 끌어올리느라고 발밑에 깔린 토사물을 밟고 미끄러져 넘어지고는 했으며, 투봅 가운데 몇 사람은 쇠사슬에 묶인 사람들이 토해 내는 꼴을 보고 덩달아 토하기도 했다.

큰 배는 아직도 심하게 기우뚱거렸고, 흩뿌리다가 철썩이며 쏟아지는 물에 뒷갑판이 흠뻑 젖었다. 서둘러 돌아다니던 투봅 두목은 몸의 균형을 유지하느라고 애를 먹었으며, 다른 투봅 하나가 등불을 들고 그를 따라다녔다. 축 늘어지고 벌거벗은 사람들의 얼굴을 하나씩 쳐들면 등불을 가까이 가져갔으며, 투봅 두목이 자세히 살펴보고는, 가끔 족쇄를 찬 사람의 팔목을 손가락으로 짚어 보았다. 그러고는 욕지거리를 퍼부으며 그가 뭐라고 큰 소리로 명령을 내리면, 다른 투봅들이 그 사람을 들어서 바다에 던졌다.

쿤타는 그들이 밑에서 죽었으리라고 생각했다. 그는 언제나 어디에나 존재한다고 사람들이 말하는 알라신이, 여기에는 존재할 리가 없으리라고 혼자 생각했다. 그러자 그는 그런 의문을 품는다면, 자신도 옆에서 신음하며 떨고 있는 이교도보다 조금도 나을 바가 없다는 생각이 들었다. 그리고 그는 배에서 투봅이 집어던져 이미 조상들을 만났을 다른 남자들의 영혼을 위해서 기도드리기로 마음을 고쳐먹었다. 그는 그들이 부러웠다.

39

새벽녘이 되자, 날씨가 잔잔해지고 맑았지만, 배는 아직도 커다란 파도에 기우뚱거렸다. 아직도 널브러지거나 모로 쓰러진 어떤 사람들은 살았다는 기척을 거의 보이지 않았고, 또 어떤 사람들은 무섭게 경련을 일으켰다. 그러나 대부분의 다른 남자들과 마찬가지로, 쿤타는 억지로 일어나 앉을 정도로는 기운을 차렸고, 몸을 일으켰더니 등과 엉덩이의 심한 고통이 약간 누그러졌다. 그는 주변에 둘러앉은 다른 사람들의 등을 멍하니 넘겨다보았는데, 모두들 이미 말라붙어 딱지가 앉은 상처에서 피가 다시 흘렀으며, 뼈라고 생각되는 토막이 어깨와 팔꿈치에 드러났다. 멍한 눈으로 다른 쪽을 보았더니, 한 여자가 다리를 쩍 벌리고 누웠는데, 그가 앉은 방향으로 돌린 그녀의 은밀한 곳에는 어떤 이상한 잿빛 반죽을 발라 놓았고, 틀림없이 그녀에게서 나는 듯싶은 어떤 고약한 냄새가 그의 코를 찔렀다.

가끔 가다가 아직도 너부러진 남자들 가운데 한 사람이 몸을 일으키려고 애를 썼다. 어떤 사람들은 다시 넘어졌지만, 일어나는 데 성공한 사람들 중에서 쿤타는 풀라 지도자를 알아보았다. 그는 심하게 피를 흘렸으며, 그의 표정은 그의 둘레에서 벌어지는 장면이나 분위기하고는 어울리지 않았다. 쿤타가 누구인지 알아볼 수 없는 사람도 많았다. 그는 그들이 아래 칸에 갇힌 사람들이 틀림없다고 생각했다. 그들은 투보이 공격을 받은 다음에, 첫째 칸의 죽은 자들을 위해 복수를 하리라고 풀라 사람이 말했던 남자들이었다. 공격 — 쿤타에게는 더 이상 그런 생각을 할 힘이 남지 않았다.

그와 같은 족쇄를 찬 남자를 포함한 그의 주변 얼굴들에서, 쿤타는 깊이 새겨진 죽음의 그림자를 보았다. 이유는 알 길이 없었지만, 그는 그들이 모두 틀림없이 죽으리라고 생각했다. 월로프 사람의 얼굴은 빛깔이 잿빛이었고, 그가 숨을 몰아쉴 때마다 코에서는 거품 소리가 났다. 헐벗은 살 밑으로 드러난 월로프 사람의 어깨와 팔꿈치뼈도 잿빛으로 보였다. 쿤타의 시선을 의식하기라도 한 듯이, 월로프 사람은 파르르 떨리는 눈을 겨우 떠서 쿤타를 마주 쳐다보았지만 — 상대방이 누구인지 알아보는 기색은 없었다. 그는 이교도였지만 — 쿤타는 손가락을 힘없이 뻗어서 월로프 사람의 팔을 만져 보았다. 그러나 쿤타의 시늉을, 그리고 그것이 얼마나 깊은 뜻을 지녔는지를 의식하는 기색이 조금도 없었다.

통증이 가라앉지는 않았어도 쿤타는 따뜻한 햇볕을 쬐니 몸이 좀 회복되는 듯한 기분이었다. 그는 자기가 앉은 자리에 생긴, 등에서 흘러내린 피가 이룬 웅덩이를 내려다보았고, 떨리는 목구멍으로 올라오는 신음을 막을 수가 없었다. 역시 멀미를 느끼고 기운이 빠진 투봅들은, 솔과 물통을 들고 돌아다니면서, 토사물과 똥을 긁어모았고, 다른 사람들은 밑에서 오물을 담아 가지고 올라와 뱃전에서 쏟아 버렸다. 쿤타는 하얗고 털이 많은 그들의 피부와 작은 포도를 멍하니 쳐다보았다.

잠시 후에 투봅 두목이 족쇄를 찬 사람들 사이를 오가면서 연고를 바르는 동안, 그는 격자 창살을 통해서 끓는 식초와 타르 냄새를 맡았다. 투봅 두목은 뼈가 드러난 곳에다 가루를 묻힌 고약 헝겊을 붙여 주었는데, 헝겊은 피가 스미자 곧 떨어져 나갔다. 그는 (쿤타를 포함한) 여러 사람의 입을 벌리고는 검은 병에 담긴 어떤 약을 목구멍으로 억지로 밀어 넣었다.

해 질 녘이 되자 정신을 차린 사람들은, 붉은 야자기름으로 끓여서 작은 그릇에 담아 준 옥수수죽을 받아 손으로 퍼서 먹었다. 다음에 그들은 갑판의 가장 높다란 기둥 밑에 놓아둔 나무 술통에서 투봅들이 가져온 물을 한 국자씩 마셨다. 별이 나타날 시간이 되어서 그들은 밑으로 내려가 쇠사슬에 묶였다. 쿤타의 층에서 남자들이 죽어 생겨난 빈 자리들은 아래 칸에서 가장 병이 심한 남자들이 올라와서 대신 차지했고, 고통스러운 그들의 신음은 전보다 더 시끄러웠다.

사흘 동안 쿤타는 열이 올라 토하면서, 몽롱한 통증을 느끼며, 그들 가운데 누워 지냈다. 그는 다른 사람들과 함께 비명을 질렀다. 그의 주변 사람들은 목이 쉴 정도로 심하게 기침을 했다. 그의 목은 뜨겁게 부어올랐으며, 온몸에서 땀이 비 오듯 쏟아졌다. 그는 쥐의 수염이 그의 엉덩이를 스칠 때 딱 한 번 혼수상태에서 깨어났고, 반사적으로 그는 묶이지 않은 손을 잽싸게 뻗어 쥐의 머리와 윗몸을 움켜잡았다. 믿어지지 않는 일이 벌어졌다. 그의 가슴속에 그토록 오랫동안 갇혔던 모든 분노가 그의 팔과 손으로 쏟아져 나갔다. 점점 더 꼭 그는 손을 죄었고, 미친 듯이 몸부림치며 찍찍거리던 쥐는 눈알이 튀어나왔고, 그러고는 골이 그의 엄지손가락 밑에서 으스러졌다. 그제야 그의 손가락에서는 힘이 빠졌고, 그는 손을 풀어 으스러진 찌꺼기를 놓아주었다.

이틀쯤 지나자 투봅 두목은 직접 짐칸에 나타나기 시작했고, 그때마다 적어도 한 구의 시체를 발견해서 쇠사슬을 풀어 주었다. 악취 속에서 구역질을 하고, 다른 투봅들이 높이 치켜든 등잔 불빛으로 살펴보면서, 그는 아직 살아 숨 쉬는 노예들에게 약을 발라 주고 가루를 뿌렸으며, 검은 병을 그들의 입에 털어 넣었다. 쿤타는 손가락이 그의 등에 기름을 바르거나 약병이 입술에 닿을 때마다 고통스러운 비명을 지르지 않으려고 기를 썼다. 그는 하얀 손이 그의 살갗을 건드리기만 하면, 채찍을 맞는 편이 더 나으리라고 생각하며 몸을 움츠렸다. 그리고 등잔의 오렌지빛 불빛 속에서 윤곽이 없는 듯 창백하게 드러난 투봅들의 얼굴은, 그를 둘러싼 악취처럼, 그의 머릿속에서 좀처럼 지워지지 않을 것만 같았다.

오물 속에 누워서 열병을 앓던 쿤타는 이 배의 밑바닥에 갇혀 지낸 기간이 두 달인지 여섯 달인지, 아니면 한 장마철 동안이었는지 통 알 길이 없었다. 통풍구 옆에 누워서 흘러가는 날짜를 헤아리던 사람도 이제는 죽어 버렸다. 그리고 살아남은 사람들 사이에서는 더 이상 대화가 오가지 않았다.

언젠가 반쯤 잠이 들었다가 갑작스레 정신을 차린 쿤타는 형언하기 어려운 공포를 느꼈고, 죽음이 그에게 다가옴을 의식했다. 그리고 얼마쯤 지난 다음에, 그는 옆에 누운 짝에게서 귀에 익은 콧소리가 이제는 들려오지 않음을 깨달았다. 한참 동안 기다렸다가 쿤타는 겨우 손을 뻗어서 그 남자의 팔뚝을 만져 보았다. 차갑고 뻣뻣한 팔이 손에 닿자 그는 공포에 휩싸여 손을 움츠렸다. 쿤타는 누워서 덜덜 떨었다. 이교도이건 아니건 간에, 그와 월로프 사람은 얘기를 나누었고, 나란히 누워서 지냈었다. 그런데 그는 이제 혼자였다.

삶은 옥수수를 가지고 투봅들이 다시 내려왔을 때, 쿤타는 그들의 구역질과 투덜거리는 소리가 점점 가까워 오자, 몸을 도사렸다. 그러자 그는 투봅 가운데 하나가 월로프 사람의 시체를 흔들어 보고, 욕설을 퍼붓는 소리를 들었다. 그러고는 보통 때처럼 그의 그릇에 음식을 긁어 담는 소리가 들렸고, 그와 꼼짝 않는 월로프 사람 사이에 그릇이 밀려 올라왔고, 투봅들은 선반을 따라 내려갔다. 아무리 허기가 지기는 했어도 쿤타는 차마 먹을 생각이 내키지를 않았다.

한참 기다리고 났더니, 두 명의 투봅이 와서, 월로프 사람의 발목과 손목의 족쇄를 쿤타에게서 풀었다. 충격을 받아 정신이 멍해진 그는, 시체가 통로를 따라 여기저기 부딪히며 끌려 내려가고, 그러고는 층계를 올라가는 소리를 들었다. 그는 비어 버린 자리에서 멀리 떨어지고 싶었지만, 몸을 움직이자 당장 벗겨진 근육이 널빤지에 긁혀서, 고통스럽게 비명을 질렀다. 꼼짝 않고 누워서 통증이 가라앉기를 기다리던 그는, 월로프 사람이 살던 마을에서 그의 죽음을 애도하며 여자들이 울부짖는 소리가 귓전에 들려오는 듯했다. 「투봅 화!」 고랑을 찬 손으로 월로프 사람의 빈 수갑에 달린 쇠사슬을 짤랑이면서, 그는 악취가 심한 어둠 속에다 대고 소리를 질렀다.

다음번에 갑판 위로 올라갔을 때, 그는 자기와 월로프 사람을 때렸던 투봅과 눈길이 마주쳤다. 그들은 뚫어져라 서로 노려보았는데, 투봅의 얼굴과 눈이 증오로 가득 차기는 했지만, 이번에는 채찍이 쿤타의 등을 때리지 않았다. 놀란 마음을 가다듬은 다음에, 쿤타는 폭풍우 이후 처음으로 갑판 저편에 모여 선 여자들을 넘겨다보았다. 그는 가슴이 철렁했다. 처음에는 스무 명이었는데, 열둘만 남았다. 그러나 어린아이 넷이 다 살아남았음을 보고 그는 안도감을 느꼈다.

(남자들의 등은 상처가 너무 심했기 때문에) 이번에는 긁는 과정이 없어졌고, 그들은 북소리만이 박자를 맞추는 가운데 쇠사슬을 차고 힘없이 뛰었으며, 바람 소리를 내는 물건을 짜던 투봅은 모습이 보이지 않았다. 살아남은 여자들은, 고통을 느끼면서도, 억지로 기운을 차려서, 상당히 많은 투봅들이 하얀 천에 싸여 바다에 던져졌다는 노래를 불렀다.

무척 짜증스러운 표정을 드러내면서 백발의 투봅은 고약과 병을 들고 벌거벗은 남자들 사이를 돌아다녔는데, 죽은 짝의 빈 족쇄를 손목과 발목에 찬 어느 남자가 갑자기 난간으로 달려갔다. 그가 난간을 반쯤 넘었을 때, 마침 근처에 있던 어느 투봅이 겨우 그를 따라잡아서, 뛰어내리는 순간에 그의 뒤로 질질 끌리던 쇠사슬을 붙잡았다. 다음 순간 그의 몸뚱이는 큰 배의 옆구리에 세차게 부딪혔고, 그의 숨막힌 울부짖음이 갑판까지 들려왔다. 갑자기 그가 외치는 소리 가운데, 쿤타가 들어 보니, 투봅의 말이 튀어나왔다. 사슬에 묶인 사람들 사이에서 증오의 속삭임이 오고 갔는데, 뛰어내린 남자는 틀림없이 또 다른 슬라테였다. (처음에는 〈투봅 화!〉라고 외치다가, 나중에는 자비를 베풀어 달라고 애걸하던) 슬라테 남자의 몸뚱어리가 거듭거듭 뱃전에 부딪히는 동안, 투봅 두목은 난간으로 가서 밑을 내려다보았다. 슬라테가 외치는 소리를 잠시 들어 보더니, 그는 갑자기 다른 투봅에게서 쇠사슬을 잡아채어서는, 비명을 지르는 슬라테를 바다로 던져 버렸다. 그러더니 한마디 말도 없이 그는, 아무 일도 없었다는 듯이, 계속해서 사람들의 상처에 기름을 바르고 가루를 뿌리며 돌아다녔다.

채찍질 횟수가 줄어들기는 했지만, 경비원들은 이제 포로들을 두려워하는 듯한 태도를 취했다. 포로들이 갑판으로 끌려 올라올 때마다 투봅들은, 족쇄를 찬 사람들이 당장이라도 공격할지 모른다는 생각에서, 불막대기와 칼을 뽑아 들고는 그들을 바싹 둘러싸고 엄중하게 감시했다. 그러나 쿤타의 경우에는, 투봅들을 무척이나 경멸하기는 했지만, 더 이상 그들을 죽이고 싶은 생각이 없어졌다. 그는 몸이 너무 아프고 기운이 없어서, 자기 자신이 죽거나 살거나조차 관심이 없어졌다. 갑판 위로 올라가면, 그는 그저 모로 누워서 눈을 감아 버리고 말았다. 그러다 보면 곧 그는 등에 다시 고약을 바르는 투봅 두목의 손길을 느끼고는 했다. 그런 다음에 얼마 동안 그는, 태양의 따사로움 말고는 아무것도 느끼지 않았고, 신선한 바닷바람의 냄새만 맡았으며, 이서 죽어 그의 조상들을 만나겠다는 (거의 황홀할 정도였던) 기다림의 조용한 몽롱함 속에서, 고통이 스러졌다.

아래 짐칸에서 가끔 쿤타는, 여기저기서 잠깐씩 들려오는 웅얼거리는 소리를 들었고, 그들에게 도대체 무슨 할 얘기가 남았을까 궁금하게 생각했다. 그래 봤자 무슨 소용이라는 말인가? 그의 짝이었던 월로프 사람은 죽었고, 다른 사람들을 위해서 통역을 맡았던 몇 명도 죽음이 데려갔다. 더구나, 얘기를 하려면 너무 힘이 들었다. 날이 갈수록 쿤타는 점점 더 쇠약해졌고, 다른 남자들 몇몇에게 무슨 일이 일어나는지를 살펴보았자 아무런 도움이 되지 않았다. 그들의 배 속에서는 응어리진 핏덩이와 더불어, 진하고 누리끼리하고 냄새가 고약한 점액이 섞인 오물이 올라오기 시작했다.

이 고약한 오물을 처음 보고 냄새를 맡게 되자, 투봅들은 불안해하기 시작했다. 한 사람이 황급하게 창구로 뛰어 올라가고 나서, 얼마 후에 투봅 두목이 내려왔다. 구역질을 하면서 그는, 비명을 지르는 남자들의 족쇄를 풀어 주고 짐칸에서 내보내라고 다른 투봅들에게 신경질적으로 손짓했다. 곧 더 많은 투봅들이 각등과 괭이, 솔과 물통을 들고 나타났다. 구토를 하고 숨이 막혀 욕설을 퍼부으며, 그들은 병든 남자들을 끌어낸 선반을 긁어내고, 문지르고, 다시 긁었다. 그러고 나서 그들은 닦아낸 곳에다 펄펄 끓는 식초를 쏟아 부었고, 옆 자리에 묶인 남자들을 더 멀리 떨어진 빈자리로 옮겼다.

그러나 다 소용없는 일이어서, (투봅들이 〈이질〉이라고 하는 소리를 쿤타가 들은) 무서운 전염병은 자꾸만 퍼져 나갔다. 곧 쿤타도 머리와 허리의 통증에 몸부림치기 시작했고, 오한과 열에 덜덜 떨다가 몸이 펄펄 끓어오르기도 했고, 결국은 내장을 쥐어짜는 듯한 아픔과 더불어, 피와 진물이 악취를 풍기며 목구멍으로 올라왔다. 오물과 함께 창자가 쏟아져 나오는 듯한 기분을 느끼며, 쿤타도 고통스러워 기절할 것만 같은 기분이 들었다. 비명을 지르는 사이사이에 그는, 자기가 어떻게 그런 소리를 하는지 믿어지지 않는 그런 말들을 외쳤다. 「오모로여— 성자 무함마드 이후로 세 번째 칼리파이신 우마르 2세여! 카이라바여— 평화를 뜻하는 카이라바시여!」 결국 그의 목소리는 다른 사람들의 비명 소리 속에 사라졌고, 그들의 흐느낌 속에서 거의 들리지도 않았다. 이틀 동안에 짐칸 속의 거의 모든 남자가 이질에 걸렸다.

이제는 끈끈한 핏덩이가 선반에서 통로로 뚝뚝 떨어졌고, 짐칸으로 들어올 때마다 투봅들은 핏덩어리가 몸에 묻거나, 밟고 미끄러지는 수난을 피할 길이 없어서, 구역질과 욕설이 그들의 입에서 떠날 줄을 몰랐다. 그들은 이제 날마다 갑판 위로 올라갔고, 그러는 사이에 투봅들은 김이 무럭무럭 피어오를 만큼 펄펄 끓인 식초와 타르를 담은 물통을 가지고 내려와서 짐칸을 청소했다. 쿤타와 다른 포로들은 창구로 비틀거리며 올라가서, 갑판 위에 흩어져 여기저기 힘없이 주저앉았고, 그러면 갑판은 곧 그들의 등에서 흘러내린 피와 배 속에서 올라온 오물로 더러워졌다. 신선한 공기의 냄새는 머리끝부터 발끝까지 쿤타의 몸을 온통 우려내는 듯했으며, 그들이 짐칸으로 돌아가면 식초와 타르 냄새도 마찬가지 효과를 냈지만, 이질의 악취는 결코 제거할 길이 없었다.

비몽사몽간에 쿤타는, 자기가 어린 소년이었을 때, 침대에서 한 팔로 몸을 버티어 괴고 모로 누워서, 마지막 얘기를 그에게 하던 야이사 할머니의 모습이 번개처럼 머릿속을 스쳤으며, 그리고 늙은 뇨 보토 할머니가 생각났고, 그가 첫째 카포이던 지난날에 할머니가 들려주던 얘기들도 생각났고, 강가에서 그물에 잡혔다가 지나가던 소년이 풀어 준 악어 얘기도 생각났다. 신음과 헛소리를 하면서, 그는 투봅이 그에게 가까이 오기만 하면 손톱으로 잡아 뜯고 발로 찼다.

곧 대부분의 남자들은 전혀 걷지도 못할 만큼 기운이 빠졌고, 투봅들은 환한 곳에서 백발의 남자가 쓸모가 없는 고약을 발라 주도록, 포로들을 부축해서 갑판으로 데리고 올라가야만 했다. 날마다 누군가가 죽어 갔고, 여자 몇 명과 네 명의 계집아이들 가운데 두 사람, 심지어는 투봅도 몇 사람 죽어서, 그들의 시체는 바다로 던져 버렸다. 살아남은 투봅 가운데 많은 사람들이 더 이상은 몸을 끌고 다닐 힘도 없어졌고, 이질의 오물을 흘리지 않으려 함지박 안에 들어선 남자 혼자서만 배의 키를 잡았다.

밤과 낮이 이어지며 제멋대로 흘러가던 어느 날, 아직도 겨우 몸을 끌고 창구의 층계를 올라갈 힘이 남았던 쿤타와 몇 명의 다른 남자들은 갑판으로 올라가서, 눈이 닿는 곳까지 물 표면에 황금빛 해초가 멀리 펼쳐져서 떠 흘러가는 광경을, 멍한 놀라움 속에서, 난간 너머로 물끄러미 쳐다보았다. 쿤타는 물이 영원히 계속되지는 않으리라고 생각했었으며, 이제 그들이 탄 큰 배는 세상의 가장자리 너머로 떨어지려는 모양이었지만, 그는 별로 개의치도 않았다. 마음속 깊이 그는 종말이 가까웠다고 느꼈으며, 어떻게 죽을지 그 방법만이 확실하지 않을 따름이었다.

이제는 바람을 가득 머금지 않은 커다랗고 하얀 돛들이 내려지는구나, 쿤타는 막연히 의식했다. 기둥들의 꼭대기에서는, 투봅들이 조금이라도 바람을 잡으려고, 돛들을 이리저리 움직이려고 마구 뒤엉킨 밧줄들을 잡아당겼다. 아래 갑판에 있는 투봅들에게서 그들은 두레박으로 퍼서 올린 물을 받아서, 커다란 돛에다 뿌렸다. 그래도 큰 배는 잠잠했고, 거대한 파도에 실려 앞뒤로 서서히 흔들리기 시작했다.

모든 투봅은 이제 신경질이 날 대로 났고, 백발의 남자는 심지어 칼자국이 있는 그의 동료에게도 욕설을 퍼부었으며, 칼자국은 자기보다 낮은 투봅들에게 전보다 더 심하게 욕을 하면서 매질을 퍼부었고, 그러자 투봅들은 돌아가면서 지금까지 어느 때보다도 훨씬 심하게 서로 싸움을 벌였다. 그러는 사이에, 어쩌다가 가끔 한 차례씩밖에는, 족쇄를 찬 사람들을 때리는 일이 없어졌으며, 포로들은 낮 동안 거의 줄곧 갑판 위에서 지내게 되었고, 그리고 (쿤타가 크게 놀랄 만한 일이었지만) 투봅은 그들에게 날마다 물도 넉넉히 주었다.

어느 날 아침 짐칸에서 위로 올라간 포로들은 갑판 위에 여기저기 흩어진 날치 수백 마리를 보았다. 여자들이 부르는 노래를 들어 보니, 투봅들이 어젯밤에 물고기를 유인하려고 갑판 위에 불을 켜두었고, 그래서 배 위로 날아 올라왔던 물고기들은 도망도 못 치고 헛되이 퍼덕거렸다. 그날 밤 옥수수죽에 넣어 끓인 신선한 생선 맛에 쿤타는 기쁘기도 했고 놀라기도 했다. 그는 가시조차 남기지 않고, 음식을 싹싹 쓸어 먹었다.

다음번에는, 쿤타의 등에 쓰라리고 노란 가루를 뿌리고 나서, 투봅 두목은 그의 오른쪽 어깨를 두터운 붕대로 감아 주었다. 쿤타는 그것이 수많은 다른 남자들, 특히 뼈를 감싸 주는 살이 가장 얇은 야윈 사람들이 그렇듯이, 그의 뼈가 겉으로 드러났음을 의미한다는 사실을 알았다. 붕대를 감으니까 전보다 훨씬 더 아팠다. 그러나 짐칸으로 내려가서 시간이 얼마 안 지났을 때, 피가 스며서 함빡 젖은 붕대가 빠져 헐거워졌다. 그래도 상관없는 일이었다. 가끔 그는 자기가 거쳐 온 무서운 일들과 모든 투봅에 대한 그의 깊은 혐오감으로 마음이 쏠리기는 했지만, 대부분의 경우 그는 누런 눈곱이 끈끈하게 눈에 끼고, 그가 아직도 살았음을 거의 의식하지도 못하면서, 악취가 풍기는 어둠 속에 그냥 가만히 누워서 거의 모든 시간을 멍한 상태로 보냈다.

그는 비명을 지르거나 알라신에게 구원을 비느라고 다른 사람들이 외치는 소리를 들었지만, 그들이 누구인지를 알지도 못했고, 관심도 없었다. 어느덧 그는 발작적으로 신음을 하며 무섭고도 괴로운 잠에 빠져서, 주푸레의 고향 들판에서 일을 한다거나, 잎이 무성한 푸른 밭과 볼롱의 유리알 같은 수면 위로 뛰어오르는 물고기, 활활 타오르는 숯불 위에서 익어 가는 통통한 영양의 엉덩잇살, 꿀을 넣어 달콤한 차가 바가지에 담겨 김이 무럭무럭 나는 장면 따위가 마구 뒤섞인 꿈을 꾸고는 했다. 그러다가 다시 어렴풋하게 정신이 들면, 그는 가족을 마지막으로 한 번만 더 보겠다고, 애처롭게 앞뒤가 맞지 않는 협박과 애원을 자기도 모르게 큰 소리로 되풀이하고는 했다. 오모로, 빈타, 라민, 수와두, 마디 — 그들은 그의 가슴속에서 저마다 돌덩이가 되었다. 그들에게 자신이 슬픔을 가져다주었다는 생각에 그는 마음이 괴로웠다. 결국 그는 다른 곳으로 마음을 돌려보려고 했지만, 소용이 없었다. 그의 생각은 그가 만들려고 했던 북 따위로 어느새 되돌아갔다. 그는 혹시 북이 잘못 만들어졌을지도 모르니까, 남들이 아무도 듣지 못하도록, 밤에 땅콩밭을 감시하는 동안 혼자서 북을 두드려 보았으리라는 생각도 했다. 그러고는 북을 만들 나무를 자르려고 갔던 날이 머리에 떠오르고, 모든 기억이 다시 홍수처럼 밀어닥쳤다.

아직도 살아남은 자들 가운데 쿤타는, 마지막까지 남의 도움을 받지 않고 선반에서 기어 내려와, 갑판까지 계단을 올라갈 기운을 지닌 사람들 가운데 하나였다. 그러나 그의 쇠약해진 다리도 결국은 후들후들 떨렸고, 그도 역시 반쯤은 업혀서 갑판으로 나갔다. 나지막이 신음하면서, 머리를 무릎 사이에 처박고, 눈곱이 낀 눈을 꼭 감은 채, 그는 몸이 씻길 차례가 될 때까지 축 늘어져 앉아서 기다렸다. 투봅들은 이제 긁히고 피가 나는 남자들의 등에 더 이상 상처를 내지 않으려고, 뻣뻣한 솔 대신에 비누를 적신 커다란 해면을 사용했다. 그러나 쿤타는, 겨우 모로 눕기나 하고, 숨도 멈춘 듯한 대부분의 사람들에 비하면 그나마 상태가 좋았다.

그들 모든 포로 가운데, 남은 여자들과 계집아이들만이 상당히 건강한 편이었는데, 그들은 어둠과 악취와 오물과 이와 벼룩과 쥐, 그리고 전염병 속에서 족쇄를 차고 쇠사슬에 묶인 채로 누워서 지내지는 않았다. 살아남은 여자들 가운데 가장 나이가 많아서 빈타와 장마철 숫자가 비슷했던, 케레완 마을에서 붙잡혀 온 만딩카 여자 음부토는, 어찌나 당당하고 위엄이 몸에 배었던지, 벌거벗고 다녀도 예복을 걸친 듯한 인상을 주었다. 족쇄를 차고 병들어 갑판 여기저기 쓰러진 남자들 사이로 그녀가 돌아다니면서, 열이 오른 가슴과 이마를 쓰다듬어 주고 위로하더라도, 투봅들은 그녀를 말릴 생각조차 하지 않았다. 「어머니! 어머니!」 그녀의 믿음직한 손길을 느끼면서 쿤타는 속삭였고, 너무 기운이 없어서 말을 못하던 다른 한 남자는 미소를 지으려고 애쓰면서 입을 벌리기만 했다.

결국 쿤타는 도움을 받지 않고는 식사도 못할 정도가 되었다. 그의 어깨와 팔에서 살점들이 조금씩 떨어져 나갔을 때쯤에, 그는 손을 음식 그릇에 넣어 움켜쥘 힘도 없었다. 이제는 자주 그들은 갑판 위로 올라가서 식사를 하게 되었는데, 어느 날 쿤타가 그릇 가장자리로 손을 넘기지 못하고 손톱으로 긁어 대기만 하는 모습을 얼굴에 흉터가 있는 투봅이 보았다. 그는 부하 투봅에게 당장 소리를 질러 명령을 내렸고, 부하는 쿤타의 입에 속이 빈 대롱을 억지로 밀어 넣고는, 대롱을 통해 죽을 부어 넣었다. 대롱이 목구멍에 걸려 헛구역질을 하면서, 쿤타는 음식을 꿀꺽거리며 삼키고는, 배를 깔고 널브러졌다.

날씨가 점점 더워졌고, 갑판 위로 올라가더라도 모든 사람이 바람 한 점 없는 속에서 땀을 흘렸다. 그러나 며칠이 더 지나고 나자, 쿤타는 시원한 바람의 기운을 느끼기 시작했다. 높다란 기둥 위에 매달린 커다란 돛들이 다시 펄럭거리더니, 곧 바람에 나부끼기 시작했다. 기둥 위로 올라간 투봅들도 다시 원숭이처럼 이리저리 뛰어다니기 시작했고, 큰 배는 어느새 앞머리에서 거품을 일으키며 물을 가르고 나아갔다.

다음 날 아침에는 보통 때보다 훨씬 많은 투봅들이 그전보다 훨씬 일찍 쿵쾅거리며 창구로 내려왔다. 말과 행동이 무척 흥분한 듯한 그들은 통로를 따라 뛰어다니면서, 포로들의 쇠사슬을 풀어 주고, 서둘러 위로 올라가게 도와주었다. 다른 사람들의 뒤를 따라 창구 위로 기어 올라간 쿤타는, 이른 아침 햇살에 눈을 깜박이고는, 난간에 늘어선 다른 투봅들과 여자들과 아이들을 보았다. 모든 투봅은 웃어 대고, 환호성을 올리며, 요란한 몸짓을 계속했다. 다른 남자들의 딱지가 앉은 등 사이로, 쿤타는 눈을 가늘게 뜨고, 그러고는 보았다……

아직도 거리가 멀어서 희미했지만, 그것은 어딘가 틀림없이 알라신의 땅 한 조각이었다. 정말로 해가 뜨는 곳에서 지는 곳까지 펼쳐졌다고 옛날 선조들이 얘기하던, 그들이 밟고 올라설 어떤 곳, 투바보 도오의 땅이 드디어 나타났다. 쿤타는 온몸이 떨렸다. 이마에서 땀방울이 돋아 반짝였다. 항해는 끝났다. 그는 모든 고난을 견디고 이겨 냈다. 그러나 앞으로 벌어질 일이 무엇이건 간에, 그것은 더욱 나쁘리라는 사실을 쿤타는 알았기 때문에, 눈물이 괸 그의 시야에서는, 소용돌이치는 잿빛 안개 속으로 해안선이 곧 사라지고 말았다.

40

 짐칸의 어둠 속으로 다시 내려가서 쇠사슬에 묶인 사람들은, 너무 겁이 나서 입을 열지 못했다. 침묵 속에서 쿤타는, 배의 목재가 삐걱거리는 소리와, 뱃전에 조용히 부딪는 바닷물의 〈스스스스〉 소리와 더불어, 머리 위 갑판에서 뛰어다니는 투봅들의 발소리를 들었다.

 갑자기 어느 만딩카 사람이 알라신을 찬양하는 고함을 질렀고, 곧 다른 사람들이 모두 그를 따라서 외치는 찬양과 기도 소리가 이어졌고, 남자들이 남은 힘을 다해 흔들어 대는 쇠사슬의 쩔렁거리는 소리로 아수라장이 되었다. 소란 속에서 쿤타는 삐걱거리며 열리는 창구 소리를 듣지 못했지만, 눈부신 햇살이 한 가닥 비치자 그는 혀가 굳어지며, 머리를 그쪽 방향으로 휙 돌렸다. 눈곱 때문에 두 눈을 껌벅이며, 그는 각등을 들고 들어와 이상하리만큼 서두르며 그들을 다시 갑판으로 몰아내는 투봅들을 지켜보았다. 기다란 자루가 달린 솔을 다시 한 번 휘두르며 투봅들은, 포로들의 비명을 아랑곳하지도 않으면서, 그들의 병든 몸에서 말라붙은 오물을 벗겨 냈고, 투봅 두목은 노란 가루를 뿌리면서 줄을 따라 내려갔다. 그러나 이번에는, 속속들이 문질러 닦은 자리에다 납작한 솔로 검은 덩어리를 바르라고 두목 투봅이 덩치 큰 부하에게 손짓으로 지시했다. 쿤타의 헐벗은 엉덩이에 검은 덩어리가 닿자 그는 찢어지는 듯한 아픔에 현기증을 느끼고 갑판으로 힘없이 쓰러졌다.

 온몸에 불이라도 붙은 듯한 기분을 느끼면서 누워 있던 그는 사람들이 다시금 울부짖는 소리를 들었다. 머리를 불쑥 치켜든 쿤타는 투봅 몇 명을 보았는데, 그들은 포로들을 잡아먹으려는 준비를 한다고밖에 생각되지 않는 무슨 일을 벌이는 중이었다. 그들 가운데 몇 사람은 둘씩 짝을 지어서, 쇠사슬에 묶인 남자들을 하나씩 차례대로 꿇어앉히고는 꼼짝도 못하게 꽉 잡았으며, 세 번째 투봅은 그의 머리에다 하얀 거품이 일어나는 무엇인가를 솔로 바른 다음, 가느다랗고 반짝이는 물건으로 머리카락을 빗었으며, 포로의 머리가죽에서는 피가 얼굴로 흘러내렸다.

 쿤타의 차례가 되어 꼼짝 못하게 붙잡히자, 그는 비명을 지르며 결사적으로 버둥거렸고, 그러다가 갈비뼈를 세차게 발길에 채어 숨이 탁 막혔으며, 그러는 사이에 투붑이 거품을 문지르고 긁어 대던 머리의 살갗이 얼얼해지는 기분을 느꼈다. 그런 다음에, 쇠사슬에 묶인 남자들의 몸에는 반짝거릴 정도로 기름을 발랐고, 다리를 끼우는 구멍을 두 개 뚫어놓고 은밀한 곳을 가리도록 만든 묘한 아래옷을 입혔다. 마지막으로 투붑 두목이 자세히 검사하는 동안, 태양이 중천에 뜰 무렵에, 난간을 따라 줄지어 엎드린 그들에게 쇠사슬이 다시 채워졌다.

쿤타는 몽롱한 상태로 엎드려서 멍하니 기다렸다. 그들이 결국 그의 살을 다 먹고 뼈까지 빨고 날 때쯤이면, 그의 영혼은 이미 알라신에게로 갔으려니 하는 생각이 머리에 떠올랐다. 조용히 기도를 드리던 그는, 투붑 두목과 덩치 큰 그의 조수가 소리를 지르는 바람에 눈을 떴고, 높다란 기둥 위로 부지런히 올라가는 투붑 부하들을 보았다. 이번만은 밧줄을 죄느라고 그들이 끙끙대는 소리가 흥분한 고함과 웃음소리와 뒤섞였다. 잠시 후 거대한 하얀 돛들이 풀어져서 밑으로 접혀 내려왔다.

쿤타의 코는 하늘에서 어떤 새로운 냄새를 맡았는데, 사실 그것은 한 가지 냄새가 아니라, 그가 알지 못하는 여러 가지 냄새가 뒤섞인 것이었다. 그러자 그는 물 건너 멀리서 새로운 소리가 들려오는 듯한 기분이 들었다. 딱지가 앉은 눈을 반쯤 감고서 갑판 위에 엎드린 그는 어디서 들려오는 소리인지 알 수가 없었다. 그러나 곧 소리는 더 가까워졌고, 그러자 그는 다른 포로들과 함께 무서워서 흐느껴 울기 시작했다. 소리가 점점 더 커지면서, 그들의 기도와 떠드는 소리도 마찬가지로 더 커졌으며, 마침내 쿤타는 가벼운 바람에 실려 온 수많은 낯선 투붑들의 냄새를 맡게 되었다. 바로 그때 큰 배는 단단하고 꿈적도 하지 않는 무엇엔가 힘차게 부딪히고, 묵직하게 앞뒤로 출렁거렸으며, 한 달 반 전에 아프리카를 떠난 다음 처음으로, 배는 밧줄로 고정되어 멈춰 섰다.

쇠사슬에 묶인 사람들은 공포로 얼어붙은 채로 일어나 앉았다. 쿤타는 두 팔로 무릎을 꼭 껴안았고, 꽉 감은 두 눈은 마비라도 된 듯싶었다. 최대한 오랫동안 그는 구역질 나는 냄새를 맡지 않으려고 숨을 멈추었지만, 무언가 묵직하게 갑판으로 쿵 떨어지자, 그는 눈을 가늘게 떴으며, 새로 나타난 투붑 두 사람이 하얀 헝겊 조각으로 코를 가리고 널따란 널빤지에서 내려서는 모습을 보았다. 그들은 발걸음이 활기찼으며, 투봅 두목과 악수를 했는데, 잔뜩 미소를 지어 대던 두목 투봅은 손님들의 비위를 맞추려는 기색이 노골적이었다. 투봅들이 난간을 따라 서둘러 돌아다니면서, 흑인들의 쇠사슬을 풀어 주고는 일어나라고 고함을 지르는 동안, 쿤타는 알라신의 용서와 자비를 빌었다. (이제는 그들 몸의 한 부분이 되다시피 한 물건을 놓치지 않으려는 듯) 쇠사슬을 잡고 쿤타와 그의 동료들이 매달리자, 처음에는 그들의 머리 위로 그러고는 그들의 등으로 채찍이 날아오기 시작했다. 비명을 지르면서 그들은 순간적으로 쇠사슬을 놓고 나동그라졌다.

큰 배의 한쪽 갑판 너머로 쿤타는, 선창 가에서 신이 난 투봅 수십 명이 발을 구르고, 웃으면서 손가락질을 하고, 그리고 또 수십 명이 그들과 어울리려고 사방에서 몰려드는 광경을 보았다. 채찍을 맞으면서 포로들은, 비틀거리며 한 줄로 늘어서서는, 뱃전을 넘어가서, 그들을 기다리던 폭도를 향해, 기울어진 널빤지 다리를 따라 내려갔다. 발이 투봅의 땅에 닿자 쿤타는 무릎이 당장이라도 무너질 듯 흐물흐물해졌지만, 다른 투봅들이 채찍을 겨누면서 그들로 하여금 야유를 퍼붓는 군중 사이로 나아가도록 몰아대었고, 그들의 엄청난 악취는 거대한 주먹처럼 쿤타의 얼굴을 때렸다. 알라신을 소리쳐 부르며 흑인이 한 사람 고꾸라지자, 그와 함께 쇠사슬에 묶인 앞뒤 사람이 함께 쓰러졌다. 채찍을 맞으면서 그들이 모두 일어설 때까지 투봅 군중은 흥분해서 소리를 질렀다.

냅다 달려 도망치고 싶은 충동이 쿤타를 마구 뒤흔들었지만, 그를 쇠사슬로 엮어 놓은 줄은 채찍 때문에 얌전히 움직였다. 그들은 당나귀와 조금 비슷하지만 몸집이 아주 커다란 동물들이 끌고, 바퀴가 둘이나 넷이 달린 이상한 수레를 탄 투봅들의 무리를 지나서 터벅거리며 걸었고, 다음에는 다양한 과일이나 야채 따위를 무더기로 쌓아 놓는 무슨 장터 같은 곳에서 밀려다니는 투봅 패거리를 지나갔다. 옷을 잘 차려입은 투봅들은 역겨운 표정으로 그들을 쳐다보았고, 옷을 아무렇게나 입은 투봅들은 손가락질을 하고, 재미있다는 듯 함성을 올렸다. 쿤타가 둘러보니 허름한 투봅들 가운데 한 사람은 여자였으며, 지푸라기 빛깔의 머리카락이 뻣뻣해 보였다. 큰 배에서 검은 여자들을 탐내며 굶주린 듯 행동하던 투봅들을 보았던 그는, 투봅에게도 여자가 있음을 알고 놀랐지만, 이 여자를 보니 왜 그들이 아프리카 여자들을 더 좋아했는지 이해가 갔다.

서로 싸우는 수탉 두 마리가 법석을 부리는 곳에서, 미친 듯이 고함을 치는 투봅 패거리를 지나치면서, 쿤타는 잠깐 곁눈질을 했다. 그리고 그 소음이 뒤로 멀어지자마자, 기름을 발라 반짝거리면서 꽥꽥거리는 더러운 돼지를 뒤쫓아 달리며, 돼지를 덮치려고 엎어지는 세 투봅 소년들에게 부딪혀 넘어지지 않으려고, 소리를 지르며 이리 뛰고 저리 뛰는 한 무더기의 사람들을 만났다. 쿤타는 그의 눈이 믿어지지가 않았다.

쿤타는 큰 배에 같이 타고 오지는 않았지만, 틀림없이 만딩카와 세레레 사람인 두 흑인을 얼핏 보고는 벼락이라도 맞은 듯한 기분이었다. 그들이 어느 투봅의 뒤를 따라 말없이 걸어가는 모습을 보려고 그는 머리를 돌렸다. 이 무서운 땅에는 그와 함께 온 포로들만 홀로 있지는 않았다. 그리고 이 남자들이 살아가도록 허락을 받았다면, 아마도 그들 또한 가마솥으로 들어가서 잡아먹히는 운명을 면할는지도 모를 일이었다. 쿤타는 달려가서 그들을 얼싸안고 싶었지만, 그는 그들의 무표정한 얼굴과 밑으로 떨어뜨린 눈에 담긴 공포를 보았다. 그리고 그는 그들의 냄새를 맡았는데, 어딘가 좀 이상했다. 그는 머리가 어지러웠고, 감시도 하지 않으며 무기조차 지니지 않은 백인들에게서 도망치거나 죽이려고 하기는커녕, 흑인이 어떻게 얌전히 그들의 뒤를 따라가는지 이해가 되지 않았다.

그런 생각을 더 할 여유도 없이, 갑자기 그들은 어느 열린 문 앞에 도착했는데, 기다란 모양으로 구운 진흙 벽돌을 쌓아 올려 지은 커다란 네모꼴 집에는 옆쪽 벽을 몇 군데 뚫어 놓았으며, 그런 구멍에는 쇠막대기를 끼워 놓았다. 쇠사슬에 묶인 남자들은 채찍을 맞으며 투봅들이 경비를 보는 넓은 문을 지나 어느 커다란 방으로 쫓겨 들어갔다. 쿤타에게는 발바닥에 닿는 단단하게 다진 땅바닥이 시원하게 느껴졌다. 쇠막대기가 박힌 두 개의 구멍을 통해서 들어오는 희미한 빛 속에서 그는 눈을 껌벅거리며 한쪽 벽에 몰려 선 흑인 다섯 사람의 윤곽을 알아보았다. 벽에 박힌 짧막한 쇠사슬에 매달린 굵은 쇠고랑에다 투봅들이 쿤타와 그의 동료들의 발목과 손목을 채우는 동안, 그들은 머리조차 제대로 들지 않았다.

쿤타는 다른 사람들과 나란히 쭈그리고 앉아서, 한데 모은 무릎 위에 턱을 올려놓았고, 그들이 커다란 배에서 내린 다음에 보고, 듣고, 냄새 맡은 모든 것들로 그는 머리가 어지러웠다. 잠시 후 흑인이 또 한 사람 들어왔다. 아무도 쳐다보지 않으면서, 그는 사람들 앞에 물과 음식 깡통을 하나씩 놓고 재빨리 나갔다. 쿤타는 배가 고프지는 않았지만, 목이 너무 칼칼해서 물을 조금 마셔야 했는데, 맛이 이상했다. 멍한 정신으로 그는 쇠창살이 박힌 구멍을 통해서 낮이 어둠으로 바뀌는 과정을 지켜보았다.

그들이 그곳에 앉아서 기다리는 동안, 시간이 흐름에 따라, 쿤타는 형언하기 힘든 어떤 공포 속으로 점점 더 깊이 빠져 들어간다고 깨달았다. 그는 큰 배의 어두운 짐칸이 차라리 더 좋았다는 생각까지 하게 되었는데, 적어도 그곳에서는 다음에 무슨 일이 일어날지는 예측이 가능했기 때문이었다. 밤 동안에 투봅이 방으로 들어올 때마다 그는 몸을 도사리고 피했는데, 그들의 체취는 그렇게 이상하고 지독했다. 그러나 그는, 다른 사람들이 제멋대로 기도를 드리고, 욕설을 퍼붓고, 신음하고, 쇠사슬을 흔드는 가운데, 포박된 어떤 사람들이 고통스럽게 배설하며 풍기는 악취, 더러운 몸, 오줌과 땀 따위의 다른 냄새에는 익숙했다.

커다란 배에서 사람들이 사용하던 것과 똑같은 각등을 손에 든 투봅 한 사람, 그리고 그의 뒤에서 흐릿한 노란 불빛을 받으며 또 다른 투봅이 따라 들어오면서, 투봅 언어처럼 들리는 말로 뭐라고 울부짖는 어느 흑인을 채찍으로 때리기 시작하자 모든 소음이 갑자기 잠잠해졌다. 곧 두 투봅은 그 흑인을 쇠사슬로 묶고 나갔다. 쿤타와 그의 동료들은 꼼짝 않고 지켜보면서, 새로 들어온 사람이 고통과 고뇌에 차서 신음하는 처량한 소리를 들었다.

동틀 녘이 가까웠다고 쿤타가 생각했을 때, 어디선가 킨탕고의 높고 날카로운 목소리가, 성인 훈련 때처럼 분명하게, 그의 머릿속에서 울렸다. 〈현명한 자는 동물들을 살펴보고 배우는 바가 있느니라.〉 쿤타는 너무 놀라서 벌떡 일어나 앉았다. 드디어 알라신에게서 무슨 얘기가 들려온 것일까? 지금 여기서 동물들에게 배운다니, 그것은 무엇을 뜻하는가? 쿤타 자신은 그야말로 함정에 빠진 짐승이나 마찬가지였다. 그는 자신이 보았던, 함정에 빠진 동물들을 머릿속에서 그려 보앉다. 하지만 어떤 동물들은 죽음을 당하기 전에 도망쳤다. 어떤 동물들이 그랬던가?

드디어 그는 해답을 찾았다. 그가 알기로는, 함정에서 도망친 동물은 지쳐서 기운이 빠질 때까지 화가 나서 함정 안에서 날뛴 놈들이 아니었으며, 도망친 짐승은 조용히 기다리면서 그들을 잡은 자들이 올 때까지 힘을 비축해 두었다가, 부주의한 틈을 타서 그 힘을 폭발시켜 결사적으로 공격하거나, 또는 더욱 현명하게 자유를 향해서 도망쳐 버렸다.

쿤타는 정신이 더욱 뚜렷해지는 기분이 들었다. 커다란 배에서 투봅들을 죽이려고 다른 사람들과 함께 음모를 꾸몄던 이후, 그는 처음으로 긍정적인 희망을 갖게 되었다. 그의 마음은 이제 오직 한 가지, 도망에 집중되었다. 그는 투봅에게 패배한 기색을 보여 줘야 한다. 그는 아직 분노하거나 싸우면 안 되고, 그들에게 모든 희망을 버린 듯한 태도를 보여야 한다.

그러나 어떻게 해서 겨우 탈출한다고 하더라도, 그는 어디로 도망친다는 말인가? 이 낯선 땅에서 그는 어디로 가서 숨겠는가? 주푸레 부근의 땅이라면 그의 오두막처럼 훤히 알지만, 이곳에서는 그는 아무것도 알지 못했다. 그는 투봅들에게도 숲이 있는지, 그리고 만일 있다고 하더라도 그곳에서 사냥꾼에게 도움이 될 흔적을 찾을 가능성 따위는 전혀 알지 못했다. 쿤타는 그런 문제는 우선 부딪쳐 본 다음에 해결해야 되리라고 생각했다.

살이 박힌 창문들을 통해서 첫 새벽빛이 흘러 들어오고 나서야 쿤타는 불안한 잠이 들었다. 그러나 겨우 눈을 붙인 듯싶은데, 물과 음식을 담은 그릇을 가지고 들어온 이상한 흑인이 그를 깨웠다. 쿤타의 배는 굶주려서 홀쭉했지만, 음식 냄새가 역겨워서 그는 얼굴을 돌렸다. 그의 혀는 부어올랐고, 입맛이 없었다. 그가 입 안에 고인 침을 삼키려고 했더니, 목구멍이 아팠다.

그는 큰 배를 같이 타고 온 동료들을 멍하니 쳐다보았는데, 그들은 모두 제각기 다른 생각에 잠겨서 아무것도 보이거나 들리지 않는 듯싶었다. 쿤타는 머리를 돌려서 그들이 도착했을 때 이미 방 안에 있던 다섯 사람을 살펴보았다. 그들은 너덜너덜한 투봅 옷을 걸쳤다. 그들 가운데 두 사람은, 투봅이 검은 여인을 차지하면 생겨난다고 마을 지도자들이 얘기하던, 연한 갈색의 사쏘 보로 살갗이었다. 다음에 쿤타는 지난밤에 새로 끌려온 사람을 넘겨다보았는데, 그는 앞으로 몸을 늘어뜨리고 앉았으며, 그가 몸에 걸친 투봅의 옷에는 핏자국이 얼룩졌고, 머리카락에는 마른 피가 딱지를 지었고, 한쪽 팔은 거북하게 늘어져서, 쿤타는 팔이 부러진 모양이라고 생각했다.

시간이 더 흘러갔고, 쿤타는 결국 다시 잠들었는데 — 이번에는 훨씬 뒤에 식사가 도착해서, 다시 잠이 깨었다. 그것은 김이 무럭무럭 나는 무슨 죽 같았는데, 아까 그의 앞에 놓였던 음식보다도 냄새가 더 고약했다. 그는 음식을 보지 않으려고 눈을 감았지만, 그의 동료들이 거의 모두 그릇을 집어 들고 퍼먹기 시작하자, 꼭 그렇게 형편없는 음식은 아닐지도 모른다는 생각이 들었다. 만일 그가 언제라도 이곳에서 도망치게 된다면, 그는 기운이 필요하리라고 쿤타는 생각했다. 조금만, 아주 조금만, 억지로라도 먹으리라. 그릇을 집어서 입으로 가져간 그는 죽이 다 없어질 때까지 빨아 삼켰다. 자신에 대해서 혐오감을 느끼며 그는 그릇을 내던졌고, 헛구역이 올라오려고 했지만, 그는 억지로 참았다. 살기 위해서는 음식을 배 속에 담아 두어야 한다.

그날부터 하루에 세 번씩 쿤타는 그가 증오하는 음식을 억지로 먹었다. 음식을 가져오는 흑인은 하루에 한 번씩 물통과, 괭이와, 삽을 가지고 와서, 그들의 뒤처리를 했다. 그리고 오후마다 한 번씩 두 명의 투봅이 와서, 남자들의 가장 심한 상처에다 쓰라린 검은 물을 더 발라 주었고, 보다 작은 상처에는 노란 가루를 뿌렸다. 쿤타는 다른 사람들이나 마찬가지로 아파서 몸을 움찔하거나 신음을 하는 자신의 나약함을 경멸했다.

막대기가 박힌 창문을 통해서 쿤타는 다섯 밤과 여섯 낮을 헤아렸다. 처음 나흘 밤 동안 그는 어디선가 별로 멀지 않은 곳에서, 큰 배에서 귀에 익었던 여자들의 비명 소리를 희미하게 들었다. 쿤타와 그의 동료들은, 자신들은 말할 나위도 없이, 그들의 여자들을 보호할 힘이 없다는 수치심에 불타면서, 가만히 앉아서 귀를 기울여야만 했다. 그러나 오늘 밤에는, 여자들에게서 비명 소리가 들려오지 않기 때문에 더욱 속이 끓었다. 어떤 새로운 공포가 그들을 찾아왔다는 말인가?

거의 날마다 투봅 옷을 입은 이상한 흑인 여러 명이 고꾸라지면서 새로 방으로 떠밀려 들어와 쇠사슬에 묶였다. 뒤에 있는 벽에 기대고 축 늘어지거나, 마룻바닥에 웅크리고 앉은 그들은, 바로 얼마 전에 매를 맞은 듯 보였고, 그들이 어디에 와서 갇혔으며 다음에 무슨 일이 그들에게 일어날지 전혀 관심이 없는 듯한 눈치였다. 그러고는, 하루가 미처 다 지나기 전에, 잘난 체하는 어떤 투봅이 하나쯤, 걸레로 코를 가리고, 방으로 들어왔는데, 그러면 틀림없이 최근에 잡혀 온 흑인들 가운데 한 사람이 겁에 질려 비명을 지르기 시작하고, 찾아온 투봅이 발길질을 하며 그에게 소리를 지르기가 보통이었으며, 그런 다음에 흑인이 끌려 나갔다.

음식이 배에 가득 찼다고 느낄 때마다, 쿤타는 잠을 자기 위해서 아무 생각도 하지 않으려고 노력했다. 몇 분이나마 휴식을 취하면, 무슨 까닭에서인지는 몰라도 알라신의 뜻에 따라 벌어지는 이 끝없는 듯한 공포의 기나긴 시간을, 얼마 동안은 잊을 수가 있었다. 거의 항상 그렇듯이 잠을 이루기가 어려울 때면, 쿤타는 그의 가족이나 그의 마을이 아닌 다른 것들을 생각하려고 했는데, 고향 생각만 하면 그는 당장 흐느껴 울게 되기 때문이었다.

41

일곱 번째 아침 죽을 먹고 난 직후에, 두 명의 투봅이 옷을 한 아름 안고 창살이 박힌 방으로 들어왔다. 그들은 무서워하는 남자들을 하나씩 쇠사슬에서 풀어놓고, 옷 입는 방법을 가르쳐 주었다. 옷 한 가지는 허리와 다리를, 다른 하나는 상반신을 덮었다. 쿤타가 옷을 입고 나자, (갓 아물기 시작한) 상처들이 당장 가려워졌다.

잠시 후 바깥에서 여러 사람의 목소리가 들려왔는데, 소리는 빠른 속도로 점점 더 커졌다. 살이 박힌 창문 너머 멀지 않은 곳에, 웃고 떠들며 많은 투봅들이 모여드는 중이었다. 쿤타와 그의 동료들은 투봅 옷을 걸치고, (무엇인지는 모르겠지만) 곧 벌어질 일에 대한 공포에 사로잡힌 채로, 앉아서 기다렸다.

다시 돌아온 두 명의 투봅은, 처음부터 그곳에 갇혔던 흑인 다섯 사람 가운데 세 명의 쇠사슬을 빠른 솜씨로 풀고는, 방에서 데리고 나갔다. 그들은 모두, 마치 이런 일이 전에도 여러 번 일어났었기 때문에,

이제는 관심도 없다는 듯이 행동했다. 그러더니, 몇 분도 안 되어서, 바깥 투봅들의 말소리가 달라졌는데, 훨씬 더 조용해지더니, 한 투봅이 소리치기 시작했다. 그들이 하는 말을 이해하려고 헛되이 애를 쓰면서, 쿤타는 뜻도 모르겠고 이상한 고함 소리에 귀를 기울였다.「모가 나지 않아서 쓸모가 많습니다요! 살아서 펄펄 뜁니다!」그리고 짤막한 간격을 두고 다른 투봅들이 큰 소리로 불쑥불쑥 말했다.「3백50이오!」「4백!」「다섯 장!」그러면 첫 번째 투봅이 소리쳤다.「여섯 장 없어요? 이놈을 봐요! 노새처럼 일을 잘할 겁니다!」

얼굴은 땀으로 젖고 목구멍에서 숨이 막히면서, 쿤타는 두려움으로 떨었다. 처음의 두 사람을 동행해서 다른 두 사람, 이렇게 네 명의 투봅이 방으로 들어오자 쿤타는 온몸이 마비되는 기분이었다. 새로 온 두 투봅은 짤막한 몽둥이를 한 손에, 그리고 쇠붙이 물건을 다른 손에 들고, 문간 안쪽에 버티고 섰다. 다른 두 사람은 쿤타가 묶인 쪽의 벽을 따라 자리를 옮기면서 쇠고랑들을 풀었다. 혹시 소리를 지르거나 반항하는 사람은 짧고 두꺼운 가죽 끈으로 매를 맞았다. 그렇지만 자신의 몸에 손이 닿자 쿤타는 분노와 공포로 으르렁거렸다. 머리를 얻어맞은 그는 정신을 잃었고, 고랑에 달린 쇠사슬을 누군가 끌어당기는 힘을 희미하게 의식했다. 정신이 들면서 살펴보니, 그는 쇠사슬로 묶인 여섯 명의 앞장을 서서, 비틀대며 넓은 문을 지나, 햇빛이 환한 곳으로 나갔다.

「방금 나무에서 딴 싱싱한 과일이나 마찬가지입니다!」수백 명의 투봅을 앞에 모아 놓고, 나지막한 나무 디딤대 위에 올라선 사람이 소리를 질렀다. 입을 벌리고 손을 놀리는 그들의 심한 악취에 쿤타는 코가 막히는 듯했다. 투봅들 사이에서 흑인 몇 사람이 눈에 띄었지만, 그들의 얼굴은 무감각해 보였다. 투봅 두 사람은 창살이 박힌 방에서 조금 아까 끌려 나간 흑인들 가운데 두 명의 쇠사슬을 손으로 잡고 있었다. 소리 지르는 사람은 빠른 걸음으로 활기차게 쿤타와 그의 일행이 줄지어 늘어선 곳으로 내려오면서, 그들을 머리끝부터 발끝까지 가늠해 보았다. 그러더니 그는 줄을 따라 다시 걸어 올라가면서, 채찍의 손잡이로 그들의 가슴을 쿡쿡 찌르면서, 이상한 고함을 계속 질러 댔다.「원숭이처럼 똑똑합니다! 길만 들이면 무엇이나 다 하죠!」그러더니 줄의 끝으로 되돌아간 그는, 채찍으로 쿡쿡 찔러 대면서 쿤타를 거칠게 디딤대 쪽으로 몰았다. 그러나 쿤타는 떨리기만 할 뿐 몸이 움직여지지가 않았고, 감각이 모두 달아난 듯싶었다. 채찍의 손잡이가 그의 엉덩이에서 딱지가 앉아 쓰라린 곳들을 스쳤고, 쿤타는 아파서 거의 주저앉을 뻔하면서, 앞으로 고꾸라질 듯 나갔고, 투봅은 쇠사슬의 풀린 쪽을 쇠붙이 고리에다 채웠다.

「최상품입니다. 젊고 유연하죠!」 투봅이 소리쳤다. 쿤타는 벌써부터 공포로 얼이 빠져서, 그의 곁으로 가까이 모여드는 투봅들을 의식하지도 못할 지경이었다. 그러자 짤막한 막대기와 채찍 손잡이로 그들은 꽉 다문 그의 입술을 밀어젖히고, 악다문 이빨을 까보았으며, 맨손으로 그의 겨드랑이, 등, 가슴, 포토를 가리지 않고, 온몸을 훑었다. 그러더니 쿤타를 살펴보던 사람들이 몇 명 뒤로 물러서서는, 이상한 고함을 지르기 시작했다.

「3백 달러!…… 3백50!」 앞에서 소리를 지르던 투봅은 아니꼽다는 듯이 웃었다.「5백!…… 여섯 장!」 그는 화가 난 듯싶었다.「이것은 최고급 젊은 검둥개입니다! 7백50 없어요?」

「7백50!」 누가 소리쳤다.

그는 몇 차례 거듭해서 소리쳤고, 그러고는 〈여덟 장!〉이라고 외쳤으며, 그러자 모인 사람들 가운데서 누군가 똑같은 소리를 마주 외쳤다. 그러자, 그가 미처 다시 무슨 말을 하기 전에 다른 사람이 〈8백50!〉이라고 소리쳤다.

더 이상 외쳐 부르는 소리가 없었다. 앞에서 소리를 지르던 투봅이 쿤타의 쇠사슬을 풀고는, 앞으로 나서는 어느 투봅에게 그를 왈칵 밀어냈다. 쿤타는 지금 당장 행동을 취하고 싶은 충동을 느꼈지만, 그는 그래 봤자 절대로 성공하지 못하리라는 사실을 알았고, 아무튼 그는 다리가 움직이려고 하지를 않았다.

그는 앞에서 소리치던 사람이 그의 쇠사슬을 넘겨준 투봅 뒤에서 앞으로 나서는 흑인을 보았다. 쿤타는 월로프 사람의 용모가 뚜렷한 이 흑인에게 애원하는 눈길을 보냈다. 나의 형제여, 너도 나하고 같은 나라에서 오지 않았느냐……. 그러나 흑인은 쿤타가 보이지 않는 듯이 행동하며, 쇠사슬을 힘껏 잡아당겨서, 쿤타는 고꾸라질 듯 그의 뒤를 따라갔고, 그들은 군중 사이로 나아가기 시작했다. 그들이 지나가자, 어떤 투봅들은 웃고 놀리면서 막대기로 쿤타를 찔렀지만, 결국 그들은 시끄러운 사람들을 벗어났으며, 커다란 궤짝 앞에서 흑인이 걸음을 멈추었는데, 큰 배에서 내려 이곳으로 오던 길에 쿤타가 보았던 이 궤짝은 네 개의 바퀴 위에 얹혔으며, 큰 당나귀 같은 짐승 한 마리가 앞에 달렸다.

성난 소리를 내면서 흑인은 쿤타의 엉덩이를 움켜잡아서, 궤짝의 옆구리로 들어 올려 바닥으로 밀어 넣었고, 그는 그곳에 널브러지면서, 쇠사슬의 풀린 끝이 짐승의 뒤에 달린 궤짝의 앞쪽 의자 밑 어디엔가 딸깍 채워지는 소리를 들었다.

냄새를 맡아 보니 무슨 곡식이 담긴 듯한 커다란 자루 두 개가 쿤타 옆에 쌓였다. 그는 눈을 꼭 감았고, 그는 아무것도 다시는, 특히 이 미운 흑인 슬라테를 절대로 보고 싶지 않다고 생각했다.

무척 오랜 시간이 지났다고 생각되었을 때, 쿤타는 투뇝이 돌아왔음을 냄새로 알았다. 투뇝이 뭐라고 말하자, 그와 흑인이 앞자리에 앉았으며, 그들의 몸무게로 의자가 삐걱거렸다. 흑인이 짤막한 소리를 내고는 가죽 채찍으로 짐승의 등을 때렸고, 짐승은 당장 구르는 궤짝을 앞으로 끌기 시작했다.

쿤타는 너무 어안이 벙벙해서, 얼마 동안 그의 발목을 채운 쇠고랑이 궤짝의 바닥에서 덜그럭거리는 소리조차 듣지 못했다. 다시 정신이 맑아졌을 때는 그들이 얼마나 왔는지를 통 짐작할 길이 없었고, 그는 눈을 가늘게 뜨고는 쇠사슬을 가까이서 자세히 살펴보았다. 그렇다, 그것은 큰 배에서 그를 묶었던 사슬보다 작았고, 만일 그가 힘을 모아서 용수철처럼 튀어 나가면, 혹시 궤짝에서 끊어져 나갈지도 모를 일이었다.

쿤타는 눈을 들어서, 널빤지 의자의 한쪽 끝에 뻣뻣하게 앉은 투뇝과 다른 쪽 끝에 널브러져 앉은 흑인, 이렇게 그의 앞에 앉은 두 사람의 등을 조심스럽게 살폈다. 그들은 같은 의자에 나란히 앉았음을 의식하지 못하는 듯, 둘 다 곧장 앞을 바라보기만 했다. 그들이 앉은 자리 밑의 그늘 속 어디엔가 쇠사슬이 단단하게 채워진 듯싶었고, 그는 아직 뛰어내릴 때가 아니라고 생각했다.

옆에 놓인 곡식 자루에서 풍기는 냄새로 숨이 막힐 지경이었지만, 그래도 그는 투뇝과 흑인 마부의 냄새를 다시 맡았으며, 잠시 후에는 상당히 가까운 곳에서 다른 흑인들의 냄새도 맡게 되었다. 아무 소리도 내지 않으면서 쿤타는, 궤짝의 거친 벽을 타고 그의 아픈 몸을 조금씩 위로 밀어 올렸지만, 벽 너머로 머리를 들기가 두려워서, 그가 냄새만 맡은 흑인들을 넘겨다보지는 않았다.

그가 바닥에 다시 누운 다음에, 투봅이 머리를 뒤로 돌리자 그들의 눈이 마주쳤다. 쿤타는 겁이 나서 기운이 빠져 꼼짝도 못했지만, 투봅은 아무런 표정도 보이지 않았고, 잠시 후에 다시 등을 돌렸다. 투봅의 무관심한 태도를 보고 대담해진 그는, 멀리서 들려오는 노랫소리가 조금씩 커지자, (이번에는 조금 더) 몸을 일으켰다. 그들의 앞, 별로 멀지 않은 곳에서, 굴러 가는 궤짝 끄는 것과 같은 동물의 등에 올라앉은 또 다른 투봅이 보였다. 이 투봅은 채찍을 손에 감아쥐었고, 짐승에서 늘어진 쇠사슬은 그의 앞에서 줄을 지어 걸어가는 흑인들의 수갑과 이어졌는데 — 스무 명쯤 되는 흑인 가운데 몇 명은 피부가 갈색이었다.

쿤타는 좀 더 잘 보려고 눈을 깜박이고 눈알을 옆으로 굴려 보기도 했다. 옷을 완전히 입은 두 여자 말고는 그들은 모두 남자였고, 상반신은 벗었으며, 무척 처량하게 노래를 불렀다. 그는 아주 조심스럽게 귀를 기울였지만, 그들의 말은 전혀 알아들을 수가 없었다. 구르는 궤짝이 옆으로 지나가자, 두 궤짝에서는 서로 손이 닿을 정도였지만, 흑인들이나 투봅은 이쪽을 거들떠보지도 않았다. 쿤타가 살펴보니 그들은 대부분 등에 채찍 상처가 잔뜩 났으며, 새로 난 상처도 눈에 띄었고, 그들 사이에서 쿤타는 풀라, 요루바, 마우레타니아, 월로프, 만딩카 같은 몇몇 부족을 가려냈다. 쿤타가 그들 자신보다 더 분명히 알았던 까닭은, 불행히도 그들 대부분의 아버지가 투봅이기 때문이었다.

눈물로 시야가 흐려지기는 했어도, 쿤타는 흑인들 너머로 펼쳐진 광활한 들판에서 자라는 여러 빛깔의 곡식을 보았다. 길을 따라서 뻗어 나간 밭에 심어 놓은 것은 보아하니 옥수수였다. 추수가 지난 다음의 고향 주푸레에서처럼 줄기는 말라붙었으며, 옥수수는 모두 따고 없었다.

얼마 안 가서 투봅은 몸을 숙이더니, 의자 밑에 둔 자루에서 무슨 빵과 고기를 꺼내서는 한 조각씩 잘라 내어, 그와 흑인 마부 사이 의자 위에다 놓았고, 흑인은 모자를 잠깐 들어 보이고는 그것을 집어서

먹기 시작했다. 잠시 후에 흑인은 의자에 앉은 채로 몸을 돌리고는, 빤히 지켜보던 쿤타를 한참 쳐다보더니, 빵 한 조각을 그에게 내밀었다. 그는 누워서도 빵 냄새를 맡고는 그 향기에 입에서 군침이 돌기는 했지만, 그는 머리를 돌려 버렸다. 흑인은 머리를 흔들고는 빵을 제 입에다 홀랑 집어넣었다.

배고픔을 생각하지 않으려고 애쓰면서, 쿤타는 궤짝 너머로 들판 저 멀리서 아마도 일을 하느라고 허리를 굽힌 한 무리의 사람들을 쳐다보았다. 그는 그들이 흑인이라고 생각했지만, 너무 거리가 멀어서 확실히 알 길이 없었다. 그는 그들의 체취를 맡으려고 바람을 들이마셨는데, 소용이 없었다.

해가 질 무렵에, 쿤타가 탄 궤짝은 다른 궤짝과 마주쳤는데, 반대쪽으로 가는 그 궤짝에는 투봅이 고삐를 잡았으며, 첫째 카포의 세 흑인 아이들이 그의 뒤에 같이 탔다. 그 궤짝의 뒤에서는 누더기 옷을 걸친 네 명의 남자와 거칠고 긴 옷을 입은 세 여자가 쇠사슬에 묶여서 터벅거리며 따라갔다. 쿤타는 왜 이 사람들은 노래를 부르지 않나 이상하게 생각했지만, 단숨에 지나가 버린 그들의 얼굴에서 그는 깊은 절망을 얼핏 보았다. 그는 투봅이 그들을 어디로 데리고 가는지 궁금했다.

어둠이 짙어지자 아프리카에서처럼 작은 박쥐들이 찍찍대면서 여기 저기 날아다니기 시작했다. 쿤타는 투봅이 흑인에게 무슨 얘기를 하는 소리를 들었고, 얼마 안 가서 궤짝은 새 길로 들어섰다. 쿤타는 일어나 앉았고, 곧 나무들 사이로 멀리 커다랗고 하얀 집을 보았다. 그는 뱃속이 오그라들었다. 도대체 이제는 어떤 일이 벌어지려나? 그가 잡아먹힐 곳이 여기인가? 그는 뒤로 축 처져서 죽은 듯이 누웠다.

42

궤짝이 집으로 점점 더 가까이 굴러 가자 쿤타는 더 많은 흑인들의 냄새를 맡았고, 그리고 소리를 듣게 되었다. 팔꿈치를 괴고 몸을 일으킨 그는, 마차로 다가오는 세 사람의 모습을 초저녁 어스름 속에서 겨우 알아보았다. 그들 가운데 덩치가 가장 큰 사람은 큰 배의 어두운 짐칸으로 투봅들이 자주 들고 내려와서 쿤타의 눈에 익숙해진 작은 등불을 흔들어 대었는데, 이곳 등잔의 다른 점이라고는 금속이 아니라 맑고 반짝이는 물건에 불빛을 담았다는 사실뿐이었다. 그는 그런 물건을 아직 한 번도 본 적이 없었는데, 그것은 딱딱했지만 아무것도 없는 듯 속이 훤히 들여다보였다. 그러나 쿤타가 그것을 더 자세히 살펴볼 겨를도 없이, 세 흑인이 재빨리 한쪽으로 물러서고, 다른 투뇹이 그들을 제치고 궤짝 쪽으로 왔으며, 궤짝은 곧 그의 옆에서 멈추었다. 두 투뇹은 서로 인사를 나누었으며, 그러고는 궤짝의 투뇹이 다른 투뇹을 만나러 내려가는 길을 밝혀 주려고 흑인 하나가 등불을 치켜들었다. 투뇹 두 사람은 다정하게 손을 움켜쥐더니 집 쪽으로 걸어갔다.

쿤타는 희망에 부풀었다. 흑인들이 이제 그를 놓아주려는가? 그러나 그런 생각을 하는 순간, 등불이 그들의 얼굴을 환히 비추었고, 그들은 마차 옆구리에 서서 그를 들여다보면서 웃어 대었다. 동족을 깔보고 투뇹들을 위해 염소처럼 일하는 이 흑인들은 누구란 말인가? 그들은 어디서 왔을까? 그들은 아프리카 사람들 같아 보였지만, 분명히 아프리카 태생이 아니었다.

그러자 굴러 가는 궤짝을 몰고 온 자가 짐승에게 혀를 끌끌 차고는 가죽 끈을 날리자, 궤짝이 앞으로 나아갔다. 다른 흑인들은 궤짝이 멈춰 설 때까지 그 옆을 따라오면서 계속 웃어 대었다. 궤짝에서 내려간 마부는 뒤로 걸어와서, 등불을 비춰 가며 쿤타의 쇠사슬을 거칠게 획 당겨 보고는, 위협적인 소리를 내면서 의자 밑 고리에서 사슬을 벗겨 내더니, 쿤타더러 내리라고 손짓했다.

쿤타는 네 흑인에게 달려들어 목을 조르고 싶은 충동을 느꼈지만, 억지로 참았다. 실패할 가능성이 너무 많아서, 기회는 더 두고 기다려야 되겠다는 판단이 섰기 때문이었다. 억지로 무릎을 꿇고 궤짝에서 옆걸음질을 치며 내리는 동안, 그의 몸에서는 모든 근육이 비명을 지르는 듯했다. 그가 너무 느릿느릿 움직이자, 화가 난 두 흑인이 쿤타를 움켜잡아서, 옆막이 너머로 아무렇게나 들어 올리더니, 땅바닥에다 팽개치다시피 했다. 잠시 후에 마부는 쿤타를 굵은 말뚝으로 끌고 가서 쇠사슬에서 풀린 쪽을 채웠다.

아픔과, 두려움과, 미움에 사로잡혀 그가 땅바닥에 누워 있으려니까, 흑인 한 사람이 깡통 그릇 두 개를 그의 앞에다 차려 놓았다. 쿤타는 등불의 빛으로, 그릇 하나에는 물이 가득하고 다른 그릇에는 모양과 냄새가 이상한 음식이 담겼음을 보았다. 아무리 이상하기는 하더라도 음식을 본 쿤타는 입에서 군침이 돌아 목구멍으로 넘어갔지만, 눈 하나 깜짝하지 않았다. 그를 지켜보던 흑인들이 웃었다.

등불을 높이 치켜들고 마부는 굵은 말뚝이 박힌 곳으로 가서, 쇠사슬을 온몸으로 힘차게 냅다 당겼는데, 보나 마나 끊고 도망칠 생각은 하지도 말라고 쿤타에게 알려 주려고 그러는 모양이었다. 그러더니 그는 발끝으로 물과 음식을 가리키며, 뭐라고 위협하는 소리를 질렀고, 다른 사람들이 다시 웃었으며, 그제야 네 사람은 자리를 떴다.

쿤타는 어둠 속에서, 그곳 땅바닥에 누워, 그들이 어디로 갔는지 간에 모두들 잠들기를 기다렸다. 그는 남은 힘을 다해서 몸을 일으켜, 거듭거듭 결사적으로 몸을 던져 쇠사슬을 당겨서, 줄이 끊어지고 그가 도망치는 장면을 머릿속에서 상상해 보았다……. 바로 그때 쿤타는 그에게로 다가오는 개의 냄새를 맡았고, 수상한 듯 코를 킁킁대는 소리를 들었다. 웬일인지 그는 개가 그의 적이 아니라고 느꼈다. 그러나 더 가까이 오더니, 개가 깡통 그릇에 이빨을 부딪치며 무엇인가를 씹어 먹는 소리가 들려왔다. 음식을 스스로 먹으려는 생각은 없었지만, 쿤타는 성이 나서 벌떡 일어나 표범처럼 으르렁거렸다. 개는 뺑소니를 치더니 조금 떨어진 곳에서 짖어 대기 시작했다. 잠시 후에 삐걱거리며 어디선가 문이 열렸고, 누군가 등불을 들고 그에게로 달려왔다. 그는 마부였는데, 우선 말뚝의 밑둥에 감긴 쇠사슬을, 그러고는 쿤타의 발목에 두른 쇠고랑에 연결된 쇠사슬을 황급히 살펴보았고, 그러는 동안 쿤타는 차가운 분노를 느끼며 앉아서 그를 노려보았다. 희미하고 노란 불빛 속에서 쿤타는, 빈 밥그릇을 보고 마부가 만족해하는 표정을 보았다. 나지막이 투덜거리면서 마부는 자기 오두막으로 돌아갔고, 어둠 속에 혼자 남은 쿤타는 개의 목을 졸라 죽이고 싶은 심정이었다.

얼마쯤 시간이 흐른 다음에 쿤타는 여기저기 손으로 더듬어 물그릇을 찾아 조금 마셨지만, 전혀 도움이 되지 않았다. 오히려 그는 몸에서 기운이 빠져나가고 껍데기만 남은 기분이었다. (어쨌든 지금 당장으로서는) 쇠사슬을 끊으려는 생각을 버리면서, 그는 알라신이 자기를 저버렸다고 생각했다. 왜 그랬을까? 그가 무슨 잘못을, 그토록 심한 잘못을 저질렀다는 말인가? 그는 북을 만들려고 나무를 자르다가, 어디선가 부러지는 나뭇가지 소리를 너무 늦게 들었던 그날 아침까지, 그가 했던 (옳거나 그른) 일들 가운데 조금이라도 중요한 사건들은 모두 돌이켜 따져 보려고 했다. 그는 지금까지 살아오면서 벌을 받았을 때는 언제나, 부주의하고 조심성이 부족했었기 때문이라고 생각했다.

쿤타는 어둠 속에 누워서, 귀뚜라미들이 우는 소리와, 밤새들이 바람을 일으키며 날아가는 소리와, 멀리서 개들이 짖어 대는 소리에 귀를 기울였는데, 그러다가 한 번은 생쥐가 갑자기 찍찍대더니, 그것을 죽인 짐승의 입에서 뼈가 으스러지는 우두둑 소리가 들려왔다. 가끔 한 번씩 그는 얼핏 달아나려는 충동으로 몸을 도사렸지만, 만일 그가 쇠사슬을 잡아채어 끊어 버린다고 해도, 덜그럭대는 소리에 근처의 오두막에서 누군가 곧 잠이 깨리라는 생각이 들었다.

그는 (잠을 자려는 생각은 전혀 없이) 먼동의 햇살이 퍼져 올라올 때까지, 그렇게 누워서 시간을 보냈다. 쑤시는 팔다리를 겨우 추슬러, 허우적거리면서 무릎을 꿇고 일어나 앉은 그는, 수바 기도를 드리기 시작했다. 그러나 이마를 땅에 대고 엎드렸다가 그는 균형을 잃고 모로 쓰러질 뻔하며, 그래서 자신의 몸이 얼마나 허약해졌는지를 깨닫고는 화가 났다.

동쪽 하늘이 서서히 밝아 오자, 쿤타는 물그릇으로 다시 손을 뻗어서 남은 물을 마셨다. 그러자 곧 가까이 오는 발소리가 났고, 그에게로 돌아오는 흑인 네 명을 보고 그는 신경을 곤두세웠다. 서둘러서 그들은 쿤타를 굴러 가는 궤짝에 밀어 올려 넣고는, 커다랗고 하얀 집으로 가더니 그곳에서 기다리던 투봅을 다시 자리에 태웠다. 그리고 그가 미처 정신을 가다듬기도 전에, 그들은 벌써 큰길로 나와서, 전과 같은 방향으로 계속해서 길을 갔다.

날이 새는 동안 쿤타는 바닥에 누워서, 의자 밑에 채워진 쇠사슬이 궤짝 밑바닥에서 덜커덩거리는 것을 한참 동안 멍하니 지켜보았다. 그러고는 다시 얼마 동안 그는 앞에 앉은 투봅과 흑인의 등을 증오의 눈으로 뚫어져라 노려보았다. 그는 그들을 죽이고 싶었다. 그렇기는 하더라도 그는, 만일 지금까지 그토록 많은 고초를 겪으면서 겨우 살아난 다음이니, 앞으로도 살아남고 싶다면 정신을 똑바로 차려야 하고, 자신을 가누어야 하며, 꾹 참으면서 기다려야 하고, 적당한 때가 오기 전에는 기운을 쓰지 말아야 한다는 사실을 잊지 않으려고 애썼다.

아침나절이 다 지나서 쿤타는 쇠를 두드리는 소리를 듣고는 틀림없이 대장간이리라고 생각했으며, 머리를 든 그는 자세히 살펴보려고 눈에 신경을 집중했는데, 마침내 그것이 지금 그들이 지나가는 울창한 숲 너머 어디선가 들려오는 소리임을 알아냈다. 궤짝이 기우뚱거리며 굴러 가는 동안 그는 최근에 베어 낸 넓은 숲을 보았고, 캐내어 버린 나무그루들도 보았으며, 어떤 곳에서는 마른 덤불을 태우느라고 솟아오르는 희뿌연 연기의 냄새를 맡았다. 그는 주푸레에서처럼 혹시 투붑들이 다음 철 곡식 농사를 위해서 그런 식으로 땅을 비옥하게 만드는지 궁금했다.

다음에는 저 멀리 앞쪽으로 길가에 지어 놓은 조그맣고 모가 난 오두막을 보았다. 그것은 통나무로 지은 듯싶었고, 오두막 앞의 개간한 땅뙈기에서는 투붑 남자가 갈색 황소의 뒤에서 터벅거리며 따라갔다. 투붑은 황소가 끌고 가면서 흙을 갈라 젖히는 어떤 커다란 물건의 구부러진 손잡이를 두 손으로 힘껏 눌러 댔다. 더 가까이 가자 쿤타는 나무 밑에 쪼그리고 앉은 창백하고 야윈 두 명의 투붑을 보았고, 그들 주변에서는 그들만큼이나 야윈 돼지 세 마리가 코로 땅을 파헤쳤고, 닭 몇 마리가 모이를 쪼았다. 오두막 문간에는 빨간 머리의 여자 투붑이 서 있었다. 그러자 그녀의 옆을 스치고 달려 나온 세 명의 꼬마 투붑이 굴러 가는 궤짝에 대고 소리를 지르며 손을 흔들었다. 쿤타가 눈에 띄자 그들은 시끄럽게 웃어 대고 손가락질을 했으며, 그는 그들이 하이에나 새끼이기라도 한 듯 노려보았다. 그들은 한참 동안이나 마차와 나란히 달리며 쫓아오다가 돌아갔는데, 쿤타는 투붑의 가족을 두 눈으로 똑똑히 보았다는 사실을 깨달았다.

쿤타는 마차가 지난밤에 묵었던 곳과 비슷하게 커다랗고 하얀 투붑 집을 길에서 멀리 떨어진 곳에서 두 번 더 보았다. 세 곳 모두 집을 두 채나 쌓아 놓은 만큼이나 높았고, 앞쪽에는 저마다 우람한 나무만큼이나 (높다랗고 굵으며) 크고 하얀 기둥을 서너 개씩 한 줄로 세워 놓았고, 이렇게 커다란 집 근처에는 작고 우중충한 오두막들이 무리를 지었는데, 그런 곳에서는 흑인들이 사는 모양이라고 쿤타는 생각했으며, 오두막 마을의 바깥쪽으로는 광활한 목화밭이 펼쳐졌고, 목화는 모두 최근에 거두어들인 모양이어서, 여기저기 하얀 무더기가 언덕처럼 솟아올랐다.

이 커다란 두 채의 집 사이 어디쯤에선가, 굴러 가는 궤짝은 길가를 따라 걸어가던 이상한 사람들 한 쌍을 따라잡았다. 처음에 쿤타는 그들이 흑인이라고 생각했지만, 마차가 더 가까이 간 다음에 다시 보니 그들의 피부가 적갈색이었고, 그들은 기다랗고 검은 머리카락을 밧줄처럼 등 뒤로 땋아 내렸으며, 가죽으로 만든 듯한 신발과 허리옷 차림으로 가볍고 빠르게 걸어갔으며, 그리고 그들은 활과 화살을 휴대했다. 그들은 투봅은 아니었고, 아프리카 사람도 아니었으며, 냄새까지도 달랐다. 그들은 어떤 종류의 사람들이었을까? 자기들에게 먼지를 덮어씌우면서 굴러 지나가는 궤짝을 그들은 거들떠보지도 않았다.

해가 지기 시작하자 쿤타는 동쪽으로 얼굴을 돌렸고, 알라신에게 조용히 그가 저녁 기도를 끝마쳤을 때는, 땅거미가 지는 중이었다. 자기에게 내미는 음식을 하나도 받아먹지 않고 이틀이나 지낸 터여서 그는 어찌나 기운이 없었는지, 굴러 가는 궤짝의 밑바닥에 축 늘어져 누운 그는, 주변에서 무슨 일이 일어나는지 관심도 없었다.

그러나 한참 더 가다가 궤짝이 멈추자, 쿤타는 겨우 다시 몸을 일으키고는, 옆막이 너머로 바깥을 둘러보았다. 땅으로 내려선 마부는 궤짝 옆에다 등불을 하나 걸어 놓았고, 그리고는 제자리로 돌아와서 다시 여행을 계속했다. 얼마쯤 시간이 흘러간 다음에, 투봅이 짤막하게 무슨 얘기를 했고, 흑인이 대답했는데, 그날 길을 떠난 후 그들이 얘기를 주고받기는 그때가 처음이었다. 궤짝이 다시 멈추었고, 마부가 내리더니 쿤타에게 무슨 홑이불 같은 덮개를 던져 주었지만, 그는 그것을 못 본 체했다. 자리로 기어 올라와서 마부와 투봅은 홑이불로 그들의 몸을 감싸고 다시 출발했다.

곧 몸이 떨리기 시작했지만, 쿤타는 그들이 만족해하는 꼴을 보기가 싫어서, 홑이불을 끌어다 덮지를 않았다. 덮을 것은 주면서도 쇠사슬을 풀어 주지 않다니 하고 그는 생각했는데, 나하고 같은 부족의 사람들이 투봅이 무슨 짓을 하든 멀거니 서서 구경만 하는 정도가 아니라, 투봅의 더러운 일을 사실상 도와주기까지 하다니, 믿어지지가 않았다. 멀리 못 가고 붙잡혀 죽는 한이 있더라도 이런 무시무시한 곳에서는 어서 도망쳐야 한다고 쿤타는 믿었다. 그는 주푸레를 다시 보게 되리라고는 감히 꿈도 꾸지 않았지만, 만일 그렇게 되기만 한다면, 감비아의 모든 사람들에게 투봅의 땅이 진짜로 어떠한지를 꼭 알려 줘야 되겠다고 마음속으로 다짐했다.

쿤타가 추워서 온몸이 거의 굳어 버릴 지경에 이르렀을 때쯤에, 굴러 가는 궤짝이 갑자기 큰길을 벗어나 울퉁불퉁한 샛길로 들어섰다. 그는 쑤시는 몸을 억지로 다시 일으켜서 어둠 속을 훑어보았는데, 유령처럼 하얗고 커다란 집이 또 한 채 저 멀리 눈에 띄었다. 전날 밤처럼 그들이 집 앞으로 가서 멈추자, 이제는 그에게 무슨 일이 벌어지려나, 쿤타는 두려움에 사로잡혔지만, 그들을 맞아 주리라고 생각했던 투봅이나 흑인의 자취를 그는 이곳에서 찾아보지 못했고, 그들의 냄새조차 나지 않았다.

드디어 궤짝이 멈추고 나자, 앞자리에 앉았던 투봅이 끙 소리를 내며 땅으로 뛰어내리더니, 쥐가 나는 근육을 풀려고 몇 번 허리를 굽히거나 쪼그리고 앉기를 되풀이했고, 그러고는 뒤에 탄 쿤타를 가리키며 마부에게 뭐라고 짤막하게 얘기한 다음, 커다란 집을 향해서 걸어갔다.

아직도 다른 흑인들은 나타나지 않았고, 구르는 궤짝이 삐걱대며 근처의 오두막 마을을 향해서 가는 동안, 쿤타는 무관심한 척하면서 뒤에 누워 움직이지를 않았다. 그러나 그는 온몸이 바짝 긴장해서, 통증조차 잊어버렸다. 그는 근처 어디에서인가 다른 흑인들의 냄새를 맡았지만, 밖으로 나오는 사람이 하나도 없었다. 그는 희망이 더욱 부풀었다. 오두막 마을 곁에 궤짝을 세운 다음, 미련하고 둔감한 몸짓으로 흑인은 땅바닥에 내려서서는, 달랑거리는 등불을 손에 들고 가장 가까운 오두막으로 터벅거리며 갔다. 그가 문을 밀어 열자 쿤타는 도망칠 준비를 하고, 마부가 안으로 들어가기를 기다리며 지켜보았지만, 마부는 돌아서서 궤짝으로 다시 돌아왔다. 의자 밑으로 두 손을 넣어서 그는 딸그락 소리를 내며 쿤타의 쇠사슬을 풀었고, 한 손으로 사슬의 풀린 쪽을 쥐고는 궤짝의 뒤로 돌아갔다. 그러나 쿤타는 아직도 자신을 억제해야 되겠다고 판단했다. 흑인이 갑자기 쇠사슬을 잡아채고, 쿤타에게 뭐라고 거칠게 소리쳤다. 흑인이 주의 깊게 지켜보는 동안 쿤타는 (그가 실제로 느끼는 것보다 훨씬 더) 기운이 없어 보이도록 하려고, 최대한 천천히 그리고 굼뜬 동작으로, 힘없이 엉금엉금 뒤로 기어 나가기 시작했다. 쿤타가 바랐던 대로, 흑인은 결국 참을성을 잃고는, 그에게로 가까이 몸을 숙이더니, 힘센 한쪽 팔로 쿤타를 들어 올리고, 무릎을 추켜올려서 쿤타가 땅바닥으로 떨어지지 않도록 막아 주면서, 마차의 끝막이를 넘어 나오도록 부축해 주었다.

그 순간 쿤타는 벌떡 몸을 일으키며, 뼈를 으스러뜨리는 하이에나의 턱뼈처럼 튼튼한 두 손으로는 마부의 굵은 목을 졸랐다. 목구멍이 막혀 탁한 비명을 지르며 흑인이 뒤로 비틀비틀 물러서자 등불이 땅바닥으로 떨어졌고, 그는 벌떡 다시 일어나더니 쿤타의 얼굴과 팔뚝을 그의 큼직한 두 손으로 치고, 잡아 뜯고, 움켜쥐면서 마주 덤벼들었다. 그러나 쿤타는 몽둥이처럼 후려치는 마부의 주먹과 발과 무릎을 피하려고, 필사적으로 몸을 이리저리 마구 비틀면서, 목을 더 힘껏, 단단히 졸랐다. 흑인이 결국 뒤로 비틀거리며 자빠져서 목구멍 깊숙이 꾸르륵 소리를 내며 축 늘어질 때까지 쿤타의 손아귀는 그를 놓아주지 않았다.

짖어 대는 개가 다시 나타날까 봐 무엇보다도 두려워하면서, 벌떡 일어난 쿤타는 넘어진 마부와 뒤집힌 등잔을 남겨 두고 그림자처럼 미끄러져 달아났다. 그는 나지막이 몸을 숙이고, 서리가 앉은 목화 줄기에 다리를 긁히면서 도망쳤다. 그토록 오랫동안 사용하지 않았던 터라 근육에 통증이 심했지만, 그를 빠른 속도로 스쳐 지나가는 차가운 공기는 살갗에 기분 좋게 느껴졌으며, 너무나 미칠 듯이 자유로운 기분이 들어서, 그는 큰 소리로 함성을 지르고 싶은 충동을 억지로 참아야만 했다.

43

숲 언저리의 가시 돋친 잡목과 덩굴들이 손을 뻗어 쿤타의 다리를 잡아채는 듯싶었다. 닥치는 대로 그것들을 두 손으로 뜯어 헤치면서, 그는 (고꾸라지고, 넘어지고, 다시 일어서며) 점점 더 깊이 숲 속으로 들어갔다. 적어도 그는 숲으로 들어간다고 생각했는데, 나무들이 다시금 듬성듬성해지더니 갑자기 나지막한 덤불들이 자라는 곳이 또 나타났다. 그의 앞에는 또 다른 넓은 목화밭이, 그리고 그 너머에는 하얗고 커다란 집과 작고 거무스레한 오두막들이 기다렸다. 놀라고 당황한 쿤타는, 커다란 두 투봅 농장을 갈라놓은 좁다란 숲을 하나 겨우 지났음을 깨닫고는, 다시 숲으로 되돌아갔다. 나무 뒤에 쪼그리고 앉아서, 그는 머리가 지끈거리고 가슴이 방망이질을 치는 소리를 들었고, 손과 팔과 발이 따가워지기 시작했다. 환한 달빛 속에서 살펴보니, 가시에 베이고 찔린 손과 발에서 피가 흘렀다. 그러나 그는 달이 이미 거의 다 졌음을 보고 더욱 놀랐는데, 곧 동이 터오르려고 했다. 그는 무슨 행동을 취하려고 해도, 따질 시간이 별로 없음을 알았다.

다시 서둘러 이동하면서, 쿤타는 조금만 지나면 몸이 지쳐서 더 나아가지 못하리라고 깨달았다. 그는 숨을 곳을 찾기 위해서 숲의 가장 깊은 곳으로 도망쳐야 된다고 생각했다. 그래서 그는 손으로 더듬어 헤치고, 어떤 때에는 팔과 다리가 덩굴에 얽히면서, 엉금엉금 기어가기도 하면서 되돌아가서, 드디어 나무들이 울창한 숲에 이르렀다. 숨이 차서 가슴이 터져 나갈 듯했어도, 쿤타는 어느 나무 위로 기어 올라갈까 생각했다가, 발밑에 느껴지는 두툼하게 깔린 잎사귀들이 푹신했기 때문에, 낙엽 진 나무들이 많겠고, 그렇다면 쉽게 눈에 띌 터여서 몸을 숨기기에는 땅바닥이 훨씬 좋으리라고 느꼈다.

다시 얼마쯤 기어가다가, 하늘이 막 밝아 오려고 하자, 그는 마침내 깊은 관목들 속에 자리를 잡았다. 자신이 씩씩거리는 숨소리 말고는, 사방이 아주 고요했으며, 그는 믿음직한 우올로 개와 함께 땅콩밭을 지키느라고 보냈던 길고 외로운 시간들이 기억났다. 바로 그때 그는 멀리서 개가 울부짖는 소리를 들었다. 퍼뜩 정신이 들어서 신경을 곤두세우며, 혹시 헛들지나 않았는지 하고 그는 생각했다. 그러나 다시 소리가 났으며, 이번에는 두 마리였다. 그는 시간이 별로 없었다.

동쪽을 향하고 꿇어앉아서, 그는 알라신에게 구원을 기구했고, 기도를 막 끝내려니까 나지막한 울부짖음이 이번에는 더 가까이서 다시 들려왔다. 쿤타는 그곳에 그대로 숨어 있어야 가장 좋으리라고 생각했지만, (더욱 가까워진) 울부짖음이 몇 분 후에 또 들려왔고, 개들은 그가 어디에 숨었는지를 정확히 아는 듯싶었으며, 그래서 잠시라도 더 지체할 겨를이 없었다. 더욱 깊숙하고, 훨씬 더 은밀한 곳을 찾으려고, 그는 다시 덤불 속으로 기어 들어갔다. 사방에서 그의 손과 무릎을 훑어 대는 가시덤불 속은 한 치 한 치가 고문이나 마찬가지였지만, 개가 짖을 때마다 그는 점점 더 빨리 기어갔다. 그래도 짖는 소리가 더욱 가까워지고 커졌으며, 이제는 개를 뒤따라오면서 외치는 남자들의 소리도 들리는 듯했다.

 그는 그래도 더디기만 했고, 그래서 벌떡 일어나 가시덤불 속에서 허우적거리며, 지친 몸이 허락하는 한 빨리, 소리 없이 달리기 시작했다. 거의 같은 순간에 그는 요란한 폭발 소리를 들었고, 너무 놀란 그는 무릎이 뻣뻣하게 굳어 버려서, 찔레 덤불 속으로 엎어졌다.

 개들은 이제 숲 언저리 어디서나 으르렁거렸다. 공포에 떨던 쿤타는 이제 그들의 냄새까지도 맡았다. 잠시 후 그들은 잡목을 후려치면서 곧장 그에게로 왔다. 쿤타가 겨우 무릎을 꿇고 몸을 일으키자, 개 두 마리가 숲을 헤치고 뛰쳐나와 그에게 달려들어서, 울부짖고 침을 흘리고 이빨 소리를 내며 그를 쓰러뜨리고는, 뒤로 물러났다가 다시 그를 덮쳤다. 자기도 마주 으르렁거리면서, 쿤타는 개들에게서 뒤로 물러서려고 뒷걸음질치며, 두 손으로 잡아 뜯고 미친 듯이 개들과 치고받으면서 싸웠다. 그러자 그는 숲 언저리에서 남자들이 외치는 소리를 들었으며, 이번에는 더 가까이서 다시 폭음이 울렸다. 개들이 잠깐 공격을 주춤하는 사이에, 쿤타는 남자들이 칼로 덤불을 두드리면서 욕설을 퍼붓는 소리를 들었다.

 으르렁거리는 개들 뒤에서, 그는 자기가 목을 졸랐던 흑인을 가장 먼저 보았다. 그는 한 손에 커다란 칼을, 그리고 다른 손에는 짤막한 몽둥이와 밧줄을 들었고, 살기가 등등해 보였다. 쿤타는 등에서 피를 흘리며, 비명을 지르지 않으려고 입을 꽉 다물고는, 토막토막 잘리리라고 생각하며 누워서 기다렸다. 그러자 쿤타는 자기를 이곳으로 데리고 온 투봅이, 벌건 얼굴에 땀을 뻘뻘 흘리며, 흑인의 뒤에서 나타나는 모습을 보았다. 쿤타는 (전에 본 적이 없는) 다른 투봅이 지금 자기를 겨눈 불막대기에서, 그가 큰 배에서 보았기 때문에 잘 알았듯이, 섬광과 폭음이 쏟아져 나오리라고 예상했다. 그러나 몽둥이를 치켜들고 무섭게 앞으로 달려 나온 사람은 흑인이었으며, 그러자 투봅 두목이 뭐라고 소리를 질렀다.

 흑인이 멈칫했고, 투봅이 다시 소리를 지르자, 개들이 더 뒤로 물러섰다. 그러자 투봅이 무슨 말을 했고, 흑인이 밧줄을 줄줄 풀면서 앞으로 나왔다. 쿤타는 머리를 한 방 무겁게 얻어맞았으며, 고맙게도 의식이 몽롱해지는 충격을 느꼈다. 그는 이미 피가 나던 살갗을 밧줄이 파고들 만큼 단단히 묶는 느낌을 희미하게 의식했으며, 가시덤불 사이에서 반쯤 들어 올리는 듯한 부축을 받으며 걸었다. 균형을 잃고 그가 넘어질 때마다, 채찍이 그의 등을 갈랐다. 그들이 드디어 숲 언저리에 이르렀을 때, 쿤타는 몇 그루의 나무 근처에 매어 놓은 당나귀 같은 짐승 세 마리를 보았다.

짐승들에게로 다가가는 동안, 그는 다시 냅다 뛰어 달아나려고 해보았지만, 밧줄의 다른 쪽 끝을 세차게 잡아당기는 통에 그는 고꾸라져 넘어졌고, 옆구리를 걷어채기도 했다. 이제는 밧줄을 잡고 앞서 가던 두 번째 투뇹이 짐승들을 매어 둔 나무 쪽으로 쿤타를 낚아채어 고꾸라지게 했다. 밧줄의 다른 쪽 끝을 나지막한 나뭇가지 너머로 던지더니, 쿤타의 두 발이 땅바닥에서 조금 떨어져 공중에 뜰 때까지 흑인은 그것을 끌어당겼다.

투뇹 두목의 채찍이 휙휙 소리를 내면서 쿤타의 등을 후려치기 시작했다. 그는 아픔으로 몸부림을 치면서도, 아무 소리도 내지 않으려고 참았지만, 매를 맞을 때마다 그는 몸뚱어리가 둘로 찢어지는 듯했다. 결국 그는 비명을 지르기 시작했고, 그래도 채찍질은 그냥 계속되었다.

마침내 채찍질이 끝났을 때, 쿤타는 거의 의식이 없었다. 그는 누군가 그를 끌어내리고, 자신이 땅바닥에 힘없이 쓰러진다고 막연하게 의식했으며, 그러더니 그들은 그를 들어 올려서 짐승 위에 옆으로 걸쳐 놓았으며, 그런 다음에는 이동이 시작되었음을 느꼈다.

(얼마나 시간이 흘렀는지 전혀 알 길이 없었지만) 정신이 들어 주위를 살펴보니, 그는 어떤 오두막에서 팔다리를 벌린 채로 누워 있었다. 손목과 발목마다 쇠고랑이 채워졌고, 네 가닥의 쇠사슬은 오두막의 네 구석 말뚝의 밑동에 묶였다. 조금 몸을 움직이기만 해도 고통은 참기가 힘들 정도여서, 그는 한참 동안 가만히 누워서 꼼짝도 못했고, 그의 얼굴은 땀에 젖었으며, 가쁜 숨을 조금씩 몰아쉬어야만 했다.

몸을 움직이지 않아도 그는 위에 네모꼴로 뚫린 작은 구멍을 통해 흘러 들어오는 빛이 보였다. 곁눈질을 해서 그는 벽에서 움푹 들어간 장소도 보았는데, 그 안에는 거의 다 타버린 장작과 재가 쌓였다. 오두막의 다른 쪽 땅바닥에서 그는, 널찍하고 편편하며 울퉁불퉁한 헝겊 덩어리를 발견했는데, 여기저기 구멍으로 삐져나온 옥수수 껍질을 보니, 침대로 사용되는 모양이라고 그는 생각했다.

위에 뚫린 구멍으로 어둠이 보이기 시작할 즈음에, 쿤타는 아주 가까운 곳에서 이상한 나팔을 불어 대는 소리를 들었다. 그리고 별로 시간이 지나지 않아서, 그는 근처를 지나가는 많은 사람들의 목소리를 들었는데, 냄새를 맡아 보니 흑인들이라는 생각이 들었다. 다음에 그는 음식을 요리하는 냄새를 맡았다. 가시에 찔린 팔다리와 등에서 칼로 쑤시는 듯한 통증이 오고, 머리도 지끈거리며 아픈 데다가, 배고픔의 경련까지 겹치자, 그는 함정에 빠진 동물이라면 마땅히 그러하듯이, 도망치기에 더 적당한 때를 기다리지 못한 자신을 꾸짖었다. 그는 우선 이 이상한 곳과 이교도들을 관찰하고 그들에 대해서 미리 자세한 조사를 했어야 했다.

오두막의 문이 삐걱대며 열렸을 때 쿤타는 눈을 감고 있었지만, 그가 목을 졸랐으며 쿤타를 잡는 일을 도왔던 흑인이 들어왔음을 냄새로 알았다. 그는 꼼짝 않고 누워서 잠이 든 척했지만, 옆구리를 힘껏 발길에 채자 눈을 번쩍 떴다. 욕을 하면서 흑인은 쿤타의 얼굴 바로 앞에다 무엇인가를 내려놓고 이불을 던져 준 뒤, 밖으로 다시 나가서는 문을 쾅 닫았다.

그의 앞에 놓인 음식 냄새는 등의 통증만큼이나 심하게 쿤타의 배 속을 쓰리게 했다. 결국 그는 눈을 떴다. 납작하고 둥근 양철 그릇에는 옥수수죽 같은 음식과 무슨 고기가 담겼고, 그 옆 움푹하고 둥근 바가지는 물그릇이었다. 팔다리를 벌린 채로 묶여서 그는 그것들을 손으로 집을 수는 없었지만, 둘 다 입이 닿을 만한 자리였다. 한 입 잘라 먹으려던 쿤타는 고기가 더러운 돼지임을 냄새로 알았고, 배 속의 담즙이 올라와 양철 접시로 쏟아졌다.

밤새도록 그는 잠이 들었다가 깨었다가 하면서, 모습은 아프리카 사람들처럼 생겼으면서도 돼지고기를 먹는 흑인들에 대해서 여러 가지로 궁리했다. 돼지를 잡아먹다니, 그들은 모두 알라신에게는 낯선 자들이었고, 반역자들이었다. 그는 만일 자기도 모르는 사이에 돼지고기를 조금이라도 입에 대는 일이 생기거나, 돼지고기를 담았던 그릇으로 식사를 하게 되는 경우를 대비해서, 알라신에게 미리 용서를 빌었다.

네모꼴 구멍을 통해서 동트는 빛이 다시 보인 지 얼마 안 되어서, 쿤타는 또다시 울리는 이상한 나팔 소리를 들었고, 그러고는 음식을 요리하는 냄새와, 이리저리 바쁘게 돌아다니는 흑인들의 목소리가 뒤따랐다. 그러고는 그가 경멸하는 흑인 남자가 새로 물과 음식을 가지고 다시 나타났다. 그러나 이미 갖다준 음식은 건드리지도 않고 그 위에다 쿤타가 토해 놓은 오물을 보고, 그는 화가 나서 거침없이 욕설을 퍼부으며, 그릇에 담긴 토사물을 쿤타의 얼굴에다 비벼 발랐다. 그러더니 그는 새 음식과 물을 쿤타의 앞에 놓고 나갔다.

쿤타는 음식을 나중에 억지로라도 먹으리라고 생각했는데, 그는 지금도 그런 생각을 하면 속이 뒤집혔다. 시간이 조금 지난 다음 그는 다시 문이 열리는 소리를 들었는데, 이번에는 투뵵의 악취가 풍겼다. 쿤타는 눈을 꼭 감고 있었지만, 투뵵이 화를 내며 투덜거리자 그는 또 발길질을 당할까 봐 눈을 떴다. 그는 자기를 이곳으로 데려온 투뵵의 미운 얼굴을 노려보았는데, 그 얼굴은 분노로 붉으락푸르락했다. 투뵵은 욕설을 퍼붓고, 만일 음식을 먹지 않으면 매를 더 맞으리라는 위협적인 시늉을 했다. 그러고는 투뵵이 나갔다.

쿤타는 왼쪽 손을 겨우 움직여서, 투뵵의 발이 닿았던 곳에 딱딱한 흙을 손가락으로 긁어모아 간신히 조그만 무더기를 하나 쌓아 만들었다. 작은 흙무덤을 더 가까이 끌어당겨 놓고, 쿤타는 눈을 꼭 감고는, 투뵵과 그의 가족들 자궁에 영원히 저주를 내려 달라고 악령들에게 빌었다.

44

쿤타는 사흘 밤과 나흘 낮을 오두막 안에서 헤아렸다. 그리고 밤마다 그는 부근의 오두막 마을에서 들려오는 노래에 귀를 기울이며 — 고향 마을에서 지내던 어느 때보다도 자신이 더 아프리카 사람답다고 느꼈다. 투뵵의 땅에서 〈노래를 부르며〉 시간을 보내다니, 그들은 도대체 어떤 흑인일까, 그는 생각했다. 자기들이 과거에 누구였고, 무엇이었는지 관심조차 없어 하는 듯한 이런 이상한 흑인들이 투뵵의 땅에 얼마나 많을까, 그는 궁금했다.

쿤타는 아침마다 떠오르는 태양에 대해서 각별한 친밀감을 느꼈다. 그는 알칼라였던 노인이 큰 배의 어둠 속에서 했던 말이 생각났다. 〈날마다 새로 떠오르는 태양은 지구의 배꼽인 우리들의 아프리카에서 떠올랐음을 우리에게 일깨워 줄 것입니다.〉

네 개의 쇠사슬로 팔다리를 벌린 채로 묶이기는 했어도, 그는 연습을 계속해서, 등과 엉덩이를 조금씩 앞뒤로 움직여 가면서, 오두막의 네 구석에 박힌 기둥에 쇠사슬을 연결한, 팔찌 같은 작지만 굵은 쇠고리들을 좀 더 자세히 살펴보는 방법을 익혔다. 기둥은 굵기가 그의 종아리만 했고, 위쪽 끝이 오두막의 지붕을 뚫고 나갔기 때문에, 그것을 부러뜨리거나 단단하게 다진 땅바닥에서 잡아 뽑을 희망이 없음을 그는 알았다. 처음에는 눈으로, 다음에는 손가락으로, 쿤타는 굵은 쇠고리의 작은 구멍들을 주의 깊게 살폈고, 그를 붙잡았던 사람들이 구멍에다 가느다란 쇠붙이를 넣고 딸깍 소리를 내며 돌리는 방법을 잘 보아 두었다. 고리를 하나 흔들었더니 (누가 혹시 들을지도 모를 만큼 시끄럽게) 쇠사슬이 짤랑거려서, 그는 흔들기를 그만두었다. 그는 고리를 하나 입에 물고 힘껏 깨물었는데, 결국 그의 이빨 하나가 금이 갔고, 통증은 머리를 창으로 쑤시는 듯했다.

혼령들에게 바칠 주물(呪物)을 만들려고 오두막의 땅바닥 흙보다 더 훌륭한 흙을 찾던 쿤타는, 통나무들 사이의 틈을 메운, 굳어 버린 붉은 진흙 한 조각을 손가락으로 긁어냈다. 진흙에서 뻗쳐 나온 짧고 검은 털들을 보고 그는 호기심이 생겨 한 가닥을 살펴보았는데, 그것이 더러운 돼지털임을 알아채자 그는 흙과 함께 그것을 던져 버리고, 돼지털을 만진 손을 씻었다.

다섯째 날 아침, 기상나팔이 울리고 잠시 지난 다음에 흑인이 들어왔는데, 흑인이 보통 때의 짧고 납작한 몽둥이만이 아니라, 쇠고랑 두 개도 가지고 왔음을 알고 쿤타는 잔뜩 긴장해서 몸을 도사렸다. 몸을 숙이고 흑인은 묵직한 쇠사슬이 연결된 고랑에다 쿤타의 발목을 하나씩 채웠다. 그러고 난 다음에야 그는 쿤타의 팔다리를 벌려서 묶은 네 개의 쇠사슬을 하나씩 풀었다. 드디어 마음대로 몸을 움직이게 된 쿤타는 반사적으로 벌떡 일어섰는데, 기다렸다는 듯 흑인이 휘두르는 주먹을 얻어맞고 쓰러졌다. 쿤타가 몸을 일으키려고 기를 쓰자, 구둣발이 세차게 그의 옆구리를 걷어찼다. 분노와 고통 속에서 비틀비틀 일어서던 그는 훨씬 더 센 주먹을 얻어맞고 다시 넘어졌다. 그는 가만히 누워서 보낸 며칠 동안에 자신이 얼마나 기운이 빠졌는지를 의식하지 못했었고, 누가 주인인지를 깨닫게 될 때까지 계속해서 때려눕히겠다고 쿤타에게 훈시하는 듯한 표정으로 흑인이 굽어보는 동안, 그는 숨을 가누느라고 누워서 일어나지를 못했다.

그러자 흑인은 쿤타더러 일어서라고 거칠게 손짓을 했다. 그가 엎드릴 만큼도 몸을 일으키지 못하자, 흑인은 욕을 하면서 그를 잡아채어 일으켜 세우더니 앞으로 밀어냈고, 발목의 쇠고랑 때문에 쿤타는 거북하게 발을 질질 끌면서 걸었다.

문간으로 쏟아져 들어오는 갑작스러운 환한 빛에 처음에는 눈앞이 보이지 않았지만, 잠시 후에 그는 한 줄로 늘어서서 분주히 걸어가는 흑인들의 행렬을 알아보았고, 그들의 뒤에서 〈호쓰〉[7]라고 불리는 이상한 짐승을 타고 바싹 따라가는 한 투봅의 윤곽을 분간하게 되었다. 쿤타는 그 투봅이, 그가 개들에게 붙잡힌 다음에 밧줄을 잡았던 자임을 냄새로 알았다. 흑인은 열두어 명쯤 되었는데, 여자들은 하얗거나 빨간 천을 머리에 둘렀고, 몇 명만 맨머리였을 뿐, 대부분의 남자와 아이들은 너덜너덜한 밀짚모자를 썼지만, 목이나 팔에 사피에 부적을 두른 사람은 눈에 띄지 않았다. 그러나 어떤 남자들은 기다랗고 묵직한 칼을 들었으며, 사람들은 줄을 지어 넓은 밭을 향해 나아갔다. 밤에 그토록 오랫동안 노래를 불러 대던 사람들이 분명히 그들이었으리라고 그는 생각했다. 그는 그들에 대해서 경멸 말고는 아무런 다른 감정을 느끼지 않았다. 눈을 깜박이며 시선을 돌린 쿤타는 그들이 나온 오두막을 헤아려 보았는데, 그가 갇혔던 집을 포함해서 열 채였고, 그의 오두막이나 마찬가지로 모두 작았으며, 좋은 냄새가 나는 풀잎 지붕을 덮은 고향의 진흙 오두막들처럼 튼튼해 보이지를 않았다. 오두막은 한쪽에 다섯 채씩, 두 줄로 늘어섰고, 그래서 쿤타의 생각에는, 그곳에 사는 흑인들 사이에 혹시 무슨 일이 벌어지는 경우, 커다랗고 하얀 집에서 한눈에 다 내다보이게끔 위치를 정해 놓은 듯싶었다.

---

[7] *hoss*. 〈말〉을 뜻하는 *horse*의 흑인식 발음.

별안간 흑인이 쿤타의 가슴을 손가락으로 쿡쿡 찌르면서 소리쳤다.「너— 너 토비!」쿤타는 알아듣지를 못했고, 표정에 그런 사실이 드러나자 흑인은 계속해서 그를 쿡쿡 찌르면서 같은 말을 거듭거듭 되풀이했다. 흑인이 이상한 투봅 말로 전하고 싶은 뜻을 그에게 이해시키려고 애쓰는 모양이라고 쿤타는 막연히 깨달았다.

 쿤타가 계속해서 그를 멍하니 쳐다보기만 하니까, 흑인은 자기 가슴을 손가락으로 쿡쿡 찔렀다.「나 삼손!」그가 소리쳤다.「삼손!」그러더니 그는 다시 쿤타에게로 손가락을 돌리더니 쿡쿡 찔렀다.「너 토비! 토비! 쥔님 그러는데, 너 이름 토비!」

 흑인이 전하려는 뜻이 무엇인지 어렴풋이 머리에 들어오자, 쿤타는 이해한다는 기색을 얼굴에 조금도 나타내지 않으면서, 밀어닥치는 분노를 억제하는 데 많은 자제력이 필요했다. 그는 이렇게 외치고 싶었다. 〈나는 성자 카이라바 쿤타 킨테의 아들인 오모로의 첫아들 쿤타 킨테이다!〉

 의심할 바 없는 쿤타의 우둔함에 흑인은 참을성을 잃고, 욕설을 퍼붓고는, 머리를 설레설레 흔들더니, 절름거리는 그를 다른 오두막으로 끌고 들어가서, 물이 담긴 커다랗고 넓은 양철통으로 들어가 몸을 씻으라고 쿤타에게 손짓했다. 흑인은 걸레와 함께, 쿤타가 냄새를 맡아 보니, 주푸레의 여자들이 뜨겁게 녹인 쇠기름을 잿가루에 부어 걸러서는 잿물을 섞어 만든, 비누처럼 보이는 갈색 토막을 물에다 던져 넣었다. 쿤타가 게으름을 피우며 몸을 닦는 동안에, 흑인은 얼굴을 찌푸리고 못마땅한 표정으로 지켜보았다. 목욕이 끝나자, 흑인은 그에게 가슴과 다리를 가리는 투봅의 옷과 다른 사람들이 쓴 것과 똑같은 노란 밀짚으로 만든 낡은 모자를 던져 주었다. 이곳 이교도들은 아프리카 태양의 열기 속에서라면 좀처럼 여행을 하기가 힘들겠다고 쿤타는 생각했다.

 흑인은 그를 또 다른 오두막으로 끌고 갔다. 안으로 들어가니, 늙은 여자 하나가 화를 내며 쿤타 앞에다 음식 그릇을 털썩 내려놓았다. 그는 걸쭉한 죽과 문코 떡 비슷한 빵을 허겁지겁 삼키고는, 바가지 잔에 담긴 쇠고기 맛이 나는 갈색 거품을 마셨다. 다음에 그들은 냄새만 맡아도 용도를 미리 알 만한, 좁고 갑갑한 오두막으로 갔다. 아래옷을 끌어내리는 시늉을 한 다음, 흑인은 나무 의자에 뚫린 커다란 구멍 위에 쭈그리고 앉아서, 똥이라도 누는 듯이 끙끙거렸다. 한쪽 구석에는 옥수숫대가 조금 쌓였는데, 쿤타는 그것이 무엇인지 알 길이 없었다. 그러자 그는 흑인이 투봅의 관습을 그에게 알려 주려고 그러는 모양이라고 짐작했으며, 도망칠 때 도움이 될지도 모르기 때문에 모두 배워 둬야 되겠다고 판단했다.

흑인을 따라 다음 오두막을 몇 채 지나가다가 쿤타는 어떤 이상한 의자에 앉아 천천히 앞뒤로 흔들거리는 늙은 남자를 지나쳤는데, 노인이 말린 옥수수 껍질로 짜는 물건을 보고 쿤타는 빗자루를 엮는 모양이라고 추측했다. 얼굴은 들지 않았더라도, 노인은 그에게 불친절하지는 않은 눈길을 던졌지만, 쿤타는 냉정하게 못 본 체했다.

흑인은 다른 사람들도 들고 다니던 길고 튼튼한 칼을 하나 집어 들더니, 머리로 먼 들판을 가리키고는, 쿤타더러 자기를 따라오라고 손짓하고는 뭐라고 투덜거렸다. (그의 발목을 스쳐 대는) 쇠고랑을 차고 엉거주춤 걸어가면서, 쿤타는 앞에 펼쳐진 들판에서 여자들과 어린 흑인들이, 허리를 구부렸다 폈다 하면서, 마른 옥수숫대를 모아서 쌓아 놓는 모습을 보았는데, 그들의 앞에서는 나이 많은 남자들이 기다란 칼로 옥수숫대를 휙휙 내려쳐서 토막 내었다.

대부분의 남자들은 벌거벗은 등에서 땀이 번득였다. 그의 눈은 (그의 등에 찍힌 쇠도장 같은) 낙인이 있나 그들에게서 찾아보았지만, 채찍이 남긴 상처밖에는 보이지 않았다. 〈호쓰〉를 탄 투봅은 흑인과 짧막한 말을 몇 마디 주고받은 다음에, 흑인이 조심하라는 시늉을 하며 손가락질을 하자, 쿤타를 위협하듯 노려보았다.

10여 개의 수숫대를 토막 낸 다음에, 흑인은 돌아서서, 허리를 굽히고, 쿤타더러 다른 사람들이 하듯이 그것을 쌓아 놓으라는 시늉을 했다. 투봅은 말을 몰고 와서는 쿤타에게 바싹 따라붙으며, 말을 안 들으면 어떻게 되리라는 경고를 분명히 해두려는 듯이 험악한 표정으로 채찍을 겨누었다. 꼼짝도 못하는 자신의 처지에 화가 난 쿤타는 몸을 굽히고 수숫대를 두 개 집어 들었다. 그는 앞서 가는 흑인이 계속해서 칼을 휘두르는 소리를 들으면서 머뭇거렸다. 다시 몸을 굽히고 그는 수숫대를 두 개, 그리고 또 두 개를 집어 들었다. 그는 옆 줄의 다른 흑인들이 자기를 노려보는 눈길을 의식했고, 투봅이 탄 말의 발을 보았다. 잠시 후 그는 다른 흑인들이 안심하는 분위기를 느꼈고,

마침내 말의 발이 물러섰다.

머리를 들지 않고도 쿤타는, 못마땅할 만큼 일손이 느린 사람을 찾아내느라고 투봅이 이리저리 말을 타고 돌아다니는 모습을 곁눈질로 확인했고, 그러더니 성난 고함과 함께 채찍이 누군가의 등을 후려쳤다.

쿤타는 멀리 저쪽으로 뻗어 나간 길을 보았다. 비록 땀이 이마로 줄줄 흘러내려 눈이 쓰라리기는 했지만, 그는 뜨거운 오후가 다 가는 동안, 그 길에서 혼자 말을 타고 가는 사람을 하나, 그리고 말에게 끌려가는 마차 두 채를 보았다. 다른 쪽으로 머리를 돌리면, 그가 도망치려고 했던 숲 언저리가 눈에 띄었다. 그리고 지금 그가 수숫대를 쌓는 곳에서 보니 숲이 아주 좁았고, 도망칠 때는 그렇게 작은 숲인 줄을 몰랐었기 때문에 쉽게 잡히고 말았음을 이제는 깨달았다. 벌떡 일어나서 그 나무들 속으로 달아나고 싶은 충동이 거의 억누르기 힘들 지경이 되자, 쿤타는 얼마 후에 그쪽에서 눈을 돌려야만 했다. 아무튼 쇠고랑을 차고서는 밭에서 다섯 발자국도 도망치지 못하리라는 생각이 그는 걸음을 옮길 때마다 머리에 떠올랐다. 오후 내내 일을 하는 동안 그는, 다음에 다시 도망치려면 개와 사람들과 맞서 싸울 만한 무기를 미리 마련해야겠다고 마음먹었다. 알라신의 종이라면 누구나 공격을 받는 경우 끝까지 싸워야 한다고 그는 다짐했다. 싸워야 할 상대가 개이거나, 사람이거나, 상처를 입은 들소이거나 또는 굶주린 사자이거나 간에, 오모로 킨테의 아들이라면 누구나 포기할 생각은 말아야 한다.

해가 지고 나서 나팔이 다시 울렸는데 — 이번에는 멀리서 들려왔다. 서둘러 한 줄로 늘어서는 다른 흑인들을 지켜보면서 쿤타는, 그들이 자기와 함께 큰 배를 타고 온 사람들과는 어울릴 만한 자들이 아닌 하찮은 이교도들이거나 그런 이교도와 닮은 족속이었기 때문에, 그들이 자신과 같은 아프리카 부족이리라는 생각을 그만둬야 되겠다고 작정했다.

그러나 (비록 이들처럼 형편없는 자들이기는 하지만) 풀라니 피를 이어받았을지도 모르는 사람들에게 소 떼를 돌보게 하지 않고 대신에 수숫대를 줍게 하다니, 투봅은 얼마나 미련한가. 풀라니 사람들은 소 떼를 다루려고 세상에 태어났으며, 풀라니와 소들은 서로 말이 통한다는 사실을 모르는 사람이 없는데 말이다. 쿤타더러 줄의 끝으로 가서 서라고 〈호쓰〉를 탄 투봅이 그의 등을 채찍으로 때리자 그 생각이 중단되었다. 그가 명령대로 하자, 줄의 끝에 섰던 작달막하고 몸집이 무거운 여자가, 쿤타에게서 떨어지려고, 재빨리 몇 발자국 앞으로 나갔다. 그는 그녀에게 침을 뱉어 주고 싶었다.

그들이 줄지어 걷기 시작했고, 쿤타는 절뚝거리며 걸음을 옮길 때마다 쇠고랑에 스쳐 발목이 다시 벗겨져 피가 비치기 시작했지만, 멀리서 짖어 대는 사냥개들의 소리에 신경이 쏠렸다. 그의 뒤를 추적해 와서 덤벼들었던 개들이 생각나서 그는 몸을 부르르 떨었다. 그러자 아프리카에서 그를 사냥하려던 사람들과 싸우다가 죽은 그의 우올로 개에 대한 기억이 퍼뜩 머리에 떠올랐다.

그의 오두막으로 돌아와서, 쿤타는 무릎을 꿇고, 다음 태양이 떠오를 방향을 향해서 이마를 딱딱한 땅바닥에 대었다. 그는 〈호쓰〉를 탄 투봅이 그의 등을 채찍으로 때려서 방해하리라는 생각이 들어 들판에서는 드리지 못했던 두 차례의 기도까지 뒤늦게나마 채우려고 오랫동안 기도를 했다.

기도를 끝마치고 나서, 쿤타는 꼿꼿이 일어나 앉아, 비밀의 시라 캉고 말로 그로 하여금 시련을 참아 내도록 도와 달라고 조상들에게 얼마 동안 나지막한 목소리로 얘기했다. 그러고는 (그날 아침에 〈삼손〉이 그를 이끌고 돌아다니는 동안에, 들키지 않고 몰래 주워 숨겨 두었던 수탉의 깃털 두 개를 손가락 사이에 끼고) 언제쯤 신선한 달걀을 하나 훔칠 기회가 생길지 궁금해했다. 수탉의 깃털과 곱게 뺀 달걀 껍데기만 구하면 그는 훌륭한 주물(呪物)을 만들어 혼령들에게 고향 마을에서 그가 마지막으로 밟았던 발자국의 흙에 축복을 내려 달라고 기원할 생각이었다. 만일 그 흙이 축복을 받는다면, 언젠가 그의 발자국은 다시 주푸레에 나타나고, 그곳에서는 이웃 사람들이 모두 남자의 발자국을 알아볼 테니까. 그들은 쿤타 킨테가 아직도 살았으며, 그가 마을로 안전하게 돌아오리라는 표시를 보고 기뻐하리라. 언젠가는.

그는 자신이 포로가 되던 순간의 악몽을 천 번이나 더 다시 겪었다. 만일 나뭇가지가 부러지는 소리를 듣고 한 발자국만 빨리 옮겼더라면, 그는 몸을 날려 창을 집어 들었으리라. 분노의 눈물이 쿤타의 눈에 고였다. 몇 달 동안 계속해서 끝없이 쫓기고, 공격을 받고, 붙잡히고, 쇠사슬에 묶이는 기억 말고는 아무것도 그는 생각이 나지 않는 듯했다.

아니다! 그는 이런 식으로 행동하도록 자신을 용납해서는 안 된다. 어쨌든 그는 이제 어른 남자였고, 열일곱 장마철을 보냈으니 자신을 불쌍히 여기며 울기에는 나이가 너무 많았다. 눈물을 닦은 다음에 그는 말린 수숫대로 만든 얄팍하고 울퉁불퉁한 침대로 기어 올라가서 잠을 청해 보려고 했지만 — 그러나 머리에 떠오르는 생각은 그에게 주어진 〈토비〉라는 이름뿐이었다. 다시 한 번 분노에 휩싸인 그는 절망에 빠져 미친 듯이 발길질을 했지만, 그래 봤자 쇠고랑만 그의 발목을 더욱 깊이 파고들었으며, 그래서 그는 다시 울었다.

그는 오모로 같은 어른은 절대로 되지 못한다는 말인가? 그는 아직도 아버지가 자기를 잊지 않고 생각하는지, 그리고 그가 붙잡혀 왔기 때문에 어머니가 상실했을 그에 대한 사랑을 라민, 수와두, 마디에게 대신 베풀어 주었는지 궁금했다. 그는 주푸레의 모든 것에 대해서 생각했고, 그리고 어느 때보다도 지금 그가 얼마나 깊이 주푸레 마을을 사랑하는지를 생각해 보았다. 큰 배에서 자주 그랬듯이, 쿤타의 머릿속에서는 밤이 반이나 지나도록 주푸레의 광경들이 자꾸만 스쳐 지나갔고, 그러다가 그는 눈을 감았으며, 마침내 잠이 들었다.

45

하루하루가 지날 때마다, 발목에 찬 족쇄 때문에, 쿤타는 돌아다니기가 점점 더 어렵고 고통스러워졌다. 그러나 그는 자유를 찾을 만한 기회가, 완전한 멍청함과 어리석음의 가면을 쓰고 투봅이 시키는 대로 무엇이나 그가 억지로 잘 해내야 하는지 여부에 달렸다고 자꾸만 자신을 일깨웠다. 그러면서도 그의 눈과, 귀와, 코는 그들이 마음을 놓고 쇠고랑을 풀어 주게 될 때까지 무기로 쓸 만한 물건이나 그에게 도움이 될 만한 투봅들의 취약점들을 하나도 놓치지 않아야 한다. 그런 다음에 그는 다시 도망을 치리라.

아침마다 소라 나팔 소리가 울린 다음 잠시 후에, 쿤타는 절름절름

밖으로 나가서는 여러 오두막에서 몰려나오는 이상한 흑인들을 지켜보았는데, 그들은 얼굴에서 아직도 잠이 가시지 않은 채로 근처 우물에서 두레박으로 길어 온 물로 철벅거리며 세수를 했다. 식구들의 아침 식사를 준비하려고 쿠스쿠스를 찧는 고향의 절굿공이 소리를 그리워하면서, 그는 늙은 여자가 요리하는 오두막으로 들어가서 (더러운 돼지고기만 빼고는) 그녀가 내놓는 음식은 무엇이나 다 삽시간에 집어삼켰다.

아침마다 식사를 하면서, 그의 눈은 남에게 들키지 않고 가져다 무기로 쓸 만한 물건을 오두막에서 부지런히 찾아보았다. 그러나 벽난로 위 고리에 걸어 놓은 시커먼 취사도구들을 빼고는, 손가락으로 그냥 집어먹으라고 그에게 음식을 담아 주는 둥글고 납작한 양철 그릇이 고작이었다. 그는 언젠가 그녀가 음식을 찌르도록 서너 개의 꼬챙이가 촘촘히 붙은 매끄러운 쇠붙이로 식사를 하는 모습을 눈여겨보아 두었다. 그는 그것이 무엇인지 궁금했고, 반짝이는 그 물건을 손이 닿을 만한 곳에 놓아두고 그녀가 잠깐 한눈을 팔아서, 그가 손에 넣을 기회만 잡는다면 비록 작기는 해도 쓸 만한 무기가 되리라고 생각했다.

어느 날 아침에 죽을 먹다가, 전에 보지 못했던 칼로 고깃덩이를 써는 그녀를 눈여겨보면서 그는, 만일 서것이 그녀의 손이 아니라 자기 수중에 들어온다면 어떻게 하리라는 계획을 부지런히 짜던 참이었는데, 오두막 밖에서 찢어지는 듯한 고통의 비명 소리가 들려왔다. 그는 너무 가까이서 들리는 소리에 놀라 자리에서 펄쩍 뛰어오를 뻔했다. 절름거리면서 그가 밖으로 나가서 보니, 다른 사람들이 일터로 나가려고 벌써 줄을 지어 늘어섰는데, (늦는다고 채찍을 맞지 않으려고) 황급히 입에 쓸어 담은 아침 식사의 마지막 한 입을 아직도 씹어 대는 흑인이 여럿이었고, 땅바닥에는 돼지가 자빠져 발버둥 치며 잘린 목에서 피를 콸콸 쏟았고, 두 명의 흑인이 그것을 끓는 물에서 김이 무럭무럭 나는 솥에 집어넣었다가 다시 꺼내 털을 긁어 벗겼다. 그들이 돼지의 발뒤꿈치를 잡고 치켜들어, 배를 갈라 열어서 창자를 꺼내는 동안, 그는 돼지의 뱃가죽과 투폽의 빛깔이 같음을 알았다. 쿤타의 코는 풍겨 오는 내장 냄새에 숨이 막혔고, 밭을 향해서 다른 사람들과 함께 줄지어 가면서 그는, 그토록 더러운 짐승을 잡아먹는 이교도들 사이에서 살아야만 한다는 생각에 치가 떨리는 것을 억지로 참았다.

이제는 아침마다 수숫대에 서리가 앉고, 태양이 솟아서 열기를 걷어낼 때까지는 안개가 들판 나지막이 걸렸다. 큰물을 건너온 이 머나먼 투봅 땅에서도 알라신의 해와 달은 마찬가지로 떠올라서 하늘을 건너갔고, 비록 주푸레에서처럼 태양이 뜨겁거나 달이 그토록 아름답지는 않았지만, 그래도 쿤타는 알라신의 힘에 끝없이 놀라기만 했다. 이 저주받은 곳에서는 사람들만이 알라신의 뜻을 따르지 않는 듯싶었다. 투봅은 인간이 아니었으며, 이곳의 흑인들은 이해하려고 해 봤자 다 소용없는 일이었다.

태양이 하늘의 가운데에 이르자, 말과 비슷하면서도 큰 당나귀에 훨씬 더 가까워 보이며, 이곳 사람들이 〈노새〉라고 부르는 짐승이 끄는 나무 썰매가 도착할 테니, 또 한 번 줄을 서라는 신호를 보내려고 소라 나팔이 다시 울렸다. 썰매의 옆을 따라 걸어오면서, 요리하는 늙은 여자는 납작한 빵 덩어리와 무슨 국을 한 바가지씩 나누어 주었고, 줄을 지어 늘어선 사람들은 그것을 받아 들고 땅바닥에 앉거나 그냥 일어선 채로 허겁지겁 먹어 삼키고는, 역시 썰매에 실어 놓은 물통에서 국자로 물을 퍼 마셨다. 날마다 쿤타는 혹시 돼지고기가 들어갔을까 봐 확인하려고, 먹기 전에 주의 깊게 국 냄새를 맡아 보았지만, 대부분의 경우 그것은 채소만 넣고 만들어서, 고기라고는 보이지도 않았고, 전혀 냄새조차 나지 않았다. 나무로 만든 빈타의 절굿공이와는 달리 이곳에서는 돌로 만든 공이를 사용하기는 했어도, 아프리카에서나 마찬가지 방법으로 여기에서도 흑인 여자 몇 명이 돌절구에다 옥수수를 빻아 먹을거리를 만드는 광경을 보았던 쿤타는, 빵을 먹을 때면 기분이 훨씬 좋았다.

어떤 날에는 〈오크라〉라고 부르는 칸조나, 〈광저기〉라는 쏘쏘, 그리고 땅콩처럼 쿤타가 고향에서 눈에 익었던 음식이 나오기도 했다. 그리고 그는 이곳 흑인들이 무척 좋아하며 〈수박〉이라는 이름이 붙은 커다란 과일도 보았다. 그러나 그는 알라신이 이곳 사람들에게는 망고와, 야자열매의 속살과, 빵나무 열매, 그리고 아프리카의 덤불과 나무와 덩굴마다 주렁주렁 매달린 그토록 많은 다른 멋진 열매와 과일은 내려 주지 않았음을 알게 되었다.

(사람들이 〈쥔님〉이라고 부르며) 쿤타를 이곳으로 데리고 온 투봅

은 틈만 나면 그들이 일하는 들판으로 말을 타고 나왔다. 하야스름한 밀짚모자를 쓴 쥔님은 밭의 투봅 감독에게 얘기를 하면서 기다랗고, 가늘며, 가죽으로 꼬아 만든 회초리로 여기저기 가리키고는 했다. 그가 나타나기만 하면 투봅 감독이 흑인들이나 마찬가지로 쥔님에게 아첨하며 쩔쩔맨다는 사실도 쿤타는 알게 되었다.

그처럼 이상한 일이 날마다 많이 벌어졌고, 쿤타는 그의 오두막으로 돌아가 잠이 오지 않을 때면 일어나 앉아서 그들에 대한 생각을 했다. 이곳 흑인들은 채찍을 휘두르는 투봅의 비위를 맞추는 일 말고는 아무런 다른 관심은 없는 듯싶었다. 투봅이 어딘가 나타나기만 했다 하면 일손을 서두르고, 투봅이 뭐라고 한마디만 하면 시키는 대로 설설 기는 이곳 흑인들을 생각하니 그는 속이 뒤집혔다. 쿤타는 무슨 일이 벌어졌었기에 그들이 염소나 당나귀처럼 행동하도록 그렇게 마음이 망가졌는지 헤아릴 길이 없었다. 아마도 그들이 아프리카가 아니라 이곳에서 태어났기 때문인지도 모르겠고, 그들이 아는 집이라고는 진흙과 뻣뻣한 돼지털로 통나무들을 함께 붙여서 만든 투봅의 오두막밖에 없었기 때문인지도 모른다. 이곳 흑인들은 투봅 주인을 위해서가 아니라 자신과 그들의 동족을 위해서 햇볕을 받으며 흘리는 땀의 의미를 전혀 알지 못했다.

그러나 그들과 아무리 오랫동안 함께 지낸다고 해도 쿤타는 절대로 그들과 같아지지 않겠다고 맹세했으며, 밤이면 언제나 그는 머릿속에서 이 욕된 땅으로부터 도망칠 방법들을 찾아보려고 애썼다. 그는 지난번에 도망치려다가 실패했던 일 때문에 거의 밤마다 자신을 책망하고는 했다. 가시 돋친 잡목들 사이에서 침을 흘리는 개들에게 둘러싸였던 때를 머릿속에서 자꾸만 되새기며, 다음에는 더 훌륭한 계획이 필요하리라고 그는 다짐했다. 우선 그는 안전과 성공을 확실하게 해두기 위해서 사피에 부적을 만들어야만 했다. 다음에 그는 무슨 무기를 만들어 두거나, 찾아내야 한다. 뾰족하게 깎은 몽둥이 하나만 손에 들었더라도 그는 개들의 배를 찔러 뚫어 버렸겠고, 그가 개들과 싸우던 곳까지 흑인과 투봅이 잡목을 헤치고 들어오기 전에 그는 도망칠 여유를 얻었으리라고 그는 생각했다. 마지막으로 그는 이 부근의 지리에 익숙해져서, 다시 도망치게 되면 숨기에 훨씬 좋은 장소를 찾아내야 한다.

그런 생각에 들떠서 초조하게 밤을 반쯤 뜬눈으로 보내는 적이 많았어도, 쿤타는 항상 다른 새들을 깨우는 수탉의 첫 울음 전에 일어났다. 이곳의 새들은 그저 예쁜 목소리로 지저귀고 노래나 할 뿐이어서, 거대한 무리를 이루어 귀청이 찢어질 만큼 시끄러운 소리로 주푸레의 아침을 열어 주는 초록앵무새와는 상대도 안 됨을 그는 알았다. 고향에서와는 달리, 머리 위 나무 꼭대기에서 성을 내고 떠들어 대면서 하루를 시작하는 무슨 앵무새나, 밑으로 지나가는 사람들에게 막대기를 꺾어 던지는 원숭이들이 이곳에는 없는 듯싶었다. 이곳 사람들이 돼지를 우리에다 가두어 기르고, 심지어는 그런 더러운 짐승에게 먹이를 준다는 사실만큼이나 믿기 어려운 일이었지만, 쿤타는 이곳에서 염소를 한 마리도 못 보았다.

그러나 돼지의 비명 소리는, 돼지와 무척이나 비슷한 투봅의 언어보다는 덜 흉한 듯싶었다. 그는 만딩카 말이나, 아니면 어느 아프리카 언어로라도, 한마디 말만 듣게 해준다면 무엇이라도 내놓고 싶은 심정이었다. 그는 큰 배에서 같이 쇠사슬에 묶였던 포로들이, 심지어는 무슬림이 아닌 사람들까지도 그리워졌고, 그들이 어떻게 되었는지 궁금했다. 그들은 어디로 끌려갔을까? 여기와 같은 다른 투봅 농장으로 갔을까? 그들이 어디로 갔든지 간에, 그들은 감미로운 자신의 언어를 다시 한 번 듣게 되기를 애타게 바라고, 그러면서도 투봅 말을 모르기 때문에 쿤타처럼 혼자서 따돌림을 받는다는 기분을 느낄까?

쿤타는 그들에게서 도망치기 위해서는 투봅이나 그들의 생활 습성을 이해할 필요성을 느꼈기 때문에, 그들의 이상한 말을 좀 배워 둬야 되겠다고 느꼈다. 누구에게도 그런 내색을 하지는 않았지만, 그는 벌써부터 몇 마디 말을 알아듣게 되었는데 — 〈돼지〉, 〈수박〉, 〈광저기〉, 〈감독〉, 〈쥔님〉, 그리고 특히 흑인들이 그들을 만날 때마다 하는 소리인 〈예예, 쥔님 선생〉 따위의 말을 잘 알아들었다. 그는 또한 큰 집에서 〈쥔님〉과 함께 사는 여자 투봅을 흑인들이 〈마님〉이라고 부르는 소리도 들었다. 언젠가 멀찌감치 쿤타는, 두꺼비의 아랫배 같은 빛깔의 피부에 뼈가 앙상한 마님이 큰집 둘레에서 자라는 덩굴과 덤불에서 무슨 꽃을 따는 모습을 잠깐 보기도 했었다.

대부분의 다른 투봅 말은 아직도 쿤타를 당황하게 만들었다. 그러나 무표정한 가면 속에 숨어서, 그는 그런 어휘들의 뜻을 알아내려고 무척 애를 썼으며, 서서히 온갖 소리들을 어떤 물건이나 동작들과 연결 짓기 시작했다. 그러나 그는 거의 날마다 투봅과 흑인들이 다 같이 거듭거듭 외치는 소리를 들으면서도 무슨 뜻인지를 몰라서 지극히 난처한 소리가 하나 있었다. 그는 〈검둥개〉가 무엇일까 궁금했다.

46

 드디어 수숫대를 자르고 쌓는 일이 끝나자, 작업 〈감독〉은 동틀 녘에 소라 나팔이 불고 나면 흑인들에게 저마다 다른 일을 맡겼다. 어느 날 아침 쿤타는, 주푸레의 여자들이 말려서 반으로 잘라 집 안에서 사용하는 그릇을 만드는 야채를, 굵은 덩굴에서 따다가 그들이 〈마차〉라고 부르는 굴러 가는 궤짝에 실으라는 일을 맡았는데, 커다랗고 무거운 이 열매는 호리병박과 좀 비슷하고, 빛깔은 잘 무르익은 망고 같았다. 흑인들은 그것을 〈호박〉이라고 불렀다.
 〈헛간〉이라고 부르는 커다란 건물에 부려 놓으려고 〈호박〉과 함께 마차를 타고 간 쿤타는, 커다란 나무 한 그루를 톱질해서 자르는 흑인 남자 몇 사람을 보았으며, 그들이 나무를 굵직하게 토막 내고, 도끼와 쐐기로 쪼개어 장작을 만들면, 아이들이 그것을 그들의 키만큼 높직하게 몇 개의 기다란 줄을 지어 쌓아 올렸다. 다른 곳에서는 두 남자가 가느다란 막대기에다 커다란 잎사귀들을 널었는데, 언젠가 그가 코로 맡아 보았더니 이교도의 잎담배에서는 더러운 냄새가 났다.
 마차를 타고 〈헛간〉을 여러 차례 다녀오는 사이에, 그는 자신의 고향에서나 마찬가지로, 이곳 사람들도 나중에 쓰려고 이것저것 말려서 저장한다는 사실을 깨달았다. 어떤 여자들은 〈산쑥〉이라고 부르는 짙은 갈색의 풀을 뜯어 모아서 다발로 묶었다. 그리고 밭의 채소도 얼마쯤 따로 천 위에 널어 말렸다. (아이들이 떼 지어 돌아다니며 모아다가 끓는 물에 집어넣는) 이끼까지도 말렸는데, 그는 왜 그러는지 전혀 알 길이 없었다.
 어쩌다 돼지를 도살하는 우리를 지나가게 되면, 비명 소리를 듣거나 죽어 가는 돼지를 눈으로 볼 때마다 배 속이 뒤집혔다. 사람들은 (아마도 회반죽을 만드는 데 쓰려는 생각에서였겠지만) 돼지털도 말려서 따로 보관했으며, 정말로 보기에 속이 뒤집힐 일은, 돼지의 방광을 잘라 내어 바람을 불어넣어서 부풀리고, 양쪽 끝을 묶어 담 위에 매달아 말리는 광경이었는데, 어떤 성스럽지 못한 쓸모가 있어서 그러는지는 알라신만이 알 노릇이었다.

〈호박〉을 거두어 저장하는 일이 끝나고 나서, 쿤타와 다른 몇 사람은 나무들이 우거진 숲으로 가서, 나무그루를 힘차게 흔들어 대라는 명령을 받았고, 그러면 첫째 카포 아이들이 바구니를 들고 다니며 나무에서 떨어지는 열매를 주워 담았다. 쿤타는 나중에 아무도 곁에 없을 때 먹어 보려고 열매를 하나 주워서 옷 속에 감추었는데, 그 맛이 괜찮았다.

이런 일들이 다 끝난 다음에 어른 남자들은 수리가 필요한 곳을 여기저기 손질했다. 쿤타는 울타리를 고치는 다른 어른 남자를 도와주었다. 그리고 여자들은 대부분 커다란 하얀 집과 그들의 오두막을 대청소하느라고 바빠 보였다. 그는 어떤 여자들이, 처음에는 옷을 커다랗고 검은 그릇에 넣고 끓이다가, 다음에는 비눗물에 담근 우글쭈글한 양철 조각에 놓고 아래위로 문질러 대어 빨래를 하는 광경을 보았는데, 왜 그들은 아무도 돌멩이에 때려서 제대로 옷을 빨 줄을 모르는지 의아했다.

쿤타는 감독의 채찍이 전보다 그들의 등을 훨씬 덜 자주 때린다고 생각했다. 그는 그런 분위기가, 추수한 곡식이 모두 창고에 안전하게 쌓이고 난 다음의 주푸레 마을과 어딘가 비슷하다고 느꼈다. 하루의 일이 끝났음을 알리는 저녁 소라 나팔이 미처 울리기도 전부터, 어떤 흑인 남자들은 자기들끼리 장난을 치고, 으쓱거리며 돌아다니고, 노래까지 부르기 시작했다. 그러면 감독이 말 머리를 돌려 채찍을 흔들어 보이고는 했지만, 쿤타는 그가 진심으로 그러지는 않는다고 생각했다. 그리고 곧 다른 남자들이 어울리고, 뒤이어 여자들이 어울려서, 그들은 쿤타가 전혀 알아들을 길이 없는 내용의 노래를 불렀다. 그러면 그는 그들 모두에 대한 혐오감으로 가득 차서, 오두막으로 돌아가라고 알리는 소라 나팔이 울려야 마음이 즐거워졌다.

저녁이면 쿤타는, 곪은 발목에 족쇄가 될 수 있는 대로 덜 닿도록, 발뒤꿈치를 단단한 흙바닥에 똑바로 대고, 오두막의 문간 바로 안쪽에 옆으로 앉았다. 가벼운 바람이 조금만 불어도 그는 살갗을 스치는 바람의 감촉을 즐겼으며, 다음 날 아침 나무 밑에서 새 양탄자처럼 푹신하게 땅바닥에 깔릴 황금빛이거나 진홍빛인 잎사귀들을 생각했다. 그럴 때마다 그의 마음은 어느덧, 모기와 다른 벌레들에게 시달리면서도 아랑곳하지 않고 연기가 피어오르는 모닥불 가에 둘러앉아서, 멀리서 표범이 울부짖거나 하이에나들이 지르는 소리에 마을 사람들의 기나긴 대화가 가끔 중단되고는 하던, 추수철 주푸레 마을의 밤으로 되돌아갔다.

그가 아프리카를 떠난 이후 한 번도 듣지 못했고, 오늘 밤에도 들려오지 않는 한 가지 소리라고는 북이 말하는 북소리뿐이라고 쿤타는 얼핏 깨달았다. 투봅들이 아마도 이곳 흑인들에게 북을 갖지 못하게 했던 모양이리라. 하지만 왜? 북소리가 모든 마을 사람의 피를 더 빨리 뛰게 하고, 그래서 나중에는 꼬마들에서부터 이가 없는 노인들까지 모두 난폭하게 춤을 추게 될 줄을 투봅이 알았고, 그래서 두려워했기 때문에 그랬을까? 아니면 북소리가 고동치는 소리에 씨름꾼들이 가장 엄청난 힘을 발휘하리라는 사실을 알았기 때문이었을까? 아니면 사람을 홀리게 하는 북소리가 무사들로 하여금 미친 듯이 적과 싸우게끔 만든다고 알았기 때문인가? 아니면 자기들이 알아듣지 못하는 대화의 형태가 이 농장에서 저 농장으로 오가도록 내버려 두기가 투봅들은 무서웠기 때문인지도 모른다.

그러나 이곳의 이교도 흑인들은 투봅이나 마찬가지로 북의 얘기를 알아듣지 못하리라. 그래도 쿤타는 (비록 마지못해서이기는 했지만) 이교도 흑인들이 완전히 구제가 불가능하지는 않을지도 모른다고 억지로 양보했다. 무지하기는 했어도 그들이 행한 어떤 행동들은 순수한 아프리카 사람다웠고, 그러나 다만 그들이 그런 사실을 전혀 의식하지 못한다고 그는 판단했다. 한 가지만 꼽는다고 해도, 그는 지금까지 살아오는 동안, 무엇엔가 감탄하면 사람들은 줄곧 똑같은 소리를 냈고, 그 소리에는 똑같은 손의 시늉과 얼굴 표정이 뒤따랐다. 그리고 이곳 흑인들이 몸을 움직이는 방법도 역시 똑같았다. 그들끼리만 시간을 보낼 때 이곳 흑인들이 몸을 움직이는 방법 역시 마찬가지여서 — 주푸레 사람들처럼 그들은 온몸으로 웃었다.

그리고 쿤타는 (비록 아프리카의 여인들이 엮은 머리 타래를 흔히 알록달록한 구슬로 장식하기는 했지만) 이곳 흑인 여자들이 머리카락을 끈으로 꽁꽁 묶어서 땋아 올리는 습성에서도 아프리카를 연상했다. 그리고 이곳의 여자들은, 비록 묶는 솜씨가 좀 서툴기는 하더라도, 머리에다 헝겊 조각들을 매듭지어 묶었다. 쿤타는 심지어, 아프리카에서도 어떤 남자들이 그렇듯이, 머리카락을 짧게 땋은 이곳 흑인 남자도 몇 명 보았다.

쿤타는 또한 어른들을 공손함과 존경심으로 대하도록 훈련을 받는 흑인 아이들에게서도 아프리카를 보았다. 통통하고 작은 다리를 벌려 자기의 옆구리에 걸치게 하여 아기들을 안고 다니는 어머니들에게서도 그는 아프리카를 보았다. 그는 심지어, 이곳 흑인들 가운데 나이가 많은 사람들이 저녁이면, 주푸레에서라면 레몬풀 뿌리로 그랬겠지만, 끝을 곱게 으스러뜨린 작은 나뭇가지로 잇몸과 이를 청소하는 따위의 작은 습관까지도 놓치지 않았다. 그리고 이곳 투봅 땅에서 어떻게 그럴 엄두가 나는지 이해하기가 힘들기는 했어도, 쿤타는 노래와 춤에 대해서 이곳 흑인들이 보이는 대단한 애착은 틀림없이 아프리카 사람다운 기질임을 인정해야만 했다.

그러나 이곳의 이상한 사람들에 대해서 그의 마음이 어느 정도 정말로 누그러지기 시작한 까닭은, 지난 한 달 동안에 그를 그토록 싫어하는 듯한 그들의 노골적인 태도가, 감독이나 〈쥔님〉이 근처에서 눈에 띄는 동안만 계속되었다는 사실 때문이었다. 흑인들끼리만 모인 곳은 어디나 쿤타가 가기만 하면 대부분의 사람들이 재빨리 머리를 끄덕여 인사했고, 그의 왼쪽 발목 상태가 점점 나빠지자 그들의 얼굴에 비치는 걱정스러운 표정도 역력해졌다. 비록 그는 언제나 그들을 못 본 체하고 냉정하게 계속해서 절뚝이며 가던 길을 갔지만, 그는 마주 머리를 끄덕여 줄 걸 그랬었구나 하고 나중에 후회하는 마음이 가끔 들었다.

어느 날 밤 쿤타가 잠이 들었다가, 자주 그렇듯이 다시 깨어나 정신이 맑아지자, 그는 누워서 어둠을 응시하며, 알라신께서 어쩐지, 무슨 이유 때문인지, 그를 이곳에, 뿌리가 옛날 조상들에게로 모두 연결되는 거대한 흑인 가족 가운데 길 잃은 하나의 부족이면서도 쿤타와는 달리 그들이 누구이며, 그들이 어디서 왔는지조차 전혀 모르는 이곳의 흑인에게로, 혹시 일부러 보내 주시지 않았는가 하는 느낌이 들었다.

거룩한 할아버지의 존재가 신비하게 그의 곁으로 내려왔다는 이상한 기분을 느끼면서, 쿤타는 어둠 속으로 손을 뻗었다. 아무도 손으로 만져지지는 않았지만, 그는 알콰란 카이라바 쿤타 킨테에게 만일 나한테 이곳에서 행해야 할 어떤 사명이 주어졌다면, 그것이 무엇인지 알려 달라고 큰 소리로 애원했다. 그는 자신의 목소리를 듣고 깜짝 놀랐다. 그는 투봅의 땅에 와서 지금까지, 채찍질 때문에 지른 비명 말고는 알라신 이외의 어느 누구에게도 입을 열어 말한 적이 없었다.

이튿날 아침 일터로 나가는 행렬에서 다른 사람들과 어울린 쿤타는, 날마다 그들이 서로 인사를 할 때 사용하는 〈안녕〉이라는 말이 자기도 모르는 사이에 입에서 흘러나올 뻔했다. 그러나 그는 이제 그에게 남들이 하는 소리를 상당히 많이 알아들을 뿐 아니라, 자신이 생각하는 바도 어느 정도 납득시킬 만큼은 투봅 말을 알게 되었어도, 그런 사실을 아직은 혼자만 알고 있기로 결심했다.

쿤타는 흑인들에 대해서 자신의 태도가 달라졌음을 스스로 감추었듯이, 이곳 흑인들도 투봅에 대한 참된 감정을 용의주도하게 가면 속에 숨기고 살아가는지도 모르겠다는 생각이 떠올랐다. 그는 투봅이 얼굴을 돌리자마자, 미소를 짓던 흑인들의 얼굴이 찌푸려지는 순간을 지금까지 수없이 보아 왔다. 그는 일부러 연장을 망가뜨리고는, 감독이 그들의 우둔함을 마구 꾸짖는 동안, 어떻게 그런 일이 일어났는지 전혀 모르겠다는 듯이 행동하던 흑인들을 보았다. 그리고 그는 들판에서 흑인들이, 근처에 투봅이 돌아다닐 때는 매우 수선을 피우며 일을 서두르는 척하면서도, 사실은 무슨 일을 하더라도 필요한 시간의 두 배를 어떻게 잡아먹는지를 보았다.

그는 또한 만딩카 사람들의 비밀 언어인 시라 캉고처럼 이곳 흑인들은 그들만이 아는 방법으로 뜻을 주고받기도 한다는 사실을 깨닫게 되었다. 그들이 들판에 나가 일할 때면 가끔 쿤타는 머리를 조금 재빨리 움직이는 동작을 얼핏 알아채고는 했다. 또는 그들 가운데 한 사람이 이상하고 짧은 무슨 소리를 내고, 불규칙한 간격을 두고 다른 사람이, 그러고는 또 다른 사람이, 말을 타고 돌아다니는 감독이 항상 듣지 못하게, 같은 말을 되풀이했다. 그리고 감독이 그들의 한가운데서 돌아다닐 때도 가끔 그들은 (비록 쿤타는 뜻을 이해하지 못해도) 큰 배에서 여자들이 남자들을 위해서 그랬듯이, 그들끼리 무슨 전갈을 주고받는 듯한 노래를 부르기 시작했다.

오두막들 사이에 어둠이 내리고, 큰집의 창문에서 반짝이는 등불빛이 꺼지고 나서, 쿤타의 날카로운 귀는 〈노예 마을〉에서 흑인들이 한두 명 몰래 빠져나가는 재빠른 부스럭 소리를, 그리고 몇 시간 후에 다시 몰래 돌아오는 소리를 들었다. 그들이 무엇을 하려고 어디로 가는지, 그리고 도대체 얼마나 미친 사람들이기에 그들이 다시 되돌아오는지 쿤타는 궁금해했다. 이튿날 아침 들판으로 나가며 그는 어젯밤에 누가 그런 짓을 했는지를 알아보려고 애썼다. 그것이 누구였든지 간에, 그는 이곳 사람들을 믿어도 되겠다는 생각이 들었다.

쿤타가 기거하는 곳으로부터 두 오두막 너머에서, 흑인들은 저녁마다 식사가 끝나고 나면, 요리하는 늙은 여자의 작은 불가에 둘러앉았는데, 비록 여자들과 남자들이 한데 뒤섞여 앉았고 몇 명의 남녀가, 점점 짙어지는 어둠 속에서 가끔 불빛이 밝아지고는 하던, 이교도의 잎담배 파이프를 뻐끔거리는 모습이 다르기는 했어도, 그런 광경은 주푸레에 대한 구슬픈 추억으로 쿤타의 머릿속을 가득 채웠다. 문간 안쪽에 바싹 다가앉아서 열심히 귀를 기울이면 쿤타는, 귀뚜라미들의 울음과 먼 숲의 부엉이 소리 속에서도 그들의 목소리가 잘 들렸다. 말뜻은 이해하지 못했지만, 그는 그들의 목소리에 담긴 괴로움을 느꼈다.

어둠 속이기는 했어도, 쿤타는 이제 어느 흑인이 얘기를 하면 그의 얼굴이 머릿속에서 훤히 보이고는 했다. 그는 머릿속에서 어른들 10여 명의 목소리를 하나씩 구분해서, 그가 가장 닮았다고 생각하는 부족의 이름과 함께 연결 지어 기억했다. 그는 그들 가운데 일반적으로 가장 활발하게 행동하는 사람들과, 웃는 일조차 별로 없는 사람들과, 그리고 투봅이 근처에 가까이 와도 미소를 안 짓는 몇 사람을 따로 알았다.

이런 저녁 모임은 쿤타가 익숙해진 어떤 일반적인 과정을 거쳤다. 큰집에서 요리를 하는 여자가 처음 얘기를 꺼내기가 보통이었다. 그녀는 쥔님과 마님이 한 얘기들을 흉내 냈다. 다음에는 쿤타를 잡았던 덩치가 큰 흑인이 감독의 흉내를 내었으며, 커다랗고 하얀 집에서 들을까 봐 웃음소리를 낮추려고 그들이 숨을 죽이는 동안, 쿤타는 놀라움을 느끼며 귀를 기울였다.

그런 다음에 웃음소리는 잠잠해지고, 그들은 둘러앉아서 자기들끼리 얘기했다. 쿤타는 그들이 나눈 얘기를 거의 파악하지 못했지만, 몇 사람의 절망적이고 얼이 빠진 듯한 말투와 다른 사람들의 분노를 알았다. 그는 과거에 일어났던 일들을 그들이 회상한다는 생각이 들었다. 여자 몇 명은 얘기를 하다가 갑자기 울음을 터뜨리기도 했다. 나중에는 얘기가 점점 조용해지다가, 한 여자가 노래를 부르기 시작하면, 다른 사람들이 따라 했다. 쿤타는 〈내가 겪은 고생 아무도 모른다네〉라는 노래의 내용을 이해하지 못했지만, 거기에 담긴 슬픔만큼은 쉽게 느꼈다.

마지막으로, 소라 나팔을 부는 일을 맡았고, 흔들의자에 앉아서 옥수수 껍질을 엮어 여러 가지 물건을 만들고, 그들 가운데 가장 나이가 많은 사람이라고 쿤타가 알고 있는 노인의 목소리가 들려왔다. 그러면 다른 사람들은 머리를 조아리고, 그는 (쿤타의 생각에 분명히 알라신에게는 아니었겠지만) 무슨 기도를 드리기라도 하는 듯, 천천히 말하기 시작했다. 그러나 쿤타는 큰 배에서 늙은 알칼라가 했던 말이 생각났다. 〈알라는 모든 언어를 다 알아들으십니다.〉 기도가 계속되는 동안 쿤타가 들어 보니, 노인의 기도를 그 말로 자꾸만 가로막던 다른 사람들뿐 아니라 늙은 남자 자신도 날카롭게 외치던 〈오 하나님〉이라는 묘한 소리가 자꾸 반복되었다. 그는 〈오 하나님〉이 알라신과 마찬가지 존재일까 하고 궁금해했다.

며칠 후에 쿤타가 여태껏 겪어 본 적이 없을 만큼 차가운 밤바람이 불어왔고, 아침에 일어나서 보니, 나무들은 잎이 하나도 남김없이 떨어져 버렸다. 들판으로 나가려고 줄을 서서 떨던 그는 감독이 모든 사람을 헛간으로 들어가라고 하자 어리둥절해졌다. 쥔님과 마님까지도 그곳에 와 있었고, 그들은 옷을 잘 차려입은 다른 투봅 네 명과 함께, 흑인들이 두 패로 갈라져서 추수를 해서 쌓아 놓은 무더기에서 옥수수를 집어, 하얗게 마른 껍질을 벗겨 옆으로 집어던지는 시합을 벌이는 장면을 지켜보면서 환호성을 올렸다.

그러더니 투봅과 흑인들은 (두 패로 갈려서) 실컷 먹고 마셨다. 다음에는 밤에 기도를 드리던 늙은 흑인이, (쿤타가 고향에서 본 옛날 코라를 연상시키는) 기다란 줄이 여럿 달린 어떤 악기를 집어 들고, 줄 위로 무슨 지팡이를 밀고 당기며 무척 묘한 음악을 연주했다. 다른 흑인들이 일어서더니 멋대로 춤을 추기 시작했으며, 구경하던 투봅들과 심지어는 감독까지도 즐겁게 손뼉을 치며 옆 줄에서 소리를 질렀다. 흥분해서 얼굴이 벌겋게 달아오른 투봅들이 모두 일어서자 흑인들은 옆으로 물러섰으며, 그들은 손뼉을 치면서 한가운데로 나아가 엉거주춤한 춤을 추기 시작했고, 그러자 늙은 남자는 미친 듯이 연주를 계속했고, 다른 흑인들은 마치 여태껏 본 적이 없던 가장 멋진 구경이라도 하는 듯 펄쩍펄쩍 뛰고 박수를 치며 소리를 질렀다.

그런 광경을 보고 쿤타는 그가 첫째 카포였을 때 늙은 뇨 보토 할머니가 그에게 들려주었던 옛날얘기가 생각났다. 어느 마을의 왕이 모든 악사들을 불러 모아 놓고는, 노예들까지도 포함한 모든 사람들을 위해서 그가 춤을 출 테니까 최선을 다해서 연주하라고 명령했다. 그리고 사람들은 모두 마음이 즐거워져서 하늘에다 대고 큰 소리로 노래를 부르면서 떠나갔고, 그와 같은 왕이 다시는 없었다고 했다.

그날 밤, 나중에 그의 오두막으로 돌아온 다음, 그가 오늘 보았던 일들을 되새기다가, 쿤타는 어떤 강렬하면서도 이상하고 무척 깊은 면에서 흑인들과 투봅들이 서로 필요성을 느끼며 살아간다는 생각이 들었다. 헛간에서의 춤판만이 아니라, 다른 많은 경우에도 역시, 투봅들은 비록 매질은 하더라도 흑인들과 가까이 지낼 때 가장 행복해하는 듯싶다고 그는 생각했다.

47

쿤타의 왼쪽 발목은 너무 심하게 덧나서, 상처로부터 흘러내리는 고름이 싯누렇게 쇠고랑을 잔뜩 덮었으며, 그의 절름거리는 걸음걸이는 결국 감독으로 하여금 자세히 살펴보게끔 시선을 끌었다. 머리를 저쪽으로 돌리면서 그는 삼손더러 족쇄를 풀어 주라고 말했다.

아직도 발을 치켜들기가 고통스럽기는 했지만, 쿤타는 족쇄가 풀리자 너무나 감격해서 통증쯤은 느끼지도 못했다. 그리고 그날 밤, 다른 사람들이 모두 잠자리에 들어 사방이 고요해진 다음에, 쿤타는 절름거리며 밖으로 나가서 다시 한 번 도망쳤다. 지난해에 도망쳤던 곳과는 반대 방향으로 들판을 건너서, 그는 다른 쪽에 위치했다고 믿었던 보다 넓고 깊은 숲으로 향했다. 그는 좁은 산골짜기에 이르러서 건너편으로 기어오르려고 했을 때, 멀리서 무엇이 돌아다니는 소리를 처음 들었다. 그는 가슴을 두근거리며 가만히 엎드려 기다리다가, 가까이 다가오는 묵직한 발소리에 이어 욕설을 퍼부으며 소리치는 삼손의 목쉰 소리를 들었다. 「토비! 토비!」 뾰족하게 끝을 깎아서 엉성한 창처럼 만든 단단한 몽둥이를 움켜쥔 채, 쿤타는 감각이 마비되기라도 한 듯 이상한 차분함을 느끼며, 골짜기의 꼭대기에서 덤불 사이를 이리저리 돌아다니는 큼직한 그림자를 차가운 눈으로 지켜보았다. 쿤타는 자기가 도망치는 데 성공한다면, 틀림없이 무슨 일을 당할 터여서 삼손이 겁을 낸다는 생각이 얼핏 들었다. 그는 점점 더 가까이 뒤쫓아 왔고, 쿤타는 잔뜩 몸을 웅크리고는 바위처럼 움직이지를 않았고, 그러자 기회가 왔다. 힘껏 창을 던지면서 그는 기운을 쓰느라고 아픔을 느껴 신음 소리를 냈고, 삼손은 그 소리를 듣고 순간적으로 몸을 한쪽으로 던져서, 아슬아슬하게 창을 비켜났다.

쿤타는 달아나려고 했지만, 발목에 힘이 없어서 몸을 일으켜 세워 버티기조차 어려웠으며, 그래도 싸워 보려고 그가 몸을 돌렸을 때는, 삼손이 그에게 달려와서 억센 힘으로 주먹을 휘둘러 그를 땅바닥에 때려눕혔다. 삼손은 그를 잡아 다시 일으켜 세우고, 배를 겨누어서 계속 두들겨 팼으며, 쿤타는 몸이 뒤틀리지 않도록 버티면서 후벼 파고, 깨물고, 할퀴려고 덤비었다. 그러자 세찬 주먹에 정통으로 한 방 맞아 널브러진 쿤타는 도저히 몸을 일으킬 힘이 없어졌다. 그는 더 이상 자신을 방어하기 위해서조차 몸을 움직일 수가 없었다.

숨을 헐떡이면서 삼손은 쿤타의 두 손목을 단단히 묶었고, 밧줄의 한쪽을 잡아채면서 쿤타를 농장 쪽으로 다시 끌고 가다가, 비틀거리거나 머뭇거리기만 하면 잔인하게 발길질을 하고, 한 걸음 옮길 때마다 욕설을 퍼부었다.

쿤타는 삼손의 뒤에서 비틀거리고 휘청대기만 했다. 고통과 피로로 (그리고 자신에 대한 혐오감으로) 현기증을 느끼면서, 그는 오두막으로 돌아간 다음 당하게 될 매질을 음울하게 예상했다. 그러나 동이 트기 직전 그들이 마침내 집에 도착했을 때, 삼손은 한두 차례 발길질만 더 하고는, 지쳐 쓰러진 그를 혼자 남겨 두고는 가버렸다.

쿤타는 기운이 너무 빠져서 몸이 떨렸다. 그러나 그는 이빨이 붙이라도 붙은 듯 아파 올 때까지, 그의 두 손목을 묶은 밧줄의 올을 이빨로 갉아 끊기 시작했다. 그러나 밧줄이 드디어 끊어졌을 무렵에 소라나팔이 울렸다. 쿤타는 너부러진 채로 흐느껴 울었다. 그는 또다시 실패했고, 그래서 알라신에게 기도를 드렸다.

그다음 며칠 동안, 그와 삼손은 마치 무슨 증오의 비밀 약속이라도 나누는 듯 행동했다. 쿤타는 그가 얼마나 심한 감시를 받는지를 알았고, 삼손이 투보을 납득시킬 만한 어떤 방법으로 그를 해칠 무슨 핑계를 기다린다고 생각했다. 그래서 쿤타는, 마치 아무 일도 없었다는 듯, 그에게 주어진 일은 무엇이나 (전보다 훨씬 빠르게 그리고 능률적으로) 다 해나갔다. 그는 가장 열심히 일하고 가장 잘 웃어 주는 사람들에게 감독이 신경을 덜 쓴다는 사실을 알았다. 쿤타는 억지로 미소를 지을 생각은 없었지만, 땀을 더 많이 흘릴수록 채찍이 그의 등을 덜 때린다는 요령을 마음에 새기면서 음산한 만족감을 느꼈다.

어느 날 저녁 일이 끝나고 나서, 쿤타는 헛간 근처를 지나가다가 감독이 두 남자를 시켜 장작을 쪼개던 곳에서, 톱으로 자른 나무토막들 틈에 반쯤 숨겨진 굵은 쇠쐐기를 발견했다. 재빨리 사방을 훑어보고는 아무도 지켜보는 사람이 없음을 확인하고 쿤타는 쐐기를 얼른 집어서 셔츠 안에 감추고 그의 오두막으로 서둘러 갔다. 그것으로 단단한 땅바닥을 파고는, 그 구멍에다 쐐기를 넣은 다음, 파낸 흙을 다시 덮고는 땅바닥을 판 흔적이 완전히 보이지 않을 때까지 돌멩이로 조심스럽게 다졌다.

그는 쐐기가 없어졌음이 발각되어 모든 통나무집이 수색을 당할까 봐 걱정하며, 잠을 못 이루고 꼬박 밤을 지새웠다. 다음 날 아무런 소동이 벌어지지 않아서 그는 마음이 한결 놓였지만, 다시 적당한 때를 잡으면 도망치는 데 쐐기가 어떻게 도움이 될지는 아직 확실히 계산이 서지를 않았다.

그가 정말로 손에 넣고 싶었던 물건은 아침마다 몇 남자에게 감독이 나누어 주는 긴 칼 한 자루였다. 그러나 저녁마다 그는 감독이 칼들을 반납하라고 지시하고는, 꼼꼼하게 수를 헤아리는 것을 보았다. 그런 칼만 한 자루 마련한다면 그는 숲 속에서 잡목을 자르며 더 빨리 나아가겠고, 필요하다면 개나 사람도 죽일 수가 있었다.

거의 한 달이 지난 후, 하늘이 음산하고 거무죽죽한 어느 추운 날 오후, 울타리를 고치는 다른 남자를 도와주려고 쿤타가 어느 밭을 건너가려는데, 놀랍게도 소금처럼 보이는 가루가 처음에는 천천히, 다음에는 더 빨리, 그리고 많이 하늘에서 무더기로 쏟아졌다. 소금이 하얀 송이로 바뀌자 그는 근처의 흑인들이 〈눈이다!〉라고 외치는 소리를 들었고, 흰 덩어리의 이름이 〈눈이다〉인 모양이라고 짐작했다. 몸을 숙여 눈을 좀 집어 보니 차가웠고, 손가락에 붙은 가루를 혀로 핥아 보니 더 차가웠다. 혀끝이 찌르르했고, 아무 맛도 없었다. 냄새를 맡아 보려고 했지만, 아무 냄새도 나지를 않았고, 나중에는 물만 남기고 사라졌다. 그리고 어디를 봐도 땅은 하얀 꺼풀로 덮여 버렸다.

그러나 그가 들판의 다른 쪽에 다다랐을 때쯤에는 〈눈이다〉가 걷히고, 녹아 버리기 시작했다. 놀라움을 감추면서 쿤타는 마음을 가다듬었고, 부서진 울타리 곁에서 기다리던 흑인 동료에게 말없이 머리를 끄덕여 인사했다. 그들은 일을 시작했는데 — 쿤타는 다른 남자를 도와서 〈철사〉라고 부르는 금속 끈을 울타리에 둘러쳤다. 얼마 후에 그들은 키를 넘는 큰 잡초가 무성한 곳에 이르렀고, 다른 남자가 가지고 온 긴 칼로 잡초를 치는 사이에, 쿤타의 눈은 그가 서 있던 곳에서 가장 가까운 숲까지의 거리를 어림해 보았다. 그는 삼손이 근처에 없고, 감독은 그날 다른 밭으로 감시를 나갔음을 알았다. 쿤타는 그의 속셈을 다른 남자에게 의심받지 않으려고 부지런히 일했다. 그러나 철사를 팽팽하게 당기면서 일하느라고 몸을 굽힌 남자의 머리를 내려다보면서, 그는 숨이 가빠 왔다. 칼은 잡목을 치는 일이 끝난 자리에, 그들보다 몇 발자국 뒤에 놓아두었다.

소리 없이 알라신에게 기도를 드리면서, 쿤타는 두 손을 함께 움켜쥐고 주먹을 높이 들어서, 그의 야윈 몸에서 모든 힘을 동원하여, 세차게 남자의 목덜미를 내리쳤다. 남자는 도끼에 찍혀 넘어지듯, 소리 하나 내지 않고 쓰러졌다. 단숨에 쿤타는 남자의 발목과 팔목을 철사로 묶었다. 긴 칼을 얼른 집어 들고 쿤타는, (그가 증오하는 삼손은 아니었으므로) 그를 찌르고 싶은 충동을 억누르고, 몸을 낮게 숙인 채 숲 쪽으로 달려갔다. 그는 마치 꿈속에서 달려가듯, 마치 이 모든 일이 정말로 벌어지고 있지는 않은 듯한 경쾌함을 느꼈다.

그는 몇 분 후에, 밭에서 벗어났을 무렵에, 그가 살려 두고 온 남자가 목청껏 고함치는 소리를 들었다. 더 빨리 뛰려고 기를 쓰면서, 그는 저놈을 죽여 버렸어야 했는데 하고 자신을 증오하면서 생각했다. 숲에 다다르자, 덤불 깊이 안으로 밀고 들어가는 대신, 이번에는 옆으로 우회했다. 그는 숨기 전에 우선 한껏 멀리 달아나야 함을 알았다. 빨리 멀리만 도망친다면, 그는 밤을 틈타 더 달아나기 전에, 숨어서 휴식을 취할 알맞은 장소를 찾을 만한 시간을 마련하리라.

쿤타는 짐승들처럼 숲 속에서 살 각오가 섰다. 그는 아프리카에서 이미 많이 배웠지만, 지금까지 투붑 땅에 대해서도 많이 배웠다. 그는 덫을 놓아 토끼나 여러 가지 쥐를 잡아서, 연기가 안 나는 불에다 요리를 하리라. 달려가던 그는 잡목이 그의 전진을 늦출 만큼 무성하지는 않아도, 그를 숨겨 줄 만큼은 우거진 곳에서 멈추었다.

밤이 되자 쿤타는 이만하면 상당히 멀리 도망친 모양이라고 생각했다. 그러나 그는 계속해서 협곡과 골짜기를 건넜고, 얕은 개울을 따라 한참 동안 내려갔다. 완전히 어두워진 다음에야 그는 도망을 멈추고, 수풀이 무성하기는 해도 언제든 도망치기가 쉬운 곳에서 몸을 숨겼다. 그곳에서 어둠 속에 누워, 그는 개 짖는 소리가 나는지 주의 깊게 귀를 기울였다. 그러나 그의 주변은 온통 고요함뿐이었다. 정말 가능한 일이었던가? 이번에는 정말로 그가 성공하리라는 말인가?

바로 그때, 그는 얼굴에서 무엇이 펄럭이는 차가움을 느껴, 손을 위로 뻗었다. 〈눈이다〉가 다시 내리기 시작했다. 곧 그는 온통 하얀빛으로 둘러싸이고 뒤덮였다. 눈은 소리 없이 점점 더 두텁게 내렸으며, 쿤타는 그 속에 파묻힐지도 모른다는 두려움을 느끼기 시작했는데, 사실 그는 벌써부터 온몸이 얼어 들어왔다. 결국 그는 더 이상 버티지 못하고 벌떡 일어나, 보다 좋은 피신처를 찾으려고 달려갔다.

한참을 뛰어가다가 그는 고꾸라져 넘어졌는데, 다치지는 않았지만, 뒤를 돌아다보니 놀랍게도 그의 뒤에는 장님도 쉽게 따라올 정도로 깊은 발자국이 자취를 남겼다. 그는 발자국을 지울 방법이 없으며, 아침이 별로 멀지 않았음을 알았다. 남은 해답이라고는 오직 더 멀리 달아나는 것뿐이었다. 그는 속도를 더 내려고 했지만, 거의 밤새도록 뛰었기 때문에, 숨을 쉬기도 힘들 만큼 헐떡였다. 긴 칼은 무겁게 느껴지기 시작했고, 그것은 덤불을 자르기는 했지만, 눈을 녹이는 데는 아무 소용이 없었다. 동쪽이 밝아 오기 시작했을 무렵, 그는 멀리 뒤에서 울리는 희미한 소라 나팔 소리를 들었다. 그는 방향을 바꿔서 다시 나아갔다. 그러나 하얗게 뒤덮인 이곳에서 편안히 쉴 곳은 어디에도 없으리라는 생각에 그는 마음이 무거웠다.

멀리서 개들이 울부짖는 소리가 들려오자, 그는 지금까지 느껴 보지 못했을 만큼 큰 분노에 휩싸였다. 그는 쫓기는 표범처럼 뛰었지만, 개가 짖어 대는 소리가 점점 더 커지기만 했고, 열 번째로 그가 뒤를 돌아다보았을 때쯤에 그는 개들이 거리를 좁혀 옴을 알았다. 분명히 그들은 이제 별로 많이 뒤떨어지지를 않았다. 그러자 그는 총성을 들었고, 그래서 그는 아까보다도 더 빨리 앞으로 달려 나갔다. 그래도 개들은 그를 따라잡았다. 몇 발자국밖에 떨어지지 않게 되자, 쿤타는 몸을 휙 돌려 웅크리고 앉아서 개들과 마주 으르렁거렸다. 이빨을 드러내며 개들이 덤벼들자, 쿤타도 마주 달려들어서, 칼을 옆으로 휘둘러 단번에 첫 번째 개의 배를 갈랐고, 팔을 다시 한 번 휘둘러 다음 개의 이마에 칼날을 박았다.

몸을 돌려서 쿤타는 다시 뛰기 시작했다. 그러나 그는 곧 말을 탄 남자들이 뒤에서 덤불을 헤치고 달려오는 소리를 들었고, 그는 말들이 들어오지 못할 만큼 더 깊은 덤불로 뛰어들었다. 그러자 다시 총성이, 그리고 또 총성이 울렸고, 그는 다리에서 갑작스러운 통증을 느꼈다. 힘없이 쓰러진 쿤타가 다시 비틀거리면서 몸을 일으키자, 투봅이 소리치며 총을 쏘았고, 그의 머리 옆에서는 나무에 맞아 총탄이 튀는 소리가 났다. 나는 남자답게 죽고 싶으니, 차라리 날 죽여 버리라지 하고 쿤타는 생각했다. 그러자 총알이 하나 더 같은 다리에 맞았고, 그것은 거대한 주먹처럼 그를 때려눕혔다. 땅바닥에 쓰러져서 으르렁거리던 그는, 총을 겨누고 그에게로 다가오는 감독과 다른 투봅들을 보았고, 그래서 그는 벌떡 일어나서 그들로 하여금 다시 그에게 총을 쏘게 해서 끝장을 보려고 했지만, 다리의 상처 때문에 몸을 일으킬 힘이 없었다.

다른 투봅이 쿤타의 머리에 총을 대고 경계하는 사이에, 감독은 쿤타의 옷을 잡아채어 벗겨서, 그는 결국 알몸으로 눈 한가운데 선 채로, 다리에서 뚝뚝 떨어지는 피로 발치의 흰 빛깔을 붉게 물들였다. 말끝마다 욕설을 퍼부으면서 감독은 쿤타를 주먹으로 때려 의식을 잃게 했으며, 그러더니 두 사람은 그에게 나무를 안게 하고 묶어서, 두 손목을 다른 쪽에다 서로 잡아맸다.

채찍이 쿤타의 어깨와 등을 파고들었고, 감독이 힘을 쓸 때마다 쿤타는 매질에 몸을 떨었다. 조금 더 지나자 쿤타는 참을 수가 없어서 비명을 질렀지만, 그의 몸이 나무에 들러붙어 축 늘어질 때까지 매질은 계속되었다. 그의 어깨와 등은 길게 반쯤 벌어져서 피가 흐르는 상처로 뒤덮였고, 어떤 곳에서는 속의 근육이 드러나기도 했다. 확실히 알 수는 없었지만, 그런 다음에 쿤타는 어디론가 떨어지는 기분을 느꼈다. 그러고는 몸에 닿는 눈의 차가움을 느꼈고, 온 세상이 깜깜해졌다.

그는 오두막에서 정신을 차렸고, 온몸을 쑤셔 대는 고통이 감각과 함께 돌아왔다. 다시 쇠사슬에 묶인 그는 조금만 몸을 움직여도 아파서 비명이 나왔다. 그리고 더욱 견디기 힘들었던 점은, 냄새를 맡아 보니 발끝에서 턱까지, 돼지기름에 적신 커다란 천을 그의 몸에 온통 칭칭 감아 놓았다는 사실이었다. 요리하는 늙은 여자가 음식을 가지고 들어왔을 때, 그는 그녀에게 침을 뱉으려고 했지만, 겨우 토하기만 했다. 그는 그녀의 눈에 동정심이 어리는 듯한 기미를 눈치 채었다.

이틀 후, 그는 잔치를 벌이는 듯한 소리에 아침 일찍 잠이 깨었다. 그는 큰집의 바깥에서 흑인들이 〈성탄절 선물이에요, 쥔님 나리!〉라고 외치는 소리를 들었고, 도대체 그들에게 무슨 잔치를 벌일 만한 일이 생겼을까 하고 궁금하게 여겼다. 그는 어서 죽어 그의 영혼이 조상들과 만나게 되기를 바랐고, 제대로 숨도 쉴 수 없을 만큼 답답하고 더러운 이곳 투뵵 나라에서의 끝없는 참혹함이 빨리 끝나기를 바랐다. 남자답게 때리는 대신 알몸으로 그를 홀랑 발가벗겨 놓은 투뵵에 대한 분노가 그의 마음속에서 끓어올랐다. 몸이 회복되면 그는 복수를 하고 다시 도망치리라. 아니면 차라리 죽으리라.

48

다시 양쪽 발목에 족쇄를 찬 쿤타가 드디어 그의 오두막에서 나왔을 때, 대부분의 다른 흑인들은 그와 가까이 있기가 두려운 듯 휘둥그레진 눈알을 굴리며 그를 피했고, 마치 그가 무슨 난폭한 동물이라도 되는 듯이 얼른 다른 곳으로 달아났다. 요리하는 늙은 여자와 소라 나

팔을 부는 늙은 남자만이 그를 똑바로 쳐다보았다.

삼손은 어디에도 보이지가 않았다. 쿤타는 그가 어디로 갔는지 전혀 알 길이 없었지만, 그래서 기쁘기도 했다. 그러더니 며칠 후, 그는 증오하는 그 흑인의 몸에서 아물지 않은 채찍 자국을 보았고, 그래서 그는 더욱 기뻤다. 그러나 조금만 트집이 잡혀도 투놉 감독의 채찍은 다시 쿤타의 등을 후려쳤다.

그는 날마다 다른 사람들처럼, 투놉이 가까이 오면 좀 빨리 움직이는 체하다가 그들이 가버리면 일손을 늦추면서 일하는 시늉을 계속하는 동안, 자기가 하루 종일 감시를 받는다는 사실을 깨달았다. 아무 소리도 없이 쿤타는 시키는 일을 다 했다. 그리고 하루가 다 지나면, 그는 마음속 깊이 우울함을 느끼며, 들판으로부터 그가 잠을 자는 어두컴컴한 오두막으로 돌아갔다.

외로움 속에서 쿤타는 혼잣말을 하기 시작했는데, 대부분이 보이지 않는 가족과의 대화였다. 그는 거의 언제나 마음속으로 얘기했지만, 가끔 소리를 내어 말하기도 했다. 「아버지.」 그는 가끔 말했다. 「이 흑인들은 우리하고 같지가 않아요. 그들의 뼈와, 피와, 근육과, 손과, 발은 그들 자신의 소유가 아니랍니다. 그들은 자신을 위해서가 아니라, 투놉을 위해서 살고, 숨을 쉽니다. 그리고 그들은 자신의 아이들조차 전혀 소유하지 못하죠. 그들은 남을 위해 먹고, 젖을 빨고, 아이를 낳아요.」

「어머니.」 그는 이렇게 말하고는 했다. 「이곳 여자들은 머리에 천을 두르지만, 그것을 어떻게 매는지를 모르며, 그들이 요리하는 음식에는 더러운 돼지고기나 기름이 들어가지 않은 것이 거의 없고, 많은 여자들이 투놉과 같이 자기 때문에, 연한 갈색 빛깔로 저주받은 아이들을 낳는답니다.」

그리고 그는 동생 라민과, 수와두와, 마디와 얘기를 나누며, 가장 흉악한 숲 짐승일지라도 투놉의 위험에는 절반도 미치지 못한다는 사실을 아무리 현명한 마을 어른들도 제대로 깨닫지 못했다고 알려 주었다.

이렇게 몇 달이 흘러갔고, 곧 〈얼음 꼬챙이〉들이 추녀에서 떨어져 녹아 물이 되었다. 그러고는 얼마 안 가서, 새싹이 검붉은 흙을 비집고 나왔으며, 나무들은 움이 텄고, 새들이 다시 노래를 부르게 되었다. 그러자 밭을 일구고 끝이 없는 이랑에 씨를 뿌리는 철이 되었다. 나중에는 햇볕이 흙을 어찌나 뜨겁게 달렸던지, 쿤타는 발을 빨리 움직여야 했으며, 걸음을 멈추더라도 발을 자꾸 움직여야 물집이 생기지 않았다.

쿤타는 그의 주인들이 부주의해지고, 다시 그에게서 감시의 눈을 떼기를 기다리며, 자기 일에만 신경을 쓰며 시간을 보냈다. 그렇지만 그는 감독이나 다른 투봅이 근처에 없을 때라도, 다른 흑인들이 계속해서 그를 감시한다고 느꼈다. 그는 그토록 심한 감시를 피할 무슨 방도를 구해야겠다고 생각했다. 어쩌면 투봅들이 흑인을 사람이 아니라 물건으로 취급한다는 사실을 이용하면 될지도 모를 일이었다. 검은 물건들에 대한 투봅의 반응이 그 물건의 행동에 달린 듯싶었으므로, 그는 가능하면 눈에 거슬리지 않도록 행동하기로 작정했다.

그런 행동이 자신을 혐오하게 만들기는 했지만, 쿤타는 투봅들이 조금이라도 그에게 가까이 올 때마다 억지로, 다른 흑인들이 하는 대로 행동하기 시작했다. 아무리 애를 써도 그는 마음대로 아무 때나 미소를 짓고 얼버무려 넘기기가 쉽지는 않았지만, 비록 우호적이지는 않더라도 협조적인 체하려고 노력했으며, 부지런한 인상을 주려고 수선을 많이 떨었다. 그는 또한 들판에 나가서 일을 할 때나 또는 밤에 오두막들 주변에서 돌아다니며, 항상 열심히 귀를 기울여 주변에서 오가는 얘기들을 귀담아들어, 이제는 투봅 말을 상당히 많이 배웠고, 비록 아직도 스스로 얘기를 하지 않겠다는 생각에는 변함이 없기는 했지만, 그가 말을 알아듣는다는 표시를 드러내기 시작했다.

농장의 주요 농작물 가운데 하나인 목화는 이곳 투봅의 땅에서는 빨리 자랐다. 곧 그 꽃들은 딱딱하고 초록빛인 둥근 꼬투리로 변해서 터지고, 저마다 폭신한 덩어리로 찼으며, 그러다가 들판은 쿤타가 주푸레에서 본 밭들이 참으로 왜소하게 여겨질 만큼 광활하고 하얀 바다를 이루었다. 작물을 거두어들일 때가 되었고, 기상나팔은 쿤타에게는 아침마다 더 일찍 울리는 듯싶었으며, 〈노예〉라고 불리는 그들이 침대에서 뛰어나오기도 전부터 감독의 채찍은 경고를 하느라고 날카로운 소리를 내며 머리 위로 날아다녔다.

들판으로 나가 다른 사람들을 살펴봄으로써, 쿤타는 꼬투리에서 따낸 솜뭉치가 끝없이 차곡차곡 차오르는 긴 자루를 힘을 덜 들이고 끌고 가려면 몸을 구부려야 한다는 요령을 곧 알아내었다. 그런 다음에 그는 자루를 밭고랑의 끝에서 기다리는 마차로 끌고 가서 비웠다. (투볍들의 기분을 맞추려고 머리를 열심히 조이려 대다가, 결국은 환심을 사는 데 성공해서 남들의 부러움과 미움을 함께 받는) 어떤 사람들은 두 손이 보이지 않을 정도로 열심히 목화를 따서, 해 질 녘에 소라 나팔이 울릴 때까지 적어도 세 번은 자루를 채워서 마차에다 비우기도 했지만, 쿤타는 하루 평균 두 번 정도로 그쳤.

목화가 가득 차기만 하면 마차가 농장의 창고로 싣고 갔지만, 옆에 붙은 더 큰 밭에서 거둔 잎담배를 잔뜩 실은 마차들은 길을 따라 어디론가 멀리 떠난다는 사실을 쿤타는 알게 되었다. 나흘이 지나고 나서야 그것은 빈 마차로 다시 돌아와서, 가득 싣고 나가는 다른 마차와 때를 맞춰 교대했다. 쿤타는 또한, 짐을 가득 싣고 다니는 다른 마차들도 눈여겨보기 시작했는데, 어떤 때는 네 마리나 되는 노새가 끄는 이런 마차는 보아하니 다른 농장에서 오는 모양이었고, 멀리 떨어진 큰길을 따라 어디론가 가고는 했다. 쿤타는 그 마차들이 어디로 가는지는 몰랐지만, 여행을 한 차례 마치고 돌아온 삼손이나 다른 마부들의 잔뜩 지친 모습을 보고, 그들이 아주 먼 길을 다녀왔다고 추측했다.

그런 마차는 그에게 자유를 찾아 줄 만큼 먼 곳까지 가는지도 모를 일이었다. 이런 엄청난 생각이 머리에 떠오르자, 흥분한 쿤타는 다음 며칠을 보내기가 무척 힘겨웠다. 밭에서 일하는 동안이라면 주변에 사람들의 눈이 너무 많은 터라, 아무도 모르게 잎담배 짐 속으로 숨어들어갈 기회를 얻기는 힘들 듯싶었고, 그래서 그는 이 농장의 어느 마차 속에 숨겠다는 계획은 곧 포기했다. 큰 길을 따라가는 어느 다른 농장의 마차여야 한다. 그날 밤 늦게, 변소를 다녀오겠다는 핑계를 대고 쿤타는, 근처에 아무도 없음을 확인한 다음에, 달빛 속에서 길을 살펴보기에 좋은 장소로 갔다. 생각했던 대로 잎담배 마차는 밤에도 여행을 했다. 그는 마차마다 매달아 놓은 깜빡이 등불이 조그만 점처럼 반짝이며 멀리 사라질 때까지 지켜보았다.

그는 시골 잎담배 마차에 대한 모든 자세한 정보를 하나도 놓치지 않고 일일이 머리에 담아 두면서, 치밀하게 계획을 짰다. 들판에서 목화를 따는 그의 손은 나는 듯했고, 감독이 말을 타고 근처에서 돌아다니면 그는 싱글벙글 웃어 주기까지 했다. 그러는 사이에 줄곧 그는, 덜컹거리는 마차의 소음 때문에 마부들이 소리도 듣지 못하고, 어둠뿐만이 아니라 마부석과 뒤쪽 사이에 산더미처럼 높다랗게 쌓아 올린 잎담배 때문에 눈에 띄지도 않으면서, 짐을 잔뜩 싣고 굴러 가는 마차의 뒤쪽으로 한밤중에 뛰어올라 잎담배 짐 속으로 파고 들어가서 그가 몸을 숨기는 장면을 상상하며 시간을 보냈다. 그가 여태껏 어떻게 해서든지 멀리했던 이교도들의 작물을 건드리고 냄새를 맡을 생각만 해도 속이 뒤틀릴 지경이었지만, 만일 그것이 도망치는 유일한 길이라면 알라신이 그를 용서해 주리라고 쿤타는 믿었다.

49

며칠 지나지 않은 어느 날 저녁, 노예들이 〈바깥채〉라고 부르는 변소 뒤에서 기다리던 쿤타는, 근처의 숲에서 뛰어다니던 토끼 한 마리를 잡았다. 그는 휴대할 식량이 필요했기 때문에, 토끼고기를 성인 훈련 때 배운 그대로, 얇게 조심해서 썰어 말렸다. 그리고 주위 두었던 녹슬고 구부러진 칼날을 매끄러운 돌로 갈고 곧게 폈으며, 손으로 깎아서 만든 나무 손잡이를 철사로 칼에다 묶었다. 그러나 그는 식량이나 칼보다도 더 중요한 사피에 부적을 만들려고, 혼령을 부르기 위한 수탉의 깃털과, 힘을 주는 말의 털과, 성공을 위한 새의 차골(叉骨)을 준비한 다음, 작고 네모난 삼베 주머니에 모두 넣고 단단히 싸서, 가시로 만든 바늘로 꿰매었다. 그는 자신이 만든 사피에 부적에 성자가 축복을 내려 주기를 바랄 만큼 어리석지는 않았지만, 어쨌든 그런 사피에라도 전혀 없느니보다는 나으리라고 믿었다.

그는 밤새 한숨도 못 잤지만, 이튿날 밭으로 일하러 나가서 피곤하기는커녕, 오히려 (아무런 감정도 드러내지 않으려고) 흥분을 억눌러 감추느라고 하루 종일 애를 먹을 지경이었다. 오늘 밤은 행동을 취하기로 작정한 밤이었다. 저녁 식사를 끝내고 그의 오두막으로 돌아와서, 칼과 말린 토끼고기 조각을 호주머니에 쑤셔 넣고, 오른쪽 팔뚝에 사피에를 단단히 잡아매는 동안, 그의 두 손은 정신없이 떨렸다. 그는 다른 흑인들이 여느 때처럼 초저녁 일과를 치르는 귀 익은 소리에 초조하게 귀를 기울였는데, 좀처럼 흘러가지 않는 듯한 모든 순간순간에 그의 계획을 좌절시킬 예기치 못한 어떤 사태가 벌어질지도 모르겠기 때문이었다. 그러나 뼛속까지 지친 들판 일꾼들의 구슬픈 노래와 기도는 곧 끝났다. 그들이 잠들기를 쿤타는 최대한 늦게까지 안전하게 기다렸다.

그러더니 이윽고, 제 손으로 만든 칼을 움켜쥐고서, 그는 어두운 밤 속으로 살그머니 빠져나갔다. 근처에 아무도 없음을 확인하고, 그는 나지막이 몸을 수그리고, 처음에는 한껏 빨리 뛰어가다가, 잠시 후에 큰길이 구부러지는 곳 바로 밑에서, 작고 깊은 덤불로 뛰어들었다. 숨을 몰아쉬면서 그는 잔뜩 쭈그려 앉았다. 마차가 오늘 밤에는 더 이상 안 나타나면 어떡하나? 이런 생각이 그의 마음을 꿰뚫었다. 그러고는 아찔할 만큼 더욱 심한 두려움이 엄습해 왔다 — 마부의 조수가 뒤쪽에 앉아 망을 보면 어쩌나? 그러나 그는 모험을 할 수밖에 없었다.

그는 마차가 오는 소리를 들었고, 몇 분 후에 깜박이는 불빛이 나타났다. 쿤타는 이를 악물고, 근육에 경련을 일으키면서, 당장 기절이라도 할 듯한 기분이었다. 마차는 기어 오는 듯싶었다. 그러나 드디어 마차가 그의 바로 앞을 천천히 지나갔다. 앞자리에 앉은 두 사람의 모습이 희미하게 보였다. 소리라도 지르고 싶은 심정으로 그는 덤불에서 뛰어나갔다. 삐걱대며 흔들리는 마차의 뒤에서 몸을 숙이고 따라가던 쿤타는 길이 다시 험해지는 곳에 이르기를 기다렸고, 그러고 나서 그는 손을 뻗어 뒤쪽 널빤지를 움켜잡아, 몸을 날려 위로 올라가서는, 잎담배의 더미 속으로 들어갔다. 그는 드디어 마차에 몸을 실었다.

미친 듯이 그는 속으로 파고 들어갔다. 잎사귀들은 그가 생각했던 것보다 훨씬 단단하게 뒤엉켰지만, 결국에 그는 몸을 숨기게 되었다. (더러운 풀의 악취에 속이 뒤집혀서) 숨을 좀 더 자유롭게 쉬려고, 바람이 드나들 틈을 파헤쳐 열어 놓은 다음에도, 그는 억눌리는 무게 속에서 편안히 자리를 잡으려고 등과 어깨로 계속해서 비비적거려야 했다. 그러나 결국 적당한 자세를 잡았고, 무척 포근한 잎사귀들 사이에 푹 파묻혀 마차와 함께 흔들거리던 그는, 곧 졸음을 느꼈다.

어디엔가 부딪혀 요란하게 흔들리는 바람에 그는 속이 울렁거려 잠에서 깨어났고, 발각되면 어떡하나 걱정하기 시작했다. 마차는 목적지가 어디며, 그곳까지 가려면 얼마나 오래 걸리려나? 그리고 도착한 다음에 그는 사람들 눈에 띄지 않고 무사히 도망치게 되려나? 아니면 뒤를 밟혀서 다시 붙잡히려나? 왜 전에는 이런 생각을 하지 않았나? 개들과, 삼손과, 총을 든 투봅들의 모습이 퍼뜩 머리를 스치자, 쿤타는 몸을 떨었다. 지난번 그들이 한 짓을 생각해 보면, 이번에 다시 잡히는 날에는 목숨이 날아가리라고 그는 믿었다.

그런 생각을 하면 할수록 쿤타는 마차에서 지금 당장 빠져나가고 싶은 충동이 더욱 강해졌다. 두 손으로 그는 머리를 내밀기에 충분할 만큼 잎사귀를 파헤쳤다. 밖에는 달빛이 들판과 시골 풍경을 끝없이 뒤덮었다. 그는 지금 뛰어내릴 마음이 내키지를 않았다. 환한 달빛은 그에게 도움이 되는 만큼이나 그를 추적하는 자들에게도 도움이 되리라. 그리고 그가 더 멀리 타고 가면 갈수록 개들이 그의 발자취를 찾아내기가 그만큼 어려워지리라. 그는 구멍을 다시 덮고는 마음을 진정시키려고 했지만, 마차가 출렁일 때마다 그는 이제 혹시 멈추지 않나 걱정이 되어 심장이 터져 나갈 것만 같았다.

한참 시간이 지난 뒤에 구멍을 다시 뚫고 새벽이 가까웠음을 알게 된 쿤타는 결심했다. 그는 대낮이라는 적이 더 가까워 오기 전에, 지금 당장 마차로부터 벗어나야만 했다. 알라신에게 기도를 드리면서, 그는 칼자루를 움켜잡고, 꿈틀꿈틀 몸을 놀려 구멍 밖으로 기어 나가기 시작했다. 그의 몸이 완전히 빠져나온 다음에 그는, 마차가 다시 크게 출렁이기를 기다렸다. 한없이 긴 시간이 흐른 듯싶었고, 드디어 마차가 흔들리자 그는 가볍게 길로 뛰어내렸다. 다음 순간에 그는 덤불 속으로 자취를 감추었다.

쿤타는 낯익은 커다란 집과 작고 거무튀튀한 오두막들로 이루어진 근처의 투봅 농장 두 곳을 피하기 위해서 멀리 우회했다. 기상나팔 소리가 고요한 대기를 타고 그의 귓전까지 흘러왔으며, 동이 터오는 동안 그는 더 넓은 숲이라고 생각되는 곳을 향해서 점점 더 깊이 덤불을 헤치며 나아갔다. 깊은 숲 속은 시원했고, 그에게로 튀는 이슬은 감촉이 좋았으며, 전혀 무게가 느껴지지 않을 정도로 가볍게 칼을 휘두를 때마다 그는 즐거운 신음 소리를 냈다. 오후로 접어든 지 얼마 안 되어서 그는 이끼가 낀 바위들 위로 찰랑이며 흐르는 맑고 작은 개울을 만났고, 그가 손을 모아 물을 마시려고 걸음을 멈추자 개구리들이 놀라서 튀어 달아났다. 사방을 둘러보고 잠깐 쉬어도 될 만큼 안전하다고 판단한 그는, 둑에 앉아서 호주머니에 손을 넣었다. 말린 토끼고기 한 점을 꺼내 개울물에다 휘저어 닦아서 입에 넣고 그는 씹기 시작했다. 흙은 푹신하고 부드러웠으며, 두꺼비와 벌레와 새들이 내는 소리 말고는 온통 고요했다. 그는 식사를 하면서 그런 소리에 귀를 기울였고, 초록빛 가운데 황금 물방울을 뿌린 듯이 햇살이 비친 무성한 굵은 나뭇가지들을 올려다보았으며, 너무 지쳐서 이제는 쉽게 잡힐 몸이었기 때문에, 전처럼 지금도 계속해서 열심히 달릴 필요가 없다는 사실이 다행으로 여겨졌다.

그는 오후 내내 달렸고, 그는 자꾸만 자꾸만 뛰었고, 저녁 기도를 위해 잠깐 쉰 다음에도 더 달렸으며, (날이 어두워지고 몸이 피곤해져서) 어쩔 수 없이 밤을 보내야 할 때가 되어서야 멈추었다. 잎사귀와 풀잎을 깔고 누워서 그는, 성인 훈련에서 배웠듯이, 나중에 갈라진 나뭇가지에다 풀잎으로 엮어 몸을 피할 지붕을 만들어 얹어야 되겠다고 생각했다. 그는 곧 잠에 곯아떨어졌지만, 밤사이에 몇 차례 모기 때문에 잠이 깨었으며, 멀리서 사냥에 나선 야생 동물들이 울부짖는 소리를 들었다.

첫 햇살에 일어난 쿤타는, 재빨리 칼의 날을 세운 다음, 다시 길을 떠났다. 잠시 후에 그는 분명히 많은 사람들이 지나다녔음 직한 숲길을 만났는데, 오랫동안 사용되지 않은 길임을 알기는 했어도 그는 당장 숲 속으로 다시 달아났다.

칼로 나뭇가지를 치면서, 그는 점점 더 깊이 숲으로 들어갔다. 몇 차례 그는 뱀을 보았지만, 위협을 받거나 궁지에 몰리기 전에는 뱀이 공격을 하지 않는다고 주봅 농장에서 배웠던 터라, 그냥 슬그머니 미끄러져 달아나게 내버려 두었다. 가끔 가다가 그는 어디에선가 개 짖는 소리가 들린다고 느끼고는, 개의 소리가 사람들보다 더 무서웠기 때문에, 몸을 부르르 떨었다.

낮 동안에 몇 번 쿤타는, 그가 사용하는 칼을 가지고는 길을 내기 어려울 만큼 잡목이 심하게 뒤엉킨 곳을 만나, 뒤로 다시 돌아가서 새 길을 찾아야 했다. 그는 점점 더 빨리 무디어지는 듯한 칼날을 세우려고 두 번이나 전진을 멈추었지만, 그래도 칼이 말을 안 듣자, 찔레와 덤불과 덩굴을 쉬지 않고 베어 내느라고 자신의 기운이 다 빠져 버리지나 않았을까 생각했다. 그래서 그는 휴식을 취하기 위해 다시 멈추었고, 야생 나무딸기와 토끼고기를 좀 먹고, 나무의 밑동에서 자라는 식물의 움푹한 잎사귀에서 찾아낸 물을 마셨다. 그날 밤 그는 등이 땅에 닿자마자, 짐승과 밤새들의 소리는 듣지도 못하고, 땀이 흐르는 그의 몸으로 몰려든 벌레들이 윙윙거리며 물어 대는 것조차 의식하지 못하면서, 깊은 잠에 곯아떨어졌다.

쿤타는 다음 날 아침이 되어서야 처음으로, 자기가 어디로 가는지를 생각하기 시작했다. 그는 지금까지 그런 생각은 할 여유조차 없었다. 지금 이곳이 어디인지를 전혀 알 길이 없어서 그가 어디로 가는지도 몰랐기 때문에, 쿤타는 흑인이건 투봅이건 다른 모든 인간들에게는 가까이 가지 않을 만한 길만을 따라서 가고, 해돋이를 향해서만 달려가기로 작정했다. 어렸을 때 그가 본 아프리카의 지도에는 서쪽에 큰물이 위치했으므로, 동쪽으로만 계속해서 간다면 결국은 고향에 닿으리라고 그는 생각했다. 그러나 비록 붙잡히지는 않더라도 다음에는 어떤 일이 일어날지를, 그리고 배를 찾아낸다고 하더라도 큰물을 어떻게 건너야 할지를, 그리고 길을 알아낸다고 하더라도 어떻게 저쪽 편까지 안전하게 건너가야 하는지를 생각해 본 그는 심한 두려움에 사로잡혔다. 기도를 드리는 틈틈이, 그리고 달리는 동안에도, 그는 팔뚝의 사피에 부적을 자꾸만 더듬었다.

그날 밤, 덤불 밑에 숨어서 누워 있는 동안 그는 자기도 모르게, 불구의 노예로서 아프리카 주인들에게 너무나 잔혹하게 시달림을 받던 끝에, 늪지대로 도망쳐서는 숨어 살던 다른 도망친 노예들을 찾아 모아서, 군대를 조직하여 정복의 길에 나서고, 광대한 제국을 일으켜 세워서 만딩카 사람들의 가장 위대한 영웅이 된 무사 순디아타를 생각했다. 아마도 이곳 투봅 땅의 어디에서 쿤타는 다른 도망친 아프리카 사람들을 찾아낼지도 모르고, 그들은 고향 땅을 다시 한 번 밟아 보려고 자기처럼 필사적일지도 모른다고 그는 나흘째 길을 떠나면서 생각했다. 충분히 많은 사람만 모인다면 커다란 배를 만들거나 훔치는 일도 가능할지 모른다. 그러면…….

쿤타의 공상은 무시무시한 소리에 중단되었다. 그는 제자리에 얼어붙어 발걸음을 멈추었다. 아니, 이럴 수가! 그러나 그것은 개의 울부짖음 소리가 틀림없었다. 미친 듯이 그는 덤불을 헤치고 나가면서,

고꾸라지고, 넘어지고, 다시 허우적거리며 일어섰다. 곧 그는 기운이 다 빠져서 다시 넘어졌고, 그러자 그냥 꼼짝 않고 앉아서 칼자루를 움켜쥐고 귀를 기울였다. 그러나 이제 그는 새와 벌레들의 소리밖에는 듣지 못했다.

그가 들었던 소리는 정말 개였을까? 그런 생각을 하니 그는 고문이라도 당하는 듯싶은 기분이었다. 그는 투봅과 그의 상상 어느 쪽이 그에게 더 나쁜 적인지를 알지 못했다. 그는 사실은 개들이 짖어 대는 소리를 못 들었다고 단정을 내리고는 마음을 놓아도 될 처지가 아니었고, 계속해서 이동해야만 안전하겠기에, 다시 뛰기 시작했다. 그러나 힘이 자라는 데까지 한껏 빨리 그리고 멀리 달렸어야 하는 필요성 때문만이 아니라, 두려움 자체 때문에도 곧 지쳐 버린 그는 다시 멈추고 쉬어야 했다. 그는 잠깐 눈만 붙였다가 다시 계속해서 가리라고 작정했다.

그는 땀을 흘리며 잠에서 깨어나 벌떡 일어나 앉았다. 사방은 어느새 칠흑같이 깜깜했다! 그는 낮이 다 가도록 잠을 자버렸던 것이다! 머리를 흔들면서 그가 무엇 때문에 갑자기 잠이 깼나 생각하던 중에, 그는 그 소리를, 이번에는 전보다 훨씬 가까운 곳에서 들려오는 개의 울부짖는 소리를 다시 확인했다. 그는 벌떡 일어나서 어찌나 정신없이 달아났던지, 시간이 좀 지난 다음에야 긴 칼을 잊고 왔다는 생각이 퍼뜩 들었다. 그는 누워서 잠들었던 곳으로 다시 뛰어갔지만, 질긴 덩굴들이 마구 헝클어졌고, 칼이 팔만 뻗으면 닿을 만한 자리에 떨어져 있으리라고 (미칠 지경으로) 알기는 했어도, 아무리 더듬거리고 잡아 뜯어도 칼이 손에 닿지를 않았다.

개 짖는 소리가 점점 더 커지자, 그는 속이 울렁거리기 시작했다. 만일 칼을 찾지 못한다면 다시 붙잡히거나 — 그보다 더 참혹한 꼴을 당하리라고 그는 생각했다. 발밑을 닥치는 대로 여기저기 손으로 더듬고 휘젓다가, 그는 크기가 주먹만 한 돌멩이를 하나 움켜쥐었다. 필사적인 함성을 지르며, 그는 그것을 번쩍 치켜들고, 깊은 덤불로 뛰어들었다.

그날 밤이 새도록, 그는 무엇에 홀린 사람처럼, 발이 걸려 넘어지고, 쓰러지고, 덩굴에 발이 얽히고, 숨을 돌리기 위해 잠깐씩만 걸음을 멈추면서, 점점 더 깊이 숲으로 들어갔다. 그러나 사냥개들은 거리를 계속 좁혀 와서, 동이 튼 후 얼마 안 되어, 뒤를 돌아보니 저만치서 쫓아오는 개들이 보였다. 그것은 되풀이되는 악몽이나 마찬가지였다. 그는 더 이상 도망칠 기운이 없었다. 등을 나무에 기댄 채, 좁다란 개활지에 쪼그리고 앉아서, 그는 몸을 돌렸고, 오른손에는 그가 전속력으로 달리는 동안 다른 나무에서 꺾은 튼튼한 나뭇가지를 움켜쥐고, 왼손에는 죽음의 손아귀에 힘껏 돌멩이를 움켜쥔 채, 그는 그들을 맞을 각오를 하고 기다렸다.

개들이 쿤타에게 달려들기 시작했지만, 그는 무시무시한 고함을 지르면서 난폭하게 몽둥이를 휘둘렀고, 개들은 뒤로 물러서서 몽둥이의 범위를 벗어나더니, 몸을 웅크리고는 침을 흘리며 짖어 댔고, 그러자 마침내 말을 탄 투봅이 나타났다.

쿤타는 이 남자들을 한 번도 본 적이 없었다. 젊은 남자가 총을 뽑았지만, 나이 많은 사람이 말에서 내리며 손을 저어 그를 말리고는, 쿤타에게로 걸어갔다. 그는 말없이 길고 검은 채찍을 천천히 풀었다.

쿤타는 눈을 휘둥그렇게 뜨고, 몸을 떨었으며, 그의 머릿속에서는 고향의 숲에서, 큰 배에서, 감옥에서, 그가 팔려 간 곳에서, 이교도의 농장에서, 그리고 그가 붙잡혀서 매를 맞고, 채찍질을 당하고, 총을 세 방 맞았던 숲에서 만난 여러 투봅의 얼굴들이 번개처럼 스쳐 지나갔다. 투봅이 몸을 뒤로 젖히며 채찍을 치켜드는 사이에, 쿤타는 죽을힘을 다해서 돌멩이를 집어던지고는, 그 힘에 옆으로 쓰러졌다.

그는 투봅이 지르는 비명 소리를 들었고, 그러고는 총알 한 방이 그의 귓전을 스쳐 지나갔으며, 개들이 그를 덮쳤다. 개들을 잡아 뜯으며 땅 위에서 굴러 대던 쿤타는, 피가 철철 흐르는 투봅의 얼굴을 얼핏 보았다. 쿤타가 난폭한 짐승처럼 계속 으르렁거리는 사이에, 그들은 개들을 불러 모으고는, 총을 겨누고 그에게로 다가왔다. 그들의 얼굴을 보고 그는 자신이 곧 죽게 되리라고 생각했지만, 그런 일은 이제 개의치도 않았다. 한 사람이 덤벼들어서 그를 움켜잡았고 다른 사람이 총으로 후려쳤지만, 그가 몸부림치며 덤벼들고, 신음하고, 아랍 말로 그리고 만딩카 말로 정신없이 고함을 지르는 통에, 그들은 그를 붙잡고 버티기에도 기운이 모자랄 지경이어서 — 결국 그들은 다시 그에게 몽둥이를 휘둘렀다. 난폭하게 그를 나무 쪽으로 밀어붙이면서, 그들은 그의 옷을 찢어 벗기고, 그의 허리를 나무에 단단히 붙잡아 매었다. 그는 차라리 매를 맞아서 죽어 버리겠다고 굳게 결심했다.

그러나 피를 흘리던 투봅이 갑자기 동작을 멈추었고, 미소에 가까운 이상한 표정을 짓더니, 젊은 사람에게 목쉰 소리로 짤막하게 무슨 말을 했다. 젊은 사람이 싱글벙글 웃더니, 머리를 끄덕이고는, 그의 말로 돌아가서, 안장에 매달아 두었던 자루가 짧은 사냥 도끼를 풀어 내렸다. 그는 썩은 나무그루를 뿌리에서 잘라 내더니 그것을 쿤타의 옆으로 끌고 왔다.

피를 흘리던 사람이 그의 앞에 서서 손짓을 하기 시작했다. 그는 쿤타의 성기를, 그리고 다음에는 그가 허리띠에 찬 사냥칼을 가리켰다. 그러더니 그는 쿤타의 발을, 그리고 다음에는 그가 손에 든 도끼를 가리켰다. 그런 동작들이 뜻하는 바가 무엇인지를 깨닫고 쿤타는 고함을 지르며 발버둥을 쳤고 — 다시 몽둥이로 얻어맞았다. 그의 뼛골 깊숙한 곳에서, 남자란 진정한 남자가 되기 위해서는 아들을 두어야 한다고 외치는 목소리가 울렸다. 그리고 쿤타는 재빨리 손으로 그의 포토를 가렸다. 두 투봅은 음흉하게 웃었다.

한 사람이 나무 밑동을 쿤타의 오른쪽 발밑으로 밀어 넣었고, 다른 사람은 쿤타가 아무리 발악을 해도 풀지 못할 만큼 단단히 그의 발을 나무에다 잡아맸다. 피를 흘리던 투봅이 도끼를 집어 들었다. 쿤타가 비명을 지르고 몸부림을 치는 사이에, 도끼는 번쩍 올라갔다가, 순식간에 내려쳐서, (살갗과, 근육과, 뼈가 절단되었고) 쿤타는 도끼가 쿵 나무토막에 찍히는 소리를 실제로 듣고는, 충격과 고통이 머릿속 깊숙이 되울렸다. 폭발하는 듯한 고통이 온몸에 충격을 주자, 쿤타의 상반신은 발작적으로 고꾸라졌고, 시뻘건 피가 잘린 발의 토막에서 뿜어져 나오자, 그는 떨어져 나간 발의 앞쪽 반 토막을 찾으려는 듯 두 손으로 정신없이 더듬거렸으며, 그리고 그의 주위는 온통 암흑이었다.

50

한나절 이상을 쿤타는 눈을 감고 얼굴의 근육을 축 늘어뜨린 채, 벌어진 입가로 침을 질질 흘리고, 의식을 찾았다가 잃었다가 하면서 비몽사몽간을 헤매었다. 자신이 살아 있음을 차츰 의식하게 되자 쿤타는 무서운 통증이 그를 산산조각 찢어 내는 느낌이어서 — 머리 속이 지끈거렸고, 온몸은 창으로 찌르는 듯 쑤셔 댔으며, 오른쪽 다리는 인두로 지지기라도 한 듯 화끈거렸다. 눈을 뜨기가 너무나 힘이 들어서, 그는 도대체 무슨 일이 일어났었는지를 머릿속에서 가다듬어 보려고 했다. 그러자 얼핏 생각이 났으니 — 벌겋게 달아오르고 뒤틀린 투봅의 얼굴 앞에서, 번쩍거리며 치솟은 도끼, 〈쿵〉 하고 나무그루에 찍히던 소리, 덜렁 떨어져 나가던 발의 앞쪽 반 토막. 그러더니 쿤타의 머리 속은 다시금 요란하게 지끈거렸고, 그는 다행히도 다시 의식을 잃고, 암흑으로 되돌아갔다.

다음번에 눈을 떴을 때, 그는 천장에 매달린 거미줄을 물끄러미 쳐다보았다. 조금 기다렸다가 억지로 몸을 조금 움직여 보니, 가슴과 팔목과 발목이 묶였음을 그는 깨달았지만, 오른쪽 발과 머리에는 부드러운 무엇인가를 밑에 받쳐 놓았으며, 몸에는 무슨 기다란 가운 같은 옷을 걸치고 있음을 깨달았다. 그리고 그는 통증만 느낀 것이 아니라, 타르 같은 무슨 냄새도 맡았다. 그는 고통이라면 무엇이나 다 이미 겪은 듯싶었지만, 지금은 더 심했다.

그가 알라신에게 기도를 드리려고 중얼거리는 사이에 누가 오두막의 문을 벌컥 밀어젖혔고, 그는 당장 입을 다물었다. 그가 본 적이 없는 어떤 키가 큰 투봅이 작고 검은 자루를 들고 들어왔다. 그의 얼굴은 화가 난 표정이었지만, 분노의 대상은 쿤타가 아닌 듯싶었다. 윙윙거리는 파리들을 쫓으면서, 투봅은 그의 옆에서 허리를 굽혔다. 쿤타는 그의 등밖에는 보이지 않았는데, 투봅이 그의 발에 무슨 짓을 했는지 몰라도, 심한 충격을 받은 쿤타는 여자처럼 비명을 지르며 몸을 일으키려고 했지만, 몸을 묶은 밧줄에 가슴이 걸렸다. 그러고는 쿤타를 향해 몸을 돌린 투봅은, 그의 이마에 손바닥을 얹었고, 다음에는 그의 팔목을 가볍게 쥐고 오랫동안 가만히 있었다. 그러더니 그는 몸을 일으켜서, 쿤타의 앙상한 얼굴에서 눈을 떼지 않고 찌푸린 표정을 지켜보며 날카롭게 소리쳤다. 〈벨!〉

작달막하고 몸집이 단단하며, 얼굴이 근엄하지만 고집스럽지는 않고, 피부가 검은 여인이 곧 양철 그릇에 물을 담아 들고 안으로 들어왔다. 뭐라고 꼬집어서 설명하기는 힘들지만, 이상하게도 쿤타는 그녀가 낯이 익었고, 어떤 꿈속에서 그녀는 오래전부터 그곳에서 자기를 굽어보며, 물을 한 모금씩 주면서, 곁에 머물렀으리라는 기분이 느껴졌다. 투봅은 그녀에게 부드러운 목소리로 얘기하면서, 검은 가방에서 무엇을 꺼내서는 물이 담긴 잔에다 넣고 저었다. 투봅이 다시 얘기를 했고, 그러자 흑인 여자는 무릎을 꿇고, 한 손으로는 쿤타의 뒤통수를 받쳐 들고, 다른 손으로 잔을 기울였으며, 그는 너무 아프고 기운이 없어서 저항도 하지 않고 그 물을 마셨다.

그는 재빨리 아래쪽으로 눈길을 던져서, 그의 오른쪽 발에 커다랗게 감긴 붕대를 보았는데, 말라붙은 피가 녹슨 빛깔이었다. 벌떡 일어나고 싶어서 그는 몸을 부르르 떨었지만, 그의 근육은 목구멍으로 삼킨 맛이 더러운 물과 마찬가지로 아무 쓸모가 없는 듯싶었다. 그러자 흑인 여자는 그의 머리를 조심스럽게 다시 내려놓았고, 투봅이 그녀에게 또 무슨 말을 하자, 그녀가 대답을 했고, 그들 두 사람은 밖으로 나갔다.

그들이 미처 밖으로 나가기도 전에 쿤타는 슬그머니 깊은 잠에 빠졌다. 그날 밤늦게 다시 눈을 떴을 때, 그는 여기가 어디인지 생각이 나지 않았다. 그의 오른쪽 발은 불이라도 붙은 듯 후끈거렸으며, 다리를 위로 쳐들어 보려고 했더니, 너무 아파서 그는 비명을 질렀다. 그의 의식은 눈앞에 나타나자마자, 손에 잡힐 듯 잡히지 않으면서, 계속 흘러가는 영상들과 생각들이 서로 그림자처럼 뒤엉킨 희미함 속으로 빠져 들어갔다. 빈타의 모습이 나타나자, 그는 자기가 다치기는 했지만, 몸을 움직이게 되면 당장 고향으로 돌아갈 테니 걱정하지 말라고 그녀에게 말했다. 그러자 그는 하늘 높이 날아가는 한 떼의 새와 그들 가운데 한 마리를 꿰뚫는 창을 보았다. 그는 자신의 몸이 밑으로 떨어지는 기분을 느끼면서, 소리를 지르면서, 결사적으로 허공을 움켜잡았다.

다시 정신이 든 쿤타는 그의 발에 틀림없이 어떤 무서운 일이 생겼다고 느꼈는데 아니, 그것은 악몽이었던가? 그는 자신이 무척 심하게 앓는다는 사실만 알았다. 그의 오른쪽 옆구리는 전혀 감각이 없었고, 목구멍은 칼칼했으며, 열이 올라 타들어 가던 입술은 갈라지기 시작했고, 온몸이 땀으로 흠뻑 젖었고, 어디에서인가 퀴퀴한 냄새도 났다. 남의 발을 그렇게 토막 낸다는 일이 정말로 가능한가? 그러자 그는 자기의 발과 성기를 가리키던 투봅과 그의 무시무시한 표정을 기억했다. 다시 그의 분노가 끓어올랐고, 쿤타는 발가락을 꼼지락거려 보려고 힘을 주었다. 그랬더니 눈앞이 아득할 만큼 통증이 심했다. 그는 가만히 누워서 아픔이 가라앉기를 기다렸지만, 그렇게 되지 않았다. 그리고 도저히 참기 불가능한 아픔이었지만, 그래도 어쨌든 그는 참고 견디어 냈다. 그의 통증을 풀어 주려고 투봅이 무엇을 물에 넣어서 먹여 주었는지는 몰라도, 쿤타는 투봅이 그것을 더 가지고 돌아오기를 바라는 자신을 혐오했다.

몇 번이나 그는 옆구리에 헐겁게 묶인 두 손을 자유롭게 잡아 뽑으려고 했지만, 헛수고였다. 그가 고통을 느끼며 신음하고 몸부림치려니까, 문이 다시 열렸다. 깜박이는 등불의 노란 불빛을 검은 얼굴에 받으며 들어온 사람은 흑인 여자였다. 미소를 지으면서 그녀는, 쿤타의 판단으로는 그에게 무엇인가 납득시키려고, 소리를 내고, 표정을 짓고, 열심히 동작을 해서 보여 주었다. 오두막의 문 쪽을 가리키면서, 그녀는 커다란 사람이 안으로 들어와서, 신음하는 사람에게 마실 물을 주는 무언극을 보여 주고, 훨씬 기분이 좋다는 듯 잔뜩 미소를 지었다. 쿤타는 키가 큰 투봅이 의사라고 전하려는 그녀의 뜻을 그가 이해했다는 기색을 전혀 보이지 않았다.

고개를 설레설레 저은 후에, 그녀는 쪼그리고 앉더니, 축축하고 시원한 헝겊을 쿤타의 이마에 누르기 시작했다. 그랬다고 해서 그녀를 미워하는 그의 마음이 수그러들지는 않았다. 그러자 그녀는 자기가 가져온 국을 조금 마시도록 그의 머리를 들어 주겠다는 시늉을 했다. 국을 마시던 그는 즐거워하는 그녀의 표정 때문에 갑작스러운 분노를 느꼈다. 다음에 그녀는 흙바닥에 조그만 구멍을 뚫고는, 그곳에 둥글고 기다란 밀랍 같은 물건을 세워 놓더니, 꼭대기에다 불을 붙였다. 마지막으로 그녀는, 손짓과 표정으로, 혹시 그가 또 원하는 것이 없느냐고 물었다. 그는 노려보기만 했고, 결국 그녀는 밖으로 나갔다.

쿤타는 불꽃이 땅바닥으로 타들어 갈 때까지 노려보면서, 생각을 해보려고 애썼다. 어둠 속에 잠긴 그는, 큰 배에서 투봅을 죽이려던 음모가 머릿속에 떠올랐고, 그는 팔을 힘차게 휘두를 때마다 투봅이 죽어 넘어지는 위대한 흑인 군대의 무사가 되기를 갈망했다. 그러자 쿤타는 자기가 곧 죽으리라는 생각에, 비록 죽음이 영원히 알라신과 함께 지낸다는 것을 뜻하기는 했어도, 두려워서 떨었다. 어쨌든 알라신과 함께하는 삶이 어떻더라고 돌아와서 얘기해 준 사람은 아직 하나도 없었고, 투붑이 어떻다는 얘기를 해주러 그들의 마을로 돌아간 사람도 없었다.

다시 찾아온 벨은, 열이 오른 얼굴에 푹 들어가고 충혈된 누리끼리한 쿤타의 눈을 걱정스럽게 내려다보았다. 그는 지난 주일에 이곳으로 왔을 때보다도 더욱 야위어서, 줄곧 신음하고 떨기만 했다. 그녀는 다시 바깥으로 나갔지만, 한 시간도 안 되어서, 두꺼운 옷과, 김이 무럭무럭 나는 주전자 두 개와, 접은 누비이불 두 장을 가지고 돌아왔다. 재빨리, (그리고 무슨 이유에서인지는 몰라도) 은밀하게 움직이면서, 그녀는 무슨 아린 물건과 섞어서 짓이겨 끓인 잎사귀로 만든, 두툼하고 김이 나는 찜질 약을 쿤타의 벗은 가슴에 발라 주었다. 찜질 약은 물집이 잡힐 만큼이나 뜨거워서, 쿤타는 신음을 하며 그것을 털어 버리려고 했지만, 벨은 단호하게 그의 손을 밀쳐냈다. 그녀는 김이 나는 다른 주전자에 헝겊을 담갔다가 꼭 짜서는, 그것을 찜질 약 위에 붙이고는, 이불 두 장으로 쿤타를 덮어 주었다.

가만히 앉아서 그녀는 그에게서 흙바닥으로 줄줄 흘러 떨어지는 땀을 지켜보았다. 벨은 그의 눈으로 흘러 들어가는 땀방울을 앞치마 자락으로 씩어 냈고, 결국 그는 얌전히 누워 눈을 감은 채로 축 늘어졌다. 그제야 그녀는 가슴에 얹은 헝겊을 만져 보고, 다 식어서 미지근한 정도임을 알고는 벗겨 냈다. 그러더니 그녀는 찜질 약 자국을 그의 가슴에서 말끔히 씻어 내고는 이불을 덮어 주고 나갔다.

다시 깨어났을 때 쿤타는 몸도 움직이지 못할 만큼 기력이 없었으며, 무거운 이불 밑에 깔려서 질식이라도 할 듯한 기분이었다. 그러나 그는 (아무런 고마움도 느끼지는 않았지만) 열이 내렸음을 알았다.

그는 여자가 어디서 그런 치료법들을 배웠을까 궁금해졌다. 그것은 그가 어렸을 때 빈타가 쓰던 약, 그러니까 조상들로부터 알라신의 땅으로 전해진 약초들과 같았다. 그리고 쿤타는 그것이 투붑 약이 아니라고 그에게 납득을 시키려는 듯이 그녀가 은근하게 행동하던 태도를 마음속으로 되새겼다. 그는 투붑이 이런 사실을 모른다고 확신했으며, 절대로 알아서도 안 된다고 깨달았다. 그리고 쿤타는 자기도 모르는 사이에 검은 여인의 얼굴을 머릿속에서 이리저리 살펴보았

다. 투봅이 그녀를 뭐라고 불렀던가?〈벨.〉

얼마 후에 쿤타는, 그 여인이 어느 다른 부족보다도 자기의 부족을 닮았다고, 마지못해서 인정했다. 그는 주푸레에서, 아침 쿠스쿠스를 빻고, 볼롱을 따라 통나무배를 저어 가고, 추수한 볏단을 머리에 이고 오는 그녀의 모습을 상상해 보았다. 그러나 쿤타는 이곳 투봅의 땅에 사는 속된 이교도 흑인을 그의 마을과 연결 지어 생각하는 자신의 어리석음을 스스로 꾸짖었다.

쿤타의 통증은 이제 덜 지속적이고, 덜 심해서, 묶인 몸을 움직이려고 기운을 쓸 때만 아팠다. 그러나 붕대를 감은 그의 잘린 발 근처에서 윙윙대는 파리들이 그를 무척 괴롭혀서, 파리 떼를 얼마 동안이라도 쫓으려고 가끔 다리를 흔들어야만 했다.

쿤타는 여기가 어디인지 궁금해졌다. 여기는 그의 오두막이 아닐 뿐더러, 바깥에서 들려오는 소리나 지나다니는 흑인들의 목소리로 미루어보아, 그가 어떤 다른 농장으로 옮겨 왔음을 그는 알았다. 그곳에 누워 지내면서 그는 그들이 요리하는 냄새를 맡고, 그들의 초저녁 얘기와, 노래와, 기도와, 아침에 부는 나팔 소리를 들었다.

그리고 날마다 키가 큰 투봅이 오두막으로 와서 붕대를 갈아 주면, 쿤타의 발이 항상 아팠다. 그러나 하루에 세 번씩 찾아오는 벨은, 음식과 물을 가져다주고, 미소를 짓고, 따스한 손길로 그의 이마를 짚어 주었다. 그는 이곳 흑인들이 투봅만큼이나 나쁘다는 생각을 자신에게 깨우쳐 주어야만 했다. (곧 확실히 알게 되겠지만) 이 흑인 여자와 이 투봅은 그를 해칠 뜻이 없을지 모르지만, 그를 거의 죽을 지경으로 때린 사람은 삼손이었고, 그를 채찍으로 치고, 그에게 총을 쏘고, 그의 발을 자른 사람들은 투봅이었다. 기운을 차리면 차릴수록 그는, 열일곱 장마철 동안 마음대로 어디나 뛰어다니고, 기어오르기도 했는데, 이제는 꼼짝도 못하고 누워서, 아무 데도 못 가게 된 자신에 대한 분노가 점점 더 깊어졌다. 그것은 이해하거나 견디기가 불가능할 정도로 기막힌 일이었다.

그의 옆구리에나 팔목을 잡아맨 짤막한 막대기에서 키가 큰 투봅이 그를 풀어 준 다음, 쿤타는 몇 시간 동안 팔을 들어 보려고 애썼지만, 팔이 너무 무겁게 느껴져서 마음대로 되지를 않았다. 그래도 악착같이, 단호하게, 무작정 그는 손가락을 거듭거듭 움직이고, 그런 다음에는 주먹을 쥐었다 폈다 해서, 억지로 팔이 기운을 쓰도록 했고, 드디어 그는 손을 들어 올릴 힘을 되찾았다. 다음에 그는 팔꿈치로 버티고 몸을 일으키려고 애썼으며, 일단 성공을 하자, 그렇게 몸으로 버티고 그의 잘린 발의 붕대를 노려보며 몇 시간을 보냈다. 전에 투봅이 벗길 때 그가 보았던 것만큼이나 지금은 붕대에 피가 많이 묻어나지는 않았어도, 그의 발은 호박만큼이나 커 보였다. 그러나 그가 같은 발의 무릎을 들어 올리려니까, 아직도 고통을 견디기 어려운 정도임을 알게 되었다.

벨이 다시 그를 찾아오자 그는 분노와 수치심을 그녀에게 털어 내느라고 만딩카 말로 소리를 지르며, 물을 마신 다음 양철 컵을 쾅 내려놓기도 했다. 나중에 그는 이것이 투봅의 땅에 도착한 이후 처음으로 그가 다른 사람에게 큰 소리로 얘기한 경우였음을 깨닫게 되었다. 그가 분노를 나타냈음에도 불구하고, 그녀의 눈길이 마찬가지로 부드러웠다는 사실이 뒤늦게 생각나자, 그는 더욱 화가 났다.

쿤타가 그곳에서 거의 세 주일을 보내고 난 다음 어느 날, 투봅은 그에게 일어나 앉으라는 시늉을 하고는 붕대를 풀기 시작했다. 발이 점점 드러나면서 쿤타는, 헝겊이 끈끈하고 누런 무엇으로 칙칙하게 빛깔이 변했음을 보았다. 그러고는 투봅이 마지막 헝겊을 벗기는 동안 그는 이를 악물어야만 했고, 반쪽만 남은 그의 발에서 부어오른 상처 부위에 앉은 흉측스럽고 두껍고 갈색인 딱지를 보고 쿤타는 정신이 아득해졌다. 쿤타는 하마터면 비명을 지를 뻔했다. 상처에 무엇인가 뿌리고 투봅은 그 위에 가볍고 헐겁게 붕대를 감더니, 검은 가방을 집어 들고 서둘러 밖으로 나갔다.

그다음 이틀 동안, 벨은 투봅이 한 그대로 되풀이하면서, 쿤타가 몸을 움츠리고 얼굴을 돌리면, 부드럽게 무슨 얘기를 했다. 셋째 날에 투봅이 다시 나타났을 때, 꼭대기가 갈라지고 튼튼하고 곧은 막대기 두 개를 그가 가지고 온 것을 보고 쿤타의 가슴이 마구 뛰었는데, 쿤타는 언젠가 주푸레에서 다친 사람들이 그런 지팡이를 짚고 걷는 광경을 본 적이 있었다. 단단한 막대기 끝을 팔 밑에 끼고 투봅은, 오른쪽 발로 땅을 밟지 않는 채 걷는 방법을 그에게 가르쳐 주었다.

쿤타는 그들 두 사람이 다 나갈 때까지 움직이려고 하지 않았다. 그런 다음에 그는 넘어지지 않도록 몸을 버티면서, 다리의 아픔을 견디어 낼 수 있는 한도 내에서, 벽에 몸을 기대고 꼿꼿이 일어서려고 기를 썼다. 막대기의 갈라진 쪽을 겨드랑이에 겨우 집어넣을 때까지 그의 얼굴에는 땀이 줄줄 흘렀다. 현기증을 느끼고 비틀거리면서, 벽에 의지하려고 몸을 떼지 않은 채, 그는 붕대를 감은 발 때문에 당장이라도 넘어질 듯이 거북하게 몸을 흔들며, 깡충거려서 억지로 몇 발자국을 떼어 놓았다.

다음 날 아침 벨이 그의 아침 식사를 가져왔을 때, 딱딱한 흙바닥에 갈라진 막대기의 끝으로 팬 자국을 보고는 그녀의 얼굴에 얼핏 스치는 즐거운 표정을 쿤타는 눈치 챘다. 그 자국들을 잊어버리고 지우지 않은 자신에 대해서 화가 난 쿤타는 그녀에게 얼굴을 찌푸렸다. 그는 여자가 나갈 때까지 음식을 건드리려고도 하지 않았지만, 이제는 힘이 필요하다고 생각해서, 그녀가 나가자 그는 재빨리 먹어 치웠다. 며칠 안에 그는 오두막 안에서 자유롭게 돌아다닐 수가 있게 되었다.

51

여러 가지 면에서 이곳의 투봅 농장은 지난번 농장과 무척 다르다는 사실을 쿤타는 처음으로 목발을 짚고 오두막 문간을 나서서 바깥을 둘러보며 느끼고는 했다. 나지막한 흑인 통나무집들은 모두 하얗게 회칠을 해서, 그가 머물던 오두막이나 마찬가지로 아주 훌륭해 보였다. 안에는 작고 썰렁한 탁자를 하나 들여놓았고, 벽의 선반에는 양철 접시 하나에 물을 마시는 바가지, 〈숟가락〉, 그리고 쿤타가 나중에 이름을 익힌 〈포크〉나 〈나이프〉 따위의 투봅 식사 도구들을 가지런히 얹었는데, 그런 물건들을 내 손이 닿을 만한 곳에 두다니 참 어리석은 사람들이로구나 하고 그는 생각했다. 그리고 땅바닥에 깔아 놓은 그의 요는 옥수수 껍질로 두툼하게 속을 채웠다. 그가 근처에서 본 어떤 오두막들은 뒤쪽에 작은 텃밭이 붙기도 했으며, 투봅의 큰집에서 가장 가까운 오두막 앞에는 울긋불긋하고 동그란 꽃밭도 갖추었다. 그가 서서 사방을 둘러보던 문간에서는 어디로 걸어가는 사람이건 다 잘 보였으며, 그들이 눈에 띌 때마다 쿤타는 목발을 짚고 재빨리 안으로 들어가서, 얼마 동안 가만히 기다린 다음에야 다시 용기를 내어 문간으로 나갔다.

쿤타는 코로 바깥채를 찾아냈다. 날마다 그는 마려움을 참으면서, 대부분의 사람들이 밭으로 나가 일을 시작해서 바쁘리라고 확인한 다음에야, (근처에 아무도 없는지를 살펴보고) 목발을 짚으며 재빨리 가까운 곳에 위치한 바깥채에서 일을 보고, 안전하게 되돌아왔다.

몇 주일이 지난 다음에야 쿤타는 가까운 오두막 너머까지 잠깐씩 탐험을 나가 돌아다니기 시작했고, 노예 마을의 요리하는 여자가 사는 오두막에 가서는, 요리사가 벨이 아님을 알고 놀랐다. 그가 이리저리 돌아다닐 만큼 건강이 회복되자, 벨은 그에게 음식을 가져오지도 않았고, 심지어는 찾아오지도 않았다. 그는 그녀가 어떻게 됐는지 궁금해졌고, 그러던 어느 날 문간에 서서 여기저기 살펴보던 그는, 큰집의 뒷문에서 나오는 그녀를 발견했다. 그러나 그녀는 그를 보지 못했고, 아니면 그냥 못 본 척하면서, 그를 지나쳐 바깥채로 갔다. 그러니까 그녀도 다른 사람들이나 똑같았고, 그는 처음부터 그럴 줄 알았었다. 훨씬 드문 경우이기는 했지만, 쿤타는 어쩌다 가끔, 키가 큰 투봅이 나타나서, 검은 뚜껑을 씌우고 두 마리의 말이 끄는 마차에 올라타고, 그러면 앞자리에 앉은 흑인이 서둘러 마차를 몰고 어디론가 가 버리는 광경을 보았다.

며칠이 더 지나고 나서부터 쿤타는 하루의 작업에 지친 밭일꾼들이 저녁에 무리를 지어 터벅거리며 돌아올 때까지 그의 오두막 밖에서 서성거리고는 했다. 그가 잡혀 살았던 다른 농장을 돌이켜 보고 쿤타는 이곳 흑인들의 뒤에서는 왜 말을 타고 채찍을 든 투봅이 따라다니지를 않을까 궁금했다. (그에게 전혀 신경을 쓰지 않는 듯한) 흑인들은 쿤타의 곁을 지나서, 그들의 오두막 안으로 사라졌다. 그러나 조금만 기다려 보면, 그들은 대부분 다시 밖으로 나와서 자질구레한 일을 하며 돌아다녔다. 남자들은 헛간 둘레에서 일했고, 여자들은 소의 젖을 짜거나, 닭 모이를 주었다. 그리고 아이들은 물통으로 물을 길어 나르거나, 장작을 한 아름씩 운반했지만, 보아하니 그들은 물통을 사용하거나 단으로 묶어 나무를 머리에 이고 가면 두 배나 많은 물건을 나르게 된다는 요령을 모르는 듯했다.

하루하루가 흘러가는 사이에 그는, 이곳 흑인들은 지난번 투봅 농장의 사람들보다 잘 살기는 해도, 다른 사람들이나 마찬가지로 역시 버림을 받았으며, 그들 자신에 대한 존경심과 자부심은 모두 철저하게 뿌리가 뽑혀 버렸기 때문에, 그들의 이런 생활을 자신도 모르는 사이에 당연하게 받아들인다는 인식을 전혀 깨닫지 못한다고 느끼기 시작했다. 그들의 관심은 매를 안 맞고, 먹을거리가 충분하고, 잘 곳이 마련되었느냐 하는 문제가 고작이었다. 그와 같은 종족의 사람들이 처한 비참한 꼴에 분노가 끓어 뜬눈으로 누워 뒤척거리다가 한참 만에야 겨우 잠이 드는 밤도 적지가 않았다. 그러나 그들은 스스로 비참하다는 사실조차 모르는 듯싶었다. 그렇다면 그들이 자신의 가련한 운명에 만족해하거나 말거나, 그것이 쿤타와 무슨 상관이라는 말인가. 그는 마치 자신도 조금씩 더 죽어 가며, 살려는 의지가 아직 얼마쯤이나마 그에게 남았다면, 어떤 곤경이 닥치고 결과가 어떻게 되든지 간에, 다시 도망치려고 노력해 봐야 한다고 느꼈다. 죽었거나 살았거나 그는 이제 인간으로서 무슨 쓸모가 있는가? 주푸레에서 붙잡혀 온 이후 열두 달 사이에, 그는 그가 살아온 장마철보다 과연 얼마나 더 나이를 먹었던가.

 목발을 짚고 제대로 돌아다니게 되었어도, 쿤타가 할 만한 어떤 일도 누가 찾아 주지 않았다는 사실 또한 그에게는 아무런 도움이 되지 않았다. 그는 혼자서 시간을 보낼 만한 일이 얼마든지 많으며, 누구와도 사귈 필요성이나 욕구를 느끼지 않는다는 인상을 전하려고 노력했다. 그러나 쿤타는 자기가 그들을 믿지 않는 만큼이나 흑인들 또한 그를 믿지 않음을 깨달았다. 그러나 밤이 되면, 그는 혼자 무척 외롭고 답답한 심정으로, 그를 짓누르는 듯한 어둠을 응시하며 몇 시간씩을 보냈다. 어둠은 그의 온몸 속으로 퍼져 나가는 질병이나 마찬가지였다. 그는 사랑을 그리워하는 자신의 마음을 깨닫고는 놀라고 창피해졌다.

 어느 날 쿤타가 마침 바깥에 나가 있는데, 흑인 마부의 자리에 피부가 사쏘 보로 빛깔인 남자를 같이 태우고, 투봅의 마차가 마당으로 들어왔다. 투봅이 내려서 큰집으로 들어간 다음에, 마차는 오두막 쪽으로 더 가까이 와서는 다시 멈추었다. 쿤타는, 하얀 진흙을 딱딱하게 굳힌 듯 보이는 물건으로 한쪽 손을 덮어씌운 갈색 피부의 남자를, 흑인이 겨드랑이를 붙잡아 부축해서 내려 주는 광경을 지켜보았다. 쿤타는 흰 껍데기가 무엇인지는 알 길이 없었지만, 어떤 일로 손을 다친 모양이라고 생각했다. 누르스름한 갈색 피부의 남자는 다치지 않은 한 손을 마차 안으로 뻗어서, 모양이 이상하게 생겼고 거무튀튀한 상자를 꺼내더니, 줄지어 늘어선 오두막들의 끝에 위치했으며, 쿤타가 알기로는 사람이 살지 않던 빈 오두막으로 갔다.

쿤타는 어찌나 심한 호기심을 느꼈던지, 아침이 되자 일부러 누르스름한 남자의 오두막으로 절뚝거리며 찾아갔다. 그는 누렁 남자가 문간 바로 안쪽에 앉아 있으리라고는 예상하지 못했었다. 그들은 그냥 서로 물끄러미 쳐다보기만 했다. 남자의 눈과 얼굴에는 표정이 없었다. 〈뭐 원해?〉라고 말하는 그의 목소리도 마찬가지였다. 쿤타는 그가 하는 얘기를 알아들을 수가 없었다. 「너 형편없이 아프리카 검둥개.」 쿤타는 자주 들어 본 말은 이해했지만, 나머지는 그렇지가 않았다. 그는 멀거니 서서 기다렸다. 「그래, 어서 가지!」 쿤타는 그의 날카로운 목소리로 미루어 보아, 상대방이 못마땅해한다고 느꼈다. 그는 화가 나고 당황해서, 몸을 휙 돌리다가 고꾸라질 뻔했고, 황급히 자기 오두막으로 돌아갔다.

그는 누렁개를 생각할 때마다 어찌나 화가 치솟았던지, 다시 돌아가서 〈난 그래도 너 같은 누렁개하고는 다른 흑인이란 말이야!〉라고 소리라도 쳐줄 만큼 투볽 말을 잘 알았으면 하고 억울해했다. 그날부터 그는 밖으로 나가면 누렁개의 오두막 쪽은 쳐다보지도 않았다. 그러나 저녁 식사만 끝나면 대부분의 다른 흑인들이 서둘러 누렁개가 기거하는 마지막 오두막으로 모여든다는 사실에 대해 호기심을 억누를 길이 없었다. 그리고 그의 오두막 안쪽에 앉아서 열심히 귀를 기울이면, 쿤타는 거의 쉬지 않고 계속해서 얘기하는 누렁개의 목소리를 듣고는 했다. 때때로 다른 사람들이 웃음을 터뜨렸고, 가끔 그들이 마구 질문을 퍼붓는 소리도 들려왔다. 저 사람이 누구이고, 무엇을 하는 사람일까 쿤타는 알고 싶어서 속이 탔다.

두 주일쯤 지난 어느 날 한낮에, 쿤타가 막 들어가려는 순간 누렁개가 마침 바깥채에서 나왔다. 묵직하고 하얀 팔 덮개는 보이지 않았고, 성을 내며 쿤타가 목발을 짚고 옆으로 지나치다 보니, 그는 두 손으로 옥수수 껍질을 꼬아 대었다. 안에 들어가 앉은 쿤타의 머릿속에서는 조금 아까 퍼부었더라면 속이 시원했을 욕설들이 소용돌이쳤다. 그가 다시 밖으로 나와 보니, 누렁개는 그들 사이에 아무 일도 없었다는 듯, 태연한 표정으로 조용히 서서 기다렸다. 아직도 손가락으로 옥수수 껍질을 비틀어 꼬면서, 그는 쿤타더러 머리를 돌려 따라오라는 시늉을 했다.

그것은 너무나 갑작스러운 일이었고, 상대방을 무기력하게 만드는 그의 태도에 압도되어서, 쿤타는 아무 말도 못하면서 누렁이를 따라 그의 통나무집으로 들어갔다. 쿤타는 시키는 대로 얌전히 누렁개가 가리키는 의자에 앉아서, 다른 의자에 앉아 여전히 옥수수 껍질을 꼬는 그를 지켜보았다. 쿤타는 그 사람이 물건을 꼬는 방법이 아프리카 사람들과 상당히 비슷하다는 사실을 알기나 하는지 궁금했다.

얼마 동안 더 생각에 잠겨 침묵을 지키고 나서 누렁개가 얘기를 시작했다. 「너 미친놈 같다, 사람들 얘기 많아. 사람들 너 안 죽여 재수 좋은 일이야. 너 죽였다면, 법 걸리지도 않아. 나 깡깡이 커다 싫증 부려, 흰둥이 내 팔 부러뜨렸을 때, 마찬가지였어. 너 도망쳐서, 누구나 잡아 죽여도 벌 안 받는다, 법에 적혔어. 흰둥이들 교회에서 여섯 달 한 번씩, 그 법 큰 소리로 읽어 줘. 흰둥이 법 놓고 내 앞에 따지지 마. 새 정착지 세우고, 그 사람들 먼저 재판소 지어, 법 더 많이 통과시키고, 다음에 자기들 기독교인이라면서, 예배당 지어. 버지니아 하원 하는 일, 검둥개 나쁘게 반대되는 법 자꾸 통과시키기뿐이라, 내 생각이야. 검둥개들 총 가져 다니지 못하게, 그리고 몽둥이처럼 보이면 지팡이도 안 된다는 법이라고. 법에 적혔는데, 통행증 없다 잡히면, 채찍 스무 차례, 흰둥이 빤히 쳐다봤다 채찍 열 차례, 흰둥이 기독교인한테 감히 손찌검 채찍 서른 차례야. 법에 그러는데, 흰둥이 듣는 곳 검둥개가 설교하면 안 되고, 검둥개 장례식 집회처럼 보여서 안 돼. 법에 그러는데, 너 거짓말했다 흰둥이가 맹세하면 너 한쪽 귀 잘리고, 두 번 거짓말했다 주장하면 양쪽 귀 다 잘라. 법에 그러는데, 너 흰둥이 누구 죽이면 교수형 되고, 딴 검둥개 죽인다면 채찍 맞을 뿐이래. 도망친 검둥개 잡는 인디언 가지고 갈 만큼 얼마나 잎담배 다 줘. 검둥개 읽고 쓰게 가르치다 법 걸리고, 책 주면 또 법 걸려. 검둥개 북 두드리기나 아무 아프리카 짓 하는 거 걸리는 법 역시 생겼어.」

그의 말을 쿤타가 알아듣지 못하기는 하지만, 그래도 어쨌든 누렁이는 혼자 얘기하기를 워낙 좋아할 뿐 아니라, 상대방이 자꾸만 듣다 보면 이해를 조금이나마 하겠거니 믿는 모양이라고 쿤타는 생각했다. 얘기하는 누렁이의 얼굴 표정을 지켜보고, 그의 말투에 귀를 기울이는 사이에, 쿤타는 거의 다 이해를 하겠다고 느꼈다. 그리고 누군가 정말로 그를 사람답게 대접하며 얘기를 해준다는 사실에 그는 웃고도 싶었고 울고도 싶었다.

「네 발 얘기 하는데, 들어 봐, 발하고 팔만 잘라 아니고 자지 불알 역시 잘라. 그런 꼴 망가지고 아직 멀쩡 일하는 검둥개 나 잔뜩 봤어. 뼈하고 살점 따로 떨어질 때까지 검둥개들 두들겨 맞기도 나 봤어. 애 배서 뚱뚱한 검둥개 여자들 뚱뚱배 파놓은 구멍에 집어넣고 엎드려 매 맞아. 검둥개 산 채 껍질 벗겨 송진 기름 발라 또는 소금 뿌려 다음에 지푸라기로 문지르지. 반란 말하다 잡힌 검둥개들 뜨거운 숯불 위 춤추라 하고, 결국 그 위에 쓰러져. 검둥개 도울 일 거의 하나도 없고, 그러다 검둥개 죽으면 쥔님 그런 경우나 시켜서 한 경우나 절대로 죄 아냐. 법이 그래. 그리고 그 정도 나쁘다 생각하면 노예선 타고 물 건너 서인도 제도 사탕수수 농장 팔려 간 검둥개들 얘기 사람들이 어떻게 한다 들어 보라고.」

쿤타가 (이해하려고 애쓰면서) 아직도 얘기를 열심히 듣는데, 첫째 카포의 소년이 누렁이의 저녁 식사를 가지고 들어왔다. 소년은 그곳에서 쿤타를 보자, 쪼르르 달려 나가서 덮개를 씌운 쟁반을 하나 더 기지고 곧 돌아왔다. 쿤타와 누렁이는 아무 말도 없이 함께 식사를 했고, 그런 다음에 쿤타는 다른 사람들이 곧 오두막으로 오리라 생각해서 나가려고 갑자기 몸을 일으켰지만, 누렁이는 쿤타더러 가지 말라는 시늉을 했다.

몇 분 후에 도착하기 시작한 다른 사람들은 그곳에서 쿤타를 보고 놀라움을 감추지 못했는데, 가장 늦게 온 사람들 가운데 하나인 벨이 특히 그랬다. 대부분의 다른 사람들처럼 그녀는 머리만 끄덕였지만, 쿤타는 그녀에게서 미소를 지으려는 기색을 느꼈다. 점점 어둠이 몰려드는 동안, 누렁이는 쿤타나 마찬가지로 그들의 관심도 계속해서 사로잡았는데, 쿤타는 그가 무슨 옛날얘기를 그들에게 해준다는 생각이 들었다. 쿤타는 그들이 갑자기 웃음을 터뜨리거나 질문을 할 때마다, 얘기가 한 가지 끝났음을 알았다. 가끔 쿤타는 그의 귀에 익숙한 어휘들을 들었다.

그의 오두막으로 돌아간 쿤타는 그가 이곳 흑인들과 얘기 마당에서 함께 어울렸다는 데 대한 감정의 혼란을 겪었다. 그날 밤 늦게까지 잠들지 못하면서, 그의 마음은 아직도 갈등을 느끼면서, 언젠가 라민이 한 입만 먹겠다고 애걸하는 맛 좋은 망고를 그가 주지 않겠다고 버티었을 때, 오모로가 한 얘기가 머리에 떠올랐다. 〈네가 주먹을 움켜쥐면, 아무도 네 손에 무엇을 쥐여줄 수도 없거니와, 자신도 손으로 아무것도 집을 수가 없는 법이란다.〉

그러나 그는 또한 어떤 일이 닥치더라도, 절대로 이곳 흑인들처럼 되지는 않겠다던 그의 생각에 아버지가 완전히 동의하리라는 사실도 알았다. 그렇지만 밤이 되기만 하면, 그는 누렁이의 오두막으로 가서 그들과 어울리고 싶다는 이상한 충동을 느꼈다. 그는 유혹에 저항했지만, 이제는 거의 날마다 오후만 되면, 쿤타는 누렁이가 혼자 남았을 만한 시간에 그의 오두막으로 절뚝이며 찾아가고는 했다.

「나 손가락 다시 깡깡이 제법 만질 만큼 되었지.」 어느 날 그는 옥수수 껍질을 꼬면서 말했다. 「여기 쥔님 선뜻 나 사서 고용해, 좋은 재수 되었어. 나 버지니아 여기저기 돌아다녀 깡깡이 켜니까, 쥔님하고 나하고 돈 잘 벌었지. 나 무슨 얘기 하나, 너 잘 이해 못하지만, 나 한 짓도 많고, 본 것 역시 많아. 흰둥이들 그러는데, 아프리카 사람 아는 거, 풀 덮은 집에 살고, 서로 쫓아다녀 죽여서 잡아먹는 일 전부라는군.」

그는 무슨 반응을 기다리기라도 하는 듯이 독백을 잠깐 멈추었지만, 쿤타는 그대로 가만히 앉아서 사피에 부적을 만지작거리며, 얌전하게 얘기를 듣기만 했다.

「내 얘기 알아? 너 그런 거 모두 그만둬야 해.」 부적을 가리키면서 누렁이가 말했다. 「포기해. 넌 어디도 못 가고, 그러니 현실 잘 보고, 적응해야지. 토비, 내 말 알아?」

쿤타의 얼굴은 분노로 번득였다. 〈쿤타 킨테!〉라고 불쑥 소리를 지른 그는, 스스로 놀랐다.

누렁이도 마찬가지로 놀랐다. 「야 이거 봐라. 너 말할 줄 알아! 하지만 나 얘기하는데, 너 아프리카 그런 말 다 잊어버려야 좋아. 그러다 흰둥이들 화내고, 검둥개들 무서워해. 네 이름 토비. 사람들 내 이름 깡깡이다 불러.」 그는 자기를 가리켰다. 「따라 해. 깡깡이!」 쿤타는 그가 하는 말을 정확하게 알아들었지만, 모르는 체하고 멍한 눈으로 그를 쳐다보았다. 「깡깡이! 나 깡깡이. 알아? 깡깡이다.」 그는 왼팔로 다른 팔 위에서 톱질하는 시늉을 했다. 이번에는 쿤타가 진짜로 멍청한 표정을 지었다.

답답해진 누렁이는 자리에서 일어나더니, 그가 도착할 때 가지고 왔던 모양이 이상한 상자를 구석에서 가지고 왔다. 상자를 열더니 그는, 나무로 만들었으며 모양이 더욱 이상한 물건을 꺼냈는데, 목이 까맣고 가늘며, 꼭대기부터 밑까지 팽팽하고 가느다란 네 개의 줄을 이어 놓은 연한 갈색의 이 악기를 쿤타는 다른 농장에서도 노인이 연주하는 것을 들어 보았다.

「깡깡이!」 누렁이가 소리쳤다.

남들이 아무도 주변에 없었기 때문에 쿤타는 그 말을 따라 하기로 작정했다. 그는 누렁이의 소리를 되풀이했다. 「깡깡이.」

즐거운 표정으로 누렁이는 깡깡이를 상자에 넣고 통을 닫았다. 그러더니 주변을 둘러보고 나서 그가 손가락으로 가리켰다. 「물통!」 누렁이가 가리킨 물건이 무엇인지를 머리에 새기면서 쿤타가 그의 말을 되풀이했다. 「이번에는, 물!」 쿤타는 다시 그의 말을 되풀이했다.

그들이 스무 개도 넘는 새 말을 공부하고 나서, 누렁이는 쿤타더러 정확한 단어를 대라고 묻는 표정을 지으며, 아무 소리도 하지 않고 깡깡이, 물통, 물, 의자, 옥수수 껍질 그리고 다른 물건들을 차례로 가리켰다. 몇 가지 이름은 쿤타가 당장 따라 했지만, 몇 가지 다른 말을 더 듬거렸더니 누렁이가 똑바로 다시 가르쳐 주었고, 어떤 말은 전혀 소리를 내기가 불가능했다. 누렁이는 다시금 그에게 일러 주었고, 배운 말들을 모두 복습시켰다. 「너 보기보다 덜 멍청하다.」 저녁 식사 때쯤 되자 누렁이가 투덜거렸다.

그 후 며칠 동안 계속되던 공부가 몇 주일로 연장되었다. 쿤타는 자기가 말을 알아들을 뿐 아니라, 자신의 뜻을 어설픈 방법으로나마 누렁이에게 이해시키게 되었음을 알고 놀랐다. 그리고 누렁이에게 그가 가장 이해시키고 싶었던 사실은, 어째서 자기가 이름과 혈통을 포기하기를 거부하고, 노예로 살아가기보다는 도망치다가 자유의 몸으로 죽기를 더 바라느냐 하는 이유였다. 그는 마음껏 그런 얘기를 잘할 정도의 말을 알지 못했지만, 누렁이가 얼굴을 찌푸리고 머리를 흔드는 표정을 보니, 이해가 간 모양이었다. 그 후 얼마 지나지 않은 어느 날 오후에, 누렁이의 오두막으로 찾아간 그는 벌써 다른 사람이 하나 와 있음을 보았다. 그는 큰집 근처의 꽃밭에서 가끔 괭이질을 하던 늙은 남자였다. 누렁이가 상관없다고 머리를 끄덕이자 쿤타는 자리에 앉았다.

노인이 얘기를 시작했다. 「여기 깡깡이 그러는데, 너 네 번 도망쳤다. 그러면 어떤 꼴 되는지 너 이제 알았어? 나처럼 너 역시 깨달아 정신 차려야 해. 도망치기 너 처음이 아냐. 나 젊은 시절 어찌나 도망 많이 쳤는지, 사람들 내 가죽 찢다시피 했고, 그제서 도망갈 곳 없다고 나 머리에 깨달았지. 두 주(州)를 지나 한없이 도망쳐 보면, 신문들 그 얘기 하면 넌 곧 붙잡혀 죽다시피 되고, 도망친 바로 그 자리 결국 다시 돌아가지. 그래 아무도 감히 도망 생각 못하는 거야. 가장 애송이 검둥개들 도망 생각 조금 해. 하지만 나 아는 사람 아무도 도망 성공 거두지 못했어. 나 그러하듯 너 되지도 않는 일 계획하다 젊은 시절 허송하는 대신 세상살이 돌아가는 그대로 잘 쫓아 정착이나 생각할 때 되었지. 나 이제 많이 늙고 제법 지쳤어. 태어난 때부터, 흰둥이들 우리가 그렇다 말하듯, 나 형편없이 굴고, 게으르고, 머리 긁적거리고, 멋대로 했어. 쥔님 나 여기에 두는 이유 경매에서 나 값 안 나가는 이유뿐이고, 차라리 나 정원 가꾸면 절반 값 하니까. 하지만 벨이 하는 얘기가, 쥔님 내일부터 너 나하고 일 같이 시켜.」

정원지기가 한 얘기를 쿤타가 거의 하나도 알아듣지 못했음을 깨닫고, 쿤타에게 익숙한 말들을 써가면서 깡깡이는 훨씬 천천히, 그리고 훨씬 쉽게 노인이 그에게 한 얘기를 설명하느라고 반 시간이나 보냈다. 그는 정원지기가 한 거의 모든 얘기에 대해서 엇갈리는 감정을 느꼈다. 그는 노인이 좋은 뜻에서 충고를 해주었으며, 도망이 정말로 불가능하다는 점을 스스로 깨닫기 시작했지만, 비록 끝까지 도망은 치지 못한다고 하더라도, 더 이상 매를 한 대도 맞지 않고서 평생을 그들과 함께 살기 위해서, 그에게 주어진 본분과 삶을 포기한다는 것만큼은 절대로 받아들이지 못할 노릇이었다. 그리고 병신 정원지기로 한세상을 보낼 생각을 하니, 그는 분노와 수치로 가슴이 메었다. 하지만 당분간 그가 기운을 다시 찾을 때까지라면, 참아야 했다. 그리고 비록 그곳이 고향 땅은 아닐지라도, 흙을 다시 손으로 만지면서 자신의 운명을 잠시나마 잊어버리는 것도 좋으리라.

다음 날 늙은 정원지기는 쿤타에게 할 일이 무엇인지를 가르쳐 주었다. 채소들 사이에서 날마다 불쑥불쑥 솟아오르는 듯한 잡초를 노인이 자르면서 나아가자, 쿤타도 그대로 했다. 노인이 토마토 벌레와 감자 벌레를 손으로 뜯어내어 발로 밟아 터트리자, 쿤타도 그대로 했다. 그들은 별 탈이 없이 잘 지냈지만, 나란히 서서 일만 했을 뿐, 별로 얘기를 나누지 않았다. 쿤타에게 새로 가르쳐 주어야 할 일이 생기면, 노인은 흔히 못마땅한 소리를 내며 손짓으로 설명해 보였고, 쿤타는 아무 대꾸도 없이 시키는 대로 했다. 쿤타는 침묵을 개의치 않았으며, 사실 깡깡이와 자리를 함께할 때마다 쉬지 않고 들어 줘야 하는 그의 줄기찬 얘기 틈틈이, 그의 귀도 몇 시간쯤 쉬어야 할 필요가 있었다.

그날 밤, 저녁을 먹고 난 다음에, 쿤타가 그의 오두막 문간에 앉아 있으려니까, (말과 노새의 목걸이와 흑인들의 신발도 만들어 주던) 길든이라는 남자가 그에게로 와서 신발 한 켤레를 내밀었다. 〈쥔님〉의 명령에 따라 쿤타를 위해 특별히 지은 신발이라고 그가 말했다. 쿤타는 그것을 받으며 고맙다고 머리를 끄덕여 인사를 했고, 신발을 이리저리 여러 차례 뒤집어서 살펴본 다음에야 신어 보기로 했다. 그런 물건을 발에 걸치자니 이상한 기분이 들었지만, 신발은 오른쪽 발의 앞쪽에 솜을 절반쯤 채워 넣기는 했어도 잘 맞았다. 구두장이는 몸을 굽히고 앉아 끈을 매고는, 쿤타더러 일어서서 돌아다니며 어떤가 보라는 시늉을 했다. 목발을 짚지 않고 오두막 밖으로 나가서, 거북하게 주춤주춤 돌아다니며 보니까, 왼쪽 구두는 훌륭했지만 오른쪽 발에서는 바늘로 찌르는 듯한 통증을 조금 느꼈다. 그가 불편해하는 눈치를 채고 구두장이, 그것이 구두 때문이 아니라 잘린 발 때문이니까, 곧 익숙해지리라고 말했다.

그날 나중에 그는 시험 삼아 좀 더 멀리 걸어 보았지만, 오른쪽 발이 여전히 불편해서, 속에 채운 솜을 조금 뜯어내고 다시 신었다. 훨씬 느낌이 나아졌고, 나중에는 온몸의 체중을 잘린 발에 실어 보았지만, 심한 통증은 느껴지지 않았다. 그는 거의 날마다 이리저리 돌아다니기 시작했으며, 얼핏 오른쪽 발가락들이 아프다는 착각을 계속해서 겪었고, 그래서 밑을 내려다보면 (항상 놀랄 일이었지만) 아픔은 간 곳이 없이 사라졌다. 그러나 그는 걷는 연습을 계속했고, 죽을 때까지 항상 목발을 짚고 살아가야 하는 줄 알고 겁이 났었던 터라, 얼굴에 나타낸 표정 이상으로 기분이 좋아졌다.

바로 그 주일에 쥔님의 마차가 여행에서 돌아왔고, 흑인 마부 루터는 쿤타의 오두막으로 서둘러 가서 깡깡이의 집으로 가라고 손가락으로 불렀으며, 그곳에서 쿤타는 활짝 웃으면서 무슨 얘기를 하는 그를 지켜보았다. 그러더니 깡깡이가 큰집을 가리키고, 몇 마디 중요한 말을 섞어 가며 한참 얘기를 하자, 쿤타는 큰집에 사는 쥔님 윌리엄 윌러가 이제는 그를 소유하게 되었다는 말을 알아듣고 머리를 끄덕였다.

「루터가 그러는데, 처음 너 소유했던 사람 쥔님과 형제간이고, 그래서 증서 받아서 너 쥔님이 갖게 돼.」 언제나 그랬듯이 쿤타는 감정을 얼굴에 드러내지 않았다. 그는 누가 자기를 〈갖는다〉는 데 대해서 분노와 수치를 느꼈지만, 깊은 안도감을 느끼기도 했는데, 언젠가 그는 다시 다른 농장으로 끌려가게 될지도 모르는 일이라 항상 걱정했었다. 깡깡이는 루터가 나가기를 기다렸다가 (반쯤은 쿤타에게 그리고 반쯤은 자신에게) 다시 말했다. 「여기 검둥개들이 그러는데, 윌리엄은 좋은 쥔님이라는데, 나 나쁜 사람들 많이 봤어. 하지만 몽땅 다 나쁜 사람들 아냐. 우리 검둥개들 없이 못 사는 사람들이니까. 그 사람들 가장 큰 재산 검둥개들이지.」

52

쿤타는 이제 거의 날마다, 하루의 일이 끝나면, 자기의 오두막으로 돌아가서 저녁 기도를 드리고 난 후, 땅바닥에서 흙을 조금 긁어 네모꼴로 모아 놓고, 그 위에다 막대기로 아랍 글자들을 그려 놓고, 그러고는 흔히 저녁 식사 시간까지, 오랫동안 앉아서 자기가 쓴 글자를 들여다보고는 했다. 그런 다음에 그가 써놓은 글자를 지우고 나면, 다른 사람들과 함께 깡깡이의 얘기를 들으러 가야 할 시간이 되었다. 기도와 공부는 어쨌든 그로 하여금 그들과 어울려도 된다는 핑계를 마련해 주었다. 그렇게 해서 그는 홀로 지내지 않으면서도 자신의 존재를 잃지 않는 길을 찾았다. 어쨌든 아프리카에서였더라도, 비록 깡깡이는 아니겠지만, 이 마을에서 저 마을로 떠돌며, 코라나 발라폰을 연주하고 노래하면서, 틈틈이 자기가 겪은 모험담을 섞어 가며 멋있는 얘기들을 들려주는 악사 그리오는 찾아갔으리라.

아프리카에서나 마찬가지로, 쿤타는 또한 새 달이 떠오르고 난 다음 날 아침에 바가지에다 조그만 돌멩이를 하나씩 넣음으로써, 지나가는 시간을 헤아렸다. 먼저 그는 첫 번째 투봅 농장에서 보낸 기간을 열두 달이라고 짐작해서, 바가지에다 동그랗고 알록달록한 돌 열두 개를 넣었고, 다음에는 새 농장에서 보낸 시간을 나타내려고 여섯 개를 더 넣었으며, 그런 다음에는 주푸레에서 붙잡혔을 때까지 그가 보낸 열일곱 장마철을 계산해서 조심스럽게 2백4개의 돌멩이를 세어 바가지에 넣었다. 그렇게 모두 합치니까, 그는 지금 열아홉 번째 장마철에 들어선 셈이었다.

그렇게 나이가 많아졌구나 하는 느낌이 들기는 했어도, 그는 아직 젊은이였다. 그는 정원지기가 그랬듯이, 세월과 함께 사라지는 희망과 자존심을 지켜보다가, 결국 삶의 목적을 잃고, 시간이 다할 때까지 여기에서 평생을 보내야만 하는가? 그런 생각을 하니 머릿속에는 두려움이 가득했고 — 어느 쪽 발을 먼저 내디뎌야 할지도 확실히 모르면서 그의 숙명의 밭에서 비틀거리는 노인과 마찬가지 방법으로 끝장을 보지는 않겠다고 그는 결심했다. 가련한 노인은 점심 식사 때가 되기 훨씬 전부터 기운이 빠져, 오후 내내 일하는 척 흉내만 내었으며, 쿤타가 거의 모든 일을 도맡아서 했다.

아침마다 쿤타가 밭고랑에서 몸을 숙이고 일을 하는 동안, (그가 나중에 알아보니 큰집에서 요리사로 일하는 여자였던) 벨이 바구니를 가지고 와서, 그날 쥔님에게 차려 줄 야채를 뽑았다. 그러나 밭에 나와 돌아다니는 동안, 그녀는 바로 앞을 지나 걸어갈 때조차, 쿤타에게는 눈길 한 번 던지지 않았다. 그가 살아나기 위해서 발버둥 치며 누워 지내는 동안 날마다 보살펴 주었고, 깡깡이의 오두막에서 저녁에 만날 때마다 머리를 끄덕여 인사하던 그녀를 생각하면, 그는 어리둥절하기도 했고, 화가 나기도 났다. 그는 그녀를 미워하기로 작정했으며, 그때 그녀가 간호사 노릇을 해준 까닭은 단순히 쥔님이 그녀에게 그렇게 명령을 내렸기 때문이었으리라고 단정했다. 쿤타는 이 문제에 대해서 깡깡이가 아무 얘기라도 좋으니 무슨 말을 해주기를 바랐지만, 그런 얘기를 물어보기가 너무 난처하다는 점은 제쳐 두더라도, 아는 단어가 워낙 제한되어서 그는 생각을 제대로 표현하기도 어려우리라고 생각했다.

그 후 얼마 안 지난 어느 날 아침, 노인은 꽃밭으로 나오지를 않았고, 쿤타는 그가 병이 난 모양이라고 생각했다. 그는 지난 며칠 동안 보통 때보다도 훨씬 더 힘이 없어 보였다. 노인이 어떻게 되었나 알아보려고 곧장 그의 오두막으로 찾아가는 대신에, 쿤타는 물을 주고 잡초를 뽑으며 당장 일을 시작했는데, 그랬던 까닭은 벨이 지금 당장이라도 나타날 터였고, 그녀가 밭으로 나왔을 때 그곳에 아무도 없다면 좋지 않을 듯싶다는 생각이 들었기 때문이었다.

몇 분 후에 그녀가 나타났는데, 아직도 쿤타를 쳐다보지 않으면서 제 할 일을 했고, 쿤타가 괭이를 들고 서서 지켜보는 동안 그녀는 바구니를 채소로 가득 채웠다. 그러더니 집으로 돌아가려고 하던 벨은 머뭇거리며 주위를 둘러보더니, 바구니를 땅바닥에 내려놓고는, (쿤타를 잠깐 뚫어져라 노려보고는) 서둘러 밭에서 걸어 나갔다. 그녀가 전하려던 뜻은 분명해서, 노인이 항상 그랬듯이 쿤타가 그녀를 위해 바구니를 큰집의 뒷문으로 가져다줘야 한다는 암시였다. 쿤타의 머릿속에는, 주푸레에서 남자들이 바나나나무 밑에서 느긋하게 쉬는 동안, 머릿짐을 이고 그 앞을 지나가던 수십 명의 여자들이 퍼뜩 떠올랐고, 그래서 그는 화가 벌컥 났다. 괭이를 집어던지고 자리를 뜨려던 그는 문득, 그녀가 쥔님과 얼마나 가까운 사이인지가 생각났다. 그는 이를 악물고, 허리를 굽혀 바구니를 집어 들고, 조용히 벨의 뒤를 따라갔다. 문간에 다다른 그녀는 돌아서더니, 그가 눈에 보이지도 않는다는 듯이 바구니만 집어 들었다. 그는 화가 잔뜩 나서 밭으로 돌아갔다.

그날부터 쿤타는 그럭저럭 혼자서 정원지기 노릇을 해나가기 시작했다. 병이 무척 심했던 노인은 걸을 만큼 기운이 날 때만 가끔 한 번씩 나왔다. 그는 일할 힘이 나는 동안만 일했는데, 그 시간은 별로 길지 않았고, 이내 오두막으로 비척거리며 돌아갔다. 그를 지켜보면서 쿤타는, 주푸레의 늙은 남자들이 쇠약함을 부끄럽게 여겨서, 일을 하는 시늉만 하면서 계속 우물쭈물하다가 기운이 빠지면 별 수 없이 숙소로 물러가고, 그러다가 나중에는 결국 거의 모습도 보이지 않고는 하던 때가 머리에 떠올랐다.

쿤타가 정말로 싫어했던 새로운 임무를 손으로 꼽자면, 벨을 위해서 날마다 바구니를 나르는 일이었다. 그는 속으로만 투덜거리면서, 문까지 그녀를 따라가서는, 배짱을 부려도 될 만큼만 무례하게 바구니를 그녀의 손에 밀어 던지고는, 몸을 돌려 재빨리 일을 하러 돌아갔다. 그는 벨이 죽어라고 싫기는 했어도, 그녀가 요리하는 음식의 입맛 당기는 냄새가 꽃밭으로 가끔 바람에 실려 오면, 그의 입에서는 군침이 돌았다.

그가 달을 헤아리는 스물두 번째 돌멩이를 바가지에 넣은 어느 날 아침에, (겉으로는 달라진 흔적이 하나도 없는) 벨이 그에게 집 안으로 들어오라고 손짓했다. 잠깐 머뭇거리다가 그는 안으로 그녀를 따라 들어가서, 그곳 탁자에 바구니를 내려놓았다. 〈부엌〉이라고 부르는 이 방에 여기저기 늘어놓은 이상한 물건들 때문에 그가 어안이 벙벙해진 표정을 감추려고 하면서 막 나가려고 돌아서려는데, 그녀는 그의 팔을 잡더니, 차가운 쇠고기 같아 보이는 조각을 가운데 집어넣은 빵을 그에게 주었다. 난처한 얼굴로 빵을 물끄러미 쳐다보는 그에게 그녀가 말했다.「여태 샌드위치 한 번 본 적 없어요? 그거 당신 깨물지 않아요. 그거 먹어요. 자, 이제 여기서 나가요.」

시간이 지나면서, 벨은 손으로 다 들고 가기도 힘들 만큼 많은 먹을거리를 그에게 주기 시작했는데 — 그가 전에는 맛도 본 적이 없는 〈옥수수빵〉이라든가, 신선한 겨자 잎사귀를 삶아서 맛 좋은 국물에 담근 음식 따위를 쟁반에 잔뜩 담아 주고는 했다. 그는 (소를 방목하는 목초지에서 가져온 비옥하고 검은 흙을 섞은 꽃밭의 땅이다) 작은 겨자 씨앗을 직접 뿌렸고, 연한 잎들이 빠르고 풍성하게 솟아올랐다. 사탕수수 줄기를 감고 올라가는 덩굴에서 자라는 기다랗고 연한 완두를 그녀가 요리하는 방법도 그는 마찬가지로 좋아했다. 어떻게 그녀가 알아냈는지는 모르겠지만, 어쨌든 그녀는 그에게 절대로 돼지고기를 준 적이 없었다. 그리고 그녀가 무엇을 먹으라고 주더라도, 그는 쟁반을 돌려주기 전에, 잊지 않고 조심스럽게 걸레로 닦았다. 그는 (쇠로 만들어서 속에다 불을 집어넣은 물건인) 〈난로〉 옆에 앉은 그녀의 모습을 가장 자주 보았지만, 때때로 그녀는 부엌에 꿇어앉아서 참나무 재와 뻣뻣한 솔로 마룻바닥을 닦기도 했다. 비록 그녀에게 때때로 무슨 얘기를 하고 싶기는 했지만, 그는 고맙다는 뜻으로 신음 비슷한 소리만 내었고, 그녀도 똑같은 방법으로 대꾸하고 말았다.

어느 일요일에 저녁 식사를 하고 난 다음, 쿤타가 휴식을 취하려고 일어나서, 한가하게 배를 툭툭 두드리며, 깡깡이의 오두막을 돌아 걸어가려니까, 식사를 하면서도 줄곧 쉬지 않고 얘기를 계속하던 누렁이가 갑자기 독백을 중단하고 소리쳤다. 「이것 봐, 너 살 붙기 시작해!」 그의 말이 맞았다. 쿤타는 주푸레를 떠난 이후 지금처럼 몸이 좋았던 때가 없었다.

손가락의 힘을 돋우려고 쉴 새 없이 몇 달 동안이나 옥수수 껍질을 꼬아 대던 깡깡이도, (손이 부러진 이후) 오랜만에 몸이 좋아져서, 저녁이면 다시 악기를 연주하기 시작했다. 깡깡이는 묘하게 생긴 물건을 턱 밑에 고정시키고, 깡깡이 줄을 (길고 가느다란 털로 만든 듯한) 활로 긁었으며, 저녁마다 모여드는 청중은 노래가 하나 끝날 때마다 소리를 지르고 박수를 쳤다. 「이거 아직 진짜 멀었어!」 그는 역겹다는 듯이 말했다. 「손가락 아직 안 말랑말랑해.」

나중에 그들만 남았을 때, 쿤타가 머뭇거리면서 물었다. 「말랑말랑이 뭐죠?」

깡깡이는 그의 손가락을 쥐었다 폈다 하면서 꼼지락거렸다. 「말랑말랑! 말랑말랑. 알겠어?」 쿤타는 머리를 끄덕였다.

「너 재수 좋은 검둥개, 너 그래.」 깡깡이가 말을 계속했다. 「날마다 그 꽃밭에서 빈둥빈둥 놀아. 여기보다 굉장히 큰 농장 아니고 아무 데서 그렇게 쉬운 일 아무도 못 얻어.」

쿤타는 무슨 말인지 알아들을 듯싶었지만, 기분은 좋지 않았다. 「일 열심히.」 그가 말했다. 그리고 의자에 놓인 깡깡이를 머리로 가리키면서, 그는 말을 덧붙였다. 「그거보다 열심히.」

깡깡이가 히죽 웃었다. 「너 사람 됐어, 아프리카 사람!」

53

한 달 한 달이 이제는 더 빨리 지나갔고, 어느새 〈여름〉이라고 불리는 뜨거운 계절이 지났으며, 추수 때가 되어서 쿤타와 다른 사람들은 할 일이 훨씬 많아졌다. 나머지 흑인들이 (심지어는 벨까지도) 밭일이 많아 모두 바빠진 관계로, 그는 정원 말고도 닭과 소, 돼지들을 돌보아야만 했다. 그리고 목화 따기가 한창일 때는 밭이랑 사이로 마차를 끌고 다니는 일도 맡았다. 더러운 돼지에게 먹이를 주는 일 때문에 거의 병이 날 지경이기는 했지만, 그가 불구자라는 기분을 덜 느끼게 되어 쿤타는 겹치기 일쯤은 개의치 않았다. 그러나 날이 저물기 전에 오두막으로 돌아가는 날이 드물었고 — 어떤 때는 너무 고단해서 저녁 먹는 일도 잊어버렸다. 낡아 빠진 밀짚모자와 (반 토막이 된 발의 고통을 풀어 주기 위해서) 구두만 벗어던지고, 땀으로 젖은 옷을 입은 채, 그는 옥수수 껍질로 속을 넣은 잠자리에 털썩 누워서, 솜을 채운 삼베 이불을 끌어올리고는 몇 분 안에 잠들었다.

마차에는 곧 목화가, 그리고 통통하게 영근 옥수수가 높이 쌓였고, 황금빛 담배 잎사귀는 말리기 위해 널어놓았다. 사람들은 돼지를 잡고, 토막을 내어, 천천히 타오르는 호두나무 불 위에 걸어 놓았고, 연기가 자욱한 공기가 차가워질 때쯤이면, 쥔님을 위시하여 농장의 모든 사람들이 꼭 참석할 만큼 중요한 행사인 〈추수 무도회〉를 위한 준비가 시작되었다. 그들의 흥분한 분위기가 어찌나 대단했던지, 흑인들의 알라신과 아무런 연관이 없음을 깨달은 다음에 쿤타는 (그저 구경만 하려고) 자신도 참석하기로 작정했다.

그가 잔치에 참가할 용기를 내었을 때쯤에는 이미 행사가 상당히 진행된 후였다. 드디어 손가락이 다시 유연해진 깡깡이는 줄에다 톱질을 해댔고, 누가 〈발을 맞춰서!〉라고 외치면 다른 한 사람은 박자를 맞추느라고 소의 뼈 두 개를 딱딱 두드렸다. 춤추는 사람들은 짝을 지어서 깡깡이 앞으로 서둘러 나갔다. 여자들이 저마다 남자의 무릎에 발을 올려놓으면 남자가 여자의 구두끈을 매주었고, 그러면 깡깡이가 〈짝을 바꿔서!〉라고 경쾌하게 소리쳤으며, 그들이 짝을 바꾸고 나면 그는 다시 미친 듯이 연주했고, 쿤타가 가만히 살펴보니 춤추는 사람들의 발놀림과 몸의 움직임이 곡식을 심고, 나무를 자르고, 마차에 쇠스랑으로 건초를 싣는 흉내를 내었다. 그것은 고향 주푸레의 추수 춤과 너무나 비슷해서, 쿤타의 성한 발은 곧 땅바닥을 토닥거렸고, 그러다가 자신의 행동을 의식한 그는 당황해서 혹시 누가 보지나 않았는지 싶어서 주위를 살펴보았다.

그러나 눈치를 챈 사람은 아무도 없었다. 그 순간에는 사실 거의 모든 사람이, 어느 날씬한 넷째 카포 여자가 머리를 젖히고, 눈알을 굴리고, 팔로는 우아한 무늬를 그리면서, 깃털처럼 가볍게 맴돌고 깡충거리는 모습을 지켜보던 참이었다. 춤추다가 지친 다른 사람들은 곧, 숨을 돌리며 구경을 하려고 옆으로 물러났으며, 심지어는 그녀의 짝까지도 보조를 맞춰 춤을 추기가 고생스러운 듯싶었다.

숨을 몰아쉬며 남자가 기권하자 함성이 터져 나왔고, 나중에 그녀까지도 비틀거리며 옆으로 물러나자, 함성과 환호가 그녀를 집어삼켰다. 월러 쥔님이 그녀에게 상금으로 50센트를 수여하자 환호성은 더욱 높아졌다. 그리고 활짝 미소를 짓고는, 마주 싱글벙글 웃으며 절을 하는 깡깡이를 뒤로하고 쥔님이 퇴장하자 다시 함성이 터져 나왔다. 그러나 춤판이 끝나려면 아직 멀었고, 잠시 휴식을 취한 다음 남녀들이 다시 짝 지어 몰려나와서 아까처럼 춤을 계속했고, 보아하니 밤새도록 끝날 눈치가 아니었다.

쿤타가 잠자리에 누워 춤 잔치에서 보고 들은 광경에 대한 생각에 잠겼는데, 갑자기 문을 두드리는 소리가 났다.

「거기 누구요?」 그가 이곳에서 살아오는 동안에 그의 오두막을 누가 찾아온 일이라고는 두 번뿐이어서, 놀란 쿤타가 물었다.

「이 문 열어, 검둥개!」

깡깡이의 목소리여서 쿤타는 문을 열었고, 그의 입에서 술 냄새가 진동했다. 역겨운 기분이 들기는 했어도 쿤타는, 깡깡이가 얘기를 한참 쏟아 놓고 싶어 하는데, 술이 좀 취했다고 해서 쫓아 버린다면 불친절한 짓이라는 생각에, 아무 소리도 하지 않았다.

「너 쥔님 봤지!」 깡깡이가 말했다. 「나 그렇게 잘 연주한다 쥔님 알지 못했어! 이제 두고 본다 하면, 쥔님 횐둥이들 듣게 나 연주하라 주선하고, 그리고 나 정식 고용되지!」 너무 기뻐서 정신이 나간 듯싶은 깡깡이는 악기를 무릎에 올려놓고, 쿤타의 세 다리 의자에 앉아서 계속 떠들어 대었다.

「이기 봐, 최고 잘하는 깡깡이장이 나 같이 연주했어! 너 리치먼드 출신 사이 길리엇 알아?」 그가 머뭇거렸다. 「아냐, 너 물론 알지 못해! 아무튼 그 사람 깡깡이 세계 최고로 잘 켜는 노예 검둥개이고, 나 그 사람 함께 깡깡이 켰어. 여기 봐, 그 사람 횐둥이들 무도회, 그러니까 해마다 경마 무도회 그런 곳에서만 연주해. 너 그 사람 황금 칠한 깡깡이하고, 궁중 의상 입고, 누렁 가발 쓰고 한 거 봐야 하는데, 아, 하나님, 그 풍채 죽인다! 런던 브리그스 이름인 검둥개 우리 뒤에서 플루트하고 클라리넷 연주했어! 미뉴에트, 회전춤, 콩고춤, 뱃사람춤, 그리고 그냥 막 뛰기, 뭐라도 상관없이 우리 그 흰둥이들 신나게 춤춰라 해줬어!」

깡깡이는 이런 식으로 한 시간 동안 떠들어 대면서, 술기운이 떨어질 때까지, 리치먼드의 잎담배 공장에서 일하는 유명한 가수 노예들과, (그런 물건이 무엇인지는 모르겠지만) 〈하프시코드〉와 〈피아노〉와 〈바이올린〉을 연주하는 노예들로서, 〈유럽〉이라는 어떤 곳의 투뵵 음악을 귀로 들어 가며 연주하는 법을 배우고, 쥔님들의 아이들을 가르치라고 농장에서 고용되었다는, 널리 알려진 다른 악사들의 얘기를 쿤타에게 들려주었다.

맑고 쌀쌀한 다음 날 아침에는 새로운 일들이 시작되었다. 쿤타는 뜨겁게 녹인 동물기름에 여자들이 잿물을 섞어서, 천천히 저어 가며 끓이고, 다음에는 걸쭉해진 갈색 혼합물을 나무 쟁반에 퍼놓고 나흘 밤과 사흘 낮 동안 식히고 나서, 딱딱한 갈색 비누가 되면 토막 지어 자르는 과정을 지켜보았다. 그는 남자들이 사과와, 복숭아와, 감을 발효시켜서, 〈브랜디〉라고 부르는 냄새가 고약한 술로 만들어 병과 술통에 담는 과정을 보고는 아주 정나미가 떨어졌다. 다른 사람들은 끈끈하고 붉은 진흙과, 물과, 돼지털을 반죽해서, 그들의 오두막에서 벌어진 틈을 메웠다. 여자들은 쿤타의 것과 같은 요에는 옥수수 껍질을, 다른 요에는 그가 말려 놓은 이끼를 다져 넣었고, 쥔님의 새 요에는 거위 깃털을 가득 채웠다.

나무로 갖가지 물건을 만드는 일을 맡은 노예는 빨래통을 만들었으며, 빨래를 이 통에서 비눗물에 담갔다가 삶으면, 덩어리로 말아 나무 판때기에 놓고 막대기로 때리는 순서가 뒤따랐다. 가죽으로 (말의 목걸이, 마구, 구두 따위의) 물건을 만드는 사람은 쇠가죽을 부지런히 무두질했다. 그리고 여자들은 쥔님 옷을 지으려고 구해 온 하얀 면직 천에 여러 가지 물감을 들였다. 그리고 주푸레에서나 마찬가지로, 주변의 모든 덩굴과 덤불과 울타리에는 빨갛고 노랗고 파란 옷들이 널렸다.

날이 하루하루 자꾸만 흘러갈수록 바람은 점점 차가워졌고, 하늘도 점차 잿빛이 되더니, 쿤타에게는 이상하기만 할 뿐 아니라 불쾌하게도 여겨졌던 눈과 얼음이 다시 땅을 덮어 버렸다. 그리고 다른 흑인들은 얼마 안 가서, 쿤타도 전에 들어 본 적이 있는 〈성탄절〉에 대한 얘기를 무척 신이 나서 떠들기 시작했다. 성탄절은 노래와, 춤과, 먹을거리와, 선물과 관계가 깊은 듯싶었는데, 거기까지는 좋았지만, 보아하니 그것은 또한 그들의 알라신과도 관련된 잔치인 듯싶어서, 이제는 깡깡이의 집에서 열리는 모임을 정말로 즐기는 쿤타이기는 했어도 이교도의 축제가 다 끝날 때까지는 혼자 지내는 편이 좋으리라고 작정했다. 그는 깡깡이조차 찾아가지 않았으므로, 다시 그들이 만나게 되었을 때 깡깡이는 묘한 눈으로 쿤타를 빤히 쳐다보았지만, 아무 얘기도 하지 않았다.

그 후 또다시 봄이 왔고, 밭고랑에 꿇어앉아 꽃을 심던 쿤타는, 해마다 이맘때면 주푸레에서도 항상 들판에 수목이 울창했음을 기억했다. 그리고 이렇게 푸른 계절에 굶주린 염소들을 몰고 뽐내며 즐겁게 걸어가던 둘째 카포 소년 시절을 생각했다. 여기 이곳에서는 흑인 〈어린애〉들은 음매거리며 뛰어다니는, 양이라고 하는 동물을 쫓아가 잡는 일을 도왔고, 어떤 남자 어른이 가위로 두텁고 더러운 털을 깎는 동안 결사적으로 몸부림치는 양의 머리를 누가 깔고 앉을 차례인가를 따지면서 다투었다. 깡깡이가 쿤타에게 설명한 바로는, 양털을 깎아 어디로 가지고 가서, 깨끗하게 다듬고 〈소모(梳毛)〉한 다음에 다시 가져오면, 여자들이 실을 자아내어 겨울옷을 지을 옷감으로 짠다고 했다.

정원의 밭갈이와 씨뿌리기, 김매기가 계속되어, 쿤타는 시야를 가리는 땀 속에서, 새벽부터 어둘 녘까지 일했다. 〈7월〉이라고 부르는 한여름 어느 달 초가 되자, 들판에서 일하는 사람들은, 술이 달리고 묵직한 열매를 맺은 옥수수와 허리까지 올라오는 목화 사이에서, 마지막으로 잡초를 뽑느라고 괭이질을 끝내기 위해 바삐 일하다가, 밤이면 잔뜩 지쳐서 그들의 오두막으로 돌아갔다. 일은 힘이 들었지만, 지난가을에 넘칠 듯 가득 찼던 창고에는 그래도 먹을거리가 풍족했다. 이맘때면 주푸레에서는, 그토록 풍성하고 푸른 곡식과 열매가 아직 익지 않아서, 나무뿌리나 딱정벌레의 유충, 풀 따위를 닥치는 대로 무엇이나 구해서 국을 끓여 먹었기 때문에, 굶주린 사람들이 너도나도 배를 앓았던 일이 쿤타는 생각났다.

〈스폿실베이니아 카운티〉라는 이름이 붙은 이곳의 대부분 농장에서 일하는 흑인들이, 무슨 〈야외 집회〉에 참석하러 여행을 가도 좋다는 허락을 받게 되는 7월의 둘째 〈일요일〉 전에, 〈마무리 밭일〉은 무슨 수를 써서라도 끝마쳐야 했다. 〈야외 집회〉가 무엇인지는 몰라도 그것이 그들의 알라신과 관련된 행사였기 때문에, 월러 쥔님이 내준 마차에 가득 끼여 타고 일요일 아침에 무척 일찍 떠난 스무 명이 넘는 사람들 가운데, 쿤타더러 같이 가지 않겠느냐고 청한 사람은 한 사람도 없었다.

다음 며칠 동안 거의 모두 자리를 비웠기 때문에, 만일 쿤타가 다시 도망치려고 했다면 눈치를 챘을 사람은 없었겠지만, 그는 제법 여기저기 돌아다닐 만큼 배우기도 많이 했고 일도 꽤 익히기는 했어도, 얼마 멀리 도망치지 못하고 노예사냥꾼에게 곧 잡히고 말 것임을 알았다. 그렇다고 인정하기는 부끄러운 노릇이었지만, 그는 다시 도망을 시도했다가는 잡혀서 아마 죽음을 당할지도 모르리라는 확실성에 비하면, 이 농장에서의 삶을 훨씬 더 좋아하게 되었다. 가슴속 깊이 그는 고향을 다시는 가지 못하리라고 생각했으며, 그의 내부에서 소중하고 돌이킬 수 없는 무엇이 죽어 가고 있음을 느꼈다. 그러나 희망은 그대로 살아남았으니, 비록 그가 가족을 다시 보지는 못하더라도, 언젠가 그는 스스로 아들을 낳아 가족을 이루게 될지도 모른다고 생각했다.

54

또 한 해가 (어찌나 빠른지 쿤타로서는 믿어지지 않을 정도로) 어느새 지나갔고, 바가지 속의 돌멩이들을 헤아려 보니, 그는 스무 번째 장마철을 맞았다. 다시 추위가 왔고, 〈성탄절〉 분위기가 또 한 번 감돌았다. 흑인들의 알라신에 대해서 그가 느끼는 감정은 변함이 없지만, 그들이 어찌나 신나게 즐기는지, 그는 이 축제의 계절에 계속되는 갖가지 행사를 그냥 구경만 하는 정도라면 그의 알라신이 반대하지 않겠거니 하고 생각하기에 이르렀다.

월러 쥔님에게서 한 주일 동안의 여행 휴가를 허가받은 두 남자가 다른 농장에 사는 친구들을 만나 보러 가려고 짐을 꾸렸는데 그 가운데 한 사람은 처음으로 갓 태어난 아기를 보게 될 참이었다. 그러나 그들의 오두막(그리고 쿤타의 오두막)만 제외하고는 모두들 무슨 준비를 하느라고 바빠서, 파티에서 입을 옷에 레이스와 구슬을 달고, 창고에서 견과를 꺼내느라고 부산을 떨었다.

그리고 큰집으로 올라가면, 벨의 모든 주전자와 냄비에서 마와, 토끼고기와, 구운 돼지, 그리고 쿤타가 이 나라에 오기 전에는 듣지도 보지도 못했던 칠면조니, 너구리니, 주머니쥐니 하는 따위의 짐승들로 만든 수많은 요리들이 부글부글 끓었다. 처음에는 주저했지만, 부엌에서 흘러나오는 냄새가 어찌나 입맛을 돋우었는지, 쿤타는 마지못해 모든 음식의 맛을 보기는 했지만, 물론 돼지고기만은 예외였다. 그리고 그는 월러 쥔님이 흑인들에게 주기로 약속했던 사과술 두 통과 포도주 한 통, 어디선가 다른 곳에서 마차에다 싣고 온 위스키도 맛보고 싶은 흥미를 느끼지 않았다.

쿤타는 그런 술을 미리부터 사람들이 마셔 대고, 물론 깡깡이가 그들 가운데서도 많이 축을 낸다는 사실을 알았다. 그리고 술을 마시는 사람들이 익살스러운 행동을 보여 주는가 하면, 흑인 소년들은 말린 돼지 오줌통을 막대기 끝에 매달아 점점 더 불로 가까이 가져가다가, 하나가 요란한 소리를 내고 터지면 다 같이 웃고 떠들어 대면서 시끄럽게 놀았다. 그는 이런 놀이가 모두 믿어지지 않을 만큼 어리석고 역겨운 짓이라고 생각했다.

드디어 그날이 오자, 사람들은 본격적으로 먹고 마시기 시작했다. 그의 오두막 문간에서, 쿤타는 대낮 잔치에 참석하려고 도착하는 월러 쥔님의 손님들을 보았고, 다음에는 노예들이 큰집 근처에 모여서 벨의 지휘에 따라 노래를 부르기 시작했으며, 쥔님이 창문을 열고 미소를 지으며 내다보았고, 그러더니 그는 다른 흰둥이들과 함께 밖으로 나와서 황홀한 표정으로 서서 귀를 기울였다. 그런 다음에 쥔님은 벨을 시켜 깡깡이더러 와서 그들을 위해 연주를 시작하라고 지시했으며, 깡깡이는 쥔님의 말을 따랐다.

쿤타는 그들이 명령받은 대로 해야 한다는 입장은 이해했지만, 어째서 그들은 그토록 명령받기를 즐기는 듯 보이는가? 그리고 만일 흰둥이들이 선물을 줄 정도로 노예를 그렇게 아낀다면, 어째서 그들은 흑인에게 자유를 주어 정말로 행복하게 해주지 않는가? 그러나 그는 이곳 흑인들이, 애완동물처럼, 남의 보살핌을 받지 않고서는, 쿤타 자신처럼 살아남을 능력을 갖추었는지가 의문이었다.

하지만 그는 그들보다 조금이라도 나은 입장이었는가? 그는 무엇이 그리 대단하게 다르다는 말인가? 그는 자신이 그들의 생활 방식을, 서서히 그러나 확실하게, 받아들이고 있음을 부인할 수가 없었다. 그는 깡깡이와의 깊어지는 우정이 가장 고민스러웠다. 그가 술을 마시는 버릇이 쿤타의 마음을 상하게 했지만, 이교도에게는 이교도처럼 살아갈 권리가 주어지지 않겠는가? 깡깡이의 허풍도 그의 마음에 걸렸지만, 깡깡이가 한 자랑이 모두 정말이라고 그는 믿었다. 그러나 깡깡이의 야비하고 불경스러운 우스갯소리가 그에게는 불쾌하게 여겨졌고, 흰둥이가 흑인들에게 붙인 이름이라는 사실을 알고 난 다음부터는, 그를 깡깡이가 〈검둥개〉라고 부르면 아주 기분이 나빠졌다. 그러나 자기에게 말을 가르치려고 노력한 사람은 깡깡이가 아니었던가? 다른 흑인들과 덜 낯선 분위기에서 쉽게 어울리게 되었던 까닭은 그와의 우정 때문이 아니었던가? 쿤타는 깡깡이를 더 잘 알고 싶다는 생각이 들었다.

적당한 때가 오면, 가능한 한 가장 완곡한 방법으로, 그는 마음속에 새겨 두었던 몇 가지 의문 사항을 깡깡이에게 물으리라. 그러나 바가지에 돌멩이를 두 개 더 넣고 난 다음에야, 오후에 일하는 사람이 아무도 없는 어느 조용한 일요일에, 그가 노예 마을 끝에 위치한 낯익은 오두막으로 찾아가서 보니, 깡깡이가 이상하게도 조용한 기분에 잠긴 모습이었다.

인사를 주고받은 다음, 그들은 둘 다 얼마 동안 침묵을 지켰다. 그러고는 아무 얘기라도 해야 되겠기에 쿤타는, 쥔님을 태우고 가는 곳마다 흰둥이들이 〈세금〉 얘기를 하더라는 마부 루터의 얘기를 우연히 들었다고 말했다. 그런데 도대체 세금이란 무엇인지, 그는 그것이 궁금했다.

「세금은 흰둥이들 사들이는 거의 모든 물건에 더 내야 하는 돈이지.」 깡깡이가 대답했다. 「물 건너 사는 왕이 부자 되려고 세금 내라

하지.」

 깡깡이답지 않게 얘기가 너무나 간단해서, 그가 기분이 나쁜 모양이라고 쿤타는 생각했다. 용기가 나지 않아서, 그는 얼마 동안 조용히 앉아 기다렸지만, 결국 항상 마음에 걸리던 얘기를 털어놓기로 작정했다. 「당신 전에 여기 말고 어디 지냈어요?」

 깡깡이는 긴장한 눈으로 한참 그를 빤히 쳐다보았다. 그러더니 그는 날카로운 목소리로 말했다. 「여기 검둥개들 모두 나 놓고 궁금해한다 나 알아! 아무한테도 절대 얘기 안 할 작정이다! 하지만 너 달라.」

 그는 쿤타를 노려보았다. 「너 어째 다른지 알아? 아무것 몰라서 그래! 너 여기 끌려오고, 발 잘리고, 그러니까 너 세상맛 다 안다 생각하지! 하지만 고생 진짜 겪은 사람 너 혼자 아냐.」 그는 화가 난 목소리였다. 「너 내가 하는 말 어디서 얘기했다, 내가 목 비틀어!」

「안 해요!」 쿤타가 소리쳤다.

 깡깡이는 몸을 앞으로 내밀고는, 남들이 엿듣지 못하도록 나지막하게 말했다. 「북캐롤라이나 살면서 내가 모신 쥔님 물에 빠져 죽었어. 어떻게 죽었나 사실 아무도 상관없는 일이야. 어쨌든 바로 그날 밤, 나 줄행랑 놓았고, 쥔님 대신 나한테 새 쥔님 노릇 하는 마누라하고 아들 없었지. 안전하다 믿어질 때까지 인디언들하고 숨었다가, 여기 버지니아 와서, 지금까지 깡깡이 계속 켰어.」

「버지니아가 뭐예요?」 쿤타가 물었다.

「세상에, 너 아무것 모른다 정말이구나, 안 그래? 버지니아 너 사는 주 이름야. 이것도 사는 거 맞는지 몰라도.」

「주가 뭐죠?」

「너 보기보다 더 멍청해. 주가 열세 개 모여 이 나라 되었어. 여기서 남쪽 가면 캐롤라이나고, 위 북쪽 가면 메릴랜드, 펜실베이니아, 뉴욕, 그런 주 많아. 그 위로 나 안 가봤고, 대부분 검둥개 마찬가지 안 가봤어. 그쪽 많은 흰둥이 노예 제도 찬성 안 하고, 우리 노예 자유로 놓아 준다 얘기 들었어. 나 반쯤 자유 검둥개지. 노예사냥꾼 혹시 붙잡는다 덤빌지 모르기 때문에 나 어떤 쥔님 곁에 살아야 해.」 쿤타는 무슨 말인지 이해하지 못했지만, 다시 모욕을 당하고 싶은 생각이 없어서 그냥 알아듣는 척했다.

「너 여태까지 인디언 봤어?」 깡깡이가 물었다.

쿤타는 머뭇거렸다. 「몇 명요.」

「그 사람들 흰둥이보다 먼저 여기 살았어. 흰둥이들 그러는데, 이름이 콜럼버스라는 사람 이곳 발견했다지. 하지만 그 사람 여기서 인디언 봤으면, 이 땅 처음 발견했다 아냐, 내 말 맞지?」 깡깡이는 얘기에 점점 열을 올렸다.

「흰둥이들 어디서나 자기 앞에 살았던 사람 누구라도 소용없다 생각해. 그래 모두 야만인이라고 불러.」

깡깡이는 자기가 한 말이 그럴듯하다고 싶어서인지 음미하느라고 잠깐 멈추었다가 얘기를 계속했다. 「너 인디언 천막 혹시 봤어?」 쿤타는 본 적이 없다고 머리를 저었다. 깡깡이는 세 손가락을 펴고는 그 위에다 작은 헝겊을 덮었다. 「손가락은 말뚝이고 헝겊은 가죽이다. 사람들 그 안에 살지.」

그는 미소를 지었다. 「너 아프리카에서 와 아마 사냥 그런 거 다 안다 생각하는데, 인디언처럼 사냥이나 여행 아무도 못해. 어디든 한 번 가면 지도처럼 간 길이 머릿속에 새겨져. 하지만 스코우라는 인디언 엄마들 어린애 모두 등에 업는데, 얘기 들으니 아프리카 엄마들도 다 그런다 하데.」

깡깡이가 그런 풍습까지 알아서 그는 놀랐고, 그런 기색을 쿤타는 얼굴에서 숨기기가 힘들었다. 깡깡이는 다시 미소를 짓더니 강의를 계속했다. 「어떤 인디언들 검둥개 미워하지만, 또 어떤 인디언 우리 좋아해. 검둥개와 땅 문제로 인디언하고 흰둥이들 말썽 커. 흰둥이들 인디언 땅 모두 원하고, 검둥개를 감춰 주는 인디언 흰둥이가 미워해.」 깡깡이의 눈이 쿤타의 얼굴을 뜯어보았다. 「아프리카 사람하고 인디언 모두 똑같이 실수한 건, 흰둥이 사람들 너 사는 곳에 들여보낸 일이야. 흰둥이한테 먹여 주고 재워 주면, 어느새 흰둥이들 너 차내고 가둬 버리지!」

깡깡이가 다시 말을 멈추었다. 그러더니 갑자기 말을 쏟아 내었다. 「나 아프리카 검둥개들하고 어울려 된 이 꼴 보라고! 나 너처럼 행동하는 대여섯 보았지! 어쩌자 너하고 같이 어울렸나 나도 모르겠어! 너 여기 올 때 검둥개들 다 너 같다 생각했어! 어떻게 우리가 아프리카 안다 너 기대하나? 우리 거기 간 적 없고, 앞으로 갈 일도 없어!」

쿤타를 노려보면서, 그는 입을 다물었다.

그리고 또다시 깡깡이가 벌컥 화를 내기를 바라지 않았던 쿤타는, 깡깡이가 한 말에 얼이 빠져서, 다시 아무 얘기도 하지 않고 밖으로 나왔다. 그러나 오두막으로 돌아와서, 깡깡이에게서 들은 얘기를 생각해 보면 해볼수록, 그는 기분이 자꾸만 더 좋아졌다. 깡깡이는 그의 가면을 벗어 버렸으며, 그것은 그가 쿤타를 믿게 되었음을 의미했다. 고향에서 붙잡힌 몸이 된 후 세 번의 장마철 동안에 처음으로, 쿤타는 정말로 누군가를 진심으로 알게 되었다.

55

그 이후 며칠 동안, 정원에서 일을 하며, 쿤타는 그가 깡깡이에 대해서 얼마나 조금밖에 알지 못하는가를, 그리고 더 알아야 할 일이 얼마나 많은지를 깨닫는 데 상당히 많은 시간이 걸렸다는 생각을 한참 해보았다. 쿤타는 그가 가끔 한 번씩 찾아가는 늙은 정원지기가, 아직도 그의 앞에서 벗지 않으려고 하는 가면에 대해서도 거의 비슷한 생각이 들었다. 그리고 그는 벨과 날마다 조금씩 얘기를 나누었어도, (나눴다기보다는 그녀가 주는 음식을 그냥 받아먹으면서 쿤타가 주로 듣는 쪽이었지만) 그들의 얘기는 언제나 사소하고 그들과 관계가 없는 내용이었으므로, 그녀에 대해서도 그는 별로 아는 바가 없었다. 그는 벨과 정원지기가, 때때로 무슨 얘기를 하려고 하거나, 어떤 암시를 던지기만 하고는 결코 마무리를 짓지 않았던 생각이 퍼뜩 머리에 떠올랐다. 그들은 둘 다 조심성이 많은 사람들이었지만, 쿤타의 앞에서는 더욱 그러했다. 그는 그들에 대해서 좀 더 잘 알아봐야 되겠다고 마음먹었다. 다음 기회에 늙은 정원지기를 찾아간 쿤타는, 간접적으로 접근하는 만딩카식으로, 깡깡이가 그에게 해준 어떤 얘기에 대해서 묻기 시작했다. 쿤타는 〈노예사냥꾼〉 얘기를 들었지만, 그들이 누구이며 무엇 하는 사람인지는 잘 모르겠다고 말했다.

「그자들 평생 검둥개 소유 못해 보고 형편없이 가난한 흰둥이 쓰레기야!」 늙은 정원지기가 격분해서 말했다. 「옛날부터 버지니아 법에는, 길 순찰하고 검둥개 있는 어디나 돌아다녀서, 자기 쥔님 글로 쓴

통행증 없는 검둥개 잡히면, 채찍 때리고 잡아 가두라고 했지. 그리고 그 일 맡으라 고용하는 가난한 흰둥이들은, 자기 노예 하나 없어서, 남들 검둥개 잡아 때리는 재미 그냥 즐겼어. 왜들 그랬는지 다 그런 이유 있는데, 너도 알지만, 도망친 검둥개들 반란 음모한다 흰둥이 모두 무서워했지. 사실 어떤 검둥개를 수상하다 주장하며, 마누라 어린 애들 다 보는 바로 눈앞에, 수상한 검둥개 발가벗기고 피나게 때리는 거, 노예사냥꾼들 최고로 좋아하지.」

쿤타가 찾아와서 기쁘기도 하고, 흥미 있어 하는 표정을 보고는, 늙은 정원지기가 말을 계속했다. 「우리 쥔님 그거 옳지 않다 생각해. 그래서 여기 감독이 없어. 쥔님 그러는데, 검둥개 때리면 절대 아무도 안 된다. 쥔님 말씀은, 검둥개들 스스로 감시하고, 마땅히 할 일 꼭 하고, 규칙 절대 어기지 말라 했어. 여기 검둥개 하늘 무너져도 규칙 안 어긴다 쥔님 맹세하지.」

쿤타는 그가 말하는 규칙들이 무엇인지 궁금했지만, 정원지기는 얘기를 계속했다. 「쥔님 그런 사람이다 이유 생각하면, 물 건너 잉글랜드에서 오기 전 시절에도 집안이 부자였기 때문이다 그래. 대부분 쥔님들 흉내만 내지만, 월러 집안 진짜 훌륭한 행동 몸에 뱄지. 이곳 쥔님들 대부분 기껏해야 너구리 사냥꾼 했다가, 손바닥만큼 땅 조금 얻어, 검둥개 한두 명 죽을 정도 일 시켜 재산 모으기 시작했어.

노예 많이 가진 농장 별로 없어. 대부분 하나에서 대여섯 이상 없을 거야. 여기 스무 명 정도 되어서, 이 농장 큰 축에 들지. 내가 얘기 들었는데, 흰둥이 셋에서 두 사람은 전혀 노예를 갖지 못했어. 노예 쉰 명, 백 명짜리 진짜 큰 농장 대부분 흙 검은 곳에 많은데, 루이지애나하고 미시시피의 강바닥 그렇고, 앨라배마도 좀 그렇고, 쌀이 자라는 남캐롤라이나 그리고 조지아 해안도 그래.」

「당신 얼마나 늙었어요?」 쿤타가 불쑥 물었다.

정원지기가 그를 쳐다보았다. 「너하고 다른 사람 모두 생각하는 나이보다 늙었어.」 그는 잠깐 깊은 생각에 잠기는 듯한 표정을 지었다. 「나 어릴 때 인디언 전쟁하는 함성 들었어.」

머리를 숙이고 잠깐 침묵을 지킨 다음에, 정원지기는 쿤타를 힐끗 올려다보더니, 노래를 부르기 시작했다. 「아 야, 타이르 움밤, 부와—」 쿤타는 놀란 표정으로 앉아서 들었다. 「키 라이 지이 다이 닉 올라이, 만 룬 디이 닉 오 라이 아 와 니이—」 노래를 멈추고 노인이 말했다. 「우리 어머니 그 노래 가끔 불렀다. 너처럼 아프리카 왔다는 어머니의 어머니한테. 그런 노래 들었다고 말했지. 너 소리 들었는데, 어디서 온 여자 알겠어?」

「세레레 부족 소리 같아요.」 쿤타가 말했다. 「하지만 난 그 말 몰라요. 나 태우고 온 배에서 세레레 사람 얘기 들었어요.」

늙은 정원지기가 조심스럽게 주위를 둘러보았다. 「그 노래 그만 닥쳐야지. 다른 검둥개 듣고 쥔님한테 일러. 검둥개들 아프리카 얘기 하는 거 흰둥이들 싫어해.」

쿤타는 노인이 코가 우뚝하고, 입술이 납작하며, 피부는 대부분의 다른 감비아 부족들보다도 더 검은빛인 점으로 미루어 보아, 월로프의 피를 이어받은 감비아 사람이 틀림없으리라는 얘기를 하려던 참이었다. 그러나 정원지기가 그런 얘기를 하고 나니까, 그는 그런 얘기는 꺼내지 않는 편이 더 좋겠다고 생각했다. 그래서 그는 화제를 바꾸고, 노인이 어디서 왔으며 어떻게 이 농장에 정착하게 되었느냐고 물었다. 정원지기는 당장 대답하지는 않았다. 그러나 결국 그는 〈나처럼 고생 많이 한 검둥개 배우는 거 많다〉라고 말하더니, 얘기를 계속해야 할지 말아야 할지 얼른 판단이 서지 않는 듯, 쿤타를 조심스럽게 살펴보았다. 「나 한때 좋은 사람이었다. 나 무릎에다 대고 쇠지레를 휠 만큼 힘 좋았어. 노새 한 마리 넘어질 만큼 무거운 옥수수가루 한 자루도 들었어. 어른 한 사람 허리띠 잡고 번쩍 들어, 옆으로 팔 뻗쳐 그대로 서 버티었지. 하지만 빚 갚는다 여기 쥔님한테 나 넘겨주기 이전, 앞전 쥔님부터 거의 죽을 지경 일하고 매 맞았어.」 그는 말을 멈추었다. 「이제 나 기운 빠져, 죽는 때까지 얼마 될지 모르지만, 남은 시간 쉬고 싶어.」

그의 눈이 쿤타의 표정을 살폈다. 「나 이 얘기 왜 하게 되었나 정말 알지 못하겠다. 사실 나 겉보기처럼 살기 안 나빠. 하지만 나 살기 나쁘다 쥔님 생각하면 나 팔지 않아. 너 정원일 때문 좀 고생하는 거 나 봤다.」 그는 머뭇거렸다. 「너 바라면 나 일어나 나가 돕겠지만— 많이 못해. 난 이제 그만 좋아.」 그는 구슬프게 말했다.

도와주겠다고 해서 고맙다고 말하며, 쿤타는 혼자서도 잘 해나갈 테니까 걱정하지 말라고 노인을 안심시켰다. 몇 분 후에 그는 인사를 하고 나와서, 그의 오두막으로 돌아가는 사이에, 노인에게 동정심을 더 깊이 느끼지 못하는 자신에 대해서 화가 났다. 그는 노인이 고생을 너무 많이 해서 불쌍했지만, 나자빠져서 포기한 사람이라면 누구나 그는 자기도 모르게 냉정하게 대하지 않을 수가 없었다.

바로 그다음 날, 쿤타는 벨에게서도 솔직한 얘기를 들어 볼 수 있을지 알아보기로 작정했다. 월러 쥔님에 관한 얘기를 그녀가 가장 좋아한다고 알았던 터라, 그는 어째서 쥔님이 결혼을 안 했느냐고 물음으로써 얘기를 시작했다. 「쥔님 물론 결혼했었는데— 쥔님하고 프리실라 마님, 바로 나 여기 오던 해 결혼했어요. 마님 벌새만큼 예뻤어요. 벌새보다 별로 크지도 않았고요. 그런데 첫아이 낳다 죽었어요. 아기 예쁜 딸이었다가, 역시 죽었어요. 그게 여기서 누구에게나 최고 슬픈 때였어요. 그 후 쥔님 다시 옛날 똑같아지지 않았어요. 그저 일하고, 일하고, 일하고 그러다 꼭 죽을 사람 같았어요. 병났다 다쳤다 하는 사람 누구든 돕지 않고 쥔님 못 견디는데, 당신 항상 함께 얘기하는 깡깡이 그렇고, 당신 이곳 실려 왔을 때도 그렇고, 다친 검둥개 얘기 들었을 때 마찬가지로 고양이 아파도 쥔님 빨리 치료해 주지요. 당신 발을 어떻게 했는지 알고, 쥔님 막 화나서, 동생 존한테서 당신 당장 사왔어요. 존이 그러지 않았고, 물론 그 쥔님이 고용한 가난뱅이 악질 노예사냥꾼들 그랬는데, 당신이 그 사람들 죽이려 그랬다 말하더군요.」

쿤타는 그녀의 얘기를 귀담아들으면서, 흑인들 개개인이 저마다 지닌 깊이와 윤곽을 터득하기 시작하던 터에, 그는 비록 그들의 행실이 대부분 용서받지 못할 정도이기는 하지만, 흰둥이들 또한 인간으로서의 고뇌를 겪음을 처음으로 깨닫기 시작했다. 그는 자기가 흰둥이들의 말을 잘하게 되어 벨에게 이런 모든 느낌을, 그리고 그의 늙은 할머니 뇨 보토가 항상 〈세상에는 선을 악으로 갚는 일도 많단다〉라는 말로 끝내던, 붙잡힌 악어를 도와주려던 소년에 대한 얘기를 전해 준다면 얼마나 좋을까 하고 생각했다.

고향 생각을 하다 보니, 쿤타는 오랫동안 벨에게 하고 싶었던 말이 머리에 떠올랐고, 지금이 적당한 시기처럼 여겨졌다. 피부가 갈색인 점만 빼고는, 그녀가 멋진 만딩카 여자와 거의 비슷해 보인다고 자랑스럽게 그는 그녀에게 말했다.

이렇게 굉장한 찬사에 대한 그녀의 대답을 듣기 위해서, 쿤타는 오래 기다릴 필요가 없었다. 「당신 무슨 바보 수작 하나요?」 그녀는 화를 내며 말했다. 「당신 같은 아프리카 검둥개를 자꾸 왜 흰둥이들 배로 잔뜩 실어다 풀어놓나 모르겠어!」

56

 다음 한 달 내내, 벨은 쿤타와 얘기조차 하지 않으려고 했고, 심지어는 채소를 따러 왔다가도, 큰집으로 갈 때는 바구니도 자기가 가지고 갔다. 그러더니 어느 월요일 아침 일찍, 그녀는 휘둥그레진 눈으로 흥분해서 정원으로 달려 나와 소리쳤다. 「보안관 막 말 타고 왔어요! 보안관 쥔님한테 말하는데, 북쪽 보스턴이라는 곳 큰 싸움 났어요! 큰물 건너 왕한테 내는 세금 때문에, 화가 난 흰둥이 사람들 하는 싸움이래요. 쥔님 루터 함께 마차 타고 군청 소재지 가셨어요. 쥔님 정말 흥분했어요!」

 저녁 식사 시간이었지만, 모두들 깡깡이의 오두막으로 몰려가, 노예 마을에서 가장 나이가 많은 정원지기와 여행을 가장 많이 해서 세상일을 제일 잘 아는 깡깡이의 얘기를 들으려고 했다.

 〈그게 언제 일이야?〉 하고 누가 물었고, 정원지기가 대답했다. 「글쎄, 북쪽에 일어난 일이라니, 한참 전에 벌어졌겠지.」

 깡깡이가 말을 덧붙였다. 「보스턴 근처 얘기면, 빠른 말 타고 소식 전해도, 버지니아에 이르려면 아무리 빨라 열흘 걸린다 그러더군.」

 날이 상당히 저물어서 쥔님의 마차가 돌아왔다. 루터는 그가 여기저기서 주워들은 자세한 얘기를 어서 알려 주려고 서둘러 노예 마을로 갔다. 「사람들이 그러는데, 어느 날 밤 보스턴 사람들 몇 명 왕의 세금으로 아주 화가 나서, 왕의 군대로 쳐들어갔어. 군인들 총 쏘기 시작하고, 제일 먼저 죽은 검둥개 이름 크리스퍼스 애턱스였지. 사람들 그거 보스턴 대학살이라 그러더라!」

 그것이 다 무슨 얘기이며, 투높들이 (그리고 심지어는 흑인들까지도) 왜 그렇게 먼 곳에서 벌어지는 일에 대해서 법석을 떠는지, 쿤타는 아무리 들어 봐도 알 길이 없었지만, 그 후 며칠 동안 그들은 다른 얘기는 거의 하지도 않았다. 지나가던 노예들 적어도 두세 명이 〈들어 보슈, 들어 봐!〉 하고 큰길에서 소리를 지르고는, 새로운 소문을 전하는 일이 없이 조용히 하루가 지나는 날이 없었다. 그리고 루터는, 쥔님이 아픈 사람들을 보살펴 주러 가거나, 또는 뉴잉글랜드에서 벌어지는 일에 대한 얘기를 의논하기 위해 여기저기 큰집이나, 군청 소재지나, 이웃 읍내의 다른 쥔님들을 만나러 갈 때마다, 집안 노예들이나 마구간 인부들, 그리고 다른 마부들에게서 들은 소식을 계속해서 전해 주었다.

「횐둥이들 비밀 하나도 자기들끼리 못 지켜.」 깡깡이가 쿤타에게 말했다. 「어디 가도 검둥개들 사방에 깔렸으니까. 그들 하는 말 어디 가나 검둥개들 못 들은 적 없어. 횐둥이들 먹고 얘기할 때, 검둥개 하녀 바보처럼 굴면서 얘기 다 듣고 전부 외우지. 횐둥이들 너무 겁나서, 하고 싶은 단어 철자 풀어 서로 얘기 나누는데, 검둥개들 근처 왔다 갔다 듣고는, 나중에 친구 검둥개들한테 한 마디 한 마디 다 되풀이 얘기하면, 그거 무슨 말인가 함께 꿰어 맞춰 알아내게 돼. 횐둥이들 하는 말 알기 전에 검둥개들 잠 안 잔다 그 얘기야.」

〈위쪽 북부〉에서 벌어지는 사태에 대한 소식은 계속해서 단편적으로 여름 내내, 그리고 가을까지 전해졌다. 그러더니 시간이 지나자 루터는, 횐둥이들이 세금에 대해서 소동을 벌이기는 했지만, 그들의 걱정거리는 그것뿐이 아니라는 소식을 전하기 시작했다. 「사람들이 그러는데, 어떤 마을에는 횐둥이보다 검둥개들 두 배 많기 때문에, 물 건너 사는 왕이 우리 검둥개들에게 자유 줄 테니 횐둥이들하고 싸우라 할지 모른다는 걱정이야.」 루터는 얘기를 듣던 사람들이 놀라서 딱 벌어진 입을 모두 다물기를 기다렸다. 「사실 말이다.」 그가 말했다. 「어떤 횐둥이들 아주 겁이 나서, 밤에 문 잠그기 시작했고, 집안 검둥개들 근처에 오면, 하던 얘기도 입 다물고 안 해.」

쿤타는 몇 주일 동안, 밤이면 잠자리에 누워, 〈자유〉에 대한 생각을 했다. 그가 알기로는 자유란, 쥔님이 하나도 없고, 마음 내키는 대로 하고, 가고 싶은 곳을 다 가도 된다는 뜻이었다. 그리고는 횐둥이들이 노예로 부리려고 큰물을 건너 애써 여기까지 데리고 온 흑인들을 그냥 놓아준다는 생각을 해보았다. 그것은 말도 안 되는 일이라고 그는 믿었다.

성탄절 얼마 전에 월러 쥔님의 친척 몇 사람이 찾아왔고, 그들이 데리고 온 흑인 마부는 벨의 부엌에서 배불리 먹어 대면서, 그녀에게 최근 소식을 잔뜩 전해 주었다. 「얘기 들었는데, 조지아에서 그랬다 하던데요.」 그가 말했다. 「침례파 흰둥이들 이름이 조지 라일 검둥개더러, 서배너 강 오르내리며 검둥개들한테 설교하라 승인을 주었대요. 그래 서배너에 아프리카 침례교회 문 연다 주장하는 얘기 들려요. 검둥개 교회 얘기 나 처음 들어요……」

벨이 말했다. 「바로 이곳 버지니아 피터즈버그에 전에 하나 있었다 얘기 들었어요. 하지만 당신, 북쪽 흰둥이들 문제 어떻게 되었다 아무 얘기 못 들었나요?」

「하기야 나 필라델피아에 귀한 몸 흰둥이들 많이 참석한 회의 열렸다 얘기 오래전 들었죠. 사람들 그거 제1차 대륙 회의라고 불러요.」

벨은 그런 얘기도 들었다고 말했다. 사실 그녀는 이 소식을 월러 쥔님의 신문 「버지니아 가제트」를 힘들여 읽어서 알아냈고, 나중에 그녀는 그런 얘기를 늙은 정원지기와 깡깡이에게도 전해 주었다. 그녀가 글을 조금 읽는다고 아는 사람은 그들뿐이었다. 최근에 그런 사실에 관한 얘기를 나누었던 정원지기와 깡깡이는 그녀의 능력을 쿤타에게는 알려 주지 않기로 동의했었다. 쿤타가 비밀을 지킬 줄 알고, 아프리카에서 온 사람치고는 이해하고 표현하는 실력을 놀랄 만큼 익혔음은 사실이지만, 그녀가 글을 읽는다는 비밀을 쥔님이 조금이라도 눈치 채었다가는, 그날로 그녀를 다른 곳에 팔아 치울 터여서, 얼마나 심각한 결과가 빚어질지를 쿤타가 아직 완전히 파악하지 못한다고 그들은 생각했다.

다음 해인 1775년 초에는, 어디에서 들려오는 어떤 소식이라고 해도, 필라델피아에서 벌어지는 사태의 진전이 항상 곁들여 전해졌다. 쿤타가 주워들은 얘기에서 그나마 이해했던 바로는, 큰물 건너 잉글랜드라고 불리는 곳에 사는 왕 때문에 이곳의 흰둥이들이 위기를 맞았음이 분명했다. 그리고 〈자유가 아니면 죽음을 달라!〉고 외쳤다는 무슨 패트릭 헨리라는 쥔님에 대해서 감탄하는 사람도 많았다. 듣기에는 참 그럴듯한 소리이기는 했지만, 그가 보기에 흰둥이들은 상당히 자유로운 듯싶었는데, 도대체 흰둥이가 왜 자유를 달라고 외쳤다는 소리인지, 쿤타로서는 이해가 되지 않았다.

한 달이 채 지나지도 않아서, 〈콩코드〉라는 곳에 모아 둔 소총과 탄약을 파괴하려고 왕의 병사들 수백 명이 그곳으로 향했다는 경고를 누구에겐가 해주려고, 말을 타고 달렸다는 두 명의 흰둥이 윌리엄 도스와 폴 리비어에 대한 소식이 전해졌다. 그리고 잇달아서, 〈렉싱턴〉의 치열한 전투에서 〈민병대〉 몇 사람이 희생된 대가로, 왕군 2백 명을 죽였다는 얘기도 그들은 들었다. 겨우 이틀가량 더 지난 다음에는, 〈벙커 힐〉이라는 곳에서 벌어졌던 처절한 전투에서 왕군이 천 명도 더 쓰러졌다는 말이 들려왔다.「흰둥이들 군청 앞에 앉아 얘기하며 웃어 대는데, 왕군 병사들 빨간 저고리 입은 이유 피 보이지 말라는 뜻이었대.」루터가 말했다.「얘기 들어 보니 흘리는 그 피, 흰둥이들 나란히 싸우는 검둥개들도 쏟는대.」그는 이제 어디를 가나 버지니아의 쥔님들이 그들의 노예들에 대해서,〈심지어 그 늙어 빠진 집안 검둥개들에 대해서도!〉보통 때보다 훨씬 심한 불신을 나타낸다는 얘기를 자꾸만 들었다.

노예 마을에서 높아진 그의 새로운 지위를 즐기던 루터가, 6월의 어느 여행에서 집으로 돌아와 보니, 사람들이 최근 소식을 그에게서 초조하게 기다리던 참이었다.「조지 워싱턴이라는 어떤 쥔님 군대 이끌라고 뽑혔지. 어떤 검둥개 나한테 말하는데, 그 쥔님 집 노예 많고 큰 농장 가졌다 했어.」그리고 그는 또한 뉴잉글랜드의 어떤 노예들에게 왕의 병사들을 도와 싸우라고 자유를 주었다는 말을 들었다.

「나 그렇게 된다 미리 알았어!」깡깡이가 소리쳤다.「프랑스하고 인디언 전쟁 때 마찬가지 검둥개들 이제 공연히 끌려들어 죽음당해. 그러다가 곧 끝난 다음, 흰둥이들 다시 검둥개를 채찍질하는 거야!」

「아닐지 몰라.」루터가 말했다.「얘기 들었는데, 저 위 필라델피아에 자기들 퀘이커다 부르는 사람들 노예 반대 협회 구성했다지. 나 생각에, 검둥개들 노예 아니다 믿는 흰둥이들 좀 있나 봐.」

「나도 검둥개 노예 아니다 믿어.」깡깡이가 말을 가로막았다.

벨이 자주 알아내어 가져오는 짤막한 소식들은 그녀가 쥔님과 직접 나눈 얘기들 같았지만, 그녀가 결국 털어놓는 얘기를 들으니, 얼마 전부터 쥔님들이 손님을 맞을 때마다, 음식을 차려 놓고는 곧 나가라고 그녀에게 딱딱하게 쥔님이 말하고는, 그녀가 나오면 문을 닫고 잠그는 소리가 들렸고, 그래서 그녀는 식당의 열쇠 구멍으로 얘기를 엿

듣기 시작했다고 말했다. 「그리고 그 남자 엄마보다 나 더 잘 알아요!」 그녀는 짜증스럽게 투덜거렸다.

「문 잠근 다음 무슨 얘기 해?」 깡깡이가 초조하게 물었다.

「글쎄요. 오늘 밤 그러는데, 잉글랜드 사람들하고 안 싸울 수 없다 그래요. 쥔님 말씀하기를, 잉글랜드 나라 군인들 배 태워 많이 이리 보낼 거래요. 쥔님 말씀이, 버지니아만 해도, 노예 20만이고, 가장 큰 걱정거리 잉글랜드 사람들이 혹시 검둥개들 충동해서 흰둥이하고 반대편 맞서 싸우는 거래요. 쥔님이 그러는데, 자기는 누구 못지않게 왕한테 충성하지만, 세금 너무 많아 아무도 못 견딘다 말했죠.」

「워싱턴 장군 검둥개 입대시키기 막았어.」 루터가 말했다. 「하지만 북부 어떤 자유 찾은 검둥개들 자기도 이 나라 일부라며 싸우고 싶다 우겨요.」

「그 작자들 틀림없이 자유 기회 누리고, 다음 흰둥이들한테 죽음당하겠지.」 깡깡이가 말했다. 「자유 검둥개들 미쳤어.」

그러나 두 주일 후에 알려진 소식은 더욱 굉장했다. 버지니아의 잉글랜드 총독인 던모어 경은, 농장을 떠나서 잉글랜드의 어선이나 함대에서 복무하겠다면 모든 노예들에게 자유를 주겠다고 선포했다.

「쥔님 너무 화가 나 날뛰어서 묶어 놓아야 할 지경이에요.」 벨이 알려 주었다. 「저녁 먹으러 온 사람들 많이 얘기하는데, 노예들 입대할 기미 보이거나, 그렇게 생각만 하더라도, 쇠사슬 채우고 감옥에 넣자, 그리고 던모어 경 납치해 목매달자 그랬어요.」

쿤타는 음울한 표정을 짓는 월러 쥔님을 찾아오는 (얼굴이 상기되고 초조해하는) 다른 쥔님들의 말에게 물과 먹이를 주는 일을 맡게 되었다. 그리고 쿤타는 어떤 말들은 오래 먼 길을 험하게 달려와서 옆구리가 땀에 흠뻑 젖었었고, 어떤 쥔님들은 검둥개 마부가 없이 직접 마차를 몰고 왔었다는 따위의 얘기를 전했다. 그들 가운데 한 사람이, 8년 전 배에서 내린 다음 쿤타를 샀으며, 바로 이곳 쥔님의 동생인 존 월러였다고 그는 다른 사람들에게 말했다. 그렇게 오랜 세월이 지났어도 쿤타는 증오하던 그의 얼굴을 한 번에 알아보았지만, 그 남자는 전혀 알아보지 못하고 고삐를 쿤타에게 던져 주었다.

「그렇게 놀란 시늉 필요 없어.」 깡깡이가 말했다. 「그 사람 같은 쥔님 검둥개 보고 인사 안 하니까. 더구나 너 누군지 기억한다면 더

안 해.」

 수천 명의 노예들이 조지아, 남캐롤라이나, 버지니아의 농장에서 대담하게도 도망을 쳐 던모어 경과 합세했기 때문에, 쥔님과 그의 손님들이 보여 준 놀라움과 분노를 그다음 몇 주일 동안에 벨은 열쇠 구멍을 통해서 확인했다. 도망치는 노예들은 대부분 무턱대고 북쪽으로만 향한다는 얘기를 들었다고 말하는 사람들도 몇 명 찾아왔었다. 그리고 모든 흰둥이들은 사냥개를 더 길러야겠다고 의견이 일치했다.

 그러던 어느 날, 월러 쥔님은 벨을 거실로 불러들이더니, 그의 「버지니아 가제트」에 표시를 해둔 기사를 큰 소리로 천천히 두 차례 읽어 주고는, 그것을 노예들에게 보여 주라고 벨에게 명령하면서 신문을 넘겨주었다. 그녀는 명령받은 대로 했으며, 그들은 그녀나 마찬가지로 두려움보다는 오히려 분노를 느꼈다.「그대 흑인들이여, 자신을 파멸시키는 유혹에 이끌리지 마라……. 우리가 고통을 받건 안 받건, 그대들이 우리를 버린다면, 틀림없이 그대들은 고통을 받으리라.」

 「버지니아 가제트」를 돌려주기 전에, 벨은 그녀의 통나무집으로 가지고 가서, 정보를 얻기 위해 몇 가지 다른 기사도 살펴보았으며, 실제로 일어났거나 예상되는 흑인 반란에 관한 기사도 찾아냈다. 나중에 저녁 식사 때가 되어도 신문을 돌려주지 않는다고 쥔님이 소리를 지르자, 벨은 눈물을 흘리며 잘못했다고 용서를 빌었다. 그러나 잠시 후에 그녀는 다른 전갈을 가지고 다시 가라는 지시를 받았는데, 이번 소식은 버지니아 의회가 〈반란을 계획하거나 폭동을 일으키는 모든 흑인과 노예들은 종교적인 의식의 혜택이 없는 사형을 받게 된다〉라고 선포했다는 내용이었다.

 「그거 무슨 소리야?」 밭일꾼 한 사람이 묻자, 깡깡이가 대답했다. 「봉기하면, 흰둥이들 너 죽인 다음, 목사님 안 불러 준다 얘기야!」

 루터는 〈왕당파〉라는 사람들과 〈스코틀랜드 사람〉 일부가 잉글랜드 사람들과 합세하리라는 얘기를 들었다.「그리고 보안관 집 검둥개 나한테 그러는데, 던모어 경이라는 사람 검둥개들한테 말하기를, 강가의 농장 부수고, 큰집 불태우고, 자기한테 한편 된다 오면, 자유 준다고 그랬대.」 루터는 요크타운이나 다른 읍내에서 밤에 붙잡힌 흑인들이 채찍을 맞고 감옥에 갇혔다는 얘기도 했다.

그해의 성탄절은 말뿐이었다. 던모어 경은 폭도에게 쫓겨 도망쳐서 안전한 잉글랜드 함대로 겨우 피신했다는 소식이 전해졌다. 그리고 한 주일 후에는, 노퍽 연안에 포진한 던모어의 함대가 한 시간 이내에 시민들더러 도시에서 철수하라는 명령을 내렸다는 믿어지지 않는 소식이 알려졌다. 그리고 그는 함포로 포격을 시작해서, 무서운 불길에 싸인 노퍽이 대부분 잿더미로 변해 버렸다. 그렇게 무너진 폐허 속에서는, 물과 음식이 귀했고, 열병이 번져서 사람이 어찌나 많이 죽었던지, 바닷물 파도에 밀려 떠 올라온 퉁퉁 붙은 시체로 햄프턴 로드가 뒤덮였다고 벨이 알려 주었다. 「모래밭하고 개펄에 시체 묻었다더군.」 루터가 말했다. 「그리고 잉글랜드 배에는 수많은 검둥개들 굶어 죽을까 겁에 질렸다고 하더군.」

이런 모든 무서운 사건들에 대해서 곰곰이 생각을 해보고, 쿤타는 그의 머리로는 헤아리기 힘든 어떤 방법으로, 틀림없이 이런 고통은 알라신이 뜻했던 어떤 이유를 지닌다고 느꼈다. 흰둥이나 흑인에게 이제부터 무슨 일이 닥치든지 간에, 그것은 알라신의 뜻이었다.

콘월리스라는 어떤 장군이, 잉글랜드에서 선원과 병사들을 여러 배에 가득 싣고 와서, 넓은 〈요크 강〉을 건너려다가 굉장한 폭풍우를 만나, 배들이 뿔뿔이 흩어졌다는 얘기를 쿤타와 다른 사람들이 들은 때는 1776년 초였다. 다음에 그들은 또다시 대륙 회의가 열렸으며, 버지니아의 쥔님들 한 무리가 잉글랜드로부터 완전하게 분리하려는 움직임을 보인다는 소식을 듣게 되었다. 그리고 두 달 동안 자질구레한 소식들만 오가다가, 7월 4일의 또 다른 모임 이후에 벌어진 일에 대한 소식을 가지고 루터가 군청 소재지에서 돌아왔다. 「나 만난 흰둥이들 모두 완전히 들떴어! 독립 선언인지 뭔지 가지고 난리야. 왕이 눈 부릅뜨지 않아도 잘 봐라 하면서 존 핸콕 쥔님 이름 진짜 크게 썼다고 그러더라.」

다음번에 군청 소재지에 들렀던 루터가 돌아오더니, 볼티모어에서 흰둥이들이 천으로 사람만큼 커다란 〈왕〉 인형을 만들어, 수레에 싣고 길거리를 돌아다니다가, 모닥불을 둘러싸고 〈폭군! 폭군!〉이라며 외치더니, 불에 던져 넣었다는 얘기를 전해 주었다. 그리고 리치먼드에서는 흰둥이들이 함성을 올리며, 햇불을 휘두르고, 서로 축배를 드는 사이에, 마구 총을 쏘아 댔다. 잠잠해진 노예 마을을 둘러보며, 늙은 정원지기가 말했다.「어떻게 되든 검둥개들 멋대로 소리 지를 일 아냐. 잉글랜드나 여기나 흰둥이 세상 다 마찬가지니까.」

그해 여름 늦게, 버지니아 의회가 얼마 전에, 〈검둥개들을 북 치는 사람, 피리 부는 사람, 또는 선발 공병으로 받아들인다〉라는 시행령을 통과시켰다고, 만찬 손님이 전한 소식을 가지고 벨이 서둘러 노예 마을로 왔다.

「선발 공병이 뭐야?」 어느 밭일꾼이 물었다.

「제일 앞 끌려 나가 죽음당한다 애기야!」 깡깡이가 말했다.

얼마 후에는 루터가, 버지니아 바로 이곳에서 벌어진 어느 큰 전투에서, 노예들이 양쪽 편에서 모두 싸운 신나는 얘기를 알아 가지고 집으로 왔다. 수백 명의 잉글랜드 군과 왕당파 병사들, 그리고 죄수들과 흑인들이 쏘아 대는 장총의 총탄이 우박처럼 쏟아지는 한가운데, 숫자가 적은 흰둥이 〈식민지 군대〉와 그들의 흑인들이 쫓겨서 다리 건너로 밀려났지만, 후방에서 빌리 플로라라는 이름의 노예 병사가 벌떡 일어나, 다리의 널빤지들을 잔뜩 뜯어 던져서 잉글랜드 군은 전진을 멈추고 물러났으며, 그래서 식민지군이 승리를 거두었다.

「다리 찢어 부수다니! 그 검둥개 힘 좋아!」 정원지기가 감탄했다.

프랑스 사람들이 식민지 편을 들어 1778년 전쟁에 뛰어든 다음에는, 전쟁에 이기면 자유를 주마고 약속하면서, 주마다 차례로 노예들의 입대를 승인했다는 소식을 벨이 전해 주었다. 「이제 검둥개 싸우게 허락 안 하는 주 둘만 남았는데, 그건 남캐롤라이나하고 조지아래요.」

「지금까지 그 두 주에 대한 좋은 얘기 그것뿐이군!」 깡깡이가 말했다.

노예 제도를 무척 증오하기는 했지만, 쿤타는 흰둥이들이 총을 흑인들에게 주었다고 해서, 아무 좋은 일도 기대하기 어렵다고 생각했다. 우선 흰둥이들은 어떤 경우라도 항상 흑인들보다 총을 많이 차지하겠기 때문에, 반란을 일으키려는 모든 시도는 뻔히 패배로 끝나리라. 그리고 그의 고향 땅에서도 투봅들이 나쁜 추장이나 왕에게 총과 탄약을 주어서, 흑인과 흑인이, 마을과 마을이 싸우게 만들고, 그래서 정복한 쪽에서 (그들과 똑같은) 사람들을 투봅에게 노예로 팔아 버렸음을 그는 기억했다.

언젠가 벨이 쥔님한테 들은 얘기로는, 5천 명이나 되는 자유인이거나 노예인 흑인들이 싸움에 끼어들어, 그들의 쥔님과 함께 죽어 간다고 그랬었다. 루터는 또한 〈북부〉의 흑인으로만 이루어진 여러 중대와, 심지어는 전원이 검둥개인 〈아메리카 흑인〉 대대도 생겨났다는 얘기도 했다.「그 부대 대령님 역시 검둥개야.」루터가 말했다.「대령님 이름 미들턴이래.」그는 눈썹을 쫑긋 세우고 깡깡이를 쳐다보았다.「당신 그 사람 뭔지 절대로 맞추지 못해!」

「무슨 소리야?」깡깡이가 말했다.

「그 사람 역시 깡깡이야! 그러니 깡깡이 좀 켤 때도 되었지!」

그러더니 루터는 군청 소재지에서 그가 들었던 새 음악을 코로 흥얼거리더니, 노래를 불렀다. 곧 모두들 흥이 나서, 다른 사람들도 덩달아 노래를 했고, 어떤 사람들은 막대기로 장단을 맞추었다.「양키 두들 말 타고 읍내로 왔네……」 그리고 깡깡이가 연주를 시작하자, 노예 마을의 어린애들이 춤을 추고 손뼉을 쳤다.

1781년 5월이 되자, 말을 탄 잉글랜드 병사들이 토머스 제퍼슨 쥔님의 몬티첼로 농장을 짓밟았다는 놀라운 소식이 전해졌다. 농사는 망쳤고, 창고가 불에 탔으며, 가축들이 달아나고, 모든 말과 30명의 노예가 끌려갔다. 〈흰둥이들이 말하는데, 버지니아 구해야 한다〉라고 말했던 루터는 얼마 후에, 워싱턴 장군의 군대가 이곳으로 향했다며 흰둥이들이 기뻐한다는 소식을 전해 주었다.「그리고 그 군대 검둥개 아주 많다고 했다!」10월이 되자, 워싱턴과 라파예트 연합 부대가 잉글랜드의 콘월리스를 공격하여, 요크타운에 총과 대포를 마구 쏘았다는 소식이 들려왔다. 그리고 그들은 곧 버지니아, 뉴욕, 북캐롤라이나, 메릴랜드, 그리고 다른 여러 주에서 벌어진 다른 전투들에 대해서도 알게 되었다. 그러다가 그 달의 셋째 주일에, 노예 마을까지도 함성을 올릴 만한 소식이 전해졌다.「콘월리스 항복했다! 전쟁 이겼다! 자유 찾았다!」

루터는 마차 여행이 너무 잦아져서, 이제는 틈틈이 기회를 찾아 잠을 자야 했고, (몇 년 만에 처음으로) 쥔님은 다시 미소까지 지었다고 벨이 말했다.

「어디든지 나가 보니까, 검둥개들 흰둥이 똑같이 야단들이야.」루터가 말했다.

그러나 모든 곳의 노예들은, 최근에 제대를 한 다음, 아끼던 소총을 가지고 노력으로 돌아간 〈훌륭한 빌리 플로라〉라는 그들의 특별한 영웅 때문에 가장 즐거워했다.

「이리 다 모여요!」 얼마 후에 노예 마을의 여러 사람들을 불러 모으며 벨이 소리쳤다. 「쥔님이 막 얘기했는데, 필라델피아를 합중국 첫 수도 한다고 그래요!」 그러나 나중에 루터가 이렇게 말했다. 「제퍼슨 쥔님 노예 판매 금지령 그런 거 만들었답니다. 그거 보면 쥔님들 검둥개 해방시키는 권리 생겼는데, 얘기 들으니까 북부에 사는 퀘이커교도들, 그리고 노예 제도 반대한 사람들, 그리고 자유가 된 검둥개들, 그 얘기 듣고, 쥔님들 마음 안 내키면, 꼭 해방 안 시켜도 된다는 소리 화가 나서 야단들이래요.」

1783년 11월, 워싱턴 장군이 군대를 해산하자, 사람들이 〈7년 전쟁〉이라고 부르던 싸움이 공식적으로 끝났다고 쥔님이 얘기하더라는 말을 벨이 노예 마을 모든 사람들에게 전했다. 「쥔님 그러는데, 이제는 평화 온다.」

「흰둥이들 마음대로 하는 세상 평화스러운 날 없어.」 역겹다는 듯이 깡깡이가 말했다. 「그 사람들 죽이는 일 말고 좋아하는 것 없으니까.」 그는 주위 사람들의 얼굴을 힐끗 둘러보았다. 「내 얘기 잘 들어, 우리 검둥개들 옛날보다 더 심한 꼴 볼 테니까.」

쿤타와 늙은 정원지기는 나중에 마주 앉아 조용히 얘기를 나누었다. 「자네 여기 온 다음 본 것 많지? 그런데 온 지 얼마 됐어?」 쿤타는 알 길이 없었고, 그래서 마음이 언짢아졌다.

그날 밤 혼자 남았을 때, 쿤타는 새 달이 될 때마다 하나씩 잊지 않고 바가지에 넣었던 알록달록한 돌멩이들을 꺼내, 열두 개씩 조심스럽게 늘어놓았다. 그러자 돌멩이들이 그에게 알려 준 사실은 얼마나 놀라웠던지, 정원지기는 그의 질문에 대한 대답을 전혀 듣지 못하게 되었다. 그의 오두막 땅바닥에서 그를 둘러싼 돌멩이 무더기들은 열일곱을 헤아렸다. 그의 나이는 서른네 장마철이었다! 도대체 그의 인생에 무슨 일이 일어났는가? 그는 주푸레에 살았던 만큼이나 흰둥이의 땅에서 지냈다. 그는 아직도 아프리카 사람인가, 아니면 다른 사람들이 자신을 스스로 그렇게 부르듯이 〈검둥개〉가 되었나? 그는 과연 자신이 어른 남자라고 생각할 자격을 갖추었나? 그는 마지막으로 그가 보았을 때의 아버지와 나이가 같았지만 아들, 아내, 가족, 마을, 동족, 고향이 하나도 없었고, 그에게 참되다고 느껴질 만한 과거도 없었으며, 그는 미래도 내다볼 희망이 없었다. 마치 감비아는 그가 아주 오래전에 꾸었던 꿈만 같았다. 아니면 지금도 그는 잠에서 깨어나지 못했을까? 만일 그렇다면, 그는 도대체 언제 깨어나려는가?

57

쿤타가 장래에 대해서 별로 오래 생각해 볼 겨를도 없이, 며칠 후에는 농장을 소용돌이 속으로 몰아넣을 만한 소식이 전해졌다. 보안관이 찾아와서, 쥔님과 문을 닫아걸고 숨죽인 목소리로 얘기하는 사이에, 벨이 숨을 헐떡이며 달려와서 전한 얘기로는, 도망쳤다가 붙잡힌 어느 하녀가 채찍을 맞고 고백했는데, 그녀가 도망칠 길을 대충 말해 준 사람이 바로 쥔님의 마부 루터였다는 내용이었다.

루터가 도망칠 틈을 주지 않고 노예 마을로 들이닥친 월러 쥔님은, 보안관과 함께 루터를 앞에 세워 놓고, 그것이 정말이냐고 화가 나서 물었다. 겁에 질린 루터는 그렇다고 했다. 격분해서 상기된 얼굴로 쥔님이 그를 때리려고 주먹을 치켜들었지만, 루터가 자비를 베풀어 달라고 빌자, 그는 다시 손을 내리고, 눈물이 글썽이는 눈으로 오랫동안 루터를 쳐다보았다.

나중에 그는 아주 조용한 목소리로 말했다. 「보안관, 이 사람을 체포해서 감금시켜요. 다음번 노예 경매에서 팔기로 했으니까요.」 그러고는 더 이상 아무 말도 없이, 그는 루터의 고통스러운 흐느낌을 못 들은 체하고, 돌아서서 집으로 걸어갔다.

쥔님의 마부로 누가 새로 일하게 될지 사람들이 궁리하던 참에, 어느 날 밤 벨이 나와서 쥔님이 당장 보자더라는 말을 쿤타에게 전했다. 벨을 따라서 절름거리며 집으로 들어가는 그를 모두들 지켜보았지만, 놀란 사람은 아무도 없었다. 자기가 부름을 받은 이유가 무엇인지 짐작이 가기는 했지만, 농장에서 지낸 열여섯 해 동안에 쥔님과는 직접 얘기를 해 본 적도 없으려니와, 큰집에도 벨의 부엌 이상은 들어가 보지를 않았던 터여서, 쿤타는 조금 걱정이 되었다.

부엌을 지나 복도로 벨이 앞장을 서서 가는 동안, 그는 반짝대는 마룻바닥과 벽지를 바른 높다란 벽들을 두리번거렸다. 그녀는 조각을 한 커다란 문을 두드렸다. 그는 〈들어와요!〉라고 말하는 쥔님의 목소리를 들었고, 벨은 안으로 들어서더니, 무표정한 얼굴로 쿤타에게 몸을 돌려 손짓해 불렀다. 그는 헛간 속만큼이나 넓은 방의 크기가 믿어지지 않을 지경이어서 놀랐다. 윤을 낸 참나무 마룻바닥에는 융단이 깔렸고, 벽에는 그림과 휘장들이 걸렸다. 짝이 잘 맞는 검은 가구에는 왁스를 발랐고, 벽으로 파고 들어간 선반들에는 책이 길게 줄을 지어 꽂혔다. 월러 쥔님은 초록빛 유리로 만든 둥근 갓을 씌운 석유 등잔 밑에서 책을 읽으며, 책상에 앉아 기다리다가, 잠시 후에 몸을 돌려 쿤타를 쳐다보았다.

「토비, 난 마차를 끌 마부가 필요해. 자넨 이곳에서 잔뼈가 굵었고, 내 생각엔 자네가 충직한 사람 같아.」 그는 미간이 넓었고, 그의 푸른 눈은 쿤타를 꿰뚫어보는 듯했다. 「자넨 술도 전혀 안 마신다고 벨이 그러더군. 난 그 점이 마음에 들었고, 자네 행실도 눈여겨보았는데, 처신을 잘하더구먼.」 월러 쥔님이 말을 멈추었다. 벨이 쿤타를 노려보았다. 「예, 쥔님.」 쿤타가 재빨리 말했다.

「자넨 루터가 어떻게 되었는지를 알지?」 쥔님이 물었다. 「예, 쥔님.」 쿤타가 말했다. 쥔님은 눈을 가늘게 떴고, 그의 목소리는 차갑고 딱딱해졌다. 「난 당장 자네를 팔아 치울지도 몰라.」 그가 말했다. 「둘이서 서투른 짓 하면, 벨도 팔아 치우겠어.」

그들 두 사람이 잠자코 그곳에 서서 기다리는 사이에, 쥔님이 다시 책을 펼쳤다. 「좋아, 내일부터 내 마차를 끌게. 난 뉴포트로 가야 해. 익숙해질 때까지는 내가 길을 가르쳐 주겠어.」 쥔님이 벨을 힐끗 쳐다보았다. 「제대로 된 옷을 토비한테 좀 구해 줘. 그리고 깡깡이더러 이제부터는 토비 대신 정원지기로 일하라고 해.」

「예, 쥔님.」 벨이 말했고, 그녀와 쿤타는 자리를 떴다.

옷은 벨이 그에게 가져다주었지만, 다음 날 아침 일찍, 풀을 먹이고 다리미질을 했으며, 올이 굵은 바지와 무명 삼베 셔츠를 쿤타가 제대로 입도록 보살펴 준 사람은 깡깡이와 늙은 정원지기였다. 옷은 보기에 별로 나쁘지는 않았지만, 그들이 도와줘서 목에 맨 검정 구슬로 엮은 끈이 우스꽝스러워 보이리라고 쿤타는 생각했다.

「스폿실베이니아 법원 바로 옆 곧장 올라가면 되니까 뉴포트 가는 거 아무것 아냐.」늙은 정원지기가 말했다.「거기 옛날 월러 집안 큰 집들 중 하나였지.」

(쿤타나 마찬가지로 지금쯤은 자기가 맡은 새 일에 대한 얘기를 들었을) 깡깡이는 그의 기쁨과 부러움을 빤히 드러내는 표정으로, 쿤타를 이리저리 살펴보며 왔다 갔다 했다.「자네 이제 진짜 특별 검둥개이고, 그건 누가 뭐라고 못해. 그저 너무 으쓱대지만 마.」

그것은 (그토록 많은 세월이 흐른 지금에 와서도) 투봅을 위해 해야 하는 일에 대해서는 아무런 존엄성도 느끼지 않는 그런 사람에게는 필요 없는 충고였다. 그러나 그의 정원을 떠나서, (그의 큰아버지들인 잔네와 살룸이 그랬듯이) 시야를 넓히게 되었다는 데 대해서, 쿤타가 느꼈을 조그만 흥분조차, 새로 맡은 바쁜 일들 때문에 쿤타는 곧 잊어버리고 말았다.

밤낮으로 아무 때나 갑자기 환자들이 찾으면, 월러 쥔님은 빨리 오라고 쿤타를 불러서, 때로는 험하고 구불구불한 길을 따라, 농장에서 몇 킬로미터나 되는 길을 목이 부러져라 정신없이 달릴 준비를 갖추라고 재촉했다. 바퀴 자국과 움푹한 구멍들을 타고 넘으며, 마차가 기우뚱거리고 달리는 동안, 말들이 숨이 턱에 차도록 채찍을 치고, 뚜껑을 씌운 뒷자리에 월러 쥔님이 엉거주춤 매달려 버티는 동안, 쿤타는 고삐를 다루는 뛰어난 솜씨를 보여서, 붉은 진흙길이 험한 진탕을 이루는 봄철 해빙기에도, 그들은 안전하게 목적지에 다다르고는 했다.

어느 날 아침 일찍, 쥔님의 동생 존이 말을 타고 달려와서는, 해산이 아직 두 달이나 남았는데 그의 아내가 진통을 시작했다고 당황해서 말했다. 존 쥔님의 말은 너무 지쳐서 한참 쉬지 않고는 돌아갈 힘이 없었고, 그래서 쿤타가 두 사람을 다 마차에 태워 아슬아슬하게 시간에 맞춰 존 쥔님의 집까지 태워다 주었다. 달아올라 헉헉거리는 쿤타의 말들에게 아직 물을 주면 위험할 만큼 몸이 채 식지도 않았을 때, 그는 새로 태어난 아기의 찢어지는 듯한 울음소리를 들었다. 집으로 돌아오는 길에 쥔님은 체중이 2킬로그램 반쯤 나가는 딸이 태어났고, 이름은 앤이라고 짓기로 했다는 얘기를 해주었다.

그렇게 세월이 흘러갔다. 바로 그렇게 분주하던 여름과 가을 사이에, 흑인들이 구토를 하는 질병이 돌아 전국에서 희생자가 많이 났는데 — 그 숫자가 너무 많아서, 월러 쥔님과 쿤타는 뒷바라지를 다 해 줄 수가 없었고, 곧 그들도 열병이 났다. 일을 계속하려고 키니네를 다량으로 삼켜 가면서, 그들은 상당히 많은 사람들을 살려 냈다. 그러나 쿤타의 생활은 수많은 큰집의 부엌과 낯선 오두막의 허름한 잠자리 그리고 건초 더미 위에서의 새우잠으로 이어졌고, 그리고 환자들의 비명에 귀를 기울이며, 집으로 돌아갈 시간이 되기를 기다리면서, 쥔님이 어서 밖으로 나오기를 기다리면서, 판잣집이나 웅장한 저택 바깥에 세워 둔 마차에 앉아 끝없이 기다리고, 그러고는 집으로 돌아가기는커녕 걸핏하면 다른 환자의 집으로 다시 길을 서둘러야 하는 나날로 이루어진 몽롱한 소용돌이 같았다.

그러나 월러 쥔님은 항상 위기만 쫓아 왕진을 나가지는 않았다. 때때로 아무런 급한 일도 없이, 마차로 갈 만한 거리에 위치한 농장에 사는 숱하게 많은 친척과 친구들의 집을 방문하는 일이 고작이어서, 한가하게 그냥 한 주일이 통째로 지나가는 경우도 적지 않았다. 그럴 때면, (특히 꽃과 야생 딸기와 검은딸기 덤불로 들판이 우거지고, 울타리에는 덩굴들이 주렁주렁 서로 엉키는 봄과 여름철이면) 짝이 아주 잘 맞는 적갈색 말 한 쌍이 끄는 마차가 한가하게 굴러 가고, 월러 쥔님은 햇빛을 가리는 검은 뚜껑 밑에서 가끔 졸기도 했다. 어디서나 메추라기들이 후루룩 날아오르고, 눈부시게 밝은 홍관조(紅冠鳥)가 깡충거리며 뛰어다니고, 종다리와 쏙독새가 우짖었다. 가끔 길에서 햇볕을 쬐던 큰 뱀이, 다가오는 마차의 훼방을 받고는 안전한 곳으로 미끄러져 나가거나, 죽은 토끼를 뜯던 말똥가리가 묵직하게 날개를 펄럭이며 날아갔다. 그러나 쿤타가 가장 좋아하는 풍경은 들판의 한가운데 홀로 선 늙은 참나무나 삼목들이었는데, 그런 나무를 보면 그의 머릿속에서는 아프리카의 바오밥들이 떠올랐고, 그런 나무가 홀로 선 곳은 어디나 옛날에 마을이 섰던 자리라고 얘기하던 마을 어른들이 생각났다. 그럴 때면 그는 주푸레를 회상했다.

인사차 방문을 다닐 때면 쥔님은 킹 윌리엄 카운티와 킹 앤드 퀸 카운티 사이의 경계선에 농장을 두고 엔필드에서 사는 부모를 가장 자주 찾아갔다. 그곳이 가까워지면, (월러 집안 소유의 모든 큰집이나 마찬가지로) 커다란 고목이 두 줄로 길게 늘어선 길을 따라 한참 굴러 가다가, 앞쪽에 펼쳐진 넓은 잔디밭 한쪽 거대하고 검은 호두나무 밑에 멈추게 되었다. 쥔님의 큰집보다도 훨씬 크고 비싸 보이던 그 저택은 좁고 천천히 흐르는 강을 굽어보는 경사진 언덕에 위치했다.

마차를 몰던 처음 몇 달 동안 쿤타가 식사를 했던 여러 농장 부엌의 요리사들은 (가장 유별난 사람은 뚱뚱하고, 건방지고, 반들거릴 만큼 피부가 검은 엔필드의 요리사 해티 메이였는데) 윌러 쥔님 집에서의 벨과 마찬가지로, 그들의 영토를 맹렬히 지키려는 듯이 그를 이리저리 뜯어보았다. 그러나 쿤타의 의젓한 위엄과 과묵함을 대하고 나면, 어느 누구도 감히 그에게 정면으로 도전하려고 하지 않았으며, 그는 돼지고기 말고는 그들이 대접해 주는 음식 접시를 모두 말없이 닦아 주었다. 그러자 차츰 그들은 그의 조용한 몸가짐에 익숙해졌고, 그가 대여섯 번 찾아간 다음에는 엔필드의 요리사까지도 분명히 그를 말 상대가 될 만한 사람이라고 생각하고는, 조심스럽게 그에게 말을 걸었다.

「당신 여기 어딘지 알아요?」 어느 날 그가 한참 식사를 하는데 해티 메이가 불쑥 그에게 물었다. 그는 대답을 하지 않았고, 사실 그녀는 애초부터 대답을 기다리지도 않았다.

「여기 이 집 윌러 가문 합중국 첫 집이에요. 150년 동안 여기 윌러 집안 이외 누구도 안 살았죠!」 엔필드 저택이 처음 세워졌을 때, 그것은 지금보다 크기가 절반밖에 안 되었지만, 나중에 강가에서 한 집이 더 옮겨 왔고, 그렇게 자꾸 불어 나갔다고 그녀는 말했다. 「우리 벽난로 잉글랜드에서부터 배에 실어 가지고 온 벽돌로 만들었어요.」 그녀는 자랑스럽게 말했다. 그녀가 계속해서 수다를 떠는 동안, 쿤타는 묵묵히 머리를 끄덕여 주었지만, 그는 조금도 감동하지 않았다.

가끔 가다가 한 번씩 윌러 쥔님은 (쿤타가 마부가 되어 첫 나들이로 나섰던 목적지인) 뉴포트를 방문했는데, 쿤타는 어느새 벌써 한 해가 다 지나갔다니 믿기가 힘들었다. 쿤타의 눈에는 엔필드와 매우 비슷해 보이는 그곳 큰집에서 쥔님의 늙은 숙부와 숙모가 살았다. 흰둥이들이 식당에서 밥을 먹는 동안, 뉴포트의 요리사는 부엌에다 쿤타의 식사를 차려 주고, 앞치마 꼭대기에 묶은 가느다란 혁대에 큼직한 열쇠 꾸러미를 매달고 활개를 치며 돌아다녔다. 그 꾸러미에는 식기 보관실과 훈제실, 냉각 지하실과 다른 식량 저장소들의 열쇠 말고도 큰집의 모든 방과 벽장의 열쇠들이 매달렸음을 그는 알게 되었다.

그가 만난 모든 요리사들은, 저마다 자기가 얼마나 중요한 사람이고 얼마나 많은 신임을 받는지를 표시하려고 그렇게 열쇠들을 매달고 쩔렁거리며 걸어다녔는데, 그런 열쇠 소리가 뉴포트 여자보다 더 큰 사람은 하나도 없었다.

최근에 찾아갔을 때는, (엔필드의 요리사처럼) 따지고 보면 쿤타도 괜찮은 사람이라고 믿어 주기로 한 그녀는, 입술에 손가락을 대고, 까치발을 하고는 쿤타를 큰집의 훨씬 안쪽 작은 방으로 이끌고 들어갔다. 일부러 수선을 떨며 허리에 찬 열쇠로 문을 연 그녀는 쿤타를 안으로 데리고 들어가서, 한쪽 벽을 가리켰다. 그곳에는 월러 집안의 문장과 은으로 만든 봉인, 갑옷 한 벌, 은권총, 은검, 월러 대령의 기도책이 붙박이로 진열되었다.

제대로 숨기지 못하고 그대로 얼굴에 드러낸 쿤타의 놀라움에 기분이 좋아진 그녀가 말했다. 「우리 대령님 엔필드 저택 지었지만, 바로 여기 묻혔어요.」 그리고 밖으로 걸어 나가서 그녀는 그에게 무덤과 글자를 새긴 비석을 보여 주었다. 쿤타가 그것을 자세히 구경하고 났더니, 그녀는 잠시 후에, 연습을 많이 한 듯싶은 태연한 표정을 지으며 그에게 물었다. 「저기 뭐라 적었는지 당신 알고 싶어요?」 쿤타가 머리를 끄덕였고, 그녀는 오래전부터 외어 두었던 비문을 읽는 시늉을 했다. 「버킹엄셔의 뉴포트 파가넬에서 이주하여 1635년 버지니아에 정착한 존 월러와 메리 케이의 셋째 아들 존 월러 대령의 추억을 기리기 위해서.」

쥔님의 친척 몇 사람이 역시 스폿실베이니아 카운티의 프로스펙트 힐에서 산다는 사실을 쿤타는 곧 알게 되었다. 엔필드처럼 이곳의 큰집은 1층 반짜리였는데, 프로스펙트 힐의 요리사가 그에게 해준 얘기에 의하면, 왕이 2층짜리 집에는 세금을 특별히 더 부과했기 때문에 아주 오래된 큰집들은 거의 모두가 1층 반이었다. 엔필드와 달리 프로스펙트 힐의 저택은 월러 집안의 다른 집들보다 작았지만, 입구의 홀이 그렇게 넓고, 빙글빙글 돌며 올라가는 층계가 그렇게 가파른 곳은 또 없다고, 그가 듣건 말건 그녀는 알려 주었다.

「당신 위층 못 올라가 보지만, 네 기둥 박힌 뚜껑 침대 거기 있는데, 어찌 높은지 사람들 사다리 타고 올라가야 하고, 그 밑에 아이들 자라고 바퀴 달린 침대 놓았죠. 그리고 나 할 얘기 이거예요. 그 침대들, 굴뚝 쌓은 벽돌들, 집 서까래, 문에 단 경첩들 여기 물건 모두 우리 노예 검둥개들 만들었죠.」

뒷마당에서 그녀는 옷감을 짜는 집도 보여 주었는데, 여태껏 그는 그런 곳을 본 적이 없었고, 근처에는 노예들의 숙소가, 그 밑에는 연못이, 그리고 그 너머에는 노예들의 묘지가 있었다.「당신 저거 안 보고 싶어 하는 줄 나 알아요.」그의 생각을 알아채고 그녀가 말했다. (많은 사람들이 그렇듯이) 우리들이 어쩌고저쩌고 하면서, 마치 그녀가 농장의 쥔님이기라도 한 듯이 행동하니까, 그런 태도가 그에게 얼마나 이상하고 슬프게 느껴졌는지도 그녀가 알아챘는지 그는 궁금했다.

58

「왜 쥔님 형편없는 동생 최근 몇 달 자꾸 만날까요?」어느 날 밤 존 쥔님의 농장을 찾아갔다가 돌아와서 터벅거리고 들어오는 쿤타에게 벨이 물었다.「두 사람 사이 사랑 없는 것 같던데.」

「내 생각인데, 새로 난 어린 딸에게 쥔님 흠뻑 빠졌나 봐요.」쿤타가 지친 목소리로 말했다.

「그 딸 정말 예쁘긴 해요.」벨이 말했다. 잠깐 생각에 잠겨 입을 다물었다가, 그녀는 말을 덧붙였다.「내 생각인데, 앤 아씨 쥔님한테 죽은 딸처럼 보이나 봐요.」

투봅이 정말로 인간이라고는 아직도 믿기가 어려웠던 쿤타로서는 그런 생각을 미처 하지 못했었다.

「11월 되면 그 딸 이제 한 돌이에요. 안 그래요?」벨이 물었다.

쿤타는 잘 모르겠다고 머리를 갸우뚱거렸다. 그가 잘 알았던 바라고는 두 농장 사이를 이렇게 자주 왔다 갔다 하다 보니, 길과 그의 궁둥이가 다 닳아 없어질 지경이라는 사실뿐이었다. 비록 그는 존 쥔님의 심통 마부 루스비와는 별로 사이가 좋지 않았어도, 지난 주일에 쥔님이 모처럼 동생 일행을 초청했을 때, 나머지 사람들에게는 고마움을 느꼈었다고 벨에게 말했다.

그날 그들이 떠날 무렵, 쥔님이 웃고 소리를 지르는 어린 조카딸을 공중에 던졌다가 받으면서 한참 어린아이처럼 즐거워한 다음에야 엄마에게 아기를 돌려주던 모습을 벨은 생생하게 기억했다. 쿤타는 눈치도 채지 못했고 관심도 없었던 일이었는데, 벨이 왜 그런 일을 머릿속에 담아 두었는지, 그는 이해가 가지 않았다.

며칠이 지난 다음 어느 날 오후에, 뉴포트에서 별로 멀지 않은 어떤 농장의 환자를 찾아보고 돌아오던 길에, 쿤타가 갈림길을 그냥 지나쳤다고 월러 쥔님이 날카롭게 소리를 질렀다. 쿤타는 환자의 큰집에서 보았던 어떤 광경에 너무 충격을 받아서, 정신이 나간 상태로 마차를 몰던 참이었다. 잘못했다고 웅얼웅얼 사과하며 서둘러 마차를 돌리기는 했지만, 그는 뒷마당에서 본 어느 여자의 모습이 머릿속에서 지워지지가 않았는데, 월로프 사람 같은 인상의 그녀는 덩치가 크고, 피부가 무척 검은빛이었다. 그녀는 그루터기에 앉아서 커다란 젖통을 둘 다 드러내 놓고, 아무렇지도 않다는 듯 한쪽은 흰둥이 아이에게, 그리고 다른 한쪽은 검둥이 아이에게 젖을 물리고 먹였다. 쿤타는 그런 모습이 역겹기도 하고 놀랍기도 했지만, 나중에 그 얘기를 해주었더니, 늙은 정원지기가 이렇게 말했다. 「버지니아 쥔님들 검둥 엄마 젖 안 먹은 일 거의 없고, 더구나 그 손에 안 자란 일 더 없지.」

쿤타는 그에 못지않게 역겨웠던 또 다른 광경도 너무나 자주 목격했는데, 그것은 나이가 비슷한 흰둥이와 검둥이 어린애들이 그가 찾아갔던 여러 농장에서 벌이던 창피한 〈놀이〉였다. 흰둥이 아이들은 〈쥔님〉 노릇을 하며, 검둥이 아이들을 때리는 시늉을 하거나, 검둥 아이들더러 기어가라고 하고서는 〈말〉처럼 타고 돌아다니는 장난을 가장 재미있어하는 듯싶었다. 〈학교〉 놀이를 하는 경우라면, 흰둥이 아이들이 검둥 아이들에게 읽기와 쓰기의 〈가르치기〉를 하면서, 〈멍텅구리〉라고 주먹질을 하고 소리를 질렀다. 그러면서도 (파리를 쫓으려고 잎이 많은 나뭇가지로 쥔님과 그의 식구들에게 다른 검둥 아이들이 부채질을 하는 동안에) 점심 식사를 끝내고 나면 흰둥이와 검둥이 아이들은 나란히 돗자리에 누워서 낮잠을 같이 잤다.

그런 모습들을 보고 나면, 쿤타는 백 차례의 장마철을 살더라도 투봅을 절대로 이해하지 못하리라고 벨이나 깡깡이, 그리고 정원지기에게 거듭해서 얘기했다. 그러면 그들은 언제나 웃음을 터뜨리고는, 자기들은 평생 동안 그런 일과 그리고 그보다 더 심한 일도 보아 왔노라고 그에게 말했다.

흰둥이와 검둥이 아이들이 함께 자라다 보면, 때때로 그들은 서로 무척 애착을 느끼게 되기도 한다고 그들은 쿤타에게 말했다. 벨은 무슨 까닭에서인지는 몰라도 함께 자란 검둥이 동무들이 팔려 갔기 때문에, 병이 난 흰둥이 소녀들을 보살펴 주러 쥔님이 왕진을 나갔던 일을 두 번 겪었다. 아이들의 쥔님과 마님은, 어린 동무들을 빨리 찾아서 다시 데려오지 않았다가는, 딸이 발작적인 슬픔 때문에 점점 몸이 쇠약해지다가, 결국 죽을지도 모른다는 쥔님의 충고를 들었다.

깡깡이의 말로는, 큰물 건너에서 돈 많은 쥔님들이 고용해 데려온 음악 선생들에게서, 흰둥이 동무들이 연주하는 법을 배우는 사이에, 곁에서 보고 들어 많은 검둥이 어린애들도 바이올린과 하프시코드와 다른 악기의 연주법을 알게 되었다고 했다. 늙은 정원지기는 자기가 두 번째로 일했던 농장에서, 흰둥이와 검둥 소년이 함께 자랐는데, 나중에 젊은 쥔님은 검둥 동무를 윌리엄 앤드 메리 대학에 같이 데리고 가서 입학시켰다고 말했다. 「늙은 쥔님 나리 그것 아주 안 좋아했지만, 늙은 마님 말씀하기를, 〈지 검둥개니 지 마음대로 하라지!〉 그랬어. 그리고 나중에 돌아온 검둥개 노예 마을 찾아와서 우리들한테 그랬는데, 거기 가니까 하인 검둥개 데리고 와서, 밤에 같은 방 같이 자는 흰둥이 많다더군. 공부 시간도 검둥개 많이 데리고 가고, 어떤 검둥개 가장 잘 공부했다 말다툼 생겼지. 우리 농장 검둥개 쓰기 읽기 배우고 끝나지 않고, 대학 가르치는 시 줄줄 외우고 많이 알았어. 그때쯤 나 팔려 왔지. 그 사람 어떻게 되었다 궁금하구먼.」

「죽지 않았다 하면 다행이지.」 깡깡이가 말했다. 「그런 검둥개 어디서 반란 궁리 폭동 궁리한다 흰둥이들 곧 의심하니까. 여기 이 아프리카 사람 쥔님 마차 몰기 시작 때 나 얘기했는데, 너무 알면 못써. 입 닥쳐, 눈 크게 떠, 그래야 배우는 거 제일 많지.」

쿤타는 그것이 얼마나 옳은 말인지를 곧, 어느 농장으로 가는 그의 친구에게 윌러 쥔님이 마차를 태워 주었을 때, 알게 되었다. 마치 그가 그곳에 없다는 듯, (그리고 그들의 바로 앞에 검둥이가 버티고 앉은 줄 비록 그들이 모르고 얘기를 했더라도, 쿤타로서는 놀라운 내용이라고 생각했겠지만) 그들은 목화로 만든 옷감의 소비량은 급격히 증가하는데, 목화에서 씨를 발라내는 노예들의 솜씨는 환장할 지경으로 느리다는 얘기를 나누었다. 그들은 노예 상인이나 노예선 회사들이 강도 같은 가격을 요구해서, 가장 규모가 큰 농장주가 아니면 이제는 노예를 사기도 점점 힘들어진다는 얘기도 했다.

「그리고 그럴 만한 돈이 넉넉하다고 하더라도, 규모가 커지면 문제가 해결되기는커녕, 새로운 문제만 그만큼 더 많이 생기죠.」 쥔님이 말했다. 「노예가 많아지면 많아질수록, 어떤 종류이건 반란이 발생할 가능성이 더 커질 테니까요.」

「전쟁 동안에 백인들과 싸우도록 무기를 그들의 손에 쥐여주는 것이 아니었는데 그랬어요.」 친구가 말했다. 「이제 우린 그 결과를 직접 목격하게 되었으니까요!」 그는 계속해서, 프레더릭스버그 근처의 어느 커다란 농장에서, 전에 노예 병사였던 몇 명이 반란을 음모하다가, 낌새를 차린 하녀가 눈물을 흘려 가며 마님에게 알려 주었기 때문에 미리 탄로가 났다는 얘기를 했다. 「그놈들은 장총에다 큰 낫과 쇠스랑까지 준비했고, 심지어는 창도 만들었답니다.」 쥔님의 친구가 말했다. 「얘기를 들어 보니, 그놈들은 밤이면 사람을 죽이고 불을 지르다가, 낮에는 몸을 숨기며 이동할 계획이었다더군요. 주모자들 가운데 한 명은, 그들이 죽을 각오는 했지만, 백인들에게 그들이 어떻게 보복할 수 있는지를 전쟁에서 배운 대로 다 시도해 본 다음에야 죽겠다고 말했답니다.」

「죄 없는 많은 사람들이 목숨을 잃을 뻔했군요.」 그는 쥔님이 엄숙하게 대답하는 소리를 들었다. 월러 쥔님은 처음 노예선들이 도착한 이래로 2백 번 이상이나 노예 반란이 일어났었다는 기사를 어디선가 읽었다는 말도 했다. 「난 우리들이 직면할 가장 중대한 위기는, 노예들이 백인들보다 숫자가 많아질 때 닥치리라는 얘기를 벌써 여러 해 전부터 해왔습니다.」

「선생님 말이 맞아요!」 그의 친구가 소리쳤다. 「주변에서 서성거리며 미소를 짓는 검둥이들 가운데, 누가 우리 목을 자르려고 노리는지 속셈을 알 길이 없죠. 자기 집안에서 부리는 노예들도 마찬가지입니다. 아무도 마음 놓고 믿을 수가 없어요. 검둥이들은 근성이 그러니까 말입니다.」

나무토막처럼 꼿꼿이 앉아서, 쿤타는 쥔님이 하는 얘기에 귀를 기울였다. 「난 의사이기 때문에, 벌써 여러 번 백인들의 죽음이…… 뭐 자세한 얘기는 그만두겠습니다만, 어쨌든 의심이 가는 경우가 없지 않아요.」

 손에 잡은 고삐는 의식도 하지 못하면서, 쿤타는 그들이 어쩌면 저토록 그의 존재를 의식하지 못할까 믿어지지가 않을 정도였다. 그의 머릿속은 쥔님의 마차를 끌고 다닌 지난 두 해 동안 들었던 얘기들로 복잡해졌다. 그는 여러 요리사와 하녀로부터, 그들의 몸에서 배설한 오물을 조금 섞은 음식을 쥔님에게 차려 주면서, 미소를 짓고 절을 했다는 귓속말을 들었다. 그리고 그는 흰둥이들의 음식에 유리를 빻은 가루와 비소(砒素), 다른 독을 조금씩 넣는다는 얘기도 들었다. 심지어 그는 하녀들이 흰둥이 아기의 연한 머리에서, 머리카락이 가장 많이 난 부분을 골라, 흔적도 없이 짜깁기 바늘을 찔러 넣어, 이상하고도 치명적인 혼수상태에 빠뜨렸다는 소문도 들었다. 그리고 어느 큰집의 요리사는, 자기를 때린 어린 쥔님한테 심한 상처를 입힌 다음에, 매를 맞고 팔려 간 늙은 유모가 살던 오두막이 저기라고 쿤타에게 알려 주기도 했었다.

 쿤타는 이곳의 검둥이 여자들이 남자들보다 훨씬 더 결사적이고 반항적이라는 생각이 들었다. 그러나 아마도, 여자들이 보다 직선적이어서, 개인적인 감정에 따라 움직였기 때문에 그렇게 여겨졌을지도 모를 일이니 ─ 그들은 보통 자기를 해치는 흰둥이들에 대해서 별다른 생각 없이 즉흥적인 복수를 자행했다. 남자들은 보다 은밀하고, 덜 보복적인 경향을 보였다. 깡깡이는 쿤타에게 딸이 강간을 당하는 장면을 목격한 검둥이 아버지가 흰둥이 감독의 목을 나무에 매달았다는 사건에 관한 얘기를 했는데, 흰둥이에 대한 검둥이의 폭력은 대부분 흰둥이들의 만행이나, 노예 반란이나, 또는 그와 비슷한 사건에 대한 소식을 듣고 자극을 받아 이루어지고는 했다.

 월러 농장에서는 폭동은 물론이요, 어떤 작은 사건 하나도 전혀 일어나지 않았지만, 바로 이곳 스폿실베이니아 카운티에서도, 장총과 다른 무기들을 숨겨 놓고 쥔님이나 마님 또는 둘 다 죽이고, 농장에 불을 지르기로 맹세했었던 몇몇 검둥이에 대한 얘기를 쿤타는 전해 들었다. 그리고 그와 함께 일하는 사람들 가운데 남자 몇 명은, 몰래 만나서, 노예들에게 일어난 좋거나 나쁜 갖가지 사건에 관한 얘기를 주고받으며, 그들을 도울 어떤 행동을 자신들이 취해야 할지 여부를 따져 보기도 했지만, 아직까지는 모두 말로만 그쳤다.

아마도 그의 생각에는, 실제로 반란을 일으키게 되면, 그의 잘린 발 때문에 별로 쓸모가 없다고 여겼기 때문이었겠지만, 쿤타더러 같이 얘기를 나눠 보자고 청해 온 사람은 전혀 없었다. 그를 따돌린 이유가 무엇이든지 간에, 그는 조금도 개의치 않았다. 그들이 선택한 어떤 일에서라도 행운이 따르기를 빌기는 했지만, 쿤타는 그토록 압도적으로 불리한 상황에서는 어떤 반란도 성공하지 못하리라고 믿었다. 월러 쥔님의 말마따나, 검둥이들은 곧 흰둥이보다 숫자가 많아질지도 모르겠지만, 지금처럼 쇠스랑이나, 부엌칼이나, 훔친 장총 따위로는 흰둥이들의 대규모 군대와 대포를 싸워 이길 희망이 없었다.

그러나 쿤타가 보기에는, 그들에게 최악의 적은 바로 그들 자신인 듯싶었다. 반항적인 젊은이들이 몇몇 있기는 했지만, 거의 대부분 노예들은 어떤 지시조차 받을 필요도 없이 으레 주어진 일들을 말없이 알아서 그대로 행하는 자들이었으며, 흰둥이들이 마음 놓고 아이들의 생명을 맡겨도 될 만한 검둥이들이었고, 흰둥이가 그들의 여자를 건초 속으로 끌고 들어가더라도 못 본 체하면서 눈이나 돌리는 그런 자들이었다. 쥔님이 아무 감시도 남기지 않고 1년 동안 어디를 갔다 오더라도, 여전히 일이나 하면서 기다릴 사람들이 바로 이 농장에만 해도 여러 명이었다. 그것은 분명히 그들이 만족하기 때문은 아니어서, 그들은 끊임없이 그들끼리는 불평을 털어놓았다. 그러나 반항은커녕, 그들은 손톱만큼의 항의조차 할 줄 몰랐다.

쿤타는 어쩌면 자기도 그들처럼 되어 가는지도 모르겠다고 생각했다. 아니면 그는 그저 세상물정을 점점 깨우치는지도 모를 일이었다. 아니면 그냥 늙어 가는가? 그는 알 길이 없었지만, 싸운다거나 도망치는 일에는 그가 이미 흥미를 잃었음을 알았고, 그는 그저 홀로 자신의 일에만 신경을 쓰며 살고 싶었다. 그러지 않았던 자들은 대부분 죽음으로 끝장을 보았다.

59

쥔님이 열병으로 쓰러진 한 가족을 치료하려고 찾아간 농장의 뒷마당 참나무 그늘 아래서, 쿤타는 꾸벅꾸벅 졸다가, 들판의 노예들을 불러들이는 저녁 나팔 소리에 놀라 잠이 깼다. 그들이 마당까지 왔을 때도 쿤타는 여전히 졸려서 눈을 비비대었다. 저녁 식사를 하려고 손을 씻으러 가는 그들을 얼핏 보니, 스무 명이나 서른 명쯤 되는 듯싶었다. 그는 다시 한 번 살펴보았다. 어쩌면 아직 잠이 덜 깨어서인지도 모르겠지만, 그들 가운데 (남자 어른이 하나, 여자가 하나, 그리고 10대 소년이 둘) 네 사람은 흰둥이처럼 보였다.

놀란 쿤타가 몇 분 후에 친구인 요리사에게 물었더니, 그녀는 이렇게 설명했다. 「저 사람들 말하자면 계약 흰둥이들요. 이곳 일한 지 이제 두 달가량이고요. 큰물 건너 어디서 왔다는 한가족이에요. 쥔님 저 사람들 뱃삯 물어 주었고, 그래서 7년 동안 노예 짓 하면서 그 빚 갚는다 하는 거예요. 그런 다음 다른 흰둥이들 마찬가지 자유인 되죠.」

「저 사람들 노예 마을 살아요?」 쿤타가 물었다.

「우리 사는 곳 좀 떨어져 오두막 살지만, 나머지 집 마찬가지 형편없는 곳요. 그리고 먹는 것 우리하고 마찬가지예요. 들에 나가서 우리들 똑같은 대우 받아요.」

「저 사람들 어때요?」 쿤타가 물었다.

「자기들 끼리끼리만 놀아도, 괜찮다 할 만해요. 우리하고 달라도, 자기들 할 일 하고, 누구도 안 괴롭혀요.」

쿤타가 보기에는 이곳 흰둥 노예들이 오히려 쥔님이 왕진을 나갈 때 보아 온 대부분의 자유로운 흰둥이들보다 잘 지내는 듯싶었다. 때때로 10여 명이나 되는 어른과 아이들이, 시뻘건 진흙 구덩이나 늪지에서, 방 하나짜리 토막집에 바글바글 몰려 형편없이 살아가는 꼴을 보고, 검둥이들은 비웃으며 이렇게 노래했다. 「오, 하나님, 가난 흰둥이 되지 않고 차라리 검둥개 될래요.」 비록 직접 본 적은 없지만, 흰둥이들 중에는 너무나 가난해서 흙을 먹고 사는 자들도 많다는 말을 쿤타는 들었다. 그들은 뼈만 앙상했고, (어린애들마저도) 이빨이 하나라도 제대로 남은 사람이 거의 없었다. 그리고 그들에게서는 벼룩 투성이 사냥개와 함께 잠을 잔 듯한 냄새가 났으며, 알고 보면 개와 같이 자는 사람이 많았다. 쥔님이 그들의 괴혈병이나 펠라그라 같은 병을 치료하는 동안, 쿤타는 오두막 밖에 세워 둔 마차에서 기다리며, 코를 막고 입으로만 숨을 쉬느라고 애를 먹었다. 그리고 여자와 어린애들이 쟁기질을 하거나 장작을 패는 동안, 나무 밑에서 갈색 술병을 들고, 긁적거리는 개와 나란히 누워 게으름을 피우는 남자들을 보면, 쿤타는 농장을 소유한 쥔님들이나 심지어는 그들의 노예들까지도 그들을 〈게으르고, 줏대도 없고, 쓸모없는 흰둥이 쓰레기〉라고 비웃는 이유를 쉽게 이해했다.

사실 쿤타의 개인적인 생각으로는, 가장 신성 모독적인 무슬림이라고 해도 지킬 줄 아는 기본적인 예의범절조차 모조리 깨뜨리면서도 창피한 줄 모르는 이교도들에 대해서는 그런 자비로운 표현도 과분했다. 쥔님을 따라 이웃 읍내로 가면 그는, 재판소나 술집 주변에서 배회하며, 땀에 얼룩지고 기름에 찌들고 실밥이 너덜너덜한 누더기를 걸치고, 더러운 담배 냄새를 풍기며, 아침인데도 호주머니에서 술병을 꺼내 〈밀주〉를 벌컥벌컥 들이켜고는, 서로 웃고 고래고래 소리지르며, 골목길 땅바닥에 주저앉아 카드나 주사위 따위의 도박을 벌이는 그들의 모습을 늘 보았다.

한낮이 되면 그들은 완전히 바보가 되어, 술에 잔뜩 취해서 노래를 부르고, 길거리에서 이리 뛰고 저리 뛰어다니며, 지나가는 여자들을 불러 대거나 음탕한 말을 지껄이고, 자기네들끼리 처음에는 밀치거나 말다툼을 벌이다가, 시끄럽게 욕설을 퍼붓다가는 급기야 싸움판을 벌이고는 — (그들과 똑같은 부류의 사람들이 잔뜩 몰려서 응원까지 하는 사이에) 결국은 귀를 깨물고, 눈을 후벼 파고, 급소를 발로 차는 바람에, 상처에서 피가 나고, 그러면 거의 언제나 쥔님이 급히 치료해 주어야만 했다. 쿤타의 눈에는 고향의 들짐승들조차 이런 작자들보다는 품위를 지킬 줄 알았다.

벨은 아내를 때린 죄로 채찍을 맞거나, 강간범으로 1년 옥살이를 하라는 형을 받은 가난한 흰둥이들의 이야기를 자주 들려주었다. 그리고 또 남을 칼로 찌르거나 총으로 쏴 죽이고는, 여섯 달 동안 노예로 살아야 했던 사람들 얘기도 그에 못지않게 자주 했다. 그러나 비록 그들이 자기들끼리 폭력을 휘둘러 대기를 좋아하기는 했어도, 검둥이들에게 폭력을 쓰는 편을 훨씬 더 즐긴다는 사실을 쿤타는 자신의 경험을 통해서 잘 알았다. 쿤타와 사슬에 묶인 동료들이 큰 배에서 끌려 나왔을 때, 그들에게 야유를 퍼붓고, 고함을 지르고, 막대기로 쿡쿡 쑤셔 대던 자들이 바로 이런 가난한 흰둥이 남녀들의 집단이었다. 그리고 존 쥔님의 농장에서 그의 등을 그토록 무자비하게 채찍으로

쳤던 자도 가난 흰둥이 감독이었다. 또한 그의 발을 토막 내며 그토록 재미있어하던 자도 역시 〈쓰레기 같은 가난 흰둥이〉 노예잡이였다. 그리고 도망쳤다가 〈순찰대〉들에게 붙잡힌 노예들이, 그에게는 주어졌던 선택권이 주어지지 않은 채로, 거의 모습을 알아보기 힘들 만큼 온몸이 찢기고 망가지는가 하면, 그들의 남성까지 잘린 다음 농장으로 끌려갔다는 얘기도 그는 들었다. 쿤타는 무엇 때문에 가난 흰둥이들이 검둥이들을 그토록 미워하는지 이해가 가지 않았다. 아마도 그에게 깡깡이가 설명해 주었듯이, 그들이 겨우 먹고살기 위해 안간힘을 쓰는 동안, 그들이 갖지 못한 모든 부유함과, 권력과, 재산 따위를 독차지하고, 그리고 노예들을 먹여 주고, 입혀 주고, 집안일까지 대신해 주는 〈부자〉 흰둥이들 때문에 그러는지도 모를 일이었다. 그렇지만 쿤타는, 그들 가운데 어느 한 사람이 도끼를 휘둘러, 그에게는 목숨보다 더 소중한 〈자유〉에 대한 희망을 영원히 꺾어 버린 이후, 세월이 흘러가면서, 그들에 대해서 어떤 동정심을 느끼기는커녕, 깊은 혐오감이 차디찬 증오로 바뀌었을 따름이었다.

1786년 늦여름에, 쿤타는 그의 마음을 착잡하게 만든 소식을 안고 군청 소재지에서 농장으로 돌아왔다. 흰둥이들이 여기저기 모여 무리를 지어서, 「가제트」 신문을 치켜들고 흔들어 대며, 지난 몇 년 동안 줄곧 노예들에게 도망치라고 충동질을 해오다가, 이제는 실제로 그들을 돕고 숨겨 주면서 안전하게 북부로 도피시켜 주는 퀘이커교도들의 숫자가 자꾸 늘어 간다는 기사 때문에, 흥분해서 열을 올리고 떠들어 댔다. 가난한 흰둥이들과 쥔님들은 다 같이 격분해서, 그런 선동적인 행동을 할 만한, 조금이라도 수상한 퀘이커교도들에게 모두 타르 형벌[8]을 내리거나, 목을 매달아야 한다고 아우성이었다. 쿤타는 퀘이커교도나, 다른 어느 누구라도, 기껏해야 노예를 몇 명 겨우 도망시키고는, 곧 발각되고 말리라고 생각했다. 그러나 (노예들은 도움이 필요한 처지였으니) 흰둥이들 가운데 동지들이 생긴다면 해로울 리도 없었고, 쥔님들이 그렇게 겁에 질리는 모습을 보게 된 것도 그리 나쁜 일은 아니었다.

그날 밤 늦게, 노예 마을의 모든 사람들에게 쿤타가 보고 들은 대로

---

[8] 온몸에 타르칠을 한 뒤에 새털을 잔뜩 붙이고는 죄인을 떠메고 돌아다니는 형벌.

자세히 얘기를 하고 났더니, 깡깡이도 그가 들은 얘기를 했는데, 지난 주일에 모든 군민들이 모인 무도회에서 연주를 하다가 그는, 〈사람들 입 딱딱 벌어졌기에〉 무슨 일인가 싶어서, 어느 변호사가 큰 농장 쥔님들에게 털어놓는 얘기를 엿들으려고 귀를 바짝 세웠더니, 존 플레전트라는 돈 많은 퀘이커교도가 죽을 때 2백 명이 넘는 노예들에게 자유를 주라는 유언을 남겼다는 소문을 듣게 되었다. 뒤늦게 온 벨은, 월러 쥔님과 저녁 초청을 받아 온 몇 명의 흰둥이들이, 북부의 〈매사추세츠〉라는 주에서 최근에 노예 제도가 폐지되었고, 이웃의 다른 주들도 똑같은 조처를 취하리라는 소식을 놓고, 심각하게 의논하는 얘기를 방금 엿들었다고 말했다.

「폐지가 무슨 뜻이죠?」 쿤타가 물었다.

늙은 정원지기가 대답했다. 「언젠가 우리 검둥개들 모두 자유인 된다는 얘기야.」

60

다른 사람들에게 말해 줄 만한 사건을 읍내에서 보거나 듣지 못했을 경우에도, 쿤타는 깡깡이의 오두막 앞에서 그들과 함께 불가에 모여 앉아 지내는 시간이 즐거웠다. 그러나 요즈음에 그는 (처음 얼마 동안 오직 그를 만나려는 이유로 찾아가고는 했던) 깡깡이보다는 벨이나 늙은 정원지기와 얘기하며 보내는 시간이 더 많았다. 그들의 사이가 서로 냉랭해졌다고까지는 못 박기가 어렵겠지만, 어쨌든 옛날 같지는 못했으며, 그래서 쿤타는 마음이 서글퍼졌다. 비록 그가 나중에 거북한 감정을 극복하기는 했어도, 깡깡이가 쿤타의 정원일을 물려받았다는 사실도 그들의 사이가 가까워지는 데 조금도 도움이 되지를 않았다. 그러나 그가 극복하기 가장 어려웠던 난처함은, 바깥소식과 소문을 가장 잘 아는 위치를 깡깡이 대신에 자기가 어느새 차지하게 되었다는 처지에서 비롯되었다.

깡깡이가 입을 다물어 버렸다고 해서 아무도 그를 탓할 입장은 아니었지만, 시간이 흐름에 따라 그의 유명한 독백은 차츰차츰 짧아지고, 횟수도 더욱 줄어들었으며, 이제는 그들을 위해서 깡깡이를 켜는 일도 거의 없어졌다. 그의 태도가 이상할 만큼 조용했던 어느 날 저녁에, 쿤타는 자기가 깡깡이의 감정을 상하게 하는 말이나 행동을 하지는 않았는지 걱정이 되어서, 벨에게 그 얘기를 했다.

「자기 잘난 줄 생각하지 마요.」 그녀가 말했다. 「깡깡이 몇 달 동안 밤낮 흰둥이들 위해 연주하러 사방 뛰어다녔어요. 그냥 너무 지쳐 옛날처럼 입 많이 놀리지 못하는데, 나 그런 편 더 좋아요. 그리고 이제 멋진 흰둥이 파티에 연주하고, 깡깡이 하룻밤 1달러 50센트 받아요. 쥔님 절반 가져도, 75센트 자기가 차지하니까, 뭣 때문 검둥개들 위해 깡깡이 켜기 귀찮은 짓 하겠는지— 당신 돈 걸어 5센트 준다 연주하겠냐 물어봐요.」

그녀는 쿤타가 웃는지 보려고 난로에서 눈을 들었다. 그는 웃지 않았다. 하기야 그가 미소를 지었더라면 그녀는 놀라 자빠졌으리라. 그가 미소를 지었던 때는 꼭 한 번, 그가 아는 이웃 농장 노예가 안전하게 북부로 탈출했다는 소식을 들었을 때뿐이었다.

「깡깡이 번 돈 모아서, 쥔님 나리한테 자유 사려고 계획한다 들었어요.」 그녀가 말을 이었다.

쿤타가 침울하게 말했다. 「그럴 돈 다 모을 때쯤, 너무 늙어 깡깡이 오두막 못 떠나.」

벨은 너무 크게 웃다가 정말로 자빠질 뻔했다.

쿤타는 그 후 얼마 지나지 않아, 밤에 파티에서 그의 연주를 듣고는, 깡깡이가 자유를 살 돈을 벌지 못한다 할지라도 그것은 노력이 부족해서가 아니리라고 생각했다. 쥔님을 내려 주고 나서 그가, 날이 어두워진 다음 바깥 잔디밭에서 다른 마부들과 얘기를 나누려니까, 오늘 밤에는 특히 흥취가 넘치는 듯, 깡깡이가 지휘하는 악단이 버지니아 회전춤곡을 어찌나 신나게 연주했는지, 흰둥이들도 발을 가만히 두지 못하겠는 눈치였다.

젊은 쌍쌍이 넓은 무도장을 빙빙 돌아, 한쪽 문을 지나 베란다로 나갔다가 다른 문으로 들어오는 모습이, 쿤타가 앉아 기다리는 곳에서도 잘 보였다. 춤이 끝나자 모두들 촛불을 밝힌 기다란 탁자 앞에 늘어섰으며, 거기에는 노예 마을에서 1년 동안 구경도 못할 정도로 많은 음식이 수북하게 쌓였다. (쥔님의 뚱뚱한 딸은 음식을 더 먹으려고 세 번이나 탁자를 다녀왔고) 그렇게 모두들 배불리 먹고 나자, 요리사는 마부들에게 남은 음식을 한 쟁반 가득히 담아서, 레몬주스를 넣은 주전자와 함께 보내 주었다. 쿤타는 쥔님이 곧 돌아갈지도 모른다고 생각하면서 닭다리와, 마부들이 〈아이-크림〉이라고 부르는 끈 끈하고, 달콤하고, 맛있고, 미끈미끈한 무엇인가를 단숨에 삼켰다. 그러나 하얀 양복을 입은 쥔님들은 서둘러 나오기는커녕, 빙 둘러서서, 천장에 매달린 샹들리에의 불빛을 받아 반짝이는 유리잔으로 이따금씩 포도주를 마시면서, 긴 여송연을 쥔 손으로 손짓을 해가며 몇 시간 동안 조용히 이야기를 나누었고, 다른 한쪽에서는 멋진 가운을 입은 그들의 아내들이 손수건을 펄럭거리며, 부채로 얼굴을 가리면서, 생글생글 웃음을 지었다.

쥔님을 모시고 이런 〈고급 행사(라고 벨이 얘기하던 모임)〉에 처음 참석했을 때, 쿤타는 두려움과, 분노와, 질투와, 경멸과, 황홀감과, 역겨움, 그리고 무엇보다도 심한 외로움과 우울증이 엇갈리는 감정에 주눅이 심하게 들어서, 그것을 극복하는 데는 거의 한 주일이나 걸렸다. 그는 그토록 엄청난 부유함이 실제로 존재하며, 사람들이 정말로 그런 식으로 살아간다는 사실이 믿어지지가 않았다. 그러나 그는 그들이 평상시에도 실제로 그렇게 살아가지는 않으며, 그것은 모두가 이상하게 비현실적이며, 흰둥이들이 그려 보는 일종의 아름다운 꿈에 지나지 않아서, 그들로 하여금 특권의 삶을 누리게끔 대신 피와 땀을 흘리는 인간들, 그리고 어머니처럼 그들에게 젖을 먹여 주는 사람을 인간으로 대하지 않으면서도, 자기네들끼리는 문명인이라고 행세함으로써, 선은 악에서 유래하기도 한다며 그들이 스스로 속이는 거짓에 지나지 않음을 깨닫기 위해서는, 쿤타에게 상당한 시간이 필요했고, 파티에도 훨씬 더 여러 번 가서 깨우쳐야 했다.

쿤타는 벨이나 늙은 정원지기와도 이런 얘기를 나누고 싶었지만, 제대로 뜻을 전할 마땅한 투봅 말을 찾아내기가 힘들 듯싶어서 그만두었다. 어쨌든 이곳에서 줄곧 살아온 그들 두 사람이, 자기처럼 자유의 몸으로 태어난 바깥사람의 관점에서, 그런 식으로 세상을 납득하기를 기대하기는 어려웠다. 그래서 이런 때는 항상 그랬듯이, 그는 이런 생각을 홀로 마음속에 간직했으며, 세월이 그토록 오래 흘러갔으니 이제는 외로움이나 느끼지 않게 되었으면 좋겠다고 바랐다.

석 달쯤 지난 다음 월러 쥔님은, 엔필드에서 해마다 그의 부모들이,

깡깡이의 말에 의하면, 〈버지니아 주에 웬만큼 알려진 사람 누구나 다 모조리〉 온다는 추수 감사제 무도회에, 참석하라는 초청을 받았다. 쥔님은 여느 때처럼 가는 길에 환자를 돌보기 위해 들러야 했으므로 늦게 도착했는데, 쿤타는 온통 휘황찬란하게 불을 밝힌 큰집을 향해 가로수가 늘어선 길을 따라 말발굽을 울리고 올라가면서, 파티가 한창 흥겹게 진행되는 소리를 들었다. 문지기가 쥔님이 마차에서 내리도록 부축하는 동안, 쿤타는 앞 좌석을 앞으로 끌어당겨 길로 내려서서는 차렷 자세를 취했다. 바로 그때 그는 그 소리를 들었다. 아주 가까운 곳 어디선가, 누가 손목과 수도의 가운데 부분으로, 콰콰라고 불리는 북 같은 바가지 악기를 두드렸는데, 날카롭고 힘찬 솜씨가 틀림없이 아프리카 사람이라고 쿤타는 생각했다.

그는 쥔님이 들어간 후 문이 닫힐 때까지 꼼짝도 하지 않고 서서 기다리기만 했다. 그런 다음에 쿤타는 대기하던 마구간지기 아이에게 고삐를 던져 주고는, 잘린 반쪽 발로 있는 힘을 다해서, 저택 옆의 뒷마당으로 달려갔다. 점점 더 크게 울리던 악기 소리는, 월러 씨 부부가 노예들에게 그들끼리 부활제 파티를 즐기도록 줄줄이 매달아 준 등불 밑에서, 음악에 맞춰 발을 구르거나 손뼉을 치는 검둥이들의 한가운데서 들려왔다. 쿤타는 화를 벌컥 내며 소리를 지르는 사람들을 아랑곳하지도 않으면서, 빙 둘러앉은 사람들의 한가운데로 불쑥 뛰어들었는데, 그곳에서는 야위고 머리는 백발이며 피부 빛깔이 무척 검은 남자가 땅바닥에 웅크리고 앉아, 만돌린 연주자와 두 명의 클래커[9] 사이에서 콰콰를 두드려 대었다. 사람들이 갑작스러운 소란 통에 힐끗힐끗 서로 쳐다보는 동안, 쿤타는 남자와 시선이 마주쳤고, 다음 순간 그들은 서로 와락 달려들었고, 멍하니 바라보던 다른 검둥이들은 그들이 포옹하자 킬킬거리고 함성을 질렀다.

「아흐-살라키움-살라암!」

「말라키움-살라암!」

그 말은 마치 그들이 한 번도 아프리카를 떠난 적이 없었다는 듯 거침없이 나왔다. 쿤타는 나이 든 그 사람을 멀찍감치 뒤로 밀어내고는, 〈전에는 여기서 본 적이 없었는데요〉 하고 소리쳤다.

---

[9] 뼈 따위로 찰깍거리는 소리를 내어 박자를 맞추는 사람.

「다른 농장서 이곳에 막 팔려 왔소.」 그 사람이 말했다.
「우리 쥔님 나리는 당신 쥔님의 아들이에요.」 쿤타가 말했다. 「난 그 사람의 마차 끌어요.」
주위 사람들은 다시 음악을 시작하라고 짜증스럽게 투덜대기 시작했고, 그들이 아프리카 티를 노골적으로 드러내는 꼴을 보고는 무척 거북하게 느끼는 듯싶었다. 쿤타와 콰콰 연주자는 다른 사람들에게 더 이상 약을 올렸다가는 그들이 흰둥이들에게 고자질을 할지도 모른다고 생각했다.
「나 또 올게요!」 쿤타가 말했다.
「살라키움-살라암!」 콰콰 연주자가 다시 웅크리고 앉으면서 말했다.
쿤타는 음악이 다시 시작되자, 잠시 그곳에 서서 지켜보다가, 갑자기 몸을 돌리더니, 당황하고 좌절감을 느낀 태도로 머리를 떨어뜨리고, 모인 사람들 사이를 지나, 마차로 가서 타고는 월러 쥔님을 기다렸다.
그다음 몇 주일 동안 쿤타의 머릿속은 콰콰 연주자에 대한 갖가지 의문으로 가득했다. 그는 어느 부족일까? 분명히 그는 만딩카 사람이 아니었으며, 그렇다고 해서 감비아나 큰 배에서 보거나 들은 어느 부족도 아니었다. 백발로 보아 그는 상당히 늙은 사람이었다. 쿤타는 그가 오모로만큼 장마철을 많이 보냈는지 궁금했다. 그리고 어떻게 그들은 서로 알라의 종이라는 사실을 첫눈에 알았을까? 콰콰 연주자는 이슬람 말뿐 아니라 투봅 말도 잘한다는 점으로 미루어 보아 흰둥이들의 땅에서 오래, 아마도 쿤타보다 훨씬 더 많은 장마철을 보내며 살아왔던 듯싶었다. 그는 최근에 월러 쥔님의 아버지에게 팔려 왔다고 했는데, 지금까지 수많은 장마철 동안에는 투봅 땅 어디서 살았을까?
쿤타는 쥔님의 마차를 몰면서 보낸 지난 세 장마철 동안 우연히 마주쳤던, (그러나 불행히도 대부분 쥔님과 함께한 자리여서 만나 얘기를 나누기는 고사하고 고개를 끄덕여 인사조차 건네지 못했던) 다른 아프리카 인들을 돌이켜 생각해 보았다. 그들 가운데 한두 명은 의심할 나위도 없는 만딩카 사람이었다. 대부분의 아프리카 사람들을 그는 토요일 아침 경매장을 지날 때 힐끔 보았을 뿐이었다. 그러나 여섯 달쯤 전 어느 날 아침에 일어난 사건 이후로, 그가 피하려는 이유를 쥔님이 수상하게 생각하지 않는 한 그는 경매장 근처로 다시는 마차를 몰지 않으리라고 결심했다. 그날 그들이 마차를 몰고 가는데, 사슬에 묶인 젊은 졸라 여자 노예가 처절하게 비명을 지르기 시작했다. 무슨 일인가 하고 뒤돌아보았더니, 여인은 두 눈을 크게 뜨고 입을 벌려 비명을 지르면서, 마차의 높은 자리에 앉은 그를 응시하며, 그에게 도움을 구했다. 쿤타는 밀어닥치는 고통과 부끄러움을 못 이겨, 두 말의 엉덩이를 채찍으로 후려쳤고, 말들이 놀라 갑자기 앞으로 뛰어오르는 바람에 쥔님이 뒤로 넘어졌고, 자신이 한 행동에 대해서 쿤타도 놀랐지만, 쥔님은 모르는 체 아무 말도 하지 않았다.

어느 날 오후 쥔님을 기다리는 동안, 군청 소재지에서 쿤타는 한 아프리카 노예를 만났지만, 그들은 서로 상대방 부족의 말을 알아듣지 못했으며, 그 사람은 아직 투봅 말을 배우지 못했었다. 흰둥이 땅에서 장마철이 스무 번이나 지난 다음에야 겨우 서로 말이 통하는 아프리카 사람을 그렇게 만났다는 사실이 쿤타에게는 거의 믿어지지가 않았다.

그러나 다음 두 달 동안, 1788년 봄에 이르기까지, 쥔님은 다섯 주에 있는 환자, 친척, 친구들을 다 찾아다니면서도 엔필드의 부모들만은 방문하지 않았다는 생각이 쿤타의 머리에 문득 떠올랐다. 언젠가 그는 휴가를 달라고 해볼까 생각했지만, 그러면 어디로 가며 왜 그곳에는 가는지 따위를 쥔님이 물어볼까 봐 걱정이 되었다. 그러면 엔필드에서 요리사로 일하는 라이자를 보러 간다는 핑계를 댈 수도 있겠지만, 그랬다가는 그들 사이에 무슨 일이 오고 가는 모양이라고 넘겨짚은 쥔님이 부모들에게 그런 얘기를 할 터이고, 쥔님 부모는 다시 말을 라이자에게 전할지도 모르고, 그렇게 되면 벌써부터 그에게 눈독을 들이던 참이라 그녀가 무슨 일을 벌일지 알 수가 없는 노릇이었지만, 그녀에 대해서 별로 마음이 없었던 쿤타만 입장이 난처해질 듯싶어서, 그는 그렇게 둘러댈 생각을 집어치웠다.

그는 어서 엔필드에 다시 가보고 싶은 조급한 마음에 벨에게 짜증을 내기 시작했는데, (쿤타 혼자의 짐작이었는지는 몰라도) 아프리카에 대해서는 무엇이나 그녀가 혐오한다는 사실을 잘 알았던 터여서, 그녀에게 속 시원히 그런 이야기를 할 수가 없어서 더욱 그랬다. 깡깡이나 늙은 정원지기에게 털어놓고 얘기해 볼까도 생각해 보았지만,

그는 비록 그들이 다른 사람들에게 말하지는 않을지라도, 장마철을 스무 번이나 지내고 나서 고향 사람을 처음 만나 도대체 무슨 이야기를 하겠느냐면서, 이해를 못할 듯싶어서 그만두었다.

  그러던 어느 일요일, 점심을 먹고 나서 쥔님은 아무 예고도 없이 그에게 말을 마차에 매라고 하며, 엔필드로 간다고 했다. 쿤타가 자리에서 벌떡 일어나 허겁지겁 문으로 달려가자 벨은 놀라서 그를 쳐다보았다.

  그가 엔필드의 부엌에 들어섰을 때, 라이자는 한창 분주하게 일하던 중이었다. 그는 그녀가 어떻게 지냈는지를 물어보고는, 배는 고프지 않으니 음식을 준비하지 말라고 재빨리 덧붙여 말했다. 그녀는 그를 따뜻한 눈으로 쳐다보았다. 「오래 못 봤어요.」 그녀가 부드러운 목소리로 말했다. 그러더니 그녀의 표정이 침울해졌다. 「당신하고 그 아프리카 사람 얘기 들었어요. 쥔님 나리 역시 들었고요. 어떤 검둥개 고자질했지만, 쥔님 아무 말 없었으니까 그런 일 걱정 마요.」 그녀는 쿤타의 손을 지그시 잡았다. 「잠깐 여기 기다려요.」

  쿤타는 초조해서 속이 터질 듯했지만, 라이자는 잽싸게 두툼한 쇠고기 샌드위치를 두 개 만들어서 쌌다. 그에게 그것을 건네주면서, 다시 한 번 그녀는 그의 손을 꼭 쥐었다. 그러고는 부엌문 쪽으로 그를 끌고 가서 잠깐 머뭇거렸다. 「당신 한 번도 안 물어보고, 나 한 번도 말하지 않았는데, 우리 어머니 아프리카 검둥개였어요. 그래서 나 당신 무척 좋아해요.」

  그녀는 어서 가고 싶어 초조해하는 쿤타의 표정을 보자, 갑자기 몸을 돌리고 손가락으로 가리켰다. 「굴뚝 깨진 저 오두막 그 노예들 집이에요. 오늘 노예들 대부분 쥔님 외출 보냈어요. 어두워질 때까지 안 돌아와요. 단지 당신 쥔님 나오실 때까지 마차 준비해 있으면 돼요.」

  쿤타는 절룩거리며 서둘러 노예 마을로 내려가서, 허술한 오두막의 문을 두드렸다.

  「거기 누구요?」 쿤타가 기억하는 목소리가 들려왔다.

  「아호-살라키움-살라암!」 쿤타가 말했다. 그는 안에서 갑자기 숨을 죽이는 듯한 기척을 들었고, 곧 문이 활짝 열렸다.

그들은 아프리카 사람들이었으므로, 이런 순간을 둘이서 다 얼마나 고대했는지를 서로 증명할 필요가 없었다. 노인은 하나뿐인 의자를 쿤타에게 내주었으나, 손님이 고향의 마을에서 항상 그랬듯이 흙바닥에 쪼그리고 앉기를 더 좋아함을 알았고, 콰콰 연주자는 만족해서 흥얼거리며 찌그러진 탁자 위의 촛불을 밝히고는, 자기도 쪼그리고 앉았다.

「나 가나에서 왔고, 아칸 부족 사람이오. 흰둥이들 내 이름 팜피라 지어 주었지만, 나 진짜 이름 보텡 베디아코요. 나 이곳 살아오기 오래되었소. 흰둥이 농장 여섯 곳 돌아다녔고, 이곳 마지막이면 좋겠소. 당신 어떻소?」

쿤타는 가나 사람들의 간결한 어투를 흉내 내려고 애쓰면서 그에게 감비아, 주푸레, 만딩카 사람들, 가족에 관한 얘기를 해주었고, 그가 잡히고 도망치던 이야기, 그의 발, 정원일, 지금은 마차를 끈다는 얘기도 그에게 했다.

가나 사람은 열심히 귀를 기울이더니, 쿤타가 말을 끝마치자 잠깐 생각에 잠겼다가, 다시 입을 열었다. 「우린 모두 고통당하오. 현명한 사람 고통에서 배우려 노력한다오.」 그는 말을 멈추고는 쿤타를 살펴보았다. 「당신 몇 살 되었나요?」 쿤타는 서른일곱 장마철이라고 말했다.

「그리 보이지 않아요. 난 예순여섯이오.」

「당신 역시 그렇게 보이지 않아요.」 쿤타가 말했다.

「난 당신이 태어나기 훨씬 전 이곳에 왔소. 그때 나 지금처럼 알 것 다 알았더라면 좋았을 텐데. 그러나 당신 아직 젊으니, 말해 줘야 되겠소. 당신 고향 할머니들 어린애 앞에 옛날얘기 해주죠?」 쿤타는 그렇다고 대답했다. 「그러면 당신한테 하나 말하죠. 나 고향서 자랄 때 이야기요.

생각나는데, 아칸 부족 추장 항상 코끼리 이빨로 만든 큰 의자 앉았고, 한 남자 항상 머리 위에 양산 들었소. 그리고 옆에 추장 대신 얘기하는 남자 있었죠. 오직 그 사람만 말해도 되었고, 누구나 할 말 생기면 대신하는 사람 통해서만 말했소. 그리고 한 소년 추장 발치에 앉아요. 소년 사람들에게 추장 얘기 전해 주지요. 소년은 날 두꺼운 칼 차고 다녀서, 누가 봐도 소년 누구인지 잘 알아요. 나 그 소년이어서, 사람들 사이에 말 전해 주며 자랐다오. 그래서 흰둥이들 나 잡게 되었소.」

쿤타가 막 입을 열려고 하자, 가나 사람이 손을 들었다.

「아직 얘기 안 끝났소. 나 하려는 얘기, 추장 우산 꼭대기에 알 움켜쥔 손 새겨졌다, 그거요. 그거 권력 쓸 때, 추장 조심조심하라 상징이었소. 추장 대신 말하는 사람 항상 지팡이 손에 들었소. 그리고 지팡이에 거북 새겼죠. 인생의 비결 참을성이다라고 상징했소.」 가나 사람은 잠깐 말을 멈추었다. 「그리고 거북 등에 벌 새겨어요. 거북 딱딱한 껍데기 아무것도 못 찌른다 벌로 상징했소.」

깜박거리는 오두막의 촛불 속에서 가나 사람은 말을 멈추었다. 「흰둥이 땅에서 나 배운 교훈 당신한테 전해 주고 싶소. 이곳 살기 위해 가장 필요한 열쇠, 딱딱한 껍데기 똑같은 참을성이오.」

아프리카에서라면 이 노인은 비록 추장은 못 될지라도, 킨탕고나 알칼라가 되었으리라고 쿤타는 생각했다. 그러나 그는 자기가 느낀 바를 어떻게 표현해야 할지 몰라서 그저 조용히 앉아서 듣기만 했다.

「당신 껍데기하고 참을성 두 가지 다 지녀 보이오.」 드디어 미소를 지으며 가나 사람이 말했다. 쿤타는 사과의 말을 하려고 중얼거려 보았지만, 그의 혀는 여전히 묶인 듯 꼼짝하지 않았다. 가나 사람은 다시 미소를 짓더니, 잠시 동안 침묵을 지키다가, 말을 시작했다.

「우리나라에서 당신네 만딩카 사람들 위대한 여행가, 장사꾼으로 알려졌소.」 그는 분명히 쿤타가 무엇인가 말하기를 기다리면서 말을 얼버무렸다.

쿤타는 마침내 입이 떨어졌다. 「그런 소문 옳아요. 나 큰아버지들 여행가예요. 하는 얘기 들으면 마치 어디나 다 가본 듯했어요. 언젠가 아버지하고 주푸레에서 멀리 떨어진 곳 큰아버지들 세운 마을 가봤어요. 그런 다음 난 메카, 팀북투, 말리 다 가볼 계획 세웠는데, 기회 갖기 전에 잡혀 왔어요.」

「아프리카 나 좀 알아요.」 가나 사람이 말했다. 「추장 현명한 사람들 시켜 나 교육시켰소. 그 사람들 말 나 잊어버리지 않았소. 그리고 여기 온 이후 보고 들은 모든 지식 합치려 노력했고, 그래서 아는데,

여기 끌려온 우리들 대부분 서아프리카 당신 고향 감비아부터 바닷가 따라 기니 이르는 곳 사방에서 잡혀 왔소. 흰둥이들 〈황금 해안〉[10] 얘기 하는 거 들은 적 있소?」

쿤타는 들어 본 적이 없다고 말했다.

「그곳 금이 많아 그렇게 이름 지었소. 그곳 해안 곧장 볼타까지 올라가죠. 흰둥이들 판티 민족 아샨티 민족 사람들 거기서 붙잡아요. 이곳 반란이나 봉기, 저항 대부분 아샨티 사람들 앞장서서 일으켜요.」

「그런데도 흰둥이들 아샨티 사람들 똑똑하고 튼튼하고 머리 좋다 돈 제일 많이 내요.

또 〈노예 해안〉에서 요루바 사람 다호만 사람들 잡아 오고, 니제르 끝에서 이보 사람들 끌고 와요.」 쿤타는 이보 사람들이 얌전하다는 얘기를 들었다고 말했다.

가나 사람이 머리를 끄덕였다. 「나 얘기 들었는데, 이보 사람 서른 명 함께 강으로 걸어 들어가, 노래 부르며 모두 빠져 죽었다오. 루이지애나에서요.」

쿤타는 혹시 쥔님이 떠날 차비를 하고 나와서 자기를 기다리지나 않을까 걱정이 들기 시작했고, 두 사람 사이에 잠깐 침묵이 흘렀다. 쿤타가 헤어질 때 하기에 적당한 얘기를 마음속으로 생각해 보려니까, 가나 사람이 말했다. 「이곳 지금 우리처럼 얘기할 사람 아무도 없소. 나 속마음의 얘기 모두 콰코로 해요. 지금 나 당신 생각 안 하고 홀로 얘기한 기분이오.」

쿤타는 깊은 감동을 받고, 오랫동안 가나 사람을 마주 바라보았고, 이윽고 그들은 자리에서 일어섰다. 촛불 속에서 쿤타는 깜박 잊고 탁자에 놓아둔, 라이자가 준 샌드위치 두 조각을 보았다. 그는 그것을 가리키고 미소를 지었다. 「우리 먹기는 언제 해도 돼요. 이제 당신 갈 시간이다 나 알아요.」 가나 사람이 말했다. 「우리나라라면, 얘기하는 동안 가시나무 새겨 당신에게 줄 선물 만들었을 거요.」

쿤타는 감비아에서도 커다란 말린 망고씨로 조각을 한다고 말했다. 「난 망고씨 생긴다면, 심어서, 자라면 보고 내 고향 생각하고 싶어요.」

---

10 가나의 옛 이름.

가나 사람은 침울하게 쿤타를 바라보았다. 그러더니 그는 미소를 지었다. 「당신 젊어요. 씨도 속에 많아서, 씨를 심을 아내 필요하겠소.」

쿤타는 너무 당황해서 뭐라고 대답해야 좋을지를 몰랐다. 가나 사람은 왼팔을 내밀었고, 곧 다시 만나리라는 뜻으로 아프리카에서처럼 그들은 왼손으로 악수했다.

「아흐-살라키움-살라암.」

「말라키움-살라암.」

그리고 쿤타는 절룩거리면서 점점 깊어지는 어둠 속으로 나와서, 다른 조그만 오두막들을 지나 큰집 쪽으로 가면서, 혹시 쥔님이 벌써 나와 자기를 기다리지나 않을까 걱정했다. 그러나 쥔님은 반 시간이 더 지나서야 나타났고, 쿤타는 집으로 마차를 몰면서, (손에 쥔 고삐나 길의 말발굽 소리도 거의 의식하지 못한 채) 마치 사랑하는 아버지 오모로와 이야기를 나눈 듯한 기분을 느꼈다. 그의 삶에서 이토록 뜻 깊은 밤은 없었다.

62

「어제 토비 지나가기에, 〈이봐, 잠깐 들러 앉았다 가지, 검둥개!〉 그랬지. 그 얼굴 볼만했고, 말도 하지 않더군! 어째 그랬을까?」 깡깡이가 정원지기에게 물었다. 그도 알 길이 없었고, 그래서 두 사람은 벨에게 물어보았다. 「나 알지 못해요. 아프거나 했으면 그렇다 말했을 거예요. 나 그 사람 행동 무척 묘해서, 가만 내버려 두는데요!」 그녀가 말했다.

월러 주인마저도 훌륭하고 믿음직한 그의 마부가 여느 때와는 다르다는 사실을 눈치 챘다. 그는 그것이 요즈음 전염이 심하고, 그들 두 사람도 노출이 되었던 돌림병의 잠복기가 아니기를 바랐고, 그래서 어느 날 쿤타에게 몸이 좋지 않느냐고 물었다. 「아뇨, 쥔님.」 쿤타가 얼른 대답했기 때문에, 월러 쥔님은 마부가 길만 제대로 찾아간다면 더 이상 걱정은 하지 않기로 작정했다.

쿤타는 가나 사람과의 우연한 만남으로 인해서 뼛속 깊이 동요를 일으켰고, 그 사실은 쿤타로 하여금 그가 얼마나 길을 잃고 헤매었는지를 분명히 깨닫게 해주었다. 날이 가고 해가 갈수록 그는 차츰 저항도 하지 않고, 더욱 수동적으로 변하기만 했으며, 마침내는 그런 사실조차 깨닫지 못한 채 자신이 누구인가를 망각해 버렸다. 그가 세상물정을 더 많이 알게 되었고, 깡깡이와 정원지기와 벨, 그리고 다른 검둥이들과 가까이 지내는 요령도 터득하게 되었음은 사실이었지만, 그러나 이제 그는 그들이 결코 그가 될 수 없듯이, 자기도 정말로 그들과 같은 사람이 될 수 없다는 사실을 알았다. 정말로 이제는 가나 사람과 나란히 비교한다면, 쿤타에게는 깡깡이나 정원지기, 그리고 벨까지도 짜증나는 존재들에 지나지 않았다. 그는 그들이 자기들 나름의 거리감을 유지해 줘서 다행이라고 생각했다. 그는 밤에 자리에 누워서, 아무렇게나 저버렸던 자신에 대한 죄의식과 부끄러움에 갈등을 느꼈다. 여기 이 오두막에서 갑자기 잠이 깨어 벌떡 일어나서는, 이곳이 주푸레가 아니라는 사실에 놀랄 때까지만 해도 그는 아프리카 사람이었지만, 그런 일은 벌써 여러 해 전부터 없어졌다. 감비아와 그곳 사람들에 대한 추억만이 그의 생명력을 이어 가게 했던 때도 그는 여전히 아프리카 사람이었지만, 그러나 이제는 주푸레 생각을 단 한 번도 하지 않고서 몇 달이 지나가는 경우도 적지 않았다. 새로운 분노를 느낄 때마다 그것을 못 이겨, 그가 무릎을 꿇고 힘과 이해력을 내려 달라고 알라신에게 애원하던 오래전 그 시절에만 해도, 그는 아직 아프리카 사람이었지만, 그가 알라신에게 제대로 기도를 해본 적이 벌써 얼마나 오래전 일이었던가?

그는 자기가 투놉 말을 배웠다는 사실이 이런 변화에서 상당한 역할을 했다고 깨달았다. 요즈음 날마다 나누는 일상적인 얘기에서, 그는 어떤 까닭에서인지 아직도 그의 마음에 박혀 있는 몇 마디를 제하고는, 만딩카 말은 이제 거의 생각조차 하지 않게 되었다. 사실 지금 그는 생각조차 투놉 말로 하고 있다는 무서운 현실을 의식했다. 그는 말이나 생각뿐 아니라, 모든 일에서 그의 만딩카 방식이 그가 함께 지내는 검둥이 방식으로 서서히 바뀌어 갔다. 그가 조금이나마 아직 자랑으로 삼을 만한 점이라고는, 스무 장마철 동안 한 번도 돼지고기를 건드리지 않았다는 사실뿐이었다.

분명히 어딘가에서 자신의 본질적인 자아를 찾아낼 수 있을 듯해서, 쿤타는 마음속을 더듬어 보았다. 그리고 자아는 그곳에 있었으니, 그가 지켜 온 존엄성이 그것이었다. 주푸레에서 악령을 쫓기 위해 사피에 부적을 열심히 간직했듯이, 모든 일에서 그는 자신의 존엄성을 간직해 왔다. 그는 존엄성이 이제부터 한층 더, 스스로를 〈검둥이〉라고 부르는 모든 자들로부터 그를 막아 주는 방패가 되어야만 한다고 스스로 다짐했다. 그들은 그들 자신에 대해서 너무 무지했고, 또한 그가 소년 시절에 배웠던 그런 식으로, 그들의 조상에 관하여 전혀 배운 바가 없었다. 쿤타는 마음속으로, 옛날 말리의 고대 씨족들에서부터, 마우레타니아의 여러 세대를 거쳐, 감비아의 형제들과 자신에 이르는 킨테 집안의 이름들을 되새겼고, 그러고는 그의 카포에 속하는 모든 사람이 다 함께 알았던 조상에 대한 지식을 생각해 보았다.

그러자 쿤타는 소년 시절의 친구들이 생각났다. 그는 그들의 이름이 머리에 떠오르지 않아 처음에는 그냥 놀라기만 했으나, 나중에는 그것이 충격으로 바뀌었다. 그들의 얼굴이 다시 머릿속에 떠올랐는데 — 지나가는 나그네들에게 주푸레의 시끄러운 안내자 노릇을 하려고 검정새들처럼 그들과 함께 마을 대문 밖으로 몰려 달려 나가던 추억과, 나무 위에서 놀려 대는 원숭이에게 막대기를 던지면 당장 그 막대기를 다시 던져 오던 추억, 누가 망고 여섯 개를 가장 빨리 먹어 치우는가 시합을 벌이던 기억이 머리에 떠올랐다. 그러나 아무리 애를 써도 쿤타는 그들의 이름은 단 하나도 기억나지가 않았다. 쿤타는 그의 주변에 모여 서서, 그를 보고 찡그리는 카포 친구들의 모습이 눈에 선했다.

쿤타는 오두막집에서나, 마차를 모는 동안에도, 머리를 쥐어짰다. 그러자 마침내 이름이 하나둘씩 생각나기 시작했으니 그렇지, 시타파 실라! 그는 쿤타와 가장 친한 친구였었다. 그리고 칼릴루 콘테, 그는 킨탕고의 명령대로 앵무새를 뒤쫓아 가서 잡았지. 세포 켈라, 그는 과부와 테리야 관계를 허락해 달라고 촌장 회의에 요청했었지.

그러자 몇몇 마을 어른들의 얼굴이 떠오르기 시작했고, 그와 더불어 오랫동안 잊었다고 생각했던 이름들도 생각났다. 킨탕고의 이름은 실라 바 딥바였다! 알리마모는 쿠잘리 뎀바였고! 그리고 와다넬라는 카라모 탐바였다! 쿤타는 셋째 카포 졸업식을 기억했는데, 그때 쿤타는 『꾸란』 경전을 너무나 잘 읽어서, 오모로와 빈타가 브리마 세 사이라는 아라팡에게 살찐 염소를 주었다. 그들을 모두 기억해 낸 쿤타는 기쁨으로 마음이 뿌듯했지만, 나중에는 마을 어른들이 이제는 모두 세상을 떠났겠고, 어린 소년들로 기억 속에 남은 그의 카포 친구들도 주푸레에서 자기와 같은 나이가 되었으며, 그들을 다시는 보지 못하리라는 생각이 머리에 떠올랐다. 여러 해 만에 처음으로 그는 울다가 잠이 들었다.

며칠 후에 군청 소재지에서 쿤타는, 〈흑인 연합〉이라고 자칭하는 북부의 자유 검둥이들이, 자유인이건 노예이건 모든 검둥이들을 아프리카로 돌려보내 달라는 제안을 했다는 얘기를 다른 마부에게서 들었다. 비록 쿤타는 쥔님들이 노예들을 사려고 심한 경쟁을 벌여야 할 뿐만 아니라, 전보다 더 비싼 값을 지불해야 하는 실정이어서, 그런 일은 불가능하다고 코웃음을 치기는 했지만, 그래도 그것은 생각만 해봐도 신이 날 일이었다. 쿤타는 깡깡이라면 자유의 몸이 되어 아프리카로 가느니 차라리 노예로서 버지니아에 살고 싶어 한다는 사실은 알았지만, 자유와 관계되는 얘기라면 어디서 무슨 일이 생기든지 간에 그가 항상 다 아는 듯했기 때문에, 그래도 깡깡이와 그 문제를 의논해 보고 싶었다.

그러나 지금까지 거의 두 달 동안 쿤타는 깡깡이는 물론이요, 벨과 정원지기에게도 늘 얼굴을 찡그리기만 했을 뿐이었다. 물론 그가 그들을 필요로 하거나, 다정해지고 싶을 정도로 좋아하지는 않았지만 ― 그의 마음속에서는 궁지에 빠졌다는 느낌이 자꾸 짙어지던 중이었다. 다음에 또 새 달이 시작되었고, 비참한 기분으로 돌멩이를 또 하나 바가지에 넣었을 무렵에, 그는 마치 온 세상에서 혼자 따돌림을 당하는 듯한 기분을 느껴, 형언하기 어려운 고독감에 사로잡혔다.

다음에 우연히 마주친 깡깡이에게 쿤타가 어정쩡하게 머리를 끄덕이자, 그는 보지도 못한 척하면서 그냥 지나쳤다. 쿤타는 화가 날 정도로 당황했다. 바로 다음 날, 그와 늙은 정원지기는 동시에 눈이 마주쳤지만, 노인은 한 발짝도 걸음을 멈칫거리지 않고 가던 길에서 방향을 바꿔 버렸다. 그날 밤, 쿤타는 속이 상하기도 하고 슬프기도 하여, 복받쳐 오르는 죄의식을 느끼며 오두막 안에서 더 오랫동안 서성거렸다. 다음 날 아침, 그는 용기를 내어, 절룩거리며 노예 마을로 내려가서, 한때는 무척 낯이 익었던 맨 끝의 오두막 문 앞에 섰다. 그는 문을 두드렸다.

 문이 열렸다. 「뭘 바라지?」 깡깡이가 차갑게 물었다.

 쿤타는 당황하는 기색을 억누르면서 말했다. 「그냥 들렀어요.」

 깡깡이는 땅바닥에다 침을 뱉었다. 「어이, 검둥개, 나 하는 말 들어. 나 그리고 벨, 늙은이 함께 너 이야기 했어. 우리 마음 변덕한 검둥개 더 참지 말자 모두 의견이 같았어!」 그는 쿤타를 노려보았다. 「너 그거 잘못이었어. 너 병도 안 났고 아무렇지 않아.」

 쿤타는 눈을 떨어뜨리고 서서 침묵을 지켰다. 잠시 후에 깡깡이의 눈매가 누그러지더니, 옆으로 비켜서면서 말했다. 「기왕 왔다 했으니, 들어와. 하지만 얘기해 두는데, 한 번 더 우리한테 잘난 짓 했다가는 므두셀라만큼 늙을 때까지 아무도 다시 너한테 말 걸지 않아!」

 쿤타는 치미는 분노와 모욕감을 꾹 참고 안으로 들어가 앉았으며, 그들 사이에 영원히 계속될 듯한 침묵이 흐른 다음, (깡깡이는 분명히 하늘이 무너져도 침묵을 깨뜨릴 생각이 없는 듯했으므로) 쿤타는 억지로 입을 열어, 검둥이들을 아프리카로 돌려보내자는 제안에 대한 얘기를 했다. 깡깡이는 그런 얘기를 벌써 오래전부터 들어 알았었지만, 그럴 가망성은 지옥의 불에 집어던진 눈 덩이만큼도 없으리라고 했다.

 기분이 상한 쿤타의 표정을 보자 깡깡이는 약간 누그러지는 듯했다. 「너 분명히 까맣게 듣지 못했을 얘기 해주지. 북부 뉴욕에 〈노예해방 협회〉라는 단체 생겼는데, 자유 검둥이들 학교 만들어서, 읽기하고 쓰기하고 그리고 온갖 여러 가지 기술 가르쳐.」

 쿤타는 깡깡이가 자기에게 다시 얘기를 하게 되어 너무나 기쁘고 마음이 놓여서, 그가 실제로 얘기하는 말의 내용은 귀에 들어오지도 않았다. 잠시 후에 깡깡이는 잠깐 말을 멈추고, 미심쩍은 듯 쿤타를 쳐다보았다.

 「나 얘기하면 너 잘 들려?」 그가 마침내 물어보았다.

 「뭐?」 얼이 빠졌던 쿤타가 말했다.

 「5분 전 나 너한테 질문 물었어.」

 「미안해요. 나 무슨 생각했어요.」

 「그래, 얘기 잘 듣는 방법 너 잘 모르니, 그 방법 나 보여 주지.」 그는 뒤로 기대앉아서 팔짱을 끼었다.

「애기 계속 안 해요?」 쿤타가 물었다.

「나 하던 애기 잊어버렸어. 너 하던 생각 잊어버렸어?」

「중요한 생각 아녜요. 그저 어떤 생각 스쳤어요.」

「차라리 털어놓는다 않으면, 너 머리 아파지고— 아니면 나 머리 아파져.」

「애기하기 어렵다 한 거예요.」

「흥!」 모욕이라도 받았다는 듯 깡깡이가 말했다. 「너 기분 그렇다면……」

「당신 때문이다 아녜요. 그저 나 너무 개인 문제예요.」

깡깡이의 눈이 빛나기 시작했다. 「알았다! 여자 애기다. 맞았지?」

「그런 거 아녜요!」 쿤타는 당황하여 얼굴을 붉히며 말했다. 그는 잠시 동안 아무 말도 못하고 앉아 있다가, 몸을 일으키면서 말했다. 「일에 늦겠다 싶으니, 나중에 만나요. 나한테 얘기해 줘 고마워요.」

「아무렴. 너 애기하고 싶다 하면 나 알려 주기만 해.」

그가 어떻게 알았을까? 쿤타는 마구간으로 가면서 혼자 물었다. 그리고 그는 왜 그 애기를 하라고 부추겼을까? 쿤타는 그 문제라면 생각조차 하기를 꺼렸다. 그러면서도 요즈음 그는 오직 그 생각뿐이었다. 그것은 씨를 뿌리라던 가나 사람의 충고와 관련된 문제였다.

63

가나 사람을 만나기 훨씬 전부터, 쿤타는 가끔 자기가 주푸레에서 계속 살았더라면, 지금쯤 아들 서너 명 그리고 그 아이들을 낳아 주었을 아내를 거느렸으리라는 생각이 떠오를 때마다 허전한 마음을 느끼고는 했었다. 그런 생각이 한 달에 한 번가량 불현듯 머리에 떠오르고는 했던 까닭은, 쿤타가 꿈을 꾸다가 어둠 속에서 갑자기 잠에서 깨어나면, 아직도 뻣뻣한 그의 포토에서 조금 전에 쏟아져 나온 뜨뜻하고 끈적끈적한 액체에 무척 당황했기 때문이었다. 그러고 나서는 뜬눈으로 잠자리에 그대로 누워서, 아내를 얻어야 되겠다는 생각을 하기보다는, 거의 어느 노예 마을에서나 서로 좋아하는 남녀가 만나면, 그들의 두 오두막 가운데 나은 쪽을 골라 그냥 함께 사는 풍습에 대해서 생각하기가 보통이었다.

쿤타가 결혼할 생각을 하지 않았던 이유는 여러 가지였다. 그 이유의 하나는, 그토록 엄숙하고 중대한 일인데도 노예 마을에서는 증인들 앞에서 무슨 〈빗자루 뛰어넘기〉를 한다니, 쿤타의 생각에는 한심하기 짝이 없는 짓처럼 여겨졌다. 그가 전해 들은 몇몇 경우에는, 집안 심부름을 하던 사랑받는 노예들은 쥔님과 마님이 지켜보는 동안, 흰둥이 목사 앞에서 결혼 서약을 반복한다고도 하지만, 그것은 이교도의 의식이었다. 제대로 격식을 갖춰 만딩카에서처럼 혼례를 올리려면, 적합한 신부의 나이가 열넷에서 열여섯 장마철이었고, 신랑은 서른 장마철이어야 했다. 그리고 흰둥이들의 땅에서 살아온 지금까지 쿤타가 보았던 열네 살에서 열여섯 살, 아니 하다못해 스무 살에서 스물다섯 살 되는 검둥이 처녀들은 하나같이 공연히 킬킬거리는 바보 같기만 했고, 특히 일요일이나 잔치 때면 덕지덕지 화장하고 분을 발라서 마치 재를 뒤집어쓴 채 죽음의 춤을 추는 주푸레 사람처럼 보였다.

쿤타가 알게 된 스무 살이나 그보다 나이가 많은 여자들은, 엔필드의 라이자처럼, 대부분 그가 월러 쥔님을 모시고 갔던 큰 저택의 요리사들이었다. 사실 그가 만나 보기를 고대한 사람은 라이자뿐이었다. 같이 사는 짝이 없었던 그녀는, 비록 쿤타가 남몰래 생각해 보기는 했지만 별다른 반응은 보이지 않았는데도, 그에게 친밀한 관계를 맺고 싶다는 뜻을 분명히 표시했다. 만일 그가 끈적끈적한 꿈을 꾸었음이 그녀 때문이었다는 사실을 어렴풋이나마 그녀가 짐작했더라면, 그는 창피해서 죽고 싶었으리라.

라이자를 아내로 맞아들인다면 어떻게 될까, 쿤타는 상상했다. 그러면 그들은, 그가 아는 수많은 부부처럼, 서로 다른 농장에서 다른 쥔님을 모시고 떨어져 살게 되리라. 그러면 그는 토요일 오후에 아내를 만나러 갈 여행 허가를 받아 내더라도, 월요일 새벽에 다시 일을 하러 나가기 위해, 먼 길에서 얻은 피로를 풀고 휴식을 취할 시간을 확보하려면 일요일 어둡기 전에는 반드시 돌아와야 하리라. 쿤타는 자기와 같은 곳에서 살지 않는 여자를 아내로 맞고 싶은 생각이 조금도 없었다. 그러니 그 문제는 이제 끝난 일이라고 그는 마음먹었다.

하지만 그의 마음은 걷잡을 수 없이 계속해서 같은 생각으로 되돌아갔다. 라이자가 말이 많고 집적거리는 성격이었던 반면에, 그는 혼자서 지내고 싶은 때가 많은 남자였으니, 오히려 그들이 주말에만 만나는 편이 사실은 다행일지도 모른다. 그리고 만일 라이자와 결혼한다면, 그들은 다른 부부들처럼 한쪽이나 두 사람 다 팔려 버릴지 모른다는 두려움 속에서 살아가야 할 처지는 아닐 듯싶었다. 그 까닭은 쥔님이 그를 좋아했고, 라이자는 쥔님의 부모들이 소유했는데, 그들도 역시 그녀를 분명히 좋아하는 듯싶기 때문이었다. 쥔님들의 가족 관계는 또한, 양쪽 쥔님이 관련되는 어떤 일 때문에 의견이 엇갈려 마찰이 생기고, 그래서 급기야는 한쪽이나 양쪽 모두에서 결혼을 금지시키는 그런 불상사는 막아 주리라고 그는 생각했다.

그런가 하면……. 쿤타는 생각하고 또 곰곰이 생각했다. 그러나 그가 라이자와 결혼해도 좋으리라는 완전한 이유들을 아무리 많이 열거해 보아도, 무엇인가 마음이 내키지 않는 구석이 남았다. 그러던 어느 날 밤, 자리에 누워 잠을 청하다가, 갑자기 번개처럼 그의 머리를 스치는 생각이 떠올랐는데, 그가 고려해 볼 만한 여자가 또 하나 있었다.

벨.

그는 자기가 미쳤나 보다고 생각했다. 그녀는 세 살쯤 자기보다 위여서, 나이가 마흔 장마철이 넘었을지도 모른다. 그런 생각을 하다니, 참으로 한심한 짓이었다.

벨.

쿤타는 머릿속에서 그녀를 떨쳐 버리려고 애썼다. 그저 오랫동안 가까이에서 살았기 때문에 그런 생각이 들었을 뿐이라고 그는 생각했다. 그는 그녀의 꿈을 꾼 적도 없었다. 그는 그녀가 자기에게 보여 준 불쾌한 무례함과 신경을 자극했던 온갖 장면들이 줄지어 머리에 떠올랐다. 그리고 그가 채소 바구니를 부엌으로 갖다주었더니, 그의 면전에서 그녀가 칸막이 문을 꽝 닫아 버리던 일도 기억했다. 더욱 뼈 아팠던 일은, 그가 그녀를 보고 만딩카 사람처럼 생겼다고 말하자 발끈 화를 내었던 경우였으며, 그녀가 이교도라는 점이었다. 거기다가 그녀는 걸핏하면 말다툼을 벌이려고 덤벼드는가 하면, 남을 깔보고 우쭐대는 편이었다. 그리고 말이 너무 많았다.

그러나 그가 죽기만을 바라고 누워 기다릴 때, 그녀가 하루에 대여섯 번씩 찾아 주던 일과, 그를 극진히 간호해 주고 먹여 주었으며 오물까지도 치워 주었던 일과, 그리고 그녀가 잎사귀를 빻아서 만든 찜질 약이 그의 열을 말끔히 식혀 주었던 일이 슬그머니 머리에 떠올랐다. 그녀는 또한 강하고 건강한 여자였다. 그리고 그녀는 시커먼 냄비에서 맛있는 요리를 수없이 만들어 냈다.

그녀가 그의 눈에 곱게 보이기 시작하면서부터, 그는 부엌에 갈 때마다 그녀를 더욱 험하게 대했으며, 그녀에게 용건을 전하거나 구하던 것을 찾자마자, 그는 얼른 자리를 떴다. 그녀는 전보다 더욱 차갑게 그의 뒷모습을 노려보고는 했다.

어느 날 그는 정원지기와 깡깡이와 함께 이야기를 나누다가, 화제를 서서히 벨 쪽으로 이끌어 간 다음에, 이만하면 무관심한 말투로 들리겠지 하는 목소리로 말했다. 「이곳 오기 전 그 여자 어디 일했지?」 그러나 그들이 무엇인가를 눈치 채고는 꼿꼿한 자세로 일어나 앉아서 그를 노려보자, 쿤타는 가슴이 철렁했다.

「글쎄.」 잠시 눈치를 살피던 정원지기가 입을 열었다. 「너 오기 두 해쯤 전 이곳 왔어. 하지만 자기 얘기 별로 하지 않아. 그래서 나 너보다 아는 거 없어.」

깡깡이는 벨이 자기에게도 과거에 대한 얘기를 한 적이 없다고 말했다. 쿤타는 그들의 표정에 대해서 왜 자기가 초조해졌는지를 꼭 집어서 말하기가 어려웠다. 아니, 짐작은 쉽게 갔는데, 그것은 아는 체하는 태도 때문이었다.

깡깡이는 오른쪽 귀를 긁적거렸다. 「너 벨 얘기 묻다니 웃기는 일이군.」 정원지기를 보고 머리를 끄덕이며 그가 말했다. 「너희 두 사람 얘기 우리가 한 지 오래되지 않았어.」 그는 쿤타의 표정을 찬찬히 살폈다.

「우리 말했는데, 너희 두 사람 꼭 맞는 짝이다 그랬지.」 정원지기가 말했다.

쿤타는 화가 나서 입을 벌렸지만, 아무 말도 나오지를 않았다.

깡깡이는 여전히 귀를 긁적이며 음흉한 눈길을 던졌다. 「그래, 그 여자 엉덩이 너무 커서, 웬만한 아무나 감히 못 건드려.」

쿤타는 화가 나서 무슨 말을 하려고 했으나, 정원지기가 가로막으면서 날카롭게 물었다. 「이봐, 여자 안 만지기 얼마나 됐지?」

쿤타는 눈을 부라렸다. 「적어도 20년 넘겠지!」 깡깡이가 소리쳤다. 「맙소사!」 정원지기가 말했다. 「다 말라 버리기 전 손 좀 써야 해.」 「벌써 다 말랐는지 몰라.」 깡깡이가 끼어들었다. 쿤타는 말이 나오지를 않았고, 겨우 잠시만 더 억지로 참다가, 벌떡 일어나 서둘러 밖으로 나갔다. 「걱정 마!」 깡깡이가 뒤에서 소리쳤다. 「그 여자 옆에 가면 곧 물 나올 테니까.」

64

그다음 며칠 동안, 쿤타는 쥔님을 모시고 어디로 나가지 않을 때면 언제나, 아침저녁으로 마차를 청소하고 기름을 치며 시간을 보냈다. 그는 누구에게나 다 보이는 마구간 바깥쪽에서 일을 했으므로 그가 또다시 외톨이로 지내려고 작심했다고는 말하기가 어려웠겠지만, 하는 일이 너무 바쁘기 때문에 (자기와 벨에 대해서 그들이 한 얘기 때문에 아직도 화가 잔뜩 난) 깡깡이나 정원지기와 얘기를 하며 보낼 시간이 없었다.

홀로 떨어져 지내기 때문에 그는 그녀에 대한 자신의 감정을 되새겨 볼 시간도 많아졌다. 그가 그녀의 좋지 않은 점을 생각할 때면 가죽을 닦던 걸레를 성을 내며 마구 문질러 댔으며, 좋다는 생각이 들 때면 천천히 그리고 육감적으로 의자를 문지르다가, 때때로 그녀의 사람을 녹이는 듯한 면이 머리에 떠오르면 일손을 아주 멈추기도 했다. 그녀의 결점이 무엇이든지 간에, 그는 그녀가 여러 해 동안 자기를 위해서 상당히 애를 써주었음을 인정해야만 했다. 그는 쥔님이 자기를 마부로 뽑았을 때도 벨이 뒤에서 은근히 힘을 썼으리라고 굳게 믿었다. 벨은 그녀 나름대로의 미묘한 방법으로 농장의 그 어느 누구보다도, 또는 그 모든 사람들을 합친 힘보다 더 큰 영향력을 쥔님에게 끼친다는 사실은 의심할 여지가 없었다. 그리고 온갖 잡다한 생각이 쿤타의 머릿속에서 오락가락했다. 그는 언젠가 오래전에, 정원에서 일을 하다가 두 눈이 미칠 듯 가려워 애쓰는 자기에게 벨이 신경을 써줬을 때가 생각났다. 그녀는 어느 날 아침에, 아무 말도 없이, 이슬에 젖은 무슨 넓은 잎사귀들을 들고 정원으로 나와서는, 이슬방울을 그의 눈에 털어 넣었고, 그러자 곧 가려움증이 가셨다.

그렇다고 해서 그가 벨에 대해 느꼈던 여러 가지 불만이 조금이라도 수그러졌다는 뜻은 아니었으며, 특히 파이프로 담배를 피우는 역겨운 그녀의 버릇이 생각나자, 쿤타는 걸레를 아주 빨리 문질러 댔다. 더욱 못마땅했던 일은 검둥이들끼리의 잔치가 벌어질 때마다 춤을 추는 그녀의 꼴이었다. 그는 여자들이 춤을 추면 안 된다거나, 너무 격정적으로 추어서는 안 된다고는 생각하지 않았다. 문제는 벨이 엉덩이를 어딘가 이상하게 흔들어 대는 방법이 그의 눈에 거슬렸기 때문이었는데, 쿤타는 아마도 그래서 깡깡이나 정원지기가 그녀에 대해 그런 말을 했던 모양이라고 짐작했다. 물론 벨이 자기 엉덩이를 가지고 어떻게 흔들어 대든 그가 알 바 아니었지만, 그는 다만 그녀가 자신을 위해서 좀 더 자존심을 지키고, 이왕 내친김에 다른 남자들에게도 존경심을 보여 주기를 바랐을 뿐이었다. 그리고 그녀의 혓바닥은 늙은 뇨 보토보다도 더 험했다. 주푸레 여자들처럼, 못마땅한 일이 생기면 혼자 마음속에 새겨 두거나, 여자들끼리만 모인 자리에서 험담을 하고 그친다면 굳이 쿤타는 개의치 않았으리라.

쿤타는 마차를 다 청소하고 나서, 가죽 마구를 닦고 기름칠을 시작했는데, 그러는 사이에 웬일인지 그의 마음은, 지금 그가 깔고 앉은 무릎 높이의 호두나무 토막 같은 나무에다 무엇인가를 새기던 주푸레의 노인들에 대한 생각으로 옮아갔다. 그는 그들이 나무에 손도끼나 칼을 대기 전에, 먼저 얼마나 조심스럽게 나무를 선택하고, 그리고는 얼마나 완전하게 나무 조각이 잘 말랐는지를 확인하던 꼼꼼함이 생각났다.

쿤타가 일어서서 호두나무 토막을 옆으로 쓰러트리니까, 밑에 숨어 살던 투구풍뎅이들이 뿔뿔이 흩어져 달아났다. 나무토막의 양쪽 끝을 자세히 살펴보고 나서, 앞뒤로 굴리며 이곳저곳을 쇳조각으로 툭툭 건드려 보았더니, 견고하게 골고루 잘 마른 소리가 났다. 이렇게 훌륭한 나무토막을 그저 깔고 앉는 데만 쓰다니 아까운 생각이 들었다. 누가 오래전에 그곳에 갖다 놓고는 아무도 애써 다른 곳으로 옮기지 않았기 때문에 나무토막은 그냥 그렇게 버림을 받은 모양이었다. 아무도 지켜보는 사람이 없는지 주위를 둘러본 다음, 쿤타는 나무토막을 얼른 자기 오두막으로 굴려 가서, 그것을 오두막 구석에 똑바로 세워 놓고는, 문을 닫고 다시 일을 하러 갔다.

 그날 밤, 영원히 끝나지 않을 듯 지루한 여행을 해서 쥔님을 군청 소재지로부터 모셔 오고 난 다음, 쿤타는 식사를 하는 동안 호두나무 토막을 한 번 더 보고 싶은 조바심에 쫓겨서 오두막으로 식사를 가지고 갔다. 쿤타는 그가 먹던 음식이 무엇인지 의식하지도 못하면서, 나무토막 앞 땅바닥에 앉아, 탁자 위에서 날름거리는 촛불로, 그것을 살펴보았다. 마음속으로 그는 오모로가 어머니 빈타를 위해서 팠고, 어머니가 거기에다 곡식을 하도 많이 빻아서 반들반들 닳았던 절구와 절굿공이를 생각해 보았다.

 쿤타는 윌러 쥔님이 아무 데도 가지 않는 한가한 시간을 보낼 소일거리라고 혼자 생각하면서, 날카로운 손도끼로 나무토막을 잘라 곡식을 찧는 절구의 바깥 테 모양을 대충 깎기 시작했다. 그리고 사흘째 되던 날, 그는 망치와 나무를 깎는 끌로 절구의 안쪽을 역시 대충만 파내고, 다음에는 칼로 깎아 내기 시작했다. 한 주일 후 쿤타는, 고향의 노인들이 물건을 새기는 모습을 스무 장마철이 넘도록 보지 못했는데도, 그의 손가락이 무척 유연하게 움직인다는 생각이 들어 놀랐다.

 절구의 안쪽과 바깥쪽을 끝내고 나서, 그는 아주 곧고 그의 팔뚝만큼 굵은 호두나무 가지를 찾아내어, 곧 절굿공이를 만들었다. 그러고 나서 손잡이의 윗부분을 처음에는 줄칼로 깎아 내고, 다음에는 칼로, 그리고 마지막에는 유리 조각으로 매끈하게 다듬기 시작했다.

 다 만든 다음에 절구와 공이는 두 주일 동안 더 쿤타의 오두막 구석에 놓여 있었다. 그는 가끔 그것들을 바라보면서, 어머니의 부엌에 들여놓았더라도 손색이 없으리라고 생각했다. 그러나 이제 다 만들기는 했지만, 어디에 쓸지는 확실히 모르겠다고 그는 혼자 생각했는데 — 사실은 생각만 그렇게 했을 따름이었다. 그러던 어느 날 아침에, 쿤타는 쥔님이 혹시 마차를 쓰려는지 벨에게 물어보러 갈 때, 아무런 생각도 없이 그것들을 들고 갔다. 칸막이 문 뒤에서 벨이 쥔님은 오늘 아침에 나갈 일이 없다고 짤막하고도 차갑게 말했고, 쿤타는 그녀가 등을 돌릴 때까지 기다렸다가, 계단에 절구와 공이를 내려놓고는, 얼른 있는 힘을 다해 도망치려고 돌아섰다. 무엇인가 쿵 하는 소리가 들리기에 벨이 뒤를 돌아다보니, 예사 때보다 훨씬 서둘러 절룩거리며 사라지는 쿤타의 뒷모습이. 그러고는 계단에 놓인 절구와 공이가 눈에 띄었다.

그녀는 문 곁으로 와서 쿤타의 모습이 안 보일 때까지 내다보다가, 칸막이 문을 슬그머니 열어 밑을 내려다보고는 입이 딱 벌어졌다. 그것들을 안으로 들고 들여놓는 사이에, 정성 들여 깎아 낸 절구를 살펴보고 그녀는 놀랐고, 울기 시작했다.

월러 쥔님 농장에서 보낸 22년 동안에 어떤 남자가 그녀를 위해 손수 무엇인가 만들어 선물로 주기는 이번이 처음이었다. 그녀는 지금까지 쿤타를 대해 온 자신의 태도에 죄책감을 느꼈으며, 요즈음 그녀가 쿤타에 대한 불평을 늘어놓으면 이상한 태도를 보이고는 했던 깡깡이와 정원지기가 머리에 떠올랐다. 그들은 이런 내용을 분명히 알았던 모양이지만, 그녀는 쿤타가 아프리카 사람답게 워낙 말이 없고 내성적이어서, 그의 진심을 전혀 파악하지 못했었다.

벨은 자신이 어떤 감정을 느껴야 옳은지 혼란을 느꼈고 — 점심을 먹고 나서 쿤타가 다시 쥔님의 일정을 물어보러 오면 어떻게 행동해야 좋은지, 어쩔 줄을 몰랐다. 그러나 적어도 오전 동안이나마 생각해 볼 여유가 있어서 그녀는 다행이라고 생각했다. 한편 쿤타는 오두막에 틀어박혀서 자기가 동시에 두 사람이 된 기분을 느꼈는데, 한 사람은 그토록 어리석고 한심한 짓을 했다고 잔뜩 수치심을 느꼈고, 그러면서도 다른 한 사람은 미칠 듯이 행복하고 거의 정신이 나갈 만큼 흥분된 기분에 사로잡혔다. 어쩌다가 그런 짓을 했을까? 그녀는 뭐라고 생각할까? 그는 점심을 먹은 후 부엌으로 다시 찾아가야 할 일을 생각하면 눈앞이 캄캄했다.

마침내 시간이 되어서, 쿤타는 마치 처형장으로 끌려 나가는 사람처럼 터벅터벅 길을 따라 올라갔다. 뒤쪽 계단에 놓아둔 절구와 공이가 없어졌음을 확인한 그는 가슴이 두근거리기도 했고, 철렁 내려앉는 듯하기도 했다. 칸막이 문에 다다르자 쿤타는, 마치 무엇 때문에 그가 가져다 놓았는지를 모르겠다는 듯이, 그녀가 문 바로 안쪽 마룻바닥에 그것들을 놓아두었음을 알았다. (마치 그가 오는 소리를 듣지 못했다는 듯) 문을 두드린 다음에야 그녀는 돌아섰으며, 애써 침착한 척하며 빗장을 끌러 그가 들어오도록 문을 열어 주었다. 그녀가 몇 달 동안 그에게 문을 열어 준 적이 없었기에, 쿤타는 이것이 좋지 못한

징조라고 생각했다. 그러나 그는 안으로 들어가고 싶었으며, 그러면서도 첫발이 좀처럼 떨어지지가 않았다. 발바닥이 땅에 달라붙은 듯 꼼짝 않고 서서, 그는 쥔님에 대해서 태연하게 물었고, 벨도 자신의 아픈 감정과 난처함을 감추면서, 쥔님은 오후에도 마차를 쓸 계획이 없다고 마찬가지로 태연한 척하면서 가까스로 대답했다. 쿤타가 나가려고 돌아서자, 그녀는 은근한 투로 덧붙여 말했다.「쥔님 하루 종일 편지 써요.」꼭 말을 하리라고 별렀던 애기들은 모두 벨의 머리에서 사라져 버렸고, 그가 다시 나가려고 하자 그녀는 절구와 절굿공이를 가리키며 〈저거 뭐지요?〉하고 불쑥 말했다.

쿤타는 쥐구멍이라도 찾아 들어가고 싶은 심정이었다. 그러나 결국 그는 화를 내다시피 말했다.「당신 곡식 빻으라 갖다 놓았소.」그러자 이제는 얼굴에 미묘하게 뒤엉킨 감정을 그대로 드러내면서 벨이 그를 쳐다보았다. 그들 사이에 침묵이 흐르자, 쿤타는 이때가 기회라는 듯이 다른 말은 없이 몸을 돌려 급히 가버렸다. 벨은 바보가 된 기분으로 멍하니 서 있었다.

다음 두 주일 동안, 그들은 서로 인사 말고는 단 한마디 말도 건네지 않았다. 그러던 어느 날 부엌문 앞에서 벨이 쿤타에게 둥근 옥수수빵을 한 덩어리 주었다. 그는 어물어물 고맙다는 말을 하고 그의 오두막으로 가서는, 방금 구워 따끈따끈하고 버터를 듬뿍 발라 놓은 빵을 먹었다. 그는 무척 감격했다. 그녀가 이 빵을 그가 준 절구에 빻아서 만들었음이 거의 틀림없었다. 그러나 이런 일이 있기 전에 그는 이미 그녀에게 말을 해봐야 되겠다고 마음을 먹었던 터였다. 점심을 먹은 다음 그녀에게 쥔님의 일정을 물어보려고 갔을 때, 그는 용기를 내어 미리 연습하고 외운 대로 말했다.「저녁 식사 다음 당신하고 얘기하고 싶은데.」벨은 오래 머뭇거리지를 않았다. 〈나 그거 괜찮아요〉라고 말을 한 그녀는 너무 대답이 빨랐다고 곧 후회했다.

저녁때가 되자 그는 마음이 어수선해졌다. 왜 그녀는 그런 말을 했을까? 정말로 겉보기처럼 그녀는 무관심한가? 그렇다면 무엇 때문에 옥수수빵을 만들어 주었을까? 그는 그녀와 담판을 내야 했다. 그러나 두 사람 다 언제 어디서 만나자는 얘기는 정확하게 하지 않았었다. 결국 그는 벨이 그녀의 오두막으로 자기가 오기를 바라리라고 판단했다. 그러나 그는 누군가 응급 환자가 생겨 윌러 쥔님을 부르러 왔으면

하고 간절히 바랐다. 아무도 찾아오지를 않았고, 더 이상 지체할 핑계도 없어지자, 그는 심호흡을 하고, 오두막 문을 열고 나가, 태연하게 헛간 쪽으로 천천히 걸어갔다. 우연히 누구를 만나더라도, 왜 밖에서 서성거리는지 수상히 여기지 않게, 손에 마구를 들고 흔들며 밖으로 나온 그는, 노예 마을로 어슬렁거리며 걸어 내려가서, 벨의 오두막에 이르자 (주위에 아무도 없는지를 확인하고는) 아주 조용히 문을 두드렸다.

그가 손으로 두드리자마자 문이 열리더니, 벨이 얼른 밖으로 나왔다. 그가 손에 든 마구를 힐끔 내려다보고, 그러고는 쿤타를 바라보더니 그녀는 아무 말도 하지 않았고, 쿤타도 역시 말이 없자, 그녀는 뒷담장 쪽으로 서서히 걸었고, 그는 그녀와 보조를 맞추며 나란히 따라갔다. 반달이 떠오르기 시작했고, 파리한 달빛을 받으며 그들은 아무 말도 없이 걸었다. 왼쪽 발이 땅의 덩굴에 걸리자, 쿤타가 비틀거리면서 그의 어깨가 벨에게 닿았지만, 그는 찔끔해서 재빨리 몸을 비켜섰다. 무슨 말을 할까 이리저리 궁리하면서, 그는 지금 차라리 정원지기나 깡깡이, 아니면 다른 아무하고라도 같이 산책한다면, 벨과 함께만 아니었다면 한결 좋았으리라고 생각했다.

마침내 그녀가 침묵을 깨뜨렸다. 그녀는 불쑥 말했다. 「흰둥이들 워싱턴 장군 대통령 뽑았대요.」 쿤타는 그것이 무슨 말이냐고 묻고 싶었지만, 그녀가 계속 얘기하기를 바라는 마음에서 그냥 참았다. 「그리고 다른 쥔님 존 애덤스 부통령이래요.」 그녀는 말을 계속했다.

다급해진 그는 이야기를 이어 나가기 위해서 그가 무슨 말을 해야 되겠다고 느꼈다. 마침내 그는 입을 열었다. 「어제 쥔님 태우고 조카 따님 보러 갔었소.」 그것은 벨도 이미 아는 일이었기 때문에 그는 갑자기 바보가 된 기분이 들었다.

「정말이지 쥔님 그 아이 많이 사랑해요!」 앤 아가씨 얘기가 나올 때마다 그 말밖에는 한 적이 없던 벨도 역시 바보스러운 기분이 들었다. 그녀가 말을 잇기까지 잠시 동안 다시 답답한 침묵이 흘렀다. 「쥔님 동생 관해서 당신 얼마 아는지 모르겠어요. 스폿실베이니아 군청 근무하지만, 사업이라면 우리 쥔님 머리 절대 못 따라와요.」 벨은 몇 걸음 더 옮기는 동안 다시 침묵을 지켰다. 「들리는 얘기 하나하나마다 나 귀 바짝 세워요. 그래서 사람들 생각하기보다 나 더 많이 알아요.」

그녀는 쿤타를 힐끔 쳐다보았다. 「나 존 쥔님 좋아할 일 없는데, 당신도 마찬가지다 믿지만, 당신 꼭 알아 둘 얘기 나 처음 해요. 당신 발 자른 사람 그 쥔님 아녜요. 사실 그런 짓 저지른 가난 흰둥이들한테 막 화냈어요. 흰둥이들 고용해, 개 풀어 당신 뒤쫓으라 시켰는데, 당신 먼저 돌로 때려죽인다 했다 주장하더군요.」 벨은 잠시 말을 멈췄다. 「브록 보안관이 당신 쥔님한테 바삐 끌고 온 날 어제처럼 생생해요.」 달빛을 받으며 벨은 쿤타의 얼굴을 쳐다보았다. 「당신 거의 죽었다 쥔님 말했어요. 존 쥔님 발 없는 당신 이제 아무 소용 없다 말하자, 여기 쥔님 막 화내며, 당신 사겠다 했고, 말대로 샀어요. 쥔님 당신 산 증서 나 봤어요. 존 쥔님 빌려 간 돈 대신, 당신하고 큰 농장 받았어요. 큰 길 꺾어지는 곳 연못 달린 큰 농장인데, 당신 항상 그곳 지나다녀요.」

쿤타는 그 농장이 어디인지 당장 생각났다. 쿤타는 연못과 그곳을 둘러싸고 펼쳐진 들판이 눈에 선했다. 「그러나 윌러 집안 서로 무척 친해서, 거래했어도 형제 사이 달라지지 않았어요.」 벨이 얘기를 계속했다. 「버지니아의 가장 오래된 집안이에요. 사실 물 건너 이곳에 오기 전에, 역시 잉글랜드에서 역사 깊은 집안이었대요. 모두 귀족 칭호 받고, 성공회 신도들이에요. 그중 에드먼드 윌러 이름인 쥔님 시를 썼어요. 그리고 그 동생 존 윌러 쥔님 이곳 제일 먼저 건너왔죠. 나이 겨우 열여덟이었는데, 찰스 2세 왕이 지금 켄트 카운티의 큰 땅 그에게 하사했다 쥔님 이야기 들은 적 있어요.」

벨이 이야기를 하는 동안 차츰 그들의 발걸음이 느려졌고, 그녀가 하는 얘기 중에는 다른 윌러 집의 요리사들에게서 들은 내용도 좀 중복되었지만, 그녀가 얘기를 계속해서 무척 즐거웠던 그는 벨에게 그런 사실은 지적하고 싶지 않았다.

「어쨌든 존 윌러 쥔님 메리 케이하고 결혼하고는, 당신이 쥔님 모셔 가는 큰집 지었어요. 아들 셋 낳고, 특히 막내아들 존 2세 쥔님 잔뜩 출세해, 보안관하면서 법률 공부하고, 버지니아 의회 의원 뽑혔고, 프레더릭스버그 세우는 거 힘쓰고, 스폿실베이니아 카운티 통합하는 일 도왔어요. 뉴포트 세운 사람 바로 그 쥔님하고 도로시 마님인데, 아이 여섯이었어요. 그리고 거기서 윌러 자손들 퍼져 나가고, 아이들 자라 또 아이들 낳았어요. 우리 쥔님하고 이곳 사는 다른 윌러 사람들 그들 중 극소수뿐이에요. 모두들 많은 존경 받는 보안관, 목사, 군청 관리, 버지니아 의회 의원, 그리고 쥔님처럼 의사도 나왔고, 독립 전쟁 때 싸운 사람들 엄청 많고, 그래도 나 모르는 거 많아요.」

쿤타는 벨의 얘기에 어찌나 정신이 팔렸었는지, 그녀가 걸음을 멈추자 깜짝 놀랐다. 「이제 우리 돌아가야 좋아요.」 그녀가 말했다. 「이런 수풀 속 오래 돌아다니면, 내일 아침 늦잠 자요.」 그들은 발길을 돌렸고, 벨이 얼마 동안 말이 없자, 쿤타도 역시 아무 말을 하지 않았고, 그녀는 그가 마음속 얘기를 하지 않으리라고 눈치 채고는, 그녀의 오두막에 다다를 때까지 아무 얘기나 닥치는 대로 마구 지껄였으며, 집 앞에서 그녀는 돌아서서 그를 마주 보고는 입을 다물었다. 그는 고통스럽게 오랫동안 그녀를 빤히 바라보기만 하다가, 마침내 입을 열었다. 「당신 얘기처럼, 늦었소. 내일 봐요.」 그러고는, 아직도 마구를 손에 든 채로, 그의 오두막으로 걸어가는 그의 뒷모습을 지켜보면서, 벨은 그가 하고 싶은 이야기가 분명히 있기는 하지만 차마 입 밖에 꺼내지를 못했으리라고 깨달았다. 그래, (무슨 얘기인지 짐작이 가기는 하지만) 때가 되면 쿤타가 결국 털어놓으려니 하고 그녀는 생각했다.

비록 쿤타가 찾아와서는 벨이 일하는 부엌에서 점점 더 많은 시간을 보내기는 했지만, 그녀는 여느 때나 마찬가지로 대부분 자기 쪽에서만 얘기를 하는 편이었기 때문에, 그녀로서는 이제 서두르지 않아야 좋겠다는 생각이 들 만도 했다. 그러나 그가 옆에서 얘기를 들어 주면 그녀는 마음이 즐거웠다. 「나 알아낸 얘기 할게요.」 어느 날 그녀가 그에게 말했다. 「쥔님 쓰신 유언장에, 자기 결혼하지 않고 죽으면, 노예들 어린 앤 아가씨에게 준다 그랬어요. 그러나 유언장 말하기를, 혹시 만일 결혼하게 되면, 쥔님 죽은 다음 마님이 우리 노예들 가져요.」 그러면서도 벨은 별로 불안해하는 눈치가 아니었다. 「쥔님 잡겠다 노리고 탐내는 여자 많지만, 쥔님 결코 다시 결혼하지 않아요.」 그녀는 잠깐 말을 멈추었다. 「나처럼요.」

쿤타는 손에 들었던 포크를 떨어뜨릴 뻔했다. 분명히 그는 벨의 얘기를 잘못 듣지는 않았으며, 그녀가 전에 결혼했었다는 사실에 그는 충격을 받았는데, 바람직한 아내감이라면 처녀가 아니어서는 안 되었기 때문이었다. 쿤타는 곧 부엌을 나와 그의 오두막으로 돌아갔다. 그는 이 문제를 깊이 따져 봐야 되겠다고 생각했다.

침묵 속에서 두 주일이 지난 어느 날 밤, 벨은 지나가는 말처럼 쿤타더러 그녀의 오두막으로 저녁을 먹으러 오라고 했다. 그는 너무 놀라서 무슨 말을 해야 할지 몰랐다. 그는 어머니나 할머니 말고는 다른 여자와 단둘이 오두막 안에 있어 본 적이 없었다. 그것은 옳지 않은 일인 듯싶었다. 그러나 그가 무슨 말을 할지 몰라 주저하는 사이에, 그녀는 어느 시간에 오라고 말했으며, 그것으로 그만이었다.

그는 양철 물통에 들어앉아서, 거친 헝겊과 갈색 잿물 비누로 머리에서 발끝까지 온몸을 문질러 닦았다. 그리고 그는 문지르고, 또 문지르고 하여, 세 번이나 씻었다. 그러고는 몸의 물기를 닦아 내고 옷을 입으면서, 그는 자기도 모르는 사이에, 고향에서 부르던 노래를 나지막한 목소리로 흥얼거렸다. 「만둠베 그대의 긴 목은 정말로 아름다우니—」 벨의 목은 길지도 않고, 그녀는 아름답지도 않았지만, 그녀의 곁에 있으면 그는 저절로 기분이 좋아진다는 사실을 부인할 길이 없었다. 그리고 그녀도 마찬가지임을 그는 알았다.

벨의 오두막은 농장에서 가장 컸고, 앞에는 작은 꽃밭을 하나 가꾸어 놓았으며, 큰집에서 가장 가까운 곳에 위치했다. 부엌을 봐서 잘 알았던 터라, 쿤타는 그녀의 오두막이 깔끔하기 짝이 없다는 데 대해서 전혀 놀라지를 않았다. 그녀가 문을 열어 주어 안으로 들어가니, 방의 분위기가 아늑했으며, 통나무 벽은 진흙으로 틈을 메웠고, 손으로 빚은 벽돌로 쌓아 올린 굴뚝은 지붕에서 밑으로 내려오며 넓어져 벽난로와 이어졌고, 불가에는 조리용 기구들이 가지런히 걸려 반짝대었다. 그가 사는 집처럼 평범한 단칸방에 창문을 하나만 내지를 않고, 그녀의 오두막은 방이 두 개에 창문도 두 개였으며, 창문에는 비가 오거나 날씨가 추울 때 끌어내리는 덧문이 달렸음을 그는 알게 되었다. 보아하니 그녀는 커튼이 걸린 뒷방에서 잠을 자는 모양이었는데, 쿤타는 그쪽 문에서 줄곧 눈길을 피했다. 그가 들어간 방의 한가운데 놓인 장방형의 탁자 위에는 나이프, 포크, 숟가락이 항아리에 담겼고, 다른 항아리에는 정원에서 꺾어 온 꽃들을 담았으며, 진흙으로 빚은 납작한 촛대에는 두 개의 촛불을 밝혔고, 탁자의 양쪽 끝에는 등받이가 높고 앉는 자리에 수수깡을 깐 의자를 하나씩 놓았다.

벨은 그에게 벽난로 가까이에 놓인 흔들의자에 앉으라고 권했다. 그는 전에 한 번도 이런 괴상한 의자에는 앉아 본 적이 없었지만, 벨이 그렇듯이 자기의 이번 방문이 지극히 예삿일인 양 아무렇지도 않게 행동하려고 애쓰면서, 그녀가 시키는 대로 조심스럽게 자리에 앉았다.

「너무 바빠 불 지피지 못했어요.」그녀가 말했고, 쿤타는 무엇인가 자기 손으로 할 만한 일이 생겨서, 기뻐하며 의자에서 벌떡 일어났다. 부싯돌을 쇳조각에 부딪쳐, 굵은 소나무 장작 아래 벨이 이미 준비해 놓은 보풀보풀한 솜에 불꽃이 튀기자, 곧 불이 붙었다.

「모두 뒤죽박죽이라, 준비가 하나도 안 되었는데, 이렇게 지저분한 곳 어떻게 당신 오라고 했는지 모르겠어요.」벨은 냄비를 시끄럽게 덜그럭거리며 말했다.

「나 바쁠 일 없소.」쿤타가 대답했다. 속을 넣어 양념해서 미리 익혀 둔 통닭이 끓기 시작했는데, 그 요리를 쿤타가 아주 좋아한다는 사실을 그녀는 잘 알았다. 그리고 일단 음식을 차려 준 그녀는, 게걸스럽게 먹는 그를 나무랐다. 그러나 쿤타는 음식을 세 차례나 더 덜어 먹고 나서야 물러앉았고, 이제는 오히려 벨이 냄비에 조금 남았다면서 더 먹으라고 권했다.

「싫어요. 나 배 터지겠소.」쿤타는 사실대로 말했다. 자질구레한 이야기를 잠시 나눈 다음, 그는 일어서며 이제 가야겠다고 했다. 문간에서 잠시 멈칫거리며 그는 벨을 쳐다보았고, 벨도 그를 쳐다보았지만, 두 사람 다 아무 말이 없었고, 벨이 시선을 돌리자 쿤타는 노예 마을을 따라 절룩거리며 내려가 자기 오두막으로 갔다.

그는 이튿날, 아프리카를 떠난 이후로 여태껏 느껴 보지 못할 만큼 명랑한 기분으로 잠에서 깨어났는데, 그는 자기가 왜 그렇게 평상시와는 달리 말이 많아지고 쾌활하게 행동하는지를 아무에게도 설명하지 않았다. 그러나 그런 말을 할 필요는 별로 없었다. 쿤타가 벨의 부엌에서 미소를 짓거나, 큰 소리로 웃기까지 하더라는 소문이 나돌기 시작했다. 그리고 처음엔 주일마다, 그 후로는 한 주일에 두 번씩, 벨은 쿤타를 저녁 식사에 초대했다. 그는 가끔 사양도 해야 한다고 생각했지만, 어쩐지 거절할 마음이 내키지를 않았다. 벨은 거무스름한 완두콩 오크라, 땅콩으로 만든 스튜, 버터를 발라 구운 고구마 따위의, 항상 쿤타가 감비아에서도 재배된다고 가르쳐 준 작물로 음식을 만들어 주었다.

그들의 대화는 거의가 일방적이기는 했지만, 어느 쪽도 거기에 신경을 쓰지 않았다. 물론 그녀가 즐겨 하던 얘기는 주로 윌러 쥔님에 관한 내용이었으며, 쿤타도 벨보다 자신이 훨씬 더 많은 시간을 함께 보내는 쥔님에 대해서, 그녀가 그토록 많이 안다는 사실에 거듭거듭 놀랐다.

「쥔님 여러 가지 이상한 점 많아요.」 벨이 말했다. 「그분 은행에 돈 맡기기 안전하다 믿으면서도, 다른 곳 돈 감춰 두기도 해요. 저 이외에 아무도 그 장소 몰라요. 그리고 노예들 대해서도 또한 이상한 점 많아요. 그들 위해서 무슨 일이라도 해주면서, 일단 소란 일으키면 루터처럼 가차 없이 팔아 버린답니다.」

벨이 말을 이었다. 「또 이상한 점 많아요. 쥔님 튀기 노예 농장에 부리지 않는다 해요. 깡깡이 말고 여기 모두 검둥개 노예뿐 당신도 눈치 챘을 거예요. 쥔님 누구에게나 그런 생각 얘기하십니다. 나 쥔님이 지방 높은 사람 몇 명, 그러니까 누렁 노예 많이 소유한 사람 같이 얘기하는 말 들었는데, 많은 흰둥이들 여자 노예한테 자식 낳게 해서, 결국 자기네 핏줄 사고파는 짓이다 하니, 그런 일 중단하자 그러시더군요.」

쿤타는 벨이 이야기하는 동안, 나지막이 〈그래요, 그럼요〉 소리를 하면서, 비록 겉으로 나타내지는 않았지만, 때때로 한쪽 귀로만 듣고 그냥 흘려버리며 속으로는 다른 생각을 할 때도 많았다. 언젠가 쿤타가 준 절구에 빻아 그녀가 옥수수빵을 만들어 그에게 주었을 때, 쿤타는 아프리카의 어느 마을에서 아침을 준비하느라고 쿠스쿠스를 빻는 그녀의 모습을 마음의 눈으로 그려 보았지만, 난롯가에 서서 그녀는 옥수수빵을 사람들이 〈괭이빵〉이라고도 한다면서, 노예들이 들에서 일하다 지쳤을 때 괭이의 납작한 날에 놓고 만들어 먹어서 그런 이름이 붙었다는 얘기를 했다.

때때로 벨은 특별한 요리를 만들어 깡깡이나 정원지기에게 가져다주라고 그에게 맡기기도 했다. 그는 그들과 전처럼 자주 만나지는 않았지만, 그들이 이해를 해주는 눈치였으며, 서로 떨어져서 지내는 시간이 많아지다 보니까, 모처럼 만나면 그들과의 대화가 그만큼 더 즐거워지는 듯싶었다. 비록 그들과 벨에 관한 얘기를 나눈 적은 없었고, 그들도 역시 그녀의 이야기를 입에 올리지는 않았지만, 그들은 마치 쿤타와 벨의 만남이 바로 코앞 잔디밭에서 일어나는 듯이 훤히 알았고, 그녀와 쿤타가 서로 사랑한다고 훤히 안다는 사실도 그들의 표정에서 역력히 드러났다. 쿤타는 그런 눈치를 채고는 조금쯤 당황했지만, 그로서는 사실 어쩔 도리도 없었고, 그렇다고 해서 별로 신경도 쓰지 않았다.

그에게는 벨과 꼭 짚어 보고 넘어가야 할 심각한 문제가 몇 가지 남아서 그쪽으로 더욱 신경이 쓰였지만, 그는 그런 얘기를 자연스럽게 꺼내기가 보통 어려운 일이 아니었다. 그런 문제 가운데 한 가지는, 이교도 〈오, 주여〉와 친척 사이로 보이는 노란 머리의 〈예수〉라는 자의 그림이 담긴 큰 액자를 그녀가 앞방 벽에 걸어 두었다는 점이었다. 그래서 결국 그는 그 얘기를 꺼냈으며, 그러자 그녀는 서슴지 않고 말했다. 「모든 사람 갈 곳 천당 아니면 지옥 두 군데뿐인데, 당신 어디로 가겠나 그건 당신 알아 할 문제죠!」 그리고 그 이상은 더 따지려고 하지를 않았다. 그녀의 대답에 대해서 생각할 때마다 그는 마음이 언짢았지만, 마침내 그는 비록 그녀가 아무리 길을 잘못 들었다 할지라도, 그가 나름대로의 신앙에 대한 권리를 갖고 살아왔듯이, 그녀에게도 그녀 자신의 믿음에 대한 권리를 주어야 한다고 결론을 내렸다. 그는 누가 뭐라고 해도 알라신과 더불어 태어났으므로, 비록 벨을 자주 만나기 시작한 이후로는 한 번도 제대로 기도를 드린 적이 없다고 하더라도, 변함없이 알라신의 품 안에서 죽어 갈 생각이었다. 그는 앞으로 기도를 제대로 드리도록 잘못을 고쳐 나가겠다고 결심했으며, 알라신이 그를 용서해 주기를 바랐다.

어쨌든 그는 신앙이 다른 자기 같은 사람들에게도 그토록 잘 대해 주었고, 또한 자기와 마찬가지로 훌륭한 사람들이라면, 설사 이교도인 기독교인이라고 할지라도, 어느 누구라도 무정하게 대할 수가 없는 노릇이라고 느꼈다. 사실 그녀는 그에게 너무나 잘해 주어서, 쿤타도 그녀를 위해 특별한 무엇을, 하다못해 절구와 절굿공이 같은 선물이라도 주고 싶어 했었다. 그러던 어느 날, 주말에 퀸님을 방문하러 오기로 한 앤 아가씨를 데리러 존 퀸님의 집으로 가던 길에, 쿤타는 여러 차례 눈여겨보아 두었던 멋진 왕골밭에 멈춰서, 가장 훌륭한 놈으로 왕골을 좀 잘랐다. 그 후 며칠 동안 쿤타는 그것을 곱게 갈라, 부드럽고 하얀 속껍질을 뽑아서 그것으로 돗자리를 촘촘하게 엮었으며, 한가운데에는 만딩카의 굵직한 무늬도 넣었다. 그것은 생각보다 훨씬 훌륭한 물건이 되었으며, 그는 다음번에 그녀가 저녁에 그를 초대했을 때 그것을 선물했다. 그녀는 돗자리를 살펴보다가 머리를 들고 쿤타를 바라보았다. 「아무도 이것 못 밟게 하겠어요!」 그녀가 소리치고는, 몸을 돌려 침실로 사라졌다. 잠시 후에 그녀는 손을 뒤로 감추고 나타나서 말했다. 「성탄절 되면 주겠다 했지만, 그때 다른 거 또 만들었다 줄게요.」

그녀가 손을 내밀었다. 멋지게 짠 양말이었는데, 한쪽은 절반만 짜서, 앞부분을 부드러운 털로 메웠다. 쿤타와 벨 두 사람은 무슨 말을 해야 할지 몰랐다.

그는 그녀가 당장 먹어도 되도록 준비한 음식 냄새를 맡았지만, 둘이서 서로 쳐다보는 동안에 야릇한 감정이 들었다. 갑자기 벨이 그의 손을 잡았고, 그녀가 촛불 두 개를 단숨에 꺼버리자, 쿤타는 마치 급히 흘러가는 물결에 떠내려가는 나뭇잎 같은 기분이 들었고, 그들은 커튼을 내린 다른 방으로 가서, 서로 마주 보며 침대에 누웠다. 그녀는 그의 두 눈을 깊숙이 들여다보며, 손을 내밀었고, 그들은 서로 끌어안았으며, 그는 서른아홉 장마철 끝에 처음으로 한 여자를 품에 안았다.

65

「쥔님 제가 말하니 믿지 않으셨어요.」 벨이 쿤타에게 말했다. 「하지만 쥔님 결국 말씀하기를, 결혼한다면 예수님 눈에 성스러운 일이다 해서, 우리 그 일 좀 더 생각해 봐야 할 거다 그랬어요.」 그러나 쥔님 윌러는 그다음 몇 주일 동안 쿤타에게는 한마디 말도 없었다. 그러던 어느 날 밤, 벨이 쿤타의 오두막으로 달려와서, 숨을 헐떡이며 말했다. 「그래도 서로 결혼하기 원한다 말했더니 쥔님 그렇다면 좋다 승낙했어요!」

그 소식은 삽시간에 노예 마을에 퍼졌다. 이 사람 저 사람 모두들 축하를 하자, 쿤타는 어쩔 줄 몰랐다. 다음에 큰아버지를 방문하러 온 앤에게까지 벨이 얘기를 해서, 앤이 이리저리 뛰어다니며 〈벨이 결혼한대! 벨이 결혼한대!〉하고 소리소리 지르는 꼴을 보자, 쿤타는 벨의 목이라도 조르고 싶은 심정이었다. 그러면서도 쿤타는 마음속으로, 만딩카 사람들은 결혼을 출생 다음으로 중요하게 여기기 때문에, 그런 얘기를 듣고 기분이 상한다면 옳지 않은 일이라고 생각했다.

벨은 온갖 수단을 다 부려서, 쥔님이 마차(그리고 쿤타)를 성탄절 전 일요일에 하루 종일 쓰지 않겠다는 약속을 얻어 내어, 그날은 모든 사람이 일을 하지 않고 결혼식에 참석하도록 만들었다. 「당신, 큰집에서 결혼식 올리기 원하지 않는다 나 알아요.」 그녀가 쿤타에게 말했다. 「나 쥔님께 요청하면 부탁 들어주겠지만, 사실 쥔님 역시 그러기 원하지 않는다 나 알아서, 그러니까 저기에 다 모이면 돼요.」 그녀는 둥근 꽃밭을 갖춘 앞마당에서 결혼식을 거행하도록 손을 썼다.

노예 마을 사람들이 모두 가장 좋은 나들이옷을 차려입고 나왔으며, 그들의 맞은편에는 월러 쥔님과 앤 아가씨 그리고 아가씨의 부모가 줄지어 섰다. 그러나 쿤타에게 가장 영광스럽게 여겨진 축하객은 (어느 모로 보나 이 모든 일을 사실상 이루어 준) 그의 친구 가나 사람이었는데, 그는 엔필드에서 이곳까지 남의 마차를 여기저기서 얻어 타고 고생스럽게 찾아왔다. 쿤타는 벨과 함께 마당 한가운데로 걸어 나가면서, 콰콰 연주자에게 시선을 돌렸고, 그들이 오랫동안 서로 시선을 주고받은 다음, 축가와 기도를 해주는 벨의 친구이며 농장 세탁부인 수키 아줌마가 결혼식을 거행하려고 앞으로 나섰다. 참석한 모든 사람에게 가까이 모여 서라고 부른 다음에, 수키가 말했다. 「이제 하나님 짝하여 주신 이 한 쌍 위해 모두 기도드립시다. 두 사람 영원히 함께 살기 여기 모인 모두 기도합시다.」 그녀는 잠깐 머뭇거렸다. 「그리고 혹시 두 사람 다른 곳 팔려 가는 일 없도록 기도합시다. 또한 훌륭하고 건강한 자식 많이 낳도록 기도합시다.」 그리고 수키 아줌마는 아주 엄숙하게, 쿤타와 벨 바로 앞의 새로 깎은 잔디밭 위에 빗자루를 놓고는, 서로 팔짱을 끼라고 지시했다.

쿤타는 숨이 막힐 듯했다. 그의 머릿속에서는 주푸레에서 거행되던 결혼식 광경이 얼핏 스쳐 지나갔다. 그는 춤추는 사람들의 모습이 눈에 선했고, 노래를 부르고 기도를 드리는 소리가 귓전에 생생했고, 말하는 북이 이웃 마을에 기쁜 소식을 알리는 소리도 들려오는 듯싶었다. 그는 지금 자기가 하는 일이 용서받기를 바랐으며, 그들이 이교도 신에게 무슨 말을 하든지 간에 알라신은 쿤타가 아직도 알라신을, 오직 알라신만을 믿는다고 알아주기를 바랐다. 그러자, 마치 멀리 까마득한 곳에서 들려오는 소리처럼, 수키 아줌마가 묻는 말이 들려왔다. 「이제 그대들 두 사람 결혼하기 분명히 원하는가?」 쿤타 옆에 선 벨은 부드러운 목소리로, 〈네, 원합니다〉하고 대답했다. 그리고 수키 아줌마는 쿤타를 쳐다보았는데, 그녀의 시선이 그를 꿰뚫는 듯싶었다. 그러자 벨이 그의 팔을 아주 힘껏 죄었다. 그는 입을 열고는 억지로 〈네〉하고 대답했다. 그러고 나서 수키 아줌마가 말했다. 「그러면 이제 주님 앞에 그대들 성스러운 결혼 생활 들어갑니다.」

쿤타와 벨은, 어제 벨이 거듭거듭 그에게 연습을 시켰듯이, 함께 높이 뛰어 빗자루를 넘었다. 그는 이런 짓이 우스꽝스럽다고 생각했지만, 그녀는 두 사람 가운데 어느 하나가 발로 빗자루를 건드리면 그들의 결혼 생활에 최악의 불운이 닥쳐오고, 발이 닿은 사람이 먼저 죽게 된다고 조심을 시켰다. 그들 두 사람이 안전하게 빗자루를 건너뛰자, 구경하던 모든 축하객들이 박수를 치며 환호성을 올렸으며, 그들이 다시 조용해지자 수키 아줌마가 다시 말문을 열었다. 「주님 맺어 주셨으니, 어느 사람도 갈라놓지 못하리라. 그리고 그대들 서로 성실해야 되느니라.」 그녀는 쿤타를 빤히 쳐다보았다. 「훌륭한 기독교인 되시오.」 그러고 나서 수키 아줌마는 쥔님 월러에게로 시선을 돌렸다. 「쥔님, 결혼식 맞아 하고 싶은 말씀 있으세요?」

쥔님은 마음이 내키지 않는 기색이 역력했지만, 그래도 앞으로 나서서 조용하게 말했다. 「쿤타는 훌륭한 아내 벨을 맞아들였어요. 그리고 벨도 훌륭한 남편 만났고요. 그래서 나를 비롯하여 이 자리에 모인 나의 가족은 모두 이들 한 쌍에게 평생 행운이 깃들기를 바랍니다.」 노예 마을의 모든 사람이 보내는 환호성 속에서, 앤 아가씨가 즐거워 팔짝팔짝 뛰면서 소리를 질러 댔고, 결국 마남은 아가씨를 다른 곳으로 끌고 가야 했으며, 노예들이 자기들끼리 마음대로 즐기도록 내버려 두고 월러 집안사람들은 큰집으로 들어갔다.

수키 아줌마를 도와서 벨의 친구들은 기다란 식탁을 냄비들이 다 덮어 버릴 만큼 음식을 많이 차렸다. 진탕 먹고 떠들면서, 쿤타와 가나 사람만을 제외하고, 모두들 쥔님이 선물로 지하실에서 올려 보내 준 브랜디와 포도주를 나누어 마셨다. 피로연이 시작되면서부터 깡깡이는 계속해서 점점 더 큰 소리로 악기를 연주하기 시작했는데, 도대체 언제 몰래 술을 마셨는지 쿤타로서는 알 길이 없었지만, 깡깡이를 켤 때마다 휘청거리는 꼴을 보니 벌써 여러 잔 마신 모양이었다. 그는 깡깡이가 술을 마시는 것을 자주 보았으므로 그냥 포기해 버린 상태였지만, 열심히 포도주 잔을 비우는 벨을 보고는 차츰 걱정이 되고 당황했다. 그는 그녀가 친구인 맨디 언니에게 〈10여 년 전부터 나 그이 찍어 뒀었지!〉 하는 말을 우연히 듣고는 충격을 받았다. 그리고 잠시 후에, 그녀는 비틀거리며 그에게로 와서, 팔로 그의 목을 휘감고는, 모든 사람이 지켜보는 앞에서 여봐란 듯 그의 입에다 키스를 했고, 여기저기서 옆구리를 팔꿈치로 쿡쿡 찔러 대며 왁자지껄한 웃음소리와 지저분한 농담이 터져 나왔다. 마지막 남은 축하객들이 거의 다 자리를 뜰 무렵이 되자 쿤타는 팽팽한 활줄처럼 잔뜩 긴장된 상태였다. 마침내 마당에는 그들만이 남았고, 벨은 흐느적거리는 걸음걸이로 그에게 다가오며 혀가 꼬부라진 소리로 나지막하게 말했다. 「이제 당신 암소 샀으니, 마음대로 우유 마시게 됐어요!」 그녀가 그런 소리를 하자, 그는 겁이 덜컥 났다.

그러나 그가 충격을 극복하는 데는 별로 시간이 오래 걸리지 않았다. 몇 주일이 지나가는 사이에, 그는 덩치가 크고, 억세고, 건강한 여자가 진짜로 어떤지를 상당히 더 잘 알게 되었다. 지금까지 그가 어둠 속에서 손으로 더듬어 보았던 결과로, 그는 벨의 엉덩이가 다른 여자들처럼 크게 보이도록 솜을 넣은 허리받이를 하지 않고, 분명히 전체가 진짜임을 알게 되었다. 비록 한 번도 기회를 주지 않고 그녀가 얼른 촛불을 꺼버렸기 때문에, 그는 그녀의 알몸을 본 적은 없었지만, 그나마 젖가슴은 구경하도록 허락을 받았고, 아들에게 실컷 젖을 먹이기에 넉넉할 만한 크기를 보고 그는 아주 좋아하고 만족했다. 하지만 쿤타는 벨의 등에 남은 깊은 채찍 흉터를 처음 보고는 크게 놀랐다. 「나 어머니처럼 죽을 때까지 이 흉터 갖고 살아요.」 벨이 말했다. 「그래도 나 등 당신처럼 나쁘다 아녜요.」 자신의 등을 본 적이 없었던 쿤타는 이 말을 듣고 깜짝 놀랐다. 그는 채찍질을 당했던 사실을 벌써 20년 동안이나 잊다시피 하고 살아왔다.

항상 그녀의 따스함을 곁에서 느끼고, 밀짚이나 옥수수 껍질 대신 솜을 넣은 부드러운 잠자리를 깐 벨의 커다란 침대에서, 쿤타는 기분

좋게 잠을 잤다. 또한 그녀가 손수 만든 이불도 따뜻하고 편안했으며, 요를 깔고는 이불까지 덮고 잠을 자다니, 그것은 그에게는 아주 새롭고 사치스러운 경험이었다. 그에 못지않게 기분 좋은 일은, 그녀가 만들었고, 날마다 그녀가 빨아서, 풀을 먹이고, 말끔히 다림질도 해주는 몸에 꼭 맞는 셔츠였다. 그리고 그녀는 발목까지 올라오는 뻣뻣한 구두를 가죽에 수지를 발라 부드럽게 해주었고, 반쪽 발에 맞게 솜을 넣은 양말도 몇 켤레 더 짜주었다.

몇 년 동안 쿤타는 하루 종일 쥔님을 모시고 다니다가, 밤에 집으로 돌아와서는 찬밥을 먹고, 짚으로 엮은 외로운 잠자리에 기어 들어가는 생활을 계속했었지만, 이제는 집에 돌아오면, (물론 돼지고기는 빼놓았지만) 쥔님한테 올린 저녁과 똑같은 음식을 벨이 벽난로에다 따뜻하게 데워서 정성껏 차려 주었다. 그리고 그는 하얀 접시에다 음식을 담아 내놓고, 보나 마나 큰집에서 그녀가 몰래 가져왔을 나이프, 스푼, 포크로 식사를 하면 기분이 즐거웠다. 벨은 (이제는 그들 두 사람의 오두막이라고 그가 가끔 상기시켜 줘야 했지만) 그녀의 오두막을 안쪽뿐 아니라 바깥쪽에도 하얀 칠을 했다. 이리저리 따져 봐도 그는 그녀의 거의 모든 점이 마음에 든다는 사실을 깨닫고 놀랐으며, 쓸데없이 잘난 체하고 다른 생각을 하면서 헛되이 보낸 세월을 생각하면, 진작 정신을 차리고 훨씬 즐겁게 보냈을 시간들이 아깝기만 했다. 불과 몇 달 전, 몇 발자국 떨어져 살던 때에 비하면, 모든 면에서 삶이 그토록 달라지고 그토록 좋아졌다는 사실이 그는 믿어지지가 않을 따름이었다.

66

그들은 〈빗자루 뛰어넘기〉를 한 다음 사이가 무척 가까워지기는 했지만, 때때로 쿤타는 벨이 아직도 자기를 완전히 믿지 않는다고 느꼈다. 이따금 그녀는 부엌이나 오두막에서 그에게 얘기를 하다가, 무엇인가 말을 꺼낼 듯하다가 갑자기 다른 얘기로 넘어가고는 해서, 쿤타는 화가 나기도 했지만, 그나마 자존심 때문에 감정을 숨기고는 했다. 그리고 벨이 분명히 쥔님 방의 열쇠 구멍으로 엿들었을 만한 얘기를 쿤타가 깡깡이나 정원지기로부터 전해 들은 경우도 한두 번이 아니었다. 그녀가 그들에게 무슨 얘기를 했는지 그런 내용은 중요한 문제가 아니었지만, 그녀가 그에게는 얘기를 하지 않고, 자기 남편에게 무엇인가 비밀로 숨긴다는 사실이 그는 기분이 나빴다. 더욱 기분이 상했던 까닭은, 그들로서는 아주 모르고 넘어가거나, 아니면 적어도 퍽 오랫동안 알아내지 못했을 소식들을 지금까지 그녀와 그들에게 숨김없이 스스로 털어놓았었다는 점이었다. 쿤타는 마을에서 들은 얘기를 때로는 몇 주일 동안이나 벨에게 얘기하지 않고 지내기 시작했다. 나중에 혹시 그녀가 그런 얘기를 꺼내면, 그는 사건이 요즈음 잠잠해진 줄 알았다거나, 별로 대수롭지 않은 문제라고 생각했기 때문에 얘기를 하지 않았노라고 말했다. 하지만 다음에 읍내에서 돌아오면 그는, 그녀가 이제는 정신을 차렸겠거니 하는 생각에서 벨에게, 쥔님이 신문에서 얼마 전에 읽은 기사를 친구에게 전하는 얘기를 우연히 들었다고 하면서, 뉴올리언스의 벤저민 러시라는 흰둥이 의사가 최근에, 평생 자기를 위해 일해 온 제임스 더햄이라는 검둥이 노예 조수가 자기 못지않게 의학에 관해 배운 바가 많다고 판단되어서, 그를 자유의 몸으로 풀어 주었다고 신문에 썼다는 글의 내용을 그녀에게 전해주었다.

「의사 일 가르친 의사보다 더 유명한 의사 된 사람 얘기죠?」 벨이 물었다.

「그거 어떻게 알지? 쥔님 방금 읽었다 했고, 아직 아무도 손님 안 와서, 쥔님 그 얘기 하는 거 당신 들을 기회 없었을 텐데.」 당황하기도 하고 화도 나서 그가 말했다.

「아, 나 다 듣는 길 알아요.」 벨은 애매하게 대답하면서 말머리를 돌렸다.

그래서 쿤타는 이제부터 그녀에게 다시는 아무 얘기도 해주지 않으리라고 작정했으며, 그다음 한 주일가량은 그 문제나 또 다른 어떤 얘기도 거의 입 밖에 내지 않았다. 마침내 벨은 눈치를 챘고, 어느 일요일 밤 오두막에서, 촛불을 밝히고 정성껏 차린 저녁 식사를 든 후에, 벨은 그의 어깨에 손을 얹고 조용히 말했다. 「당신에게 꼭 해야 한다는 얘기 나 마음에 걸렸어요.」 그녀는 침실로 들어가더니, 그녀가 침대 밑에 쌓아 둔다는 사실을 쿤타도 잘 알았던, 「버지니아 가제트」신문을 한 부 들고 곧 돌아왔다. 그는 그녀가 신문을 펼쳐 들면, 토요일마다 군청 소재지에서 서성거리는 가난 흰둥이들뿐 아니라, 너무나 많은 검둥이들이, 사실은 글을 한 줄도 읽을 줄 모르면서, 공연히 멋으로 신문을 펴들고 앉아 빈둥거리듯이, 그녀가 그저 재미 삼아 신문을 뒤적인다고 생각했었다. 그러나 이제 벨의 얼굴에서 어떤 은밀한 시선을 보았을 때, 그는 그녀가 하려던 말이 무엇인지를 눈치채고는, 놀라움을 금치 못했다.

「나 약간 읽을 줄 알아요.」벨이 머뭇거렸다.「쥔님 알면 해 뜨기 전 나 팔아 버릴 거예요.」

쿤타는 벨이 질문만 받으면 온갖 얘기를 장황히 늘어놓는다는 습성을 잘 알았으므로, 아무 대꾸도 하지 않았다.「어렸을 때부터 나 글 좀 알았어요.」그녀는 말을 이었다.「나를 가르쳐 준 사람 바로 쥔님 아이들이었어요. 아이들 학교 다녀와서 선생님 놀이 좋아했고, 쥔님과 마님 다른 흰둥이처럼, 검둥이들 너무 미련해 아무것 배우지 못한다 생각해서 신경 안 썼어요.」

쿤타는 스폿실베이니아 법원에서 자주 만났던 어느 늙은 검둥이가 생각났는데, 노인은 그곳에서 오랫동안 청소부로 일하며, 흰둥이들이 그런 의심은 꿈에도 하지 않는 가운데, 아무도 없는 틈을 타서 그들의 필적을 위조해 가짜 서명을 한 여행 허가서를 만들어서는 검둥이들에게 팔았다.

벨은 집게손가락 끝으로 신문 앞장을 짚어 가면서 읽어 내려갔다.「이 기사 버지니아 의회 다시 열렸다 얘기군요.」그녀는 인쇄된 글자를 자세히 들여다보았다.「세금 관한 새로운 법률 통과되었어요.」쿤타는 놀라기만 했다. 벨은 더 아래쪽으로 훑어 내려갔다.「바로 여기 보면, 잉글랜드에서 검둥이 노예 다시 아프리카로 돌려보냈다 얘기예요.」벨은 눈을 들어 쿤타를 쳐다보았다.「사람들 무슨 얘기 한다 더 읽어 줄까요?」쿤타는 고개를 끄덕였다. 벨은 손가락으로 짚어 가며, 소리를 내지 않고 입만 움직이면서, 얼마 동안 읽어 내려갔다. 그러더니 그녀는 다시 말했다.「확실히 다 모르겠지만, 잉글랜드 약 4백 명 검둥개 시에라리온이라는 곳에 보냈고, 거기 다스리는 왕한테 잉글랜드 사들인 땅인데, 돌아가는 검둥개들 여비 주고, 땅도 좀 주었대요.」

읽는 일이 무척 힘들어 피곤해지자, 그녀는 속 페이지들을 뒤적이다가, 막대기에 짐을 묶어 어깨에 메고 행렬을 이루어 걸어가는 똑같은 사람들의 모습을 겨우 알아보겠는 사진을 찾아내고는, 밑에 적힌 사진 설명을 손가락으로 가리키면서 말했다. 「옛날 당신 마지막 도망 때 얘기처럼, 여기 도망친 노예에 대해서 이렇게 설명해요. 피부빛 어떻고, 얼굴이다, 팔이다, 다리다 매 맞고 낙인 찍혀 어떤 상처 생겼다 설명해요. 그리고 달아날 때 입은 옷 무엇이다 같은 얘기도 하고요. 그런 다음, 누구 소유이다, 잡아 주는 사람 어떤 상 준다 그러는 내용들이죠. 나 이런 거 5백 번도 더 봤고, 어디서 검둥개 자꾸자꾸 도망쳐 너무 화난 쥔님 검둥개 살려 잡아 오면 10달러 주고, 머리 잘라 오면 15달러 준다 한 광고도 봤어요.」

결국 그녀는 신문을 읽기가 힘들어 피곤하다는 듯 한숨을 지으며 내려놓았다. 「이제 나 어떻게 검둥이 의사 얘기를 알아냈다 아시겠죠. 쥔님 마찬가지 신문에서 봤어요.」

쿤타는 그녀에게 쥔님이 보는 신문을 그렇게 읽다니, 위험한 모험을 하는 셈이 아니냐고 물었다.

「나 정말 조심해요.」 그녀가 말했다. 「한 번 쥔님 때문에 나 죽을 지경 겁났어요.」 벨이 말을 이었다. 「어느 날 거실 청소하다 사실 쥔님의 책 하나 골라서 보는데, 갑자기 쥔님 덜컥 들어왔죠. 맙소사, 나 꽁꽁 얼었어요. 쥔님 꼼짝 않고 한참 나 노려보았어요. 그렇지만 얘기 하나도 안 했죠. 그냥 쥔님 나가고, 그날부터 지금까지 책장 열쇠 언제나 잠겼어요.」

벨은 신문을 침대 밑으로 밀어 넣고는, 잠시 침묵을 지켰으며, 이제 그녀를 너무나 잘 알았던 쿤타는, 아직도 그녀에게 할 말이 무엇인가 또 남아음을 눈치 챘다. 잠자리에 들 시간이 거의 다 되었을 때, 그녀는 갑자기 무슨 결심이라도 한 듯이 탁자 앞에 앉았고, 은밀하면서도 자랑스러운 표정을 지으며 그녀의 앞치마 주머니에서 연필과 접은 종이쪽지를 꺼냈다. 그녀는 구겨진 종이를 찬찬히 펴더니, 아주 조심스럽게 글씨를 쓰기 시작했다.

〈이거 뭔가 알아요?〉라고 묻더니, 그녀는 쿤타가 대답하기도 전에 말했다. 「내 이름요. ㅂ-ㅔ-ㄹ.」 쿤타는 연필로 쓴 글자를 응시하면서, 그에게 불행을 가져다줄지도 모르는 투봅 그리그리스를 품었을

지 모른다고 생각해서, 자신이 지금까지 얼마나 투박 글자를 꺼렸었는지를 기억했는데, 아직도 자신의 짐작이 그토록 터무니없는 생각이었다고는 확실히 단정할 수가 없었다. 벨은 다시 글자를 몇 개 더 써놓았다. 「이거 당신 이름. ㅋ-ㅜ-ㄴ-ㅌ-ㅏ.」 그녀는 쿤타를 올려다보며 미소를 지었다. 쿤타는 자기도 모르는 사이에 그 신기한 글자를 자세히 보려고 좀 더 가까이 몸을 구부렸다. 그러자 벨은 벌떡 일어나더니, 종이를 구겨, 벽난로 속의 꺼져 가는 불씨 속으로 던졌다. 「글로 쓰지 않으면 절대 안 잡혀요.」

몇 주일이 지난 후 쿤타는 비로소, 벨이 그렇게 자랑스러워하며 그녀가 읽기와 쓰기를 할 줄 안다고 자기에게 알려 준 다음, 줄곧 그를 괴롭혀 온 불안감을 풀어 버리기로 마음먹었다. 흰둥이 쥔님들과 마찬가지로, 이곳 농장에서 태어난 검둥이 노예들은 당연히, 아프리카에서 온 사람들이라면 교육 따위는 고사하고, 그저 나무에서 내려온 원숭이 정도라고 생각했다.

그래서 어느 날 저녁 식사를 하고 난 다음, 쿤타는 아주 태연하게 오두막 벽난로 앞에 무릎을 꿇고 앉아, 노변(爐邊)에다 재를 긁어모아서는, 손바닥으로 그것을 고루 깔았다. 벨이 호기심에 차서 쳐다보는 사이에, 그는 주머니에서 가늘게 자른 나뭇가지를 꺼내, 재 위에다 아랍 어로 자기 이름을 긁어서 썼다.

벨은 쿤타가 마저 다 쓰기도 전에 물었다. 「그게 뭐예요?」 쿤타가 알려 주었다. 그러자 그는 자신의 뜻을 납득시켰다는 판단에, 재를 난로 속으로 밀어 넣고 흔들의자에 앉아서, 어떻게 글 쓰는 법을 배웠느냐고 그녀가 묻기를 기다렸다. 오래 기다릴 필요는 없었고, 저녁이 다 가도록 이번에는 쿤타가 주로 얘기를 했고, 벨이 귀를 기울였다. 쿤타는 말을 더듬거리면서, 속이 빈 마른 풀줄기로 만든 펜과 솥바닥의 검댕으로 만든 잉크로 고향에서 아이들이 글을 익혔다는 얘기를 했다. 그는 그녀에게 아라팡에 대해서, 그가 아침저녁으로 아이들에게 가르친 공부에 대해서 얘기해 주었다. 얘기에 열이 오르기도 하고, 오랜만에 벨이 입을 다물어서 기분이 좋아진 그는, 주푸레 마을에서 학생들이 졸업을 하려면 『꾸란』을 잘 읽어야 한다는 얘기도 했으며, 내친 김에 쿤타는 그녀에게 『꾸란』 경전 몇 구절을 암송해 주었다. 그는 벨이 호기심을 느꼈다고 생각했으며, 그녀를 알고 난 이후 여러 해 만에 처음으로, 드디어 그녀가 아프리카에 대하여 조금이나마 관심을 보이는 듯해서 조금쯤은 놀라기도 했다.

벨이 그들 사이에 놓인 탁자를 두드렸다.「아프리카 말 탁자 뭐라고 하나요?」그녀가 물었다.

아프리카를 떠나 온 이래 한 번도 만딩카 말을 한 적은 없었지만, 자신도 모르게 〈메소〉라는 말이 입에서 저절로 흘러나왔고, 그는 자랑스러움으로 가슴이 벅찼다.

「저거는요?」벨이 의자를 가리키며 물었다.「시랑고.」쿤타가 말했다. 그는 기분이 너무나 좋아져서, 벌떡 일어나 이것저것을 가리키면서 방안을 돌아다녔다.

쿤타는 벽난로 위에 놓인 양철 냄비를 두드리면서 〈칼레로〉하고 말하더니, 탁자 위에 켜놓은 촛불을 가리키며 〈칸디오〉라고 말했다. 너무나 놀란 벨은 의자에서 일어나, 쿤타의 뒤를 따라 걸어다녔다. 쿤타는 구두를 넣는 누런 삼베 가방 곁으로 가더니 〈보토〉라고 말했으며, 말린 바가지를 만지면서 〈미랑고〉라고 했으며, 정원지기 노인이 짠 바구니는 〈신싱고〉라고 가르쳐 주었다. 그는 벨을 침실로 데리고 들어갔다. 침대를 가리키면서 그는 〈라랑고〉, 그리고 베개는 〈쿵라랑〉이라고 했다. 창문은 〈자네랑고〉였고, 지붕은 〈칸카랑고〉였다.

「세상에, 굉장해요!」벨이 감탄했다. 그의 고향에 대해서 그가 기대했던 것보다 훨씬 더 깊은 존경심을 벨은 나타냈다.

「이제 우리 쿵라랑 머리 얹을 시간이야.」쿤타는 침대 가에 걸터앉아 옷을 벗기 시작했다. 그녀는 잠시 이마를 찌푸리더니, 웃음을 터뜨리며 그를 껴안았다. 오랜만에 그는 아주 기분이 좋았다.

67

쿤타는 여전히 깡깡이와 정원지기를 찾아가 만나서 얘기 나누기를 좋아했지만, 혼자 살 때만큼 자주 그러지는 않았다. 이제는 자유로운 시간이 생기면 대부분 벨과 지냈음으로, 그것은 별로 놀라운 일이 아니었다. 그러나 최근에는 그들이 어쩌다 함께 어울리더라도 그들이 그를 대하는 태도가 전과는 달라져서 — 다정스럽지 않다고까지는 말하기가 어려웠지만, 분명히 붙임성이 줄어든 듯했다. 사실 쿤타를 벨의 품 안으로 밀어 넣다시피 한 사람들은 바로 그들이었지만, 이제 그가 막상 결혼을 하고 났더니, 그들은 마치 자기들도 그렇게 되기가 두렵다는 듯이 행동했으며, 그가 가정이나 아궁이에서 따스함을 느낀다고 해서, 추운 밤이 그들에게도 조금이나마 더 따스하게 느껴지지는 않는다고 섭섭해하는 눈치였다. 그러나 그는 전처럼 (서로 출신이 다름에도 불구하고 독신으로서 서로 누렸던 우정만큼) 그들과 가깝다는 마음은 느끼지 못했지만, 이제는 벨과 결혼함으로써 그들과 같은 삶을 살게 되기라도 한 듯, 그들은 그를 훨씬 잘 받아 주었다. (물론 전에도 깡깡이의 조잡스러운 얘기들을 쿤타는 즐기지를 않았지만) 결혼한 이후로 그들의 대화는 전처럼 저속하지는 않았으며, 세월이 지나고 서로 믿음이 깊어지자, 그들의 사이는 더욱 가깝고 진지하게 되었다.

「겁났어!」 어느 날 밤 깡깡이가 소리쳤다. 「그래서 흰둥이들 인구 조사 때문에 사람들을 헤아리느라고 바빠! 데리고 온 검둥개 흰둥이보다 더 많아졌다 겁먹었어!」 깡깡이가 말했다.

쿤타는 벨이 「가제트」 신문에서 읽은 내용이라면서, 인구 조사 집계에 의하면 버지니아 주에는 흰둥이들이 검둥이들보다 겨우 몇천 명 정도밖에 더 많지 않다는 얘기를 해주었다.

「흰둥이들 우리보다 자유 검둥이들 더욱 겁먹어.」 늙은 정원지기가 끼어들었다.

「버지니아에만 6만 명쯤 자유 된 검둥이 산다고 들었어.」 깡깡이가 말했다. 「그러니 노예 검둥개 얼마나 많다 알 길이 없지. 다른 주 가면 더 많을지 몰라. 땅이 좋아 곡식 많이 내고, 배 많이 다녀 곡식 팔러 시장 가기 좋은 남쪽에 검둥개들 제일 많아……」

「그래, 거기 가면 흰둥이 하나에 검둥개 둘씩이야!」 늙은 정원지기가 말을 가로막았다. 「루이지애나 삼각주, 사탕수수 재배 많은 야주 강 미시시피에 검둥개 많고, 벼하고 인디고 굉장히 많이 자라는 남캐롤라이나하고 조지아하고 앨라배마하고 가면, 흑인 따로 사는 지역 많고, 나 얘기하는데, 거기 멀리 떨어진 큰 농장 가면, 숫자 하나도 헤아리지 못한 검둥개 얼마든지 많아.」

「어떤 농장 너무 커서, 여럿 작게 잘라 따로따로 감독 둔다 하더군.」 깡깡이가 말했다. 「큰 농장 쥔님들 대개 도시 나가 사는 유명한 변호사, 정치가, 사업가이고, 여자들 농장 취미 없어 추수 감사절, 성탄절, 여름 들놀이 때 근사한 마차에 친구들 태우고 가볼 뿐이라더군.」

「그렇지만 자네 이거 몰라.」 늙은 정원지기가 말했다. 「노예 제도 반대하자 말하는 사람들 바로 도시 사는 부자 흰둥이들이야.」

깡깡이는 그의 말을 가로막았다. 「흥! 그거 모르는 소리! 노예 제도 폐지 원한다 말했던 작자들 언제나 높은 지위 앉은 흰둥이들이었지. 진짜 노예 제도 여기 버지니아에서 10년 전부터 불법인데, 법이다 아니다 소용없이, 우린 여전히 노예이고, 검둥개들 자꾸 더 많이 배에 싣고 와.」

「모두 어디 끌려가요?」 쿤타가 물었다. 「나 아는 마부 몇 명 말하는데, 쥔님들하고 때때로 먼 곳 길 떠나도, 며칠 동안 검둥이 얼굴 하나 못 보고 한다더군요.」

「커다란 농장 있지만, 검둥개 전혀 없는 시골 많아.」 정원지기가 말했다. 「흙 말고 먹을 거 없을 만큼 가난 흰둥이들 1에이커에 50센트 주고 살 수 있는 자갈투성이 작은 농장들 말이야. 그리고 땅 별로 더 좋지 않고 노예 몇 명뿐인 곳 형편 조금도 낫지 않아.」

「검둥개 정말 많은 곳 얘기 들었는데, 서인도 제도라 하지.」 깡깡이가 쿤타에게로 시선을 돌리며 말했다. 「어딘지 알아? 너 온 곳 같아 물 건너야.」

쿤타는 머리를 저었다.

「어쨌든 그래.」 깡깡이가 말을 계속했다. 「그곳 한 쥔님에 검둥개 천 명이 달렸는데, 수숫대 키워 잘라, 사탕하고 물엿하고 럼주 만들어. 사람들 얘기하는데, 너 이곳 태우고 왔던 그런 많은 배 서인도 제도에 들러, 아프리카 검둥개들 내려놓고, 오래 배 타고 왔다 병들고 굶주려 거의 죽을 사람들 얼마간 살 붙게 해주지. 살 많이 붙으면 여기 데리고 와, 일 적합한 검둥개들 더 비싼 값 받지. 적어도 소문은 그래.」

쿤타는 깡깡이와 정원지기가 버지니아와 북캐롤라이나 주 밖으로는 나가 본 적이 전혀 없다고 스스로 말했으므로, 그들이 가본 적도 없는 곳들에 관하여 그토록 많이 안다는 사실에 놀라움을 금치 못했다. 쿤타는 아프리카에서 건너왔을 뿐 아니라, 쥔님의 마차를 몰고 주의 여러 곳을 돌아다녔으므로 그들보다 훨씬 더 많이 여행을 했지만, 그래도 그들은 여전히 그보다 훨씬 더 많이 알아서, 지금까지 여러 해 동안 그토록 얘기를 많이 들어왔지만, 그래도 그들에게는 아직까지 새로운 얘기가 많았다.

쿤타는 그들의 도움으로 이것저것 많이 배워 가고 있었기 때문에, 자신이 얼마나 무지한지에 대해서는 별로 걱정하지 않았지만, 자신보다도 세상을 잘 모르는 노예들이 퍽 많다는 사실 때문에 오래전부터 몹시 괴로워했었다. 그가 지금까지 살펴본 바로는, 대부분의 검둥이들은 그들이 어떤 사람인지는 말할 나위도 없고, 그들이 어디에서 살아가는지조차 제대로 알지 못했다.

쿤타가 그런 얘기를 꺼내자, 벨은 이렇게 대답했다. 「버지니아 주사는 검둥개들 절반은 쥔님 농장 떠나 본 적 없다 분명해요 그리고 이름 들어 본 곳이라도 리치먼드, 프레더릭스버그, 북부뿐인데, 그나마 그런 곳 어딘지 위치도 몰라요. 흰둥이들은 검둥개들 봉기 일으키고 도망한다 걱정한 나머지, 사는 위치 가르쳐 주지 않아요.」

깡깡이나 정원지기가 아니라, 벨에게서 그토록 통찰력이 뛰어난 얘기를 듣고, 쿤타가 놀란 마음을 미처 진정시키기도 전에, 그녀는 다시 말했다. 「당신 아직도 기회 생기면 탈주한다 생각이에요?」

쿤타는 그녀의 질문에 흠칫 놀라서, 한참 동안 대답을 하지 않았다. 그러더니 마침내 그가 말했다. 「글쎄, 오랫동안 그런 생각 안 했어.」

「오랫동안 나 아무도 눈치 채지 못하는 사이, 남들 안 하는 생각 하나 했어요.」 벨이 말했다. 「북부 도망한 사람 자유롭게 된다 나 얘기 들었고, 그래서 나 어쩌면 자유롭게 된다 이따금 생각했어요.」 그녀는 쿤타를 찬찬히 뜯어보았다. 「쥔님 얼마나 좋은지는 상관없이, 당신과 나 좀 더 젊었더라면, 오늘 밤 당장 여기 떠나도 되겠다 생각해요.」 쿤타는 어안이 벙벙해서 멍하니 앉아 침묵을 지켰고, 그러자 그녀가 나지막하게 말했다. 「그런데 나 너무 나이 먹었고, 그래서 겁나요.」

벨은 그 순간 쿤타가 무슨 생각을 하는지 환히 읽었던 양이었고, 그는 마치 뒤통수라도 한 대 얻어맞은 듯한 기분이었다. 그는 이제 다시 도망치기에는 너무 나이가 많았고, 너무 지쳤다. 그리고 겁이 났다.

밤낮으로 도망을 다니던 무서운 시절의 모든 고통과 두려움이 — 부르튼 발, 터질 듯한 심장, 피가 흐르던 손, 찔러 대는 가시덤불, 뒤쫓는 개들이 짖는 소리, 으르렁거리던 사나운 아가리, 총성, 채찍의 아픔, 그리고 내리찍던 도끼가 모두 그의 머릿속에서 되살아났다. 쿤타는 자기도 모르는 사이에 답답한 우울증에 빠져 버렸다. 일부러 그러지는 않았지만, 어쨌든 자기가 그런 감정을 쿤타의 마음속에서 불러일으켰음을 알았고, 그리고 사과하는 말까지도 같은 얘기만 계속하는 셈이어서 더욱 그에게 좋지 않으리라고 생각한 벨은, 아무 소리도 없이 자리에서 일어나 침대로 갔다.

쿤타는 아내가 자리를 떴다는 사실을 뒤늦게야 깨닫고는, 아내에 대한 생각을 그가 전혀 하지 않았다고 미안한 기분이 들었다. 그리고 그녀와 다른 검둥이들을 자신이 가혹할 정도로 과소평가했었다는 생각에 그는 마음이 아팠다.

검둥이들은 그들이 사랑하는 사람이 아니면 누구에게도 속마음을 보이지 않았으며, 그들도 자기 못지않게 삶의 압박감을 느끼고 증오했음을 그는 깨달았다. 그는 자기가 얼마나 미안하게 생각하며, 그녀의 고통에 얼마나 공감하고, 그녀의 사랑에 대해서 얼마나 고맙게 생각하고, 마음속 깊이 그들 사이의 유대를 얼마나 강하게 느끼는지를 그녀에게 제대로 표현하는 방법을 알고 싶었다. 그는 조용히 침실로 가서, 옷을 벗고, 침대로 들어가, 그녀를 껴안았으며, 절망적인 강렬함을 느끼며 그는 아내를, 그리고 아내는 그를, 사랑하기 시작했다.

68

몇 주일 째 쿤타에게는 벨의 행동이 아주 이상해 보였다. 우선 그녀는 거의 아무 얘기도 하지 않았으며, 그렇다고 해서 기분이 나쁜 눈치도 아니었다. 그녀는 그가 묘하다고 느낄 만한 그런 눈길을 던지고는, 그가 마주 빤히 쳐다보면 크게 한숨을 내쉬고는 했다. 그리고 흔들의자에 앉아서 그녀는 혼자 야릇한 미소를 짓거나 심지어는 콧노래까지 부르기도 했다. 그러던 어느 날 밤, 촛불을 끄고 침대 속으로 들어가자, 그녀는 쿤타의 손을 잡아 자기의 배 위에 가만히 올려놓았다.

그가 손을 대고 있으려니까, 그녀의 배 속에서 무언가 꿈틀거렸다. 쿤타는 뛸 듯이 기뻐 벌떡 일어났다.

그다음 며칠 동안, 쿤타는 자기가 마차를 어디로 몰고 가는지조차 의식하지 못했다. 퀸님이 마차를 대신 끌거나, 말들이 그의 뒷자리에 올라가 앉았다고 해도, 그는 신경조차 쓰지 않을 지경으로, 그의 머릿속에는 사내아이를 업고 강을 따라 노를 저어 논으로 나가는 벨의 모습만이 가득했다. 그는 자기가 빈타와 오모로의 첫아들이었듯이, 이제 그에게 첫아이가 태어난다는 데 대한 온갖 의미 말고는 별로 다른 생각이 머리에 떠오르지도 않았다. 그리고 그의 부모와 다른 사람들이 주푸레 마을에서 자기에게 해준 그대로, 그는 이곳 투붑의 땅에서 어떤 시련과 위험이 닥치더라도 그의 아들이 참된 남자로 성장하도록 제대로 가르치리라고 맹세했다. 아들에게는 우람한 나무 노릇을 하는 것이 아버지의 임무였다. 딸은 자라면 결혼해서 출가할 때까지 그저 식량이나 축내고, 어쨌든 딸은 어머니가 맡아서 키워야 하지만, 가문의 이름과 명성을 이어 나가면서, 부모들이 나이가 들어 걷지도 못할 정도로 기운이 없어지면, 만사를 제쳐 놓고 그들을 돌봐 줄 사람은 바로 잘 키운 사내아이였다.

벨의 임신 소식을 접한 그는, 가나 사람을 만났을 때보다도 더, 아프리카에 대한 생각을 많이 하게 되었다. 어느 날 밤, 그는 벨이 집에 있다는 사실도 의식하지 못할 지경으로, 정신이 팔려 바가지 속의 돌을 열심히 세어 보고는, 고향을 떠난 지가 꼭 스물둘하고도 반 장마철이나 되었다는 사실에 깜짝 놀랐다. 그러나 대부분의 경우에는 저녁이면 벨이 쉬지 않고 얘기를 계속하는 동안, 그는 옆에 앉아서 평상시보다도 더 얘기를 건성으로 흘려버리며, 멍하니 한눈만 팔았다.「그이 아프리카 생각에 정신 팔렸어요.」벨은 가끔 수키 아줌마에게 말했고, 얼마쯤 더 지나자 벨은 살며시 의자에서 일어나, 투덜거리면서 방을 빠져나와, 혼자 잠자리에 들고는 했지만, 그래도 쿤타는 눈치조차 채지 못하는 듯싶었다.

그렇게 지내던 어느 날 밤, 그녀가 잠자리로 들어간 지 한 시간가량 지났을 때, 쿤타는 침실 쪽으로부터 들려오는 신음 소리에 정신이 퍼뜩 들었다. 때가 되었을까? 안으로 달려 들어가 보니, 그녀는 아직 잠들어 있었지만, 비명을 지르지 않으려고 억지로 참으면서 몸을 이리저리 뒤척였다. 그가 그녀의 뺨을 만져 보려고 몸을 수그리자, 그녀는 어둠 속에서 갑자기 벌떡 일어나더니, 땀에 흠뻑 젖은 몸으로 숨을 헐떡거렸다.

「하나님, 나 배 속 아기 때문에 무서워 죽겠어요!」 두 팔로 그를 끌어안으며 그녀가 말했다. 쿤타는 그녀가 무슨 소리를 하는지 이해가 가지 않았고, 잠시 마음을 가라앉힌 다음에야 벨은 그녀가 방금 꾼 꿈속에서, 흰둥이들이 파티를 벌이고 경기를 개최했는데, 일등상으로 쥔님의 농장에서 이제부터 첫 번째로 태어나는 검둥이 아기를 주겠다고 발표했다는 얘기를 했다. 벨이 어찌나 미친 듯이 울부짖었는지, 쿤타는 그녀를 진정시켜야 하는 어색한 역할을 맡아야만 했고, 그래서 월러 쥔님은 결코 그런 일을 하지 않으리라는 사실을 그녀도 잘 알지 않느냐고 안심을 시켰다. 그는 벨이 알아들을 때까지 설득을 계속한 다음, 침대로 올라가 그녀의 곁에 누웠고, 그제야 벨은 다시 잠이 들었다.

그러나 쿤타는 잠이 오지를 않아서, 자리에 누워 한참 동안 생각에 잠겼고 ─ 도박판이나 닭싸움에서 아직 태어나지 않은 검둥이 아기를 상품으로 내건다는 그런 소문에 대해서 곰곰이 생각해 보았다. 전에 깡깡이에게서 그가 전해 들은 얘기에 의하면, 임종을 맞은 어느 쥔님이 다섯 딸에게 유언하기를, 열다섯 살짜리 임신한 검둥이 노예 메리가 앞으로 낳게 될 다섯 아이를 하나씩 딸들에게 노예로 나눠 주겠다고 했다. 그는 또한 검둥이 아이들이 대출을 받는 담보물 노릇을 하고, 채권자들은 아직 어머니 배 속에 든 태아에 대해서 벌써 청구권을 신청하는가 하면, 채무자들은 돈을 마련하기 위해 아기들을 미리 팔기도 한다는 얘기도 들었다. 그 무렵 스폿실베이니아 카운티 노예 경매 시장에서는 생후 여섯 달이 된 건강한 검둥이 아기가 (죽지 않으리라는 전제하에) 평균 2백 달러에 팔림을 그는 알았다.

석 달쯤 지난 다음 어느 날 저녁에 오두막에서, 호기심이 많은 앤 아가씨가 벨에게 배가 왜 그렇게 커졌느냐고 물어보더라고 그녀가 웃으며 말했을 때는, 이런 생각들이 아직도 그의 머릿속에서 오락가락하던 중이었다. 「그래서 나 앤 아가씨한테 말하기를, 〈나 솥에 작은 빵 담아 두었다〉 그랬어요.」 쿤타는 그가 어디를 가나 여기저기 큰집에서 흔히 보았던 수많은 〈꼬마 아씨〉나 〈꼬마 쥔님〉 가운데 하나로

밖에는 보이지 않던 버릇없는 인형 같은 어린애에게 벨이 그렇게 애정과 관심을 보인다는 사실에 대해서 그가 느끼는 분노를 좀처럼 감추기가 힘들었다. 이제 벨이 그녀의 (그리고 쿤타의) 아기를 곧 낳게 되고 보니, 쿤타와 벨 킨테의 첫아들이 장차 그의 쥔님이 될 (그리고 심지어는 그들이 낳을 자식의 아버지가 될지도 모르는) 투봅 아이들과 〈놀이〉를 하며 뛰어다닐 생각을 하니 그는 화가 치밀었다. 그리고 쿤타는 피부가 쥔님의 아이들과 거의 비슷하고, (사실상 같은 흰둥이 아버지에게서 태어났기 때문에) 생김새가 거의 쌍둥이같이 닮은 노예 아이들을 여러 농장에서 보았었다. 쿤타는 그와 같은 일이 벨에게 일어난다면, 마누라가 낳은 〈노랑〉 아기를 안고 다니는 남편이 되기보다는, 공연히 남들 앞에서 불평이라도 한마디 했다가는 매질을 당할 테니까 그냥 참고 살아가야 하는 그런 남편이 되어야 한다면, 차라리 쥔님을 죽여 버리겠다고 맹세했다.

쿤타는 군 노예 경매 시장에서 그런 〈노랑〉 여자 노예들이 얼마나 비싼 값에 팔렸는지를 기억했다. 그는 팔려 가는 그들을 똑똑히 보았으며, 그들을 사가는 목적에 관해서도 여러 번 전해 들었다. 그리고 그는 어렸을 때 아무도 모르게 끌려가서 다시는 볼 수 없게 되었다는 〈노랑〉 사내아이들 얘기도 많이 들었는데, 그렇게 하지 않으면 〈노랑〉 아이들이 자라서 흰둥이 어른처럼 보이게 될 터이고, 그러면 그들은 자신의 정체가 알려지지 않은 어디론가 달아나서, 검둥이의 핏줄을 간직한 채 흰둥이 여자들과 만나 피가 섞일지도 모른다고 흰둥이들은 두려워했다. 쿤타는 혼혈에 얽힌 갖가지 양상을 생각할 때마다, 그와 벨이 알라신의 은총을 받아, 그들의 사내아이가 검둥이로 태어나리라는 사실을 알기 때문에 마음이 놓였다.

1790년 9월 어느 날 초저녁에, 벨은 본격적으로 진통을 시작했다. 쥔님은 필요하다면 맨디 언니를 간호사로 대기시킨 가운데, 손수 아기를 받아 주겠다고 했지만, 그녀는 쿤타가 쥔님에게는 아직 가지 말라고 말렸다. 진통이 올 때마다 벨은 침대에 누워서, 소리를 지르지 않으려고 이를 악물고, 쿤타의 손을 남자처럼 억세게 움켜잡았다.

잠시 진통이 멈춘 순간에, 벨은 땀에 젖은 얼굴로 쿤타를 바라보면서 말했다. 「벌써 당신한테 말했어야 할 얘기예요. 이곳 오기 전, 오래전, 열여섯 살 되기 전에, 나 이미 아이 둘 낳았어요.」 쿤타는 고통에 찬 벨을 놀란 얼굴로 내려다보았다. 만일 쿤타가 이런 사실을 미리 알았더라면 — 아니다, 그래도 어쨌든 그녀와 결혼을 했겠지만, 그래도 그녀가 미리 그런 얘기를 하지 않았기 때문에 그는 배신당한 느낌이 들었다. 수축이 그칠 때마다 숨을 몰아쉬면서, 벨은 팔려 간 두 딸에 관한 얘기를 그에게 해주었다. 「겨우 어린 아기 때 팔려 갔어요.」 그녀는 흐느껴 울기 시작했다. 「한 아기는 겨우 걸음마 할 때였고, 다른 한 아기 한 살도 안 되어——」 그녀는 말을 시작했지만, 진통이 닥치자 입술을 꽉 깨물었고, 그를 잡고 있던 손에 힘을 주었다. 마침내 고통이 가라앉았지만, 잡은 손은 풀지를 않았고, 그녀는 눈물을 글썽이며 그를 바라보고는, 마치 그의 어수선한 머릿속을 들여다보기라도 하는 듯 말했다. 「당신 궁금해하겠지만, 아기 아버지 쥔님이나 감독관 아니었어요. 내 나이 또래 밭일하던 검둥개였죠. 우리 뭐가 뭔지, 어떻게 하는지 잘 몰랐어요.」

진통이 다시 왔는데, 아까보다 더 빨리 왔으며, 그녀의 손톱이 그의 손바닥을 후볐고, 입을 크게 벌리기는 했어도 비명 소리는 나오지 않았다. 쿤타는 맨디 언니의 오두막으로 달려 내려가서, 문을 요란하게 두드리고는, 목이 터져라 그녀를 숨 막히게 불러 댔으며, 그런 다음에는 있는 힘을 다해 큰집으로 달려갔다. 그가 문을 두드리며 소리쳐 부르자 마침내 쥔님이 나왔는데, 쿤타의 얼굴을 한 번 보고는 당장 〈금방 가겠어!〉 하고 말했다.

벨의 고통스러운 신음 소리가 노예 마을의 침묵을 찢어 버리는 동안, 쿤타의 마음속에서는 벨이 털어놓은 얘기가 하나도 남김없이 모두 사라졌다. 그는 벨의 곁에 머물고 싶기는 했지만, 한편으로는 간호사 맨디가 나가서 기다리라고 하자 마음이 놓이기도 했고, 문 앞에 쪼그리고 앉아서 그는 안에서 무슨 일이 벌어지고 있을까 상상해 보았다. 아프리카에서는 아이 낳는 일을 여자의 일이라고 생각했기 때문에, 쿤타는 그 문제에 관해서 전혀 들은 바가 없었지만, 여자들이 땅바닥에 깔아 놓은 헝겊 위에 무릎을 꿇고 아기를 낳은 다음 물이 담긴 대야에 앉아 피를 씻는다는 얘기는 들었던 터라, 지금 그런 일이 벌어지겠거니 하고 생각했다.

머나먼 주푸레 마을에 사는 빈타와 오모로가 할아버지와 할머니가 되는구나 하는 생각이 문득 머리에 떠오르자, 그들이 그의 아들을 결코 볼 날이 없을 뿐 아니라 아이도 할머니와 할아버지를 영원히 보지 못하겠고, 쿤타에게 자식이 생겼다는 사실조차 그들이 모르고 살아 가리라는 생각을 하니 마음이 슬펐다.

날카로운 다른 울음소리가 들리자, 쿤타는 벌떡 일어났다. 몇 분 후에 쥔님이 지친 모습으로 나타났다. 「무척 위험했어. 산모가 마흔세 살이나 되었으니 말이야.」그가 쿤타에게 말했다. 「하지만 이틀이나 사흘만 지나면 괜찮을 거야.」쥔님이 오두막 문을 가리켰다. 「맨디가 잠깐 집 안을 치우고 난 후에, 들어가서 딸을 보게.」

딸이라고! 맨디가 문에 나타나 미소를 지으며 안으로 들어오라고 손짓할 때까지도 쿤타는 아직 마음이 진정되지를 않았다. 절룩거리며 앞방을 지나, 침실 문에 걸린 커튼을 열어젖힌 그는 모녀를 보았다. 그가 조용히 그녀 곁으로 다가가자, 마룻바닥이 삐걱거려 벨이 눈을 뜨고는, 겨우 힘없는 미소를 지었다. 멍한 표정으로 그는 그녀의 손을 찾아 꼭 잡아 주었지만, 그녀 곁에 누워 있는 어린 아기의 얼굴을 뚫어져라 쳐다보던 그는 손에서 거의 아무런 감촉도 느끼지 못했다. 아기의 얼굴은 거의 쿤타만큼 검었고, 생김새도 영락없는 만딩카 족이었다. (아마도 알라신의 뜻에 따라서) 비록 계집아이긴 하지만, 그래도 그의 자식이었으므로, 그는 거대한 강물처럼 몇 세기 동안 내려온 킨테 집안의 혈통이 여전히 또 하나의 대를 잇게 되었다는 사실이 몹시 자랑스럽고 흐뭇했다.

침대 곁에 서서 쿤타는 다음 순간 아기의 이름을 무엇이라고 지어야 어울릴지를 생각했다. 아프리카에서처럼 이름을 짓기 위해 새로 아버지가 된 사람은 8일 동안 일을 하지 않아야 한다고 쥔님께 청할 수야 없다는 사실을 잘 알기는 했지만, 이름에 따라 사람의 장래가 결정되기 때문에, 이것은 오랫동안 진지하게 생각해야 할 문제였다. 그러나 다음 순간, 자기가 무슨 이름을 지어 주든지 간에, 딸이 쥔님의 성을 따라야 한다는 생각[11]이 번뜩 그의 머리를 스쳤고, 그런 생각에 격분한 쿤타는 이 딸아이는 자신의 진정한 이름이 무엇인지를 알면서 자라도록 만들겠다고 알라신에게 맹세했다.

갑자기, 아무 얘기도 없이, 그는 몸을 돌려 나가 버렸다. 하늘에는

---

11 미국의 노예는 주인의 성을 따랐음.

이른 새벽의 동이 막 터오기 시작했고, 쿤타는 밖으로 나가서, 벨과 처음 서로 사랑을 나누며 걸었던 울타리를 따라 걸어 내려갔다. 그는 생각을 깊이 해야만 했다. (갓 태어난 두 딸을 남겨 두고 팔려 왔노라고) 그녀가 말해 준 생애의 가장 큰 슬픔을 생각하면서, 그런 고통스러운 이별을 다시는 겪지 않았으면 하는 벨의 깊은 소망을 담은 이름을, 어떤 만딩카 말을, 그 이름의 주인을 절대로 잃어버리지 않도록 보호해 주는 이름을 그는 마음속에서 찾아보았다. 갑자기 그는 생각이 났다! 그 단어를 마음속으로 자꾸 되뇌면서, 그는 비록 자신에게만이라도 그 이름을 소리 내어 불러 보고 싶은 욕망을 억제했는데, 이름을 지금 입 밖에 낸다면 그것은 아직 옳지 못한 일이겠기 때문이었다. 그렇다, 그런 이름이어야 한다! 그토록 짧은 시간에 다행스럽게도 훌륭한 이름을 찾았다는 기쁨에 넘쳐서, 쿤타는 울타리를 따라 서둘러 오두막으로 돌아갔다.

그러나 쿤타가 생각한 이름을 벨에게 얘기해 주었더니, 그녀는 그런 건강 상태에서 어떻게 그런 기운이 날까 믿어지지 않을 정도로 강력하게 반발했다.「이름 짓기 왜 그렇게 서둘러요? 뭐라 이름 지었다고요? 어쨌든 우리 이름 대해서 전혀 얘기 안 해봤잖아요.」쿤타는 그녀가 일단 건강을 회복하면 얼마나 더 고집을 부릴지 잘 알았으므로, 그녀가 알아듣도록 설명하기 위해 적절한 말을 찾으려고 애쓰는 그의 목소리에는 분노뿐 아니라 고통도 역력했으며, 그는 이런 일에서는 마땅히 존중해야 하는 어떤 전통이 있고, 어린아이의 이름을 지으려면 마땅히 따라야 하는 절차 또한 확실한데, 예를 들면, 이름은 아버지가 혼자서 선택해야 하고, 아기에게 직접 말해 주기 전에는 어느 누구에게도 얘기해서는 안 된다는 중요한 원칙도 지켜야 한다고 따졌다. 내친김에 그는 퀸님이 무슨 이름을 먼저 붙여 놓지 못하도록 그들이 아기 이름을 서둘러 결정해야 한다는 말도 덧붙였다.

「그럼 나 알겠어요!」벨이 말했다.「당신 주장하는 아프리카식 어찌나 많은지 골치 아파요. 그리고 그런 이교도 방법하고 이름 우리 아이 위한 거 절대로 아녜요.」

쿤타는 화를 벌컥 내며 오두막에서 뛰쳐나오다가, 하마터면 수건을 한 아름 안고 뜨거운 물통을 들고 오는 수키 아줌마와 맨디 언니하고 부딪칠 뻔했다.

「축하해요, 토비 형제, 우리 벨 보러 들어가요.」

그러나 쿤타는 투덜거리는 소리조차 던지지 않고, 그들을 그냥 지나쳐 밖으로 나갔다. 노예들더러 오두막에서 나와, 우물에서 물을 길어다가, 아침 식사를 하기 전에 몸을 씻으라고 알리는 아침 첫 종을 치려고 케이토라는 밭일꾼이 나왔다. 쿤타는 그들의 근원지인 아프리카의 모든 뿌리를 거부하고 두려워하며 몸을 도사리도록 투봅들로부터 훈련을 받은 이교도적인 검둥이들과 가능한 한 어서 거리를 멀리하고 싶어서, 얼른 노예 마을을 벗어나, 뒷길을 따라 마구간 쪽으로 갔다.

마구간의 성스러운 피난처로 들어간 쿤타는 화가 난 채로, 말들에게 먹이를 주고, 물을 주고, 그러고는 털을 빗겨 주었다. 쿤타는 쥔님의 아침 식사 시간이 되었음을 알고는, 다시 멀리 돌아서 저택의 부엌문으로 갔고, 벨 대신 일을 하던 수키 아줌마에게 쥔님이 마차를 쓰려는지 물어보았다. 그러나 그녀는 대꾸는커녕 고개도 돌리지 않고, 그냥 머리를 젓기만 하고, 그에게 음식조차 주지 않은 채 밖으로 나갔다. 쿤타는 절룩거리며 마구간으로 돌아가면서, 벨이 수키 아줌마와 맨디 언니에게 무슨 말을 했기에 노예 마을에서 사람들이 수군거리게 되었을까 궁금했지만, 그까짓 일에는 아무 신경도 쓰지 말아야 되겠다고 혼자 생각했다.

그는 마구간에서 빈둥거리기만 하면서 몇 시간을 보낼 수는 없는 일이었고, 자신의 문제를 어떻게 해서든지 해결해야만 했다. 마구를 들고 바깥으로 나간 그는, 2주일 전에도 그랬듯이, 시간을 보낼 때 흔히 하던 버릇대로 쓸데없이 마구에 기름칠을 하기 시작했다. 그는 아기를 (그리고 벨을) 보러 오두막으로 다시 가고 싶었지만, 킨테 가문의 여자가 자기 아이한테 투봅 이름을 지어 주어서, 결국 자신을 경멸하며 살아가는 인생의 첫발자국을 내딛게 만들고 싶어 했다는 사실을 생각할 때마다 분노가 치밀었다.

정오가 다 되었을 무렵, 쿤타는 (아마도 미음이었겠지만) 무슨 음식을 냄비에 담아 들고 벨에게로 가는 수키 아줌마를 보았다. 음식을 생각하니 쿤타도 배가 고파졌고, 잠시 후에 그는 얼마 전에 거둬들인 고구마를 저장하기 위해 짚 더미 밑에 쌓아 놓은 마구간 뒤로 나가서, 작은 놈으로 네 개를 꺼내서는, 배고픔을 달래기 위해 날로 그냥 먹으면서, 자신이 불쌍하다는 생각이 들었다.

집으로 돌아가야 되겠다고 그가 용기를 내었을 때는 벌써 땅거미가 내리려는 참이었다. 앞문을 열고 그가 안으로 들어섰을 때는, 침실의 벨에게서 아무런 반응이 없었다. 잠이 들었겠지, 그는 탁자 위에 놓인 양초에 불을 붙이려고 몸을 굽히며 생각했다.

「당신?」

벨의 말투가 별로 퉁명스럽지는 않다고 그는 깨달았다. 무관심한 척 투덜거리면서 그는 촛불을 집어 들고, 커튼을 밀어젖히고, 침실로 들어갔다. 불그레한 불빛 속에서, 그는 아내의 표정이 자기만큼 딱딱하게 굳어졌음을 보았다.

「나 말하니 들어요.」 다짜고짜 그녀는 요점부터 얘기했다. 「쥔님 대해 어떤 사실 나 당신보다 더 많이 알아요. 당신 그런 아프리카 고집으로 쥔님 화나게 만들면, 쥔님 다음 노예 경매 시장에 우리 셋 모두 보나 마나 팔아 버려요!」

쿤타는 참을 수 있는 한 분노를 억누르며, 어떤 위험이 따를지라도, 자기 아이는 투봅 사람들의 이름을 갖지 못하도록 하겠으며, 딸에게는 격식에 맞춰 제대로 된 이름을 지어 주겠다는 자신의 완강한 결심을 벨이 이해하도록 하기 위해, 모자라는 어휘를 모두 동원해 가면서 어설프게 설명했다.

벨은 깊이 실망하기도 했지만, 자신이 거절할 경우에 남편이 저지를 일에 대해서 더 겁이 났다. 그래서, 심히 못마땅하면서도, 그녀는 마침내 양보했다. 「어떤 이름이에요?」 그녀는 미심쩍은 듯이 물어보았다. 쿤타가 잠시 동안만 아기를 그냥 밖으로 안고 나가겠다고 하자, 벨은 아기가 배고프다고 울지 않도록 깨워서 젖을 먹이는 동안 잠깐 기다리라고 했으며, 쿤타는 즉각 동의했다. 벨은 아기가 적어도 두 시간 동안은 깨어나지 않으리라고 믿었으며, 그만 한 시간이면 노예 마을에 사는 사람은 모두 잠이 들어, 쿤타가 거행하려는 뭄보 줌보 의식을 아무도 보지 않을 터였다. 겉으로 나타내지는 않았지만, 벨은 그토록 심한 진통을 겪으며 낳은 딸아이의 이름을 지어 주는 데 그녀로 하여금 조금도 도와주지 못하게 하는 쿤타 때문에 아직도 화가 났고, 남편이 지어 낸 아프리카식 억지 이름이 무엇인지 알고 싶지도 않았지만, 아기 이름에 관한 문제는 나중에 그녀 나름대로의 해결책을 찾아내게 되리라고 확신했다.

 쿤타가 담요로 포근하게 감싼 첫아기를 안고 오두막에서 나왔을 때는 거의 한밤중이 다 되었다. 그는 이제부터 그가 행하려는 예식에 마(魔)가 끼지 않을 만큼 노예 마을에서 멀리 나왔다고 확신이 들 때까지 걸어갔다.

 그리고 쿤타는 달과 별 밑에서 아기를 위로 치켜들고는, 담요로 감싼 아기의 몸을 돌려 딸의 오른쪽 귀로 그의 입을 가져갔다. 그리고 천천히, 또렷하게, 만딩카 말로 작디작은 귀에 대고 세 차례 속삭여 주었다. 「네 이름은 키지란다. 네 이름은 키지란다. 네 이름은 키지란다.」 이렇게 모든 킨테 집안의 조상이 했던 그대로, 쿤타 자신에게 행해졌던 그대로. 이 아기가 조상들의 고향에서 태어났더라면 행해졌을 의식이 그대로 이루어졌다. 그래서 아기는 자신이 누구인지를 누구보다도 먼저 알게 되었다.

 계속해서 조금 더 걸어가며 쿤타는, 그의 혈관 속에서 고동치는 아프리카를 느꼈고, 그에게서부터 그와 벨의 육신으로 이루어진 아기에게로 흘러 들어가는 아프리카를 느꼈다. 그런 다음에 그는 다시 걸음을 멈추었고, 작은 담요의 한 귀퉁이를 젖혀서, 아기의 작고 검은 얼굴을 하늘로 향하게 해주었고, 이번에는 큰 소리로, 만딩카 말로 외쳤다. 「보라, 하늘만이 너보다 위대할 따름이다!」

 쿤타가 아기를 안고 오두막으로 돌아오자, 벨은 낚아채듯 아기를 빼앗아서, 두려움과 원망으로 굳어 버린 얼굴로 담요를 펼쳐서는, 자신이 무엇을 찾는지도 모르면서 그런 자취가 눈에 띄지 않기만 바라는 마음으로, 아기를 머리끝에서 발끝까지 살펴보았다. 쿤타가 아기에게 (적어도 얼핏 겉으로 보기에는) 아무런 끔찍한 짓을 저지르지 않았기 때문에 마음이 놓인 그녀는, 아기를 침대에 눕혀 놓고, 앞방으로 나가서, 쿤타와 마주 앉아서는, 얌전히 두 손을 무릎 위에 포개고 물었다.

「좋아요, 무슨 일이다 얘기해요.」
「무슨 얘기?」
「이름요. 아프리카 이름. 이름 뭐라 지었어요?」
「키지.」
「키지라뇨! 도대체 무슨 이름 그래요!」

〈키지〉란 만딩카 말로 〈앉아 있어라〉 또는 〈돌아다니지 마라〉라는 의미로서, 전에 벨이 낳았던 두 아기들과는 달리, 이 아이는 절대로 어디론가 팔려 가지 않으리라는 암시가 담긴 이름이라고 쿤타는 설명했다.

그녀는 그런 말을 듣고 위안을 받을 만한 눈치가 아니었다. 「말썽 생겨요!」 그녀는 고집을 꺾지 않았다. 그러나 그녀는 쿤타가 또 화를 내려고 하자, 물러서는 편이 현명하리라고 판단했다. 그녀는 할머니의 이름이 〈키비〉였다고 어머니가 해준 얘기가 생각난다고 말했으며, 두 이름이 비슷하게 들리니까, 혹시 쥔님이 의심스러워한다면 그런 이유를 둘러대면 되리라고 했다.

다음 날 아침 쥔님이 그녀를 보러 찾아오자, 벨은 불안감을 감추려고 애써 태연한 체했으며, 아기의 이름을 알려 줄 때 그녀는 심지어 억지로 기분 좋은 듯 큰 소리로 웃기까지 했다. 쥔님은 이름이 좀 묘하다고 한마디 했지만, 전혀 못마땅해하지를 않았고, 그가 밖으로 나가자마자 벨은 안도의 한숨을 몰아쉬었다. 쥔님 월러는 큰집으로 돌아가서, 쿤타가 모는 마차를 타고 하루 종일 환자들을 찾아보러 나가기 전에, 늘 잠가 두는 거실의 궤짝에 보관했던 큼직하고 검은 표지의 『성서』를 꺼내서는, 농장 사람들의 명단을 기록해 두려고 따로 마련한 페이지를 펼치더니, 펜으로 잉크를 찍어 멋진 필기체로 이렇게 써 넣었다. 〈키지 월러, 1790년 9월 12일에 출생하다.〉

〈하권에 계속〉

열린책들 세계문학 042 뿌리 상

옮긴이 안정효 1941년 서울에서 태어났다. 서강대학교 영문학과를 졸업한 뒤 「코리아 헤럴드」기자, 한국 브리태니커 편집부장 등을 역임했다. 지은 책으로는 『하얀 전쟁』, 『은마는 오지 않는다』, 『헐리우드 키드의 생애』 외 다수의 소설 작품과 『걸어가는 그림자』, 『인생 4계』, 『글쓰기 만보』, 『신화와 역사의 건널목』 등이 있다. 니코스 카잔차키스의 『영혼의 자서전』, 『최후의 유혹』, 『오디세이아』, 『전쟁과 신부』, 『카잔차키스의 편지』, 가브리엘 가르시아 마르케스의 『백년 동안의 고독』, 버트런드 러셀의 『권력』, 조르지 아마두의 『가브리엘라, 정향과 계피』, 저지 코진스크의 『잃어버린 나』 등 150권가량의 작품을 번역했으며, 제1회 한국번역문학상을 수상했다.

지은이 알렉스 헤일리 **옮긴이** 안정효 **발행인** 홍지웅 **발행처** 주식회사 열린책들
주소 경기도 파주시 교하읍 문발리 499-3 파주출판도시
전화 031-955-4000 **팩스** 031-955-4004 **홈페이지** www.openbooks.co.kr
Copyright (C) 주식회사 열린책들, 2004, Printed in Korea.
ISBN 978-89-329-0959-2 03840 **발행일** 2004년 11월 10일 초판 1쇄 2006년 2월 25일 보급판 1쇄 2008년 6월 10일 보급판 5쇄 2009년 11월 30일 세계문학판 1쇄

이 도서의 국립중앙도서관 출판시도서목록(CIP)은 e-CIP 홈페이지(http://www.nl.go.kr/cip.php)에서 이용하실 수 있습니다. (CIP제어번호 : CIP2009003377)